Heinrich Heine

Werke in fünf Bänden

Band 3

Könemann

Könemann Verlagsgesellschaft mbH
Bonner Straße 126, D-50968 Köln

Herausgegeben von Rolf Toman
Herstellungsleiter: Detlev Schaper
Covergestaltung: Peter Feierabend
Satz: HEVO GmbH, Dortmund
Printed in Hungary
ISBN 3-89508-067-5
10 9 8 7 6 5 4 3 2

Inhalt

Die Romantische Schule

Vorrede

Den beträchtlichsten Teil dieser Blätter, die ursprünglich in französischer Sprache abgefaßt und an Franzosen gerichtet sind, habe ich bereits vor einiger Zeit in deutscher Version, unter dem Titel »Zur Geschichte der neueren schönen Literatur in Deutschland«, dem vaterländischen Publikum mitgeteilt. In der gegenwärtigen Ergänzung mag das Buch wohl den neuen Titel »Die romantische Schule« verdienen; denn ich glaube, daß es dem Leser die Hauptmomente der literarischen Bewegung, die jene Schule hervorgebracht, aufs getreusamste veranschaulichen kann.

Es war meine Absicht, auch die spätere Periode unserer Literatur in ähnlicher Form zu besprechen; aber dringendere Beschäftigungen und äußere Verhältnisse erlaubten mir nicht unmittelbar ans Werk zu gehen. Überhaupt ist die Art der Behandlung und die Weise der Herausgabe bei meinen letzten Geisteserzeugnissen immer von zeitlichen Umständen bedingt gewesen. So habe ich meine Mitteilungen »zur Geschichte der Religion und Philosophie in Deutschland« als einen zweiten Teil des »Salon« publizieren müssen; und doch sollte diese Arbeit eigentlich die allgemeine Einleitung in die deutsche Literatur bilden. Ein besonderes Mißgeschick, das mich bei diesem zweiten Teile des »Salons« betroffen, habe ich bereits, durch die Tagespresse, zur öffentlichen Kunde gebracht. Mein Herr Verleger, den ich anklagte, mein Buch eigenmächtig verstümmelt zu haben, hat dieser Beschuldigung, durch dasselbe Organ, widersprochen; er erklärte jene Verstümmelung für das glorreiche Werk einer Behörde, die über alle Rügen erhaben ist. –

Dem Mitleid der ewigen Götter empfehle ich das Heil des Vaterlandes und die schutzlosen Gedanken seiner Schriftsteller.

Geschrieben zu Paris, im Herbst 1835.

Heinrich Heine.

Erstes Buch

Frau von Staëls Werk *»De l'Allemagne«* ist die einzige umfassende Kunde, welche die Franzosen über das geistige Leben Deutschlands erhalten haben. Und doch ist, seitdem dieses Buch erschienen, ein großer Zeitraum verflossen und eine ganz neue Literatur hat sich unterdessen in Deutschland entfaltet. Ist es nur eine Übergangsliteratur? hat sie schon ihre Blüte erreicht? ist sie bereits abgewelkt? Hierüber sind die Meinungen geteilt. Die meisten glauben mit dem Tode Goethes beginne in Deutschland eine neue literarische Periode, mit ihm sei auch das alte Deutschland zu Grabe gegangen, die aristokratische Zeit der Literatur sei zu Ende, die demokratische beginne, oder, wie sich ein französischer Journalist jüngst ausdrückte: »der Geist der Einzelnen habe aufgehört, der Geist Aller habe angefangen«.

Was mich betrifft, so vermag ich nicht in so bestimmter Weise über die künftigen Evolutionen des deutschen Geistes abzuurteilen. Die Endschaft der »Goetheschen Kunstperiode«, mit welchem Namen ich diese Periode zuerst bezeichnete, habe ich jedoch schon seit vielen Jahren vorausgesagt. Ich hatte gut prophezeien! Ich kannte sehr gut die Mittel und Wege jener Unzufriedenen, die dem Goetheschen Kunstreich ein Ende machen wollten, und in den damaligen Emeuten gegen Goethe will man sogar mich selbst gesehen haben. Nun Goethe tot ist, bemächtigt sich meiner darob ein wunderbarer Schmerz.

Indem ich diese Blätter gleichsam als eine Fortsetzung des Frau v. Staëlschen *»De l'Allemagne«* ankündige, muß ich, die Belehrung rühmend, die man aus diesem Werke schöpfen kann, dennoch eine gewisse Vorsicht beim Gebrauche desselben anempfehlen und es durchaus als Koteriebuch bezeichnen. Frau von Staël, glorreichen Andenkens, hat hier, in der Form eines Buches, gleichsam einen Salon eröffnet, worin sie deutsche Schriftsteller empfing, und ihnen Gelegenheit gab, sich der französischen zivilisierten Welt bekannt zu machen; aber in dem Getöse der verschiedensten Stimmen, die aus diesem Buch hervorschreien, hört man doch immer am vernehmlichsten den feinen Diskant des Herrn A. W. Schlegel. Wo sie ganz selbst ist, wo die großfühlende Frau sich unmittelbar ausspricht mit ihrem ganzen strahlenden Herzen, mit dem ganzen Feuerwerk ihrer Geistesraketen und brillanten Tollheiten: da ist das Buch gut und vortrefflich. Sobald sie aber fremden Einflüsterungen gehorcht, sobald sie einer Schule huldigt, deren Wesen ihr ganz fremd und unbegreifbar ist, sobald sie durch die Anpreisung dieser Schule gewisse ultramontane Tendenzen befördert, die mit ihrer protestantischen Klarheit in direktem Widerspruche sind: da ist ihr Buch kläglich und ungenießbar. Dazu kommt noch, daß sie außer den unbewußten, auch noch bewußte Parteilichkeiten ausübt, daß sie, durch die Lobpreisung des geistigen Lebens, des Idealismus in Deutschland eigentlich den damaligen Realismus der Franzosen, die materielle Herrlichkeit der Kaiserperiode, frondieren will. Ihr Buch *»De l'Allemagne«* gleicht in dieser Hinsicht der »Germania« des Tacitus, der vielleicht ebenfalls, durch seine Apologie der Deutschen, eine indirekte Satyre gegen seine Landsleute schreiben wollte.

Wenn ich oben einer Schule erwähnte, welcher Frau von Staël huldigte und deren Tendenzen sie beförderte: so meinte ich die romantische Schule. Daß diese in Deutschland ganz etwas anderes war, als was man in Frankreich mit diesem Namen bezeichnet, daß ihre Tendenzen ganz verschieden waren von denen der französischen Romantiker, das wird in den folgenden Blättern klar werden.

Was war aber die romantische Schule in Deutschland?

Sie war nichts anders als die Wiedererweckung der Poesie des Mittelalters, wie sie sich in dessen Liedern, Bild- und Bauwerken, in Kunst und Leben, manifestiert hatte. Diese Poesie aber war aus dem Christentume hervorgegangen, sie war eine

Passionsblume, die dem Blute Christi entsprossen. Ich weiß nicht ob die melancholische Blume, die wir in Deutschland Passionsblume benamsen, auch in Frankreich diese Benennung führt, und ob ihr von der Volkssage ebenfalls jener mystische Ursprung zugeschrieben wird. Es ist jene sonderbar mißfarbige Blume, in deren Kelch man die Marterwerkzeuge, die bei der Kreuzigung Christi gebraucht worden, nämlich Hammer, Zange, Nägel usw., abkonterfeit sieht, eine Blume, die durchaus nicht häßlich, sondern nur gespenstisch ist, ja deren Anblick sogar ein grauenhaftes Vergnügen in unserer Seele erregt, gleich den krampfhaft süßen Empfindungen, die aus dem Schmerze selbst hervorgehen. In solcher Hinsicht wäre diese Blume das geeignetste Symbol für das Christentum selbst, dessen schauerlichster Reiz eben in der Wollust des Schmerzes besteht.

Obgleich man in Frankreich unter dem Namen Christentum nur den römischen Katholizismus versteht, so muß ich doch besonders bevorworten, daß ich nur von letzterem spreche. Ich spreche von jener Religion in deren ersten Dogmen eine Verdammnis alles Fleisches enthalten ist, und die dem Geiste nicht bloß eine Obermacht über das Fleisch zugesteht, sondern auch dieses abtöten will um den Geist zu verherrlichen; ich spreche von jener Religion durch deren unnatürliche Aufgabe ganz eigentlich die Sünde und die Hypokrisie in die Welt gekommen, indem eben, durch die Verdammnis des Fleisches, die unschuldigsten Sinnenfreuden eine Sünde geworden, und durch die Unmöglichkeit ganz Geist zu sein die Hypokrisie sich ausbilden mußte; ich spreche von jener Religion, die ebenfalls durch die Lehre von der Verwerflichkeit aller irdischen Güter, von der auferlegten Hundedemut und Engelsgeduld, die erprobteste Stütze des Despotismus geworden. Die Menschen haben jetzt das Wesen dieser Religion erkannt, sie lassen sich nicht mehr mit Anweisungen auf den Himmel abspeisen, sie wissen daß auch die Materie ihr Gutes hat und nicht ganz des Teufels ist, und sie vindizieren jetzt die Genüsse der Erde, dieses schönen Gottesgartens, unseres unveräußerlichen Erbteils. Eben weil wir alle Konsequenzen jenes absoluten Spiritualismus jetzt so ganz begreifen, dürfen wir auch glauben, daß die christkatholische Weltansicht ihre Endschaft erreicht. Denn jede Zeit ist eine Sphinx, die sich in den Abgrund stürzt, sobald man ihr Rätsel gelöst hat.

Keineswegs jedoch leugnen wir hier den Nutzen, den die christkatholische Weltansicht in Europa gestiftet. Sie war notwendig als eine heilsame Reaktion gegen den grauenhaft kolossalen Materialismus, der sich im römischen Reiche entfaltet hatte und alle geistige Herrlichkeit des Menschen zu vernichten drohte. Wie die schlüpfrigen Memoiren des vorigen Jahrhunderts gleichsam die *pièces justificatives* der französischen Revolution bilden; wie uns der Terrorismus eines *Comité du salut public* als notwendige Arznei erscheint, wenn wir die Selbstbekenntnisse der französischen vornehmen Welt seit der Regentschaft gelesen: so erkennt man auch die Heilsamkeit des asketischen Spiritualismus, wenn man etwa den Petron oder den Apulejus gelesen, Bücher, die man als *pièces justificatives* des Christentums betrachten kann. Das Fleisch war so frech geworden in dieser Römerwelt, daß es wohl der christlichen Disziplin bedurfte um es zu züchtigen. Nach dem Gastmahl eines Trimalkion bedurfte man einer Hungerkur gleich dem Christentum.

Oder etwa, wie greise Lüstlinge durch Rutenstreiche das erschlaffte Fleisch zu neuer Genußfähigkeit aufreizen: wollte das alternde Rom sich mönchisch geißeln lassen, um raffinierte Genüsse in der Qual selbst und der Wollust im Schmerze zu finden?

Schlimmer Überreiz! er raubte dem römischen Staatskörper die letzten Kräfte. Nicht durch die Trennung in zwei Reiche ging Rom zugrunde; am Bosphoros wie an der Tiber ward Rom verzehrt von demselben judäischen Spiritualismus, und hier wie dort ward die römische Geschichte ein langsames Dahinsterben, eine Agonie die Jahrhunderte dauerte. Hat etwa das gemeuchelte Judäa, indem es den Römern seinen Spiritualismus bescherte, sich an dem siegenden Feinde rächen wollen, wie einst der sterbende Zentaur, der dem Sohne Jupiters das verderbliche Gewand, das mit dem eignen Blute vergiftet war, so listig zu überliefern wußte? Wahrscheinlich, Rom, der Herkules unter den Völkern, wurde durch das judäische Gift so wirksam verzehrt, daß Helm und Harnisch seinen welkenden Gliedern entsanken, und seine imperatorische Schlachtstimme herabsiechte zu betendem Pfaffengewimmer und Kastratengetriller.

Aber was den Greis entkräftet, das stärkt den Jüngling. Jener Spiritualismus wirkte heilsam auf die übergesunden Völker des Nordens; die allzu vollblütigen barbarischen Leiber wurden christlich vergeistigt; es begann die europäische Zivilisation. Das ist eine preiswürdige, heilige Seite des Christentums. Die katholische Kirche erwarb sich in dieser Hinsicht die größten Ansprüche auf unsere Verehrung und Bewunderung. Sie hat, durch große geniale Institutionen, die Bestialität der nordischen Barbaren zu zähmen und die brutale Materie zu bewältigen gewußt.

Die Kunstwerke des Mittelalters zeigen nun jene Bewältigung der Materie durch den Geist und das ist oft sogar ihre ganze Aufgabe. Die epischen Dichtungen jener Zeit könnte man leicht nach dem Grade dieser Bewältigung klassifizieren.

Von lyrischen und dramatischen Gedichten kann hier nicht die Rede sein; denn letztere existierten nicht, und erstere sind sich ziemlich ähnlich in jedem Zeitalter, wie die Nachtigallenlieder in jedem Frühling.

Obgleich die epische Poesie des Mittelalters in heilige und profane geschieden war, so waren doch beide Gattungen ihrem Wesen nach ganz christlich; denn, wenn die heilige Poesie auch ausschließlich das jüdische Volk, welches für das allein heilige galt, und dessen Geschichte, welche allein die heilige hieß, die

Helden des Alten und Neuen Testamentes, die Legende, kurz die Kirche besang, so spiegelte sich doch in der profanen Poesie das ganze damalige Leben mit allen seinen christlichen Anschauungen und Bestrebungen. Die Blüte der heiligen Dichtkunst im deutschen Mittelalter ist vielleicht »Barlaam und Josaphat«, ein Gedicht, worin die Lehre von der Abnegation, von der Enthaltsamkeit, von der Entsagung, von der Verschmähung aller weltlichen Herrlichkeit am konsequentesten ausgesprochen worden. Hiernächst möchte ich den »Lobgesang auf den heiligen Anno« für das Beste der heiligen Gattung halten. Aber dieses letztere Gedicht greift schon weit hinaus ins Weltliche. Es unterscheidet sich überhaupt von den ersteren wie etwa ein byzantinisches Heiligenbild von einem altdeutschen. Wie auf jenen byzantinischen Gemälden, sehen wir ebenfalls in »Barlaam und Josaphat« die höchste Einfachheit, nirgends ist perspektivisches Beiwerk, und die lang mageren, statuenähnlichen Leiber und die idealisch ernsthaften Gesichter treten streng abgezeichnet hervor, wie aus weichem Goldgrund; – im »Lobgesang auf den heiligen Anno« wird, wie auf altdeutschen Gemälden, das Beiwerk fast zur Hauptsache und trotz der grandiosen Anlage ist doch das Einzelne aufs kleinlichste ausgeführt, und man weiß nicht, ob man dabei die Konzeption eines Riesen oder die Geduld eines Zwergs bewundern soll. Ottfrieds Evangeliengedicht, das man als das Hauptwerk der heiligen Poesie zu rühmen pflegt, ist lange nicht so ausgezeichnet wie die erwähnten beiden Dichtungen.

In der profanen Poesie finden wir, nach obiger Andeutung, zuerst den Sagenkreis der Nibelungen und des Heldenbuchs; da herrscht noch die ganze vorchristliche Denk- und Gefühlsweise, da ist die rohe Kraft noch nicht zum Rittertum herabgemildert, da stehen noch, wie Steinbilder, die starren Kämpen des Nordens, und das sanfte Licht und der sittige Atem des Christentums dringt noch nicht durch die eisernen Rüstungen. Aber es dämmert allmählich in den altgermanischen Wäldern, die alten Götzeneichen werden gefällt und es entsteht ein lichter Kampfplatz, wo der Christ mit dem Heiden kämpft, und dieses sehen wir im Sagenkreis Karls des Großen, worin sich eigentlich die Kreuzzüge mit ihren heiligen Tendenzen abspiegeln. Nun aber, aus der christlich spiritualisierten Kraft, entfaltet sich die eigentümlichste Erscheinung des Mittelalters, das Rittertum, das sich endlich noch sublimiert als ein geistliches Rittertum. Jenes, das weltliche Rittertum, sehen wir am anmutigsten verherrlicht in dem Sagenkreis des Königs Arthus, worin die süßeste Galanterie, die ausgebildetste Courtoisie und die abenteuerlichste Kampflust herrscht. Aus den süß närrischen Arabesken und phantastischen Blumengebilden dieser Gedichte grüßen uns der köstliche Iwain, der vortreffliche Lanzelot vom See und der tapfere, galante, honette, aber etwas langweilige Wigalois. Neben diesem Sagenkreis sehen wir den damit verwandten und verwebten Sagenkreis vom »heiligen Gral« worin das geistliche Rittertum verherrlicht wird, und da treten uns entgegen drei der grandiosesten Gedichte des Mittelalters, der »Titurel«, der »Parzival« und der »Lohengrin«; hier stehen wir der romantischen Poesie gleichsam persönlich gegenüber, wir schauen ihr tief hinein in die großen leidenden Augen, und sie umstrickt uns unversehens mit ihrem scholastischen Netzwerk und zieht uns hinab in die wahnwitzige Tiefe der mittelalterlichen Mystik. Endlich sehen wir aber auch Gedichte in jener Zeit, die dem christlichen Spiritualismus nicht unbedingt huldigen, ja worin dieser sogar frondiert wird, wo der Dichter sich den Ketten der abstrakten christlichen Tugenden entwindet und wohlgefällig sich hinabtaucht in die Genußwelt der verherrlichten Sinnlichkeit; und es ist eben nicht der schlechteste Dichter, der uns das Hauptwerk dieser Richtung, Tristan und Isolde, hinterlassen hat. Ja, ich muß gestehen, Gottfried von Straßburg, der Verfasser dieses schönsten Gedichtes des Mittelalters, ist vielleicht auch dessen größter Dichter, und er überragt noch alle Herrlichkeit des Wolfram von Eschilbach, den wir im »Parzival« und in den Fragmenten des »Titurel« so sehr bewundern. Es ist vielleicht jetzt erlaubt den Meister Grottfried unbedingt zu rühmen und zu preisen. Zu seiner Zeit hat man sein Buch gewiß für gottlos und ähnliche Dichtungen, wozu schon der »Lanzelot« gehörte, für gefährlich gehalten. Und es sind wirklich auch bedenkliche Dinge vorgefallen. Francesca da Polenta und ihr schöner Freund mußten teuer dafür büßen, daß sie eines Tages miteinander in einem solchen Buche lasen; – die größere Gefahr freilich bestand darin, daß sie plötzlich zu lesen aufhörten!

Die Poesie in allen diesen Gedichten des Mittelalters trägt einen bestimmten Charakter, wodurch sie sich von der Poesie der Griechen und Römer unterscheidet. Inbetreff dieses Unterschieds nennen wir erstere die romantische und letztere die klassische Poesie. Diese Benennungen aber sind nur unsichere Rubriken und führten bisher zu den unerquicklichsten Verwirrnissen, die noch gesteigert wurden, wenn man die antike Poesie statt klassisch auch plastisch nannte. Hier lag besonders der Grund zu Mißverständnissen. Nämlich die Künstler sollen ihren Stoff immer plastisch bearbeiten, er mag christlich oder heidnisch sein, sie sollen in klaren Umrissen darstellen, kurz: plastische Gestaltung soll in der romantisch modernen Kunst, ebenso wie in der antiken Kunst, die Hauptsache sein. Und in der Tat, sind nicht die Figuren in der Göttlichen Komödie des Dante oder auf den Gemälden des Raffael ebenso plastisch wie die im Virgil oder auf den Wänden von Herkulanum? Der Unterschied besteht darin, daß die plastischen Gestalten in der antiken Kunst ganz identisch sind mit dem Darzustellenden, mit der Idee die der Künstler darstellen wollte, z. B. daß die Irrfahrten des Odysseus gar nichts anders bedeuten als die Irrfahrten des Mannes, der ein Sohn des Laertes und Gemahl der Penelopeia war und Odysseus hieß; daß ferner der Bacchus, den wir im Louvre sehen, nichts anders ist als der anmutige Sohn der Semele mit der kühnen Wehmut in den Augen und der heiligen Wollust in den gewölbt weichen Lippen. Anders ist es in der romantischen Kunst; da haben die Irrfahrten eines Ritters noch eine esoterische Bedeutung, sie deuten vielleicht auf die Irrfahrten des Lebens überhaupt; der Drache der überwunden wird, ist die Sünde; der Mandelbaum der dem Helden aus der Ferne so tröstlich zuduftet, das ist die Dreieinigkeit, Gott-Vater und Gott-Sohn und Gott-Heiliger Geist, die zugleich eins ausmachen, wie Nuß, Faser und Kern dieselbe Mandel sind. Wenn Homer die Rüstung eines Helden schildert, so ist es eben nichts andres als eine gute Rüstung, die so und so viel Ochsen wert ist; wenn aber ein Mönch des Mittelalters in seinem Gedichte die Röcke der Muttergottes beschreibt, so kann man sich darauf verlassen, daß er sich unter diesen Röcken ebenso viele verschiedene Tugenden denkt, daß ein besonderer Sinn verborgen ist unter diesen heiligen Bedeckungen der unbefleckten Jungfrauschaft Mariä, welche auch, da ihr Sohn der Mandelkern ist, ganz vernünftigerweise als Mandelblüte besungen wird. Das ist nun der Charakter der mittelalterlichen Poesie, die wir die romantische nennen.

Die klassische Kunst hatte nur das Endliche darzustellen, und ihre Gestalten konnten identisch sein mit der Idee des Künstlers. Die romantische Kunst hatte das Unendliche und lauter spiritualistische Beziehungen darzustellen oder vielmehr anzudeuten, und sie nahm ihre Zuflucht zu einem System traditioneller Symbole, oder vielmehr zum Parabolischen, wie schon Christus selbst seine spiritualistischen Ideen durch allerlei schöne Parabeln deutlich zu machen suchte. Daher das Mystische, Rätselhafte, Wunderbare und Überschwengliche in den Kunstwerken des Mittelalters, die Phantasie macht ihre entsetzlichsten Anstrengungen das Reingeistige durch sinnliche Bilder darzustellen, und sie erfindet die kolossalsten Tollheiten, sie stülpt den Pelion auf den Ossa, den Parzival auf den Titurel, um den Himmel zu erreichen.

Bei den Völkern wo die Poesie ebenfalls das Unendliche darstellen wollte, und ungeheure Ausgeburten der Phantasie zum Vorschein kamen, z. B. bei den Skandinaviern und Indern, finden wir Gedichte, die wir ebenfalls für romantisch halten und auch romantisch zu nennen pflegen.

Von der Musik des Mittelalters können wir nicht viel sagen. Es fehlen uns die Urkunden. Erst spät, im sechzehnten Jahrhundert, entstanden die Meisterwerke der katholischen Kirchenmusik, die man in ihrer Art nicht genug schätzen kann, da sie den christlichen Spiritualismus am reinsten aussprechen. Die rezitierenden Künste, spiritualistisch ihrer Natur nach, konnten im Christentum ein ziemliches Gedeihen finden. Minder vorteilhaft war diese Religion für die bildenden Künste. Denn da auch diese den Sieg des Geistes über die Materie darstellen sollten, und dennoch ebendiese Materie als Mittel ihrer Darstellung gebrauchen mußten: so hatten sie gleichsam eine unnatürliche Aufgabe zu lösen. Daher in Skulptur und Malerei jene abscheulichen Themata: Martyrbilder, Kreuzigungen, sterbende Heilige, Zerstörung des Fleisches. Die Aufgaben selbst waren ein Martyrtum der Skulptur, und wenn ich jene verzerrten Bildwerke sehe, wo durch schief-fromme Köpfe, lange dünne Arme, magere Beine und ängstlich unbeholfene Gewänder die christliche Abstinenz und Entsinnlichung dargestellt werden soll, so erfaßt mich unsägliches Mitleid mit den Künstlern jener Zeit. Die Maler waren wohl etwas begünstigter, da das Material ihrer Darstellung, die Farbe, in seiner Unfaßbarkeit, in seiner bunten Schattenhaftigkeit, dem Spiritualismus nicht so derb widerstrebte wie das Material der Skulptoren; dennoch mußten auch sie, die Maler, mit den widerwärtigsten Leidensgestalten die seufzende Leinwand belasten. Wahrlich, wenn man manche Gemäldesammlung betrachtet und nichts als Blutszenen, Stäupen und Hinrichtungen dargestellt sieht, so sollte man glauben die alten Meister hätten diese Bilder für die Galerie eines Scharfrichters gemalt.

Aber der menschliche Genius weiß sogar die Unnatur zu

verklären, vielen Malern gelang es die unnatürliche Aufgabe schön und erhebend zu lösen, und namentlich die Italiener wußten der Schönheit etwas auf Kosten des Spiritualismus zu huldigen, und sich zu jener Idealität emporzuschwingen, die in so vielen Darstellungen der Madonna ihre Blüte erreicht hat. Die katholische Klerisei hat überhaupt, wenn es die Madonna galt, dem Sensualismus immer einige Zugeständnisse gemacht. Dieses Bild einer unbefleckten Schönheit, die noch dabei von Mutterliebe und Schmerz verklärt ist, hatte das Vorrecht, durch Dichter und Maler gefeiert und mit allen sinnlichen Reizen geschmückt zu werden. Denn dieses Bild war ein Magnet, welcher die große Menge in den Schoß des Christentums ziehen konnte. Madonna Maria war gleichsam die schöne *Dame du Comptoir* der katholischen Kirche, die deren Kunden, besonders die Barbaren des Nordens, mit ihrem himmlischen Lächeln anzog und festhielt.

Die Baukunst trug im Mittelalter denselben Charakter wie die andern Künste; wie denn überhaupt damals alle Manifestationen des Lebens aufs wunderbarste miteinander harmonierten. Hier, in der Architektur, zeigt sich dieselbe parabolische Tendenz wie in der Dichtkunst. Wenn wir jetzt in einen alten Dom treten, ahnen wir kaum mehr den esoterischen Sinn seiner steinernen Symbolik. Nur der Gesamteindruck dringt uns unmittelbar ins Gemüt. Wir fühlen hier die Erhebung des Geistes und die Zertretung des Fleisches. Das Innere des Doms selbst ist ein hohles Kreuz, und wir wandeln da im Werkzeuge des Martyrtums selbst; die bunten Fenster werfen auf uns ihre roten und grünen Lichter, wie Blutstropfen und Eiter; Sterbelieder umwimmern uns; unter unseren Füßen Leichensteine und Verwesung, und mit den kolossalen Pfeilern strebt der Geist in die Höhe, sich schmerzlich losreißend von dem Leib, der wie ein müdes Gewand zu Boden sinkt. Wenn man sie von außen erblickt diese gotischen Dome, diese ungeheuren Bauwerke, die so lustig, so fein, so zierlich, so durchsichtig gearbeitet sind, daß man sie für ausgeschnitzelt, daß man sie für Brabanter Spitzen von Marmor halten sollte: dann fühlt man erst recht die Gewalt jener Zeit, die selbst den Stein so zu bewältigen wußte, daß er fast gespenstisch durchgeistet erscheint, daß sogar diese härteste Materie den christlichen Spiritualismus ausspricht.

Aber die Künste sind nur der Spiegel des Lebens, und wie im Leben der Katholizismus erlosch, so verhallte und erblich er auch in der Kunst. Zur Zeit der Reformation schwand allmählich die katholische Poesie in Europa, und an ihrer Stelle sehen wir die längst abgestorbene griechische Poesie wieder aufleben. Es war freilich nur ein künstlicher Frühling, ein Werk des Gärtners und nicht der Sonne, und die Bäume und Blumen steckten in engen Töpfen, und ein Glashimmel schützte sie vor Kälte und Nordwind.

In der Weltgeschichte ist nicht jedes Ereignis die unmittelbare Folge eines anderen, alle Ereignisse bedingen sich vielmehr wechselseitig. Keineswegs bloß durch die griechischen Gelehrten, die nach der Eroberung von Byzanz zu uns herüber emigriert, ist die Liebe für das Griechentum und die Sucht es nachzuahmen bei uns allgemein geworden, sondern auch in der Kunst wie im Leben regte sich ein gleichzeitiger Protestantismus; Leo X., der prächtige Medizäer, war ein ebenso eifriger Protestant wie Luther; und wie man zu Wittenberg in lateinischer Prosa protestierte, so protestierte man zu Rom in Stein, Farbe und Ottaverime. Oder bilden die marmornen Kraftgestalten des Michelangelo, die lachenden Nymphengesichter des Giulio Romano, und die lebenstrunkene Heiterkeit in den Versen des Meisters Ludovico nicht einen protestierenden Gegensatz zu dem altdüstern, abgehärmten Katholizismus? Die Maler Italiens polemisierten gegen das Pfaffentum vielleicht weit wirksamer als die sächsischen Theologen. Das blühende Fleisch auf den Gemälden des Tizian, das ist alles Protestantismus. Die Lenden seiner Venus sind viel gründlichere Thesen als die, welche der deutsche Mönch an die Kirchentüre von Wittenberg angeklebt. – Es war damals als hätten die Menschen sich plötzlich erlöst gefühlt von tausendjährigem Zwang; besonders die Künstler atmeten wieder frei, als ihnen der Alp des Christentums von der Brust gewälzt schien; enthusiastisch stürzten sie sich in das Meer griechischer Heiterkeit, aus dessen Schaum ihnen wieder die Schönheitsgöttinnen entgegentauchten; die Maler malten wieder die ambrosische Freude des Olymps; die Bildhauer meißelten wieder mit alter Lust die alten Heroen aus dem Marmorblock hervor; die Poeten besangen wieder das Haus des Atreus und des Lajos; es entstand die Periode der neuklassischen Poesie.

Wie sich in Frankreich unter Ludwig XIV. das moderne Leben am vollendetsten ausgebildet: so gewann hier jene neuklassische Poesie ebenfalls eine ausgebildete Vollendung, ja gewissermaßen eine selbständige Originalität. Durch den politischen Einfluß des großen Königs verbreitete sich diese neuklassische Poesie im übrigen Europa; in Italien, wo sie schon einheimisch geworden war, erhielt sie ein französisches Kolorit; mit den Anjous kamen auch die Helden der französischen Tragödie nach Spanien; sie gingen nach England mit Madame Henriette; und wir Deutschen, wie sich von selbst versteht, wir bauten dem gepuderten Olymp von Versailles unsre tölpischen Tempel. Der berühmteste Oberpriester derselben war Godsched, jene große Allongeperücke, die unser teurer Goethe in seinen Memoiren so trefflich beschrieben hat.

Lessing war der literarische Arminius, der unser Theater von jener Fremdherrschaft befreite. Er zeigte uns die Nichtigkeit, die Lächerlichkeit, die Abgeschmacktheit jener Nachahmungen des französischen Theaters, das selbst wieder dem griechischen nachgeahmt schien. Aber nicht bloß durch seine Kritik, sondern auch durch seine eigenen Kunstwerke ward er der Stifter der neuern deutschen Originalliteratur. Alle Richtungen des Geistes, alle Seiten des Lebens verfolgte dieser

Mann mit Enthusiasmus und Uneigennützigkeit. Kunst, Theologie, Altertumswissenschaft, Dichtkunst, Theaterkritik, Geschichte, alles trieb er mit demselben Eifer und zu demselben Zwecke. In allen seinen Werken lebt dieselbe große soziale Idee, dieselbe fortschreitende Humanität, dieselbe Vernunftreligion, deren Johannes er war und deren Messias wir noch erwarten. Diese Religion predigte er immer, aber leider oft ganz allein und in der Wüste. Und dann fehlte ihm auch die Kunst, den Stein in Brot zu verwandeln; er verbrachte den größten Teil seines Lebens in Armut und Drangsal; das ist ein Fluch, der fast auf allen großen Geistern der Deutschen lastet und vielleicht erst durch die politische Befreiung getilgt wird. Mehr als man ahnte war Lessing auch politisch bewegt, eine Eigenschaft, die wir bei seinen Zeitgenossen gar nicht finden; wir merken jetzt erst, was er mit der Schilderung des Duodezdespotismus in »Emilia Galotti« gemeint hat. Man hielt ihn damals nur für einen Champion der Geistesfreiheit und Bekämpfer der klerikalen Intoleranz; denn seine theologischen Schriften verstand man schon besser. Die Fragmente »über Erziehung des Menschengeschlechts«, welche Eugène Rodrigue ins Französische übersetzt hat, können vielleicht den Franzosen von der umfassenden Weite des Lessingschen Geistes einen Begriff geben. Die beiden kritischen Schriften, welche den meisten Einfluß auf die Kunst ausgeübt, sind seine »Hamburgische Dramaturgie« und sein »Laokoon, oder über die Grenzen der Malerei und Poesie«. Seine ausgezeichneten Theaterstücke sind: »Emilia Galotti«, »Minna von Barnhelm« und »Nathan der Weise«.

Gotthold Ephraim Lessing ward geboren zu Kamenz in der Lausitz den 22. Januar 1729 und starb zu Braunschweig den 15. Februar 1781. Er war ein ganzer Mann, der, wenn er mit seiner Polemik das Alte zerstörend bekämpfte, auch zu gleicher Zeit selber etwas Neues und Besseres schuf; »er glich«, sagt ein deutscher Autor, »jenen frommen Juden, die beim zweiten

Tempelbau von den Angriffen der Feinde oft gestört wurden, und dann mit der einen Hand gegen diese kämpften, und mit der anderen Hand am Gottshause weiter bauten.« Es ist hier nicht die Stelle, wo ich mehr von Lessing sagen dürfte; aber ich kann nicht umhin zu bemerken, daß er in der ganzen Literaturgeschichte derjenige Schriftsteller ist, den ich am meisten liebe. Noch eines anderen Schriftstellers, der in demselben Geiste und zu demselben Zwecke wirkte und Lessings nächster Nachfolger genannt werden kann, will ich hier erwähnen; seine Würdigung gehört freilich ebenfalls nicht hierher; wie er denn überhaupt in der Literaturgeschichte einen ganz einsamen Platz einnimmt und sein Verhältnis zu Zeit und Zeitgenossen noch immer nicht bestimmt ausgesprochen werden kann. Es ist Johann Gottfried Herder, geboren 1744 zu Morungen in Ostpreußen und gestorben zu Weimar in Sachsen im Jahre 1803.

Die Literaturgeschichte ist die große Morgue wo jeder seine Toten aufsucht, die er liebt oder womit er verwandt ist. Wenn ich da unter so vielen unbedeutenden Leichen den Lessing oder den Herder sehe mit ihren erhabenen Menschengesichtern, dann pocht mir das Herz. Wie dürfte ich vorübergehen, ohne euch flüchtig die blassen Lippen zu küssen!

Wenn aber Lessing die Nachahmerei des französischen Aftergriechentums gar mächtig zerstörte, so hat er doch selbst, eben durch seine Hinweisung auf die wirklichen Kunstwerke des griechischen Altertums gewissermaßen einer neuen Art törichter Nachahmungen Vorschub geleistet. Durch seine Bekämpfung des religiösen Aberglaubens beförderte er sogar die nüchterne Aufklärungssucht, die sich zu Berlin breit machte, und im seligen Nicolai ihr Hauptorgan, und in der »Allgemeinen deutschen Bibliothek« ihr Arsenal besaß. Die kläglichste Mittelmäßigkeit begann damals, widerwärtiger als je, ihr Wesen zu treiben, und das Läppische und Leere blies sich auf, wie der Frosch in der Fabel.

Man irrt sehr wenn man etwa glaubt, daß Goethe, der damals schon aufgetaucht, bereits allgemein anerkannt gewesen sei. Sein Götz von Berlichingen und sein Werther waren mit Begeisterung aufgenommen worden, aber die Werke der gewöhnlichsten Stümper waren es nicht minder, und man gab Goethen nur eine kleine Nische in dem Tempel der Literatur. Nur den Götz und den Werther hatte das Publikum, wie gesagt, mit Begeisterung aufgenommen, aber mehr wegen des Stoffes als wegen ihrer artistischen Vorzüge, die fast niemand in diesen Meisterwerken zu schätzen verstand. Der Götz war ein dramatisierter Ritterroman und diese Gattung liebte man damals. In dem Werther sah man nur die Bearbeitung einer wahren Geschichte, die des jungen Jerusalem, eines Jünglings, der sich aus Liebe totgeschossen, und dadurch in jener windstillen Zeit einen sehr starken Lärm gemacht; man las mit Tränen seine rührenden Briefe; man bemerkte scharfsinnig, daß die Art, wie Werther aus einer adeligen Gesellschaft entfernt worden, seinen Lebensüberdruß gesteigert habe; die Frage über den Selbstmord gab dem Buche noch mehr Besprechung; einige Narren verfielen auf die Idee sich bei dieser Gelegenheit ebenfalls totzuschießen; das Buch machte, durch seinen Stoff, einen bedeutenden Knalleffekt. Die Romane von August Lafontaine wurden jedoch ebenso gern gelesen, und da dieser unaufhörlich schrieb, so war er berühmter als Wolfgang Goethe. Wieland war der damalige große Dichter mit dem es etwa nur der Herr Odendichter Ramler zu Berlin in der Poesie aufnehmen konnte. Abgöttisch wurde Wieland verehrt, mehr als jemals Goethe. Das Theater beherrschte Iffland mit seinen bürgerlich larmoyanten Dramen und Kotzebue mit seinen banal witzigen Possen.

Diese Literatur war es, wogegen sich, während den letzten Jahren des vorigen Jahrhunderts, eine Schule in Deutschland erhob, die wir die romantische genannt, und als deren Gerants sich uns die Herren August Wilhelm und Friedrich Schlegel präsentiert haben. Jena, wo sich diese beiden Brüder nebst vielen gleichgestimmten Geistern auf und zu befanden, war der Mittelpunkt, von wo aus die neue ästhetische Doktrin sich verbreitete. Ich sage Doktrin, denn diese Schule begann mit Beurteilung der Kunstwerke der Vergangenheit und mit dem Rezept zu den Kunstwerken der Zukunft. In diesen beiden Richtungen hat die Schlegelsche Schule große Verdienste um die ästhetische Kritik. Bei der Beurteilung der schon vorhandenen Kunstwerke wurden entweder ihre Mängel und Gebrechen nachgewiesen, oder ihre Vorzüge und Schönheiten beleuchtet. In der Polemik, in jenem Aufdecken der artistischen Mängel und Gebrechen, waren die Herren Schlegel durchaus die Nachahmer des alten Lessings, sie bemächtigten sich seines großen Schlachtschwerts; nur war der Arm des Herren August Wilhelm Schlegel viel zu zartschwächlich und das Auge seines Bruders Friedrich viel zu mystisch umwölkt, als daß jener so stark und dieser so scharftreffend zuschlagen konnte wie Lessing. In der reproduzierenden Kritik aber, wo die Schönheiten eines Kunstwerks veranschaulicht werden, wo es auf ein feines Herausfühlen der Eigentümlichkeiten ankam, wo diese zum Verständnis gebracht werden mußten, da sind die Herren Schlegel dem alten Lessing ganz überlegen. Was soll ich aber von ihren Rezepten für anzufertigende Meisterwerke sagen! Da offenbarte sich bei den Herren Schlegel eine Ohnmacht, die wir ebenfalls bei Lessing zu finden glauben. Auch dieser so stark er im Verneinen ist, so schwach ist er im Bejahen, selten kann er ein Grundprinzip aufstellen, noch seltener ein richtiges. Es fehlt ihm der feste Boden einer Philosophie, eines philosophischen Systems. Dieses ist nun bei den Herren Schlegel in noch viel trostloserem Grade der Fall. Man fabelt mancherlei von dem Einfluß des Fichteschen Idealismus und der Schellingschen Naturphilosophie auf die romantische Schule, die man sogar ganz daraus hervorgehen läßt. Aber ich sehe hier höchstens nur den Einfluß einiger Fichteschen und Schellingschen

Gedankenfragmente, keineswegs den Einfluß der Philosophie. Herr Schelling, der damals in Jena dozierte, hat aber jedenfalls persönlich großen Einfluß auf die romantische Schule ausgeübt; er ist, was man in Frankreich nicht weiß, auch ein Stück Poet, und es heißt, er sei noch zweifelhaft, ob er nicht seine sämtlichen philosophischen Lehren in einem poetischen, ja metrischen Gewande herausgeben solle. Dieser Zweifel charakterisiert den Mann.

Wenn aber die Herren Schlegel für die Meisterwerke, die sie sich bei den Poeten ihrer Schule bestellten, keine feste Theorie angeben konnten, so ersetzten sie diesen Mangel dadurch, daß sie die besten Kunstwerke der Vergangenheit als Muster anpriesen und ihren Schülern zugänglich machten. Dieses waren nun hauptsächlich Werke der christlich-katholischen Kunst des Mittelalters. Die Übersetzung des Shakespeares, der an der Grenze dieser Kunst steht und schon protestantisch klar in unsere moderne Zeit hereinlächelt, war nur zu polemischen Zwecken bestimmt, deren Besprechung hier zu weitläufig wäre. Auch wurde diese Übersetzung von Herrn A. W. Schlegel unternommen, zu einer Zeit, als man sich noch nicht ganz ins Mittelalter zurückenthusiasmiert hatte. Später, als dieses geschah, ward der Calderon übersetzt und weit über den Shakespeare angepriesen; denn bei jenem fand man die Poesie des Mittelalters am reinsten ausgeprägt, und zwar in ihren beiden Hauptmomenten, Rittertum und Mönchtum. Die frommen Komödien des kastilianischen Priesterdichters, dessen poetische Blumen mit Weihwasser besprengt und kirchlich geräuchert sind, wurden jetzt nachgebildet, mit all ihrer heiligen Grandezza, mit all ihrem sazerdotalen Luxus, mit all ihrer gebenedeiten Tollheit; und in Deutschland erblühten nun jene buntgläubigen, närrisch tiefsinnigen Dichtungen, in welchen man sich mystisch verliebte, wie in der »Andacht zum Kreuz«, oder zur Ehre der Mutter Gottes schlug, wie im »Standhaften Prinzen«; und Zacharias Werner trieb das Ding so weit wie man es treiben konnte, ohne von obrigkeitswegen in ein Narrenhaus eingesperrt zu werden.

Unsere Poesie, sagten die Herren Schlegel, ist alt, unsere Muse ist ein altes Weib mit einem Spinnrocken, unser Amor ist kein blonder Knabe, sondern ein verschrumpfter Zwerg mit grauen Haaren, unsere Gefühle sind abgewelkt, unsere Phantasie ist verdorrt; wir müssen uns erfrischen, wir müssen die verschütteten Quellen der naiven, einfältiglichen Poesie des Mittelalters wieder aufsuchen, da sprudelt uns entgegen der Trank der Verjüngung. Das ließ sich das trockne dürre Volk nicht zweimal sagen; besonders die armen Dursthälse, die im märkischen Sande saßen, wollten wieder blühend und jugendlich werden, und sie stürzten nach jenen Wunderquellen, und das soff und schlürfte und schlückerte mit übermäßiger Gier. Aber es erging ihnen wie der alten Kammerjungfer, von welcher man folgendes erzählt: Sie hatte bemerkt, daß ihre Dame ein Wunderelexir besaß, das die Jugend wiederherstellt; in Abwesenheit der Dame nahm sie nun aus deren Toilette das Fläschchen, welches jenes Elixir enthielt, statt aber nur einige Tropfen zu trinken, tat sie einen so großen, langen Schluck, daß sie durch die höchstgesteigerte Wunderkraft des verjüngenden Tranks, nicht bloß wieder jung, sondern gar zu einem ganz kleinen Kinde wurde. Wahrlich, so ging es namentlich unserem vortrefflichen Herrn Tieck, einem der besten Dichter der Schule; er hatte von den Volksbüchern und Gedichten des Mittelalters so viel eingeschluckt, daß er fast wieder ein Kind wurde, und zu jener lallenden Einfalt herabblühte, die Frau von Staël so sehr viele Mühe hatte zu bewundern. Sie gesteht selber, daß es ihr kurios vorkomme, wenn eine Person in einem Drama mit einem Monolog debütiert, welcher mit den Worten anfängt: »Ich bin der wackere Bonifacius, und ich komme Euch zu sagen« usw.

Herr Ludwig Tieck hat durch seinen Roman »Sternbalds Wanderungen« und durch die von ihm herausgegebenen und von einem gewissen Wackenroder geschriebenen »Herzensergießungen eines kunstliebenden Klosterbruders« auch den bildenden Künstlern die naiven, rohen Anfänge der Kunst als Muster dargestellt. Die Frömmigkeit und Kindlichkeit dieser Werke, die sich eben in ihrer technischen Unbeholfenheit kundgibt, wurde zur Nachahmung empfohlen. Von Raffael wollte man nichts mehr wissen, kaum einmal von seinem Lehrer Perugino, den man freilich schon höher schätzte, und in welchem man noch Reste jener Vortrefflichkeiten entdeckte, deren ganze Fülle man in den unsterblichen Meisterwerken des Fra Giovanno Angelico da Fiesole so andachtsvoll bewunderte. Will man sich hier einen Begriff von dem Geschmacke der damaligen Kunstenthusiasten machen, so muß man nach dem Louvre gehen, wo noch die besten Gemälde jener Meister hängen, die man damals unbedingt verehrte; und will man sich einen Begriff von dem großen Haufen der Poeten machen, die damals in allen möglichen Versarten die Dichtungen des Mittelalters nachahmten, so muß man nach dem Narrenhaus zu Charenton gehn.

Aber ich glaube jene Bilder im ersten Saale des Louvre sind noch immer viel zu graziöse, als daß man sich dadurch einen Begriff von dem damaligen Kunstgeschmack machen könnte. Man muß sich diese altitalienischen Bilder noch obendrein ins Altdeutsche übersetzt denken. Denn man erachtete die Werke der altdeutschen Maler für noch weit einfältiglicher und kindlicher und also nachahmungswürdiger als die altitalienischen. Denn die Deutschen vermögen ja, hieß es, mit ihrem Gemüt (ein Wort wofür die französische Sprache keinen Ausdruck hat) das Christentum tiefer aufzufassen als andere Nationen, und Friedrich Schlegel und sein Freund Herr Joseph Görres, wühlten in den alten Städten am Rhein nach den Resten altdeutscher Gemälde und Bildwerke, die man, gleich heiligen Reliquien, blindgläubig verehrte.

Ich habe eben den deutschen Parnaß jener Zeit mit Charenton verglichen. Ich glaube aber auch hier habe ich viel zu wenig gesagt. Ein französischer Wahnsinn ist noch lange nicht so wahnsinnig wie ein deutscher; denn in diesem, wie Polonius sagen würde, ist Methode. Mit einer Pedanterie ohnegleichen, mit einer entsetzlichen Gewissenhaftigkeit, mit einer Gründlichkeit wovon sich ein oberflächlicher französischer Narr nicht einmal einen Begriff machen kann, trieb man jene deutsche Tollheit.

Der politische Zustand Deutschlands war der christlich-altdeutschen Richtung noch besonders günstig. Not lehrt beten, sagt das Sprichwort, und wahrlich nie war die Not in Deutschland größer, und daher das Volk dem Beten, der Religion, dem Christentum zugänglicher als damals. Kein Volk hegt mehr Anhänglichkeit für seine Fürsten wie das deutsche, und mehr noch als der traurige Zustand worin das Land durch den Krieg und die Fremdherrschaft geraten, war es der jammervolle Anblick ihrer besiegten Fürsten, die sie zu den Füßen Napoleons kriechen sahen, was die Deutschen aufs unleidlichste betrübte; das ganze Volk glich jenen treuherzigen alten Dienern in großen Häusern, die alle Demütigungen, welche ihre gnädige Herrschaft erdulden muß, noch tiefer empfinden als diese selbst, und die im verborgenen ihre kummervollsten Tränen weinen wenn etwa das herrschaftliche Silberzeug verkauft werden soll, und die sogar ihre ärmlichen Ersparnisse heimlich dazu verwenden, daß nicht bürgerliche Talglichter statt adliger Wachskerzen auf die herrschaftliche Tafel gesetzt werden; wie wir solches, mit hinlänglicher Rührung, in den alten Schauspielen sehen. Die allgemeine Betrübnis fand Trost in der Religion, und es entstand ein pietistisches Hingeben in den Willen Gottes, von welchem allein die Hilfe erwartet wurde. Und in der Tat, gegen den Napoleon konnte auch gar kein anderer helfen als der liebe Gott selbst. Auf die weltlichen Heerscharen war nicht mehr zu rechnen, und man mußte vertrauungsvoll den Blick nach dem Himmel wenden.

Wir hätten auch den Napoleon ganz ruhig ertragen. Aber

unsere Fürsten, während sie hofften, durch Gott von ihm befreit zu werden, gaben sie auch zugleich dem Gedanken Raum, daß die zusammengefaßten Kräfte ihrer Völker dabei sehr mitwirksam sein möchten: man suchte in dieser Absicht den Gemeinsinn unter den Deutschen zu wecken und sogar die allerhöchsten Personen sprachen jetzt von deutscher Volkstümlichkeit, vom gemeinsamen deutschen Vaterlande, von der Vereinigung der christlich germanischen Stämme, von der Einheit Deutschlands. Man befahl uns den Patriotismus und wir wurden Patrioten; denn wir tun alles, was uns unsere Fürsten befehlen. Man muß sich aber unter diesem Patriotismus nicht dasselbe Gefühl denken, das hier in Frankreich diesen Namen führt. Der Patriotismus des Franzosen besteht darin, daß sein Herz erwärmt wird, durch diese Wärme sich ausdehnt, sich erweitert, daß es nicht mehr bloß die nächsten Angehörigen, sondern ganz Frankreich, das ganze Land der Zivilisation, mit seiner Liebe umfaßt: der Patriotismus des Deutschen hingegen besteht darin, daß sein Herz enger wird, daß es sich zusammenzieht wie Leder in der Kälte, daß er das Fremdländische haßt, daß er nicht mehr Weltbürger, nicht mehr Europäer, sondern nur ein enger Deutscher sein will. Da sahen wir nur das idealische Flegeltum, das Herr Jahn in System gebracht; es begann die schäbige, plumpe, ungewaschene Opposition gegen eine Gesinnung, die eben das Herrlichste und Heiligste ist, was Deutschland hervorgebracht hat, nämlich gegen jene Humanität, gegen jene allgemeine Menschenverbrüderung, gegen jenen Kosmopolitismus, dem unsere großen Geister, Lessing, Herder, Schiller, Goethe, Jean Paul, dem alle Gebildeten in Deutschland immer gehuldigt haben.

Was sich bald darauf in Deutschland ereignete, ist euch allzuwohl bekannt. Als Gott, der Schnee und die Kosaken die besten Kräfte des Napoleon zerstört hatten, erhielten wir Deutsche den allerhöchsten Befehl uns vom fremden Joche zu befreien, und wir loderten auf in männlichem Zorn ob der allzulang ertragenen Knechtschaft, und wir begeisterten uns durch die guten Melodien und schlechten Verse der Körnerschen Lieder, und wir erkämpften die Freiheit; denn wir tun alles, was uns von unseren Fürsten befohlen wird.

In der Periode, wo dieser Kampf vorbereitet wurde, mußte eine Schule, die dem französischen Wesen feindlich gesinnt war, und alles deutsch Volkstümliche in Kunst und Leben hervorrühmte, ihr treffliches Gedeihen finden. Die romantische Schule ging damals Hand in Hand mit dem Streben der Regierungen und der geheimen Gesellschaft, und Herr A. W. Schlegel konspirierte gegen Racine zu demselben Ziel, wie der Minister Stein gegen Napoleon konspirierte. Die Schule schwamm mit dem Strom der Zeit, nämlich mit dem Strom, der nach seiner Quelle zurückströmte. Als endlich der deutsche Patriotismus und die deutsche Nationalität vollständig siegte, triumphierte auch definitiv die volkstümlich-germanisch-christlich-romantische Schule, die »neudeutsch-religiös-patriotische Kunst«. Napoleon, der große Klassiker, der so klassisch wie Alexander und Cäsar, stürzte zu Boden, und die Herren August Wilhelm und Friedrich Schlegel, die kleinen Romantiker, die ebenso romantisch wie das Däumchen und der gestiefelte Kater, erhoben sich als Sieger.

Aber auch hier blieb jene Reaktion nicht aus, welche jeder Übertreibung auf dem Fuße folgt. Wie das spiritualistische Christentum eine Reaktion gegen die brutale Herrschaft des imperial römischen Materialismus war; wie die erneuerte Liebe zur heiter griechischen Kunst und Wissenschaft als eine Reaktion gegen den bis zur blödsinnigsten Abtötung ausgearteten christlichen Spiritualismus zu betrachten ist; wie die Wiedererweckung der mittelalterlichen Romantik ebenfalls für die Reaktion gegen die nüchterne Nachahmerei der antiken, klassischen Kunst gelten kann: so sehen wir jetzt auch eine Reaktion gegen die Wiedereinführung jener katholisch-feudalistischen Denkweise, jenes Rittertums und Pfaffentums, das in Bild und

Wort gepredigt worden und unter höchst befremdlichen Umständen. Als nämlich die alten Künstler des Mittelalters, die empfohlenen Muster, so hoch gepriesen und bewundert standen, hatte man ihre Vortrefflichkeit nur dadurch zu erklären gewußt, daß diese Männer an das Thema glaubten, welches sie darstellten, daß sie in ihrer kunstlosen Einfalt mehr leisten konnten als die späteren glaubenlosen Meister, die es im Technischen viel weiter gebracht, daß der Glauben in ihnen Wunder getan; – und in der Tat, wie konnte man die Herrlichkeiten eines Fra Angelico da Fiesole oder das Gedicht des Bruder Otfried anders erklären! Die Künstler allnun, die es mit der Kunst ernsthaft meinten, und die gottvolle Schiefheit jener Wundergemälde und die heilige Unbeholfenheit jener Wundergedichte, kurz das unerklärbar Mystische der alten Werke nachahmen wollten: diese entschlossen sich, zu derselben Hippokrene zu wandern, wo auch die alten Meister ihre mirakulöse Begeisterung geschöpft; sie pilgerten nach Rom, wo der Statthalter Christi, mit der Milch seiner Eselin, die schwindsüchtige deutsche Kunst wieder stärken sollte; mit einem Worte, sie begaben sich in den Schoß der alleinseligmachenden römisch-katholisch-apostolischen Kirche. Bei mehreren Anhängern der romantischen Schule bedurfte es keines formellen Übergangs, sie waren Katholiken von Geburt, z. B. Herr Görres und Herr Klemens Brentano, und sie entsagten nur ihren bisherigen freigeistigen Ansichten. Andere aber waren im Schoße der protestantischen Kirche geboren und erzogen, z. B. Friedrich Schlegel, Herr Ludwig Tieck, Novalis, Werner, Schütz, Carové, Adam Müller usw., und ihr Übertritt zum Katholizismus bedurfte eines öffentlichen Akts. Ich habe hier nur Schriftsteller erwähnt; die Zahl der Maler, die scharenweis das evangelische Glaubensbekenntnis und die Vernunft abschworen, war weit größer.

Wenn man nun sah wie diese jungen Leute vor der römisch-katholischen Kirche gleichsam Queue machten, und sich in den alten Geisteskerker wieder hineindrängten, aus welchem ihre Väter sich mit so vieler Kraft befreit hatten: da schüttelte man in Deutschland sehr bedenklich den Kopf. Als man aber entdeckte, daß eine Propaganda von Pfaffen und Junkern, die sich gegen die religiöse und politische Freiheit Europas verschworen, die Hand im Spiele hatte, daß es eigentlich der Jesuitismus war, welcher, mit den süßen Tönen der Romantik, die deutsche Jugend so verderblich zu verlocken wußte, wie einst der fabelhafte Rattenfänger die Kinder von Hameln: da entstand großer Unmut und auflodernder Zorn unter den Freunden der Geistesfreiheit und des Protestantismus in Deutschland.

Ich habe Geistesfreiheit und Protestantismus zusammen genannt; ich hoffe aber, daß man mich, obgleich ich mich in Deutschland zur protestantischen Kirche bekenne, keiner Parteilichkeit für letztere beschuldigen wird. Wahrlich, ohne alle Parteilichkeit habe ich Geistesfreiheit und Protestantismus zusammen genannt; und in der Tat, es besteht in Deutschland ein freundschaftliches Verhältnis zwischen beiden. Auf jeden Fall sind sie beide verwandt und zwar wie Mutter und Tochter. Wenn man auch der protestantischen Kirche manche fatale Engsinnigkeit vorwirft, so muß man doch zu ihrem unsterblichen Ruhme bekennen: indem durch sie die freie Forschung in der christlichen Religion erlaubt und die Geister vom Joche der Autorität befreit wurden, hat die freie Forschung überhaupt in Deutschland Wurzel schlagen und die Wissenschaft sich selbständig entwickeln können. Die deutsche Philosophie, obgleich sie sich jetzt neben die protestantische Kirche stellt, ja sich über sie heben will, ist doch immer nur ihre Tochter; als solche ist sie immer inbetreff der Mutter zu einer schonenden Pietät verpflichtet, und die Verwandtschaftsinteressen verlangten es, daß sie sich verbündeten, als sie beide von der gemeinschaftlichen Feindin, von dem Jesuitismus, bedroht waren. Alle Freunde der Gedankenfreiheit und der protestantischen

Kirche, Skeptiker wie Orthodoxe, erhoben sich zu gleicher Zeit gegen die Restauratoren des Katholizismus; und wie sich von selbst versteht, die Liberalen, welche nicht eigentlich für die Interessen der Philosophie oder der protestantischen Kirche, sondern für die Interessen der bürgerlichen Freiheit besorgt waren, traten ebenfalls zu dieser Opposition. Aber in Deutschland waren die Liberalen bis jetzt auch immer zugleich Schulphilosophen und Theologen, und es ist immer dieselbe Idee der Freiheit wofür sie kämpfen, sie mögen nun ein rein politisches, oder ein philosophisches oder ein theologisches Thema behandeln. Dieses zeigt sich am offenbarsten in dem Leben des Mannes, der die romantische Schule in Deutschland schon bei ihrer Entstehung untergraben und jetzt am meisten dazu beigetragen hat sie zu stürzen. Es ist Johann Heinrich Voß.

Dieser Mann ist in Frankreich gar nicht bekannt, und doch gibt es wenige, denen das deutsche Volk, in Hinsicht seiner geistigen Ausbildung, mehr verdankt als eben ihm. Er ist vielleicht nach Lessing, der größte Bürger in der deutschen Literatur. Jedenfalls war er ein großer Mann und er verdient, daß ich nicht allzukärglichen Wortes ihn bespreche.

Die Biographie des Mannes ist fast die aller deutschen Schriftsteller der alten Schule. Er wurde geboren im Jahr 1751, im Mecklenburgischen, von armen Eltern, studierte Theologie, vernachlässigte sie als er die Poesie und die Griechen kennen lernte, beschäftigte sich ernsthaft mit diesen beiden, gab Unterricht um nicht zu verhungern, wurde Schulmeister zu Ottendorf im Lande Hadeln, übersetzte die Alten, und lebte arm, frugal und arbeitsam bis in sein fünfundsiebenzigstes Jahr. Er hatte einen ausgezeichneten Namen unter den Dichtern der alten Schule; aber die neuen romantischen Poeten zupften beständig an seinem Lorbeer, und spöttelten viel über den altmodischen ehrlichen Voß, der in treuherziger, manchmal sogar plattdeutscher Sprache das kleinbürgerliche Leben an der Niederelbe besungen, der keine mittelalterlichen Ritter und Madonnen, sondern einen schlichten protestantischen Pfarrer und seine tugendhafte Familie zu Helden seiner Dichtungen wählte, und der so kerngesund und bürgerlich und natürlich war, während sie, die neuen Troubadouren, so somnambülisch kränklich, so ritterlich vornehm und so genial unnatürlich waren. Dem Friedrich Schlegel, dem berauschten Sänger der liederlich-romantischen Lucinde, wie fatal mußte er ihm sein, dieser nüchterne Voß mit seiner keuschen »Luise« und seinem alten ehrwürdigen Pfarrer von Grünau! Herr August Wilhelm Schlegel, der es mit der Liederlichkeit und dem Katholizismus nie so ehrlich gemeint hat wie der Bruder, der konnte schon mit dem alten Voß viel besser harmonieren, und es bestand zwischen beiden eigentlich nur eine Übersetzer-Rivalität, die übrigens für die deutsche Sprache von großem Nutzen war. Voß hatte schon vor Entstehung der neuen Schule den Homer übersetzt, jetzt übersetzte er mit unerhörtem Fleiß auch die übrigen heidnischen Dichter des Altertums; während Herr A. W. Schlegel die christlichen Dichter der romantisch-katholischen Zeit übersetzte. Beider Arbeiten wurden bestimmt durch die versteckt polemische Absicht: Voß wollte die klassische Poesie und Denkweise durch seine Übersetzungen befördern; während Herr A. W. Schlegel die christlich-romantischen Dichter in guten Übersetzungen dem Publikum, zur Nachahmung und Bildung, zugänglich machen wollte. Ja, der Antagonismus zeigte sich sogar in den Sprachformen beider Übersetzer. Während Herr Schlegel immer süßlicher und zimperlicher seine Worte glättete, wurde Voß in seinen Übersetzungen immer herber und derber, die späteren sind durch die hineingefeilten Rauheiten fast unaussprechbar: so daß, wenn man auf dem blank polierten, schlüpfrigen Mahagoni-Parkett der Schlegelschen Verse leicht ausglitschte, so stolperte man ebenso leicht über die versifizierten Marmorblöcke des alten Voß. Endlich, aus Rivalität, wollte letzterer auch den Shakespeare übersetzen, welchen Herr Schlegel in seiner ersten Periode so vortrefflich ins Deutsche übertragen; aber das bekam dem alten Voß sehr schlecht und seinem Verleger noch schlimmer; die Übersetzung mißlang ganz und gar. Wo Herr Schlegel vielleicht zu weich übersetzt, wo seine Verse manchmal wie geschlagene Sahne sind, wobei man nicht weiß, wenn man sie zu Munde führt, ob man sie essen oder trinken soll: da ist Voß hart wie Stein und man muß fürchten, sich die Kinnlade zu zerbrechen wenn man seine Verse ausspricht. Aber was eben den Voß so gewaltig auszeichnete, das ist die Kraft womit er gegen alle Schwierigkeiten kämpfte; und er kämpfte nicht bloß mit der deutschen Sprache, sondern auch mit jenem jesuitisch-aristokratischen Ungetüm, das damals aus dem Walddunkel der deutschen Literatur sein mißgestaltetes Haupt hervorreckte; und Voß schlug ihm eine tüchtige Wunde.

Herr Wolfgang Menzel, ein deutscher Schriftsteller welcher als einer der bittersten Gegner von Voß bekannt ist, nennt ihn einen niedersächsischen Bauern. Trotz der schmähenden Absicht ist doch diese Benennung sehr treffend. In der Tat, Voß ist ein niedersächsischer Bauer, so wie Luther es war; es fehlte ihm alles Chevalereske, alle Courtoisie, alle Graziosität; er gehörte ganz zu jenem derbkräftigen, starkmännlichen Volksstamme, dem das Christentum mit Feuer und Schwert gepredigt werden mußte, der sich erst nach drei verlorenen Schlachten dieser Religion unterwarf, der aber immer noch, in seinen Sitten und Weisen, viel nordisch-heidnische Starrheit behalten, und in seinen materiellen und geistigen Kämpfen so tapfer und hartnäckig sich zeigt wie seine alten Götter. Ja, wenn ich mir den Johann Heinrich Voß in seiner Polemik und in seinem ganzen Wesen betrachte, so ist mir, als sähe ich den alten einäugigen Odin selbst, der seine Asenburg verlassen, um Schulmeister zu werden zu Ottendorf im Lande Hadeln, und der da den blonden Holsteinern die lateinischen Deklinationen und den christlichen Katechismus einstudiert, und der in seinen Nebenstunden die griechischen Dichter ins Deutsche übersetzt und von Thor den Hammer borgt, um die Verse damit zurecht zu klopfen, und der endlich, des mühsamen Geschäftes überdrüssig, den armen Fritz Stolberg mit dem Hammer auf den Kopf schlägt.

Das war eine famose Geschichte. Friedrich, Graf von Stolberg, war ein Dichter der alten Schule und außerordentlich berühmt in Deutschland, vielleicht minder durch seine poetische Talente als durch den Grafentitel, der damals in der deutschen Literatur viel mehr galt als jetzt. Aber Fritz Stolberg war ein liberaler Mann, von edlem Herzen, und er war ein Freund jener bürgerlichen Jünglinge, die in Göttingen eine poetische Schule stifteten. Ich empfehle den französischen Literaten, die Vorrede zu den Gedichten von Hölty zu lesen, worin Johann Heinrich Voß das idyllische Zusammenleben des Dichterbundes geschildert, wozu er und Fritz Stolberg gehörten. Diese beiden waren endlich allein übriggeblieben von jener jugendlichen Dichterschar. Als nun Fritz Stolberg mit Eklat zur katholischen Kirche überging und Vernunft und Freiheitsliebe abschwor und ein Beförderer des Obskurantismus wurde, und durch sein vornehmes Beispiel gar viele Schwächlinge nachlockte: da trat Johann Heinrich Voß, der alte siebzigjährige Mann, dem ebenso alten Jugendfreunde öffentlich entgegen und schrieb das Büchlein: »Wie ward Fritz Stolberg ein Unfreier?« Er analysierte darin dessen ganzes Leben, und zeigte: wie die aristokratische Natur in dem verbrüderten Grafen immer lauernd verborgen lag; wie sie nach den Ereignissen der französischen Revolution immer sichtbarer hervortrat; wie Stolberg sich der sogenannten Adelskette, die den französischen Freiheitsprinzipien entgegenwirken wollte, heimlich anschloß; wie diese Adligen sich mit den Jesuiten verbanden; wie man durch die Wiederherstellung des Katholizismus auch die Adelsinteressen zu fördern glaubte; wie überhaupt die Restauration des christkatholischen feudalistischen Mittelalters und der Untergang der protestantischen Denkfreiheit und des politischen Bürgertums betrieben wurden. Die deutsche Demokratie und die deutsche Aristokratie, die sich vor den Revolutionszeiten, als jene noch nichts hoffte und diese nichts befürchtete, so unbefangen jugendlich verbrüdert hatten, diese standen sich jetzt als Greise gegenüber und kämpften den Todeskampf.

Der Teil des deutschen Publikums, der die Bedeutung und die entsetzliche Notwendigkeit dieses Kampfes nicht begriffen, tadelte den armen Voß über die unbarmherzige Enthüllung von häuslichen Verhältnissen, von kleinen Lebensereignissen, die aber in ihrer Zusammenstellung ein beweisendes Ganze bildeten. Da gab es nun auch sogenannte vornehme Seelen, die, mit aller Erhabenheit, über engherzige Kleinigkeitskrämerei schrien und den armen Voß der Klatschsucht bezüchtigten. Andere, Spießbürger, die besorgt waren, man möchte von ihrer eigenen Misere auch einmal die Gardine fortziehen, diese eiferten über die Verletzung des literarischen Herkommens, wonach alle Persönlichkeiten, alle Enthüllungen des Privatlebens, streng verboten seien. Als nun Fritz Stolberg in derselben Zeit starb, und man diesen Sterbefall dem Kummer zuschrieb, und gar nach seinem Tode das »Liebesbüchlein« herauskam, worin er, mit frömmelnd christlichem, verzeihendem, echt jesuitischem Tone, über den armen verblendeten Freund sich aussprach: da flossen die Tränen des deutschen Mitleids, da weinte der deutsche Michel seine dicksten Tropfen, und es sammelte sich viel weichherzige Wut gegen den armen Voß, und die meisten Scheltworte erhielt er von ebendenselben Menschen, für deren geistiges und weltliches Heil er gestritten.

Überhaupt kann man in Deutschland auf das Mitleid und die Tränendrüsen der großen Menge rechnen, wenn man in einer Polemik tüchtig mißhandelt wird. Die Deutschen gleichen dann jenen alten Weibern, die nie versäumen einer Exekution zuzusehen, die sich da als die neugierigsten Zuschauer vorandrängen, beim Anblick des armen Sünders und seiner Leiden aufs bitterste jammern und ihn sogar verteidigen. Diese Klageweiber, die bei literarischen Exekutionen so jammervoll sich gebärden, würden aber sehr verdrießlich sein, wenn der arme Sünder, dessen Auspeitschung sie eben erwarteten, plötzlich begnadigt würde und sie sich, ohne etwas gesehen zu haben, wieder nach Hause trollen müßten. Ihr vergrößerter Zorn trifft dann denjenigen, der sie in ihren Erwartungen getäuscht hat.

Indessen, die Vossische Polemik wirkte mächtig auf das Publikum, und sie zerstörte in der öffentlichen Meinung die grassierende Vorliebe für das Mittelalter. Jene Polemik hatte Deutschland aufgeregt, ein großer Teil des Publikums erklärte sich unbedingt für Voß, ein größerer Teil erklärte sich nur für dessen Sache. Es erfolgten Schriften und Gegenschriften, und die letzten Lebenstage des alten Mannes wurden durch diese Händel nicht wenig verbittert. Er hatte es mit den schlimmsten Gegnern zu tun, mit den Pfaffen, die ihn unter allen Vermummungen angriffen. Nicht bloß die Kryptokatholiken, sondern auch die Pietisten, die Quientisten, die lutherischen Mystiker, kurz alle jene supernaturalistischen Sekten der protestantischen Kirche, die untereinander so sehr verschiedene Meinungen hegen, vereinigten sich doch mit gleich großem Haß gegen Johann Heinrich Voß, den Rationalisten. Mit diesem Namen bezeichnet man in Deutschland diejenigen Leute, die der Vernunft auch in der Religion ihre Rechte einräumen, im Gegensatz zu den Supernaturalisten, welche sich da, mehr oder minder, jeder Vernunfterkenntnis entäußert haben. Letztere, in ihrem Hasse gegen die armen Rationalisten, sind wie die Narren eines Narrenhauses, die, wenn sie auch von den entgegengesetztesten Narrheiten befangen sind, dennoch sich einigermaßen leidlich untereinander vertragen, aber mit der grimmigsten Erbitterung gegen denjenigen Mann erfüllt sind, den sie als ihren gemeinschaftlichen Feind betrachten, und der eben kein anderer ist als der Irrenarzt, der ihnen die Vernunft wiedergeben will.

Wurde nun die romantische Schule, durch die Enthüllung der katholischen Umtriebe, in der öffentlichen Meinung zugrunde gerichtet, so erlitt sie gleichzeitig in ihrem eigenen Tempel einen vernichtenden Einspruch, und zwar aus dem Munde eines jener Götter, die sie selbst dort aufgestellt. Nämlich Wolfgang Goethe trat von seinem Postamente herab und sprach das Verdammnisurteil über die Herren Schlegel, über diesen Oberpriester, die ihn mit so viel Weihrauch umduftet. Diese Stimme vernichtete den ganzen Spuk; die Gespenster des Mittelalters entflohen; die Eulen verkrochen sich wieder in die obskuren Burgtrümmer; die Raben flatterten wieder nach ihren alten Kirchtürmen; Friedrich Schlegel ging nach Wien wo er täglich Messe hörte und gebratene Hähndel aß; Herr August Wilhelm Schlegel zog sich zurück in die Pagode des Brahma.

Offen gestanden, Goethe hat damals eine sehr zweideutige Rolle gespielt, und man kann ihn nicht unbedingt loben. Es ist wahr, die Herren Schlegel haben es nie ehrlich mit ihm gemeint; vielleicht nur, weil sie in ihrer Polemik gegen die alte Schule auch einen lebenden Dichter als Vorbild aufstellen mußten, und keinen geeigneteren fanden als Goethe, auch von diesem einigen literarischen Vorschub erwarteten, bauten sie ihm einen Altar, und räucherten ihm und ließen das Volk vor ihm knien. Sie hatten ihn auch so ganz in der Nähe. Von Jena nach Weimar führte eine Allee hübscher Bäume, worauf Pflaumen wachsen, die sehr gut schmecken, wenn man durstig ist von der Sommerhitze; und diesen Weg wanderten die Schlegel sehr oft, und in Weimar hatten sie manche Unterredung mit dem Herren Geheimerat von Goethe, der immer ein sehr großer Diplomat war, und die Schlegel ruhig anhörte, beifällig lächelte, ihnen manchmal zu essen gab, auch sonst einen Gefallen tat usw. Sie hatten sich auch an Schiller gemacht; aber dieser war ein ehrlicher Mann und wollte nichts von ihnen wissen. Der Briefwechsel zwischen ihm und Goethe, der vor drei Jahren gedruckt worden, wirft manches Licht auf das Verhältnis dieser beiden Dichter zu den Schlegeln. Goethe lächelte vornehm über sie hinweg; Schiller ist ärgerlich über ihre impertinente Skandalsucht, über ihre Manier durch Skandal Aufsehen zu machen, und er nennt sie »Laffen«.

Mochte jedoch Goethe immerhin vornehm tun, so hatte er nichtsdestoweniger den größten Teil seiner Renommee den Schlegeln zu verdanken. Diese haben das Studium seiner Werke eingeleitet und befördert. Die schnöde, beleidigende Art, womit er diese beiden Männer am Ende ablehnte, riecht sehr nach Undank. Vielleicht verdroß es aber den tiefschauenden Goethe, daß die Schlegel ihn nur als Mittel zu ihren Zwecken gebrauchen wollten; vielleicht haben ihn, den Minister eines protestantischen Staates, diese Zwecke zu kompromittieren gedroht; vielleicht war es gar der altheidnische Götterzorn, der in ihm erwachte, als er das dumpfig katholische Treiben sah: – denn wie Voß dem starren einäugigen Odin glich, so glich Goethe dem großen Jupiter in Denkweise und Gestalt. Jener freilich mußte mit Thors Hammer tüchtig zuschlagen; dieser brauchte nur das Haupt mit den ambrosischen Locken unwillig zu schütteln, und die Schlegel zitterten und krochen davon. Ein öffentliches Dokument jenes Einspruchs von seiten Goethes erschien im zweiten Hefte der Goetheschen Zeitschrift »Kunst und Altertum« und es führt den Titel: »Über die christlich-patriotisch-neu-deutsche Kunst«. Mit diesem Artikel machte Goethe gleichsam seinen 18. Brumaire in der deutschen Literatur; denn indem er so barsch die Schlegel aus dem Tempel jagte und viele ihrer eifrigsten Jünger an seine eigne Person heranzog, und von dem Publikum, dem das Schlegelsche Direktorium schon lange ein Greuel war, akklamiert wurde, begründete er seine Alleinherrschaft in der deutschen Literatur. Von jener Stunde an war von den Herren Schlegel nicht mehr die Rede; nur dann und wann sprach man noch von ihnen, wie man jetzt noch manchmal von Barras oder Gohier spricht; man sprach nicht mehr von Romantik und klassischer Poesie, sondern von Goethe und wieder von Goethe. Freilich es traten unterdessen einige Dichter auf den Schauplatz, die an Kraft und Phantasie diesem nicht viel nachgaben; aber sie erkannten ihn aus Courtoisie als ihr Oberhaupt, sie umgaben ihn huldigend, sie küßten ihm die Hand, sie knieten vor ihm; diese Granden des Parnassus unterschieden sich jedoch von der großen Menge dadurch, daß sie auch in Goethes Gegenwart ihren Lorbeerkranz auf dem Haupte behalten durften. Manchmal auch frondierten sie ihn; sie ärgerten sich aber dann wenn irgendein Geringerer sich ebenfalls berechtigt hielt Goethen zu schelten. Die Aristokraten, wenn sie auch noch so böse gegen ihren Souverän gestimmt sind, werden doch verdrießlich, wenn sich auch der Plebs gegen diesen erhebt. Und die geistigen Aristokraten in Deutschland hatten, während der beiden letzten Dezennien, sehr gerechte Gründe auf Goethe ungehalten zu sein. Wie ich selber es damals mit hinlänglicher Bitterkeit offen gesagt habe: Goethe glich jenem Ludwig XI., der den hohen Adel unterdrückte und den *tiers état* emporhob.

Das war widerwärtig, Goethe hatte Angst vor jedem selbständigen Originalschriftsteller und lob und pries alle unbedeutende Kleingeister; ja er trieb dieses so weit, daß es endlich für ein *Brevet* der Mittelmäßigkeit galt, von Goethe gelobt worden zu sein.

Späterhin spreche ich von den neuen Dichtern, die während der Goetheschen Kaiserzeit hervortraten. Das ist ein junger Wald, dessen Stämme erst jetzt ihre Größe zeigen, seitdem die hundertjährige Eiche gefallen ist, von deren Zweigen sie so weit überragt und überschattet wurden.

Es fehlte, wie schon gesagt, nicht an einer Opposition, die gegen Goethe, diesen großen Baum, mit Erbitterung eiferte. Menschen von den entgegengesetztesten Meinungen vereinigten sich zu solcher Opposition. Die Altgläubigen, die Orthodoxen, ärgerten sich, daß in dem Stamme des großen Baumes keine Nische mit einem Heiligenbildchen befindlich war, ja, daß sogar die nackten Dryaden des Heidentums darin ihr Hexenwesen trieben, und sie hätten gern, mit geweihter Axt, gleich dem heiligen Bonifacius, diese alte Zaubereiche niedergefällt; die Neugläubigen, die Bekenner des Liberalismus, ärgerten sich im Gegenteil, daß man diesen Baum nicht zu einem Freiheitsbaum, und am allerwenigsten zu einer Barrikade benutzen konnte. In der Tat, der Baum war zu hoch, man konnte nicht auf seinen Wipfel eine rote Mütze stecken und darunter die Carmagnole tanzen. Das große Publikum aber verehrte diesen Baum eben weil er so selbständig herrlich war, weil er so lieblich die ganze Welt mit seinem Wohlduft erfüllte, weil seine Zweige so prachtvoll in den Himmel ragten, so daß es aussah, als seien die Sterne nur die goldnen Früchte des großen Wunderbaumes.

Die Opposition gegen Goethe beginnt eigentlich mit dem Erscheinen der sogenannten falschen Wanderjahre, welche unter dem Titel: »Wilhelm Meisters Wanderjahre« im Jahre 1821, also bald nach dem Untergang der Schlegel, bei Gottfried Basse in Quedlinburg herauskamen. Goethe hatte nämlich unter eben diesem Titel eine Fortsetzung von »Wilhelm Meisters Lehrjahren« angekündigt, und sonderbarerweise erschien diese Fortsetzung gleichzeitig mit jenem literarischen Doppelgänger, worin nicht bloß die Goethesche Schreibart nachgeahmt war, sondern auch der Held des Goetheschen Originalromans sich als handelnde Person darstellte. Diese Nachäffung zeugte nicht sowohl von vielem Geiste als vielmehr von großem Takte, und da der Verfasser einige Zeit seine Anonymität zu bewahren wußte und man ihn vergebens zu erraten suchte, so ward das Interesse des Publikums noch künstlich gesteigert. Es ergab sich jedoch am Ende, daß der Verfasser ein bisher unbekannter Landprediger war, namens »Pustkuchen« was auf französisch *omelette soufflée* heißt, ein Name welcher auch sein ganzes Wesen bezeichnete. Es war nichts anders als der alte pietistische Sauerteig, der sich ästhetisch aufgeblasen hatte. Es ward dem

Goethe in jenem Buche vorgeworfen: daß seine Dichtungen keinen moralischen Zweck hätten; daß er keine edlen Gestalten, sondern nur vulgäre Figuren schaffen könne; daß hingegen Schiller die idealisch edelsten Charaktere aufgestellt und daher ein größerer Dichter sei.

Letzteres, daß nämlich Schiller größer sei als Goethe, war der besondere Streitpunkt, den jenes Buch hervorgerufen. Man verfiel in die Manie, die Produkte beider Dichter zu vergleichen und die Meinungen teilten sich. Die Schillerianer pochten auf die sittliche Herrlichkeit eines Max Piccolomini, einer Thekla, eines Marquis Posa und sonstiger Schillerschen Theaterhelden, wogegen sie die Goetheschen Personen, eine Philine, ein Käthchen, ein Klärchen und dergleichen hübsche Kreaturen, für unmoralische Weibsbilder erklärten. Die Goetheaner bemerkten lächelnd, daß letztere und auch die Goetheschen Helden schwerlich als moralisch zu vertreten wären, daß aber die Beförderung der Moral, die man von Goethes Dichtungen verlange, keineswegs der Zweck der Kunst sei: denn in der Kunst gäbe es keine Zwecke, wie in dem Weltbau selbst, wo nur der Mensch die Begriffe »Zweck und Mittel« hineingegrübelt; die Kunst, wie die Welt, sei ihrer selbst willen da, und wie die Welt ewig dieselbe bleibt, wenn auch in ihrer Beurteilung die Ansichten der Menschen unaufhörlich wechseln, so müsse auch die Kunst von den zeitlichen Ansichten der Menschen unabhängig bleiben; die Kunst müsse daher besonders unabhängig bleiben von der Moral, welche auf der Erde immer wechselt, so oft eine neue Religion emporsteigt und die alte Religion verdrängt. In der Tat, da jedesmal nach Abfluß einer Reihe Jahrhunderte immer eine neue Religion in der Welt aufkommt, und indem sie in die Sitten übergeht, sich auch eine neue Moral geltend macht: so würde jede Zeit die Kunstwerke der Vergangenheit als unmoralisch verketzern, wenn solche nach dem Maßstabe der zeitigen Moral beurteilt werden sollen. Wie wir es auch wirklich erlebt, haben gute Christen, welche das Fleisch als teuflisch verdammen, immer ein Ärgernis empfunden beim Anblick der griechischen Götterbilder; keusche Mönche haben der antiken Venus eine Schürze vorgebunden; sogar bis in die neuesten Zeiten hat man den nackten Statuen ein lächerliches Feigenblatt angeklebt; ein frommer Quäker hat sein ganzes Vermögen aufgeopfert, um die schönsten mythologischen Gemälde des Giulio Romano anzukaufen und zu verbrennen – wahrlich, er verdiente dafür in den Himmel zu kommen und dort täglich mit Ruten gepeitscht zu werden! Eine Religion, welche etwa Gott nur in die Materie setzte, und daher nur das Fleisch für göttlich hielte, müßte, wenn sie in die Sitten überginge, eine Moral hervorbringen, wonach nur diejenigen Kunstwerke preisenswert, die das Fleisch verherrlichen, und wonach, im Gegenteil, die christlichen Kunstwerke, die nur die Richtigkeit des Fleisches darstellen, als unmoralisch zu verwerfen wären. Ja, die Kunstwerke, die in dem einen Lande moralisch, werden in einem anderen Lande, wo eine andere Religion in die Sitten übergegangen, als unmoralisch betrachtet werden können, z. B. unsere bildenden Künste erregen den Abscheu eines strenggläubigen Moslem, und dagegen manche Künste, die in den Harems des Morgenlandes für höchst unschuldig gelten, sind dem Christen ein Greuel. Da in Indien der Stand einer Bajadere durchaus nicht durch die Sitte fletriert ist, so gilt dort das Drama »Vasantasénâ« dessen Heldin ein feiles Freudenmädchen, durchaus nicht für unmoralisch; wagte man es aber einmal dieses Stück im Théâtre Français aufzuführen, so würde das ganze Parterre über Immoralität schreien, dasselbe Parterre, welches täglich mit Vergnügen die Intrigenstücke betrachtet, deren Heldinnen junge Witwen sind, die am Ende lustig heuraten, statt sich, wie die indische Moral es verlangt, mit ihren verstorbenen Gatten zu verbrennen.

Indem die Goetheaner von solcher Ansicht ausgehen, betrachten sie die Kunst als eine unabhängige zweite Welt, die sie so hoch stellen, daß alles Treiben der Menschen, ihre Religion und ihre Moral, wechselnd und wandelbar unter ihr hin sich bewegt. Ich kann aber dieser Ansicht nicht unbedingt huldigen; die Goetheaner ließen sich dadurch verleiten die Kunst selbst als das Höchste zu proklamieren, und von den Ansprüchen jener ersten wirklichen Welt, welcher doch der Vorrang gebührt, sich abzuwenden.

Schiller hat sich jener ersten Welt viel bestimmter angeschlossen als Goethe, und wir müssen ihn in dieser Hinsicht loben. Ihn, den Friedrich Schiller, erfaßte lebendig der Geist seiner Zeit, er rang mit ihm, er ward von ihm bezwungen, er folgte ihm zum Kampfe, er trug sein Banner, und es war dasselbe Banner, worunter man auch jenseits des Rheines so enthusiastisch stritt, und wofür wir noch immer bereit sind unser bestes Blut zu vergießen. Schiller schrieb für die großen Ideen der Revolution, er zerstörte die geistigen Bastillen, er baute an dem Tempel der Freiheit, und zwar an jenem ganz großen Tempel, der alle Nationen, gleich einer einzigen Brüdergemeinde, umschließen soll; er war Kosmopolit. Er begann mit jenem Haß gegen die Vergangenheit, welchen wir in den »Räubern« sehen, wo er einem kleinen Titanen gleicht, der aus der Schule gelaufen ist und Schnaps getrunken hat und dem Jupiter die Fenster einwirft; er endigte mit jener Liebe für die Zukunft, die schon im »Don Karlos« wie ein Blumenwald hervorblüht, und er selber ist jener Marquis Posa, der zugleich Prophet und Soldat ist, der auch für das kämpft was er prophezeit, und unter dem spanischen Mantel das schönste Herz trägt, das jemals in Deutschland geliebt und gelitten hat.

Der Poet, der kleine Nachschöpfer, gleicht dem lieben Gott auch darin, daß er seine Menschen nach dem eigenen Bilde erschafft. Wenn daher Karl Moor und der Marquis Posa ganz Schiller selbst sind, so gleicht Goethe seinem Werther, seinem Wilhelm Meister und seinem Faust, worin man die Phasen seines Geistes studieren kann. Wenn Schiller sich ganz in die Geschichte stürzt, sich für die gesellschaftlichen Fortschritte der

Menschheit enthusiasmiert und die Weltgeschichte besingt: so versenkt sich Goethe mehr in die individuellen Gefühle, oder in die Kunst, oder in die Natur. Goethe, den Pantheisten, mußte die Naturgeschichte endlich als ein Hauptstudium beschäftigen und nicht bloß in Dichtungen, sondern auch in wissenschaftlichen Werken gab er uns die Resultate seiner Forschungen. Sein Indifferentismus war ebenfalls ein Resultat seiner pantheistischen Weltansicht.

Es ist leider wahr, wir müssen es eingestehen, nicht selten hat der Pantheismus die Menschen zu Indifferentisten gemacht. Sie dachten: wenn alles Gott ist, so mag es gleichgültig sein, womit man sich beschäftigt, ob mit Wolken oder mit antiken Gemmen, ob mit Volksliedern oder mit Affenknochen, ob mit Menschen oder mit Komödianten. Aber das ist eben der Irrtum: Alles ist nicht Gott, sondern Gott ist alles; Gott manifestiert sich nicht in gleichem Maße in allen Dingen, er manifestiert sich vielmehr nach verschiedenen Graden in den verschiedenen Dingen, und jedes trägt in sich den Drang einen höheren Grad der Göttlichkeit zu erlangen; und das ist das große Gesetz des Fortschrittes in der Natur. Die Erkenntnis dieses Gesetzes, das am tiefsinnigsten von den Saint-Simonisten offenbart worden, macht jetzt den Pantheismus zu einer Weltansicht, die durchaus nicht zum Indifferentismus führt, sondern zum aufopferungssüchtigsten Fortstreben. Nein, Gott manifestiert sich nicht gleichmäßig in allen Dingen, wie Wolfgang Goethe glaubte, der dadurch ein Indifferentist wurde, und statt mit den höchsten Menschheitsinteressen sich nur mit Kunstspielsachen, Anatomie, Farbenlehre, Pflanzenkunde und Wolkenbeobachtungen beschäftigte: Gott manifestiert sich in den Dingen mehr oder minder, er lebt in dieser beständigen Manifestation, Gott ist in der Bewegung, in der Handlung, in der Zeit, sein heiliger Odem weht durch die Blätter der Geschichte, letztere ist das eigentliche Buch Gottes: und das fühlte und ahnte Friedrich Schiller und er ward ein »rückwärtsgekehrter Prophet« und er schrieb den »Abfall der Niederlande«, den »Dreißigjährigen Krieg« und die »Jungfrau von Orleans« und den »Tell«.

Freilich, auch Goethe besang einige große Emanzipationsgeschichten, aber er besang sie als Artist. Da er nämlich den christlichen Enthusiasmus, der ihm fatal war, verdrießlich ablehnte, und den philosophischen Enthusiasmus unserer Zeit nicht begriff, oder nicht begreifen wollte, weil er dadurch aus seiner Gemütsruhe herausgerissen zu werden fürchtete: so behandelte er den Enthusiasmus überhaupt ganz historisch, als etwas Gegebenes, als einen Stoff, der behandelt werden soll, der Geist wurde Materie unter seinen Händen, und er gab ihm die schöne, gefällige Form. So wurde er der größte Künstler in unserer Literatur, und alles was er schrieb wurde ein abgerundetes Kunstwerk.

Das Beispiel des Meisters leitete die Jünger, und in Deutschland entstand dadurch jene literarische Periode, die ich einst als »die Kunstperiode« bezeichnet, und wobei ich den nachteiligen Einfluß auf die politische Entwicklung des deutschen Volkes nachgewiesen habe. Keineswegs jedoch leugnete ich bei dieser Gelegenheit den selbständigen Wert der Goetheschen Meisterwerke. Sie zieren unser teures Vaterland, wie schöne Statuen einen Garten zieren, aber es sind Statuen. Man kann sich darin verlieben, aber sie sind unfruchtbar: die Goetheschen Dichtungen bringen nicht die Tat hervor, wie die Schillerschen. Die Tat ist das Kind des Wortes, und die Goetheschen schönen Worte sind kinderlos. Das ist der Fluch alles dessen, was bloß durch die Kunst entstanden ist. Die Statue, die der Pygmalion verfertigt, war ein schönes Weib, sogar der Meister verliebte sich darin, sie wurde lebendig unter seinen Küssen, aber soviel wir wissen hat sie nie Kinder bekommen. Ich glaube Herr Charles Nodier hat mal in solcher Beziehung etwas Ähnliches gesagt, und das kam mir gestern in den Sinn, als ich, die unteren Säle des Louvre durchwandernd, die alten Götterstatuen betrachtete. Da standen sie, mit den stummen weißen Augen, in dem marmornen Lächeln eine geheime Melancholie, eine trübe Erinnerung vielleicht an Ägypten, das Totenland, dem sie entsprossen, oder leidende Sehnsucht nach dem Leben, woraus sie jetzt durch andere Gottheiten fortgedrängt sind, oder auch Schmerz über ihre tote Unsterblichkeit: – sie schienen des Wortes zu harren, das sie wieder dem Leben zurückgäbe, das sie aus ihrer kalten, starren Regungslosigkeit erlöse. Sonderbar! diese Antiken mahnten mich an die Goetheschen Dichtungen, die ebenso vollendet, ebenso herrlich, ebenso ruhig sind, und ebenfalls mit Wehmut zu fühlen scheinen, daß ihre Starrheit und Kälte sie von unserem jetzigen bewegt warmen Leben abscheidet, daß sie nicht mit uns leiden und jauchzen können, daß sie keine Menschen sind, sondern unglückliche Mischlinge von Gottheit und Stein.

Diese wenigen Andeutungen erklären nun den Groll der verschiedenen Parteien, die in Deutschland gegen Goethe laut geworden. Die Orthodoxen waren ungehalten gegen den großen Heiden, wie man Goethe allgemein in Deutschland nennt; sie fürchteten seinen Einfluß auf das Volk, dem er durch lächelnde Dichtungen, ja durch die unscheinbarsten Liederchen, seine Weltansicht einflößte; sie sahen in ihm den gefährlichsten Feind des Kreuzes, das ihm, wie er sagte, so fatal war wie Wanzen, Knoblauch und Tabak; nämlich so ungefähr lautet die Xenie, die Goethe auszusprechen wagte mitten in Deutschland, im Lande, wo jenes Ungeziefer, der Knoblauch, der Tabak und das Kreuz, in heiliger Allianz, überall herrschend sind. Just dieses war es jedoch keineswegs, was uns, den Männern der Bewegung, an Goethe mißfiel. Wie schon erwähnt, wir tadelten die Unfruchtbarkeit seines Wortes, das Kunstwesen, das durch ihn in Deutschland verbreitet wurde, das einen quitisierenden Einfluß auf die deutsche Jugend ausübte, das einer politischen Regeneration unseres Vaterlandes entgegenwirkte. Der indifferente Pantheist wurde daher von den entgegengesetzten Seiten angeriffen; um französisch zu sprechen, die äußerste Rechte und die äußerste Linke verbanden sich gegen ihn; und während der schwarze Pfaffe mit dem Kruzifixe gegen ihn losschlug, rannte gegen ihn zu gleicher Zeit der wütende Sansculotte mit der Pike. Herr Wolfgang Menzel, der den Kampf gegen Goethe mit einem Aufwand von Esprit geführt hat, der eines besseren Zweckes wert war, zeigte in seiner Polemik nicht so einseitig den spiritualistischen Christen oder den unzufriedenen Patrioten: er basierte vielmehr einen Teil seiner Angriffe auf die letzten Aussprüche Friedrich Schlegels, der nach seinem Fall, aus der Tiefe seines katholischen Doms, sein Wehe über Goethe ausgerufen, über den Goethe, »dessen Poesie keinen Mittelpunkt habe«. Herr Menzel ging noch weiter und zeigte, daß Goethe kein Genie sei, sondern nur ein Talent, er rühmte Schiller als Gegensatz usw. Das geschah einige Zeit vor der Juliusrevolution, Herr Menzel war damals der größte Verehrer des Mittelalters, sowohl in Hinsicht der Kunstwerke als der Institutionen desselben, er schmähte mit unaufhörlichem Ingrimm den Johann Heinrich Voß, pries mit unerhörter Begeisterung den Herrn Josef Görres: sein Haß gegen Goethe war daher echt und er schrieb gegen ihn aus Überzeugung, also nicht, wie viele meinten, um sich dadurch bekannt zu machen. Obgleich ich selber damals ein Gegner Goethes war, so war ich doch unzufrieden über die Herbheit, womit Herr Menzel ihn kritisierte, und ich beklagte diesen Mangel an Pietät. Ich bemerkte: Goethe sei doch immer der König unserer Literatur; wenn man an einen solchen das kritische Messer lege, müsse man es nie an der gebührenden Courtoisie fehlen lassen, gleich dem Scharfrichter, welcher Karl I. zu köpfen hatte, und, ehe er sein Amt verrichtete, vor dem König niederkniete und seine allerhöchste Verzeihung erbat.

Unter den Gegnern Goethes gehörte auch der famose Hofrat Müllner und sein einzig treu gebliebener Freund, der Herr Professor Schütz, Sohn des alten Schütz. Noch einige andere, die minder famose Namen führten, z. B. ein Herr Spaun, der lange Zeit, wegen politischer Vergehen, im Zuchthause gesessen hat, gehörten zu den öffentlichen Gegnern Goethes. Unter uns gesagt, es war eine sehr gemischte Gesellschaft. Was vorgebracht wurde habe ich hinlänglich angedeutet; schwerer ist es das besondere Motiv zu erraten, das jeden Einzelnen bewogen haben mag seine antigoetheanischen Überzeugungen öffentlich auszusprechen. Nur von einer Person kenne ich dieses Motiv ganz genau, und da ich dieses selber bin, so will ich jetzt ehrlich gestehen: es war der Neid. Zu meinem Lobe muß ich jedoch nochmals erwähnen, daß ich in Goethe nie den Dichter angegriffen, sondern nur den Menschen. Ich habe nie seine Werke getadelt. Ich habe nie Mängel darin sehen können, wie jene Kritiker, die mit ihren feingeschliffenen Augengläsern, auch die Flecken im Monde bemerkt haben; die scharfsichtigen Leute! was sie für Flecken ansehen, das sind blühende Wälder, silberne Ströme, erhabene Berge, lachende Täler.

Nichts ist törichter als die Geringschätzung Goethes zugunsten des Schiller, mit welchem man es keineswegs ehrlich meinte, und den man von jeher pries um Goethe herabzusetzen. Oder wußte man wirklich nicht, daß jene hochgerühmten hochidealischen Gestalten, jene Altarbilder der Tugend und Sittlichkeit, die Schiller aufgestellt, weit leichter zu verfertigen waren als jene sündhaften, kleinweltlichen, befleckten Wesen, die uns Goethe in seinen Werken erblicken läßt? Wissen sie denn nicht, daß mittelmäßige Maler meistens lebensgroße Heiligenbilder auf die Leinwand pinseln, daß aber schon ein großer Meister dazu gehört, um etwa einen spanischen Betteljungen, der sich laust, einen niederländischen Bauern, welcher kotzt, oder dem ein Zahn ausgezogen wird, und häßliche alte Weiber, wie wir sie auf kleinen holländischen Kabinettbildchen sehen, lebenswahr und technisch vollendet zu malen? Das Große und Furchtbare läßt sich in der Kunst weit leichter darstellen als das Kleine und Putzige. Die ägyptischen Zauberer haben dem Moses viele Kunststücke nachmachen können, z. B. die Schlangen, das Blut, sogar die Frösche; aber als er scheinbar weit leichtere Zauberdinge, nämlich Ungeziefer, hervorbrachte, da gestanden sie ihre Ohnmacht, und sie konnten das kleine Ungeziefer nicht nachmachen, und sie sagten: da ist der Finger Gottes. Scheltet immerhin über die Gemeinheiten im »Faust«, über die Szenen auf dem Brocken, im Auerbachskeller, scheltet auf die Liederlichkeiten im »Meister« – das könnt ihr dennoch alles nicht nachmachen; da ist der Finger Goethes! Aber ihr wollt das auch nicht nachmachen, und ich höre wie ihr mit Abscheu behauptet: wir sind keine Hexenmeister, wir sind gute Christen. Daß ihr keine Hexenmeister seid, das weiß ich.

Goethes größtes Verdienst ist eben die Vollendung alles dessen was er darstellt; da gibt es keine Partien, die stark sind während andere schwach, da ist kein Teil ausgemalt, während der andere nur skizziert worden, da gibt es keine Verlegenheiten, kein herkömmliches Füllwerk, keine Vorliebe für Einzelheiten. Jede Person in seinen Romanen und Dramen behandelt er, wo sie vorkömmt, als wäre sie die Hauptperson. So ist es auch bei Homer, so bei Shakespeare. In den Werken aller großen Dichter gibt es eigentlich gar keine Nebenperson, jede Figur ist Hauptperson an ihrer Stelle. Solche Dichter gleichen den absoluten Fürsten, die den Menschen keinen selbständigen Wert beimessen, sondern ihnen selber, nach eigenem Gutdünken, ihre höchste Geltung zuerkennen. Als ein französischer Gesandter einst gegen den Kaiser Paul von Rußland erwähnte, daß ein wichtiger Mann seines Reiches sich für irgendeine Sache interessiere: da fiel ihm der Kaiser streng in die Rede, mit den merkwürdigen Worten: »Es gibt in diesem Reiche keinen wichtigen Mann außer denjenigen, mit welchem Ich eben spreche, und nur solange Ich mit ihm spreche ist er wichtig.« Ein absoluter Dichter, der ebenfalls seine Macht von Gottes Gnade erhalten hat, betrachtet in gleicher Weise diejenige Person seines Geisterreichs als die wichtigste, die er eben sprechen läßt, die eben unter seine Feder geraten, und aus solchem Kunstdespotismus entsteht jene wunderbare Vollendung der kleinsten Figuren in den Werken Homers, Shakespeares und Goethes.

Wenn ich etwas herbe von den Gegnern Goethes gesprochen habe, so dürfte ich noch viel Herberes von seinen Apologisten sagen. Die meisten derselben haben in ihrem Eifer noch größere Torheiten vorgebracht. Auf der Grenze des Lächerlichen steht in dieser Hinsicht einer namens Herr Eckermann, dem es übrigens nicht an Geist fehlt. In dem Kampfe gegen Herrn Pustkuchen hat Karl Immermann, der jetzt unser größter dramatischer Dichter ist, seine kritischen Sporen erworben; er hat da ein vortreffliches Schriftchen zutage gefördert. Zumeist haben sich die Berliner bei dieser Gelegenheit ausgezeichnet. Der bedeutendste Kämpe für Goethe war zu jeder Zeit Varnhagen von Ense, ein Mann, der Gedanken im Herzen trägt, die so groß sind wie die Welt, und sie in Worten ausspricht, die so kostbar und zierlich sind wie geschnittene Gemmen. Es ist jener vornehme Geist auf dessen Urteil Goethe immer das meiste Gewicht gelegt hat. – Vielleicht ist es nützlich hier zu erwähnen, daß Herr Wilhelm von Humboldt bereits früher ein ausgezeichnetes Buch über Goethe geschrieben hat. Seit den letzten zehn Jahren brachte jede Leipziger Messe mehrere Schriften über Goethe hervor. Die Untersuchungen des Herrn Schubart über Goethe gehören zu den Merkwürdigkeiten der hohen Kritik. Was Herr Häring, der unter dem Namen Wilibald Alexis schreibt, in verschiedenen Zeitschriften über Goethe gesagt hat, war ebenso bedeutend wie geistreich. Herr Zimmermann, Professor zu Hamburg, hat in seinen mündlichen Vorträgen die vortrefflichsten Urteile über Goethe ausgesprochen, die man zwar spärlich aber desto tiefsinniger in seinen dramaturgischen Blättern angedeutet findet. Auf verschiedenen deutschen Universitäten wurde ein Kollegium über Goethe gelesen, und von allen seinen Werken war es vorzüglich der Faust, womit sich das Publikum beschäftigte. Er wurde vielfach fortgesetzt und kommentiert, er ward die weltliche Bibel der Deutschen.

Ich wäre kein Deutscher, wenn ich bei Erwähnung des Faustes nicht einige erklärende Gedanken darüber ausspräche. Denn vom größten Denker bis zum kleinsten Markeur, vom Philosophen bis herab zum Doktor der Philosophie, übt jeder seinen Scharfsinn an diesem Buche. Aber es ist wirklich ebenso weit wie die Bibel, und, wie diese, umfaßt es Himmel und Erde, mitsamt dem Menschen und seiner Exegese. Der Stoff ist hier wieder Hauptgrund weshalb der Faust so populär ist; daß er jedoch diesen Stoff herausgesucht aus den Volkssagen, das zeugt eben von Goethes unbewußtem Tiefsinn, von seinem Genie, das immer das Nächste und Rechte zu ergreifen wußte. Ich darf den Inhalt des Faust als bekannt voraussetzen: denn das Buch ist in der letzten Zeit auch in Frankreich berühmt geworden. Aber ich weiß nicht, ob hier die alte Volkssage selbst bekannt ist, ob auch hierzuland auf den Jahrmärkten, ein graues, fließpapiernes, schlechtgedrucktes und mit derben Holzschnitten verziertes Buch verkauft wird, worin umständlich zu lesen ist: wie der Erzzauberer Johannes Faustus, ein gelehrter Doktor, der alle Wissenschaften studiert hatte, am Ende seine Bücher wegwarf, und ein Bündnis mit dem Teufel schloß, wodurch er alle sinnlichen Freuden der Erde genießen konnte, aber auch seine Seele dem höllischen Verderben hingeben mußte. Das Volk im Mittelalter hat immer, wenn es irgendwo große Geistesmacht sah, dergleichen einem Teufelsbündnis zugeschrieben, und der Albertus Magnus, Raimund Lullus, Theophrastus Paracelsus, Agrippa von Nettesheim, auch in England der Roger Baco, galten für Zauberer, Schwarzkünstler, Teufelsbanner. Aber weit eigentümlichere Dinge singt und sagt man von dem Doktor Faustus, welcher nicht bloß die Erkenntnis der Dinge sondern auch die reellsten Genüsse vom Teufel verlangt hat, und das ist eben der Faust, der die Buchdruckerei erfunden und zur Zeit lebte, wo man anfing, gegen die strenge Kirchenautorität zu predigen und selbständig zu forschen: – so daß mit Faust die mittelalterliche Glaubensperiode aufhört und die moderne kritische Wissenschaftsperiode anfängt. Es ist, in der Tat, sehr bedeutsam, daß zur Zeit, wo, nach der Volksmeinung, der Faust gelebt hat, eben die Reformation beginnt, und daß er selber die Kunst erfunden haben soll, die dem Wissen einen Sieg über den Glauben verschafft, nämlich die Buchdruckerei, eine Kunst die uns aber auch die katholische Gemütsruhe geraubt und uns in Zweifel und Revolutionen gestürzt – ein anderer als ich würde sagen, endlich in die Gewalt des Teufels geliefert hat. Aber nein, das Wissen, die Erkenntnis der Dinge durch die Vernunft, die Wissenschaft, gibt uns endlich die Genüsse, um die uns der Glaube, das katholische Christentum, so lange geprellt hat; wir erkennen, daß die Menschen nicht bloß zu einer himmlischen, sondern auch zu einer irdischen Gleichheit berufen sind; die politische Brüderschaft, die uns von der Philosophie gepredigt wird, ist uns wohltätiger als die rein geistige Brüderschaft, wozu uns das Christentum verholfen; und das Wissen wird Wort, und das Wort wird Tat, und wir können noch bei Lebzeiten auf dieser Erde selig werden; – wenn wir dann noch obendrein der himmlischen Seligkeit, die uns das Christentum so bestimmt verspricht, nach dem Tode teilhaftig werden, so soll uns das sehr lieb sein.

Das hat nun längst schon das deutsche Volk tiefsinnig geahnt: denn das deutsche Volk ist selber jener gelehrte Doktor Faust, es ist selber jener Spiritualist, der mit dem Geiste endlich die Ungenügbarkeit des Geistes begriffen und nach materiellen Genüssen verlangt und dem Fleische seine Rechte wiedergibt; – doch noch befangen in der Symbolik der katholischen Poesie, wo Gott als der Repräsentant des Geistes und der Teufel als der Repräsentant des Fleisches gilt, bezeichnet man jene Rehabilitation des Fleisches als einen Abfall von Gott, als ein Bündnis mit dem Teufel.

Es wird aber noch einige Zeit dauern, ehe beim deutschen Volke in Erfüllung geht, was es so tiefsinnig in jenem Gedichte prophezeit hat, ehe es eben durch den Geist die Usurpationen des Geistes einsieht und die Rechte des Fleisches vindiziert. Das ist dann die Revolution, die große Tochter der Reformation.

Minder bekannt als der Faust, ist hier, in Frankreich, Goethes »Westöstlicher Divan«, ein späteres Buch, von welchem Frau von Staël noch nicht Kenntnis hatte, und dessen wir hier besonders erwähnen müssen. Es enthält die Denk- und Gefühlsweise des Orients, in blühenden Liedern und kernigen Sprüchen; und das duftet und glüht darin, wie ein Harem voll verliebter Odalisken mit schwarzen geschminkten Gasellenaugen und sehnsüchtig weißen Armen. Es ist dem Leser dabei so schauerlich lüstern zumute, wie dem glücklichen Gaspar Debureau, als er in Konstantinopel oben auf der Leiter stand, und *de haut en bas* dasjenige sah, was der Beherrscher der Gläubigen nur *de bas en haut* zu sehen pflegt. Manchmal ist dem Leser auch zumute, als läge er behaglich ausgestreckt auf einem persischen Teppich, und rauche aus einer langröhrigen Wasserpfeife den gelben Tabak von Turkistan, während eine schwarze Sklavin ihm mit einem bunten Pfauenwedel Kühlung zuweht, und ein schöner Knabe ihm eine Schale mit echtem Mokkakaffee darreicht: – den berauschendsten Lebensgenuß hat hier Goethe in Verse gebracht, und diese sind so leicht, so glücklich, so hingehaucht, so ätherisch, daß man sich wundert wie dergleichen in deutscher Sprache möglich war. Dabei gibt er auch in Prosa die allerschönsten Erklärungen über Sitten und Treiben im Morgenlande, über das patriarchalische Leben der Araber; und da ist Goethe immer ruhig lächelnd, und harmlos wie ein Kind, und weisheitsvoll wie ein Greis. Diese Prosa ist so durchsichtig wie das grüne Meer, wenn heller Sommernachmittag und Windstille, und man ganz klar hinabschauen kann in die Tiefe, wo die versunkenen Städte mit ihren verschollenen Herrlichkeiten sichtbar werden; manchmal ist aber auch jene Prosa so magisch, so ahnungsvoll, wie der Himmel wenn die Abenddämmerung heraufgezogen: und die großen Goetheschen Gedanken treten dann hervor, rein und golden, wie die Sterne. Unbeschreiblich ist der Zauber dieses Buches: es ist ein Selam, den der Okzident dem Oriente geschickt hat, und es sind gar närrische Blumen darunter: sinnlich rote Rosen, Hortensien wie weiße nackte Mädchenbusen, spaßhaftes Löwenmaul, Purpurdigitalis wie lange Menschenfinger, verdrehte Krokosnasen, und in der Mitte, lauschend verborgen, stille deutsche Veilchen. Dieser Selam aber bedeutet, daß der Okzident seines frierend mageren Spiritualismus überdrüssig geworden und an der gesunden Körperwelt des Orients sich wieder erlaben möchte. Goethe, nachdem er, im Faust, sein Mißbehagen an dem abstrakt Geistigen und sein Verlangen nach reellen Genüssen ausgesprochen, warf sich gleichsam mit dem Geiste selbst in die Arme des Sensualismus, indem er den »Westöstlichen Divan« schrieb.

Es ist daher höchst bedeutsam, daß dieses Buch bald nach dem Faust erschien. Es war die letzte Phase Goethes und sein Beispiel war von großem Einfluß auf die Literatur. Unsere Lyriker besangen jetzt den Orient. – Erwähnenswert mag es auch sein, daß Goethe, indem er Persien und Arabien so freudig besang, gegen Indien den bestimmtesten Widerwillen aussprach. Ihm mißfiel an diesem Lande das Bizarre, Verworrene, Unklare, und vielleicht entstand diese Abneigung dadurch, daß er bei den sanskritischen Studien der Schlegel und ihrer Herren Freunde eine katholische Hinterlist witterte. Diese Herren betrachteten nämlich Hindostan als die Wiege der katholischen Weltordnung, sie sahen dort das Musterbild ihrer Hierarchie, sie fanden dort ihre Dreieinigkeit, ihre Menschwerdung, ihre Buße, ihre Sühne, ihre Kasteiungen und alle ihre sonstigen geliebten Steckenpferde. Goethes Widerwillen gegen Indien reizte nicht wenig diese Leute, und Herr August Wilhelm Schlegel nannte ihn deshalb mit gläsernem Ärger »einen zum Islam bekehrten Heiden«.

Unter den Schriften, welche dieses Jahr über Goethe erschienen sind, verdient ein hinterlassenes Werk von Johannes Falk: »Goethe aus näherem persönlichen Umgange dargestellt« die rühmlichste Erwähnung. Der Verfasser hat uns in diesem Buche außer einer detaillierten Abhandlung über den Faust (die nicht fehlen durfte!) die vortrefflichsten Notizen über Goethe mitgeteilt, und er zeigte uns denselben in allen Beziehungen des Lebens, ganz naturgetreu, ganz unparteiisch, mit allen seinen Tugenden und Fehlern. Hier sehen wir Goethe im Verhältnis zu seiner Mutter, deren Naturell sich so wunderbar im Sohne wieder abspiegelt; hier sehen wir ihn als Naturforscher, wie er eine Raupe beobachtet, die sich eingesponnen und als Schmetterling entpuppen wird; hier sehen wir ihn dem großen Herder gegenüber, der ernsthaft zürnt ob dem Indifferentismus, womit Goethe die Entpuppung der Menschheit selbst unbeachtet läßt; wir sehen ihn wie er, am Hofe des Großherzogs von Weimar, lustig improvisierend, unter blonden Hofdamen sitzt, gleich dem Apoll unter den Schafen des Königs Admetos; wir sehen ihn dann wieder, wie er, mit dem Stolze eines Dalai-Lama den Kotzebue nicht anerkennen will; wie dieser, um ihn herabzusetzen, eine öffentliche Feier zu Ehren Schillers veranstaltet; – überall aber sehen wir ihn klug, schön, liebenswürdig, eine holdselig erquickende Gestalt, ähnlich den ewigen Göttern.

In der Tat, die Übereinstimmung der Persönlichkeit mit dem Genius, wie man sie bei außerordentlichen Menschen verlangt, fand man ganz bei Goethe. Seine äußere Erscheinung war ebenso bedeutsam wie das Wort, das in seinen Schriften lebte; auch seine Gestalt war harmonisch, klar, freudig, edel gemessen, und man konnte griechische Kunst an ihm studieren, wie an einer Antike. Dieser würdevolle Leib war nie gekrümmt von christlicher Wurmdemut; die Züge dieses Antlitzes waren nicht verzerrt von christlicher Zerknirschung; diese Augen waren nicht christlich sünderhaft scheu, nicht andächtelnd und himmelnd, nicht flimmernd bewegt: – nein, seine Augen waren ruhig wie die eines Gottes. Es ist nämlich überhaupt das Kennzeichen der Götter, daß ihr Blick fest ist und ihre Augen nicht unsicher hin und her zucken. Daher, wenn Agni, Waruna, Yama und Indra die Gestalt des Nala annehmen, bei Damajantis Hochzeit, da erkennt diese ihren Geliebten an dem Zwinken seiner Augen, da wie gesagt die Augen der Götter immer unbewegt sind. Letztere Eigenschaft hatten auch die Augen des Napoleon. Daher bin ich überzeugt, daß er ein Gott war. Goethes Auge blieb in seinem hohen Alter ebenso göttlich wie in seiner Jugend. Die Zeit hat auch sein Haupt zwar mit Schnee bedecken, aber nicht beugen können. Er trug es ebenfalls immer stolz und hoch, und wenn er sprach wurde er immer größer, und wenn er die Hand ausstreckte, so war es, als ob er, mit dem Finger, den Sternen am Himmel den Weg vorschreiben könne, den sie wandeln sollten. Um seinen Mund will man einen kalten Zug von Egoismus bemerkt haben; aber auch dieser Zug ist den ewigen Göttern eigen, und gar dem Vater der Götter, dem großen Jupiter, mit welchem ich Goethe schon oben verglichen. Wahrlich, als ich ihn in Weimar besuchte und ihm gegenüberstand, blickte ich unwillkürlich zur Seite, ob ich nicht auch neben ihm den Adler sähe mit den Blitzen im Schnabel. Ich war nahe daran ihn griechisch anzureden; da ich aber merkte, daß er Deutsch verstand, so erzählte ich ihm auf deutsch: daß die Pflaumen auf dem Wege zwischen Jena und Weimar sehr gut schmeckten. Ich hatte in so manchen langen Winternächten darüber nachgedacht, wieviel Erhabenes und Tiefsinniges ich dem Goethe sagen würde, wenn ich ihn mal sähe. Und als ich ihn endlich sah, sagte ich ihm, daß die sächsischen Pflaumen sehr gut schmeckten. Und Goethe lächelte. Er lächelte mit denselben Lippen womit er einst die schöne Leda, die Europa, die Danae, die Semele und so manche andere Prinzessinnen oder auch gewöhnliche Nymphen geküßt hatte –

Les dieux s'en vont. Goethe ist tot. Er starb den 22. März des verflossenen Jahres, des bedeutungsvollen Jahrs, wo unsere Erde ihre größten Renommeen verloren hat. Es ist als sei der Tod in diesem Jahre plötzlich aristokratisch geworden, als habe er die Notabilitäten dieser Erde besonders auszeichnen wollen, indem er sie gleichzeitig ins Grab schickte. Vielleicht gar hat er jenseits, im Schattenreich, eine Pairie stiften wollen, und in diesem Falle wäre seine *fournée* sehr gut gewählt. Oder hat der Tod, im Gegenteil, im verflossenen Jahr die Demokratie zu begünstigen gesucht, indem er mit den großen Renommeen auch ihre Autoritäten vernichtete, und die geistige Gleichheit beförderte? War es Respekt oder Insolenz, weshalb der Tod im vorigen Jahre die Könige verschont hat? Aus Zerstreuung hatte er nach dem König von Spanien schon die Sense erhoben, aber er besann sich zur rechten Zeit, und er ließ ihn leben. In dem verflossenen Jahr ist kein einziger König gestorben. *Les dieux s'en vont*; – aber die Könige behalten wir.

Zweites Buch

I.

Mit der Gewissenhaftigkeit, die ich mir streng vorgeschrieben, muß ich hier erwähnen, daß mehrere Franzosen sich bei mir beklagt, ich behandelte die Schlegel, namentlich Herrn August Wilhelm, mit allzu herben Worten. Ich glaube aber solche Beklagnis würde nicht stattfinden, wenn man hier mit der deutschen Literaturgeschichte genauer bekannt wäre. Viele Franzosen kennen Herrn A. W. Schlegel nur aus dem Werke der Frau von Staël, seiner edlen Beschützerin. Die meisten kennen ihn nur dem Namen nach; dieser Name klingt ihnen nun im Gedächtnis als etwas verehrlich Berühmtes, wie etwa der Name Osiris, wovon sie auch nur wissen, daß es ein wunderlicher Kauz von Gott ist, der in Ägypten verehrt wurde. Welche sonstige Ähnlichkeit zwischen Herrn A. W. Schlegel und dem Osiris stattfindet, ist ihnen am allerwenigsten bekannt.

Da ich einst zu den akademischen Schülern des ältern Schlegel gehört habe, so dürfte man mich vielleicht inbetreff desselben zu einiger Schonung verpflichtet glauben. Aber hat Herr A. W. Schlegel den alten Bürger geschont, seinen literärischen Vater? Nein, und er handelte nach Brauch und Herkommen. Denn in der Literatur wie in den Wäldern der nordamerikanischen Wilden werden die Väter von den Söhnen totgeschlagen, sobald sie alt und schwach geworden.

Ich habe schon in dem vorigen Abschnitt bemerkt, daß Friedrich Schlegel bedeutender war, als Herr August Wilhelm; und in der Tat, letzterer zehrte nur von den Ideen seines Bruders, und verstand nur die Kunst sie auszuarbeiten. Fr. Schlegel war ein tiefsinniger Mann. Er erkannte alle Herrlichkeiten der Vergangenheit und er fühlte alle Schmerzen der Gegenwart. Aber er begriff nicht die Heiligkeit dieser Schmerzen und ihre Notwendigkeit für das künftige Heil der Welt. Er sah die Sonne untergehn und blickte wehmütig nach der Stelle dieses Untergangs und klagte über das nächtliche Dunkel, das er heranziehen sah; und er merkte nicht, daß schon ein neues Morgenrot an der entgegengesetzten Seite leuchtete. Fr. Schlegel nannte einst den Geschichtsforscher »einen umgekehrten Propheten«. Dieses Wort ist die beste Bezeichnung für ihn selbst. Die Gegenwart war ihm verhaßt, die Zukunft erschreckte ihn, und nur in die Vergangenheit, die er liebte, drangen seine offenbarenden Seherblicke.

Der arme Fr. Schlegel, in den Schmerzen unserer Zeit sah er nicht die Schmerzen der Wiedergeburt, sondern die Agonie des Sterbens, und aus Todesangst flüchtete er sich in die zitternden Ruinen der katholischen Kirche. Diese war jedenfalls der geeignetste Zufluchtsort für seine Gemütsstimmung. Er hatte viel heiteren Übermut im Leben ausgeübt; aber er betrachtete solches als sündhaft, als Sünde die späterer Abbuße bedurfte, und der Verfasser der »Lucinde« mußte notwendigerweise katholisch werden.

Die »Lucinde« ist ein Roman, und außer seinen Gedichten und einem dem Spanischen nachgebildeten Drama, »Alarkos« geheißen, ist jener Roman die einzige Originalschöpfung, die Fr. Schlegel hinterlassen. Es hat seinerzeit nicht an Lobpreisern dieses Romans gefehlt. Der jetzige hochehrwürdige Herr Schleiermacher hat damals enthusiastische Briefe über die »Lucinde« herausgegeben. Es fehlte sogar nicht an Kritikern, die dieses Produkt als ein Meisterwerk priesen und die bestimmt prophezeiten, daß es einst für das beste Buch in der deutschen Literatur gelten werde. Man hätte diese Leute von Obrigkeits wegen festsetzen sollen, wie man in Rußland die Propheten, die ein öffentliches Unglück prophezeien, vorläufig so lange einsperrt, bis ihre Weissagung in Erfüllung gegangen. Nein, die Götter haben unsere Literatur vor jenem Unglück bewahrt; der Schlegelsche Roman wurde bald wegen seiner unzüchtigen Nichtigkeit allgemein verworfen und ist jetzt verschollen. Lucinde ist der Name der Heldin dieses Romans, und sie ist ein sinnlich witziges Weib, oder vielmehr eine Mischung von Sinnlichkeit und Witz. Ihr Gebrechen ist eben, daß sie kein Weib ist, sondern eine unerquickliche Zusammensetzung von zwei Abstraktionen, Witz und Sinnlichkeit. Die Muttergottes mag es dem Verfasser verzeihen, daß er dieses Buch geschrieben; nimmermehr verzeihen es ihm die Musen.

Ein ähnlicher Roman, »Florentin« geheißen, wird dem seligen Schlegel irrtümlich zugeschrieben. Dieses Buch ist, wie man sagt, von seiner Gattin, einer Tochter des berühmten Moses Mendelssohn, die er ihrem ersten Gemahl entführt, und welche mit ihm zur römisch-katholischen Kirche übertrat.

Ich glaube, daß es Fr. Schlegeln mit dem Katholizismus ernst war. Von vielen seiner Freunde glaube ich es nicht. Es ist hier sehr schwer die Wahrheit zu ermitteln. Religion und Heuchelei sind Zwillingsschwestern, und beide sehen sich so ähnlich, daß sie zuweilen nicht voneinander zu unterscheiden sind. Dieselbe Gestalt, Kleidung und Sprache. Nur dehnt die letztere von beiden Schwestern etwas weicher die Worte und wiederholt öfters das Wörtchen »Liebe«. – Ich rede von Deutschland; in Frankreich ist die eine Schwester gestorben, und wir sehen die andere noch in tiefster Trauer.

Seit dem Erscheinen der Frau von Staëlschen *»De l'Allemagne«* hat Fr. Schlegel das Publikum noch mit zwei großen Werken beschenkt, die vielleicht seine besten sind und jedenfalls die rühmlichste Erwähnung verdienen. Es sind seine »Weisheit und Sprache der Indier« und seine »Vorlesungen über die Geschichte der Literatur«. Durch das erstgenannte Buch hat er bei uns das Studium des Sanskrit nicht bloß eingeleitet, sondern auch begründet. Er wurde für Deutschland was William Jones für England war. In der genialsten Weise hatte er das Sanskrit erlernt, und die wenigen Bruchstücke, die er in jenem Buche mitteilt, sind meisterhaft übersetzt. Durch sein tiefes Anschauungsvermögen erkannte er ganz die Bedeutung der epischen Versart der Indier, der Sloka, die so breit dahinflutet wie der Ganges, der heilig klare Fluß. Wie kleinlich zeigte sich dagegen Herr A. W. Schlegel, welcher einige Fragmente aus dem Sanskrit in Hexametern übersetzte, und sich dabei nicht genug zu rühmen wußte, daß er in seiner Übersetzung keine Trochäen einschlüpfen lassen und so manches metrische Kunststückchen der Alexandriner nachgeschnitzelt hat. Fr. Schlegels Werk über Indien ist gewiß ins Französische übersetzt, und ich kann mir das weitere Lob ersparen. Zu tadeln habe ich nur den Hintergedanken des Buches. Es ist im Interesse des Katholizismus geschrieben. Nicht bloß die Mysterien desselben, sondern auch die ganze katholische Hierarchie und ihre Kämpfe mit der weltlichen Macht hatten diese Leute in den indischen Gedichten wiedergefunden. Im »Mahabharata« und im »Ramayana« sahen sie gleichsam ein Elefanten-Mittelalter. In der Tat, wenn, in letzterwähntem Epos, der König Wiswamitra mit dem Priester Wasischta hadert, so betrifft solcher Hader dieselben Interessen, um die bei uns der Kaiser mit dem Papste stritt, obgleich der Streitpunkt hier in Europa die Investitur und dort in Indien die Kuh Sabala genannt ward.

Inbetreff der Schlegelschen Vorlesungen über Literatur läßt sich Ähnliches rügen. Friedrich Schlegel übersieht hier die ganze Literatur von einem hohen Standpunkte aus, aber dieser hohe Standpunkt ist doch immer der Glockenturm einer katholischen Kirche. Und bei allem, was Schlegel sagt, hört man diese Glocken läuten; manchmal hört man sogar die Turmraben krächzen, die ihn umflattern. Mir ist als dufte der Weihrauch des Hochamts aus diesem Buche, und als sähe ich aus den schönsten Stellen desselben lauter tonsurierte Gedanken hervorlauschen. Indessen, trotz dieser Gebrechen, wüßte ich kein besseres Buch dieses Fachs. Nur durch Zusammenstellung der Herderschen Arbeiten solcher Art könne man sich eine bessere Übersicht der Literatur aller Völker verschaffen. Denn Herder saß nicht wie ein literarischer Großinquisitor zu Gericht über die verschiedenen Nationen, und verdammte oder absolvierte sie nach dem Grade ihres Glaubens. Nein, Herder betrachtete die ganze Menschheit als eine große Harfe in der Hand des großen Meisters, jedes Volk dünkte ihm eine besonders gestimmte Saite dieser Riesenharfe, und er begriff die Universal-Harmonie ihrer verschiedenen Klänge.

Fr. Schlegel starb im Sommer 1829, wie man sagte, infolge einer gastronomischen Unmäßigkeit. Er wurde 57 Jahre alt. Sein Tod veranlaßte einen der widerwärtigsten literarischen Skandale. Seine Freunde, die Pfaffenpartei, deren Hauptquartier in München, waren ungehalten über die inoffiziöse Weise, womit die liberale Presse diesen Todesfall besprochen; sie verlästerten und schimpften und schmähten daher die deutschen Liberalen. Jedoch von keinem derselben konnten sie sagen: »daß er das Weib seines Gastfreundes verführt und noch lange Zeit nachher von den Almosen des beleidigten Gatten gelebt habe«.

Ich muß jetzt, weil man es doch verlangt, von dem älteren Bruder, Herrn A. W. Schlegel, sprechen. Wollte ich in Deutschland noch von ihm reden, so würde man mich dort mit Verwunderung ansehen.

Wer spricht jetzt noch in Paris von der Giraffe?

Herr A. W. Schlegel ist geboren zu Hannover den 5. September 1767. Ich weiß das nicht von ihm selber. Ich war nie so ungalant ihn über sein Alter zu befragen. Jenes Datum fand ich, wenn ich nicht irre, in Spindlers »Lexikon der deutschen Schriftstellerinnen.« Herr A. W. Schlegel ist daher jetzt 64 Jahre alt. Herr Alexander von Humboldt und andere Naturforscher behaupten er sei älter. Auch Champollion war dieser Meinung. Wenn ich von seinen literarischen Verdiensten reden soll, so muß ich ihn wieder zunächst als Übersetzer rühmen. Hier hat er unbestreitbar das Außerordentliche geleistet. Namentlich seine Übertragung des Shakespeare in die deutsche Sprache ist meisterhaft, unübertreffbar. Vielleicht mit Ausnahme des Herren Gries und des Herren Grafen Platen, ist Herr

A. W. Schlegel überhaupt der größte Metriker Deutschlands. In allen übrigen Tätigkeiten gebührt ihm nur der zweite, wo nicht gar der dritte Rang. In der ästhetischen Kritik fehlt ihm, wie ich schon gesagt, der Boden einer Philosophie, und weit überragen ihn andere Zeitgenossen, namentlich Solger. Im Studium des Altdeutschen steht turmhoch über ihn erhaben Herr Jakob Grimm, der uns, durch seine deutsche Grammatik, von jener Oberflächlichkeit befreite, womit man, nach dem Beispiel der Schlegel, die altdeutschen Sprachdenkmale erklärt hatte. Herr Schlegel konnte es vielleicht im Studium des Altdeutschen weit bringen, wenn er nicht ins Sanskrit hinübergesprungen wäre. Aber das Altdeutsche war außer Mode gekommen und mit dem Sanskrit konnte man frisches Aufsehen erregen. Auch hier blieb er gewissermaßen Dilettant, die Initiative seiner Gedanken gehört noch seinem Bruder Friedrich, und das Wissenschaftliche, das Reelle, in seinen sanskritischen Leistungen gehört, wie jeder weiß, dem Herren Lassen, seinem gelehrten Kollaborator. Herr Franz Bopp zu Berlin ist in Deutschland der eigentliche Sanskritgelehrte, er ist der Erste in seinem Fache. In der Geschichtskunde hat sich Herr Schlegel einmal an dem Ruhme Niebuhrs, den er angriff, festkrämpen wollen; aber vergleicht man ihn mit diesem großen Forscher, oder vergleicht man ihn mit einem Johannes von Müller, einem Heeren, einem Schlosser und ähnlichen Historikern, so muß man über ihn die Achsel zucken. Wie weit hat er es aber als Dichter gebracht? Dies ist schwer zu bestimmen.

Der Violinspieler Solomons, welcher dem König von England, Georg III., Unterricht gab, sagte einst zu seinem erhabenen Schüler: »Die Violinspieler werden eingeteilt in drei Klassen; zur ersten Klasse gehören die, welche gar nicht spielen können, zur zweiten Klasse gehören die, welche sehr schlecht spielen, und zur dritten Klasse gehören endlich die, welche gut spielen; Ew. Majestät hat sich schon bis zur zweiten Klasse emporgeschwungen.«

Gehört nun Herr A. W. Schlegel zur ersten Klasse oder zur zweiten Klasse? Die einen sagen, er sei gar kein Dichter; die anderen sagen, er sei ein sehr schlechter Dichter. So viel weiß ich, er ist kein Paganini.

Seine Berühmtheit erlangte Herr A. W. Schlegel eigentlich nur durch die unerhörte Keckheit womit er die vorhandenen literarischen Autoritäten angriff. Er riß die Lorbeerkränze von den alten Perucken und erregte bei dieser Gelegenheit viel Puderstaub. Sein Ruhm ist eine natürliche Tochter des Skandals.

Wie ich schon mehrmals erwähnt, die Kritik, womit Herr Schlegel die vorhandenen Autoritäten angriff, beruhte durchaus auf keiner Philosophie. Nachdem wir von jenem Erstaunen, worin jede Vermessenheit uns versetzt, zurückgekommen, erkennen wir ganz und gar die innere Leerheit der sogenannten Schlegelschen Kritik. Z. B. wenn er den Dichter Bürger herabsetzen will, so vergleicht er dessen Balladen mit den altenglischen Balladen, die Percy gesammelt, und er zeigt wie diese viel einfacher, naiver, altertümlicher und folglich poetischer gedichtet seien. Hinlänglich begriffen hat Herr Schlegel den Geist der Vergangenheit, besonders des Mittelalters, und es gelingt ihm daher, diesen Geist auch in den Kunstdenkmälern der Vergangenheit nachzuweisen, und ihre Schönheiten aus diesem Gesichtspunkte zu demonstrieren. Aber alles was Gegenwart ist, begreift er nicht; höchstens erlauscht er nur etwas von der Physiognomie, einige äußerliche Züge der Gegenwart, und das sind gewöhnlich die minder schönen Züge; indem er nicht den Geist begreift, der sie belebt, so sieht er in unserm ganzen modernen Leben nur eine prosaische Fratze. Überhaupt, nur ein großer Dichter vermag die Poesie seiner eignen Zeit zu erkennen; die Poesie einer Vergangenheit offenbart sich uns weit leichter, und ihre Erkenntnis ist leichter mitzuteilen. Daher gelang es Herrn Schlegel beim großen Haufen die Dichtungen, worin die Vergangenheit eingesargt liegt, auf Kosten der Dichtungen, worin unsere moderne Gegenwart atmet und lebt, emporzupreisen. Aber der Tod ist nicht poetischer als das Leben. Die altenglischen Gedichte, die Percy gesammelt, geben den Geist ihrer Zeit, und Bürgers Gedichte geben den Geist der unsrigen. Diesen Geist begriff Herr Schlegel nicht; sonst würde er in dem Ungestüm, womit dieser Geist zuweilen aus den Bürgerschen Gedichten hervorbricht, keineswegs den rohen Schrei eines ungebildeten Magisters gehört haben, sondern vielmehr die gewaltigen Schmerzlaute eines Titanen, welchen eine Aristokratie von hannövrischen Junkern und Schulpedanten zu Tode quälte. Dieses war nämlich die Lage des Verfassers der »Leonore«, und die Lage so mancher anderen genialen Menschen, die als arme Dozenten in Göttingen darbten, verkümmerten und in Elend starben. Wie konnte der vornehme, von vornehmen Gönnern beschützte, renovierte, baronisierte, bebänderte Ritter August Wilhelm von Schlegel jene Verse begreifen, worin Bürger laut ausruft: daß ein Ehrenmann, ehe er die Gnade der Großen erbettle, sich lieber aus der Welt heraushungern solle!

Der Name »Bürger« ist im Deutschen gleichbedeutend mit dem Worte *citoyen.*

Was den Ruhm des Herren Schlegel noch gesteigert, war das Aufsehen, welches er später in Frankreich erregte, als er auch die literarischen Autoritäten der Franzosen angriff. Wir sahen mit stolzer Freude, wie unser kampflustiger Landsmann den Franzosen zeigte, daß ihre ganze klassische Literatur nichts wert sei, daß Molière ein Possenreißer und kein Dichter sei, daß Racine ebenfalls nichts tauge, daß man uns Deutschen hingegen als die Könige des Parnassus betrachten müsse. Sein Refrain war immer, daß die Franzosen das prosaischste Volk der Welt seien und daß es in Frankreich gar keine Poesie gäbe. Dieses sagte der Mann zu einer Zeit, als vor seinen Augen noch so mancher Chorführer der Konvention, der großen Titanentragödie, leibhaftig umherwandelte; zu einer Zeit, als Napoleon jeden Tag ein gutes Epos improvisierte, als Paris wimmelte von

Helden, Königen und Göttern ... Herr Schlegel hat jedoch von dem allen nichts gesehen; wenn er hier war, sah er sich selber beständig im Spiegel, und da ist es wohl erklärlich, daß er in Frankreich gar keine Poesie sah.

Aber Herr Schlegel, wie ich schon oben gesagt, vermochte immer nur die Poesie der Vergangenheit und nicht der Gegenwart zu begreifen. Alles was modernes Leben ist, mußte ihm prosaisch erscheinen, und unzugänglich blieb ihm die Poesie Frankreichs, des Mutterbodens der modernen Gesellschaft. Racine mußte gleich der erste sein, den er nicht begreifen konnte. Denn dieser große Dichter steht schon als Herold der modernen Zeit neben dem großen Könige, mit welchem die moderne Zeit beginnt. Racine war der erste moderne Dichter, wie Ludwig XIV. der erste moderne König war. In Corneille atmet noch das Mittelalter. In ihm und in der Fronde röchelt noch das alte Rittertum. Man nennt ihn auch deshalb manchmal romantisch. In Racine ist aber die Denkweise des Mittelalters ganz erloschen; in ihm erwachen lauter neue Gefühle; er ist das Organ einer neuen Gesellschaft; in seiner Brust dufteten die ersten Veilchen unseres modernen Lebens; ja wir könnten sogar schon die Lorbeeren darin knospen sehen, die erst später, in der jüngsten Zeit, so gewaltig emporgeschossen. Wer weiß, wie viele Taten aus Racines zärtlichen Versen erblüht sind! Die französischen Helden, die bei den Pyramiden, bei Marengo, bei Austerlitz, bei Moskau und bei Waterloo begraben liegen, sie hatten alle einst Racines Verse gehört, und ihr Kaiser hatte sie gehört aus dem Munde Talmas. Wer weiß, wieviel Zentner Ruhm von der Vendômesäule eigentlich dem Racine gebührt. Ob Euripides ein größerer Dichter ist als Racine, das weiß ich nicht. Aber ich weiß, daß letzterer eine lebendige Quelle von Liebe und Ehrgefühl war, und mit seinem Tranke ein ganzes Volk berauscht und entzückt und begeistert hat. Was verlangt ihr mehr von einem Dichter? Wir sind alle Menschen, wir steigen ins Grab und lassen zurück unser Wort, und wenn dieses seine Mission erfüllt hat, dann kehrt es zurück in die Brust Gottes, den Sammelplatz der Dichterworte, die Heimat aller Harmonie.

Hätte sich nun Herr Schlegel darauf beschränkt, zu behaupten, daß die Mission des Racinischen Wortes vollendet sei, und daß die fortgerückte Zeit ganz anderer Dichter bedürfe: so hätten seine Angriffe einigen Grund. Aber grundlos waren sie, wenn er Racines Schwäche durch eine Vergleichung mit älteren Dichtern erweisen wollte. Nicht bloß ahnte er nichts von der unendlichen Anmut, dem süßen Scherz, dem tiefen Reiz, welcher darin lag, daß Racine seine neuen französischen Helden mit antiken Gewändern kostümierte, und zu dem Interesse einer modernen Leidenschaft noch das Interessante einer geistreichen Maskerade mischte: Herr Schlegel war sogar tölpelhaft genug, jene Vermummung für bare Münze zu nehmen, die Griechen von Versailles nach den Griechen von Athen zu beurteilen, und die »Phädra« des Racine mit der »Phädra« des Euripides zu vergleichen! Diese Manier, die Gegenwart mit dem Maßstabe der Vergangenheit zu messen, war bei Herrn Schlegel so eingewurzelt, daß er immer mit dem Lorbeerzweig eines älteren Dichters den Rücken der jüngeren Dichter zu geißeln pflegte, und daß er, um wieder den Euripides selber herabzusetzen, nichts Besseres wußte, als daß er ihn mit dem älteren Sophokles, oder gar mit dem Äschylus, verglich.

Es würde zu weit führen, wollte ich hier entwickeln, wie Herr Schlegel gegen den Euripides, den er in jener Manier herabzuwürdigen gesucht, ebenso, wie einst Aristophanes, das größte Unrecht verübt. Letzterer, der Aristophanes, befand sich, in dieser Hinsicht, auf einem Standpunkte, welcher mit dem Standpunkte der romantischen Schule die größte Ähnlichkeit darbietet; seiner Polemik liegen ähnliche Gefühle und Tendenzen zum Grunde, und wenn man Herrn Tieck einen romantischen Aristophanes nannte, so könnte man mit Fug den Parodisten des Euripides und des Sokrates einen klassischen Tieck nennen. Wie Herr Tieck und die Schlegel, trotz der eignen Ungläubigkeit, dennoch den Untergang des Katholizismus bedauerten; wie sie diesen Glauben bei der Menge zu restaurieren wünschten; wie sie in dieser Absicht die protestantischen Rationalisten, die Aufklärer, die echten noch mehr als die falschen, mit Spott und Verlästerung befehdeten; wie sie gegen Männer, die im Leben und in der Literatur eine ehrsame Bürgerlichkeit beförderten, die grimmigste Abneigung hegten; wie sie die Bürgerlichkeit als philisterhafte Kleinmisere persiflierten, und dagegen beständig das große Heldenleben des feudalistischen Mittelalters gerühmt und gefeiert: so hat auch Aristophanes, welcher selber die Götter verspöttelte, dennoch die Philosophen gehaßt, die dem ganzen Olymp den Untergang bereiteten; er haßte den rationalistischen Sokrates, welcher eine bessere Moral predigte; er haßt die Dichter, die gleichsam schon ein modernes Leben aussprachen, welches sich von der früheren griechischen Götter-Helden- und Königsperiode ebenso unterschied wie unsere jetzige Zeit von den mittelalterlichen Feudalzeiten; er haßte den Euripides, welcher nicht mehr wie Äschylus und Sophokles von dem griechischen Mittelalter trunken war, sondern sich schon der bürgerlichen Tragödie näherte. Ich zweifle ob sich Herr Schlegel der wahren Beweggründe bewußt war, warum er den Euripides so sehr herabsetzte, in Vergleichung mit Äschylus und Sophokles: ich glaube ein unbewußtes Gefühl leitete ihn, in dem alten Tragiker roch er das modern demokratische und protestantische Element, welches schon dem ritterschaftlichen und olympisch-katholischen Aristophanes so sehr verhaßt war.

Vielleicht aber erzeige ich Herren A. W. Schlegel eine unverdiente Ehre, indem ich ihm bestimmte Sympathien und Antipathien beimesse. Es ist möglich, daß er gar keine hatte. Er war in seiner Jugend ein Hellenist und wurde erst später ein Romantiker. Er wurde Chorführer der neuen Schule, diese wurde nach ihm und seinem Bruder benamset, und er selber war vielleicht derjenige, dem es mit der Schlegelschen Schule am wenigsten Ernst war. Er unterstützte sie mit seinen Talenten, er studierte sich in sie hinein, er freute sich damit solang es gut ging, und als es mit der Schule ein schlechtes Ende nahm, hat er sich wieder in ein neues Fach hineinstudiert.

Obgleich nun die Schule zugrunde ging, so haben doch die Anstrengungen des Herren Schlegel gute Früchte getragen für unsere Literatur. Namentlich hatte er gezeigt, wie man wissenschaftliche Gegenstände in eleganter Sprache behandeln kann. Früherhin wagten wenige deutsche Gelehrte ein wissenschaftliches Buch in einem klaren und anziehenden Stile zu schreiben. Man schrieb ein verworrenes, trockenes Deutsch, welches nach Talglichtern und Tabak roch. Herr Schlegel gehörte zu den wenigen Deutschen die keinen Tabak rauchen, eine Tugend, welche er der Gesellschaft der Frau von Staël verdankte. Überhaupt verdankt er jener Dame die äußere Politur, welche er in Deutschland mit so vielem Vorteil geltend machen konnte. In dieser Hinsicht war der Tod der vortrefflichen Frau von Staël ein großer Verlust für diesen deutschen Gelehrten, der in ihrem Salon so viele Gelegenheit fand, die neuesten Moden kennen zu lernen, und, als ihr Begleiter in allen Hauptstädten Europas, die schöne Welt sehen und sich die schönsten Weltsitten aneignen konnte. Solche bildende Verhältnisse waren ihm so sehr zum heiteren Lebensbedürfnis geworden, daß er, nach dem Tode seiner edlen Beschützerin, nicht abgeneigt war, der berühmten Catalani seine Begleitung auf ihren Reisen anzubieten.

Wie gesagt, die Beförderung der Eleganz ist ein Hauptverdienst des Herren Schlegel, und durch ihn kam auch in das Leben der deutschen Dichter mehr Zivilisation. Schon Goethe hatte das einflußreichste Beispiel gegeben, wie man ein deutscher Dichter sein kann, und dennoch den äußerlichen Anstand zu bewahren vermag. In früheren Zeiten verachteten die deutschen Dichter alle konventionellen Formen, und der

Name »deutscher Dichter« oder gar der Name »poetisches Genie« erlangte die unerfreulichste Bedeutung. Ein deutscher Dichter war ehemals ein Mensch, der einen abgeschabten, zerrissenen Rock trug, Kindtauf- und Hochzeitgedichte für einen Taler das Stück verfertigte, statt der guten Gesellschaft, die ihn abwies, desto bessere Getränke genoß, auch wohl des Abends betrunken in der Gosse lag, zärtlich geküßt von Lunas gefühlvollen Strahlen. Wenn sie alt geworden, pflegten diese Menschen noch tiefer in ihr Elend zu versinken, und es war freilich ein Elend ohne Sorge, oder dessen einzige Sorge darin besteht: wo man den meisten Schnaps für das wenigste Geld haben kann?

So hatte auch ich mir einen deutschen Dichter vorgestellt. Wie angenehm verwundert war ich daher Anno 1819, als ich, ein ganz junger Mensch, die Universität Bonn besuchte, und dort die Ehre hatte, den Herrn Dichter A. W. Schlegel, das poetische Genie, von Angesicht zu Angesicht zu sehen. Es war, mit Ausnahme des Napoleon, der erste große Mann den ich damals gesehen, und ich werde nie diesen erhabenen Anblick vergessen. Noch heute fühle ich den heiligen Schauer, der durch meine Seele zog, wenn ich vor seinem Katheder stand und ihn sprechen hörte. Ich trug damals einen weißen Flauschrock, eine rote Mütze, lange blonde Haare und keine Handschuhe. Herr A. W. Schlegel trug aber Glaceehandschuh, und war noch ganz nach der neuesten Pariser Mode gekleidet; er war noch ganz parfümeriert von guter Gesellschaft und *eau de mille fleurs*; er war die Zierlichkeit und die Eleganz selbst, und wenn er vom Großkanzler von England sprach, setzte er hinzu »mein Freund,« und neben ihm stand sein Bedienter in der freiherrlichst Schlegelschen Hauslivree, und putzte die Wachslichter, die auf silbernen Armleuchtern brannten, und nebst einem Glase Zuckerwasser vor dem Wundermanne auf dem Katheder standen. Livreebedienter! Wachslichter! silberne Armleuchter! mein Freund der Großkanzler von England! Glaceehandschuh! Zuckerwasser! welche unerhörte Dinge im Kollegium eines deutschen Professors! Dieser Glanz blendete uns junge Leute nicht wenig, und mich besonders, und ich machte auf Herrn Schlegel damals drei Oden, wovon jede anfing mit den Worten: O du, der du usw. Aber nur in der Poesie hätte ich es gewagt, einen so vornehmen Mann zu duzen. Sein Äußeres gab ihm wirklich eine gewisse Vornehmheit. Auf seinem dünnen Köpfchen glänzten nur noch wenige silberne Härchen, und sein Leib war so dünn, so abgezehrt, so durchsichtig, daß er ganz Geist zu sein schien, daß er fast aussah wie ein Sinnbild des Spiritualismus.

Trotzdem hatte er damals geheuratet, und er, der Chef der Romantiker, heuratete die Tochter des Kirchenrat Paulus zu Heidelberg, des Chefs der deutschen Rationalisten. Es war eine symbolische Ehe, die Romantik vermählte sich gleichsam mit dem Rationalismus; sie blieb aber ohne Früchte. Im Gegenteil, die Trennung zwischen der Romantik und dem Rationalismus wurde dadurch noch größer, und schon gleich am andern Morgen nach der Hochzeitnacht lief der Rationalismus wieder nach Hause, und wollte nichts mehr mit der Romantik zu schaffen haben. Denn der Rationalismus, wie er denn immer vernünftig ist, wollte nicht bloß symbolisch vermählt sein, und sobald er die hölzerne Nichtigkeit der romantischen Kunst erkannt, lief er davon. Ich weiß, ich rede hier dunkel und will mich daher so klar als möglich ausdrücken:

Typhon, der böse Typhon, haßte den Osiris (welcher, wie ihr wißt, ein ägyptischer Gott ist), und als er ihn in seine Gewalt bekam, riß er ihn in Stücken. Isis, die arme Isis, die Gattin des Osiris, suchte diese Stücke mühsam zusammen, flickte sie aneinander und es gelang ihr den zerrissenen Gatten wieder ganz herzustellen; ganz? ach nein, es fehlte ein Hauptstück, welches die arme Göttin nicht wiederfinden konnte, arme Isis! Sie mußte sich daher begnügen mit einer Ergänzung von Holz, aber Holz ist nur Holz, arme Isis! Hierdurch entstand nun in

Ägypten ein skandoloser Mythos und in Heidelberg ein mystischer Skandal.

Herrn A. W. Schlegel verlor man seitdem ganz außer Augen. Er war verschollen. Mißmut über solches Vergessenwerden trieb ihn endlich, nach langjähriger Abwesenheit, wieder einmal nach Berlin, der ehemaligen Hauptstadt seines literärischen Glanzes, und er hielt dort wieder einige Vorlesungen über Ästhetik. Aber er hatte unterdessen nichts Neues gelernt, und er sprach jetzt zu einem Publikum, welches von Hegel eine Philosophie der Kunst, eine Wissenschaft der Ästhetik, erhalten hatte. Man spottete und zuckte die Achsel. Es ging ihm wie einer alten Komödiantin, die nach zwanzigjähriger Abwesenheit den Schauplatz ihres ehemaligen Succes wieder betritt, und nicht begreift, warum die Leute lachen statt zu applaudieren. Der Mann hatte sich entsetzlich verändert und er ergötzte Berlin vier Wochen lang durch die Etalage seiner Lächerlichkeiten. Er war ein alter eitler Geck geworden, der sich überall zum Narren halten ließ. Man erzählt darüber die unglaublichsten Dinge.

Hier in Paris hatte ich die Betrübnis, Herrn A. W. Schlegel persönlich wiederzusehen. Wahrlich, von dieser Veränderung hatte ich doch keine Vorstellung, bis ich mich mit eigenen Augen davon überzeugte. Es war vor einem Jahre, kurz nach meiner Ankunft in der Hauptstadt. Ich ging eben das Haus zu sehen, worin Molière gewohnt hat; denn ich ehre große Dichter, und suche überall mit religiöser Andacht die Spuren ihres irdischen Wandels. Das ist ein Kultus. Auf meinem Wege, unfern von jenem geheiligten Hause, erblickte ich ein Wesen, in dessen verwebten Zügen sich eine Ähnlichkeit mit dem ehemaligen A. W. Schlegel kundgab. Ich glaubte seinen Geist zu sehen. Aber es war nur sein Leib. Der Geist ist tot und der Leib spukt noch auf der Erde, und er ist unterdessen ziemlich fett geworden; an den dünnen, spiritualistischen Beinen hatte sich wieder Fleisch angesetzt; es war sogar ein Bauch zu sehen, und oben drüber hingen eine Menge Ordensbänder. Das sonst so feine greise Köpfchen trug eine goldgelbe Perücke. Er war gekleidet nach der neuesten Mode jenes Jahrs, in welchem Frau von Staël gestorben. Dabei lächelte er so veraltet süß, wie eine bejahrte Dame, die ein Stück Zucker im Munde hat, und bewegte sich so jugendlich wie ein kokettes Kind. Es war wirklich eine sonderbare Verjüngung mit ihm vorgegangen; er hatte gleichsam eine spaßhafte zweite Auflage seiner Jugend erlebt; er schien ganz wieder in die Blüte gekommen zu sein, und die Röte seiner Wangen habe ich sogar in Verdacht, daß sie keine Schminke war, sondern eine gesunde Ironie der Natur.

Mir war in diesem Augenblick als sähe ich den seligen Molière am Fenster stehen, und als lächelte er zu mir herab, hindeutend auf jene melancholisch heitere Erscheinung. Alle Lächerlichkeit derselben ward mir auf einmal so ganz einleuchtend: ich begriff die ganze Tiefe und Fülle des Spaßes, der darin enthalten war; ich begriff ganz den Lustspielcharakter jener fabelhaft ridikülen Personnage, die leider keinen großen Komiker gefunden hat um sie gehörig für die Bühne zu benutzen. Molière allein wäre der Mann gewesen, der eine solche Figur für das Théâtre français bearbeiten konnte, er allein hatte das dazu nötige Talent; – und das ahnte Herr A. W. Schlegel schon frühzeitig, und er haßte den Molière aus demselben Grunde, weshalb Napoleon den Tacitus gehaßt hat. Wie Napoleon Bonaparte, der französische Cäsar, wohl fühlte, daß ihn der republikanische Geschichtsschreiber ebenfalls nicht mit Rosenfarben geschildert hätte; so hatte auch Herr A. W. Schlegel, der deutsche Osiris, längst geahnt, daß er dem Molière, dem großen Komiker, wenn dieser jetzt lebte, nimmermehr entgangen wäre. Und Napoleon sagte von Tacitus, er sei der Verleumder des Tiberius, und Herr August Wilhelm Schlegel sagt von Molière, daß er gar kein Dichter, sondern nur ein Possenreißer gewesen sei.

Herr A. W. Schlegel verließ bald darauf Paris, nachdem er

vorher von Sr. Majestät, Ludwig Philipp I., König der Franzosen, mit dem Orden der Ehrenlegion dekoriert worden. Der »Moniteur« hat bis jetzt noch gezögert, diese Begebenheit gehörig zu berichten; aber Thalia, die Muse der Komödie, hat sie hastig aufgezeichnet in ihr lachendes Notizbuch.

II.

Nach den Schlegeln war Herr Ludwig Tieck einer der tätigsten Schriftsteller der romantischen Schule. Für diese kämpfte und dichtete er. Er war Poet, ein Name, den keiner von den beiden Schlegeln verdient. Er war der wirkliche Sohn des Phöbus Apollo, und, wie sein ewig jugendlicher Vater, führte er nicht bloß die Leier, sondern auch den Bogen mit dem Köcher voll klingender Pfeile. Er war trunken von lyrischer Lust und kritischer Grausamkeit, wie der delphische Gott. Hatte er, gleich diesem, irgendeinen literarischen Marsyas erbärmlichst geschunden, dann griff er, mit den blutigen Fingern, wieder lustig in die goldenen Saiten seiner Leier und sang ein freudiges Minnelied.

Die poetische Polemik, die Herr Tieck, in dramatischer Form, gegen die Gegner der Schule führte, gehört zu den außerordentlichsten Erscheinungen unserer Literatur. Es sind satirische Dramen, die man gewöhnlich mit den Lustspielen des Aristophanes vergleicht. Aber sie unterscheiden sich von diesen fast ebenso wie eine Sophokleische Tragödie sich von einer Shakespeareschen unterscheidet. Hatte nämlich die antike Komödie ganz den einheitlichen Zuschnitt, den strengen Gang und die zierlichst ausgebildete metrische Sprache der antiken Tragödie, als deren Parodie sie gelten konnte, so sind die dramatischen Satieren des Herrn Tieck ganz so abenteuerlich zugeschnitten, ganz so englisch unregelmäßig und so metrisch willkürlich wie die Tragödien des Shakespeare. War diese Form eine neue Erfindung des Herrn Tieck? Nein, sie existierte bereits unter dem Volke, namentlich unter dem Volke in Italien. Wer Italienisch versteht, kann sich einen ziemlich richtigen Begriff jener Tieckschen Dramen verschaffen, wenn er sich in die buntscheckig bizarren, venezianisch phantastischen Märchenkomödien des Gozzi noch etwas deutschen Mondschein hineinträumt. Sogar die meisten seiner Masken hat Herr Tieck diesem heiteren Kinde der Lagunen entlehnt. Nach seinem Beispiel haben viele deutsche Dichter sich ebenfalls dieser Form bemächtigt, und wir erhielten Lustspiele, deren komische Wirkung nicht durch einen launigen Charakter oder durch eine spaßhafte Intrige herbeigeführt wird, sondern die uns gleich unmittelbar in eine komische Welt versetzen, in eine Welt, wo die Tiere wie Menschen sprechen und handeln, und wo Zufall und Willkür an die Stelle der natürlichen Ordnung der Dinge getreten ist. Dieses finden wir auch bei Aristophanes. Nur daß letzterer diese Form gewählt, um uns seine tiefsinnigsten Weltanschauungen zu offenbaren, wie z. B. in den »Vögeln«, wo das wahnwitzige Treiben der Menschen, ihre Sucht, in der leeren Luft die herrlichsten Schlösser zu bauen, ihr Trotz gegen die ewigen Götter, und ihre eingebildete Siegesfreude in den possierlichsten Fratzen dargestellt ist. Darum eben ist Aristophanes so groß, weil seine Weltansicht so groß war, weil sie größer, ja tragischer war als die der Tragiker selbst, weil seine Komödien wirklich »scherzende Tragödien« waren; denn z. B. Paisteteros wird nicht am Ende des Stückes, wie etwa ein moderner Dichter tun würde, in seiner lächerlichen Richtigkeit dargestellt, sondern vielmehr er gewinnt die Basilea, die schöne wundermächtige Basilea, er steigt mit dieser himmlischen Gemahlin empor in seine Luftstadt, die Götter sind gezwungen, sich seinem Willen zu fügen, die Narrheit feiert ihre Vermählung mit der Macht, und das Stück schließt mit jubelnden Hymenäen. Gibt es für einen vernünftigen Menschen etwas grauenhaft Tragischeres als dieser Narrensieg und

Narrentriumph! So hoch aber verstiegen sich nicht unsere deutschen Aristophanesse; sie enthielten sich jeder höheren Weltanschauung; über die zwei wichtigsten Verhältnisse des Menschen, das politische und das religiöse, schwiegen sie mit großer Bescheidenheit; nur das Thema, das Aristophanes in den »Fröschen« besprochen, wagten sie zu behandeln: zum Hauptgegenstand ihrer dramatischen Satire wählten sie das Theater selbst, und sie satirisierten, mit mehr oder weniger Laune, die Mängel unserer Bühne.

Aber man muß auch den politisch unfreien Zustand Deutschlands berücksichtigen. Unsere Witzlinge müssen sich in betreff wirklicher Fürsten aller Anzüglichkeiten enthalten, und für diese Beschränkung wollen sie daher an den Theaterkönigen und Kulissenprinzen sich entschädigen. Wir, die wir fast gar keine räsonierende politische Journale besaßen, waren immer desto gesegneter mit einer Anzahl ästhetischer Blätter, die nichts als müßige Märchen und Theaterkritiken enthielten: so daß, wer unsere Blätter sah, beinahe glauben mußte, das ganze deutsche Volk bestände aus lauter schwatzenden Ammen und Theaterrezensenten. Aber man hätte uns doch unrecht getan. Wie wenig solches klägliche Geschreibsel uns genügte, zeigte sich nach der Juliusrevolution, als es den Anschein gewann, daß ein freies Wort auch in unserem teuren Vaterland gesprochen werden dürfte. Es entstanden plötzlich Blätter, welche das gute oder schlechte Spiel der wirklichen Könige rezensierten, und mancher derselben, der seine Rolle vergessen, wurde in der eigenen Hauptstadt ausgepfiffen. Unsere literarischen Scheherezaden, welche das Publikum, den plumpen Sultan, mit ihren kleinen Novellen einzuschläfern pflegten, mußten jetzt verstummen, und die Komödianten sahen mit Verwunderung, wie leer das Parterre war, wenn sie noch so göttlich spielten, und wie sogar der Sperrsitz des furchtbaren Stadtkritikers sehr oft unbesetzt blieb. Früherhin hatten sich die guten Bretterhelden immer beklagt, daß nur sie und wieder sie zum öffentlichen Gegenstand der Besprechung dienen müßten, und daß sogar ihre häuslichen Tugenden in den Zeitungen enthüllt würden. Wie erschraken sie, als es den Anschein gewann, daß am Ende gar nicht mehr von ihnen die Rede sein möchte!

In der Tat, wenn in Deutschland die Revolution ausbrach, so hatte es ein Ende mit Theater und Theaterkritik, und die erschreckten Novellendichter, Komödianten und Theaterrezensenten fürchteten mit Recht: »daß die Kunst zugrunde ginge.« Aber das Entsetzliche ist von unserem Vaterlande durch die Weisheit und Kraft des Frankfurter Bundestages glücklich abgewendet worden; es wird hoffentlich keine Revolution in Deutschland ausbrechen, vor der Guillotine und allen Schrecknissen der Preßfreiheit sind wir bewahrt, sogar die Deputiertenkammern, deren Konkurrenz den früher konzessionierten Theatern so viel geschadet, werden abgeschafft, und die Kunst ist gerettet. Für die Kunst wird jetzt in Deutschland alles mögliche getan, namentlich in Preußen. Die Museen strahlen in sinnreicher Farbenlust, die Orchester rauschen, die Tänzerinnen springen ihre süßesten Entrechats, mit tausend und eine Novelle wird das Publikum ergötzt, und es blüht wieder die Theaterkritik.

Justin erzählt in seinen Geschichten: »Als Cyrus die Revolte der Lydier gestillt hatte, wußte er den störrigen, freiheitsüchtigen Geist derselben nur dadurch zu bezähmen, daß er ihnen befahl, schöne Künste und sonstige lustige Dinge zu treiben. Von lydischen Emeuten war seitdem nicht mehr die Rede, desto berühmter aber wurden lydische Restaurateure, Kuppler und Artisten.«

Wir haben jetzt Ruhe in Deutschland, die Theaterkritik und die Novelle wird wieder Hauptsache; und, da Herr Tieck in diesen beiden Leistungen exzelliert, so wird ihm von allen Freunden der Kunst, die gebührende Bewunderung gezollt. Er ist, in der Tat, der beste Novellist in Deutschland. Jedoch alle seine erzählenden Erzeugnisse sind weder von derselben Gattung noch von demselben Werte. Wie bei den Malern, kann man auch bei Herrn Tieck mehrere Manieren unterscheiden. Seine erste Manier gehört noch ganz der früheren alten Schule. Er schrieb damals nur auf Antrieb und Bestellung eines Buchhändlers, welcher eben kein anderer war als der selige Nicolai selbst, der eigensinnigste Champion der Aufklärung und Humanität, der große Feind des Aberglaubens, des Mystizismus und der Romantik. Nicolai war ein schlechter Schriftsteller, eine prosaische Perücke, und er hat sich mit seiner Jesuitenriecherei oft sehr lächerlich gemacht. Aber wir Spätergeborenen, wir müssen doch eingestehen, daß der alte Nicolai ein grundehrlicher Mann war, der es redlich mit dem deutschen Volke meinte, und der aus Liebe für die heilige Sache der Wahrheit sogar das schlimmste Martyrtum, das Lächerlichwerden, nicht scheute. Wie man mir zu Berlin erzählt, lebte Herr Tieck früherhin in dem Hause dieses Mannes, er wohnte eine Etage höher als Nicolai, und die neue Zeit trampelt schon über dem Kopfe der alten Zeit.

Die Werke, die Herr Tieck in seiner ersten Manier schrieb, meistens Erzählungen und große lange Romane, worunter »William Lovell« der beste, sind sehr unbedeutend, ja sogar ohne Poesie. Es ist als ob diese poetisch reiche Natur in der Jugend geizig gewesen sei, und alle ihre geistigen Reichtümer für eine spätere Zeit aufbewahrt habe. Oder kannte Herr Tieck selber nicht die Reichtümer seiner eigenen Brust, und die Schlegel mußten diese erst mit der Wünschelrute entdecken? Sowie Herr Tieck mit den Schlegeln in Berührung kam, erschlossen sich alle Schätze seiner Phantasie, seines Gemütes und seines Witzes. Da leuchteten die Diamanten, da quollen die klarsten Perlen, und vor allem blitzte da der Karfunkel, der fabelhafte Edelstein, wovon die romantischen Poeten damals so viel gesagt und gesungen. Diese reiche Brust war die eigentliche Schatzkammer, wo die Schlegel für ihre literärischen Feldzüge die Kriegskosten schöpften. Herr Tieck mußte für die Schule die schon erwähnten satirischen Lustspiele schreiben und zugleich nach den neuen ästhetischen Rezepten eine Menge Poesien jeder Gattung verfertigen. Das ist nun die zweite Manier des Herrn Ludwig Tieck. Seine empfehlenswertesten dramatischen Produkte in dieser Manier sind »Der Kaiser Oktavian«, »Die heilige Genofeva« und der »Fortunat«, drei Dramen, die den gleichnamigen Volksbüchern nachgebildet sind. Diese alten Sagen, die das deutsche Volk noch immer bewahrt, hat hier der Dichter in neuen kostbaren Gewanden gekleidet. Aber, ehrlich gestanden, ich liebe sie mehr in der alten naiven treuherzigen Form. So schön auch die Tiecksche »Genofeva« ist, so habe ich doch weit lieber das alte, zu Köln am Rhein sehr schlecht gedruckte Volksbuch mit seinen schlechten Holzschnitten, worauf aber gar rührend zu schauen ist, wie die arme nackte Pfalzgräfin nur ihre langen Haare zur keuschen Bedeckung hat, und ihren kleinen Schmerzenreich an den Zitzen einer mitleidigen Hirschkuh saugen läßt.

Weit kostbarer noch als jene Dramen sind die Novellen, die Herr Tieck in seiner zweiten Manier geschrieben. Auch diese sind meistens den alten Volkssagen nachgebildet. Die vorzüglichsten sind:»Der blonde Eckbert« und »Der Runenberg«. In diesen Dichtungen herrscht eine geheimnisvolle Innigkeit, ein sonderbares Einverständnis mit der Nautur, besonders mit dem Pflanzen- und Steinreich. Der Leser fühlt sich da wie in einem verzauberten Walde; er hört die unterirdischen Quellen melodisch rauschen; er glaubt manchmal, im Geflüster der Bäume, seinen eigenen Namen zu vernehmen; die breitblättrigen Schlingpflanzen umstricken manchmal beängstigend seinen Fuß; wildfremde Wunderblumen schauen ihn an mit ihren bunten sehnsüchtigen Augen; unsichtbare Lippen küssen seine Wangen mit neckender Zärtlichkeit; hohe Pilze, wie goldne Glocken, wachsen klingend empor am Fuße der Bäume; große schweigende Vögel wiegen sich auf den Zweigen, und nicken herab mit ihren klugen, langen Schnäbeln; alles atmet, alles lauscht, alles ist schauernd erwartungsvoll: – da ertönt plötzlich das weiche Waldhorn, und auf weißem Zelter jagt vorüber ein schönes Frauenbild, mit wehenden Federn auf dem Barett, mit dem Falken auf der Faust. Und dieses schöne Fräulein ist so schön, so blond, so veilchenäugig, so lächelnd und zugleich so ernsthaft, so wahr und zugleich so ironisch, so keusch und zugleich zu schmachtend, wie die Phantasie unseres vortrefflichen Ludwig Tieck. Ja, seine Phantasie ist ein holdseliges Ritterfräulein, das im Zauberwalde nach fabelhaften Tieren jagt, vielleicht gar nach dem seltenen Einhorn, das sich nur von einer reinen Jungfrau fangen läßt.

Eine merkwürdige Veränderung begibt sich aber jetzt mit Herren Tieck, und diese bekundet sich in seiner dritten Manier. Als er nach dem Sturze der Schlegel eine lange Zeit geschwiegen, trat er wieder öffentlich auf und zwar in einer Weise, wie man sie von ihm am wenigsten erwartet hätte. Der ehemalige Enthusiast, welcher einst, aus schwärmerischem Eifer, sich in den Schoß der katholischen Kirche begeben, welcher Aufklärung und Protestantismus so gewaltig bekämpft, welcher nur Mittelalter, nur feudalistisches Mittelalter atmete, welcher die Kunst nur in der naiven Herzensergießung liebte: dieser trat jetzt auf als Gegner der Schwärmerei, als Darsteller des modernsten Bürgerlebens, als Künstler, der in der Kunst das klarste Selbstbewußtsein verlangte, kurz als ein vernünftiger Mann. So sehen wir ihn in einer Reihe neuerer Novellen, wovon auch einige in Frankreich bekannt geworden. Das Studium Goethes ist darin sichtbar, sowie überhaupt Herr Tieck in seiner dritten Manier als ein wahrer Schüler Goethes erscheint. Dieselbe artistische Klarheit, Heiterkeit, Ruhe und Ironie. War es früher der Schlegelschen Schule nicht gelungen, den Goethe zu sich heranzuziehen, so sehen wir jetzt, wie diese Schule, repräsentiert von Herrn Ludwig Tieck, zu Goethe überging. Dies mahnt an eine mahometanische Sage. Der Prophet hatte zu dem Berge gesagt: »Berg komm zu mir.« Aber der Berg kam nicht. Und siehe! das größere Wunder geschah, der Prophet ging zu dem Berge.

Herr Tieck ist geboren zu Berlin, den 31. Mai 1773. Seit einer Reihe Jahre hat er sich zu Dresden niedergelassen, wo er sich meistens mit dem Theater beschäftigte, und er, welcher in seinen früheren Schriften die Hofräte als Typus der Lächerlichkeit beständig persifliert hatte, er selber wurde jetzt königlich sächsischer Hofrat. Der liebe Gott ist doch immer noch ein größerer Ironiker als Herr Tieck.

Es ist jetzt ein sonderbares Mißverhältnis eingetreten zwischen dem Verstande und der Phantasie dieses Schriftstellers. Jener, der Tiecksche Verstand, ist ein honetter, nüchterner Spießbürger, der dem Nützlichkeitssystem huldigt und nichts von Schwärmerei wissen will; jene aber, die Tiecksche Phantasie, ist noch immer das ritterliche Frauenbild mit den wehenden Federn auf dem Barett, mit dem Falken auf der Faust. Diese beiden führen eine kuriose Ehe, und es ist manchmal betrübsam zu schauen, wie das arme hochadlige Weib dem trockenen bürgerlichen Gatten in seiner Wirtschaft, oder gar in seinem Käseladen behülflich sein soll. Manchmal aber, des Nachts, wenn der Herr Gemahl, mit seiner baumwollnen Mütze über dem Kopfe, ruhig schnarcht, erhebt die edle Dame sich von dem ehelichen Zwangslager, und besteigt ihr weißes Roß, und jagt wieder lustig, wie sonst, im romantischen Zauberwald.

Ich kann nicht umhin zu bemerken, daß der Tiecksche Verstand, in seinen jüngsten Novellen noch grämlicher geworden, und daß zugleich seine Phantasie von ihrer romantischen Natur immer mehr und mehr einbüßt, und in kühlen Nächten, sogar mit gähnendem Behagen, im Ehebette liegen bleibt und sich dem dürren Gemahle fast liebevoll anschließt.

Herr Tieck ist jedoch immer noch ein großer Dichter. Denn er kann Gestalten schaffen, und aus seinem Herzen dringen Worte die unsere eigenen Herzen bewegen. Aber ein zages Wesen, etwas Unbestimmtes, Unsicheres, eine gewisse Schwächlichkeit ist nicht bloß jetzt, sondern war von jeher an ihm bemerkbar. Dieser Mangel an entschlossener Kraft gibt sich nur allzusehr kund in allem was er tat und schrieb. Wenigstens in allem was er schrieb, offenbart sich keine Selbständigkeit. Seine erste Manier zeigt ihn als gar nichts; seine zweite Manier zeigt ihn als einen getreuen Schildknappen der Schlegel; seine dritte Manier zeigt ihn als einen Nachahmer Goethes. Seine Theaterkritiken, die er unter dem Titel »Dramaturgische Blätter« gesammelt, sind noch das Originalste, was er geliefert hat. Aber es sind Theaterkritiken.

Um den Hamlet ganz als Schwächling zu schildern, läßt Shakespeare ihn auch, im Gespräche mit den Komödianten, als einen guten Theaterkritiker erscheinen.

Mit den ernsten Disziplinen hatte sich Herr Tieck nie sonderlich befaßt. Er studierte moderne Sprachen und die älteren Urkunden unserer vaterländischen Poesie. Den klassischen Studien soll er immer fremd geblieben sein, als ein echter Romantiker. Nie beschäftigte er sich mit Philosophie; diese scheint ihm sogar widerwärtig gewesen zu sein. Auf den Feldern der Wissenschaft brach Herr Tieck nur Blumen und dünne Jerten, um mit ersteren die Nasen seiner Freunde, und mit letzteren die Rücken seiner Gegner zu regulieren. Mit dem gelehrten Feldbau hat er sich nie abgegeben. Seine Schriften sind Blumensträuße und Stockbündel; nirgends eine Garbe mit Kornähren.

Außer Goethe ist es Cervantes, welchen Herr Tieck am meisten nachgeahmt. Die humoristische Ironie, ich könnte auch sagen, den ironischen Humor dieser beiden modernen Dichter, verbreitet auch ihren Duft in den Novellen aus Herrn Tiecks dritter Manier. Ironie und Humor sind da so verschmolzen, daß sie ein und dasselbe zu sein scheinen. Von dieser humoristischen Ironie ist viel bei uns die Rede, die Goethesche Kunstschule preist sie als eine besondere Herrlichkeit ihres Meisters, und sie spielt jetzt eine große Rolle in der deutschen Literatur. Aber sie ist nur ein Zeichen unserer politischen Unfreiheit, und wie Cervantes zur Zeit der Inquisition zu einer humoristischen Ironie seine Zuflucht nehmen mußte, um seine Gedanken anzudeuten, ohne den Familiaren des heiligen Offiz eine faßbare Blöße zu geben: so pflegte auch Goethe im Tone einer humoristischen Ironie dasjenige zu sagen, was er, der Staatsminister und Höfling, nicht unumwunden auszusprechen wagte. Goethe hat nie die Wahrheit verschwiegen, sondern, wo er sie nicht nackt zeigen durfte, hat er sie in Humor und Ironie gekleidet. Die Schriftsteller, die unter Zensur und Geisteszwang aller Art schmachten und doch nimmermehr ihre Herzensmeinung verleugnen können, sind ganz besonders auf die ironische und humoristische Form angewiesen. Es ist der einzige Ausweg, welcher der Ehrlichkeit noch übriggeblieben, und in der humoristisch ironischen Verstellung offenbart sich diese Ehrlichkeit noch am rührendsten. Dieses mahnt mich wieder an den wunderlichen Prinzen von Dänemark. Hamlet ist die ehrlichste Haut von der Welt. Seine Verstellung dient nur, um die Dehors zu ersetzen; er ist wunderlich, weil Wunderlichkeit die Hofetikette doch immer minder verletzt als eine dreinschlagende offene Erklärung. In allen seinen humoristisch ironischen Späßen läßt er immer absichtlich durchschauen, daß er sich nur verstellt; in allem, was er tut und sagt, ist seine wirkliche Meinung ganz sichtbar für jeden, der sich auf Sehen versteht, und gar für den König, dem er die Wahrheit zwar nicht offen sagen kann (denn dazu ist er zu schwach), dem er sie aber keineswegs verbergen will. Hamlet ist durch und durch ehrlich; nur der ehrlichste Mensch konnte sagen: »wir sind alle Betrüger«, und indem er sich wahnsinnig stellt, will er uns ebenfalls nicht täuschen, und er ist sich innerlich bewußt, daß er wirklich wahnsinnig ist.

Ich habe nachträglich noch zwei Arbeiten des Herren Tieck zu rühmen, wodurch er sich ganz besonders den Dank des deutschen Publikums erworben. Das sind seine Übersetzung einer Reihe englischer Dramen aus der vorshakespeareschen Zeit, und seine Übersetzung des »Don Quixote«. Letztere ist ihm ganz besonders gelungen, keiner hat die närrische Grandeza des ingeniosen Hidalgo von La Mancha so gut begriffen und so treu wiedergegeben wie unser vortrefflicher Tieck.

Spaßhaft genug ist es, daß gerade die romantische Schule uns die beste Übersetzung eines Buches geliefert hat, worin ihre eigne Narrheit am ergötzlichsten durchgehechelt wird. Denn diese Schule war ja von demselben Wahnsinn befangen, der auch den edlen Manchaner zu allen seinen Narrheiten begeisterte; auch sie wollte das mittelalterliche Rittertum wieder restaurieren; auch sie wollte eine abgestorbene Vergangenheit wieder ins Leben rufen. Oder hat Miguel de Cervantes Savedra in seinem närrischen Heldengedichte auch andere Ritter persiflieren wollen, nämlich alle Menschen, die für irgendeine Idee kämpfen und leiden? Hat er wirklich in seinem langen, dürren Ritter die idealische Begeisterung überhaupt, und in dessen dicken Schildknappen den realen Verstand parodieren wollen? Immerhin, letzterer spielt jedenfalls die lächerliche Figur; denn der reale Verstand mit allen seinen hergebrachten gemeinnützigen Sprichwörtern muß dennoch, auf seinem ruhigen Esel, hinter der Begeisterung einhertrottieren; trotz seiner bessern Einsicht muß er und sein Esel alles Ungemach teilen, das dem edlen Ritter so oft zustößt: ja, die ideale Begeisterung ist von so gewaltig hinreißender Art, daß der reale Verstand, mitsamt seinen Eseln, ihr immer unwillkürlich nachfolgen muß.

Oder hat der tiefsinnige Spanier noch tiefer die menschliche Natur verhöhnen wollen? Hat er vielleicht in der Gestalt des Don Quixote unseren Geist, und in der Gestalt des Sancho Pansa unseren Leib allegorisiert, und das ganze Gedicht wäre alsdenn nichts anders als ein großes Mysterium, wo die Frage über den Geist und die Materie in ihrer gräßlichsten Wahrheit diskutiert wird? So viel sehe ich in dem Buche, daß der arme, materielle Sancho für die spirituellen Don Quixoterien sehr viel leiden muß, daß er für die nobelsten Absichten seines Herren sehr oft die ignobelsten Prügel empfängt, und daß er immer verständiger ist als sein hochtrabender Herr; denn er weiß, daß Prügel sehr schlecht, die Würstchen einer Olla-Potrida aber sehr gut schmecken. Wirklich, der Leib scheint oft mehr Einsicht zu haben, als der Geist, und der Mensch denkt oft viel richtiger mit Rücken und Magen, als mit dem Kopf.

III.

Unter den Verrücktheiten der romantischen Schule in Deutschland verdient das unaufhörliche Rühmen und Preisen des Jakob Böhme eine besondere Erwähnung. Dieser Name war gleichsam das Schiboleth dieser Leute. Wenn sie den Namen Jakob Böhme aussprachen, dann schnitten sie ihre tiefsinnigsten Gesichter. War das Ernst oder Spaß?

Jener Jakob Böhme war ein Schuster, der Anno 1575 zu Wörlitz, in der Oberlausitz, das Licht der Welt erblickt und eine Menge theosophischer Schriften hinterlassen hat. Diese sind in deutscher Sprache geschrieben, und waren daher unsern Romantikern um so zugänglicher. Ob jener sonderbare Schuster ein so ausgezeichneter Philosoph gewesen ist, wie viele deutsche Mystiker behaupten, darüber kann ich nicht allzu genau urteilen, da ich ihn gar nicht gelesen; ich bin aber überzeugt, daß er keine so gute Stiefel gemacht hat wie Herr Sakoski. Die Schuster spielen überhaupt eine Rolle in unserer Literatur, und Hans Sachs, ein Schuster, welcher im Jahre 1454 zu Nürremberg geboren ist, und dort sein Leben verbracht, ward von der romantischen Schule als einer unserer besten Dichter gepriesen. Ich habe ihn gelesen, und ich muß gestehen, daß ich zweifle ob Herr Sakoski jemals so gute Verse gemacht hat, wie unser alter, vortrefflicher Hans Sachs.

Des Herren Schellings Einfluß auf die romantische Schule habe ich bereits angedeutet. Da ich ihn später besonders besprechen werde, kann ich mir hier seine ausführliche Beurteilung ersparen. Jedenfalls verdient dieser Mann unsere größte Aufmerksamkeit. Denn in früherer Zeit ist durch ihn in der deutschen Geisterwelt eine große Revolution entstanden, und in späterer Zeit hat er sich so verändert, daß die Unerfahrnen in die größten Irrtümer geraten, wenn sie den früheren Schelling mit dem jetzigen verwechseln möchten. Der frühere Schelling war ein kühner Protestant, der gegen den Fichteschen Idealismus protestierte. Dieser Idealismus war ein sonderbares System, das besonders einem Franzosen befremdlich sein muß. Denn während in Frankreich eine Philosophie aufkam, die den Geist gleichsam verkörperte, die den Geist nur als eine Modifikation der Materie anerkannte, kurz, während hier der Materialismus herrschend geworden, erhob sich in Deutschland eine Philosophie, die, ganz im Gegenteil, nur den Geist als etwas Wirkliches annahm, die alle Materie nur für eine Modifikation des Geistes erklärte, die sogar die Existenz der Materie leugnete. Es schien fast, der Geist habe jenseits des Rheines Rache gesucht für die Beleidigung, die ihm diesseits des Rheines widerfahren. Als man den Geist hier in Frankreich leugnete, da emigrierte er gleichsam nach Deutschland und leugnete dort die Materie. Fichte könnte man in dieser Beziehung als den Herzog von Braunschweig des Spiritualismus betrachten, und seine idealistische Philosophie wäre nichts als ein Manifest gegen den französischen Materialismus. Aber diese Philosophie, die wirklich die höchste Spitze des Spiritualismus bildet, konnte sich ebensowenig erhalten, wie der krasse Materialismus der Franzosen, und Herr Schelling war der Mann, welcher mit der Lehre auftrat: daß die Materie, oder, wie er es nannte, die Natur, nicht bloß in unserem Geiste, sondern auch in der Wirklichkeit existiere, daß unsere Anschauung von den Dingen identisch sei mit den Dingen selbst. Dieses ist nun die Schellingsche Identitätslehre, oder, wie man sie auch nennt, die Naturphilosophie.

Solches geschah zu Anfang des Jahrhunderts. Herr Schelling war damals ein großer Mann. Unterdessen aber erschien Hegel auf dem philosophischen Schauplatz; Herr Schelling, welcher in den letzten Zeiten fast nichts schrieb, wurde verdunkelt, ja er geriet in Vergessenheit und behielt nur noch eine literärhistorische Bedeutung. Die Hegelsche Philosophie ward die herrschende, Hegel war Souverän im Reiche der Geister, und der arme Schelling, ein heruntergekommener, mediatisierter Philosoph, wandelte trübselig umher unter den anderen mediatisierten Herren zu München. Da sah ich ihn einst und hätte schier Tränen vergießen können über den jammervollen Anblick. Und was er sprach, war noch das Allerjämmerlichste, es war ein neidisches Schmähen auf Hegel, der ihn süpplantiert. Wie ein Schuster über einen anderen Schuster spricht, den er beschuldigt, er habe sein Leder gestohlen und Stiefel daraus gemacht: so hörte ich Herren Schelling, als ich ihn zufällig mal sah, über Hegel sprechen, über Hegel, welcher ihm »seine Ideen genommen«; und »meine Ideen sind es, die er genommen«, und wieder »meine Ideen«, war der beständige Refrain des armen Mannes. Wahrlich, sprach der Schuster Jakob Böhme einst wie ein Philosoph, so spricht der Philosoph Schelling jetzt wie ein Schuster.

Nichts ist lächerlicher als das reklamierte Eigentumsrecht an Ideen. Hegel hat freilich sehr viele Schellingsche Ideen zu seiner Philosophie benutzt; aber Herr Schelling hätte doch nie mit diesen Ideen etwas anzufangen gewußt. Er hat immer nur philosophiert, aber nimmermehr eine Philosophie geben können. Und dann dürfte man wohl behaupten, daß Herr Schelling mehr von Spinoza entlehnt hat, als Hegel von ihm selber. Wenn man den Spinoza einst aus seiner starren, altkartesianischen, mathematischen Form erlöst, und ihn dem großen Publikum zugänglicher macht, dann wird sich vielleicht zeigen, daß er mehr als jeder andere über Ideendiebstahl klagen dürfte. Alle unsere heutigen Philosophen, vielleicht oft ohne es zu wissen, sehen sie durch die Brillen die Baruch Spinoza geschliffen hat.

Mißgunst und Neid hat Engel zum Falle gebracht, und es ist leider nur zu gewiß, daß Unmut wegen Hegels immer steigendem Ansehen, den armen Herren Schelling dahin geführt, wo wir ihn jetzt sehen, nämlich in die Schlingen der katholischen Propaganda, deren Hauptquartier zu München. Herr Schelling verriet die Philosophie an die katholische Kirche. Alle Zeugnisse stimmen hierin überein, und es war längst vorauszusehen, daß es dazu kommen mußte. Aus dem Munde einiger Machthaber zu München hatte ich so oft die Worte gehört: man müsse den Glauben verbinden mit dem Wissen. Diese Phrase war unschuldig wie die Blume und dahinter lauerte die Schlange. Jetzt weiß ich was ihr gewollt habt. Herr Schelling muß jetzt dazu dienen, mit allen Kräften seines Geistes die katholische Religion zu rechtfertigen, und alles, was er unter dem Namen Philosophie jetzt lehrt, ist nichts anders als eine Rechtfertigung des Katholizismus. Dabei spekulierte man noch auf den Nebenvorteil, daß der gefeierte Name die weisheitsdürstende deutsche Jugend nach München lockt und die jesuitische Lüge im Gewande der Philosophie sie desto leichter betört. Andächtig kniet diese Jugend nieder vor dem Manne, den sie für den Hohepriester der Wahrheit hält, und arglos empfängt sie aus seinen Händen die vergiftete Hostie.

Unter den Schülern des Herren Schelling nennt Deutschland in besonders rühmlicher Weise den Herren Steffens, der jetzt Professor der Philosophie in Berlin. Er lebte zu Jena als die Schlegel dort ihr Wesen trieben, und sein Name erklingt häufig in den Annalen der romantischen Schule. Er hat späterhin auch einige Novellen geschrieben, worin viel Scharfsinn und wenig Poesie zu finden ist. Bedeutender sind seine wissenschaftlichen Werke, namentlich seine »Anthropologie«. Diese ist voll originaler Ideen. Von dieser Seite ist ihm weniger Anerkennung zuteil geworden, als er wohl verdiente. Andere haben die Kunst verstanden, seine Ideen zu bearbeiten, und sie als die ihrigen ins Publikum zu bringen. Herr Steffens durfte mehr als sein Meister sich beklagen, daß man ihm seine Ideen entwendet. Unter seinen Ideen gab es aber eine, die sich keiner zugeeignet hat, und es ist seine Hauptidee, die erhabene Idee: »Henrik Steffens, geboren den 2ten Mai 1773 zu Stavanger, bei Drohntheim in Norweg, sei der größte Mann seines Jahrhunderts«.

Seit den letzten Jahren ist dieser Mann in die Hände der Pietisten geraten, und seine Philosophie ist jetzt nichts als ein weinerlicher, lauwarm wäßrichter Pietismus.

Ein ähnlicher Geist ist Herr Joseph Görres, dessen ich schon mehrmals erwähnt, und der ebenfalls zur Schellingschen Schule gehört. Er ist in Deutschland bekannt unter dem Namen: »der vierte Alliierte«. So hatte ihn nämlich einst ein französischer Journalist genannt, im Jahre 1814, als er, beauftragt von der heiligen Allianz, den Haß gegen Frankreich predigte. Von diesem Komplimente zehrt der Mann noch bis auf den heutigen Tag. Aber, in der Tat, niemand vermochte, so gewaltig wie er, vermittelst nationaler Erinnerungen, den Haß der Deutschen gegen die Franzosen zu entflammen; und das Journal, das er in dieser Absicht schrieb, der »Rheinische Merkur«, ist voll von solchen Beschwörungsformeln, die, käme es wieder zum Kriege, noch immer einige Wirkung ausüben möchten. Seitdem kam Herr Görres fast in Vergessenheit. Die Fürsten hatten seiner nicht mehr nötig und ließen ihn laufen. Als er deshalb zu knurren anfing, verfolgten sie ihn sogar. Es ging ihnen wie den Spaniern auf der Insel Kuba, die im Kriege mit den Indianern ihre großen Hunde abgerichtet hatten, die nackten Wilden zu zerfleischen; als aber der Krieg zu Ende war und die Hunde, die an Menschenblut Geschmack gefunden, jetzt zuweilen auch ihre Herren in die Waden bissen, da mußten diese sich gewaltsam ihrer Bluthunde zu entledigen suchen. Als Herr

Görres, von den Fürsten verfolgt, nichts mehr zu beißen hatte, warf er sich in die Arme der Jesuiten, diesen dient er bis auf diese Stunde, und er ist eine Hauptstütze der katholischen Propaganda zu München. Dort sah ich ihn, vor einigen Jahren, in der Blüte seiner Erniedrigung. Vor einem Auditorium, das meistens aus katholischen Seminaristen bestand, hielt er Vorlesungen über allgemeine Weltgeschichte, und war schon bis zum Sündenfall gekommen. Welch ein schreckliches Ende nehmen doch die Feinde Frankreichs! Der vierte Alliierte ist jetzt dazu verdammt, den katholischen Seminaristen, der *École polytechnique* des Obskurantismus, jahraus, jahrein, tagtäglich den Sündenfall zu erzählen! In dem Vortrage des Mannes herrschte, wie in seinen Büchern, die größte Konfusion, die größte Begriff- und Sprachverwirrung, und, nicht ohne Grund, hat man ihn oft mit dem babylonischen Turm verglichen. Er gleicht wirklich einem ungeheuren Turm, worin hunderttausend Gedanken sich abarbeiten und sich besprechen und zurufen und zanken, ohne daß der eine den andern versteht. Manchmal schien der Lärm in seinem Kopfe ein wenig zu schweigen, und er sprach dann lang und langsam und langweilig, und von seinen mißmütigen Lippen fielen die monotonen Worte herab, wie trübe Regentropfen von einer bleiernen Dachtraufe.

Wenn manchmal die alte demagogische Wildheit wieder in ihm erwachte und mit seinen mönchisch frommen Demutsworten widerwärtig kontrastierte: wenn er christlich liebevoll wimmerte, während er blutdürstig wütend hin- und hersprang: dann glaubte man eine tonsurierte Hyäne zu sehen.

Herr Görres ist geboren zu Koblenz, den 25. Januar 1776.

Die übrigen Partikularitäten seines Lebens, wie die des Lebens der meisten seiner Genossen, bitte ich mir zu erlassen. Ich habe vielleicht in der Beurteilung seiner Freunde, der beiden Schlegel, die Grenze überschritten, wie weit man das Leben dieser Leute besprechen darf.

Ach! wie betrübsam ist es, wenn man nicht bloß jene Dioskuren, sondern wenn man überhaupt die Sterne unserer Literatur in der Nähe betrachtet! Die Sterne des Himmels erscheinen uns aber vielleicht deshalb so schön und rein, weil wir weit von ihnen entfernt stehen und ihr Privatleben nicht kennen. Es gibt gewiß dort oben ebenfalls manche Sterne welche lügen und betteln; Sterne welche heucheln; Sterne welche gezwungen sind, alle möglichen Schlechtigkeiten zu begehen; Sterne welche sich einander küssen und verraten; Sterne welche ihren Feinden und, was noch schmerzlicher ist, sogar ihren Freunden schmeicheln, ebensogut wie wir hier unten. Jene Kometen, die man dort oben manchmal wie Mänaden des Himmels, mit aufgelöstem Strahlenhaar, umherschweifen sieht, das sind vielleicht liederliche Sterne, die am Ende sich reuig und devot in einen obskuren Winkel des Firmaments verkriechen und die Sonne hassen.

Indem ich hier von deutschen Philosophen gesprochen, kann ich nicht umhin, einen Irrtum zu berichtigen, den ich in betreff der deutschen Philosophie hier in Frankreich allzusehr verbreitet finde. Seit nämlich einige Franzosen sich mit der Schellingschen und Hegelschen Philosophie beschäftigt, die Resultate ihrer Studien in französischer Sprache mitgeteilt, auch wohl auf französische Verhältnisse angewendet: seitdem klagen die Freunde des klaren Denkens und der Freiheit, daß man aus Deutschland die aberwitzigsten Träumereien und Sophismen einführe, womit man die Geister zu verwirren, und jede Lüge und jeden Despotismus mit dem Scheine der Wahrheit und des Rechts zu umkleiden verstünde. Mit Einem Worte, diese edlen, für die Interessen des Liberalismus besorgten Leute, klagen über den schädlichen Einfluß der deutschen Philosophie in Frankreich. Aber der armen deutschen Philosophie geschieht unrecht. Denn erstens ist das keine deutsche Philosophie, was den Franzosen bisher unter diesem Titel, namentlich von Herren Victor Cousin, präsentiert worden. Herr Cousin hat sehr viel geistreiches Wischiwaschi, aber keine deutsche

Philosophie vorgetragen. Zweitens die eigentliche deutsche Philosophie ist die, welche ganz unmittelbar aus Kants »Kritik der reinen Vernunft« hervorgegangen, und, den Charakter dieses Ursprungs bewahrend, sich wenig um politische oder religiöse Verhältnisse, desto mehr aber um die letzten Gründe aller Erkenntnis bekümmerte.

Es ist wahr, die metaphysischen Systeme der meisten deutschen Philosophen glichen nur allzusehr bloßem Spinnweb. Aber was schadete das? Konnte doch der Jesuitismus dieses Spinnweb nicht zu seinen Lügennetzen benutzen, und konnte doch ebensowenig der Despotismus seine Stricke daraus drehen um die Geister zu binden. Nur seit Schelling verlor die deutsche Philosophie diesen dünnen, aber harmlosen Charakter. Unsere Philosophen kritisierten seitdem nicht mehr die letzten Gründe der Erkenntnisse und des Seins überhaupt, die schwebten nicht mehr in idealistischen Abstraktionen, sondern sie suchten Gründe, um das Vorhandene zu rechtfertigen, sie wurden Justifikatoren dessen, was da ist. Während unsere früheren Philosophen, arm und entsagend, in kümmerlichen Dachstübchen hockten und ihre Systeme ausgrübelten, steckten unsere jetzigen Philosophen in der brillanten Livree der Macht, sie wurden Staatsphilosophen, nämlich sie ersannen philosophische Rechtfertigungen aller Interessen des Staates, worin sie sich angestellt befanden. Z. B. Hegel, Professor in dem protestantischen Berlin, hat in seinem Systeme auch die ganze evangelisch protestantische Dogmatik aufgenommen; und Herr Schelling, Professor in dem katholischen München, justifiziert jetzt, in seinen Vorlesungen, selbst die extravagantesten Lehrsätze der römisch-katholisch-apostolischen Kirche.

Ja, wie einst die alexandrinischen Philosophen allen ihren Scharfsinn aufgeboten, um, durch allegorische Auslegungen, die sinkende Religion des Jupiter vor dem gänzlichen Untergang zu bewahren, so versuchen unsere deutschen Philosophen etwas Ähnliches für die Religion Christi. Es kümmert uns wenig zu untersuchen, ob diese Philosophen einen uneigennützigen Zweck haben; sehen wir sie aber in Verbindung mit der Partei der Priester, deren materielle Interessen mit der Erhaltung des Katholizismus verknüpft ist, so nennen wir sie Jesuiten. Sie mögen sich aber nicht einbilden, daß wir sie mit den älteren Jesuiten verwechseln. Diese waren groß und gewaltig, voll Weisheit und Willenskraft. O, der schwächlichen Zwerge, die da wähnen, sie würden die Schwierigkeiten besiegen, woran sogar jene schwarzen Riesen gescheitert! Nie hat der menschliche Geist größere Kombinationen ersonnen, als die, wodurch die alten Jesuiten den Katholizismus zu erhalten suchten. Aber es gelang ihnen nicht, weil sie nur für die Erhaltung des Katholizismus und nicht für den Katholizismus selbst begeistert waren. An letzterem, an und für sich, war ihnen eigentlich nicht viel gelegen; daher profanierten sie zuweilen das katholische Prinzip selbst, um es nur zur Herrschaft zu bringen; sie verständigten sich mit dem Heidentum, mit den Gewalthabern der Erde, beförderten deren Lüste, wurden Mörder und Handelsleute, und, wo es darauf ankam, wurden sie sogar Atheisten. Aber vergebens gewährten ihre Beichtiger die freundlichsten Absolutionen und buhlten ihre Kasuisten mit jedem Laster und Verbrechen. Vergebens haben sie mit den Laien in Kunst und Wissenschaft gewetteifert, um beide als Mittel zu benutzen. Hier wird ihre Ohnmacht ganz sichtbar. Sie beneideten alle großen Gelehrten und Künstler und konnten doch nichts Außerordentliches entdecken oder schaffen. Sie haben fromme Hymnen gedichtet und Dome gebaut; aber in ihren Gedichten weht kein freier Geist, sondern seufzt nur der zitternde Gehorsam für die Oberen des Ordens; und gar in ihren Bauwerken sieht man nur eine ängstliche Unfreiheit, steinerne Schmiegsamkeit, Erhabenheit auf Befehl. Mit Recht sagte einst Barrault: »Die Jesuiten konnten die Erde nicht zum Himmel erheben, und sie zogen den Himmel herab zur Erde«. Fruchtlos war all ihr Tun und Wirken. Aus der Lüge kann kein

Leben erblühen und Gott kann nicht gerettet werden durch den Teufel.

Herr Schelling ist geboren den 27. Januar 1775 in Württemberg.

IV.

Über das Verhältnis des Herren Schelling zur romantischen Schule habe ich nur wenig Andeutungen geben können. Sein Einfluß war meistens persönlicher Art. Dann ist auch, seit durch ihn die Naturphilosophie in Schwung gekommen, die Natur viel sinniger von den Dichtern aufgefaßt worden. Die einen versenkten sich mit allen ihren menschlichen Gefühlen in die Natur hinein; die anderen hatten einige Zauberformeln sich gemerkt, womit man etwas Menschliches aus der Natur hervorschauen und hervorsprechen lassen konnte. Erstere waren die eigentlichen Mystiker und glichen in vieler Hinsicht den indischen Religiosen, die in der Natur aufgehen, und endlich mit der Natur in Gemeinschaft zu fühlen beginnen. Die anderen waren vielmehr Beschwörer, die riefen mit eigenem Willen sogar die feindlichen Geister aus der Natur hervor, sie glichen dem arabischen Zauberer, der nach Willkür jeden Stein zu beleben, und jedes Leben zu versteinern weiß. Zu den ersteren gehört zunächst Novalis, zu den anderen zunächst Hoffmann. Novalis sah überall nur Wunder und liebliche Wunder; er belauschte das Gespräch der Pflanzen, er wußte das Geheimnis jeder jungen Rose, er identifizierte sich endlich mit der ganzen Natur, und, als es Herbst wurde und die Blätter abfielen, da starb er. Hoffmann hingegen sah überall nur Gespenster, sie nickten ihm entgegen aus jeder chinesischen Teekanne und jeder Berliner Perücke; er war ein Zauberer, der die Menschen in Bestien verwandelte und diese sogar in königlich preußische Hofräte; er konnte die Toten aus den Gräbern hervorrufen, aber das Leben selbst stieß ihn von sich als einen trüben Spuk. Das fühlte er; er fühlte, daß er selbst ein Gespenst geworden; die ganze Natur war ihm jetzt ein mißgeschliffener Spiegel, worin er, tausendfältig verzerrt, nur seine eigne Totenlarve erblickte; und seine Werke sind nichts anders als ein entsetzlicher Angstschrei in zwanzig Bänden.

Hoffmann gehört nicht zu der romantischen Schule. Er stand in keiner Berührung mit den Schlegeln, und noch viel weniger mit ihren Tendenzen. Ich erwähnte seiner hier nur im Gegensatz zu Novalis, der ganz eigentlich nur ein Poet aus jener Schule ist. Novalis ist hier minder bekannt als Hoffmann, welcher von Loeve-Veimars in einem so vortrefflichen Anzuge dem französischen Publikum vorgestellt worden und dadurch in Frankreich eine große Reputation erlangt hat. Bei uns in Deutschland ist jetzt Hoffmann keineswegs *en vogue*, aber er war es früher. In seiner Periode wurde er viel gelesen, aber nur von Menschen, deren Nerven zu stark oder zu schwach waren, als daß sie von gelinden Akkorden affiziert werden konnten. Die eigentlichen Geistreichen und die poetischen Naturen wollten nichts von ihm wissen. Diesen war der Novalis viel lieber. Aber, ehrlich gestanden, Hoffmann war als Dichter viel bedeutender als Novalis. Denn letzterer, mit seinen idealischen Gebilden, schwebt immer in der blauen Luft, während Hoffmann, mit allen seinen bizarren Fratzen, sich doch immer an der irdischen Realität festklammert. Wie aber der Riese Antäus unbezwingbar stark blieb, wenn er mit dem Fuße die Mutter Erde berührte, und seine Kraft verlor, sobald ihn Herkules in die Höhe hob: so ist auch der Dichter stark und gewaltig, solange er den Boden der Wirklichkeit nicht verläßt, und er wird ohnmächtig, sobald er schwärmerisch in der blauen Luft umherschwebt.

Die große Ähnlichkeit zwischen beiden Dichtern besteht wohl darin, daß ihre Poesie eigentlich eine Krankheit war. In dieser Hinsicht hat man geäußert, daß die Beurteilung ihrer

Schriften nicht das Geschäft des Kritikers, sondern des Arztes sei. Der Rosenschein in den Dichtungen des Novalis ist nicht die Farbe der Gesundheit, sondern der Schwindsucht, und die Purpurglut in Hoffmanns »Phantasiestücken« ist nicht die Flamme des Genies, sondern des Fiebers.

Aber haben wir ein Recht zu solchen Bemerkungen, wir, die wir nicht allzusehr mit Gesundheit gesegnet sind? Und gar jetzt, wo die Literatur wie ein großes Lazarett aussieht? Oder ist die Poesie vielleicht eine Krankheit des Menschen, wie die Perle eigentlich nur der Krankheitsstoff ist, woran das arme Austertier leidet?

Novalis wurde geboren den 2ten Mai 1772. Sein eigentlicher Name ist Hardenberg. Er liebte eine junge Dame, die an der Schwindsucht litt und an diesem Übel starb. In allem, was er schrieb, weht diese trübe Geschichte, sein Leben war nur ein träumerisches Hinsterben, und er stab an der Schwindsucht im Jahr 1801, ehe er sein neunundzwanzigstes Lebensjahr und seinen Roman vollendet hatte. Dieser Roman ist in seiner jetzigen Gestalt nur das Fragment eines großen allegorischen Gedichtes, das, wie die »Göttliche Komödie« des Dante, alle irdischen und himmlischen Dinge feiern sollte. Heinrich von Ofterdingen, der berühmte Dichter, ist der Held dieses Romans. Wir sehen ihn als Jüngling in Eisenach, dem lieblichen Städtchen, welches am Fuße jener alten Wartburg liegt, wo schon das Größte, aber auch schon das Dümmste geschehen; wo nämlich Luther seine Bibel übersetzt, und einige alberne Deutschtümler den Gendarmeriekodex des Herrn Kamptz verbrannt haben. In dieser Burg ward auch einst jener Sängerkrieg geführt, wo, unter anderen Dichtern, auch Heinrich von Ofterdingen mit Klingsohr von Ungerland den gefährlichen Wettstreit in der Dichtkunst gesungen, den uns die Manessische Sammlung aufbewahrt hat. Dem Scharfrichter sollte das Haupt des Unterliegenden verfallen sein und der Landgraf von Thüringen war Schiedsrichter. Bedeutungsvoll hebt sich nun die Wartburg, der

Schauplatz seines späteren Ruhms, über die Wiege des Helden, und der Anfang des Romans von Novalis zeigt ihn, wie gesagt, in dem väterlichen Hause zu Eisenach. »Die Eltern liegen schon und schlafen, die Wanduhr schlägt ihren einförmigen Takt, vor den klappernden Fenstern saust der Wind; abwechselnd wird die Stube hell von dem Schimmer des Mondes.

»Der Jüngling lag unruhig auf seinem Lager, und gedachte des Fremden und seiner Erzählungen. ›Nicht die Schätze sind es, die ein so unaussprechliches Verlangen in mir geweckt haben‹, sagte er zu sich selbst, ›fern ab liegt mir alle Habsucht: aber die blaue Blume sehne ich mich zu erblicken. Sie liegt mir unaufhörlich im Sinne und ich kann nichts anders dichten und denken. So ist mir noch nie zumute gewesen: es ist als hätte ich vorhin geträumt, oder ich wäre in eine andere Welt hinübergeschlummert; denn in der Welt, in der ich sonst lebte, wer hätte sich da um Blumen bekümmert; und gar von einer so seltsamen Leidenschaft für eine Blume habe ich damals nie gehört.‹«

Mit solchen Worten beginnt »Heinrich von Ofterdingen«, und überall in diesem Roman leuchtet und duftet die blaue Blume. Sonderbar und bedeutungsvoll ist es, daß selbst die fabelhaftesten Personen in diesem Buche uns so bekannt dünken, als hätten wir in früheren Zeiten schon recht traulich mit ihnen gelebt. Alte Erinnerungen erwachen, selbst Sophia trägt so wohlbekannte Gesichtszüge, und es treten uns ganze Buchenalleen ins Gedächtnis, wo wir mit ihr auf- und abgegangen und heiter gekost. Aber das alles liegt so dämmernd hinter uns, wie ein halbvergessener Traum.

Die Muse des Novalis war ein schlankes, weißes Mädchen mit ernsthaft blauen Augen, goldnen Hyazinthenlocken, lächelnden Lippen und einem kleinen roten Muttermal an der linken Seite des Kinns. Ich denke mir nämlich als Muse der Novalischen Poesie ebendasselbe Mädchen, das mich zuerst mit Novalis bekannt machte, als ich den roten Maroquinband mit Goldschnitt, welcher den »Ofterdingen« enthielt, in ihren schönen Händen erblickte. Sie trug immer ein blaues Kleid und hieß Sophia. Einige Stationen von Göttingen lebte sie bei ihrer Schwester, der Frau Postmeisterin, einer heiteren, dicken, rotbäckigen Frau mit einem hohen Busen, der mit seinen ausgezackten steifen Blonden wie eine Festung aussah; diese Festung war aber unüberwindlich, die Frau war ein Gibraltar der Tugend. Es war eine tätige, wirtschaftliche, praktische Frau, und doch bestand ihr einziges Vergnügen darin, Hoffmannsche Romane zu lesen. In Hoffmann fand sie den Mann, der es verstand, ihre derbe Natur zu rütteln und in angenehme Bewegung zu setzen. Ihrer blassen zarten Schwester hingegen gab schon der Anblick eines Hoffmannschen Buches die unangenehmste Empfindung, und berührte sie ein solches unversehens, so zuckte sie zusammen. Sie war so zart wie eine Sinnpflanze, und ihre Worte waren so duftig, so reinklingend, und, wenn man sie zusammensetzte, waren es Verse. Ich habe manches, was sie sprach, aufgeschrieben, und es sind sonderbare Gedichte, ganz in der Novalischen Weise, nur noch geistiger und verhallender. Eins dieser Gedichte, das sie zu mir sprach, als ich Abschied von ihr nahm um nach Italien zu reisen, ist mir besonders lieb. In einem herbstlichen Garten, wo eine Illumination stattgefunden, hört man das Gespräch zwischen dem letzten Lämpchen, der letzten Rose und einem wilden Schwan. Die Morgennebel brechen jetzt heran, das letzte Lämpchen ist erloschen, die Rose ist entblättert und der Schwan entfaltet seine weißen Flügel und fliegt nach Süden.

Es gibt nämlich im Hannövrischen viele wilde Schwäne, die im Herbst nach dem wärmeren Süden auswandern und im Sommer wieder zu uns heimkehren. Sie bringen den Winter wahrscheinlich in Afrika zu. Denn in der Brust eines toten Schwans fanden wir einmal einen Pfeil, welchen Professor Blumenbach für einen afrikanischen erkannte. Der arme Vogel, mit dem Pfeil in der Brust, war er doch nach dem nordischen Neste zurückgekehrt, um dort zu sterben. Mancher Schwan aber mag, von solchen Pfeilen getroffen, nicht imstande gewesen sein, seine Reise zu vollenden, und er blieb vielleicht kraftlos zurück in einer brennenden Sandwüste, oder er sitzt jetzt mit ermatteten Schwingen, auf irgendeiner ägyptischen Pyramide, und schaut sehnsüchtig nach dem Norden, nach dem kühlen Sommerneste im Lande Hannover.

Als ich, im Spätherbst 1828, aus dem Süden zurückkehrte, (und zwar mit dem brennenden Pfeil in der Brust), führte mich mein Weg in die Nähe von Göttingen, und bei meiner dicken Freundin, der Posthalterin, stieg ich ab, um Pferde zu wechseln. Ich hatte sie seit Jahr und Tag nicht gesehen, und die gute Frau schien sehr verändert. Ihr Busen glich noch immer einer Festung, aber einer geschleiften; die Bastionen rasiert, die zwei Haupttürme nur hängende Ruinen, keine Schildwache bewachte mehr den Eingang, und das Herz, die Zitadelle, war gebrochen. Wie ich von dem Postillon Pieper erfuhr, hatte sie sogar die Lust an den Hoffmannschen Romanen verloren, und sie trank jetzt vor Schlafengehn destomehr Branntewein. Das ist auch viel einfacher, denn den Branntewein haben die Leute immer selbst im Hause, die Hoffmannschen Romane hingegen mußten sie vier Stunden weit aus der Deuerlichschen Lesebibliothek zu Göttingen holen lassen. Der Postillon Pieper war ein kleiner Kerl, der dabei so sauer aussah, als habe er Essig gesoffen und sei davon ganz zusammengezogen. Als ich diesen Menschen nach der Schwester der Frau Posthalterin befragte, antwortete er: »Mademoiselle Sophia wird bald sterben und ist schon jetzt ein Engel«. Wie vortrefflich mußte ein Wesen sein, wovon sogar der saure Pieper sagt: sie sei ein Engel! Und er sagte dieses, während er, mit seinem hochbestiefelten Fuße, das schnatternde und flatternde Federvieh fortscheuchte. Das Posthaus, einst lachend weiß, hatte sich ebenso wie seine Wirtin verändert, es war krankhaft vergilbt, und die Mauern hatten tiefe Runzeln bekommen. Im Hofraum lagen zerschlagene Wagen, und neben dem Misthaufen, an einer Stange hing, zum

Trocknen, ein durchnäßter, scharlachroter Postillonsmantel. Mademoiselle Sophia stand oben am Fenster und las, und, als ich zu ihr hinaufkam, fand ich wieder in ihren Händen ein Buch, dessen Einband von rotem Maroquin mit Goldschnitt, und es war wieder der »Ofterdingen« von Novalis. Sie hatte also immer und immer noch in diesem Buche gelesen, und sie hatte sich die Schwindsucht herausgelesen, und sah aus wie ein leuchtender Schatten. Aber sie war jetzt von einer geistigen Schönheit, deren Anblick mich aufs schmerzlichste bewegte. Ich nahm ihre beiden blassen, mageren Hände und sah ihr tief hinein in die blauen Augen und fragte sie endlich: »Mademoiselle Sophia, wie befinden Sie sich?« – »Ich befinde mich gut,« antwortete sie, »und bald noch besser!« und sie zeigte zum Fenster hinaus nach dem neuen Kirchhof, einem kleinen Hügel, unfern des Hauses. Auf diesem kahlen Hügel stand eine einzige schmale dürre Pappel, woran nur noch einige Blätter hingen, und das bewegte sich im Herbstwind, nicht wie ein lebender Baum, sondern wie das Gespenst eines Baumes.

Unter dieser Pappel liegt jetzt Mademoiselle Sophia, und ihr hinterlassenes Andenken, das Buch in rotem Maroquin mit Goldschnitt, der »Heinrich von Ofterdingen« des Novalis, liegt eben jetzt vor mir auf meinem Schreibtisch, und ich benutzte es bei der Abfassung dieses Kapitels.

Drittes Buch

I.

Kennt ihr China, das Vaterland der geflügelten Drachen und der porzellanenen Teekannen? Das ganze Land ist ein Raritätenkabinett, umgeben von einer unmenschlich langen Mauer und hunderttausend tartarischen Schildwachen. Aber die Vögel und die Gedanken der europäischen Gelehrten fliegen darüber, und wenn sie sich dort sattsam umgesehen und wieder heimkehren, erzählen sie uns die köstlichsten Dinge von dem kuriosen Land und kuriosen Volke. Die Natur mit ihren grellen, verschnörkelten Erscheinungen, abenteuerlichen Riesenblumen, Zwergbäumen, verschnitzelten Bergen, barock wollüstigen Früchten, aberwitzig geputzten Vögeln, ist dort eine ebenso fabelhafte Karikatur wie der Mensch mit seinem spitzigen Zopfkopf, seinen Bücklingen, langen Nägeln, altklugem Wesen und kindisch einsilbiger Sprache. Mensch und Natur können dort einander nicht ohne innere Lachlust ansehen. Sie lachen aber nicht laut, weil sie beide viel zu zivilisiert höflich sind; und, um das Lachen zu unterdrücken, schneiden sie die ernsthaft possierlichsten Gesichter. Es gibt dort weder Schatten noch Perspektive. Auf den buntscheckigen Häusern heben sich, übereinander gestapelt, eine Menge Dächer, die wie aufgespannte Regenschirme aussehen, und woran lauter metallne Glöckchen hängen, so daß sogar der Wind, wenn er vorbeistreift, durch ein närrisches Geklingel sich lächerlich machen muß.

In einem solchen Glockenhause wohnte einst eine Prinzessin, deren Füßchen noch kleiner waren, als die der übrigen Chinesinnen, deren kleine, schräggeschlitzten Äuglein noch süßträumerischer zwinkten als die der übrigen Damen des himmlischen Reiches, und in deren kleinem kichernden Herzen die allertollsten Launen nisteten. Es war nämlich ihre höchste Wonne, wenn sie kostbare Seiden- und Goldstoffe zerreißen konnte. Wenn das recht knisterte und krackte unter ihren zerreißenden Fingern, dann jauchzte sie vor Entzücken. Als sie aber endlich ihr ganzes Vermögen an solcher Liebhaberei verschwendet, als sie all ihr Hab und Gut zerrissen hatte, ward sie, auf Anraten sämtlicher Mandarine, als eine unheilbare Wahnsinnige, in einen runden Turm eingesperrt.

Diese chinesische Prinzessin, die personifizierte Kaprice, ist zugleich die personifizierte Muse eines deutschen Dichters, der in einer Geschichte der romantischen Poesie nicht unerwähnt bleiben darf. Es ist die Muse die uns aus den Poesien des Herrn Klemens Brentano so wahnsinnig entgegenlacht. Da zerreißt sie die glattesten Atlasschleppen und die glänzendsten Goldtressen, und ihr zerstörungssüchtige Liebenswürdigkeit, und ihre jauchzend blühende Tollheit erfüllt unsere Seele mit unheimlichem Entzücken und lüsterner Angst. Seit funfzehn Jahr lebt aber Herr Brentano entfernt von der Welt, eingeschlossen, ja, eingemauert in seinem Katholizismus. Es gab nichts Kostbares mehr zu zerreißen. Er hat, wie man sagt, die Herzen zerrissen die ihn liebten, und jeder seiner Freunde klagt über mutwillige Verletzung. Gegen sich selbst und sein poetisches Talent hat er am meisten seine Zerstörungssucht geübt. Ich mache besonders aufmerksam auf ein Lustspiel dieses Dichters, betitelt: »Ponce de Leon«. Es gibt nichts Zerrisseneres als dieses Stück, sowohl in Hinsicht der Gedanken als auch der Sprache. Aber alle diese Fetzen leben und kreiseln in bunter Lust. Man glaubt einen Maskenball von Worten und Gedanken zu sehen. Das tummelt sich alles in süßester Verwirrung und nur der gemeinsame Wahnsinn bringt eine gewisse Einheit hervor. Wie Harlekine rennen die verrücktesten Wortspiele durch das ganze Stück und schlagen überallhin mit ihrer glatten Pritsche. Eine ernsthafte Redensart tritt manchmal auf, stottert aber wie der Dottore von Bologna. Da schlendert eine Phrase wie ein weißer Pierrot mit zu weiten schleppenden Ärmeln und allzugroßen Westenknöpfen. Da springen bucklichte Witze mit kurzen Beinchen, wie Policinelle. Liebesworte wie neckende Kolombinen flattern umher, mit Wehmut im Herzen. Und das tanzt und hüpft und wirbelt und schnarrt, und drüberhin erschallen die Trompeten der bacchantischen Zerstörungslust.

Eine große Tragödie desselben Dichters, »Die Gründung Prags«, ist ebenfalls sehr merkwürdig. Es sind Szenen darin, wo man von den geheimnisvollsten Schauern der uralten Sagen angeweht wird. Da rauschen die dunkel böhmischen Wälder, da wandeln noch die zornigen Slawengötter, da schmettern noch die heidnischen Nachtigallen; aber die Wipfel der Bäume bestrahlt schon das sanfte Morgenrot des Christentums. Auch einige gute Erzählungen hat Herr Brentano geschrieben, namentlich »Die Geschichte vom braven Kasperl und dem schönen Nannerl«. Als das schöne Nannerl noch ein Kind war und mit ihrer Großmutter in die Scharfrichterei ging, um dort, wie das gemeine Volk in Deutschland zu tun pflegt, einige heilsame Arzneien zu kaufen, da bewegte sich plötzlich etwas in dem großen Schranke, vor welchem das schöne Nannerl eben stand, und das Kind rief mit Entsetzen: »Eine Maus! eine Maus!« Aber der Scharfrichter erschrak noch weit mehr, und wurde ernsthaft wie der Tod, und sagte zu der Großmutter: »Liebe Frau! in diesem Schranke hängt mein Richtschwert, und das bewegt sich jedesmal von selbst, wenn ihm jemand nahet der einst damit geköpft werden soll. Mein Schwert lechzt nach dem Blute dieses Kindes. Erlaubt mir, daß ich die Kleine nur ein wenig damit am Hälschen ritze. Das Schwert ist dann zufriedengestellt mit einem Tröpfchen Blut und trägt kein fürderes Verlangen.« Die Großmutter gab jedoch diesem vernünftigen Rate kein Gehör, und mochte es späterhin genugsam bereuen, als das schöne Nannerl wirklich geköpft wurde mit demselben Schwerte.

Herr Klemens Brentano mag wohl jetzt 50 Jahre alt sein, und er lebt zu Frankfurt, einsiedlerisch zurückgezogen, als ein korrespondierendes Mitglied der katholischen Propaganda. Sein Name ist in der letzten Zeit fast verschollen, und nur wenn die Rede von den Volksliedern, die er mit seinem verstorbenen Freunde Achim von Arnim herausgegeben, wird er noch zuweilen genannt. Er hat nämlich, in Gemeinschaft mit letzterem, unter dem Titel: »Des Knaben Wunderhorn,« eine Sammlung Lieder herausgegeben, die sie, teils noch im Munde des Volkes, teils auch in fliegenden Blättern und seltenen Druckschriften gefunden haben. Dieses Buch kann ich nicht genug rühmen; es enthält die holdseligsten Blüten des deutschen Geistes, und wer das deutsche Volk von einer liebenswürdigen Seite kennen lernen will, der lese diese Volkslieder. In diesem Augenblick liegt dieses Buch vor mir, und es ist mir als röche ich den Duft der deutschen Linden. Die Linde spielt nämlich eine Hauptrolle in diesen Liedern, in ihrem Schatten kosen des Abends die Liebenden, sie ist ihr Lieblingsbaum, und vielleicht aus dem Grund, weil das Lindenblatt die Form eines Menschenherzens zeigt.

Diese Bemerkung machte einst ein deutscher Dichter, der mir am liebsten ist, nämlich ich. Auf dem Titelblatte jenes Buches ist ein Knabe, der das Horn bläst; und wenn ein Deutscher in der Fremde dieses Bild lange betrachtet, glaubt er die wohlbekanntesten Töne zu vernehmen, und es könnte ihn wohl dabei das Heimweh beschleichen, wie den schweizer Landsknecht, der auf der Straßburger Bastei Schildwache stand, fern den Kuhreigen hörte, die Pike von sich warf, über den Rhein schwamm, aber bald wieder eingefangen und als Deserteur erschossen wurde. »Des Knaben Wunderhorn« enthält darüber das rührende Lied:

Zu Straßburg auf der Schanz',
Da ging mein Trauern an,
Das Alphorn hört' ich drüber wohl anstimmen,
Ins Vaterland mußt' ich hinüberschwimmen,
Das ging nicht an.

Ein' Stund' in der Nacht
Sie haben mich gebracht:
Sie führten mich gleich vor des Hauptmanns Haus,
Ach Gott, sie fischten mich im Strome auf,
Mit mir ist's aus.

Früh morgens um zehn Uhr
Stellt man mich vor das Regiment;
Ich soll da bitten um Pardon,
Und ich bekomm' doch meinen Lohn,
Das weiß ich schon.

Ihr Brüder allzumal,
Heut seht ihr mich zum letztenmal;
Der Hirtenbub' ist doch nur schuld daran,
Das Alphorn hat mir solches angetan,
Das klag' ich an. – – –

Welch ein schönes Gedicht! Es liegt in diesen Volksliedern ein sonderbarer Zauber. Die Kunstpoeten wollen diese Naturerzeugnisse nachahmen, in derselben Weise, wie man künstliche Mineralwässer verfertigt. Aber wenn sie auch, durch chemischen Prozeß, die Bestandteile ermittelt, so entgeht ihnen doch die Hauptsache, die unzersetzbare sympathetische Naturkraft. In diesen Liedern fühlt man den Herzschlag des deutschen Volks. Hier offenbart sich all seine düstere Heiterkeit, all seine närrische Vernunft. Hier trommelt der deutsche Zorn, hier pfeift der deutsche Spott, hier küßt die deutsche Liebe. Hier perlt der echt deutsche Wein und die echt deutsche Träne. Letztere ist manchmal doch noch köstlicher als ersterer; es ist viel Eisen und Salz darin. Welche Naivität in der Treue! In der Untreue, welche Ehrlichkeit! Welch ein ehrlicher Kerl ist der arme Schwartenhals, obgleich er Straßenraub treibt! Hört einmal die phlegmatisch rührende Geschichte, die er von sich selber erzählt:

»Ich kam vor einer Frau Wirtin Haus
Man fragt' mich, wer ich wäre?
»Ich bin ein armer Schwartenhals,
Ich ess' und trink' so gerne.«

»Man führt mich in die Stuben ein,
Da bot man mir zu trinken,
Die Augen ließ ich umhergehn,
Den Becher ließ ich sinken.

»Man setzt' mich oben an den Tisch,
Als ob ich ein Kaufherr wäre,
Und da es an ein Zahlen ging,
Mein Säckel stand mir leere.

»Da ich des Nachts wollt' schlafen gehn,
Man wies mich in die Scheuer,
Da ward mir armen Schwartenhals
Mein Lachen viel zu teuer.

»Und da ich in die Scheuer kam,
Da hub ich an zu nisteln,
Da stachen mich die Hagendorn,
Dazu die rauhen Disteln.

»Da ich zu morgens früh aufstand,
Der Reif lag auf dem Dache,
Da mußt' ich armer Schwartenhals
meins Unglücks selber lachen.

»Ich nahm mein Schwert wohl in die Hand,
Und gürt' es an die Seiten,
Ich Armer mußt' zu Fuße gehn,
Weil ich nicht hatt' zu reiten.

»Ich hob mich auf und ging davon,
Und macht' mich auf die Straßen,
Mir kam ein reicher Kaufmannssohn,
Sein' Tasch' mußt' er mir lassen.«

Dieser arme Schwartenhals ist der deutscheste Charakter, den ich kenne. Welche Ruhe, welche bewußte Kraft herrscht in diesem Gedichte! Aber auch unser Gretel sollt ihr kennen lernen. Es ist ein aufrichtiges Mädel und ich liebe sie sehr. Der Hans sprach zu dem Gretel:

»Nun schürz' dich Gretlein, schürz' dich,
Wohlauf mit mir davon,
Das Korn ist abgeschnitten,
Der Wein ist abgetan.«

Sie antwortet vergnügt:

»Ach Hänslein, liebes Hänslein,
So laß mich bei dir sein,
Die Wochen auf dem Felde,
Den Feiertag beim Wein.«

Da nahm er's bei den Händen,
Bei ihrer schneeweißen Hand,
Er führt' sie an ein Ende,
Da er ein Wirtshaus fand.

»Nun Wirtin, liebe Wirtin,
Schaut um nach kühlem Wein,
Die Kleider dieses Gretlein,
Müssen verschlemmet sein.«

Die Gret' hub an zu weinen,
Ihr Unmut, der war groß,
Daß ihr die lichte Zähre
Über die Wänglein floß.

»Ach Hänslein, liebes Hänslein,
Du redest nicht also,
Als du mich heim ausführtest
Aus meines Vaters Hof.«

Er nahm sie bei den Händen,
Bei ihrer schneeweißen Hand,
Er führt' sie an ein Ende,
Da er ein Gärtlein fand. – – –

»Ach Gretlein, liebes Gretlein,
Warum weinest du so sehr,
Reuet dich dein freier Mut,
Oder reut dich deine Ehr'?«

»Es reut mich nicht mein freier Mut,
Dazu auch nicht meine Ehr';
Es reuen mich meine Kleider
Die werden mir nimmermehr.«

Das ist kein Goethesches Gretchen, und ihre Reue wäre kein Stoff für Scheffer. Da ist kein deutscher Mondschein. Es liegt ebensowenig Sentimentalität drin, wenn ein junger Fant des

Nachts bei seinem Mädel Einlaß verlangt und sie ihn abweist mit den Worten:

»Reit du nach jener Straße,
Reit du nach jener Heide,
Woher du gekommen bist;
Da liegt ein breiter Stein,
Den Kopf darauf nur leg,
Trägst keine Federn weg.«

Aber Mondschein, Mondschein die Hülle und Fülle, und die ganz Seele übergießend, strahlt in dem Liede:

Wenn ich ein Vöglein wär'
Und auch zwei Flüglein hätt',
Flög' ich zu dir;
Weil's aber nicht kann sein,
Bleib' ich allhier.

Bin ich gleich weit von dir,
Bin ich doch im Schlaf bei dir
Und red' mit dir;
Wenn ich erwachen tu',
Bin ich allein.

Es vergeht keine Stund' in der Nacht,
Da mein Herz nicht erwacht
Und an dich gedenkt:
Daß du mir viel tausendmal
Dein Herz geschenkt.

Fragt man nun entzückt nach dem Verfasser solcher Lieder, so antworten diese wohl selbst mit ihren Schlußworten:

Wer hat das schöne Liedel erdacht?
Es haben's drei Gäns' übers Wasser gebracht,
Zwei graue und eine weiße.

Gewöhnlich ist es aber wanderndes Volk, Vagabunden, Soldaten, fahrende Schüler oder Handwerksburschen, die solch ein Lied gedichtet. Es sind besonders die Handwerksburschen. Gar oft, auf meinen Fußreisen, verkehrte ich mit diesen Leuten und bemerkte, wie sie zuweilen, angeregt von irgendeinem ungewöhnlichen Ereignisse, ein Stück Volkslied improvisierten oder in die freie Luft hineinpfiffen. Das erlauschten nur die Vögelein, die auf den Baumzweigen saßen; und kam nachher ein anderer Bursch mit dem Ränzel und Wanderstab, vorbeigeschlendert, dann pfiffen sie ihm jenes Stücklein ins Ohr, und er sang die fehlenden Verse hinzu, und das Lied war fertig. Die Worte fallen solchen Burschen vom Himmel herab auf die Lippen, und er braucht sie nur auszusprechen, und sie sind dann noch poetischer als all die schönen poetischen Phrasen, die wir aus der Tiefe unseres Herzens hervorgrübeln. Der Charakter jener deutschen Handwerksburschen lebt und webt in dergleichen Volksliedern. Es ist eine merkwürdige Menschensorte. Ohne Sous in der Tasche, wandern diese Handwerksburschen durch ganz Deutschland, harmlos, fröhlich und frei. Gewöhnlich fand ich, daß drei zusammen auf solche Wanderschaft ausgingen. Von diesen dreien war der eine immer der Räsoneur; er räsonierte mit humoristischer Laune über alles was vorkam, über jeden bunten Vogel der in der Luft flog, über jeden Musterreuter der vorüberritt, und kamen sie gar in eine schlechte Gegend, wo ärmliche Hütten und zerlumptes Bettelvolk, dann bemerkte er auch wohl ironisch: »Der liebe Gott hat die Welt in sechs Tagen erschaffen, aber, seht einmal, es ist auch eine Arbeit darnach!« Der zweite Weggeselle bricht nur zuweilen mit einigen wütenden Bemerkungen hinein; er kann kein Wort sagen ohne dabei zu fluchen; er schimpft grimmig auf alle Meister, bei denen er gearbeitet; und sein beständiger Refrain ist, wie sehr er es bereue, daß er der Frau Wirtin in Halberstadt, die ihm täglich Kohl und Wasserrüben vorgesetzt, nicht eine Tracht Schläge zum Andenken zurückließ. Bei dem Wort »Halberstadt« seufzt aber der dritte Bursche aus tiefster Brust; er ist der jüngste, macht zum erstenmal seine Ausfahrt in die Welt, denkt noch immer an Feinsliebchens schwarzbraune Augen, läßt immer den Kopf hängen und spricht nie ein Wort.

»Des Knaben Wunderhorn« ist ein zu merkwürdiges Denkmal unserer Literatur und hat auf die Lyriker der romantischen Schule, namentlich auf unseren vortrefflichen Herrn Uhland, einen zu bedeutenden Einfluß geübt, als daß ich es unbesprochen lassen durfte. Dieses Buch und das »Nibelungenlied« spielten eine Hauptrolle in jener Periode. Auch von letzterem muß hier eine besondere Erwähnung geschehen. Es war lange Zeit von nichts anderem als vom »Nibelungenlied« bei uns die Rede, und die klassischen Philologen wurden nicht wenig geärgert, wenn man dieses Epos mit der »Ilias« verglich, oder wenn man gar darüber stritt, welches von beiden Gedichten das vorzüglichere sei? Und das Publikum sah dabei aus wie ein Knabe, den man ernsthaft fragt: »Hast du lieber ein Pferd oder einen Pfefferkuchen?« Jedenfalls ist aber dieses »Nibelungenlied« von großer gewaltiger Kraft. Ein Franzose kann sich schwerlich einen Begriff davon machen. Und gar von der Sprache worin es gedichtet ist. Es ist eine Sprache von Stein und die Verse sind gleichsam gereimte Quadern. Hie und da, aus den Spalten, quellen rote Blumen hervor, wie Blutstropfen, oder zieht sich der lange Efeu herunter, wie grüne Tränen. Von den Riesenleidenschaften, die sich in diesem Gedichte bewegen, könnt ihr kleinen artigen Leutchen euch noch viel weniger einen Begriff machen. Denkt euch es wäre eine helle Sommernacht, die Sterne, bleich wie Silber, aber groß wie Sonnen, träten hervor am blauen Himmel, und alle gotischen Dome von Europa hätten sich ein Rendezvous gegeben auf einer ungeheuer weiten Ebene, und da kämen nun ruhig herangeschritten der Straßburger Münster, der Kölner Dom, der Glockenturm von Florenz, die Kathedrale von Rouen, usw. und diese machten der schönen Notre Dame de Paris ganz artig die Cour. Es ist wahr, daß ihr Gang ein bißchen unbeholfen ist, daß einige darunter sich sehr linkisch benehmen, und daß man über ihr verliebtes Wackeln manchmal lachen könnte. Aber dieses Lachen hätte doch ein Ende, sobald man sähe, wie sie in Wut geraten, wie sie sich untereinander würgen, wie Notre Dame de Paris verzweiflungsvoll ihre beiden Steinarme gen Himmel erhebt, und plötzlich ein Schwert ergreift, und dem größten aller Dome das Haupt vom Rumpfe herunterschlägt. Aber nein, ihr könnt euch auch dann von den Hauptpersonen des »Nibelungsliedes« keinen Begriff machen; kein Turm ist so hoch und kein Stein ist so hart wie der grimme Hagen und die rachgierige Kriemhilde.

Wer hat aber dieses Lied verfaßt? Ebensowenig wie von den Volksliedern weiß man den Namen des Dichters, der das »Nibelungenlied« geschrieben. Sonderbar! von den vortrefflichsten Büchern, Gedichten, Bauwerken und sonstigen Denkmälern der Kunst, weiß man selten den Urheber. Wie hieß der Baumeister, der den Kölner Dom erdacht? Wer hat dort das Altarbild gemalt, worauf die schöne Gottesmutter und die heiligen drei Könige so erquicklich abkonterfeit sind? Wer hat das Buch Hiob gedichtet, das so viele leidende Menschengeschlechter getröstet hat? Die Menschen vergessen nur zu leicht die Namen ihrer Wohltäter; die Namen des Guten und Edelen, der für das Heil seiner Mitbürger gesorgt, finden wir selten im Munde der Völker, und ihr dickes Gedächtnis bewahrt nur die Namen ihrer Dränger und grausamen Kriegshelden. Der Baum der Menschheit vergißt des stillen Gärtners, der ihn gepflegt in der Kälte, getränkt in der Dürre und vor schädlichen Tieren geschützt hat; aber er bewahrt treulich die Namen, die man ihm in seine Rinde unbarmherzig eingeschnitten mit scharfem

Stahl, und er überliefert sie in immer wachsender Größe den spätesten Geschlechtern.

II.

Wegen ihrer gemeinschaftlichen Herausgabe des »Wunderhorns«, pflegt man auch sonst die Namen Brentano und Arnim zusammen zu nennen, und da ich ersteren besprochen, darf ich von dem andern um so weniger schweigen, da er in weit höherem Grade unsere Aufmerksamkeit verdient. Ludwig Achim von Arnim ist ein großer Dichter und war einer der originellsten Köpfe der romantischen Schule. Die Freunde des Phantastischen würden an diesem Dichter mehr als an jedem anderen deutschen Schriftsteller Geschmack finden. Er übertrifft hier den Hoffmann sowohl als den Novalis. Er wußte noch inniger als dieser in die Natur hineinzuleben, und konnte weit grauenhaftere Gespenster beschwören als Hoffmann. Ja, wenn ich Hoffmann selbst zuweilen betrachte, so kam es mir vor, als hätte Arnim ihn gedichtet. Im Volke ist dieser Schriftsteller ganz unbekannt geblieben, und er hat nur eine Renommee unter den Literaten. Letztere aber, obgleich sie ihm die unbedingteste Anerkennung zollten, haben sie doch nie öffentlich ihn nach Gebühr gepriesen. Ja, einige Schriftsteller pflegten sogar wegwerfend von ihm sich zu äußern, und das waren eben diejenigen, die seine Weise nachahmten. Man könnte das Wort auf sie anwenden, das Steevens von Voltaire gebraucht, als dieser den Shakespeare schmähte, nachdem er dessen »Othello« zu seinem »Orosman« benutzt; er sagte nämlich: »Diese Leute gleichen den Dieben, die nachher das Haus anstecken, wo sie gestohlen haben«. Warum hat Herr Tieck nie von Arnim gehörig gesprochen, er, der über so manches unbedeutende Machwerk so viel Geistreiches sagen konnte? Die Herren Schlegel haben ebenfalls den Arnim ignoriert. Nur nach seinem Tode erhielt er eine Art Nekrolog von einem Mitglied der Schule.

Ich glaube Arnims Renommee konnte besonders deshalb nicht aufkommen, weil er seinen Freunden, der katholischen Partei, noch immer viel zu protestantisch blieb, und weil wieder die protestantische Partei ihn für einen Kryptokatholiken hielt. Aber warum hat ihn das Volk abgelehnt, das Volk, welchem seine Romane und Novellen in jeder Leihbibliothek zugänglich waren? Auch Hoffmann wurde in unseren Literaturzeitungen und ästhetischen Blättern fast gar nicht besprochen, die höhere Kritik beobachtete in betreff seiner ein vornehmes Schweigen, und doch wurde er allgemein gelesen. Warum vernachlässigte nun das deutsche Volk einen Schriftsteller, dessen Phantasie von weltumfassender Weite, dessen Gemüt von schauerlichster Tiefe, und dessen Darstellungsgabe so unübertrefflich war? Etwas fehlte diesem Dichter, und dieses Etwas ist es eben, was das Volk in den Büchern sucht: das Leben. Das Volk verlangt, daß die Schriftsteller seine Tagesleidenschaften mitfühlen, daß sie die Empfindungen seiner eigenen Brust entweder angenehm anregen oder verletzen: das Volk will bewegt werden. Dieses Bedürfnis konnte aber Arnim nicht befriedigen. Er war kein Dichter des Lebens, sondern des Todes. In allem was er schrieb, herrscht nur eine schattenhafte Bewegung, die Figuren tummeln sich hastig, sie bewegen die Lippen, als wenn sie sprächen, aber man sieht nur ihre Worte, man hört sie nicht. Diese Figuren springen, ringen, stellen sich auf den Kopf, nahen sich uns heimlich, und flüstern uns leise ins Ohr: »Wir sind tot.« Solches Schauspiel würde allzu grauenhaft und peinigend sein, wäre nicht die Arnimsche Grazie, die über jede dieser Dichtungen verbreitet ist, wie das Lächeln eines Kindes, aber eines toten Kindes. Arnim kann die Liebe schildern, zuweilen auch die Sinnlichkeit, aber sogar da können wir nicht mit ihm fühlen; wir sehen schöne Leiber, wogende Busen, feingebaute Hüften, aber ein kaltes, feuchtes Leichengewand umhüllt dieses alles. Manchmal ist Arnim witzig, und wir müssen sogar lachen; aber es ist doch als wenn der Tod uns kitzle mit seiner Sense. Gewöhnlich jedoch ist er ernsthaft, und zwar wie ein toter Deutscher. Ein lebendiger Deutscher ist schon ein hinlänglich ernsthaftes Geschöpf, und nun erst ein toter Deutscher! Ein Franzose hat gar keine Idee davon, wie ernsthaft wir erst im Tode sind; da sind unsere Gesichter noch viel länger, und die Würmer, die uns speisen, werden melancholisch wenn sie uns dabei ansehen. Die Franzosen wähnen Wunder wie schrecklich ernsthaft der Hoffmann sein könne; aber das ist Kinderspiel in Vergleichung mit Arnim. Wenn Hoffmann seine Toten beschwört und sie aus den Gräbern hervorsteigen und ihn umtanzen: dann zittert er selber vor Entsetzen, und tanzt selbst in ihrer Mitte, und schneidet dabei die tollsten Affengrimassen. Wenn aber Arnim seine Toten beschwört, so ist es als ob ein General Heerschau halte, und er sitzt so ruhig auf seinem hohen Geisterschimmel, und läßt die entsetzlichen Scharen vor sich vorbeidefilieren, und sie sehen ängstlich nach ihm hinauf und scheinen sich vor ihm zu fürchten. Er nickt ihnen aber freundlich zu.

Ludwig Achim von Arnim ward geboren 1784, in der Mark Brandenburg, und starb den Winter 1830. Er schrieb dramatische Gedichte, Romane und Novellen. Seine Dramen sind voll intimer Poesie, namentlich ein Stück darunter, betitelt »Der Auerhahn«. Die erste Szene wäre selbst des allergrößten Dichters nicht unwürdig. Wie wahr, wie treu ist die betrübteste Langeweile da geschildert! Der eine von den drei natürlichen Söhnen des verstorbenen Landgrafen sitzt allein in dem verwaisten weiten Burgsaal, und spricht gähnend mit sich selber, und klagt, daß ihm die Beine unter dem Tische immer länger wüchsen, und daß ihm der Morgenwind so kalt durch die Zähne pfiffe. Sein Bruder, der gute Franz, kommt nun langsam hereingeschlappt, in den Kleidern des seligen Vaters, die ihm viel zu weit am Leibe hängen, und wehmütig gedenkt er, wie er sonst um diese Stunde dem Vater beim Anziehen half, wie dieser ihm oft eine Brotkruste zuwarf, die er mit seinen alten Zähnen nicht mehr beißen konnte, wie er ihm auch manchmal verdrießlich einen Tritt gab; diese letztere Erinnerung rührt den guten Franz bis zu Tränen, und er beklagt, daß nun der Vater tot sei und ihm keinen Tritt mehr geben könne.

Arnims Romane heißen: »Die Kronwächter« und »Die Gräfin Dolores«. Auch ersterer hat einen vortrefflichen Anfang. Der Schauplatz ist oben im Wartturme von Waiblingen, in dem traulichen Stübchen des Türmers, und seiner wackeren dicken Frau, die aber doch nicht so dick ist, wie man unten in der Stadt behauptet. In der Tat, es ist Verleumdung, wenn man ihr nachsagte, sie sei oben in der Turmwohnung so korpulent geworden, daß sie die enge Turmtreppe nicht mehr herabsteigen könne, und nach dem Tode ihres ersten Ehegatten, des alten Türmers, genötigt gewesen sei, den neuen Türmer zu heuraten. Über solche böse Nachrede grämte sich die arme Frau droben nicht wenig; und sie konnte nur deshalb die Turmtreppe nicht hinabsteigen, weil sie am Schwindel litt.

Der zweite Roman von Arnim, »Die Gräfin Dolores«, hat ebenfalls den allvortrefflichsten Anfang, und der Verfasser schildert uns da die Poesie der Armut und zwar einer adeligen Armut, die er, der damals selber in großer Dürftigkeit lebte, sehr oft zum Thema gewählt hat. Welch ein Meister ist Arnim auch hier in der Darstellung der Zerstörnis! Ich meine es immer vor Augen zu sehen, das wüste Schloß der jungen Gräfin Dolores, das um so wüster aussieht, da es der alte Graf in einem heiter italienischen Geschmacke, aber nicht fertig gebaut hat. Nun ist es eine moderne Ruine, und im Schloßgarten ist alles verödet: die geschnittenen Taxusalleen sind struppig verwildert, die Bäume wachsen sich einander in den Weg, der Lorbeer und der Oleander ranken schmerzlich am Boden, die schönen großen Blumen werden von verdrießlichem Unkraut umschlungen, die Götterstatuen sind von ihren Postamenten herabgefallen, und ein paar mutwillige Bettelbuben kauern neben einer armen Venus, die im hohen Grase liegt, und mit Brennesseln geißeln sie ihr den marmornen Hintern. Wenn der alte Graf, nach langer Abwesenheit, wieder in sein Schloß heimkehrt, ist ihm das sonderbare Benehmen seiner Hausgenossenschaft, besonders seiner Frau, sehr auffallend, es passiert bei Tische so allerlei Befremdliches, und das kommt wohl daher, weil die arme Frau vor Gram gestorben und ebenso wie das übrige Hausgesinde längst tot war. Der Graf scheint es aber am Ende selbst zu ahnen, daß er sich unter lauter Gespenstern befindet, und, ohne sich etwas merken zu lassen, reist er in der Stille wieder ab.

Unter Arnims Novellen dünkt mir die kostbarste seine »Isabella von Ägypten«. Hier sehen wir das wanderschaftliche Treiben der Zigeuner, die man hier in Frankreich *Bohémiens*, auch *Égyptiens* nennt. Hier lebt und webt das seltsame Märchenvolk mit seinen braunen Gesichtern, freundlichen Wahrsageraugen und seinem wehmütigen Geheimnis. Die bunte, gaukelnde Heiterkeit verhüllt einen großen mystischen Schmerz. Die Zigeuner müssen nämlich nach der Sage, die in dieser Novelle gar lieblich erzählt wird, eine Zeitlang in der ganzen Welt herumwandeln, zur Abbuße jener ungastlichen Härte, womit einst ihre Vorfahren die heilige Mutter Gottes mit ihrem Kinde abgewiesen, als diese, auf ihrer Flucht in Ägypten, ein Nachtlager von ihnen verlangte. Deshalb hielt man sich auch berechtigt, sie mit Grausamkeit zu behandeln. Da man im Mittelalter noch keine Schellingschen Philosophen hatte, so mußte die Poesie damals die Beschönigung der unwürdigsten und grausamsten Gesetze übernehmen. Gegen niemand waren diese Gesetze barbarischer als gegen die armen Zigeuner. In manchen Ländern erlaubten sie jeden Zigeuner, bei Diebstahlsverdacht, ohne Untersuchung und Urteil, aufzuknüpfen. So wurde ihr Oberhaupt Michael, genannt Herzog von Ägypten, unschuldig gehenkt. Mit diesem trüben Ereignis beginnt die Arnimsche Novelle. Nächtlich nehmen die Zigeuner ihren toten Herzog vom Galgen herab, legen ihm den roten Fürstenmantel um die Schulter, setzen ihm die silberne Krone auf das Haupt und versenken ihn in die Schelde, fest überzeugt, daß ihn der mitleidige Strom nach Hause bringt, nach dem geliebten Ägypten. Die arme Zigeunerprinzessin Isabella, seine Tochter, weiß nichts von dieser traurigen Begebenheit, sie wohnt einsam in einem verfallenen Hause an der Schelde, und hört, des Nachts, wie es so sonderbar im Wasser rauscht, und sie sieht plötzlich wie ihr bleicher Vater hervortaucht, im purpurnen Totenschmuck, und der Mond wirft sein schmerzliches Licht auf die silberne Krone. Das Herz des schönen Kindes will schier brechen vor unnennbarem Jammer, vergebens will sie den toten Vater festhalten; er schwimmt ruhig weiter nach Ägypten, nach seinem heimatlichen Wunderland, wo man seiner Ankunft harrt, um ihn in einer der großen Pyramiden nach Würden zu begraben. Rührend ist das Totenmahl, womit das arme Kind den verstorbenen Vater ehrt; sie legt ihren weißen Schleier über einen Feldstein, und darauf stellt sie Speis' und Trank, welches sie feierlich genießt. Tief rührend ist alles, was uns der vortreffliche Arnim von den Zigeunern erzählt, denen er schon an anderen Orten sein Mitleid gewidmet, z. B. in seiner Nachrede zum »Wunderhorn«, wo er behauptet, daß wir den Zigeunern so viel Gutes und Heilsames, namentlich die mehrsten unserer Arzneien verdanken. Wir hätten sie mit Undank verstoßen und verfolgt. Mit all ihrer Liebe, klagt er, hätten sie bei uns keine Heimat erwerben können. Er vergleicht sie in dieser Hinsicht mit den kleinen Zwergen, wovon die Sage erzählt, daß sie alles herbeischafften was sich ihre großen starken Feinde zu Gastmählern wünschten, aber einmal für wenige Erbsen, die sie aus Not vom Felde ablasen, jämmerlich geschlagen und aus dem Lande gejagt wurden. Das war nun ein wehmütiger Anblick, wie die armen kleinen Menschen nächtlich über die Brücke wegtrappelten, gleich einer Schafherde, und jeder dort ein Münzchen niederlegen mußte, bis sie ein Faß damit füllten.

Eine Übersetzung der erwähnten Novelle, »Isabella von Ägypten«, würde den Franzosen nicht bloß eine Idee von Arnims Schriften geben, sondern auch zeigen, daß all die furchtbaren, unheimlichen, grausigen und gespenstischen Geschichten, die sie sich in der letzten Zeit gar mühsam abgequält, in Vergleichung mit Arnimschen Dichtungen, nur rosige Morgenträume einer Operntänzerin zu sein scheinen. In sämtlichen französischen Schauergeschichten ist nicht so viel Unheimliches zusammengepackt wie in jener Kutsche, die Arnim von Brake nach Brüssel fahren läßt, und worin folgende vier Personagen beieinander sitzen:

1) Eine alte Zigeunerin, welche zugleich Hexe ist. Sie sieht aus wie die schönste von den sieben Todsünden, und strotzt im buntesten Goldflitter- und Seidenputz.

2) Ein toter Bärenhäuter, welcher, um einige Dukaten zu verdienen, aus dem Grabe gestiegen und sich auf sieben Jahr als Bedienter verdingt. Es ist ein fetter Leichnam, der einen Oberrock von weißem Bärenfell trägt, weshalb er auch Bärenhäuter genannt wird, und der dennoch immer friert.

3) Ein Golem; nämlich eine Figur von Lehm, welche ganz wie ein schönes Weib geformt ist, und wie ein schönes Weib sich gebärdet. Auf der Stirn, verborgen unter den schwarzen Locken, steht mit hebräischen Buchstaben das Wort »Wahrheit«, und wenn man dieses auslischt, fällt die ganze Figur wieder leblos zusammen, als eitel Lehm.

4) Der Feldmarschall Cornelius Nepos, welcher durchaus nicht mit dem berühmten Historiker dieses Namens verwandt ist, ja welcher sich nicht einmal einer bürgerlichen Abkunft rühmen kann, indem er von Geburt eigentlich eine Wurzel ist, eine Alraunwurzel, welche die Franzosen Mandragora nennen. Diese Wurzel wächst unter dem Galgen, wo die zweideutigsten Tränen eines Gehenkten geflossen sind. Sie gab einen entsetzli-

chen Schrei, als die schöne Isabella sie fort um Mitternacht aus dem Boden gerissen. Sie sah aus wie ein Zwerg, nur daß sie weder Augen, Mund noch Ohren hatte. Das liebe Mädchen pflanzte ihr ins Gesicht zwei schwarze Wacholderkerne und eine rote Hagebutte, woraus Augen und Mund entstanden. Nachher streute sie dem Männlein auch ein bißchen Hirse auf den Kopf, welches als Haar, aber etwas struppig, in die Höhe wuchs. Sie wiegte das Mißgeschöpf in ihren weißen Armen, wenn es wie ein Kind greinte; mit ihren holdseligen Rosenlippen küßte sie ihm das Hagebuttmaul ganz schief; sie küßte ihm vor Liebe fast die Wacholderäuglein aus dem Kopf; und der garstige Knirps wurde dadurch so verzogen, daß er am Ende Feldmarschall werden wollte, und eine brillante Feldmarschalluniform anzog, und sich durchaus Herr Feldmarschall titulieren ließ.

Nicht wahr, das sind vier sehr ausgezeichnete Personen? Wenn ihr die Morgue, die Totenacker, die Cour de Miracle und sämtliche Pesthöfe des Mittelalters ausplündert, werdet ihr doch keine so gute Gesellschaft zusammenbringen, wie jene die in einer einzigen Kutsche von Brake nach Brüssel fuhr. Ihr Franzosen solltet doch endlich einsehen, daß das Grauenhafte nicht euer Fach, und daß Frankreich kein geeigneter Boden für Gespenster jener Art. Wenn ihr Gespenster beschwört, müssen wir lachen. Ja, wir Deutschen, die wir bei euren heitersten Witzen ganz ernsthaft bleiben können, wir lachen desto herzlicher bei euren Gespenstergeschichten. Denn eure Gespenster sind doch immer Franzosen; und französische Gespenster! welch ein Widerspruch in den Worten! In dem Wort »Gespenst« liegt so viel Einsames, Mürrisches, Deutsches, Schweigendes, und in dem Worte »Französisch« liegt hingegen so viel Geselliges, Artiges, Französisches, Schwatzendes! Wie könnte ein Franzose ein Gespenst sein, oder gar wie könnten in Paris Gespenster existieren! In Paris, im Foyer der europäischen Gesellschaft! Zwischen zwölf und ein Uhr, der Stunde, die nun einmal von jeher den Gespenstern zum Spuken angewiesen ist, rauscht noch das lebendigste Leben in den Gassen von Paris, in der Oper klingt eben dann das brausendste Finale, aus den Variétés und dem Gymnase strömen die heitersten Gruppen, und das wimmelt und tänzelt und lacht und schäkert auf den Boulevards, und man geht in die Soiree. Wie müßte sich ein armes spukendes Gespenst unglücklich fühlen in dieser heiteren Menschenbewegung! Und wie könnte ein Franzose, selbst wenn er tot ist, den zum Spuken nötigen Ernst beibehalten, wenn ihm von allen Seiten die bunteste Volkslust umjauchzt! Ich selbst, obgleich ein Deutscher, im Fall ich tot wäre und hier in Paris des Nachts spuken sollte, ich könnte meine Gespensterwürde gewiß nicht behaupten, wenn mir etwa an einer Straßenecke irgendeine jener Göttinnen des Leichtsinns entgegenrennte, die einem dann so köstlich ins Gesicht zu lachen wissen. Gäbe es wirklich in Paris Gespenster, so bin ich überzeugt, gesellig wie die Franzosen sind, sie würden sich sogar als Gespenster einander anschließen, sie würden bald Gespensterreunions bilden, sie würden ein Totenkaffeehaus stiften, eine Totenzeitung herausgeben, eine Pariser Totenrevue, und es gäbe bald Totensoirees, *où l'on fera de la musique*. Ich bin überzeugt, die Gespenster würden sich hier in Paris weit mehr amüsieren als bei uns die Lebenden. Was mich betrifft, wüßte ich, daß man solcherweise in Paris als Gespenst existieren könnte, ich würde den Tod nicht mehr fürchten. Ich würde nur Maßregeln treffen, daß ich am Ende auf dem Père Lachaise beerdigt werden und in Paris spuken kann, zwischen zwölf und ein Uhr. Welche köstliche Stunde! Ihr deutschen Landsleute, wenn ihr nach meinem Tode mal nach Paris kommt, und mich des Nachts hier als Gespenst erblickt, erschreckt nicht; ich spuke nicht in furchtbar unglücklich deutscher Weise, ich spuke vielmehr zu meinem Vergnügen.

Da man, wie ich in allen Gespenstergeschichten gelesen, gewöhnlich an den Orten spuken muß, wo man Geld begraben hat, so will ich aus Vorsorge einige Sous irgendwo auf den Boulevards begraben. Bis jetzt habe ich zwar schon in Paris Geld totgeschlagen, aber nie begraben.

O ihr armen französischen Schriftsteller, ihr solltet doch endlich einsehen, daß eure Schauerromane und Spukgeschichten ganz unpassend sind für ein Land, wo es entweder gar keine Gespenster gibt, oder wo doch die Gespenster so gesellschaftlich heiter wie wir anderen sich gehaben würden. Ihr kommt mir vor wie die Kinder, die sich Masken vors Gesicht halten, um sich einander Furcht einzujagen. Es sind ernsthafte, furchtbare Larven, aber durch die Augenluken schauen fröhliche Kinderaugen. Wir Deutschen hingegen tragen zuweilen die freundlich jugendlichsten Larven, und aus den Augen lauscht der greise Tod. Ihr seid ein zierliches, liebenswürdiges, vernünftiges und lebendiges Volk, und nur das Schöne und Edle und Menschliche liegt im Bereich eurer Kunst. Das haben schon eure älteren Schriftsteller eingesehen, und ihr, die neueren, werdet am Ende ebenfalls zu dieser Einsicht gelangen. Laßt ab vom Schauerlichen und Gespenstischen. Laßt uns Deutschen alle Schrecknisse des Wahnsinns, des Fiebertraums und der Geisterwelt. Deutschland ist ein gedeihlicheres Land für alte Hexen, tote Bärenhäuter, Golems jedes Geschlechts und besonders für Feldmarschälle wie der kleine Cornelius Nepos. Nur jenseits des Rheins können solche Gespenster gedeihen; nimmermehr in Frankreich. Als ich hierher reiste, begleiteten mich meine Gespenster bis an die französische Grenze. Da nahmen sie betrübt von mir Abschied. Denn der Anblick der dreifarbigen Fahne verscheucht die Gespenster jeder Art. O! ich möchte mich auf den Straßburger Münster stellen, mit einer dreifarbigen Fahne in der Hand, die bis nach Frankfurt reichte. Ich glaube, wenn ich die geweihte Fahne über mein teures Vaterland hinüberschwenkte, und die rechten exorzierenden Worte dabei ausspräche: die alten Hexen würden auf ihren Besenstielen davonfliegen, die kalten Bärenhäuter würden wieder in ihre Gräber hinabkriechen, die Golems würden wieder als eitel Lehm zusammenfallen, der Feldmarschall Cornelius Nepos kehrte wieder zurück nach dem Orte, woher er gekommen, und der ganze Spuk wäre zu Ende.

III.

Die Geschichte der Literatur ist ebenso schwierig zu beschreiben wie die Naturgeschichte. Dort wie hier hält man sich an die besonders hervortretenden Erscheinungen. Aber wie in einem kleinen Wasserglas eine ganze Welt wunderlicher Tierchen enthalten ist, die ebensosehr von der Allmacht Gottes zeugen, wie die größten Bestien; so enthält der kleinste Musenalmanach zuweilen eine Unzahl Dichterlinge, die dem stillen Forscher ebenso interessant dünken, wie die größten Elefanten der Literatur. Gott ist groß!

Die neuesten Literaturhistoriker geben uns wirklich eine Literaturgeschichte wie eine wohlgeordnete Menagerie, und immer besonders abgesperrt, zeigen sie uns epische Säugedichter, lyrische Luftdichter, dramatische Wasserdichter, prosaische Amphibien, die sowohl Land- und Seeromane schreiben, humoristische Mollusken usw. Andere, im Gegenteil, treiben die Literaturgeschichte pragmatisch, beginnen mit den ursprünglichen Menschheitsgefühlen, die sich in den verschiedenen Epochen ausgebildet und endlich eine Kunstform angenommen; sie beginnen *ab ovo*, wie der Geschichtschreiber, der den Trojanischen Krieg mit der Erzählung vom Ei der Leda eröffnet. Und wie dieser handeln sie töricht. Denn ich bin überzeugt, wenn man das Ei der Leda zu einer Omelette verwendet hätte, würden sich dennoch Hektor und Achilles vor dem Skäischen Tore begegnet und ritterlich bekämpft haben. Die großen Fakta und die großen Bücher entstehen nicht aus Geringfügigkeiten, sondern sie sind notwendig, sie hängen zusammen mit den Kreisläufen von Sonne, Mond und Sterne und sie entstehen vielleicht durch deren Influenz auf die Erde. Die Fakta sind nur die Resultate der Ideen; ... aber wie kommt es, daß zu gewissen Zeiten sich gewisse Ideen so gewaltig geltend machen, daß sie das ganze Leben der Menschen, ihr Dichten und Trachten, ihr Denken und Schreiben, aufs wunderbarste umgestalten? Es ist vielleicht an der Zeit eine literarische Astrologie zu schreiben und die Erscheinung gewisser Ideen, oder gewisser Bücher, worin diese sich offenbaren, aus der Konstellation der Gestirne zu erklären.

Oder entspricht das Aufkommen gewisser Ideen nur den momentanen Bedürfnissen der Menschen? Suchen sie immer die Ideen, womit sie ihre jedesmaligen Wünsche legitimieren können? In der Tat, die Menschen sind ihrem innersten Wesen nach lauter Doktrinäre; sie wissen immer eine Doktrin zu finden, die alle ihre Entsagungen oder Begehrnisse justifiziert. In bösen mageren Tagen, wo die Freude ziemlich unerreichbar geworden, huldigen sie dem Dogma der Abstinenz und behaupten die irdischen Trauben seien sauer; werden jedoch die Zeiten wohlhabender, wird es den Leuten möglich emporzulangen nach den schönen Früchten dieser Welt, dann tritt auch eine heitere Doktrin ans Licht, die dem Leben alle seine Süßigkeiten und sein volles, unveräußerliches Genußrecht vindiziert.

Nahen wir dem Ende der christlichen Fastenzeit und bricht das rosige Weltalter der Freude schon leuchtend heran? Wie wird die heitere Doktrin die Zukunft gestalten?

In der Brust der Schriftsteller eines Volkes liegt schon das Abbild von dessen Zukunft, und ein Kritiker, der mit hinlänglich scharfem Messer einen neueren Dichter sezierte, könnte, wie aus den Eingeweiden eines Opfertiers, sehr leicht prophezeien, wie sich Deutschland in der Folge gestalten wird. Ich würde herzlich gern, als ein literärischer Kalchas, in dieser Absicht einige unserer jüngsten Poeten kritisch abschlachten, müßte ich nicht befürchten in ihren Eingeweiden viele Dinge zu sehen, über die ich mich hier nicht aussprechen darf. Man kann nämlich unsere neueste deutsche Literatur nicht besprechen, ohne ins tiefste Gebiet der Politik zu geraten. In Frankreich, wo sich die belletristischen Schriftsteller von der politischen Zeitbewegung zu entfernen suchen, sogar mehr als löblich, da mag man jetzt die Schöngeister des Tages beurteilen und den Tag selbst unbesprochen lassen können. Aber jenseits des Rheines werfen sich jetzt die belletristischen Schriftsteller mit Eifer in die Tagesbewegung, wovon sie sich so lange entfernt gehalten. Ihr Franzosen seid während fünfzig Jahren beständig auf den Beinen gewesen und seid jetzt müde; wir Deutsche hingegen haben bis jetzt am Studiertische gesessen, und haben alte Klassiker kommentiert, und möchten uns jetzt einige Bewegung machen.

Derselbe Grund, den ich oben angedeutet, verhindert mich mit gehöriger Würdigung einen Schriftsteller zu besprechen, über welchen Frau von Staël nur flüchtige Andeutungen gegeben und auf welchen seitdem, durch die geistreichen Artikel von Philareth Chales das französische Publikum noch besonders aufmerksam geworden. Ich rede von Jean Paul Friedrich Richter. Man hat ihn den Einzigen genannt. Ein treffliches Urteil, das ich jetzt erst ganz begreife, nachdem ich vergeblich darüber nachgesonnen, an welcher Stelle man in einer Literaturgeschichte von ihm reden müßte. Er ist fast gleichzeitig mit der romantischen Schule aufgetreten, ohne im mindesten daran teilzunehmen, und ebensowenig hegte er später die mindeste Gemeinschaft mit der Goetheschen Kunstschule. Er steht ganz isoliert in seiner Zeit, eben weil er im Gegensatz zu den beiden Schulen, sich ganz seiner Zeit hingegeben und sein Herz ganz davon erfüllt war. Sein Herz und seine Schriften waren eins und dasselbe. Diese Eigenschaft, diese Ganzheit finden wir auch bei den Schriftstellern des heutigen Jungen Deutschlands, die ebenfalls keinen Unterschied machen wollen zwischen Leben und Schreiben, die nimmermehr die Politik trennen von Wissenschaft, Kunst und Religion, und die zu gleicher Zeit Künstler, Tribune und Apostel sind.

Ja, ich wiederhole das Wort Apostel, denn ich weiß kein bezeichnenderes Wort. Ein neuer Glaube beseelt sie mit einer Leidenschaft, von welcher die Schriftsteller der früheren Periode keine Ahnung hatten. Es ist dieses der Glaube an den Fortschritt, ein Glaube der aus dem Wissen entsprang. Wir haben die Lande gemessen, die Naturkräfte gewogen, die Mittel der Industrie berechnet, und siehe wir haben ausgefunden: daß diese Erde groß genug ist; daß sie jedem hinlänglichen Raum bietet, die Hütte seines Glücks darauf zu bauen; daß diese Erde uns alle anständig ernähren kann, wenn wir alle arbeiten und nicht einer auf Kosten des anderen leben will; und daß wir nicht nötig haben die größere und ärmere Klasse an den Himmel zu verweisen. – Die Zahl dieser Wissenden und Gläubigen ist freilich noch gering. Aber die Zeit ist gekommen wo die Völker nicht mehr nach Köpfen gezählt werden, sondern nach Herzen. Und ist das große Herz eines einzigen Heinrich Laube nicht mehr wert, als ein ganzer Tiergarten von Raupachen und Komödianten?

Ich habe den Namen Heinrich Laube genannt; denn, wie könnte ich von dem Jungen Deutschland sprechen, ohne des großen flammenden Herzens zu gedenken, das daraus am glänzendsten hervorleuchtet. Heinrich Laube, einer jener Schriftsteller, die seit der Juliusrevolution aufgetreten sind, ist für Deutschland von einer sozialen Bedeutung, deren ganzes Gewicht jetzt noch nicht ermessen werden kann. Er hat alle guten Eigenschaften, die wir bei den Autoren der vergangenen Periode finden und verbindet damit den apostolischen Eifer des Jungen Deutschlands. Dabei ist seine gewaltige Leidenschaft durch hohen Kunstsinn gemildert und verklärt. Er ist begeistert für das Schöne ebensosehr wie für das Gute; er hat ein feines Ohr und ein scharfes Auge für edle Form; und gemeine Naturen widern ihn an, selbst wenn sie als Kämpen für noble Gesinnung dem Vaterlande nutzen. Dieser Kunstsinn, der ihm angeboren, schützte ihn auch vor der großen Verirrung jenes patriotischen Pöbels, der noch immer nicht aufhört, unseren großen Meister Goethe zu verlästern und zu schmähen.

In dieser Hinsicht verdient auch ein anderer Schriftsteller der jüngsten Zeit, Herr Karl Gustzkow, das höchste Lob. Wenn ich diesen erst nach Laube erwähne, so geschieht es keineswegs weil ich ihm nicht ebensoviel Talent zutraue, noch viel weniger weil ich von seinen Tendenzen minder erbaut wäre; nein, auch Karl Gutzkow muß ich die schönsten Eigenschaften der schaffenden Kraft und des urteilenden Kunstsinnes zuerkennen, und auch seine Schriften erfreuen mich durch die richtige Auffassung unserer Zeit und ihrer Bedürfnisse; aber in allem was Laube schreibt herrscht eine weitaustönende Ruhe, eine selbstbewußte Größe, eine stille Sicherheit, die mich persönlich tiefer anspricht, als die pittoreske, farbenschillernde und stechend gewürzte Beweglichkeit des Gutzkowschen Geistes.

Herr Karl Gutzkow, dessen Seele voller Poesie, mußte ebenso wie Laube sich zeitig von jenen Zeloten, die unseren großen Meister schmähen, aufs bestimmteste lossagen. Dasselbe gilt von den Herren L. Wienbarg und Gustav Schlesier, zwei höchst ausgezeichneten Schriftstellern der jüngsten Periode, die ich hier, wo vom Jungen Deutschland die Rede ist, ebenfalls nicht unerwähnt lassen darf. Sie verdienen, in der Tat, unter dessen Chorführern genannt zu werden und ihr Name hat guten Klang gewonnen im Land. Es ist hier nicht der Ort ihr Können und Wirken ausführlicher zu besprechen. Ich habe mich zu sehr von meinem Thema entfernt; nur noch von Jean Paul will ich mit einigen Worten reden.

Ich habe erwähnt wie Jean Paul Friedrich Richter in seiner Hauptrichtung dem Jungen Deutschland voranging. Dieses letztere jedoch, aufs Praktische angewiesen, hat sich der abstrusen Verworrenheit, der barocken Darstellungsart und des ungenießbaren Stiles der Jean Paulschen Schriften zu enthalten gewußt. Von diesem Stile kann sich ein klarer wohlredigierter französischer Kopf nimmermehr einen Begriff machen. Jean Pauls Periodenbau besteht aus lauter kleinen Stübchen, die manchmal so eng sind, daß wenn eine Idee dort mit einer anderen zusammentrifft, sie sich beide die Köpfe zerstoßen; oben an der Decke sind lauter Haken woran Jean Paul allerlei Gedanken hängt und an den Wänden sind lauter geheime Schubladen, worin er Gefühle verbirgt. Kein deutscher Schriftsteller ist so reich wie er an Gedanken und Gefühlen, aber er läßt sie nie zur Reife kommen, und mit dem Reichtum seines Geistes und seines Gemütes bereitet er uns mehr Erstaunen als Erquickung. Gedanken und Gefühle, die zu ungeheuren Bäumen auswachsen würden, wenn er sie ordentlich Wurzel fassen und mit allen ihren Zweigen, Blüten und Blättern sich ausbreiten ließe: diese rupft er aus wenn sie kaum noch kleine Pflänzchen, oft sogar noch bloße Keime sind, und ganze Geisteswälder werden uns solchermaßen auf einer gewöhnlichen Schüssel, als Gemüse vorgesetzt. Dieses ist nun eine wundersame, ungenießbare Kost; denn nicht jeder Magen kann junge Eichen, Zedern, Palmen und Banianen in solcher Menge vertragen. Jean Paul ist ein großer Dichter und Philosoph, aber man kann nicht unkünstlerischer sein, als eben er im Schaffen und Denken. Er hat in seinen Romanen echt poetische Gestalten zur Welt gebracht, aber alle diese Geburten schleppen eine närrisch lange Nabelschnur mit sich herum und verwickeln und würgen sich damit. Statt Gedanken gibt er uns eigentlich sein Denken selbst, wir sehen die materielle Tätigkeit seines Gehirns; er gibt uns, sozusagen, mehr Gehirn als Gedanken. In allen Richtungen hüpfen dabei seine Witze, die Flöhe seines erhitzten Geistes. Er ist der lustigste Schriftsteller und zugleich der sentimentalste. Ja, die Sentimentalität überwindet ihn immer und sein Lachen verwandelt sich jählings in Weinen. Er vermummt sich manchmal in einen bettelhaften, plumpen Gesellen, aber dann plötzlich, wie die Fürsten inkognito, die wir auf dem Theater sehen, knöpft er den groben Oberrock auf, und wir erblicken alsdann den strahlenden Stern.

Hierin gleicht Jean Paul ganz dem großen Irländer, womit man ihn oft verglichen. Auch der Verfasser des »Tristram Shandy«, wenn er sich in den rohesten Trivialitäten verloren, weiß uns plötzlich, durch erhabene Übergänge, an seine fürstliche Würde, an seine Ebenbürtigkeit mit Shakespeare, zu erinnern. Wie Lorenz Sterne, hat auch Jean Paul in seinen Schriften seine Persönlichkeit preisgegeben, er hat sich ebenfalls in menschlichster Blöße gezeigt, aber doch mit einer gewissen unbeholfenen Scheu, besonders in geschlechtlicher Hinsicht. Lorenz Sterne zeigt sich dem Publikum ganz entkleidet, er ist ganz nackt; Jean Paul hingegen hat nur Löcher in der Hose. Mit Unrecht glauben einige Kritiker, Jean Paul habe mehr wahres Gefühl besessen als Sterne, weil dieser, sobald der Gegenstand, den er behandelt eine tragische Höhe erreicht, plötzlich in den scherzhaftesten, lachendsten Ton überspringt: statt daß Jean Paul, wenn der Spaß nur im mindesten ernsthaft wird, allmählich zu flennen beginnt und ruhig seine Tränendrüsen austräufen läßt. Nein, Sterne fühlte vielleicht noch tiefer als Jean Paul, denn er ist ein größerer Dichter. Er ist, wie ich schon erwähnt, ebenbürtig mit William Shakespeare, und auch ihn, den Lorenz Sterne, haben die Musen erzogen auf dem Parnaß. Aber, nach Frauenart, haben sie ihn, besonders durch ihre Liebkosungen, schon frühe verdorben. Er war das Schoßkind der bleichen tragischen Göttin. Einst, in einem Anfall von grausamer Zärtlichkeit, küßte diese ihm das junge Herz so gewaltig, so liebestark, so inbrünstig saugend, daß das Herz zu bluten begann und plötzlich alle Schmerzen dieser Welt verstand und von unendlichem Mitleid erfüllt wurde. Armes, junges Dichterherz! Aber die jüngere Tochter Mnemosynes, die rosige Göttin des Scherzes, hüpfte schnell hinzu und nahm den leidenden Knaben in ihre Arme und suchte ihn zu erheitern mit Lachen und Singen und gab ihm als Spielzeug die komische Larve und die närrischen Glöckchen, und küßte begütigend seine Lippen, und küßte ihm darauf all ihren Leichtsinn, all ihre trotzige Lust, all ihre witzige Neckerei.

Und seitdem gerieten Sternes Herz und Sternes Lippen in einen sonderbaren Widerspruch: wenn sein Herz manchmal ganz tragisch bewegt ist, und er seine tiefsten blutenden Herzensgefühle aussprechen will, dann zu seiner eignen Verwunderung, flattern von seinen Lippen die lachend ergötzlichsten Worte.

IV.

Im Mittelalter herrschte unter dem Volke die Meinung: wenn irgendein Gebäude zu errichten sei, müsse man etwas Lebendiges schlachten und auf dem Blute desselben den Grundstein legen; dadurch werde das Gebäude fest und unerschütterlich stehen bleiben. War es nun der altheidnische Wahnwitz, daß man sich die Gunst der Götter durch Blutopfer erwerbe, oder war es Mißbegriff der christlichen Versöhnungslehre was diese Meinung von der Wunderkraft des Blutes, von einer Heiligung durch Blut, von diesem Glauben an Blut hervorgebracht hat: genug, er war herrschend, und in Liedern und Sagen lebt die schauerliche Kunde, wie man Kinder oder Tiere geschlachtet, um mit ihrem Blute große Bauwerke zu befestigen. Heutzutage ist die Menschheit verständiger; wir glauben nicht mehr an die Wunderkraft des Blutes, weder an das Blut eines Edelmanns noch eines Gottes, und die große Menge glaubt nur an Geld. Besteht nun die heutige Religion in der Geldwerdung Gottes oder in der Gottwerdung des Geldes? Genug, die Leute glauben nur an Geld; nur dem gemünzten Metall, den silbernen und goldenen Hostien schreiben sie eine Wunderkraft zu;

das Geld ist der Anfang und das Ende aller ihrer Werke; und wenn sie ein Gebäude zu errichten haben, so tragen sie große Sorge, daß unter dem Grundstein einige Geldstücke, eine Kapsel mit allerlei Münzen, gelegt werden.

Ja, wie im Mittelalter alles, die einzelnen Bauwerke ebenso wie das ganze Staats- und Kirchengebäude, auf den Glauben an Blut beruhte, so beruhen alle unsere heutigen Institutionen auf den Glauben an Geld, auf wirkliches Geld. Jenes war Aberglauben, doch dieses ist der bare Egoismus. Ersteren zerstörte die Vernunft, letzteren wird das Gefühl zerstören. Die Grundlage der menschlichen Gesellschaft wird einst eine bessere sein, und alle großen Herzen Europas sind schmerzhaft beschäftigt, diese neue bessere Basis zu entdecken.

Vielleicht war es der Mißmut ob dem jetzigen Geldglauben, der Widerwille gegen den Egoismus, den sie überall hervorgrinsen sahen, was in Deutschland einige Dichter von der romantischen Schule, die es ehrlich meinten, zuerst bewogen hatte, aus der Gegenwart in die Vergangenheit zurückzuflüchten und die Restauration des Mittelalters zu befördern. Dieses mag namentlich bei denjenigen der Fall sein, die nicht die eigentliche Koterie bildeten. Zu dieser letzteren gehörten die Schriftsteller, die ich im zweiten Buche besonders abgehandelt, nachdem ich im ersten Buche die Romantische Schule im allgemeinen besprochen. Nur wegen dieser literarhistorischen Bedeutung, nicht wegen ihres inneren Werkes, habe ich von diesen Koteriegenossen, die in Gemeinschaft wirken, zuerst und ganz umständlich geredet. Man wird mich daher nicht mißverstehen, wenn von Zacharias Werner, von dem Baron de la Motte Fouqué und von Herren Ludwig Uhland eine spätere und kärglichere Meldung geschieht. Diese drei Schriftsteller verdienen vielmehr, ihrem Werte nach, weit ausführlicher besprochen und gerühmt zu werden. Denn Zacharias Werner war der einzige Dramatiker der Schule, dessen Stücke auf der Bühne aufgeführt und vom Parterre applaudiert wurden. Der Herr Baron de la Motte Fouqué war der einzige epische Dichter der Schule, dessen Romane das ganze Publikum ansprachen. Und Herr Ludwig Uhland ist der einzige Lyriker der Schule, dessen Lieder in die Herzen der großen Menge gedrungen sind und noch jetzt im Munde der Menschen leben.

In dieser Hinsicht verdienen die erwähnten drei Dichter einen Vorzug vor Herren Ludwig Tieck, den ich als einen der besten Schriftsteller der Schule gepriesen habe. Herr Tieck hat nämlich, obgleich das Theater sein Steckenpferd ist und er von Kind auf bis heute sich mit dem Komödiantentum und mit den kleinsten Details desselben, beschäftigt hat, doch immer darauf verzichten müssen, jemals von der Bühne herab die Menschen zu bewegen, wie es dem Zacharias Werner gelungen ist. Herr Tieck hat sich immer ein Hauspublikum halten müssen, dem er selber seine Stücke vordeklamierte und auf deren Händeklatschen ganz sicher zu rechnen war. Während Herr de la Motte Fouqué von der Herzogin bis zur Wäscherin mit gleicher Lust gelesen wurde und als die Sonne der Leihbibliotheken strahlte, war Herr Tieck nur die Astrallampe der Teegesellschaften, die angeglänzt von seiner Poesie, bei der Vorlesung seiner Novellen ganz seelenruhig ihren Tee verschluckten. Die Kraft dieser Poesie mußte immer desto mehr hervortreten, je mehr sie mit der Schwäche des Tees kontrastierte, und in Berlin, wo man den mattesten Tee trinkt, mußte Herr Tieck als einer der kräftigsten Dichter erscheinen. Während die Lieder unseres vortrefflichen Uhland im Wald und Tal erschollen, und noch jetzt von wilden Studenten gebrüllt und von zarten Jungfrauen gelispelt werden, ist kein einziges Lied des Herren Tieck in unsere Seelen gedrungen, kein einziges Lied des Herren Ludwig Tieck ist in unserem Ohre geblieben, das große Publikum kennt kein einziges Lied dieses großen Lyrikers.

Zacharias Werner ist geboren zu Königsberg in Preußen den 18. November 1768. Seine Verbindung mit den Schlegeln war keine persönliche, sondern nur eine sympathetische. Er begriff in der Ferne was sie wollten, und tat sein möglichstes in ihrem Sinne zu dichten. Aber er konnte sich für die Restauration des Mittelalters nur einseitig, nämlich nur für die hierarchisch katholische Seite desselben, begeistern; die feudalistische Seite hat sein Gemüt nicht so stark in Bewegung gesetzt. Hierüber hat uns sein Landsmann T. A. Hoffmann, in den »Serapionsbrüdern«, einen merkwürdigen Aufschluß erteilt. Er erzählt nämlich, daß Werners Mutter gemütskrank gewesen und während ihrer Schwangerschaft sich eingebildet, daß sie die Mutter Gottes sei und den Heiland zur Welt bringe. Der Geist Werners trug, nun sein ganzes Leben hindurch, das Muttermal dieses religiösen Wahnsinns. Die entsetzlichste Religionschwärmerei finden wir in allen seinen Dichtungen. Eine einzige, »Der Vierundzwanzigste Februar«, ist frei davon und gehört zu den kostbarsten Erzeugnissen unserer dramatischen Literatur. Sie hat, mehr als Werners übrige Stücke, auf dem Theater den größten Enthusiasmus hervorgebracht. Seine anderen dramatischen Werke haben den großen Haufen weniger angesprochen, weil es dem Dichter, bei aller drastischen Kraft, fast gänzlich an Kenntnis der Theaterverhältnisse fehlte.

Der Biograph Hoffmanns, der Herr Kriminalrat Hitzig, hat auch Werners Leben beschrieben. Eine gewissenhafte Arbeit, für den Psychologen ebenso interessant wie für den Literarhistoriker. Wie man mir jüngst erzählt, war Werner auch einige Zeit hier in Paris, wo er an den peripatetischen Philosophinnen, die damals des Abends, im brillantesten Putz, die Galerien des Palais Royal durchwandelten, sein besonderes Wohlgefallen fand. Sie liefen immer hinter ihm drein, und neckten ihn, und lachten über seinen komischen Anzug und seine noch komischeren Manieren. Das war die gute alte Zeit! Ach, wie das Palais Royal so hat sich auch Zacharias Werner späterhin sehr verändert; die letzte Lampe der Lust erlosch im Gemüte des vertrübten Mannes, zu Wien trat er in den Orden der Ligorianer, und in der Sankt Stephanskirche predigte er dort über die

Nichtigkeit aller irdischen Dinge. Er hatte ausgefunden, daß alles auf Erden eitel sei. Der Gürtel der Venus, behauptete er jetzt, sei nur eine häßliche Schlange, und die erhabene Juno trage unter ihrem weißen Gewande ein Paar hirschlederne, nicht sehr reinliche Postillonshosen. Der Pater Zacharias kasteite sich jetzt und fastete und eiferte gegen unsere verstockte Weltlust. »Verflucht ist das Fleisch!« schrie er so laut und mit so grell ostpreußischem Akzent, daß die Heiligenbilder in Sankt Stephan erzitterten und die Wiener Grisetten allerliebst lächelten. Außer dieser wichtigen Neuigkeit erzählte er den Leuten beständig: daß er ein großer Sünder sei.

Genau betrachtet ist sich der Mann immer konsequent geblieben, nur daß er früherhin bloß besang was er späterhin wirklich übte. Die Helden seiner meisten Dramen sind schon mönchisch entsagende Liebende, asketische Wollüstlinge, die in der Abstinenz eine erhöhte Wonne entdeckt haben, die durch die Marter des Fleisches ihre Genußsucht spiritualisieren, die in den Tiefen der religiösen Mystik die schauerlichsten Seligkeiten suchen, heilige Roués.

Kurz vor seinem Tode war die Freude an dramatischer Gestaltung noch einmal in Wernern erwacht, und er schrieb noch eine Tragödie, betitelt: »Die Mutter der Makkabäer.« Hier galt es aber nicht den profanen Lebensernst mit romantischen Späßen zu festonnieren; zu dem heiligen Stoff wählte er auch einen kirchlich breitgezogenen Ton, die Rhythmen sind feierlich gemessen wie Glockengeläute, bewegen sich langsam wie eine Karfreitagsprozession, und es ist eine palästinasche Legende in griechischer Tragödienform. Das Stück fand wenig Beifall bei den Menschen hier unten; ob es den Engeln im Himmel besser gefiel, das weiß ich nicht.

Aber der Pater Zacharias starb bald darauf, Anfang des Jahres 1823, nachdem er über 54 Jahr auf dieser sündigen Erde gewandelt.

Wir lassen ihn ruhen, den Toten, und wenden uns zu dem

zweiten Dichter des romantischen Triumvirats. Es ist der vortreffliche Freiherr Friedrich de la Motte Fouqué, geboren in der Mark Brandenburg im Jahre 1777 und zum Professor ernannt an der Universität Halle, im Jahre 1833. Früher stand er als Major im königl. preuß. Militärdienst und gehört zu den Sangeshelden oder Heldensängern, deren Leier und Schwert, während dem sogenannten Freiheitskriege, am lautesten erklang. Sein Lorbeer ist von echter Art. Er ist ein wahrer Dichter und die Weihe der Poesie ruht auf seinem Haupte. Wenigen Schriftstellern ward so allgemeine Huldigung zuteil, wie einst unserem vortrefflichen Fouqué. Jetzt hat er seine Leser nur noch unter dem Publikum der Leihbibliotheken. Aber dieses Publikum ist immer groß genug, und Herr Fouqué kann sich rühmen, daß er der einzige von der Romantischen Schule ist, an dessen Schriften auch die niederen Klassen Geschmack gefunden. Während man in den ästhetischen Teezirkeln Berlins über den heruntergekommenen Ritter die Nase rümpfte, fand ich, in einer kleinen Harzstadt, ein wunderschönes Mädchen, welches von Fouqué mit entzückender Begeisterung sprach und errötend gestand: daß sie gern ein Jahr ihres Lebens dafür hingäbe, wenn sie nur einmal den Verfasser der »Undine« küssen könnte. – Und dieses Mädchen hatte die schönsten Lippen, die ich jemals gesehen.

Aber welch ein wunderliebliches Gedicht ist die »Undine«! Dieses Gedicht ist selbst ein Kuß; der Genius der Poesie küßte den schlafenden Frühling, und dieser schlug lächelnd die Augen auf, und alle Rosen dufteten und alle Nachtigallen sangen, und was die Rosen dufteten und die Nachtigallen sangen, das hat unser vortrefflicher Fouqué in Worte gekleidet und er nannte es »Undine«.

Ich weiß nicht, ob diese Novelle ins Französische übersetzt worden. Es ist die Geschichte von der schönen Wasserfee, die keine Seele hat, die nur dadurch, daß sie sich in einen Ritter verliebt, eine Seele bekömmt ... aber, ach! mit dieser Seele bekömmt sie auch unsere menschlichen Schmerzen, ihr ritterlicher Gemahl wird treulos, und sie küßt ihn tot. Denn der Tod ist in diesem Buche ebenfalls nur ein Kuß.

Diese Undine könnte man als die Muse der Fouquéschen Poesie betrachten. Obgleich sie unendlich schön ist, obgleich sie ebenso leidet wie wir und irdischer Kummer sie hinlänglich belastet, so ist sie doch kein eigentlich menschliches Wesen. Unsere Zeit aber stößt alle solche Luft- und Wassergebilde von sich, selbst die schönsten, sie verlangt wirkliche Gestalten des Lebens, und am allerwenigsten verlangt sie Nixen, die in adligen Rittern verliebt sind. Das war es. Die retrograde Richtung, das beständige Loblied auf den Geburtadel, die unaufhörliche Verherrlichung des alten Feudalwesens, die ewige Rittertümelei, mißbehagte am Ende den bürgerlich Gebildeten im deutschen Publikum, und man wandte sich ab von dem unzeitgemäßen Sängern. In der Tat, dieser beständige Singsang von Harnischen, Turnierrossen, Burgfrauen, ehrsamen Zunftmeistern, Zwergen, Knappen, Schloßkapellen, Minne und Glaube, und wie der mittelalterliche Trödel sonst heißt, wurde uns endlich lästig; und als der ingeniose Hidalgo Friedrich de la Motte Fouqué sich immer tiefer in seine Ritterbücher versenkte, und im Traume der Vergangenheit das Verständnis der Gegenwart einbüßte: da mußten sogar seine besten Freunde sich kopfschüttelnd von ihm abwenden.

Die Werke, die er in dieser späteren Zeit schrieb sind ungenießbar. Die Gebrechen seiner früheren Schriften sind hier aufs höchste gesteigert. Seine Rittergestalten bestehen nur aus Eisen und Gemüt; sie haben weder Fleisch noch Vernunft. Seine Frauenbilder sind nur Bilder, oder vielmehr nur Puppen, deren goldne Locken gar zierlich herabwallen, über die anmutigen Blumengesichter. Wie die Werke von Walter Scott mahnen auch die Fouquéschen Ritterromane an die gewirkten Tapeten, die wir Gobelins nennen, und die durch reiche Gestaltung und Farbenpracht mehr unser Auge als unsere Seele ergötzen. Das sind Ritterfeste, Schäferspiele, Zweikämpfe, alte Trachten, alles recht hübsch nebeneinander, abenteuerlich ohne tieferen Sinn, bunte Oberflächlichkeit. Bei den Nachahmern Fouqués wie bei den Nachahmern des Walter Scott ist diese Manier, statt der inneren Natur der Menschen und Dinge nur ihre äußere Erscheinung und das Kostüm zu schildern, noch trübseliger ausgebildet. Die flache Art und leichte Weise grassiert heutigentags in Deutschland ebenso gut wie in England und Frankreich. Wenn auch die Darstellungen nicht mehr die Ritterzeit verherrlichen, sondern auch unsere moderne Zustände betreffen, so ist es doch noch immer die vorige Manier, die statt der Wesenheit der Erscheinung nur das Zufällige derselben auffaßt. Statt Menschenkenntnis bekunden unsere neueren Romanciers bloß Kleiderkenntnis, und sie fußen vielleicht auf dem Sprichtwort: Kleider machen Leute. Wie anders die älteren Romanenschreiber, besonders bei den Engländern. Richardson gibt uns die Anatomie der Empfindungen. Goldsmith behandelt pragmatisch die Herzensaktionen seiner Helden. Der Verfasser des »Tristram Shandy« zeigt uns die verborgensten Tiefen der Seele; er öffnet eine Luke der Seele, erlaubt uns einen Blick in ihre Abgründe, Paradiese und Schmutzwinkel, und läßt gleich die Gardine davor wieder fallen. Wir haben von vorn in das seltsame Theater hineingeschaut, Beleuchtung und Perspektive hat ihre Wirkung nicht verfehlt, und indem wir das Unendliche geschaut zu haben meinen, ist unser Gefühl unendlich geworden, poetisch. Was Fielding betrifft, so führt er uns gleich hinter die Kulissen, er zeigt uns die falsche Schminke auf allen Gefühlen, die plumpesten Springfedern der zartesten Handlungen, das Kolophonium, das nachher als Begeisterung aufblitzen wird, die Pauke worauf noch friedlich der Klopfer ruht, der späterhin den gewaltigsten Donner der Leidenschaft daraus hervortrommeln wird; kurz, er zeigt uns jene ganze innere Maschinerie, die große Lüge, wodurch uns die Menschen anders erscheinen als sie wirklich sind, und wodurch alle freudige Realität des Lebens verloren geht. Doch wozu als Beispiel die Engländer wählen, da unser Goethe, in seinem »Wilhelm Meister,« das beste Muster eines Romans geliefert hat.

Die Zahl der Fouquéschen Romane ist Legion; er ist einer der fruchtbarsten Schriftsteller. »Der Zauberring« und »Thiodolph der Isländer« verdienen besonders rühmend angeführt zu werden. Seine metrischen Dramen, die nicht für die Bühne bestimmt sind, enthalten große Schönheiten. Besonders »Sigurd, der Schlangentöter« ist ein kühnes Werk, worin die altskandinavische Heldensage mit all ihrem Riesen- und Zauberwesen sich abspiegelt. Die Hauptperson des Dramas, der Sigurd, ist eine ungeheure Gestalt. Er ist stark wie die Felsen von Norweg und ungestüm wie das Meer, das sie umrauscht. Er hat so viel Mut wie hundert Löwen und so viel Verstand wie zwei Esel.

Herr Fouqué hat auch Lieder gedichtet. Sie sind die Lieblichkeit selbst. Sie sind so leicht, so bunt, so glänzend, so heiter dahinflatternd, es sind süße lyrische Kolibri.

Der eigentliche Liederdichter aber ist Herr Ludwig Uhland, der geboren zu Tübingen im Jahre 1787, jetzt als Advokat in Stuttgart lebt. Dieser Schriftsteller hat einen Band Gedichte, zwei Tragödien und zwei Abhandlungen über Walther von der Vogelweide und über französische Troubadouren geschrieben. Es sind zwei kleine historische Untersuchungen und zeugen von fleißigem Studium des Mittelalters. Die Tragödien heißen »Ludwig der Bayer« und »Herzog Ernst von Schwaben«. Erstere habe ich nicht gelesen; ist mir auch nicht als die vorzüglichere gerühmt worden. Die zweite jedoch enthält große Schönheiten und erfreut durch Adel der Gefühle und Würde der Gesinnung. Es weht darin ein süßer Hauch der Poesie, wie er in den Stücken, die jetzt auf unserem Theater so viel Beifall ernten, nimmermehr angetroffen wird. Deutsche Treue ist das Thema dieses Dramas, und wir sehen sie hier, stark wie eine Eiche, allen Stürmen trotzen; deutsche Liebe blüht, kaum bemerkbar in der Ferne, doch ihr Veilchenduft dringt uns um so rührender ins Herz. Dieses Drama, oder vielmehr dieses Lied, enthält Stellen, welche zu den schönsten Perlen unserer Literatur gehören. Aber das Theaterpublikum hat das Stück dennoch mit Indifferenz aufgenommen oder vielmehr abgelehnt. Ich will die guten Leute des Parterres nicht allzu bitter darob tadeln. Diese Leute haben bestimmte Bedürfnisse, deren Befriedigung sie vom Dichter verlangen. Die Produkte des Poeten sollen nicht eben den Sympathien seines eignen Herzens, sondern viel eher dem Begehr des Publikums entsprechen. Dieses letztere gleicht ganz dem hungrigen Beduinen in der Wüste, der einen Sack mit Erbsen gefunden zu haben glaubt und ihn hastig öffnet; aber ach! es sind nur Perlen. Das Publikum verspeist mit Wonne des Herren Raupachs dürre Erbsen und Madame Birch-Pfeiffers Saubohnen; Uhlands Perlen findet es ungenießbar.

Da die Franzosen höchstwahrscheinlich nicht wissen wer Madame Birch-Pfeiffer und Herr Raupach ist, so muß ich hier erwähnen, daß dieses göttliche Paar, geschwisterlich nebeneinander stehend, wie Apoll und Diana, in den Tempeln unserer dramatischen Kunst am meisten verehrt wird. Ja, Herr Raupach ist ebensosehr dem Apoll wie Madame Birch-Pfeiffer der Diana vergleichbar. Was ihre reale Stellung betrifft, so ist letztere als kaiserlich österreichische Hofschauspielerin in Wien, und ersterer als königlich preußischer Theaterdichter in Berlin angestellt. Die Dame hat schon eine Menge Dramen geschrieben worin sie selber spielt. Ich kann nicht umhin hier einer Erscheinung zu erwähnen, die den Franzosen fast unglaublich vorkommen wird: eine große Anzahl unserer Schauspieler sind auch dramatische Dichter und schreiben sich selbst ihre Stücke. Man sagt Herr Ludwig Tieck habe, durch eine unvorsichtige Äußerung, dieses Unglück veranlaßt. In seinen Kritiken bemerkte er nämlich, daß die Schauspieler in einem schlechten Stücke immer besser spielen können, als in einem guten Stücke. Fußend auf solchem Axiom griffen die Komödianten scharenweis zur Feder, schrieben Trauerspiele und Lustspiele die Hülle und Fülle, und es wurde uns manchmal schwer zu entscheiden: dichtete der eitle Komödiant sein Stück absichtlich schlecht, um gut darin zu spielen? oder spielte er schlecht in so einem selbstverfertigten Stücke, um uns glauben zu machen das Stück sei gut? Der Schauspieler und der Dichter, die bisher in einer Art von kollegialischem Verhältnisse standen, (ungefähr wie der Scharfrichter und der arme Sünder) traten jetzt in offne Feindschaft. Die Schauspieler suchten die Poeten ganz vom Theater zu verdrängen, unter dem Vorgeben: sie verständen nichts von den Anforderungen der Bretterwelt, verständen nichts von drastischen Effekten und Theaterkoups, wie nur der Schauspieler sie in der Praxis erlernt und sie in seinen Stücken anzubringen weiß. Die Komödianten, oder wie sie sich am liebsten nennen, die Künstler, spielten daher vorzugsweise in ihren eignen Stücken oder wenigstens in Stücken, die einer der Ihrigen, ein Künstler, verfertigt hatte. In der Tat, diese entsprachen ganz ihren Bedürfnissen; hier fanden sie ihre Lieblingskostüme, ihre fleischfarbige Trikotpoesie, ihre applaudierten Abgänge, ihre herkömmlichen Grimassen, ihre Flittergold-Redensarten, ihr ganzes affektiertes Kunstzigeunertum: eine Sprache, die nur auf den Brettern gesprochen wird, Blumen, die nur diesem erlogenen Boden entsprossen, Früchte, die nur am Lichte der Orchesterlampe gereift, eine Natur worin nicht der Odem Gottes, sondern des Souffleurs weht, kulissenerschütternde Tobsucht, sanfte Wehmut mit kitzelnder Flötenbegleitung, geschminkte Unschuld mit Lasterversenkungen, Monatsgagengefühle, Trompetentusch usw.

Solchermaßen haben die Schauspieler in Deutschland sich von den Poeten und auch von der Poesie selbst emanzipiert. Nur der Mittelmäßigkeit erlaubten sie noch, sich auf ihrem Gebiete zu produzieren. Aber sie geben genau acht, daß es kein wahrer Dichter ist, der, im Mantel der Mittelmäßigkeit, sich bei ihnen eindrängt. Wieviel Prüfungen hat Herr Raupach überstehen müssen, ehe es ihm gelang, auf dem Theater Fuß zu fassen! Und noch jetzt haben sie ein waches Auge auf ihn, und wenn er mal ein Stück schreibt, das nicht ganz und gar schlecht ist, so muß er, aus Furcht vor dem Ostracismus der Komödianten, gleich wieder ein Dutzend der allermiserabelsten Machwerke zutage fördern. Ihr wundert euch über das Wort »ein Dutzend«? Es ist gar keine Übertreibung von mir. Dieser Mann kann wirklich jedes Jahr ein Dutzend Dramen schreiben, und man bewundert diese Produktivität. Aber »es ist keine Hexerei,« sagt Jantjen von Amsterdam, der berühmte Taschenspieler, wenn wir seine Kunststücke anstaunen: »es ist keine Hexerei, sondern nur die Geschwindigkeit.«

Daß es Herren Raupach gelungen ist, auf der deutschen Bühne emporzukommen, hat aber noch einen besonderen Grund. Dieser Schriftsteller, von Geburt ein Deutscher, hat lange Zeit in Rußland gelebt, dort erwarb er seine Bildung, und es war die moskowitische Muse, die ihn eingeweiht in die Poesie. Diese Muse, die eingezobelte Schöne mit der holdselig aufgestülpten Nase, reichte unserem Dichter die volle Branntweinschale der Begeisterung, hing um seine Schulter den Köcher mit kirgisischen Witzpfeilen und gab in seine Hände die tragische Knute. Als er zuerst auf unsere Herzen damit losschlug, wie erschütterte er uns! Das Befremdliche der ganzen Erscheinung mußte uns nicht wenig in Verwunderung setzen. Der Mann gefiel uns gewiß nicht im zivilisierten Deutschland; aber sein farmatisch ungetümes Wesen, eine täppische Behendigkeit, ein gewisses brummendes Zugreifen in seinem Verfahren, verblüffte das Publikum. Es war jedenfalls ein origineller Anblick, wenn Herr Raupach auf seinem slawischen Pegasus, dem kleinen Klepper, über die Steppen der Poesie dahinjagte, und unter dem Sattel, nach echter Baschkirenweise, seine dramatische Stoffe gar ritt. Dieses fand Beifall in Berlin, wo, wie ihr wißt, alles Russische gut aufgenommen wird; dem Herren

Raupach gelang es dort Fuß zu fassen, er wußte sich mit den Schauspielern zu verständigen, und seit einiger Zeit, wie schon gesagt, wird Raupach-Apollo neben Diana-Birch-Pfeiffer, göttlich verehrt in dem Tempel der dramatischen Kunst. Dreißig Taler bekömmt er für jeden Akt den er schreibt, und er schreibt lauter Stücke von sechs Akten, indem er dem ersten Akt den Titel »Vorspiel« gibt. Alle möglichen Stoffe hat er schon unter den Sattel seines Pegasus geschoben und gar geritten. Kein Held ist sicher vor solchem tragischen Schicksal. Sogar den Siegfried, den Drachentöter, hat er unterbekommen. Die Muse der deutschen Geschichte ist in Verzweiflung. Einer Niobe gleich betrachtet sie mit bleichem Schmerze die edlen Kinder, die Raupach-Apollo so entsetzlich bearbeitet hat. O Jupiter! er wagte es sogar Hand zu legen an die Hohenstaufen, unsere alten geliebten Schwabenkaiser! Es war nicht genug, daß Herr Friedrich Raumer sie geschichtlich eingeschlachtet, jetzt kommt gar Herr Raupach, der sie fürs Theater zurichtet. Raumersche Holzfiguren überzieht er mit seiner ledernen Poesie, mit seinen russischen Juchten, und der Anblick solcher Karikaturen und ihr Mißduft verleidet uns am Ende noch die Erinnerung an die schönsten und edelsten Kaiser des deutschen Vaterlandes. Und die Polizei hemmt nicht solchen Frevel? Wenn sie nicht gar selbst die Hand im Spiel hat. Neue, emporstrebende Regentenhäuser lieben nicht bei dem Volke die Erinnerung an die alten Kaiserstämme, an deren Stelle sie gern treten möchten. Nicht bei Immermann, nicht bei Grabbe, nicht einmal bei Herrn Üchtritz, sondern bei dem Herrn Raupach wird die Berliner Theaterintendanz einen Barbarossa bestellen. Aber streng bleibt es Herrn Raupach untersagt einen Hohenzollern unter den Sattel zu stecken; sollte es ihm einmal danach gelüsten, so würde man ihm bald die Hausvogtei als Helikon anweisen.

Die Ideenassoziation, die durch Kontrast entsteht, ist schuld daran, daß ich, indem ich von Herrn Uhland reden wollte, plötzlich auf Herrn Raupach und Madame Birch-Pfeiffer geriet. Aber obgleich dieses göttliche Paar, unsere Theaterdiana noch viel weniger als unser Theaterapoll, nicht zur eigentlichen Literatur gehört, so mußte ich doch einmal von ihnen reden, weil sie die jetzige Bretterwelt repräsentieren. Auf jeden Fall war ich es unseren wahren Poeten schuldig, mit wenigen Worten in diesem Buche zu erwähnen, von welcher Natur die Leute sind, die bei uns die Herrschaft der Bühne usurpieren.

V.

Ich bin in diesem Augenblick in einer sonderbaren Verlegenheit. Ich darf die Gedichtesammlung des Herrn Ludwig Uhland nicht unbesprochen lassen, und dennoch befinde ich mich in einer Stimmung, die keineswegs solcher Besprechung günstig ist. Schweigen könnte hier als Feigheit oder gar als Perfidie erscheinen, und ehrlich offne Worte könnten als Mangel an Nächstenliebe gedeutet werden. In der Tat, die Sippen und Magen der Uhlandschen Muse und die Hintersassen seines Ruhmes werde ich mit der Begeisterung, die mir heute zu Gebote steht, schwerlich befriedigen. Aber ich bitte euch, Zeit und Ort, wo ich dieses niederschreibe, gehörig zu ermessen. Vor zwanzig Jahren, ich war ein Knabe, ja damals, mit welcher überströmenden Begeisterung hätte ich den vortrefflichen Uhland zu feiern vermocht! Damals empfand ich seine Vortrefflichkeit vielleicht besser als jetzt; er stand mir näher an Empfindung und Denkvermögen. Aber so vieles hat sich seitdem ereignet! Was mir so herrlich dünkte, jenes chevalereske und katholische Wesen, jene Ritter die im adligen Turnei sich hauen und stechen, jene sanften Knappen und sittigen Edelfrauen, jene Nordlandshelden und Minnesänger, jene Mönche und Nonnen, jene Vätergrüfte mit Ahnungsschauern, jene blassen Entsagungsgefühle mit Glockengeläute, und das ewige Wehmutgewimmer, wie bitter ward es mir seitdem verleidet! Ja, einst war es anders. Wie oft, auf den Trümmern des alten Schlosses zu Düsseldorf am Rhein, saß ich und deklamierte vor mich hin das schönste aller Uhlandschen Lieder:

Der schöne Schäfer zog so nah
Vorüber an dem Königsschloß;
Die Jungfrau von der Zinne sah,
Da war ihr Sehnen groß.

Sie rief ihm zu ein süßes Wort:
»O dürft' ich gehn hinab zu dir!
Wie glänzen weiß die Lämmer dort,
Wie rot die Blümlein hier!«

Der Jüngling ihr entgegenbot:
»O kämest du herab zu mir!
Wie glänzen so die Wänglein rot,
Wie weiß die Arme dir!«

Und als er nun mit stillem Weh
In jeder Früh' vorübertrieb:
Da sah er hin, bis in der Höh'
Erschien sein holdes Lieb.

Dann rief er freundlich ihr hinauf:
»Willkommen, Königstöchterlein!«
Ihr süßes Wort ertönte drauf:
»Viel Dank, du Schäfer mein!«

Der Winter floh, der Lenz erschien,
Die Blümlein blühten reich umher,
Der Schäfer tät zum Schlosse ziehn,
Doch sie erschien nicht mehr.

Er rief hinaus so klagevoll:
»Willkommen, Königstöchterlein!«
Ein Geisterlaut herunterscholl:
»Ade, du Schäfer mein!«

Wenn ich nun auf den Ruinen des alten Schlosses saß und dieses Lied deklamierte, hörte ich auch wohl zuweilen wie die Nixen im Rhein, der dort vorbeifließt, meine Worte nachäfften, und das seufzte und das stöhnte aus den Fluten mit komischen Pathos:

»Ein Geisterlaut herunterscholl:
Ade, du Schäfer mein!«

Ich ließ mich aber nicht stören von solchen Neckereien der Wasserfrauen, selbst wenn sie bei den schönsten Stellen in Uhlands Gedichten ironisch kicherten. Ich bezog solches Gekicher damals bescheidentlich auf mich selbst, namentlich gegen Abend, wenn die Dunkelheit heranbrach, und ich mit etwas erhobener Stimme deklamierte, um dadurch die geheimnisvollen Schauer zu überwinden, die mir die alten Schloßtrümmer einflößten. Es ging nämlich die Sage, daß dort des Nachts eine Dame ohne Kopf umherwandle. Ich glaubte manchmal ihre lange seidne Schleppe vorbeirauschen zu hören, und mein Herz pochte ... das war die Zeit und der Ort, wo ich für die »Gedichte von Ludwig Uhland« begeistert war.

Dasselbe Buch habe ich wieder in Händen, aber zwanzig Jahre sind seitdem verflossen, ich habe unterdessen viel gehört und gesehen, gar viel, ich glaube nicht mehr an Menschen ohne Kopf, und der alte Spuk wirkt nicht mehr auf mein Gemüt. Das Haus, worin ich eben sitze und lese, liegt auf dem Boulevard Montmartre; und dort branden die wildesten Wogen des Tages, dort kreischen die lautesten Stimmen der modernen Zeit; das lacht, das grollt, das trommelt; im Sturmschritt schreitet vorüber die Nationalgarde; und jeder spricht französisch. – Ist das nun der Ort, wo man Uhlands Gedichte lesen kann? Dreimal habe ich den Schluß des obenerwähnten Gedichtes mir wieder vordeklamiert, aber ich empfinde nicht mehr das unnennbare Weh, das mich einst ergriff, wenn das Königstöchterlein stirbt und der schöne Schäfer so klagevoll zu ihr hinaufrief: »Willkommen, Königstöchterlein!«

»Ein Geisterlaut herunterscholl:
Ade! du Schäfer mein!«

Vielleicht auch bin ich für solche Gedichte etwas kühl geworden, seitdem ich die Erfahrung gemacht, daß es eine weit schmerzlichere Liebe gibt, als die welche den Besitz des geliebten Gegenstandes niemals erlangt, oder ihn durch den Tod verliert. In der Tat, schmerzlicher ist es, wenn der geliebte Gegenstand Tag und Nacht in unseren Armen liegt, aber durch beständigen Widerspruch und blödsinnige Kaprizen uns Tag und Nacht verleidet, dergestalt, daß wir das, was unser Herz am meisten liebt, von unserem Herzen fortstoßen, und wir selber das verflucht geliebte Weib nach dem Postwagen bringen und fortschicken müssen:

»Ade, du Königstöchterlein!«

Ja, schmerzlicher als der Verlust durch den Tod ist der Verlust durch das Leben, z. B. wenn die Geliebte, aus wahnsinniger Leichtfertigkeit, sich von uns abwendet, wenn sie durchaus auf einen Ball gehen will, wohin kein ordentlicher Mensch sie begleiten kann, und wenn sie dann ganz aberwitzig bunt geputzt und trotzig frisiert, dem ersten besten Lump den Arm reicht und uns den Rücken kehrt ...

»Ade, du Schäfer mein!«

Vielleicht erging es Herrn Uhland selber nicht besser als uns. Auch seine Stimmung muß sich seitdem etwas verändert haben. Mit geringen Ausnahmen hat er seit zwanzig Jahren keine neue Gedichte zu Markte gebracht. Ich glaube nicht, daß dieses schöne Dichtergemüt so kärglich von der Natur begabt gewesen und nur einen einzigen Frühling in sich trug. Nein, ich erkläre mir das Verstummen Uhlands vielmehr aus dem Widerspruch, worin die Neigung seiner Muse mit den Ansprüchen seiner politischen Stellung geraten sind. Der elegische Dichter, der die katholisch feudalistische Vergangenheit in so schönen Balladen und Romanzen zu besingen wußte, der Ossian des Mittelalters, wurde seitdem in der württembergischen Ständeversammlung, ein eifriger Vertreter der Volksrechte, ein kühner Sprecher für Bürgergleichheit und Geistesfreiheit. Daß diese demokratische und protestantische Gesinnung bei ihm echt und lauter ist, bewies Herr Uhland durch die großen persönlichen Opfer, die er ihr brachte; hatte er einst den Dichterlorbeer errungen, so erwarb er auch jetzt den Eichenkranz der Bürgertugend. Aber eben weil er es mit der neuen Zeit so ehrlich meinte, konnte er das alte Lied von der alten Zeit nicht mehr mit der vorigen Begeisterung weitersingen; und da sein Pegasus nur ein Ritterroß war, das gern in die Vergangenheit zurücktrabte, aber gleich stätig wurde wenn es vorwärts sollte in das moderne Leben, da ist der wackere Uhland lächelnd abgestiegen, ließ ruhig absatteln und den unfügsamen Gaul nach dem Stall bringen. Dort befindet er sich noch bis auf heutigen Tag, und wie sein Kollege das Roß Bayard hat er alle möglichen Tugenden und nur einen einzigen Fehler: er ist tot.

Schärferen Blicken als den meinigen will es nicht entgangen sein, daß das hohe Ritterroß mit seinen bunten Wappendecken und stolzen Federbüschen, nie recht gepaßt habe zu seinem bürgerlichen Reuter, der an den Füßen, statt Stiefeln mit goldenen Sporen, nur Schuh mit seidenen Strümpfen, und auf dem Haupte, statt eines Helms, nur einen Tübinger Doktorhut getragen hat. Sie wollen entdeckt haben: daß Herr Ludwig Uhland niemals mit seinem Thema ganz übereinstimmen konnte; daß er die naiven, grauenhaft kräftigen Töne des Mittelalters nicht eigentlich in idealisierter Wahrheit wiedergibt, sondern sie vielmehr in eine kränklich sentimentale Melancholie auflöst; daß er die starken Klänge der Heldensage und des Volkslieds in seinem Gemüte gleichsam weich gekocht habe, um sie genießbar zu machen für das moderne Publikum. Und in der Tat, wenn man die Frauen der Uhlandschen Gedichte genau betrachtet, so sind es nur schöne Schatten, verkörperter Mondschein, in den Adern Milch, in den Augen süße Tränen, nämlich Tränen ohne Salz. Vergleicht man die Uhlandschen Ritter mit den Rittern der alten Gesänge, so kommt es uns vor, als beständen sie aus Harnischen von Blech, worin lauter Blumen stecken, statt Fleisch und Knochen. Die Uhlandschen Ritter duften daher für zarte Nasen weit minniglicher als die alten Kämpen, die recht dicke eiserne Hosen trugen und viel fraßen und noch mehr soffen.

Aber das soll kein Tadel sein. Herr Uhland wollte uns keineswegs in wahrhafter Kopei die deutsche Vergangenheit vorführen, er wollte uns vielleicht nur durch ihren Widerschein ergötzen; und er ließ sie freundlich zurückspiegeln von der dämmernden Fläche seines Geistes. Dieses mag seinen Gedichten vielleicht einen besonderen Reiz verleihen und ihnen die Liebe vieler sanften und guten Menschen erwerben. Die Bilder der Vergangenheit üben ihren Zauber selbst in der mattesten Beschwörung. Sogar Männer, die für die moderne Zeit Partei gefaßt, bewahren immer eine geheime Sympathie für die Überlieferungen alter Tage; wunderbar berühren uns diese Geisterstimmen selbst in ihrem schwächsten Nachhall. Und es ist leicht begreiflich, daß die Balladen und Romanzen unseres vortrefflichen Uhlands, nicht bloß bei Patrioten von 1813, bei frommen Jünglingen und minniglichen Jungfrauen, sondern auch bei manchen Höhergekräftigten und Neudenkenden den schönsten Beifall finden.

Ich habe bei dem Wort Patrioten die Jahreszahl 1813 hinzugefügt, um sie von den heutigen Vaterlandsfreunden zu unterscheiden, die nicht mehr von den Erinnerungen des sogenannten Freiheitskrieges zehren. Jene älteren Patrioten müssen an der Uhlandschen Muse das süßeste Wohlgefallen finden, da die meisten seiner Gedichte ganz von dem Geiste ihrer Zeit geschwängert sind, einer Zeit wo sie selber noch in Jugendgefühlen und stolzen Hoffnungen schwelgten. Diese Vorliebe für Uhlands Gedichte überlieferten sie ihren Nachbetern, und den Jungen auf den Turnplätzen ward es einst als Patriotismus angerechnet, wenn sie sich Uhlands Gedichte anschafften. Sie fanden darin Lieder die selbst Max von Schenkendorf und Herr Ernst Moritz Arndt nicht besser gedichtet hätten. Und in der Tat, welcher Enkel des biderben Arminius und der blonden Thusnelda wird nicht befriedigt von dem Uhlandschen Gedichte:

»Vorwärts! fort und immerfort,
Rußland rief das stolze Wort:
Vorwärts!

»Preußen hört das stolze Wort,
Hört es gern und hallt es fort:
Vorwärts!

»Auf, gewaltiges Österreich!
Vorwärts! tu's den andern gleich!
Vorwärts!

»Auf, du altes Sachsenland!
Immer vorwärts, Hand in Hand!
Vorwärts!

»Bayern, Hessen, schlaget ein!
Schwaben, Franken, vor zum Rhein!
Vorwärts!

»Vorwärts, Holland, Niederland!
Hoch das Schwert in freier Hand!
Vorwärts!

»Grüß' euch Gott, du Schweizerbund!
Elsaß, Lothringen, Burgund!
Vorwärts!

»Vorwärts, Spanien, Engelland!
Reicht den Brüdern bald die Hand!
Vorwärts!

»Vorwärts, fort und immerfort!
Guter Wind und naher Port!
Vorwärts!

»*Vorwärts* heißt ein Feldmarschall.
Vorwärts, tapfre Streiter all'!
Vorwärts!

Ich wiederhole es, die Leute von 1813 finden in Herren Uhlands Gedichten den Geist ihrer Zeit aufs kostbarste aufbewahrt, und nicht bloß den politischen, sondern auch den moralischen und ästhetischen Geist. Herr Uhland repräsentiert eine ganze Periode, und er repräsentiert sie jetzt fast allein, da die anderen Repräsentanten derselben in Vergessenheit geraten und sich wirklich in diesem Schriftsteller alle resumieren. Der Ton, der in den Uhlandschen Liedern, Balladen und Romanzen herrscht, war der Ton aller seiner romantischen Zeitgenossen, und mancher darunter hat, wo nicht gar Besseres, doch wenigstens ebenso Gutes geliefert. Und hier ist der Ort wo ich noch manchen von der romantischen Schule rühmen kann, der, wie gesagt, in betreff des Stoffes und der Tonart seiner Gedichte die sprechendste Ähnlichkeit mit Herren Uhland bekundet, auch an poetischem Werte ihm nicht nachzustehen braucht, und sich etwa nur durch mindere Sicherheit in der Form von ihm unterscheidet. In der Tat, welch ein vortrefflicher Dichter ist der Freiherr von Eichendorff; die Lieder, die er seinem Roman »Ahnung und Gegenwart« eingewebt hat, lassen sich von den Uhlandschen gar nicht unterscheiden, und zwar von den besten derselben. Der Unterschied besteht vielleicht nur in der grüneren Waldesfrische und der kristallhafteren Wahrheit der Eichendorffschen Gedichte. Herr Justinus Kerner, der fast gar nicht bekannt ist, verdient hier ebenfalls eine preisende Erwähnung; auch er dichtete in derselben Tonart und Weise die wackersten Lieder; er ist ein Landsmann des Herren Uhland. Dasselbe ist der Fall bei Herrn Gustav Schwab, einem berühmteren Dichter, der ebenfalls aus den schwäbischen Gauen hervorgeblüht, und uns noch jährlich mit hübschen und duftenden Liedern erquickt. Besonderes Talent besitzt er für die Ballade und er hat die heimischen Sachen in dieser Form aufs erfreusamste besungen. Wilhelm Müller, den uns der Tod in seiner heitersten Jugendfülle entrissen, muß hier ebenfalls erwähnt werden. In der Nachbildung des deutschen Volkslieds klingt er ganz zusammen mit Herren Uhland; mich will es sogar bedünken, als sei er in solchem Gebiete manchmal glücklicher und überträfe ihn an Natürlichkeit. Er erkannte tiefer den Geist der alten Liedesformen, und brauchte sie daher nicht äußerlich nachzuahmen; wir finden daher bei ihm ein freieres Handhaben der Übergänge und ein verständiges Vermeiden aller veralteten Wendungen und Ausdrücke. Den verstorbenen Wetzel, der jetzt vergessen und verschollen ist, muß ich ebenfalls hier in Erinnerung bringen; auch er ist ein Wahlverwandter unseres vortrefflichen Uhlands, und in einigen

Liedern, die ich von ihm kenne, übertrifft er ihn an Süße und hinschmelzender Innigkeit. Diese Lieder, halb Blume, halb Schmetterling, verdufteten und verflatterten in einem der älteren Jahrgänge von Brockhaus' »Urania«. Daß Herr Klemens Brentano seine meisten Lieder in derselben Tonart und Gefühlsweise, wie Herr Uhland, gedichtet hat, versteht sich von selbst; sie schöpften beide aus derselben Quelle, dem Volksgesange, und bieten uns denselben Trank; nur die Trinkschale, die Form, ist bei Herren Uhland geründeter. Von Adalbert von Chamisso darf ich hier eigentlich nicht reden; obgleich Zeitgenosse der romantischen Schule, an deren Bewegungen er teilnahm, hat doch das Herz dieses Mannes sich in der letzten Zeit so wunderbar verjüngt, daß er in ganz neue Tonarten überging, sich als einen der eigentümlichsten und bedeutendsten modernen Dichter geltend machte, und weit mehr dem jungen als dem alten Deutschland angehört. Aber in den Liedern seiner früheren Periode weht derselbe Odem, der uns auch aus den Uhlandschen Gedichten entgegenströmt; derselbe Klang, dieselbe Farbe, derselbe Duft, dieselbe Wehmut, dieselbe Träne ... Chamissos Tränen sind vielleicht rührender, weil sie, gleich einem Quell der aus dem Felsen springt, aus einem weit stärkeren Herzen hervorbrechen.

Die Gedichte, die Herr Uhland in südlichen Versarten geschrieben, sind ebenfalls den Sonetten, Assonanzen und Ottaverime seiner Mitschüler von der romantischen Schule aufs innigste verwandt, und man kann sie nimmermehr, sowohl der Form als des Tones nach, davon unterscheiden. Aber wie gesagt, die meisten jener Uhlandschen Zeitgenossen, mitsamt ihren Gedichten, geraten in Vergessenheit; letzteren findet man nur noch mit Mühe in verschollenen Sammlungen, wie der »Dichterwald«, die »Sängerfahrt«, in einigen Frauen- und Musenalmanachen die Herr Fouqué und Herr Tieck herausgegeben, in alten Zeitschriften, namentlich in Achim von Arnims »Trösteinsamkeit« und in der »Wünschelrute« redigiert von

Heinrich Straube und Rudolf Christiani, in den damaligen Tagesblättern und Gott weiß mehr wo!

Herr Uhland ist nicht der Vater einer Schule, wie Schiller oder Goethe oder sonst so einer, aus deren Individualität ein besonderer Ton hervordrang, der in den Dichtungen ihrer Zeitgenossen einen bestimmten Widerhall fand. Herr Uhland ist nicht der Vater, sondern er ist selbst nur das Kind einer Schule, die ihm einen Ton überliefert, der ihr ebenfalls nicht ursprünglich angehört, sondern den sie aus früheren Dichterwerken mühsam hervorgequetscht hatte. Aber, als Ersatz für diesen Mangel an Originalität, an eigentümlicher Neuheit, bietet Herr Uhland eine Menge Vortrefflichkeiten, die ebenso herrlich wie selten sind. Er ist der Stolz des glücklichen Schwabenlandes und alle Genossen deutscher Zunge erfreuen sich dieses edlen Sängergemütes. In ihm resumieren sich die meisten seiner lyrischen Gespiele von der romantischen Schule, die das Publikum jetzt in dem einzigen Manne liebt und verehrt. Und wir verehren und lieben ihn jetzt vielleicht um so inniger, da wir im Begriffe sind, uns auf immer von ihm zu trennen.

Ach! nicht aus leichtfertiger Lust, sondern dem Gesetze der Notwendigkeit gehorchend, setzt sich Deutschland in Bewegung ... Das fromme, friedsame Deutschland! ... es wirft einen wehmütigen Blick auf die Vergangenheit, die es hinter sich läßt, noch einmal beugt es sich gefühlvoll hinab über jene alte Zeit, die uns aus Uhlands Gedichten so sterbebleich anschaut, und es nimmt Abschied mit einem Kusse. Und noch einen Kuß, meinetwegen sogar eine Träne! Aber laßt uns nicht länger weilen in müßiger Rührung ...

Vorwärts! fort und immer fort,
Frankreich rief das stolze Wort:
Vorwärts!

VI.

»Als nach langen Jahren Kaiser Otto III. an das Grab kam, wo Karls Gebeine bestattet ruhten, trat er mit zwei Bischöfen und dem Grafen von Laumel (der dieses alles berichtet hat) in die Höhle ein. Die Leiche lag nicht, wie andere Tote, sondern saß aufrecht, wie ein Lebender auf einem Stuhl. Auf dem Haupte war eine Goldkrone, den Szepter hielt er in den Händen, die mit Handschuhen bekleidet waren, die Nägel der Finger hatten aber das Leder durchbohrt und waren herausgewachsen. Das Gewölbe war aus Marmor und Kalk sehr dauerhaft gemauert. Um hineinzugelangen mußte eine Öffnung gebrochen werden; sobald man hineingelangt war, spürte man einen heftigen Geruch. Alle beugten sogleich die Knie, und erwiesen dem Toten Ehrerbietung. Kaiser Otto legte ihm ein weißes Gewand an, beschnitt ihm die Nägel, und ließ alles Mangelhafte ausbessern. Von den Gliedern war nichts verfault, außer von der Nasenspitze fehlte etwas; Otto ließ sie von Gold wiederherstellen. Zuletzt nahm er aus Karls Munde einen Zahn, ließ das Gewölbe wieder zumauern und ging von dannen. – Nachts drauf soll ihm im Traume Karl erschienen sein, und verkündigt haben: daß Otto nicht alt werden und keinen Erben hinterlassen werde«.

Solchen Bericht geben uns die »Deutschen Sagen«. Es ist dies aber nicht das einzige Beispiel der Art. So hat auch euer König Franz das Grab des berühmten Roland öffnen lassen, um selber zu sehen, ob dieser Held von so riesenhafter Gestalt gewesen, wie die Dichter rühmen. Dieses geschah kurz vor der Schlacht von Pavia. Sebastian von Portugal ließ die Grüfte seiner Vorfahren öffnen und betrachtete die toten Könige, ehe er nach Afrika zog.

Sonderbar schauerliche Neugier, die oft die Menschen antreibt in die Gräber der Vergangenheit hinabzuschauen! Es geschieht dieses zu außerordentlichen Perioden, nach Abschluß einer Zeit, oder kurz vor einer Katastrophe. In unsren neueren Tagen haben wir eine ähnliche Erscheinung erlebt; es war ein großer Souverän, das französische Volk, welcher plötzlich die Lust empfand das Grab der Vergangenheit zu öffnen und die längst verschütteten, verschollenen Zeiten bei Tageslicht zu betrachten. Es fehlte nicht an gelehrten Totengräbern, die, mit Spaten und Brecheisen, schnell bei der Hand waren, um den alten Schutt aufzuwühlen und die Grüfte zu erbrechen. Ein starker Duft ließ sich verspüren, der, als gotisches Haut-gout, denjenigen Nasen, die für Rosenöl blasiert sind, sehr angenehm kitzelte. Die französischen Schriftsteller knieten ehrerbietig nieder vor dem aufgedeckten Mittelalter. Der eine legte ihm ein neues Gewand an, der andere schnitt ihm die Nägel, ein Dritter setzte ihm eine neue Nase an; zuletzt kamen gar einige Poeten, die dem Mittelalter die Zähne ausrissen, alles wie Kaiser Otto.

Ob der Geist des Mittelalters diesen Zahnausreißern im Traume erschienen ist und ihrer ganzen romantischen Herrschaft ein frühes Ende prophezeit hat, das weiß ich nicht. Überhaupt, ich erwähne dieser Erscheinung der französischen Literatur nur aus dem Grunde, um bestimmt zu erklären, daß ich weder direkt noch indirekt eine Befehdung derselben im Sinne habe, wenn ich in diesem Buche eine ähnliche Erscheinung, die in Deutschland stattfand, mit etwas scharfen Worten besprochen. Die Schriftsteller, die in Deutschland das Mittelalter aus seinem Grabe hervorzogen, hatten andere Zwecke, wie man aus diesen Blättern ersehen wird, und die Wirkung die sie auf die große Menge ausüben konnten, gefährdete die Freiheit und das Glück meines Vaterlandes. Die französischen Schriftsteller hatten nur artistische Interessen und das französische Publikum suchte nur seine plötzlich erwachte Neugier zu befriedigen. Die meisten schauten in die Gräber der Vergangenheit nur in der Absicht, um sich ein interessantes Kostüm für den Karneval auszusuchen. Die Mode des Gotischen war in

Frankreich eben nur eine Mode, und sie diente nur dazu, die Lust der Gegenwart zu erhöhen. Man läßt sich die Haare mittelalterlich lang vom Haupte herabwallen, und bei der flüchtigsten Bemerkung des Friseurs, daß es nicht gut kleide, läßt man es kurz abschneiden mitsamt den mittelalterlichen Ideen, die dazu gehören. Ach! in Deutschland ist das anders. Vielleicht eben weil das Mittelalter dort nicht, wie bei euch, gänzlich tot und verwest ist. Das deutsche Mittelalter liegt nicht vermodert im Grabe, es wird vielmehr manchmal von einem bösen Gespenst belebt, und tritt am hellen, lichten Tage, in unsre Mitte, und saugt uns das rote Leben aus der Brust ...

Ach! seht ihr nicht, wie Deutschland so traurig und bleich ist? zumal die deutsche Jugend, die noch unlängst so begeistert emporjubelte? Seht ihr nicht, wie blutig der Mund des bevollmächtigten Vampirs, der zu Frankfurt residiert, und dort am Herzen des deutschen Volkes so schauerlich langsam und langweilig saugt?

Was ich in betreff des Mittelalters im allgemeinen angedeutet, findet auf die Religion desselben eine ganz besondere Anwendung. Loyalität erfordert, daß ich eine Partei, die man hierzulande die katholische nennt, aufs allerbestimmteste von jenen deplorablen Gesellen, die in Deutschland diesen Namen führen, unterscheide. Nur von letzteren habe ich in diesen Blättern gesprochen, und zwar mit Ausdrücken, die mir immer noch viel zu gelinde dünken. Es sind die Feinde meines Vaterlandes, ein kriechendes Gesindel, heuchlerisch, verlogen und von unüberwindlicher Feigheit. Das zischelt in Berlin, das zischelt in München, und während du auf dem Boulevard Montmartre wandelst, fühlst du plötzlich den Stich in der Ferse. Aber wir zertreten ihr das Haupt, der alten Schlange. Es ist die Partei der Lüge, es sind die Schergen des Despotismus, die Restauratoren aller Misere, aller Greul und Narretei der Vergangenheit. Wie himmelweit davon verschieden ist jene Partei, die man hier die katholische nennt, und deren Häupter zu den talentreichsten

Schriftstellern Frankreichs gehören. Wenn sie auch nicht eben unsere Waffenbrüder sind, so kämpfen wir doch für dieselben Interessen, nämlich für die Interessen der Menschheit. In der Liebe für dieselbe sind wir einig; wir unterscheiden uns nur in der Ansicht dessen, was der Menschheit frommt. Jene glauben die Menschheit bedürfe nur des geistlichen Trostes, wir hingegen sind der Meinung, daß sie vielmehr des körperlichen Glückes bedarf. Wenn jene, die katholische Partei in Frankreich, ihre eigne Bedeutung verkennend, sich als die Partei der Vergangenheit, als die Restauratoren des Glaubens derselben, ankündigt, müssen wir sie gegen ihre eigne Aussage in Schutz nehmen. Das achtzehnte Jahrhundert hat den Katholizismus in Frankreich so gründlich ekrasiert, daß fast gar keine lebende Spur davon übriggeblieben, und daß derjenige, welcher den Katholizismus in Frankreich wiederherstellen will, gleichsam eine ganz neue Religion predigt. Unter Frankreich verstehe ich Paris, nicht die Provinz; denn was die Provinz denkt ist eine ebenso gleichgültige Sache, als was unsere Beine denken; der Kopf ist der Sitz unsrer Gedanken. Man sagte mir, die Franzosen in der Provinz seien gute Katholiken; ich kann es weder bejahen noch verneinen; die Menschen welche ich in der Provinz fand, sahen alle aus wie Meilenzeiger, welche ihre mehr oder minder große Entfernung von der Hauptstadt auf der Stirne geschrieben trugen. Die Frauen dort suchen vielleicht Trost im Christentum weil sie nicht in Paris leben können. In Paris selbst hat das Christentum seit der Revolution nicht mehr existiert, und schon früher hatte es hier alle reelle Bedeutung verloren. In einem abgelegenen Kirchwinkel lag es lauernd, das Christentum, wie eine Spinne, und sprang dann und wann hastig hervor, wenn es ein Kind in der Wiege oder einen Greis im Sarge erhaschen konnte. Ja, nur zu zwei Perioden, wenn er eben zur Welt kam oder wenn er eben die Welt wieder verließ, geriet der Franzose in die Gewalt des katholischen Priesters; während der ganzen Zwischenzeit war er bei Vernunft und lachte über Weihwasser und Ölung. Aber heißt das eine Herrschaft des Katholizismus? Eben weil dieser in Frankreich ganz erloschen war, konnte er unter Ludwig XVIII. und Karl X., durch den Reiz der Neuheit, auch einige uneigennützige Geister für sich gewinnen. Der Katholizismus war damals so etwas Unerhörtes, so etwas Frisches, so etwas Überraschendes! Die Religion, die kurz vor jener Zeit in Frankreich herrschte, war die klassische Mythologie, und diese schöne Religion war dem französischen Volke von seinen Schriftstellern, Dichtern und Künstlern mit solchem Erfolge gepredigt worden, daß die Franzosen zu Ende des vorigen Jahrhunderts, im Handeln wie im Gedanken, ganz heidnisch kostümiert waren. Während der Revolution blühte die klassische Religion in ihrer gewaltigsten Herrlichkeit; es war nicht ein alexandrinisches Nachäffen, Paris war eine natürliche Fortsetzung von Athen und Rom. Unter dem Kaiserreich erlosch wieder dieser antike Geist, die griechischen Götter herrschten nur noch im Theater, und die römische Tugend besaß nur noch das Schlachtfeld; ein neuer Glaube war aufgekommen und dieser resumierte sich in dem heiligen Namen: Napoleon! Dieser Glaube herrscht noch immer unter der Masse. Wer daher sagt, das französische Volk sei irreligiös weil es nicht mehr an Christus und seine Heiligen glaubt, hat unrecht. Man muß vielmehr sagen: die Irreligiosität der Franzosen besteht darin, daß sie jetzt an einen Menschen glauben, statt an die unsterblichen Götter. Man muß sagen: die Irreligiosität der Franzosen besteht darin, daß sie nicht mehr an den Jupiter glauben, nicht mehr an Diana, nicht mehr an Minerva, nicht mehr an Venus. Dieser letztere Punkt ist zweifelhaft; so viel weiß ich, in betreff der Grazien sind die Französinnen noch immer orthodox geblieben.

Ich hoffe man wird diese Bemerkungen nicht mißverstehen; sie sollten ja eben dazu dienen den Leser dieses Buches vor einem argen Mißverständnisse zu bewahren.

Anhang

Ich wäre in Verzweiflung, wenn die wenigen Andeutungen, die mir (S. 94 f.) in betreff des großen Eklektikers entschlüpft sind, ganz mißverstanden werden. Wahrlich, fern ist von mir die Absicht Herren Victor Cousin zu verkleinern. Die Titel dieses berühmten Philosophen verpflichten mich sogar zu Preis und Lob. Er gehört zu jenem lebenden Pantheon Frankreichs, welches wir die Pairie nennen, und seine geistreichen Gebeine ruhen auf den Sammetbänken des Luxembourgs. Dabei ist er ein liebendes Gemüt, und er liebt nicht die banalen Gegenstände, die jeder Franzose lieben kann, z. B. den Napoleon, er liebt nicht einmal den Voltaire, der schon minder leicht zu lieben ist ... nein, des Herren Cousins Herz versucht das Schwerste: er liebt Preußen. Ich wäre ein Bösewicht, wenn ich einen solchen Mann verkleinern wollte, ich wäre ein Ungeheuer von Undankbarkeit ... denn ich selber bin ein Preuße. Wer wird uns lieben, wenn das große Herz eines Victor Cousin nicht mehr schlägt?

Ich muß wahrlich alle Privatgefühle, die mich zu einem überlauten Enthusiasmus verleiten könnten, gewaltsam unterdrücken. Ich möchte nämlich auch nicht des Servilismus verdächtigt werden; denn Herr Cousin ist sehr einflußreich im Staate, durch eine Stellung und Zunge. Diese Rücksicht könnte mich sogar bewegen, ebenso freimütig seine Fehler wie seine Tugenden zu besprechen. Wird er selber dieses mißbilligen? Gewiß nicht! Ich weiß, daß man große Geister nicht schöner ehren kann, als indem man ihre Mängel ebenso gewissenhaft wie ihre Tugenden beleuchtet. Wenn man einen Herkules besingt, muß man auch erwähnen, daß er einmal die Löwenhaut abgelegt und am Spinnrocken gesessen; er bleibt ja darum doch immer ein Herkules! Wenn wir ebensolche Umstände von Herrn Cousin berichten, dürfen wir jedoch feinlobend hinzufügen: Herr Cousin, wenn er auch zuweilen schwatzend am Spinnrocken saß, so hat er doch nie die Löwenhaut abgelegt.

In Vergleichung mit dem Herkules fortfahrend, dürften wir auch noch eines anderen schmeichelhaften Unterschieds erwähnen. Das Volk hat nämlich dem Sohne der Alkmene auch jene Werke zugeschrieben, die von verschiedenen seiner Zeitgenossen vollbracht worden; die Werke des Herren Cousin sind aber so kolossal, so erstaunlich, daß das Volk nie begriff, wie ein einziger Mensch dergleichen vollbringen konnte, und es entstand die Sage, daß die Werke, die unter dem Namen dieses Herren erschienen sind, von mehren seiner Zeitgenossen herrühren.

So wird es auch einst Napoleon gehen; schon jetzt können wir nicht begreifen, wie ein einziger Held so viele Wundertaten vollbringen konnte. Wie man dem großen Victor Cousin schon jetzt nachsagt, daß er fremde Talente zu exploitieren und ihre Arbeiten als die seinigen zu publizieren gewußt: so wird man einst auch von dem armen Napoleon behaupten, daß nicht er selber, sondern Gott weiß wer? vielleicht gar Herr Sebastiani, die Schlachten von Marengo, Austerlitz und Jena gewonnen habe.

Große Männer wirken nicht bloß durch ihre Taten, sondern auch durch ihr persönliches Leben. In dieser Beziehung muß man Herren Cousin ganz unbedingt loben. Hier erscheint er in seiner tadellosesten Herrlichkeit. Er wirkte durch sein eignes Beispiel zur Zerstörung eines Vorurteils, welches vielleicht bis jetzt die meisten seiner Landsleute davon abgehalten hat, sich dem Studium der Philosophie, der wichtigsten aller Bestrebungen, ganz hinzugeben. Hierzulande herrschte nämlich die Meinung, daß man durch das Studium der Philosophie für das praktische Leben untauglich werde, daß man durch metaphysische Spekulationen den Sinn für industrielle Spekulationen verliere, und daß man, allem Ämterglanz entsagend, in naiver Armut, und zurückgezogen von allen Intrigen leben müsse, wenn man ein großer Philosoph werden wolle. Diesen Wahn, der so viele Franzosen von dem Gebiete des Abstrakten fernhielt, hat nun Herr Cousin glücklich zerstört, und durch sein eignes Beispiel hat er gezeigt: daß man ein unsterblicher Philosoph und zu gleicher Zeit ein lebenslänglicher Pair de France werden kann.

Freilich einige Voltairianer erklären dieses Phänomen aus dem einfachen Umstande: daß von jenen zwei Eigenschaften des Herren Cousin nur die letztere konstatiert sei. Gibt es eine lieblosere, unchristlichere Erklärung? Nur ein Voltairianer ist dergleichen Frivolität fähig!

Welcher große Mann ist aber jemals der Persiflage seiner Zeitgenossen entgangen? Haben die Athener mit ihren attischen Epigrammen den großen Alexander verschont? Haben die Römer nicht Spottlieder auf Cäsar gesungen? Haben die Berliner nicht Pasquille gegen Friedrich den Großen gedichtet? Herren Cousin trifft dasselbe Schicksal, welches schon Alexander, Cäsar und Friedrich getroffen, und noch viele andere große Männer, mitten in Paris, treffen wird. Je größer der Mann, desto leichter trifft ihn der Pfeil des Spottes. Zwerge sind schon schwerer zu treffen.

Die Masse aber, das Volk, liebt nicht den Spott. Das Volk, wie das Genie, wie die Liebe, wie der Wald, wie das Meer, ist von ernsthafter Natur, es ist abgeneigt jedem boshaften Salonwitz, und große Erscheinungen erklärt es in tiefsinnig mystischer Weise. Alle seine Auslegungen tragen einen poetischen, wunderbaren, legendenhaften Charakter. so z. B. Paganinis erstaunliches Violinspiel sucht das Volk dadurch zu erklären, daß dieser Musiker aus Eifersucht seine Geliebte ermordet, deshalb lange Jahre im Gefängnisse zugebracht, dort zur einzigen Erheiterung nur eine Violine besessen, und, indem er sich Tag und Nacht darauf übte, endlich die höchste Meisterschaft auf diesem Instrumente erlangt habe. Die philosophische Virtuosität des Herren Cousin sucht das Volk in ähnlicher Weise zu erklären, und man erzählt: daß einst die deutschen Regierungen unseren großen Eklektiker für einen Freiheitshelden angesehen und festgesetzt haben, daß er im Gefängnisse kein anderes Buch außer Kants »Kritik der reinen Vernunft« zu lesen bekommen, daß er aus Langerweile beständig darin studiert, und daß er dadurch jene Virtuosität in der deutschen Philosophie erlangte, die ihm späterhin, in Paris, so viele Applaudissements erwarb, als er die schwierigsten Passagen derselben öffentlich vortrug.

Dieses ist eine sehr schöne Volkssage, märchenhaft, abenteuerlich, wie die von Orpheus, von Bileam, dem Sohne Boers, von Quaser dem Weisen, von Buddha, und jedes Jahrhundert wird daran modeln, bis endlich der Name Cousin eine symbolische Bedeutung gewinnt, und die Mythologen in Herren Cousin nicht mehr ein wirkliches Individuum sehen, sondern nur die Personifikation des Märtyrers der Freiheit, der, im Kerker sitzend, Trost sucht in der Weisheit, in der Kritik der reinen Vernunft; ein künftiger Ballanche sieht vielleicht in ihm eine Allegorie seiner Zeit selbst, einer Zeit, wo die Kritik und die reine Vernunft und die Weisheit gewöhnlich im Kerker saß.

Was nun wirklich diese Gefangenschaftsgeschichte des Herren Cousin betrifft, so ist sie keineswegs ganz allegorischen Ursprungs. Er hat, in der Tat, einige Zeit, der Demagogie verdächtig, in einem deutschen Gefängnisse zugebracht, ebensogut wie Lafayette und Richard Löwenherz. Daß aber Herr Cousin dort, in seinen Mußestunden, Kants »Kritik der reinen Vernunft« studiert habe, ist, aus drei Gründen, zu bezweifeln. Erstens: dieses Buch ist auf deutsch geschrieben. Zweitens: man muß Deutsch verstehen, um dieses Buch lesen zu können. Und drittens: Herr Cousin versteht kein Deutsch.

Ich will dieses, beileibe! nicht in tadelnder Absicht gesagt haben. Die Größe des Herren Cousin tritt um so greller ins Licht, wenn man sieht, daß er die deutsche Philosophie erlernt hat, ohne die Sprache zu verstehn, worin sie gelehrt wird. Dieser

Genius, wie überragt er dadurch uns gewöhnliche Menschen, die wir nur mit großer Mühe diese Philosophie verstehen, obgleich wir mit der deutschen Sprache von Kind auf ganz vertraut sind! Das Wesen eines solchen Genies wird uns immer unerklärlich bleiben; das sind jene intuitive Naturen, denen Kant das spontaneische Begreifen der Dinge in ihrer Totalität zuschreibt, im Gegensatz zu uns gewöhnlichen analytischen Naturen, die wir erst durch ein Nacheinander und durch Kombination der Einzelteile, die Dinge zu begreifen wissen. Kant scheint schon geahnt zu haben, daß einst ein solcher Mann erscheinen werde, der sogar seine »Kritik der reinen Vernunft«, durch bloße intuitive Anschauung, verstehen wird, ohne diskursiv analytisch Deutsch gelernt zu haben. Vielleicht aber sind die Franzosen überhaupt glücklicher organisiert wie wir Deutschen, und ich habe bemerkt, daß man ihnen von einer Doktrin, von einer gelehrten Untersuchung, von einer wissenschaftlichen Ansicht nur ein Weniges zu sagen braucht, und dieses Wenige wissen sie so vortrefflich in ihrem Geiste zu kombinieren und zu verarbeiten, daß sie alsdann die Sache noch weit besser verstehen wie wir selber und uns über unser eignes Wissen belehren können. Es will mich manchmal bedünken, als seien die Köpfe der Franzosen, ebenso wie ihre Kaffeehäuser, inwendig mit lauter Spiegeln versehen, so daß jede Idee, die ihnen in den Kopf gelangt, sich dort unzähligemal reflektiert: eine optische Einrichtung, wodurch sogar die engsten und dürftigsten Köpfe sehr weit und strahlend erscheinen. Diese brillanten Köpfe, ebenso wie die glänzenden Kaffeehäuser, pflegen einen armen Deutschen, wenn er zuerst nach Paris kömmt, sehr zu blenden.

Ich fürchte, ich komme aus den süßen Gewässern des Lobes unversehens in das bittere Meer des Tadels. Ja, ich kann nicht umhin, den Herren Cousin wegen eines Umstandes bitter zu tadeln: nämlich er, der die Wahrheit liebt noch mehr als den Plato und den Tennemann, er ist ungerecht gegen sich selber, er verleumdet sich selber, indem er uns einreden möchte, er habe aus der Philosophie des Herren Schelling und Hegel allerlei entlehnt. Gegen diese Selbstanschuldigung muß ich Herren Cousin in Schutz nehmen. Auf Wort und Gewissen! dieser ehrliche Mann hat aus der Philosophie des Herren Schelling und Hegel nicht das Mindeste gestohlen, und wenn er als ein Andenken von diesen beiden etwas mit nach Hause gebracht hat, so war es nur ihre Freundschaft. Das macht seinem Herzen Ehre. Aber von solchen fälschlichen Selbstanklagen gibt es viele Beispiele in der Psychologie. Ich kannte einen Mann, der von sich selber aussagte: er habe an der Tafel des Königs silberne Löffel gestohlen; und doch wußten wir alle, daß der arme Teufel nicht hoffähig war, und sich dieses Löffeldiebstahls anklagte, um uns glauben zu machen, er sei im Schlosse zu Gaste gewesen.

Nein, Herr Cousin hat in der deutschen Philosophie immer das sechste Gebot befolgt, hier hat er auch nicht eine einzige Idee, auch nicht ein Zuckerlöffelchen von Idee eingesteckt. Alle Zeugenaussagen stimmen darin überein, daß Herr Cousin in dieser Beziehung, ich sage in dieser Beziehung, die Ehrlichkeit selbst sei. Und es sind nicht bloß seine Freunde, sondern auch seine Gegner, die ihm dieses Zeugnis geben. Ein solches Zeugnis enthalten z. B. die »Berliner Jahrbücher der wissenschaftlichen Kritik« von diesem Jahre, und da der Verfasser dieser Urkunde, der große Hinrichs, keineswegs ein Lobhudler und seine Worte also desto unverdächtiger sind, so will ich sie später in ihrem ganzen Umfange mitteilen. Es gilt einen großen Mann von einer schweren Anklage zu befreien, und nur deshalb erwähne ich das Zeugnis der »Berliner Jahrbücher« die freilich durch einen etwas spöttischen Ton, womit sie von Herren Cousin reden, mein eigenes Gemüt unangenehm berühren. Denn ich bin ein wahrhafter Verehrer des großen Eklektikers, wie ich schon gezeigt in diesen Blättern, wo ich ihn mit allen möglichen großen Männern, mit Herkules, Napoleon, Alexander, Cäsar, Friedrich, Orpheus, Bileam dem Sohn Boers, Quaser dem Weisen, Buddha, Lafayette, Richard Löwenherz und Paganini, verglichen habe.

Ich bin vielleicht der erste, der diesen großen Namen auch den Namen Cousin beigestellt. *Du sublime au ridicule il n'y a qu'un pas!* werden freilich seine Feinde sagen, seine frivolen Gegner, jene Voltairianer, denen nichts heilig ist, die keine Religion haben, und die nicht einmal an Herrn Cousin glauben. Aber es wird nicht das erstemal sein, daß eine Nation erst durch einen Fremden ihre großen Männer schätzen lernt. Ich habe vielleicht das Verdienst um Frankreich, daß ich den Wert des Herren Cousin für die Gegenwart und seine Bedeutung für die Zukunft gewürdigt habe. Ich habe gezeigt, wie das Volk ihn schon bei Lebzeiten poetisch ausschmückt und Wunderdinge von ihm erzählt. Ich habe gezeigt, wie er sich allmählich ins Sagenhafte verliert, und wie einst eine Zeit kommt, wo der Name Victor Cousin eine Mythe sein wird. Jetzt ist er schon eine Fabel, kichern die Voltairianer.

O ihr Verlästerer des Thrones und des Altars, ihr Bösewichter, die ihr, wie Schiller singt, »das Glänzende zu schwärzen und das Erhabene in den Staub zu ziehen pflegt«, ich prophezeie euch, daß die Renommee des Herren Cousin, wie die französische Revolution, die Reise um die Welt macht! – Ich höre wieder boshaft hinzusetzen: »In der Tat, die Renommee des Herren Cousin macht eine Reise um die Welt, und von Frankreich ist sie bereits abgereist«.

Zur Geschichte

der

Religion und Philosophie

in

Deutschland

Vorrede zur ersten Auflage

Ich muß den deutschen Leser darauf besonders aufmerksam machen, daß diese Blätter ursprünglich für eine französische Zeitschrift, die *Revue des Deux Mondes*, und zu einem bestimmten Zeitzweck abgefaßt worden. Sie gehören nämlich zu einer Überschau deutscher Geistesvorgänge, wovon ich bereits früher dem französischen Publikum einige Teile vorgelegt, und die auch in deutscher Sprache als Beiträge »zur Geschichte der neueren schönen Literatur in Deutschland« erschienen sind. Die Anforderungen der periodischen Presse, Übelstände in der Ökonomie derselben, Mangel an wissenschaftlichen Hülfsmitteln, französische Unzulänglichkeiten, ein neulich in Deutschland promulgiertes Gesetz über ausländische Drucke, welches nur auf mich seine Anwendung fand und dergleichen Hemmungen mehr, erlaubten mir nicht, die verschiedenen Teile jener Überschau in chronologischer Reihenfolge und unter einem Gesamttitel mitzuteilen. Das gegenwärtige Buch, trotz seiner inneren Einheit und seiner äußerlichen Geschlossenheit, ist also nur das Fragment eines größeren Ganzen.

Ich grüße die Heimat mit dem freundlichsten Gruße. –

Geschrieben zu Paris, im Monat Dezember 1834.

Heinrich Heine.

Vorrede zur zweiten Auflage

Als die erste Auflage dieses Buches die Presse verließ, und ich ein Exemplar desselben zur Hand nahm, erschrak ich nicht wenig ob den Verstümmelungen, deren Spur sich überall kundgab. Hier fehlte ein Beiwort, dort ein Zwischensatz, ganze Stellen waren ausgelassen, ohne Rücksicht auf die Übergänge, so daß nicht bloß der Sinn, sondern manchmal die Gesinnung selbst verschwand. Vielmehr die Furcht Cäsars, als die Furcht Gottes, leitete die Hand bei diesen Verstümmelungen, und während sie alles politisch Verfängliche ängstlich ausmerzte, verschonte sie selbst das Bedenklichste, das auf Religion Bezug hatte. So ging die eigentliche Tendenz dieses Buches, welche eine patriotisch-demokratische war, verloren, und unheimlich starrte mir daraus ein ganz fremder Geist entgegen, welcher an scholastisch-theologische Klopffechtereien erinnert, und meinem humanistisch-toleranten Naturell tief zuwider ist.

Ich schmeichelte mir anfangs mit der Hoffnung, daß ich bei einem zweiten Abdruck die Lakunen dieses Buches wieder ausfüllen könne; doch keine Restauration der Art ist jetzt möglich, da bei dem großen Brand zu Hamburg das Originalmanuskript im Hause meines Verlegers verloren gegangen. Mein Gedächtnis ist zu schwach, als daß ich aus der Erinnerung nachhelfen könnte, und außerdem dürfte eine genaue Durchsicht des Buches mir wegen des Zustandes meiner Augen nicht erlaubt sein. Ich begnüge mich damit, daß ich nach der französischen Version, welche früher als die deutsche gedruckt worden, einige der größern ausgelassenen Stellen aus dem Französischen zurückübersetze und interkaliere. Eine dieser Stellen, welche in unzähligen französischen Blättern abgedruckt, diskutiert und auch in der vorjährigen französischen Deputiertenkammer von einem der größten Staatsmänner der Franzosen, dem Grafen Molé, besprochen worden, ist am Ende dieser neuen Ausgabe befindlich und mag zeigen, welche Bewandtnis es hat mit der Verkleinerung und Herabsetzung Deutschlands, deren ich mich, wie gewisse ehrliche Leute versicherten, dem Auslande gegenüber schuldig gemacht haben soll. Äußerte ich mich in meinem Unmut über das alte, offizielle Deutschland, das verschimmelte Philisterland, – das aber keinen Goliath, keinen einzigen großen Mann hervorgebracht hat, – so wußte man das, was ich sagte, so darzustellen, als sei hier die Rede von dem wirklichen Deutschland, dem großen, geheimnisvollen, sozusagen anonymen Deutschland des deutschen Volkes, des schlafenden Souveränen, mit dessen Zepter und Krone die Meerkatzen spielen. Solche Insinuation ward den ehrlichen Leuten noch dadurch erleichtert, daß jede Kundgabe meiner wahren Gesinnung mir während einer langen Periode schier unmöglich war, besonders zur Zeit, als die Bundestagsdekrete gegen das »junge Deutschland« erschienen, welche hauptsächlich gegen mich gerichtet waren und mich in eine exzeptionell gebundene Lage brachten, die unerhört in den Annalen der Preßknechtschaft. Als ich späterhin den Maulkorb etwas lüften konnte, blieben doch die Gedanken noch geknebelt.

Das vorliegende Buch ist Fragment, und soll auch Fragment bleiben. Ehrlich gestanden, es wäre mir lieb, wenn ich das Buch ganz ungedruckt lassen könnte. Es haben sich nämlich seit dem Erscheinen desselben meine Ansichten über manche Dinge, besonders über göttliche Dinge, bedenklich geändert, und manches, was ich behauptete, widerspricht jetzt meiner bessern Überzeugung. Aber der Pfeil gehört nicht mehr dem Schützen, sobald er von der Sehne des Bogens fortfliegt, und das Wort gehört nicht mehr dem Sprecher, sobald es seiner Lippe entsprungen und gar durch die Presse vervielfältigt worden. Außerdem würden fremde Befugnisse mir mit zwingendem Einspruch entgegentreten, wenn ich dieses Buch ungedruckt ließe und meinen Gesamtwerken entzöge. Ich könnte zwar, wie manche Schriftsteller in solchen Fällen tun, zu einer Milderung der Ausdrücke, zu Verhüllungen durch Phrase meine Zuflucht nehmen; aber ich hasse im Grund meiner Seele die zweideutigen Worte, die heuchlerischen Blumen, die feigen Feigenblätter. Einem ehrlichen Manne bleibt aber unter allen Umständen das unveräußerliche Recht, seinen Irrtum offen zu gestehen, und ich will es ohne Scheu hier ausüben. Ich bekenne daher unumwunden, daß alles, was in diesem Buche namentlich auf die große Gottesfrage Bezug hat, ebenso falsch wie unbesonnen ist. Ebenso unbesonnen wie falsch ist die Behauptung, die ich der Schule nachsprach, daß der Deismus in der Theorie zu Grunde gerichtet sei und sich nur noch in der Erscheinungswelt kümmerlich hinfriste. Nein, es ist nicht wahr, daß die Vernunftkritik, welche die Beweistümer für das Dasein Gottes, wie wir dieselben seit Anselm von Canterbury kennen, zernichtet hat, auch dem Dasein Gottes selber ein Ende gemacht habe. Der Deismus lebt, lebt sein lebendigstes Leben, er ist nicht tot, und am allerwenigsten hat ihn die neueste deutsche Philosophie getötet. Diese spinnwebige Berliner Dialektik kann keinen Hund aus dem Ofenloch locken, sie kann keine Katze töten, wieviel weniger einen Gott. Ich habe es am eignen Leibe erprobt, wie wenig gefährlich ihr Umbringen ist; sie bringt immer um, und die Leute bleiben dabei am Leben. Der Türhüter der Hegelschen Schule, der grimme Ruge, behauptete einst steif und fest oder vielmehr fest und steif, daß er mich mit seinem Portierstock in den »Hallischen Jahrbüchern« totgeschlagen habe, und doch zur selben Zeit ging ich umher auf den Boulevards von Paris, frisch und gesund und unsterblicher als je. Der arme, brave Ruge! er selber konnte sich später nicht des ehrlichsten Lachens enthalten, als ich ihm hier in Paris das Geständnis machte, daß ich die fürchterlichen Totschlagblätter, die »Hallischen Jahrbücher«, nie zu Gesicht bekommen hatte, und sowohl meine vollen roten Backen, als auch der gute Appetit, womit ich Austern schluckte, überzeugten ihn, wie wenig mir der Name einer Leiche gebührte. In der Tat, ich war damals noch gesund

und feist, ich stand im Zenith meines Fettes, und war so übermütig wie der König Nebukadnezar vor seinem Sturze.

Ach! einige Jahre später ist eine leibliche und geistige Veränderung eingetreten. Wie oft seitdem denke ich an die Geschichte dieses babylonischen Königs, der sich selbst für den lieben Gott hielt, aber von der Höhe seines Dünkels erbärmlich herabstürzte, wie ein Tier am Boden kroch und Gras aß – (es wird wohl Salat gewesen sein). In dem prachtvoll grandiosen Buch Daniel steht diese Legende, die ich nicht bloß dem guten Ruge, sondern auch meinem noch viel verstocktern Freunde Marx, ja auch den Herren Feuerbach, Daumer, Bruno Bauer, Hengstenberg, und wie sie sonst heißen mögen, diese gottlosen Selbstgötter, zur erbaulichen Beherzigung empfehle. Es stehen überhaupt noch viel schöne und merkwürdige Erzählungen in der Bibel, die ihrer Beachtung wert wären, z. B. gleich im Anfang die Geschichte von dem verbotenen Baume im Paradiese und von der Schlange, der kleinen Privatdozentin, die schon sechstausend Jahre vor Hegels Geburt die ganze Hegelsche Philosophie vortrug. Dieser Blaustrumpf ohne Füße zeigt sehr scharfsinnig, wie das Absolute in der Identität von Sein und Wissen besteht, wie der Mensch zum Gotte werde durch die Erkenntnis, oder was dasselbe ist, wie Gott im Menschen zum Bewußtsein seiner selbst gelange – Diese Formel ist nicht so klar wie die ursprünglichen Worte: »Wenn ihr vom Baume der Erkenntnis genossen, werdet ihr wie Gott sein!« Frau Eva verstand von der ganzen Demonstration nur das Eine, daß die Frucht verboten sei, und weil sie verboten, aß sie davon, die gute Frau. Aber kaum hatte sie von dem lockenden Apfel gegessen, so verlor sie ihre Unschuld, ihre naive Unmittelbarkeit, sie fand, daß sie viel zu nackend sei für eine Person von ihrem Stande, die Stammutter so vieler künftiger Kaiser und Könige, und sie verlangte ein Kleid. Freilich nur ein Kleid von Feigenblättern, weil damals noch keine Lyoner Seidenfabrikanten geboren waren, und weil es auch im Paradiese noch keine Putzmacherinnen und Modehändlerinnen gab – o Paradies! Sonderbar, sowie das Weib zum denkenden Selbstbewußtsein kommt, ist ihr erster Gedanke ein neues Kleid! Auch diese biblische Geschichte, zumal die Rede der Schlange, kommt mir nicht aus dem Sinn, und ich möchte sie als Motto diesem Buche voransetzen, in derselben Weise, wie man oft vor fürstlichen Gärten eine Tafel sieht mit der warnenden Aufschrift: »Hier liegen Fußangeln und Selbstschüsse.«

Ich habe mich bereits in meinem jüngsten Buche, im »Romanzero«, über die Umwandlung ausgesprochen, welche in Bezug auf göttliche Dinge in meinem Geiste stattgefunden. Es sind seitdem mit christlicher Zudringlichkeit sehr viele Anfragen an mich ergangen, auf welchem Wege die bessere Erleuchtung über mich gekommen. Fromme Seelen scheinen darnach zu lechzen, daß ich ihnen irgend ein Mirakel aufbinde, und sie möchten gerne wissen, ob ich nicht wie Saulus ein Licht erblickte auf dem Wege nach Damaskus, oder ob ich nicht wie Barlam, der Sohn Boers, einen stätigen Esel geritten, der plötzlich den Mund auftat und zu sprechen begann wie ein Mensch? Nein, ihr gläubigen Gemüter, ich reiste niemals nach Damaskus, ich weiß nichts von Damaskus, als daß jüngst die dortigen Juden beschuldigt worden, sie fräßen alte Kapuziner, und der Name der Stadt wäre mir vielleicht ganz unbekannt, hätte ich nicht das Hohelied gelesen, wo der König Salomo die Nase seiner Geliebten mit einem Turm vergleicht, der gen Damaskus schaut. Auch sah ich nie einen Esel, nämlich keinen vierfüßigen, der wie ein Mensch gesprochen hätte, während ich Menschen genug traf, die jedesmal, wenn sie den Mund auftaten, wie Esel sprachen. In der Tat, weder eine Vision, noch eine seraphitische Verzückung, noch eine Stimme vom Himmel, auch kein merkwürdiger Traum oder sonst ein Wunderspuk brachte mich auf den Weg des Heils, und ich verdanke meine Erleuchtung ganz einfach der Lektüre eines Buches – Eines Buches? Ja, und es ist ein altes, schlichtes Buch, bescheiden wie die Natur, auch natürlich wie diese; ein Buch, das werkeltägig und anspruchslos aussieht wie die Sonne, die uns wärmt, wie das Brot, das uns nährt; ein Buch, das so traulich, so segnend gütig uns anblickt, wie eine alte Großmutter, die auch täglich in dem Buche liest, mit den lieben, bebenden Lippen, und mit der Brille auf der Nase – und dieses Buch heißt auch ganz kurzweg das Buch, die Bibel. Mit Fug nennt man diese auch die Heilige Schrift; wer seinen Gott verloren hat, der kann ihn in diesem Buche wiederfinden, und wer ihn nie gekannt, dem weht hier entgegen der Odem des göttlichen Wortes. Die Juden, welche sich auf Kostbarkeiten verstehen, wußten sehr gut, was sie taten, als sie bei dem Brande des zweiten Tempels die goldenen und silbernen Opfergeschirre, die Leuchter und Lampen, sogar den hohenpriesterlichen Brustlatz mit den großen Edelsteinen im Stich ließen, und nur die Bibel retteten. Diese war der wahre Tempelschatz, und derselbe ward gottlob nicht ein Raub der Flammen oder des Titus Vespasianus, des Bösewichts, der ein so schlechtes Ende genommen, wie die Rabbiner erzählen. Ein jüdischer Priester, der zweihundert Jahr vor dem Brand des zweiten Tempels, während der Glanzperiode des Ptolemäers Philadelphus, zu Jerusalem lebte und Josua ben Sira's ben-Eliezer hieß, hat in einer Gnomensammlung »Meschalim«, in bezug auf die Bibel den Gedanken seiner Zeit ausgesprochen, und ich will seine schönen Worte hier mitteilen. Sie sind sazerdotal feierlich und doch zugleich so erquickend frisch, als wären sie erst gestern einer lebenden Menschenbrust entquollen, und sie lauten wie folgt:

»Dies alles ist eben das Buch des Bundes, mit dem höchsten Gott gemacht, nämlich das Gesetz, welches Mose dem Hause Jakob zum Schatz befohlen hat. Daraus die Weisheit geflossen ist, wie das Wasser Pison, wenn es groß ist: und wie das Wasser Tigris, wenn es übergehet in Lenzen. Daraus der Verstand geflossen ist, wie der Euphrates, wenn er groß ist, und wie der Jordan in der Ernte. Aus demselben ist hervorbrochen die

Zucht, wie das Licht, und wie das Wasser Nilus im Herbst. Er ist nie gewesen, der es ausgelernt hätte: und wird nimmermehr werden, der es ausgründen möchte. Denn sein Sinn ist reicher, weder kein Meer: und sein Wort tiefer, denn kein Abgrund.«

Geschrieben zu Paris, im Wonnemond 1852.

Heinrich Heine.

Erstes Buch

Die Franzosen glaubten, in der letzten Zeit, zu einer Verständnis Deutschlands zu gelangen, wenn sie sich mit den Erzeugnissen unserer schönen Literatur bekannt machten. Hierdurch haben sie sich aber aus dem Zustande gänzlicher Ignoranz nur erst zur Oberflächlichkeit erhoben. Denn die Erzeugnisse unserer schönen Literatur bleiben für sie nur stumme Blumen, der ganze deutsche Gedanke bleibt für sie ein unwirtliches Rätsel, solange sie die Bedeutung der Religion und der Philosophie in Deutschland nicht kennen.

Indem ich nun über diese beiden einige erläuternde Auskunft zu erteilen suche, glaube ich ein nützliches Werk zu unternehmen. Dieses ist für mich keine leichte Aufgabe. Es gilt zunächst die Ausdrücke einer Schulsprache zu vermeiden, die den Franzosen gänzlich unbekannt ist. Und doch habe ich weder die Subtilitäten der Theologie, noch die der Metaphysik so tief ergründet, daß ich imstande wäre, dergleichen nach den Bedürfnissen des französischen Publikums, ganz einfach und ganz kurz zu formulieren. Ich werde daher nur von den großen Fragen handeln, die in der deutschen Gottesgelahrtheit und Weltweisheit zur Sprache gekommen, ich werde nur ihre soziale Wichtigkeit beleuchten, und immer werde ich die Beschränktheit meiner eigenen Verdeutlichungsmittel und das Fassungsvermögen des französischen Lesers berücksichtigen.

Große deutsche Philosophen, die etwa zufällig einen Blick in diese Blätter werfen, werden vornehm die Achseln zucken über den dürftigen Zuschnitt alles dessen, was ich hier vorbringe. Aber sie mögen gefälligst bedenken, daß das wenige, was ich sage, ganz klar und deutlich ausgedrückt ist, während ihre eignen Werke, zwar sehr gründlich, unermeßbar gründlich, sehr tiefsinnig, stupend tiefsinnig, aber ebenso unverständlich sind. Was helfen dem Volke die verschlossenen Kornkammern, wozu es keinen Schlüssel hat? Das Volk hungert nach Wissen und dankt mir für das Stückchen Geistesbrot, das ich ehrlich mit ihm teile.

Ich glaube, es ist nicht Talentlosigkeit, was die meisten deutschen Gelehrten davon abhält, über Religion und Philosophie sich populär auszusprechen. Ich glaube, es ist Scheu vor den Resultaten ihres eigenen Denkens, die sie nicht wagen, dem Volke mitzuteilen. Ich, ich habe nicht diese Scheu, denn ich bin kein Gelehrter, ich selber bin Volk. Ich bin kein Gelehrter, ich gehöre nicht zu den siebenhundert Weisen Deutschlands. Ich stehe mit dem großen Haufen vor den Pforten ihrer Weisheit, und ist da irgend eine Wahrheit durchgeschlüpft, und ist diese Wahrheit bis zu mir gelangt, dann ist sie weit genug: – ich schreibe sie mit hübschen Buchstaben auf Papier und gebe sie dem Setzer; der setzt sie in Blei und gibt sie dem Drucker; dieser druckt sie und sie gehört dann der ganzen Welt.

Die Religion, deren wir uns in Deutschland erfreuen, ist das Christentum. Ich werde also zu erzählen haben: was das Christentum ist, wie es römischer Katholizismus geworden, wie aus diesem der Protestantismus und aus dem Protestantismus die deutsche Philosophie hervorging.

Indem ich nun mit Besprechung der Religion beginne, bitte ich im voraus alle frommen Seelen, sich beileibe nicht zu ängstigen. Fürchtet nichts, fromme Seelen! Keine profanierende Scherze sollen euer Ohr verletzen. Diese sind allenfalls noch nützlich in Deutschland, wo es gilt, die Macht der Religion, für den Augenblick, zu neutralisieren. Wir sind nämlich dort in derselben Lage wie ihr vor der Revolution, als das Christentum im untrennbarsten Bündnisse stand mit dem alten Regime. Dieses konnte nicht zerstört werden, solange noch jenes seinen Einfluß übte auf die Menge. Voltaire mußte sein scharfes Gelächter erheben, ehe Samson sein Beil fallen lassen konnte. Jedoch wie durch dieses Beil, so wurde auch durch jenes Lachen im Grunde nichts bewiesen, sondern nur bewirkt. Voltaire hat nur den Leib des Christentums verletzen können. Alle seine

Späße, die aus der Kirchengeschichte geschöpft, alle seine Witze über Dogmatik und Kultus, über die Bibel, dieses heiligste Buch der Menschheit, über die Jungfrau Maria, die schönste Blume der Poesie, das ganze Diktionär philosophischer Pfeile, das er gegen Klerus und Priesterschaft losschoß, verletzte nur den sterblichen Leib des Christentums, nicht dessen inneres Wesen, nicht dessen tieferen Geist, nicht dessen ewige Seele.

Denn das Christentum ist eine Idee und als solche unzerstörbar und unsterblich, wie jede Idee. Was ist aber diese Idee?

Eben weil man diese Idee noch nicht klar begriffen und Äußerlichkeiten für die Hauptsache gehalten hat, gibt es noch keine Geschichte des Christentums. Zwei entgegengesetzte Parteien schreiben die Kirchengeschichte und widersprechen sich beständig, doch die eine, ebensowenig wie die andere, wird jemals bestimmt aussagen: was eigentlich jene Idee ist, die dem Christentum als Mittelpunkt dient, die sich in dessen Symbolik, im Dogma wie im Kultus, und in dessen ganzer Geschichte zu offenbaren strebt, und im wirklichen Leben der christlichen Völker manifestiert hat! Weder Baronius, der katholische Kardinal, noch der protestantische Hofrat Schröckh entdeckt uns, was eigentlich jene Idee war. Und wenn ihr alle Folianten der Mansischen Konziliensammlung, des Assemanischen Kodex der Liturgien und die ganz *Historia ecclesiastica* von Saccharelli durchblättert, werdet ihr doch nicht einsehen, was eigentlich die Idee des Christentums war. Was seht ihr denn in den Historien der orientalischen und der okzidentalischen Kirchen? In jener, der orientalischen Kirchengeschichte, seht ihr nichts als dogmatische Spitzfündigkeiten, wo sich die altgriechische Sophistik wieder kundgibt; in dieser, in der okzidentalischen Kirchengeschichte, seht ihr nichts als disziplinarische, die kirchlichen Interessen betreffende Zwiste, wobei die altrömische Rechtskasuistik und Regierungskunst, mit neuen Formeln und Zwangsmitteln, sich wieder geltend machen. In der Tat, wie man in Konstantinopel über den Logos stritt, so stritt man in

Rom über das Verhältnis der weltlichen zur geistlichen Macht; und wie etwa dort über Homousios, so befehdete man sich hier über Investitur. Aber die byzantinischen Fragen: ob der Logos dem Gott-Vater homousios sei? ob Maria Gottgebärerin heißen soll oder Menschengebärerin? ob Christus in Ermangelung der Speise hungern mußte, oder nur deswegen hungerte, weil er hungern wollte? alle diese Fragen haben im Hintergrund lauter Hofintrigen, deren Lösung davon abhängt, was in den Gemächern des *Sacri Palatii* gezischelt und gekichert wird, ob z. B. Eudoxia fällt oder Pulcheria; – denn diese Dame haßt den Nestorius, den Verräter ihrer Liebeshändel, jene haßt den Cyrillus, welchen Pulcheria beschützt, alles bezieht sich zuletzt auf lauter Weiber- und Hämmlingsgeklätsche, und im Dogma wird eigentlich der Mann und im Manne eine Partei verfolgt oder befördert. Ebenso geht's im Okzident; Rom wollte herrschen; »als seine Legionen gefallen, schickte es Dogmen in die Provinzen«; alle Glaubenszwiste hatten römische Usurpationen zum Grunde; es galt, die Obergewalt des römischen Bischofs zu konsolidieren. Dieser war über eigentliche Glaubenspunkte immer sehr nachsichtig, spie aber Feuer und Flamme, sobald die Rechte der Kirche angegriffen wurden; er disputierte nicht viel über die Personen in Christus, sondern über die Konsequenzen der Isidorschen Dekretalen; er zentralisierte seine Gewalt, durch kanonisches Recht, Einsetzung der Bischöfe, Herabwürdigung der fürstlichen Macht, Mönchsorden, Zölibat usw. Aber war dieses das Christentum? Offenbart sich uns aus der Lektüre dieser Geschichte die Idee des Christentums? Was ist diese Idee?

Wie sich diese Idee historisch gebildet und in der Erscheinungswelt manifestiert, ließe sich wohl schon in den ersten Jahrhunderten nach Christi Geburt entdecken, wenn wir namentlich in der Geschichte der Manichäer und der Gnostiker vorurteilsfrei nachforschen. Obgleich erstere verketzert und letztere verschrien sind und die Kirche sie verdammt hat, so erhielt sich doch ihr Einfluß auf das Dogma, aus ihrer Symbolik entwickelte sich die katholische Kunst, und ihre Denkweise durchdrang das ganze Leben der christlichen Völker. Die Manichäer sind ihrer letzten Gründe nach nicht sehr verschieden von den Gnostikern. Die Lehre von den beiden Prinzipien, dem guten und dem bösen, die sich bekämpfen, ist beiden eigen. Die einen, die Manichäer, erhielten diese Lehre aus der altpersischen Religion, wo Ormuz, das Licht, dem Ariman, der Finsternis, feindlich entgegengesetzt ist. Die anderen, die eigentlichen Gnostiker, glaubten vielmehr an die Präexistenz des guten Prinzips, und erklärten die Entstehung des bösen Prinzips durch Emanation, durch Generation von Äonen, die, je mehr sie von ihrem Ursprung entfernt sind, sich desto trüber verschlechtert. Nach Cerinthus war der Erschaffer unserer Welt keineswegs der höchste Gott, sondern nur eine Emanation desselben, einer von den Äonen, der eigentliche Demiurgos, der allmählich ausgeartet ist, und jetzt, als böses Prinzip, dem aus dem höchsten Gott unmittelbar entsprungenen Logos, dem guten Prinzip, feindselig gegenüberstehe. Diese gnostische Weltansicht ist urindisch und sie führte mit sich die Lehre von der Inkarnation Gottes, von der Abtötung des Fleisches, vom geistigen Insichselbstversenken, sie gebar das asketisch beschauliche Mönchsleben, welches die reinste Blüte der christlichen Idee. Diese Idee hat sich in der Dogmatik nur sehr verworren und im Kultus nur sehr trübe aussprechen können. Doch sehen wir überall die Lehre von den beiden Prinzipien hervortreten; dem guten Christus steht der böse Satan entgegen; die Welt des Geistes wird durch Christus, die Welt der Materie durch Satan repräsentiert; jenem gehört unsere Seele, diesem unser Leib; und die ganze Erscheinungswelt, die Natur, ist demnach ursprünglich böse, und Satan, der Fürst der Finsternis, will uns damit ins Verderben locken, und es gilt allen sinnlichen Freuden des Lebens zu entsagen, unsern Leib, das Lehn Satans, zu peinigen, damit die Seele sich desto herrlicher emporschwinge in den lichten Himmel, in das strahlende Reich Christi.

Diese Weltansicht, die eigentliche Idee des Christentums, hatte sich, unglaublich schnell, über das ganze römische Reich verbreitet, wie eine ansteckende Krankheit, das ganze Mittelalter hindurch dauerten die Leiden, manchmal Fieberwut, manchmal Abspannung, und wir Modernen fühlen noch immer Krämpfe und Schwäche in den Gliedern. Ist auch mancher von uns schon genesen, so kann er doch der allgemeinen Lazarettluft nicht entrinnen, und er fühlt sich unglücklich als der einzig Gesunde unter lauter Siechen. Einst wenn die Menschheit ihre völlige Gesundheit wiedererlangt, wenn der Friede zwischen Leib und Seele wiederhergestellt, und sie wieder in ursprünglicher Harmonie sich durchdringen: dann wird man den künstlichen Hader, den das Christentum zwischen beiden gestiftet, kaum begreifen können. Die glücklicheren und schöneren Generationen, die, gezeugt durch freie Wahlumarmung, in einer Religion der Freude emporblühen, werden wehmütig lächeln über ihre armen Vorfahren, die sich aller Genüsse dieser schönen Erde trübsinnig enthielten, und, durch Abtötung der warmen farbigen Sinnlichkeit, fast zu kalten Gespenstern verblichen sind! Ja, ich sage es bestimmt, unsere Nachkommen werden schöner und glücklicher sein als wir. Denn ich glaube an den Fortschritt, ich glaube, die Menschheit ist zur Glückseligkeit bestimmt, und ich hege also eine größere Meinung von der Gottheit als jene frommen Leute, die da wähnen, er habe den Menschen nur zum Leiden erschaffen. Schon hier auf Erden möchte ich, durch die Segnungen freier politischer und industrieller Institutionen jene Seligkeit etablieren, die, nach der Meinung der Frommen, erst am jüngsten Tage, im Himmel, stattfinden soll. Jenes ist vielleicht ebenso wie dieses eine törichte Hoffnung, und es gibt keine Auferstehung der Menschheit, weder im politisch-moralischen, noch im apostolisch-katholischen Sinne.

Die Menschheit ist vielleicht zu ewigem Elend bestimmt, die Völker sind vielleicht auf ewig verdammt von Despoten zertreten, von den Spießgesellen derselben exploitiert, und von den Lakaien verhöhnt zu werden.

Ach, in diesem Falle müßte man das Christentum, selbst wenn man es als Irrtum erkannt, dennoch zu erhalten suchen, man müßte in der Mönchskutte und barfuß durch Europa laufen, und die Nichtigkeit aller irdischen Güter und Entsagung predigen, und den gegeißelten und verspotteten Menschen das tröstende Kruzifix vorhalten, und ihnen nach dem Tode, dort oben, alle sieben Himmel versprechen.

Vielleicht eben, weil die Großen dieser Erde ihrer Obermacht gewiß sind, und im Herzen beschlossen haben sie ewig zu unserem Unglück zu mißbrauchen, sind sie von der Notwendigkeit des Christentums für ihre Völker überzeugt, und es ist im Grunde ein zartes Menschlichkeitsgefühl, daß sie sich für die Erhaltung dieser Religion so viele Mühe geben!

Das endliche Schicksal des Christentums ist also davon abhängig, ob wir dessen noch bedürfen. Diese Religion war eine Wohltat für die leidende Menschheit während achtzehn Jahrhunderten, sie war providentiell, göttlich, heilig. Alles was sie der Zivilisation genützt, indem sie die Starken zähmte und die Zahmen stärkte, die Völker verband durch gleiches Gefühl und gleiche Sprache, und was sonst noch von ihren Apologeten hervorgerühmt wird, das ist sogar noch unbedeutend in Vergleichung mit jener großen Tröstung, die sie durch sich selbst den Menschen angedeihen lassen. Ewiger Ruhm gebührt dem Symbol jenes leidenden Gottes, des Heilands mit der Dornenkrone, des gekreuzigten Christus, dessen Blut gleichsam der lindernde Balsam war, der in die Wunden der Menschheit herabrann. Besonders der Dichter wird die schauerliche Erhabenheit dieses Symbols mit Ehrfurcht anerkennen. Das ganze System von Symbolen, die sich ausgesprochen in der Kunst und im Leben des Mittelalters, wird zu allen Zeiten die Bewunderung der Dichter erregen. In der Tat, welche kolossale Konsequenz in der christlichen Kunst, namentlich in der Architektur! Diese gotischen Dome, wie stehen sie im Einklang mit dem Kultus, und wie offenbart sich in ihnen die Idee der Kirche selber! Alles strebt da empor, alles transsubstanziert sich: der Stein sproßt aus in Ästen und Laubwerk und wird Baum; die Frucht des Weinstocks und der Ähre wird Blut und Fleisch; der Mensch wird Gott; Gott wird reiner Geist! Ein ergiebiger, unversiegbar kostbarer Stoff für die Dichter ist das christliche Leben im Mittelalter. Nur durch das Christentum konnten auf dieser Erde sich Zustände bilden, die so kecke Kontraste, so bunte Schmerzen, und so abenteuerliche Schönheiten enthalten, daß man meinen sollte, dergleichen habe niemals in der Wirklichkeit existiert, und das alles sei ein kolossaler Fiebertraum, es sei der Fiebertraum eines wahnsinnigen Gottes. Die Natur selber schien sich damals phantastisch zu vermummen; indessen obgleich der Mensch, befangen in abstrakten Grübeleien, sich verdrießlich von ihr abwendete, so weckte sie ihn doch manchmal mit einer Stimme, die so schauerlich süß, so entsetzlich liebevoll, so zaubergewaltig war, daß der Mensch unwillkürlich aufhorchte, und lächelte, und erschrak, und gar zu Tode erkrankte. Die Geschichte von der Baseler Nachtigall kommt mir hier ins Gedächtnis, und da ihr sie wahrscheinlich nicht kennt, so will ich sie erzählen.

Im Mai 1433, zur Zeit des Konzils, ging eine Gesellschaft Geistlicher in einem Gehölze bei Basel spazieren, Prälaten und Doktoren, Mönche von allen Farben, und sie disputierten über theologische Streitigkeiten, und distinguierten und argumentierten, oder stritten über Annaten, Expektativen und Reservationen, oder untersuchten, ob Thomas von Aquino ein größerer Philosoph sei als Bonaventura, was weiß ich! Aber plötzlich, mitten in ihren dogmatischen und abstrakten Diskussionen, hielten sie inne, und blieben wie angewurzelt stehen vor einem blühenden Lindenbaum, worauf eine Nachtigall saß, die in den weichsten und zärtlichsten Melodien jauchzte und schluchzte. Es ward den gelehrten Herren dabei so wunderselig zu Mute, die warmen Frühlingstöne drangen ihnen in die scholastisch verklausulierten Herzen, ihre Gefühle erwachten aus dem dumpfen Winterschlaf, sie sahen sich an mit staunendem Entzücken; – als endlich einer von ihnen die scharfsinnige Bemerkung machte, daß solches nicht mit rechten Dingen zugehe, daß diese Nachtigall wohl ein Teufel sein könne, daß dieser Teufel sie mit seinen holdseligen Lauten von ihren christlichen Gesprächen abziehen, und zu Wollust und sonstigen süßen Sünden verlocken wolle, und er hub an zu exorzieren, wahrscheinlich mit der damals üblichen Formel: *adjuro te per eum, qui venturus est, judicare vivos et mortuos etc. etc.* Bei dieser Beschwörung, sagt man, habe der Vogel geantwortet: »ja, ich bin ein böser Geist!« und sei lachend davongeflogen; diejenigen aber, die seinen Gesang gehört, sollen noch selbigen Tages erkrankt und bald darauf gestorben sein.

Diese Geschichte bedarf wohl keines Kommentars. Sie trägt ganz das grauenhafte Gepräge einer Zeit, die alles, was süß und lieblich war, als Teufelei verschrie. Die Nachtigall sogar wurde verleumdet und man schlug ein Kreuz, wenn sie sang. Der wahre Christ spazierte, mit ängstlich verschlossenen Sinnen, wie ein abstraktes Gespenst, in der blühenden Natur umher. Dieses Verhältnis des Christen zur Natur werde ich vielleicht in einem späteren Buche weitläufiger erörtern, wenn ich, zum Verständnis der neuromantischen Literatur, den deutschen Volksglauben gründlich besprechen muß. Vorläufig kann ich nur bemerken, daß französische Schriftsteller, mißleitet durch deutsche Autoritäten, in großem Irrtume sind, wenn sie annehmen, der Volksglaube sei während des Mittelalters überall in Europa derselbe gewesen. Nur über das gute Prinzip, über das Reich Christi, hegte man in ganz Europa dieselben Ansichten; dafür sorgte die römische Kirche, und wer hier von der vorgeschriebenen Meinung abwich, war ein Ketzer. Aber über das böse Prinzip, über das Reich des Satans, herrschten verschiedene Ansichten in den verschiedenen Ländern, und im germanischen Norden hatte man ganz andere Vorstellung davon, wie im romanischen Süden. Dieses entstand dadurch, daß die christliche Priesterschaft die vorgefundenen alten Nationalgötter nicht als leere Hirngespinste verwarf, sondern ihnen eine wirkliche Existenz einräumte, aber dabei behauptete, alle diese Götter seien lauter Teufel und Teufelinnen gewesen, die durch den Sieg Christi ihre Macht über die Menschen verloren und sie jetzt durch Lust und List zur Sünde verlocken wollen. Der ganze Olymp wurde nun eine lustige Hölle, und wenn ein Dichter des Mittelalters die griechischen Göttergeschichten noch so schön besang, so sah der fromme Christ darin doch nur Spuk und Teufel. Der düstere Wahn der Mönche traf am härtesten die arme Venus; absonderlich diese galt für eine Tochter Beelzebubs, und der gute Ritter Tanhüser sagt ihr sogar ins Gesicht:

O, Venus, schöne Fraue mein,
Ihr seid eine Teufelinne!

Den Tanhüser hatte sie nämlich verlockt in jene wunderbare Höhle, welche man den Venusberg hieß und wovon die Sage ging, daß die schöne Göttin dort, mit ihren Fräulein und Gesponsen, unter Spiel und Tänzen, das liederlichste Leben führe. Die arme Diana sogar, trotz ihrer Keuschheit, war vor einem ähnlichen Schicksal nicht sicher, und man ließ sie nächtlich mit ihren Nymphen durch die Wälder ziehen, und daher die Sage von dem wütenden Heer, von der wilden Jagd. Hier zeigt sich noch ganz die gnostische Ansicht von der Verschlechterung des ehemals Göttlichen, und in dieser Umgestaltung des früheren Nationalglaubens manifestiert sich am tiefsinnigsten die Idee des Christentums.

Der Nationalglaube in Europa, im Norden noch viel mehr

als im Süden, war pantheistisch, seine Mysterien und Symbole bezogen sich auf einen Naturdienst, in jedem Elemente verehrte man wunderbare Wesen, in jedem Baume atmete eine Gottheit, die ganze Erscheinungswelt war durchgöttert; das Christentum verkehrte diese Ansicht, und an die Stelle einer durchgötterten Natur trat eine durchteufelte. Die heiteren, durch die Kunst verschönerten Gebilde der griechischen Mythologie, die mit der römischen Zivilisation im Süden herrschte, hat man jedoch nicht so leicht in häßliche, schauerliche Satanslarven verwandeln können, wie die germanischen Göttergestalten, woran freilich kein besonderer Kunstsinn gemodelt hatte, und die schon vorher so mißmütig und trübe waren, wie der Norden selbst. Daher hat sich bei euch, in Frankreich, kein so finsterschreckliches Teufelstum bilden können, wie bei uns, und das Geister- und Zauberwesen selber erhielt bei euch eine heitere Gestalt. Wie schön, klar und farbenreich sind eure Volkssagen in Vergleichung mit den unsrigen, diesen Mißgeburten, die aus Blut und Nebel bestehen und uns so grau und grausam angrinsen. Unsere mittelalterlichen Dichter, indem sie meistens Stoffe wählten, die ihr, in der Bretagne und in der Normandie, entweder ersonnen oder zuerst behandelt habt, verliehen ihren Werken vielleicht absichtlich, so viel als möglich von jenem heiter altfranzösischen Geiste. Aber in unseren Nationaldichtungen und in unseren mündlichen Volkssagen, blieb jener düster nordische Geist, von dem ihr kaum eine Ahnung habt. Ihr habt, ebenso wie wir, mehrere Sorten von Elementargeistern, aber die unsrigen sind von den eurigen so verschieden wie ein Deutscher von einem Franzosen. Die Dämonen in euren Fabliaux und Zauberromanen, wie hellfarbig und besonders wie reinlich sind sie in Vergleichung mit unserer grauen und sehr oft unflätigen Geisterkanaille. Eure Feen und Elementargeister, woher ihr sie auch bezogen, aus Cornwallis oder aus Arabien, sie sind doch ganz naturalisiert und ein französischer Geist unterscheidet sich von einem deutschen, wie etwa ein Dandy, der mit gelben Glaceehandschuhen auf dem Boulevard Coblence flaniert, sich von einem schweren deutschen Sackträger unterscheidet. Eure Nixen, z. B. die Melusine, sind von den unsrigen ebenso verschieden wie eine Prinzessin von einer Wäscherin. Die Fee Morgana, wie würde sie erschrecken, wenn sie etwa einer deutschen Hexe begegnete, die nackt, mit Salben beschmiert, und auf einem Besenstil, nach dem Brocken reitet. Dieser Berg ist kein heiteres Avalon, sondern ein Rendezvous für alles, was wüst und häßlich ist. Auf dem Gipfel des Bergs sitzt Satan in der Gestalt eines schwarzen Bocks. Jede von den Hexen naht sich ihm mit einer Kerze in der Hand und küßt ihn hinten, wo der Rücken aufhört. Nachher tanzt die verruchte Schwesterschaft um ihn herum und singt: Donderemus, Donderemus: Es meckert der Bock, es jauchzt der infernale Chahüt. Es ist ein böses Ohmen für die Hexe, wenn sie bei diesem Tanze einen Schuh verliert; das bedeutet, daß sie noch im selbigen Jahr verbrannt wird. Doch alle ahnende Angst übertäubt die tolle echt berliozische Sabbatmusik; – und wenn die arme Hexe des Morgens aus ihrer Berauschung erwacht, liegt sie nackt und müde in der Asche, neben dem verglimmenden Herde.

Die beste Auskunft über diese Hexen findet man in der »Dämologie« des ehrenfesten und hochgelahrten Doktor Nicolai Remigii, des durchlauchtigsten Herzogs von Lothringen Kriminalrichter. Dieser scharfsinnige Mann hatte fürwahr die beste Gelegenheit das Treiben der Hexen kennen zu lernen, da er in ihren Prozessen instruierte, und zu seiner Zeit allein in Lothringen achthundert Weiber den Scheiterhaufen bestiegen, nachdem sie der Hexerei überwiesen worden. Diese Beweisführung bestand meistens darin: Man band ihnen Hände und Füße zusammen und warf sie ins Wasser. Gingen sie unter und ersoffen, so waren sie unschuldig, blieben sie aber schwimmend über dem Wasser, so erkannte man sie für schuldig, und sie wurden verbrannt. Das war die Logik jener Zeit.

Als Grundzug im Charakter der deutschen Dämonen sehen

wir, daß alles Idealische von ihnen abgestreift, daß in ihnen das Gemeine und Gräßliche gemischt ist. Je plump vertraulicher sie an uns herantreten, desto grauenhafter ihre Wirkung. Nichts ist unheimlicher als unsere Poltergeister, Kobolde und Wichtelmännchen. Prätorius in seinem »Anthropodemus« enthält in dieser Beziehung eine Stelle, die ich nach Dobeneck hier mitteile:

»Die Alten haben nicht anders von den Poltergeistern halten können, als daß es rechte Menschen sein müssen, in der Gestalt wie kleine Kinder, mit einem bunten Röcklein oder Kleidchen. Etliche setzen dazu, daß sie teils Messer in den Rücken haben sollen, teils noch anders und gar greulich gestaltet wären; nachdem sie so und so, mit diesem oder jenem Instrument vorzeiten umgebracht seien. Denn die Abergläubischen halten dafür, daß es derer vorweilen im Hause ermordeten Leute Seelen sein sollen. Und schwatzen sie von vielen Historien, daß, wenn die Kobolde denen Mägden und Köchinnen eine Weile im Hause gute Dienste getan, und sich ihnen beliebt gemacht haben; daß manches Mensch daher gegen die Kobolde eine solche Affektion bekommen, daß sie solche Knechtchen auch zu sehen inbrünstig gewünscht und von ihnen begehrt haben: worin aber die Poltergeister niemals gerne willigen wollen, mit der Ausrede, daß man sie nicht sehen könne, ohne sich darüber zu entsetzen. Doch wenn dennoch die lüsternen Mägde nicht haben nachlassen können, so sollen die Kobolde jenen einen Ort im Hause genannt haben, wo sie sich leibhaft präsentieren wollen; aber man müsse zugleich einen Eimer kaltes Wasser mitbringen. Da habe es sich denn begeben, daß ein solcher Kobold, etwa auf dem Boden, in einem Kissen, nackt gelegen, und ein großes Schlachtmesser im Rücken steckend gehabt habe. Hierüber manche Magd so sehr erschrocken war, daß sie eine Ohnmacht bekommen hat. Darauf das Ding alsbald aufgesprungen ist, das Wasser genommen, und das Mensch damit über und über begossen hat, damit sie wieder zu sich selbst kommen könne. Worauf die Mägde hernach ihre Lust verloren, und lieb Chimgen niemals weiter zu schauen begehrt haben. Die Kobolde nämlich sollen auch alle besondere Namen führen, insgemein aber Chim heißen. So sollen sich auch für die Knechte und Mägde, welchen sie sich etwa ergeben, alle Hausarbeit tun: die Pferde striegeln, füttern, den Stall ausmisten, alles aufscheuern, die Küche sauber halten und was sonsten im Hause zu tun ist, sehr wohl in acht nehmen, und das Vieh soll auch von ihnen zunehmen und gedeihen. Dafür müssen die Kobolde auch von dem Gesinde karessiert werden; daß sie ihnen nur im geringsten nichts zuleide tun, weder mit Auslachen oder Versäumung im Speisen. Hat nämlich eine Köchin das Ding zu ihrem heimlichen Gehülfen einmal im Hause angenommen, so muß sie täglich, um eine gewisse Zeit, und an einem bestimmten Ort im Hause sein bereitetes Schüsselchen voll gutes Essen hinsetzen, und ihren Weg wieder gehen; sie kann hernach immer faulenzen, auf den Abend zeitig schlafen gehen, sie wird dennoch früh morgens ihre Arbeit beschickt finden. Vergißt sie aber ihre Pflicht einmal, etwa die Speise unterlassend, so bleibt ihr wieder ihre Arbeit allein zu verrichten, und sie hat allerhand Mißgeschick: daß sie sich entweder im heißen Wasser verbrennt, die Töpfe und das Geschirr zerbricht, das Essen umgeschüttet oder gefallen ist usw., daß sie also notwendig von der Hausfrau oder dem Herrn zur Strafe ausgescholten werden; worüber man auch zum öftern den Kobold soll kichern oder lachen gehört haben. Und so ein Kobold soll stets in seinem Hause verblieben sein, wenngleich sich das Gesinde verändert hat. Ja, es hat eine abziehende Magd ihrer Nachfolgerin den Kobold rekommandieren und aufs beste anbefehlen müssen, daß jene seiner auch also wartete. Hat diese nun nicht gewollt, so hat es ihr auch an kontinuierlichem Unglück nicht gemangelt, und sie hat zeitig genug das Haus wieder räumen müssen.«

Vielleicht zu den grauenhaftesten Geschichten gehört folgende kleine Erzählung:

»Eine Magd hatte jahrelang einen unsichtbaren Hausgeist bei sich am Herde sitzen, wo sie ihm ein eignes Stättchen eingeräumt, und wo sie sich die langen Winterabende hindurch mit ihm unterhielt. Nun bat einmal die Magd das Heinzchen, denn also hieß sie den Geist, er solle sich doch einmal sehen lassen, wie er von Natur gestaltet sei. Aber das Heinzlein weigerte sich dessen. Endlich aber willigte es ein, und sagte, sie möchte in den Keller hinabgehen, dort solle sie ihn sehen. Da nimmt die Magd ein Licht, steigt hinab in den Keller, und dort, in einem offenen Fasse, sieht sie ein totes Kindlein in seinem Blute schwimmen. Die Magd hatte aber vor vielen Jahren ein uneheliches Kind geboren und es heimlich ermordet und in ein Faß gesteckt.«

Indessen, wie die Deutschen nun einmal sind, sie suchen oft im Grauen selbst ihren besten Spaß und die Volkssagen von den Kobolden sind manchmal voll ergötzlicher Züge. Besonders amüsant sind die Geschichten von Hüdeken, einem Kobold, der, im zwölften Jahrhundert, zu Hildesheim sein Wesen getrieben und von welchem in unseren Spinnstuben und Geisterromanen so viel die Rede ist. Eine schon oft abgedruckte Stelle aus einer alten Chronik gibt von ihm folgende Kunde:

»Um das Jahr 1132 erschien ein böser Geist eine lange Zeit hindurch vielen Menschen im Bistum Hildesheim, in der Gestalt eines Bauern mit einem Hut auf dem Kopfe: weshalb die Bauern ihn in sächsischer Sprache Hüdeken nannten. Dieser Geist fand ein Vergnügen daran mit Menschen umzugehen, sich ihnen bald sichtbar, bald unsichtbar zu offenbaren, ihnen Fragen vorzulegen und zu beantworten. Er beleidigte niemanden ohne Ursache. Wenn man ihn aber auslachte, oder sonst beschimpfte, so vergalt er das empfangene Unrecht mit vollem Maße. Da der Graf Burchard de Luka von dem Grafen Hermann von Wiesenburg erschlagen wurde, und das Land des letzteren in Gefahr kam, eine Beute der Rächer zu werden, so weckte der Hüdeken den Bischof Bernhard von Hildesheim aus dem Schlafe, und redete ihn mit folgenden Worten an: ›Stehe auf, Kahlkopf! die Grafschaft Wiesenburg ist durch Mord verlassen und erledigt, und wird also leicht von dir besetzt werden können.‹ Der Bischof versammelte schnell seine Krieger, fiel in das Land des schuldigen Grafen, und vereinigte es, mit Bewilligung des Kaisers, mit seinem Stift. Der Geist warnte den genannten Bischof häufig ungebeten vor nahen Gefahren, und zeigte sich besonders oft in der Hofküche, wo er mit den Köchen redete, und ihnen allerlei Dienste erwies. Da man allmählich mit dem Hüdeken vertraut geworden war, so wagte es ein Küchenjunge, ihn, so oft er erschien, zu necken, und ihn sogar mit unreinem Wasser zu begießen. Der Geist bat den Hauptkoch, oder den Küchenmeister, daß er dem unartigen Knaben seinen Mutwillen untersagen möchte. Der Meisterkoch antwortete: ›du bist ein Geist, und fürchtest dich vor einem Buben!‹ worauf Hüdeken drohend erwiderte: ›Weil du den Knaben nicht strafen willst, so werde ich dir in wenigen Tagen zeigen, wie sehr ich mich vor ihm fürchte.‹ Bald nachher saß der Bube, der den Geist beleidigt hatte, ganz allein schlafend in der Küche. In diesem Zustand ergriff ihn der Geist, erdrosselte ihn, zerriß ihn in Stücken, und setzte diese in Töpfen ans Feuer. Da der Koch diesen Streich entdeckte, da fluchte er dem Geist, und nun verdarb Hüdeken am folgenden Tage alle Braten, die am Spieße gesteckt waren, durch das Gift und Blut von Kröten, welches er darüber ausschüttete. Die Rache veranlaßte den Koch zu neuen Beschimpfungen, nach welchen der Geist ihn endlich über eine falsche vorgezauberte Brücke in einen tiefen Graben stürzte. Zugleich machte er die Nacht durch, auf den Mauern und Türmen der Stadt, fleißig die Runde, und zwang die Wächter zu einer beständigen Wachsamkeit. Ein Mann, der eine untreue Frau hatte, sagte einst, als er verreisen wollte, im Scherze zu dem Hüdeken: ›guter Freund, ich empfehle dir meine Frau, hüte sie sorgfältig.‹ Sobald der Mann entfernt war, ließ das ehebrecherische Weib einen Liebhaber nach dem anderen kommen. Allein Hüdeken ließ keinen zu ihr, sondern warf sie alle aus dem Bette auf den Boden hin. Als der Mann von seiner Reise zurückkam, da ging ihm der Geist weit entgegen und sagte zu dem Wiederkehrenden: ›Ich freue mich sehr über deine Ankunft, damit ich von dem schweren Dienst frei werde, den du mir auferlegt hast. Ich habe deine Frau mit unsäglicher Mühe vor wirklicher Untreue gehütet. Ich bitte dich aber, daß du sie mir nie wieder anvertrauen mögest. Lieber wollte ich alle Schweine in ganz Sachsenland hüten, als ein Weib, das durch Ränke in die Arme ihrer Buhlen zu kommen sucht.‹«

Der Genauigkeit wegen muß ich bemerken, daß Hüdekens Kopfbedeckung von dem gewöhnlichen Kostüme der Kobolde abweicht. Diese sind meistens grau gekleidet und tragen ein rotes Käppchen. Wenigstens sieht man sie so im Dänischen, wo sie heutzutage am zahlreichsten sein sollen. Ich war ehemals der Meinung, die Kobolde lebten deshalb so gern in Dänemark, weil sie am liebsten rote »Grütze« äßen. Aber ein junger dänischer Dichter, Herr Andersen, den ich das Vergnügen hatte diesen Sommer hier in Paris zu sehen, hat mir ganz bestimmt versichert, die Nissen, wie man in Dänemark die Kobolde nennt, äßen am liebsten »Brei« mit Butter. Wenn diese Kobolde sich mal in einem Hause eingenistet, so sind sie auch nicht so bald geneigt, es zu verlassen. Indessen, sie kommen nie unangemeldet, und wenn sie irgend wohnen wollen, machen sie dem Hausherrn auf folgende Art davon Anzeige: sie tragen des Nachts allerlei Holzspäne ins Haus und in die Milchfässer streuen sie Mist von Vieh. Wenn nun der Hausherr diese Holzspäne nicht wieder wegwirft, oder wenn er mit seiner Familie von jener beschmutzten Milch trinkt, dann bleiben die Kobolde auf immer bei ihm. Dieses ist manchem sehr mißbehaglich geworden. Ein armer Jütländer wurde am Ende so verdrießlich über die Genossenschaft eines solchen Kobolds, daß er sein Haus selbst aufgeben wollte, und seine sieben Sachen auf eine

Karre lud und damit nach dem nächsten Dorfe fuhr, um sich dort niederzulassen. Unterwegs aber, als er sich mal umdrehte, erblickte er das rotbemützte Köpfchen des Kobolds, der aus einer von den leeren Bütten hervorguckte, und ihm freundlich zurief: »wi flütten!« (wir ziehen aus.)

Ich habe mich vielleicht zu lange bei diesen kleinen Dämonen aufgehalten, und es ist Zeit, daß ich wieder zu den großen übergehe. Aber alle diese Geschichten illustrieren den Glauben und den Charakter des deutschen Volks. Jener Glaube war in den verflossenen Jahrhunderten ebenso gewaltig wie der Kirchenglaube. Als der gelehrte Doktor Remigius sein großes Buch über das Hexenwesen beendigt hatte, glaubte er seines Gegenstandes so kundig zu sein, daß er sich einbildete jetzt selber hexen zu können; und, ein gewissenhafter Mann wie er war, ermangelte er nicht, sich selber bei den Gerichten als Hexenmeister anzugeben, und infolge dieser Angabe wurde er als Hexenmeister verbrannt.

Diese Greuel entstanden nicht direkt durch die christliche Kirche, sondern indirekt dadurch, daß diese die altgermanische Nationalreligion so tückisch verkehrt, daß sie die pantheistische Weltansicht der Deutschen in eine pandämonische umgebildet, daß sie die früheren Heiligtümer des Volks in häßliche Teufelei verwandelt hatte. Der Mensch läßt aber nicht gern ab von dem, was ihm und seinen Vorfahren teuer und lieb war, und heimlich krämpen sich seine Empfindungen daran fest, selbst wenn man es verderbt und entstellt hat. Daher erhält sich jener verkehrte Volksglaube vielleicht noch länger als das Christentum in Deutschland, welches nicht wie jener in der Nationalität wurzelt. Zur Zeit der Reformation schwand sehr schnell der Glaube an die katholischen Legenden, aber keineswegs der Glaube an Zauber und Hexerei.

Luther glaubt nicht mehr an katholische Wunder, aber er glaubt noch an Teufelswesen. Seine »Tischreden« sind voll kurioser Geschichten von Satanskünsten, Kobolden und Hexen.

Er selber in seinen Nöten glaubte manchmal mit dem leibhaftigen Gottseibeiuns zu kämpfen. Auf der Wartburg, wo er das Neue Testament übersetzte, ward er so sehr vom Teufel gestört, daß er ihm das Tintenfaß an den Kopf schmiß. Seitdem hat der Teufel eine große Scheu vor Tinte, aber noch weit mehr vor Druckerschwärze. Von der Schlauheit des Teufels wird in den erwähnten Tischreden manch ergötzliches Stücklein erzählt, und ich kann nicht umhin eins davon mitzuteilen.

»Doktor Martin Luther erzählte, daß einmal gute Gesellen bei einander in einer Zeche gesessen waren. Nun war ein wild wüstes Kind unter ihnen, der hatte gesagt: Wenn einer wäre, der ihm eine gute Zeche Weins schenkte, wollte er ihm dafür seine Seele verkaufen.

Nicht lange darauf kömmt einer in die Stuben zu ihm, setze sich bei ihm nieder und zecht mit ihm, und spricht unter anderen zu dem, der sich also viel vermessen gehabt:

›Höre, du sagst zuvor, wenn einer dir eine Zeche Weins gebe, so wollest du ihm dafür deine Seele verkaufen?‹

Da sprach er nochmals: ›Ja, ich will's tun, laß mich heute recht schlemmen, demmen, und guter Dinge sein.‹

Der Mann, welcher der Teufel war, sagte ja, und bald darnach verschlich er sich wieder von ihm. Als nun derselbige Schlemmer den ganzen Tag fröhlich war, und zuletzt auch trunken wurde, da kommt der vorige Mann, der Teufel, wieder, und setzt sich zu ihm nieder, und fragt die anderen Zechbrüder, und spricht: ›Lieben Herren, was dünket euch, wenn einer ein Pferd kauft, gehöret ihm der Sattel und Zaum nicht auch dazu?‹ Dieselbigen erschraken alle. Aber letztlich sprach der Mann:

›Nun sagt's flugs.‹ Da bekannten sie und sagten: ›Ja, der Sattel und Zaum gehört ihm auch dazu.‹ Da nimmt der Teufel denselbigen wilden, rohen Gesellen und führet ihn durch die Decke hindurch, daß niemand gewußt, wo er war hinkommen.«

Obgleich ich für unseren großen Meister Martin Luther den größten Respekt hege, so will es mich doch bedünken, als habe er den Charakter des Satans ganz verkannt. Dieser denkt durchaus nicht mit solcher Geringschätzung vom Leibe, wie hier erwähnt wird. Was man auch Böses vom Teufel erzählen mag, so hat man ihm doch nie nachsagen können, daß er ein Spiritualist sei.

Aber mehr noch als die Gesinnung des Teufels verkannte Martin Luther die Gesinnung des Papstes und der katholischen Kirche. Bei meiner strengen Unparteilichkeit muß ich beide, ebenso wie den Teufel, gegen den allzu eifrigen Mann in Schutz nehmen. Ja, wenn man mich aufs Gewissen früge, würde ich eingestehn, daß der Papst, Leo X., eigentlich weit vernünftiger war, als Luther, und daß dieser die letzten Gründe der katholischen Kirche gar nicht begriffen hat. Denn Luther hatte nicht begriffen, daß die Idee des Christentums, die Vernichtung der Sinnlichkeit, gar zu sehr in Widerspruch war mit der menschlichen Natur, als daß sie jemals im Leben ganz ausführbar gewesen sei; er hatte nicht begriffen, daß der Katholizismus gleichsam ein Konkordat war zwischen Gott und dem Teufel, d. h. zwischen dem Geist und der Materie, wodurch die Alleinherrschaft des Geistes in der Theorie ausgesprochen wird, aber die Materie in den Stand gesetzt wird alle ihre annullierten Rechte in der Praxis auszuüben. Daher ein kluges System von Zugeständnissen, welche die Kirche zum Besten der Sinnlichkeit gemacht hat, obgleich immer unter Formen, welche jeden Akt der Sinnlichkeit fletrieren und dem Geiste seine höhnischen Usurpationen verwahren. Du darfst den zärtlichen Neigungen des Herzens Gehör geben und ein schönes Mädchen umarmen, aber du mußt eingestehn, daß es eine schändliche Sünde war, und für diese Sünde mußt du Abbuße tun. Daß diese Abbuße durch Geld geschehen konnte, war ebenso wohltätig für die Menschheit, wie nützlich für die Kirche. Die Kirche ließ sozusagen Wergeld bezahlen für jeden fleischlichen Genuß, und da entstand eine Taxe für alle Sorten von Sünden, und es gab heilige Kolporteurs, welche, im Namen der römischen Kirche, die Ablaßzettel für jede taxierte Sünde im Lande feilboten, und ein solcher war jener Tetzel, wogegen Luther zuerst auftrat. Unsere Historiker meinen, dieses Protestieren gegen den Ablaßhandel sei ein geringfügiges Ereignis gewesen, und erst durch römischen Starrsinn sei Luther, der anfangs nur gegen einen Mißbrauch der Kirche geeifert, dahin getrieben worden, die ganze Kirchenautorität in ihrer höchsten Spitze anzugreifen. Aber das ist eben ein Irrtum, der Ablaßhandel war kein Mißbrauch, er war eine Konsequenz des ganzen Kirchensystems, und indem Luther ihn angriff, hatte er die Kirche selbst angegriffen, und diese mußte ihn als Ketzer verdammen. Leo X., der feine Florentiner, der Schüler des Polizian, der Freund des Raffael, der griechische Philosoph mit der dreifachen Krone, die ihm das Konklav vielleicht deshalb erteilte, weil er an einer Krankheit litt, die keineswegs durch christliche Abstinenz entsteht und damals noch sehr gefährlich war ... Leo von Medicis, wie mußte er lächeln über den armen, keuschen, einfältigen Mönch, der da wähnte, das Evangelium sei die Charte des Christentums, und diese Charte müsse eine Wahrheit sein! Er hat vielleicht gar nicht gemerkt, was Luther wollte, indem er damals viel zu sehr beschäftigt war mit dem Bau der Peterskirche, dessen Kosten eben mit den Ablaßgeldern bestritten wurden, so daß die Sünde ganz eigentlich das Geld hergab zum Bau dieser Kirche, die dadurch gleichsam ein Monument sinnlicher Lust wurde, wie jene Pyramide, die ein ägyptisches Freudenmädchen für das Geld erbaute, das sie durch Prostitution erworben. Von diesem Gotteshause könnte man vielleicht eher als von dem Kölner Dome behaupten, daß es durch den Teufel erbaut worden. Diesen Triumph des Spiritualismus, daß der Sensualismus selber ihm seinen schönsten Tempel bauen mußte, daß man eben für die Menge Zugeständnisse, die man dem Fleische machte, die Mittel erwarb, den Geist zu verherrlichen, dieses begriff man nicht im deutschen Norden. Denn hier, weit eher als unter dem glühenden Himmel Italiens, war es möglich, ein Christentum auszuüben, das der Sinnlichkeit die allerwenigsten Zugeständnisse macht. Wir Nordländer sind kälteren Blutes, und wir bedurften nicht so viel Ablaßzettel für fleischliche Sünden, als uns der väterlich besorgte Leo zugeschickt hatte. Das Klima erleichtert uns die Ausübung der christlichen Tugenden, und am 31. Oktober 1516, als Luther seine Thesen gegen den Ablaß an die Türe der Augustinerkirche anschlug, war der Stadtgraben von Wittenberg vielleicht schon zugefroren, und man konnte dort Schlittschuhe laufen, welches ein sehr kaltes Vergnügen und also keine Sünde ist.

Ich habe mich oben vielleicht schon mehrmals der Worte Spiritualismus und Sensualismus bedient; diese Worte beziehen sich aber hier nicht, wie bei den französischen Philosophen, auf die zwei verschiedenen Quellen unserer Erkenntnisse, ich gebrauche sie vielmehr, wie schon aus dem Sinne meiner Rede immer von selber hervorgeht, zur Bezeichnung jener beiden verschiedenen Denkweisen, wovon die eine den Geist dadurch verherrlichen will, daß sie die Materie zu zerstören strebt, während die andere die natürlichen Rechte der Materie gegen die Usurpationen des Geistes zu vindizieren sucht.

Auf obige Anfänge der lutherischen Reformation, die schon den ganzen Geist derselben offenbaren, muß ich ebenfalls besonders aufmerksam machen, da man hier in Frankreich über die Reformation noch die alten Mißbegriffe hegt, die Bossuet durch seine *»Histoire des variations«* verbreitet hat und die sich sogar bei heutigen Schriftstellern geltend machen. Die Franzosen begriffen nur die negative Seite der Reformation, sie sahen darin nur einen Kampf gegen den Katholizismus, und glaubten manchmal, dieser Kampf sei jenseits des Rheines immer aus denselben Gründen geführt worden, wie diesseits, in Frankreich. Aber die Gründe waren dort ganz andere als hier, und ganz entgegengesetzte. Der Kampf gegen den Katholizismus in

Deutschland war nichts anders als ein Krieg, den der Spiritualismus begann, als er einsah, daß er nur den Titel der Herrschaft führte, und nur *de jure* herrschte, während der Sensualismus, durch hergebrachten Unterschleif, die wirkliche Herrschaft ausübte und *de facto* herrschte; – die Ablaßkrämer wurden fortgejagt, die hübschen Priesterkonkubinen wurden gegen kalte Eheweiber umgetauscht, die reizenden Madonnenbilder wurden zerbrochen, es entstand hie und da der sinnenfeindlichste Puritanismus. Der Kampf gegen den Katholizismus in Frankreich, im siebenzehnten und achtzehnten Jahrhundert war hingegen ein Krieg, den der Sensualismus begann, als er sah, daß er *de facto* herrschte und dennoch jeder Akt seiner Herrschaft von dem Spiritualismus, der *de jure* zu herrschen behauptete, als illegitim verhöhnt und in der empfindlichsten Weise fletriert wurde. Statt daß man nun in Deutschland mit keuschem Ernste kämpfte, kämpfte man in Frankreich mit schlüpfrigem Spaße; und statt daß man dort eine theologische Disputation führte, dichtete man hier irgend eine lustige Satire. Der Gegenstand dieser letzteren war gewöhnlich, den Widerspruch zu zeigen, worin der Mensch mit sich selbst gerät, wenn er ganz Geist sein will; und da erblühten die köstlichsten Historien von frommen Männern, welche ihrer tierischen Natur unwillkürlich unterliegen oder gar alsdann den Schein der Heiligkeit retten wollen, und zur Heuchelei ihre Zuflucht nehmen. Schon die Königin von Navarra schilderte in ihren Novellen solche Mißstände, das Verhältnis der Mönche zu den Weibern ist ihr gewöhnliches Thema, und sie will alsdann nicht bloß unser Zwerchfell, sondern auch das Mönchstum erschüttern. Die boshafteste Blüte solcher komischen Polemik ist unstreitig der Tartüff von Molière; denn dieser ist nicht bloß gegen den Jesuitismus seiner Zeit gerichtet, sondern gegen das Christentum selbst, ja gegen die Idee des Christentums, gegen den Spiritualismus. In der Tat, durch die affichierte Angst vor dem nackten Busen der Dorine, durch die Worte:

Le ciel défend, de vrai, certains contentements
Mais on trouve avec lui des accomodements –

dadurch wurde nicht bloß die gewöhnliche Scheinheiligkeit persifliert, sondern auch die allgemeine Lüge, die aus der Unausführbarkeit der christlichen Idee notwendig entsteht; persifliert wurde dadurch das ganze System von Konzessionen, die der Spiritualismus dem Sensualismus machen mußte. Wahrlich, der Jansenismus hatte immer weit mehr Grund, als der Jesuitismus sich durch die Darstellung des Tartüff verletzt zu fühlen, und Molière dürfte den heutigen Methodisten noch immer so mißbehagen, wie den katholischen Devoten seiner Zeit. Darum eben ist Molière so groß, weil er, gleich Aristophanes und Cervantes, nicht bloß temporelle Zufälligkeiten, sondern das Ewig-Lächerliche, die Urschwächen der Menschheit, persifliert. Voltaire, der immer nur das Zeitliche und Unwesentliche angriff, muß ihm in dieser Beziehung nachstehen.

Jene Persiflage aber, namentlich die Voltairesche, hat in Frankreich ihre Mission erfüllt, und wer sie weiter fortsetzen wollte, handelte ebenso unzeitgemäß, wie unklug. Denn wenn man die letzten sichtbaren Reste des Katholizismus vertilgen würde, könnte es sich leicht ereignen, daß die Idee desselben sich in eine neue Form, gleichsam in einen neuen Leib flüchtet, und, sogar den Namen Christentum ablegend, in dieser Umwandlung uns noch weit verdrießlicher belästigen könnte, als in ihrer jetzigen gebrochenen, ruinierten und allgemein diskreditierten Gestalt. Ja, es hat sein Gutes, daß der Spiritualismus durch eine Religion und eine Priesterschaft repräsentiert werde, wovon die erstere ihre beste Kraft schon verloren und letztere mit dem ganzen Freiheitsenthusiasmus unserer Zeit in direkter Opposition steht.

Aber warum ist uns denn der Spiritualismus so sehr zuwider? Ist er etwas so Schlechtes? Keineswegs. Rosenöl ist eine kostbare Sache und ein Fläschchen desselben ist erquicksam, wenn man in den verschlossenen Gemächern des Harem seine Tage vertrauern muß. Aber wir wollen dennoch nicht, daß man alle Rosen dieses Lebens zertrete und zerstampfe, um einige Tropfen Rosenöl zu gewinnen, und mögen diese noch so tröstsam wirken. Wir sind vielmehr wie die Nachtigallen, die sich gern an der Rose selber ergötzen, und von ihrer errötend blühenden Erscheinung ebenso beseligt werden, wie von ihrem unsichtbaren Duft.

Ich habe oben geäußert, daß es eigentlich der Spiritualismus war, welcher bei uns den Katholizismus angriff. Aber dieses gilt nur vom Anfang der Reformation; sobald der Spiritualismus in das alte Kirchengebäude Bresche geschossen, stürzte der Sensualismus hervor mit all seiner lang verhaltenen Glut, und Deutschland wurde der wildeste Tummelplatz von Freiheitsrausch und Sinnenlust. Die unterdrückten Bauern hatten in der neuen Lehre geistliche Waffen gefunden, mit denen sie den Krieg gegen die Aristokratie führen konnten; die Lust zu einem solchen Kriege war schon seit anderthalb Jahrhundert vorhanden. Zu Münster lief der Sensualismus nackt durch die Straßen, in der Gestalt des Jan van Leiden, und legte sich mit seinen zwölf Weibern in jene große Bettstelle, welche noch heute auf dem dortigen Rathause zu sehen ist. Die Klosterpforten öffneten sich überall, und Nonnen und Mönchlein stürzten sich in die Arme und schnäbelten sich. Ja, die äußere Geschichte jener Zeit besteht fast aus lauter sensualischen Emeuten; wie wenig Resultate davon geblieben, wie der Spiritualismus jene Tumultuanten wieder unterdrückte, wie er allmählich im Norden seine Herrschaft sicherte, aber durch einen Feind, den er im eigenen Busen erzogen, nämlich durch die Philosophie, zu Tode verwundet wurde, sehen wir später. Es ist dieses eine sehr verwickelte Geschichte, schwer zu entwirren. Der katholischen Partei wird es leicht, nach Belieben die schlimmsten Motive hervorzukehren, und wenn man sie sprechen hört, galt es nur die frechste Sinnlichkeit zu legitimieren und die Kirchengüter zu plündern. Freilich, die geistigen Interessen müssen immer mit den materiellen Interessen ein Allianz schließen, um zu siegen. Aber der Teufel hatte die Karten so sonderbar gemischt, daß man über die Intentionen nichts Sicheres mehr sagen kann.

Die erlauchten Leute, die Anno 1521 im Reichssaale zu Worms versammelt waren, mochten wohl allerlei Gedanken im Herzen tragen, die im Widerspruch standen mit den Worten ihres Mundes. Da saß ein junger Kaiser, der sich mit jugendlicher Herrscherwonne in seinen neuen Purpurmantel wickelte, und sich heimlich freute, daß der stolze Römer, der die Vorgänger im Reiche so oft mißhandelt und noch immer seine Anmaßungen nicht aufgegeben, jetzt die wirksamste Zurechtweisung gefunden. Der Repräsentant jenes Römers hatte seinerseits wieder die geheime Freude, daß ein Zwiespalt unter jenen Deutschen entstand, die, wie betrunkene Barbaren, so oft das schöne Italien überfallen und ausgeplündert, und es noch immer mit neuen Überfällen und Plünderungen bedrohten. Die weltlichen Fürsten freuten sich, daß sie, mit der neuen Lehre, sich auch zu gleicher Zeit die alten Kirchengüter zu Gemüte führen konnten. Die hohen Prälaten überlegten schon, ob sie nicht ihre Köchinnen heuraten und ihre Kurstaaten, Bistümer und Abteien auf ihre männlichen Sprößlinge vererben könnten. Die Abgeordneten der Städte freuten sich einer neuen Erweiterung ihrer Unabhängigkeit. Jeder hatte hier was zu gewinnen und dachte heimlich an irdische Vorteile.

Doch ein Mann war dort, von dem ich überzeugt bin, daß er nicht an sich dachte, sondern nur an die göttlichen Interessen, die er vertreten sollte. Dieser Mann war Martin Luther, der arme Mönch, den die Vorsehung auserwählt, jene römische Weltmacht zu brechen, wogegen schon die stärksten Kaiser und kühnsten Weisen vergeblich angekämpft. Aber die Vorsehung weiß sehr gut, auf welche Schultern sie ihre Lasten legt; hier war nicht bloß eine geistige, sondern auch eine physische Kraft nötig. Eines durch klösterliche Strenge und Keuschheit von Jugend auf gestählten Leibes bedurfte es, um die Mühseligkeiten eines solchen Amtes zu ertragen. Unser teurer Meister war damals noch mager und sah sehr blaß aus, so daß die roten wohlgefütterten Herren des Reichstags fast mit Mitleid auf den armseligen Mann in der schwarzen Kutte herabsahen. Aber er war doch ganz gesund, und seine Nerven waren so fest, daß ihn der glänzende Tumult nicht im mindesten einschüchterte, und gar seine Lunge muß stark gewesen sein. Denn, nachdem er seine lange Verteidigung gesprochen, mußte er, weil der Kaiser kein Hochdeutsch verstand, sie in lateinischer Sprache wiederholen. Ich ärgere mich jedesmal, wenn ich daran denke; denn unser teurer Meister stand neben einem offenen Fenster, der Zugluft ausgesetzt, während ihm der Schweiß von der Stirne troff. Durch das lange Reden mochte er wohl sehr ermüdet und sein Gaumen mochte wohl etwas trocken geworden sein. Der muß jetzt großen Durst haben, dachte gewiß der Herzog von Braunschweig; wenigstens lesen wir, daß er dem Martin Luther drei Kannen des besten Eimbecker Biers in die Herberge zuschickte. Ich werde diese edle Tat dem Hause Braunschweig nie vergessen.

Wie von der Reformation, so hat man auch von ihren Helden sehr falsche Begriffe in Frankreich. Die nächste Ursache dieses Nichtbegreifens liegt wohl darin, daß Luther nicht bloß der größte, sondern auch der deutscheste Mann unserer Geschichte ist; daß in seinem Charakter alle Tugenden und Fehler der Deutschen aufs großartigste vereinigt sind, daß er auch persönlich das wunderbare Deutschland repräsentiert. Dann hatte er auch Eigenschaften, die wir selten vereinigt finden, und die wir gewöhnlich sogar als feindliche Gegensätze antreffen. Er war zugleich ein träumerischer Mystiker und ein praktischer

Mann in der Tat. Seine Gedanken hatten nicht bloß Flügel, sondern auch Hände; er sprach und handelte. Er war nicht bloß die Zunge, sondern auch das Schwert seiner Zeit. Auch war er zugleich ein kalter scholastischer Wortklauber und ein begeisterter, gottberauschter Prophet. Wenn er des Tags über mit seinen dogmatischen Distinktionen sich mühsam abgearbeitet, dann griff er des Abends zu seiner Flöte, und betrachtete die Sterne und zerfloß in Melodie und Andacht. Derselbe Mann, der wie ein Fischweib schimpfen konnte, er konnte auch weich sein wie eine zarte Jungfrau. Er war manchmal wild wie der Sturm, der die Eiche entwurzelt, und dann war er wieder sanft wie der Zephyr, der mit Veilchen kost. Er war voll der schauerlichsten Gottesfurcht, voll Aufopferung zu Ehren des heiligen Geistes, er konnte sich ganz versenken ins reine Geisttum; und dennoch kannte er sehr gut die Herrlichkeiten dieser Erde, und wußte sie zu schätzen, und aus seinem Munde erblühte der famose Wahlspruch: »Wer nicht liebt Wein, Weiber und Gesang, der bleibt ein Narr sein lebenlang.« Er war ein kompletter Mensch, ich möchte sagen: ein absoluter Mensch, in welchem Geist und Materie nicht getrennt sind. Ihn einen Spiritualisten nennen, wäre daher ebenso irrig, als nennte man ihn einen Sensualisten. Wie soll ich sagen, er hatte etwas Ursprüngliches, Unbegreifliches, Mirakulöses, wie wir es bei allen providentiellen Männern finden, etwas Schauerlich-Naives, etwas Tölpelhaft-Kluges, etwas Erhaben-Borniertes, etwas Unbezwingbar-Dämonisches.

Luthers Vater war Bergmann zu Mansfeld, und da war der Knabe oft bei ihm in der unterirdischen Werkstatt, wo die mächtigen Metalle wachsen und die starken Urquellen rieseln, und das junge Herz hatte vielleicht unbewußt die geheimsten Naturkräfte in sich eingesogen, oder wurde gar gefeit von den Berggeistern. Daher mag auch so viel Erdstoff, so viel Leidenschaftschlacke an ihm kleben geblieben sein, wie man dergleichen ihm hinlänglich vorwirft. Man hat aber unrecht, ohne jene irdische Beimischung hätte er nicht ein Mann der Tat sein können. Reine Geister können nicht handeln. Erfahren wir doch aus Jung Stillings Gespensterlehre, daß die Geister sich zwar recht farbig und bestimmt versichtbaren können, auch wie lebendige Menschen zu gehen, zu laufen, zu tanzen, und alle möglichen Gebärden zu machen verstehen, daß sie aber nichts Materielles, nicht den kleinsten Nachttisch, von seiner Stelle fortzubewegen vermögen.

Ruhm dem Luther! Ewiger Ruhm dem teuren Manne, dem wir die Rettung unserer edelsten Güter verdanken, und von dessen Wohltaten wir noch heute leben! Es ziemt uns wenig, über die Beschränktheit seiner Ansichten zu klagen. Der Zwerg, der auf den Schultern des Riesen steht, kann freilich weiter schauen, als dieser selbst, besonders wenn er eine Brille aufgesetzt; aber zu der erhöhten Anschauung fehlt das hohe Gefühl, das Riesenherz, das wir uns nicht aneignen können. Es ziemt uns noch weniger, über seine Fehler ein herbes Urteil zu fällen; diese Fehler haben uns mehr genutzt, als die Tugenden von tausend andern. Die Feinheit des Erasmus und die Milde des Melanchthon hätten uns nimmer so weit gebracht wie manchmal die göttliche Brutalität des Bruder Martin. Ja, der Irrtum in betreff des Beginnes, wie ich ihn oben angedeutet, hat die kostbarsten Früchte getragen, Früchte, woran sich die ganze Menschheit erquickt. Von dem Reichstage an, wo Luther die Autorität des Papstes leugnet und öffentlich erklärt: »daß man seine Lehre durch die Aussprüche der Bibel selbst oder durch vernünftige Gründe widerlegen müsse!« da beginnt ein neues Zeitalter in Deutschland. Die Kette, womit der heilige Bonifaz die deutsche Kirche an Rom gefesselt, wird entzweigehauen. Diese Kirche, die vorher einen integrierenden Teil der großen Hierarchie bildete, zerfällt in religiöse Demokrazien. Die Religion selber wird eine andere; es verschwindet daraus das indisch-gnostische Element, und wir sehen, wie sich wieder das judäisch-deistische Element darin erhebt. Es entsteht das evangelische Christentum. Indem die notwendigsten Ansprüche der Materie nicht bloß berücksichtigt, sondern auch legitimiert werden, wird die Religion wieder eine Wahrheit. Der Priester wird Mensch, und nimmt ein Weib und zeugt Kinder, wie Gott es verlangt. Dagegen Gott selbst wird wieder ein himmlischer Hagestolz ohne Familie; die Legitimität seines Sohnes wird bestritten; die Heiligen werden abgedankt; den Engeln werden die Flügel beschnitten; die Mutter Gottes verliert alle ihre Ansprüche an die himmlische Krone und es wird ihr untersagt Wunder zu tun. Überhaupt von nun an, besonders seit die Naturwissenschaften so große Fortschritte machen, hören die Wunder auf. Sei es nun, daß es den lieben Gott verdrießt, wenn ihm die Physiker so mißtrauisch auf die Finger sehen, sei es auch, daß er nicht gern mit Bosco konkurrieren will: sogar in der jüngsten Zeit, wo die Religion so sehr gefährdet ist, hat er es verschmäht, sie durch irgend ein eklatantes Wunder zu unterstützen. Vielleicht wird er von jetzt an, bei allen neuen Religionen, die er auf dieser Erde einführt, sich auf gar keine heiligen Kunststücke mehr einlassen, und die Wahrheiten der neuen Lehren immer durch die Vernunft beweisen; was auch am vernünftigsten ist. Wenigstens beim Saint-Simonismus, welcher die neueste Religion, ist gar kein Wunder vorgefallen, ausgenommen etwa, daß eine alte Schneiderrechnung, die Saint-Simon auf Erden schuldig geblieben, zehn Jahr nach seinem Tode, von seinen Schülern bar bezahlt worden ist. Noch sehe ich, wie der vortreffliche Père Olinde in der Salle Taitbout, begeistrungsvoll sich erhebt, und der erstaunten Gemeinde die quittierte Schneiderrechnung vorhält. Junge Epiciers stutzten ob solchem übernatürlichen Zeugnis. Die Schneider aber fingen schon an zu glauben!

Indessen, wenn bei uns in Deutschland, durch den Protestantismus, mit den alten Mirakeln auch sehr viele andere Poesie verloren ging, so gewannen wir doch mannigfaltigen Ersatz. Die Menschen wurden tugendhafter und edler. Der Protestantismus hatte den günstigsten Einfluß auf jene Reinheit der Sitten und jene Strenge in der Ausübung der Pflichten, welche wir gewöhnlich Moral nennen: ja, der Protestantismus hat in manchen Gemeinden eine Richtung genommen, wodurch er am Ende mit dieser Moral ganz zusammenfällt, und das Evangelium nur als schöne Parabel gültig bleibt. Besonders sehen wir jetzt eine erfreuliche Veränderung im Leben der Geistlichen. Mit dem Zölibat verschwanden auch fromme Unzüchten und Mönchslaster. Unter den protestantischen Geistlichen finden wir nicht selten die tugendhaftesten Menschen, Menschen, vor denen selbst die alten Stoiker Respekt hätten. Man muß zu Fuß, als armer Student, durch Norddeutschland wandern, um zu erfahren, wieviel Tugend, und damit ich der Tugend ein schönes Beiwort gebe, wieviel evangelische Tugend manchmal in so einer scheinlosen Pfarrerwohnung zu finden ist. Wie oft, des Winterabends, fand ich da eine gastfreie Aufnahme, ich ein Fremder, der keine andere Empfehlung mitbrachte, außer daß ich Hunger hatte und müde war. Wenn ich dann gut gegessen und gut geschlafen hatte, und des Morgens weiter ziehen wollte, kam der alte Pastor im Schlafrock und gab mir noch den Segen auf den Weg, welches mir nie Unglück gebracht hat; und die gutmütig geschwätzige Frau Pastorin steckt mir einige Butterbröte in die Tasche, welche mich nicht minder erquickten; und in schweigender Ferne standen die schönen Predigertöchter mit ihren errötenden Wangen und Veilchenaugen, deren schüchternes Feuer, noch in der Erinnerung, für den ganzen Wintertag mein Herz erwärmte.

Indem Luther den Satz aussprach, daß man seine Lehre nur durch die Bibel selber, oder durch vernünftige Gründe, widerlegen müsse, war der menschlichen Vernunft das Recht eingeräumt, die Bibel zu erklären und sie, die Vernunft, war als oberste Richterin in allen religiösen Streitfragen anerkannt. Dadurch entstand in Deutschland die sogenannte Geistesfreiheit, oder, wie man sie ebenfalls nennt, die Denkfreiheit. Das Denken ward ein Recht und die Befugnisse der Vernunft wurden legitim. Freilich, schon seit einigen Jahrhunderten hatte man ziemlich frei denken und reden können, und die Scholastiker haben über Dinge disputiert, wovon wir kaum begreifen, wie man sie im Mittelalter auch nur aussprechen durfte. Aber dieses geschah vermittelst der Distinktion, welche man zwischen theologischer und philosophischer Wahrheit machte, eine Distinktion, wodurch man sich gegen Ketzerei ausdrücklich verwahrte; und das geschah auch nur innerhalb den Hörsälen der Universitäten, und in einem gotisch abstrusen Latein, wovon doch das Volk nichts verstehen konnte, so daß wenig Schaden für die Kirche dabei zu befürchten war. Dennoch hatte die Kirche solches Verfahren nie eigentlich erlaubt, und dann und wann hat sie auch wirklich einen armen Scholastiker verbrannt. Jetzt aber, seit Luther, machte man gar keine Distinktion mehr zwischen theologischer und philosophischer Wahrheit, und man disputierte auf öffentlichem Markt, und in der deutschen Landessprache und ohne Scheu und Furcht. Die Fürsten, welche die Reformation annahmen, haben diese Denkfreiheit legitimisiert, und eine wichtige, weltwichtige Blüte derselben ist die deutsche Philosophie.

In der Tat, nicht einmal in Griechenland hat der menschliche Geist sich so frei aussprechen können wie in Deutschland, seit der Mitte des vorigen Jahrhunderts bis zur französischen Invasion. Namentlich in Preußen herrschte eine grenzenlose Gedankenfreiheit. Der Marquis von Brandenburg hatte begriffen, daß er, der nur durch das protestantische Prinzip ein legitimer König von Preußen sein konnte, auch die protestantische Denkfreiheit aufrecht erhalten mußte.

Seitdem freilich haben sich die Dinge verändert, und der natürliche Schirmvogt unserer protestantischen Denkfreiheit hat sich, zur Unterdrückung derselben, mit der ultramontanen Partei verständigt, und er benutzt oft dazu die Waffe, die das

Papsttum zuerst gegen uns ersonnen und angewandt: die Zensur.

Sonderbar! Wir Deutschen sind das stärkste und das klügste Volk. Unsere Fürstengeschlechter sitzen auf allen Thronen Europas, unsere Rothschilde beherrschen alle Börsen der Welt, unsere Gelehrten regieren in allen Wissenschaften, wie haben das Pulver erfunden und die Buchdruckerei; – und dennoch, wer bei uns eine Pistole losschießt bezahlt drei Taler Strafe, und wenn wir in den »Hamburger Korrespondent« setzen wollen: »meine liebe Gattin ist in Wochen gekommen, mit einem Töchterlein, schön wie die Freiheit!« dann greift der Herr Doktor Hoffmann zu seinem Rotstifte und streicht uns »die Freiheit«.

Wird dieses noch lange geschehen können? Ich weiß nicht. Aber ich weiß, die Frage der Preßfreiheit, die jetzt in Deutschland so heftig diskutiert wird, knüpft sich bedeutungsvoll an die obigen Betrachtungen, und ich glaube ihre Lösung ist nicht schwer, wenn man bedenkt, daß die Preßfreiheit nichts anderes ist, als die Konsequenz der Denkfreiheit und folglich ein protestantisches Recht. Für Rechte dieser Art hat der Deutsche schon sein bestes Blut gegeben, und er düfte wohl dahin gebracht werden, noch einmal in die Schranken zu treten.

Dasselbe ist anwendbar auf die Frage von der akademischen Freiheit, die jetzt so leidenschaftlich die Gemüter in Deutschland bewegt. Seit man entdeckt zu haben glaubt, daß auf den Universitäten am meisten politische Aufregung, nämlich Freiheitsliebe, herrscht, seitdem wird den Souveränen von allen Seiten insinuiert, daß man diese Institute unterdrücken, oder doch wenigstens in gewöhnliche Unterrichtsanstalten verwandeln müsse. Da werden nun Plane geschmiedet und das *Pro* und *Contra* diskutiert. Die öffentlichen Gegner der Universitäten, ebensowenig wie die öffentlichen Verteidiger, die wir bisher vernommen, scheinen aber die letzten Gründe der Frage nicht zu verstehen. Jene begreifen nicht, daß die Jugend überall, und unter allen Disziplinen, für die Interessen der Freiheit begeistert sein wird, und daß, wenn man die Universitäten unterdrückt, jene begeisterte Jugend anderswo, und vielleicht in Verbindung mit der Jugend des Handelsstands und der Gewerbe, sich desto tatkräftiger aussprechen wird. Die Verteidiger suchen nur zu beweisen, daß mit den Universitäten auch die Blüte der deutschen Wissenschaftlichkeit zugrunde ginge, daß eben die akademische Freiheit den Studien so nützlich sei, daß die Jugend dadurch so hübsch Gelegenheit finde, sich vielseitig auszubilden usw. Als ob es auf einige griechische Vokabeln oder einige Roheiten mehr oder weniger hier ankomme!

Und was gölte den Fürsten alle Wissenschaft, Studien oder Bildung, wenn die heilige Sicherheit ihrer Throne gefährdet stünde! Sie waren heroisch genug, alle jene relativen Güter für das einzig absolute, für ihre absolute Herrschaft aufzuopfern. Denn diese ist ihnen von Gott anvertraut und wo der Himmel gebietet, müssen alle irdischen Rücksichten weichen.

Mißverstanden ist sowohl auf seiten der armen Professoren, die als Vertreter, wie auf seiten der Regierungsbeamten, die als Gegner der Universitäten öffentlich auftreten. Nur die katholische Propaganda in Deutschland begreift die Bedeutung derselben, diese frommen Obskuranten sind die gefährlichsten Gegner unseres Universitätssystems, diese wirken dagegen meuchlerisch mit Lug und Trug, und gar, wenn sich einer von ihnen den liebevollen Anschein gibt, als wollte er den Universitäten das Wort reden, offenbart sich die jesuitische Intrige. Wohl wissen diese feigen Heuchler, was hier auf dem Spiel steht zu gewinnen. Denn mit den Universitäten fällt auch die protestantische Kirche, die seit der Reformation nur in jenen wurzelt, so daß die ganze protestantische Kirchengeschichte der letzten Jahrhunderte fast nur aus den theologischen Streitigkeiten der Wittenberger, Leipziger, Tübinger und Halleschen Universitätsgelehrten besteht. Die Konsistorien sind nur der schwache Abglanz der theologischen Fakultät, sie verlieren mit dieser allen Halt und Charakter und sinken in die öde Abhängigkeit der Ministerien oder gar der Polizei.

Doch laßt uns solchen melancholischen Betrachtungen nicht zu viel Raum geben, um so mehr, da wir hier noch von dem providentiellen Manne zu reden haben, durch welchen so Großes für das deutsche Volk geschehen. Ich habe oben gezeigt, wie wir durch ihn zur größten Denkfreiheit gelangt. Aber dieser Martin Luther gab uns nicht bloß die Freiheit der Bewegung, sondern auch das Mittel der Bewegung, dem Geist gab er nämlich einen Leib. Er gab dem Gedanken auch das Wort. Er schuf die deutsche Sprache.

Dieses geschah, indem er die Bibel übersetzte.

In der Tat, der göttliche Verfasser dieses Buchs scheint es ebensogut wie wir andere gewußt zu haben, daß es gar nicht gleichgültig ist durch wen man übersetzt wird, und er wählte selber seinen Übersetzer, und verlieh ihm die wundersame Kraft, aus einer toten Sprache, die gleichsam schon begraben war, in eine andere Sprache zu übersetzen, die noch gar nicht lebte.

Man besaß zwar die Vulgata, die man verstand, sowie auch die Septuaginta, die man schon verstehen konnte. Aber die Kenntnis des Hebräischen war in der christlichen Welt ganz erloschen. Nur die Juden, die sich, hie und da, in einem Winkel dieser Welt verborgen hielten, bewahrten noch die Traditionen dieser Sprache. Wie ein Gespenst, das einen Schatz bewacht, der ihm einst im Leben anvertraut worden, so saß dieses gemordete Volk, dieses Volk-Gespenst, in seinen dunklen Ghettos und bewahrte dort die hebräische Bibel; und in diese verrufenen Schlupfwinkel sah man die deutschen Gelehrten heimlich hinabsteigen, um den Schatz zu heben, um die Kenntnis der hebräischen Sprache zu erwerben. Als die katholische Geistlichkeit merkte, daß ihr von dieser Seite Gefahr drohte, daß das Volk auf diesem Seitenweg zum wirklichen Wort Gottes gelangen und die römischen Fälschungen entdecken konnte: da hätte man gern auch die jüdische Tradition unterdrückt, und man ging damit um, alle hebräischen Bücher zu vernichten, und am Rhein begann die Bücherverfolgung, wogegen unser vortrefflicher Doktor Reuchlin so glorreich gekämpft hat. Die Kölner Theologen, die damals agierten, besonders Hochstraaten, waren keineswegs so geistesbeschränkt, wie der tapfere Mitkämpfer Reuchlins, Ritter Ulrich von Hutten, sie in seinem *litteris obscurorum virorum* schildert. Es galt die Unterdrückung der hebräischen Sprache. Als Reuchlin siegte, konnte Luther sein Werk beginnen. In einem Briefe, den dieser damals an Reuchlin schrieb, scheint er schon zu fühlen, wie wichtig der Sieg war, den jener erfochten, und in einer abhängig schwierigen Stellung erfochten, während er, der Augustinermönch, ganz unabhängig stand; sehr naiv sagt er in diesem Briefe: *ego nihil timeo, quia nihil habeo.*

Wie aber Luther zu der Sprache gelangt ist, worin er seine Bibel übersetzte, ist mir bis auf diese Stunde unbegreiflich. Der altschwäbische Dialekt war, mit der Ritterpoesie der Hohenstaufenschen Kaiserzeit, gänzlich untergegangen. Der altsächsische Dialekt, das sogenannte Plattdeutsche, herrschte nur in einem Teile des nördlichen Deutschlands, und hat sich, trotz aller Versuche, die man gemacht, nie zu literärischen Zwecken eignen wollen. Nahm Luther zu seiner Bibelübersetzung die Sprache, die man im heutigen Sachsen sprach, so hätte Adelung recht gehabt, zu behaupten, daß der sächsische, namentlich der meißensche Dialekt, unser eigentliches Hochdeutsch, d. h. unsere Schriftsprache, sei. Aber dieses ist längst widerlegt worden, und ich muß dieses hier um so schärfer erwähnen, da solcher Irrtum in Frankreich noch immer gang und gäbe ist. Das heutige Sächsische war nie ein Dialekt des deutschen Volks, ebensowenig, wie etwa das Schlesische; denn so wie dieses, entstand es durch slawische Färbung. Ich bekenne daher offenherzig, ich weiß nicht, wie die Sprache, die wir in der lutherischen Bibel finden, entstanden ist. Aber ich weiß, daß durch diese Bibel, wovon die junge Presse, die schwarze Kunst, Tausende von Exemplaren ins Volk schleuderte, die lutherische Sprache in wenigen Jahren über ganz Deutschland verbreitet und zur allgemeinen Schriftsprache erhoben wurde. Diese Schriftsprache herrscht noch immer in Deutschland, und gibt diesem politisch und religiös zerstückelten Lande eine literarische Einheit. Ein solches unschätzbares Verdienst mag uns bei dieser Sprache dafür entschädigen, daß sie, in ihrer heutigen Ausbildung, etwas von jener Innigkeit entbehrt, welche wir bei Sprachen, die sich aus einem einzigen Dialekt gebildet, zu finden pflegen. Die Sprache in Luthers Bibel entbehrt jedoch durchaus nicht einer solchen Innigkeit, und dieses alte Buch ist eine ewige Quelle der Verjüngung für unsere Sprache. Alle Ausdrücke und Wendungen, die in der lutherischen Bibel stehn, sind deutsch, der Schriftsteller darf sie immerhin noch gebrauchen; und da dieses Buch in den Händen der ärmsten Leute ist, so bedürfen diese keiner besonderen gelehrten Anleitung, um sich literarisch aussprechen zu können.

Dieser Umstand wird, wenn bei uns die politische Revolution ausbricht, gar merkwürdige Erscheinungen zur Folge haben. Die Freiheit wird überall sprechen können und ihre Sprache wird biblisch sein.

Luthers Originalschriften haben ebenfalls dazu beigetragen, die deutsche Sprache zu fixieren. Durch ihre polemische Leidenschaftlichkeit drangen sie tief in das Herz der Zeit. Ihr Ton ist nicht immer sauber. Aber man macht auch keine religiöse Revolution mit Orangenblüte. Zu dem groben Klotz gehörte manchmal ein grober Keil. In der Bibel ist Luthers Sprache aus Ehrfurcht vor dem gegenwärtigen Geist Gottes, immer in eine gewisse Würde gebannt. In seinen Streitschriften hingegen überläßt er sich einer plebejischen Roheit, die oft ebenso widerwärtig, wie grandios ist. Seine Ausdrücke und Bilder gleichen dann jenen riesenhaften Steinfiguren, die wir in indischen oder ägyptischen Tempelgrotten finden, und deren gręlles Kolorit und abenteuerliche Häßlichkeit uns zugleich abstößt und anzieht. Durch diesen barocken Felsenstil erscheint uns der kühne Mönch manchmal wie ein religiöser Danton, ein Prediger des Berges, der, von der Höhe desselben, die bunten Wortblöcke hinabschmettert auf die Häupter seiner Gegner.

Merkwürdiger und bedeutender als diese prosaischen Schriften sind Luthers Gedichte, die Lieder, die, in Kampf und Not, aus seinem Gemüte entsprossen. Sie gleichen manchmal einer Blume, die auf einem Felsen wächst, manchmal einem Mondstrahl, der über ein bewegtes Meer hinzittert. Luther liebte die Musik, er hat sogar einen Traktat über diese Kunst geschrieben, und seine Lieder sind daher außerordentlich melodisch. Auch in dieser Hinsicht gebührt ihm der Name: Schwan von Eisleben. Aber er war nichts weniger als ein milder Schwan in manchen Gesängen, wo er den Mut der Seinigen anfeuert und sich selber zur wildesten Kampflust begeistert. Ein Schlachtlied war jener trotzige Gesang, womit er und seine Begleiter in Worms einzogen. Der alte Dom zitterte bei diesen neuen Klängen, und die Raben erschraken in ihren obskuren Turmnestern. Jenes Lied, die Marseiller Hymne der Reformation, hat bis auf unsere Tage seine begeisternde Kraft bewahrt.

Eine feste Burg ist unser Gott,
Ein' gute Wehr und Waffen,
Er hilft uns frei aus aller Not,
Die uns jetzt hat betroffen.
Der alte böse Feind
Mit Ernst er's jetzt meint,
Große Macht und viel List
Sein grausam Rüstung ist,
Auf Erd' ist nicht sein'sgleichen.

Mit unsrer Macht ist nichts getan,
Wir sind gar bald verloren,

Es streit't für uns der rechte Mann,
Den Gott selbst hat erkoren.
Fragst du, wer es ist?
Er heißt Jesus Christ,
Der Herr Zebaoth,
Und ist kein and'rer Gott,
Das Feld muß er behalten.

Und wenn die Welt voll Teufel wär'
Und wollten uns verschlingen,
So fürchten wir uns nicht so sehr,
Es soll uns doch gelingen;
Der Fürst dieser Welt,
Wie sauer er sich stellt,
Tut er uns doch nicht,
Das macht, er ist gericht'
Ein Wörtlein kann ihn fällen.

Das Wort sie sollen lassen stahn,
Und keinen Dank dazu haben,
Es ist bei uns wohl auf dem Plan
Mit seinem Geist und Gaben.
Nehmen sie uns den Leib,
Gut, Ehr', Kind und Weib,
Laß fahren dahin,
Sie haben's kein Gewinn,
Das Reich muß uns doch bleiben.

Ich habe gezeigt, wie wir unserm teuern Doktor Martin Luther die Geistesfreiheit verdanken, welche die neuere Literatur zu ihrer Entfaltung bedurfte. Ich habe gezeigt, wie er uns auch das Wort schuf, die Sprache, worin diese neue Literatur sich aussprechen konnte. Ich habe jetzt nur noch hinzuzufügen, daß er auch selber diese Literatur eröffnet, daß diese, und ganz eigentlich die schöne Literatur mit Luther beginnt, daß seine geistlichen Lieder sich als die ersten wichtigen Erscheinungen derselben ausweisen und schon den bestimmten Charakter derselben kundgeben. Wer über die neuere deutsche Literatur reden will, muß daher mit Luther beginnen, und nicht etwa mit einem Nüremberger Spießbürger, Namens Hans Sachs, wie aus unredlichem Mißwollen von einigen romantischen Literatoren geschehen ist. Hans Sachs, dieser Troubadour der ehrbaren Schusterzunft, dessen Meistergesang nur eine läppische Parodie der früheren Minnelieder und dessen Dramen nur eine tölpelhafte Travestie der alten Mysterien, dieser pedantische Hanswurst, der die freie Naivität des Mittelalters ängstlich nachäfft, ist vielleicht als der letzte Poet der älteren Zeit, keineswegs aber als der erste Poet der neueren Zeit zu betrachten. Es wird dazu keines weiteren Beweises bedürfen, als daß ich den Gegensatz unserer neueren Literatur zur älteren mit bestimmten Worten erörtere.

Betrachten wir daher die deutsche Literatur, die vor Luther blühte, so finden wir:

1) Ihr Material, ihr Stoff, ist, wie das Leben des Mittelalters selbst, eine Mischung zweier heterogener Elemente, die in einem langen Zweikampf sich so gewaltig umschlungen, daß sie am Ende ineinander verschmolzen, nämlich: die germanische Nationalität und das indisch-gnostische, sogenannte katholische Christentum.

2) Die Behandlung, oder vielmehr der Geist der Behandlung in dieser älteren Literatur ist romantisch. Abusive sagt man dasselbe auch von dem Material jener Literatur, von allen Erscheinungen des Mittelalters, die durch die Verschmelzung der erwähnten beiden Elemente, germanische Nationalität und katholisches Christentum, entstanden sind. Denn, wie einige Dichter des Mittelalters die griechische Geschichte und Mythologie ganz romantisch behandelt haben, so kann man auch die mitteralterlichen Sitten und Legenden in klassischer Form

darstellen. Die Ausdrücke »klassisch« und »romantisch« beziehen sich also nur auf den Geist der Behandlung. Die Behandlung ist klassisch, wenn die Form des Dargestellten ganz identisch ist mit der Idee des Darzustellenden, wie dieses der Fall ist bei den Kunstwerken der Griechen, wo daher in dieser Identität auch die größte Harmonie zwischen Form und Idee zu finden. Die Behandlung ist romantisch, wenn die Form nicht durch Identität die Idee offenbart, sondern parabolisch diese Idee erraten läßt. Ich gebrauche hier das Wort »parabolisch« lieber als das Wort »symbolisch«. Die griechische Mythologie hatte eine Reihe von Göttergestalten, deren jede, bei aller Identität der Form und der Idee, dennoch eine symbolische Bedeutung bekommen konnte. Aber in dieser griechischen Religion war eben nur die Gestalt der Götter bestimmt, alles andere, ihr Leben und Treiben, war der Willkür der Poeten zur beliebigen Behandlung überlassen. In der christlichen Religion hingegen gibt es keine so bestimmte Gestalten, sondern bestimmte Fakta, bestimmte heilige Ereignisse und Taten, worin das dichtende Gemüt des Menschen eine parabolische Bedeutung legen konnte. Man sagt, Homer habe die griechischen Götter erfunden; das ist nicht wahr, sie existierten schon vorher in bestimmten Umrissen, aber er erfand ihre Geschichten. Die Künstler des Mittelalters hingegen wagten nimmermehr in dem geschichtlichen Teil ihrer Religion das mindeste zu erfinden; der Sündenfall, die Menschwerdung, die Taufe, die Kreuzigung u. dgl. waren unantastbare Tatsachen, woran nicht gemodelt werden durfte, worin aber das dichtende Gemüt der Menschen eine parabolische Bedeutung legen konnte. In diesem parabolischen Geist wurden nun auch alle Künste im Mittelalter behandelt, und diese Behandlung ist romantisch. Daher in der Poesie des Mittelalters jene mystische Allgemeinheit; die Gestalten sind so schattenhaft, was sie tun ist so unbestimmt, alles ist darin so dämmernd, wie von wechselndem Mondlicht beleuchtet; die Idee ist in der Form nun wie ein Rätsel angedeutet, und wir sehen hier eine vage Form, wie sie eben zu einer spiritualistischen Literatur geeignet war. Da ist nicht wie bei den Griechen eine sonnenklare Harmonie zwischen Form und Idee; sondern, manchmal überragt die Idee die gegebene Form, und diese strebt verzweiflungsvoll jene zu erreichen, und wir sehen dann bizarre, abenteuerliche Erhabenheit; manchmal ist die Form ganz der Idee über den Kopf gewachsen, ein läppisch winziger Gedanke schleppt sich einher in einer kolossalen Form, und wir sehen groteske Farce; fast immer sahen wir Unförmlichkeit.

3) Der allgemeine Charakter jener Literatur war, daß sich in allen Produkten derselben jener feste, sichere Glaube kundgab, der damals in allen weltlichen wie geistlichen Dingen herrschte. Basiert auf Autoritäten waren alle Ansichten der Zeit; der Dichter wandelte, mit der Sicherheit eines Maulesels, längs den Abgründen des Zweifels, und es herrscht in seinen Werken eine kühne Ruhe, eine selige Zuversicht, wie sie später unmöglich war, als die Spitze jener Autoritäten, nämlich die Autorität des Papstes, gebrochen war und alle anderen nachstürzten. Die Gedichte des Mittelalters haben daher alle denselben Charakter, es ist als habe sie nicht der einzelne Mensch, sondern das ganze Volk gedichtet; sie sind objektiv, episch und naiv.

In der Literatur hingegen, die mit Luther emporblüht, finden wir ganz das Gegenteil:

1) Ihr Material, ihr Stoff, der behandelt werden soll, ist der Kampf der Reformationsinteressen und Ansichten mit der alten Ordnung der Dinge. Dem neuen Zeitgeist ist jener Mischglaube, der aus den erwähnten zwei Elementen, germanische Nationalität und indisch-gnostisches Christentum, entstanden ist, gänzlich zuwider; letzteres dünkt ihm heidnische Götzendienerei, an dessen Stelle die wahre Religion des judaisch-deistischen Evangeliums treten soll. Eine neue Ordnung der Dinge gestaltet sich; der Geist macht Erfindungen, die das Wohlsein der Materie befördern; durch das Gedeihen der Industrie

und durch die Philosophie wird der Spiritualismus in der öffentlichen Meinung diskreditiert; der dritte Stand erhebt sich; die Revolution grollt schon in den Herzen und Köpfen; und was die Zeit fühlt und denkt und bedarf und will, wird ausgesprochen, und das ist der Stoff der modernen Literatur.

2) Der Geist der Behandlung ist nicht mehr romantisch, sondern klassisch. Durch das Wiederaufleben der alten Literatur verbreitete sich über ganz Europa eine freudige Begeisterung für die griechischen und römischen Schriftsteller, und die Gelehrten, die einzigen, welche damals schrieben, suchten den Geist des klassischen Altertums sich anzueignen, oder wenigstens in ihren Schriften die klassischen Kunstformen nachzubilden. Konnten sie nicht, gleich den Griechen, eine Harmonie der Form und der Idee erreichen, so hielten sie sich doch desto strenger an das Äußere der griechischen Behandlung, sie schieden, nach griechischer Vorschrift, die Gattungen, enthielten sich jeder romantischen Extravaganz, und in dieser Beziehung nennen wir sie klassisch.

3) Der allgemeine Charakter der modernen Literatur besteht darin, daß jetzt die Individualität und die Skepsis vorherrschen. Die Autoritäten sind niedergebrochen; nur die Vernunft ist jetzt des Menschen einzige Lampe, und sein Gewissen ist sein einziger Stab in den dunkeln Irrgängen dieses Lebens. Der Mensch steht jetzt allein seinem Schöpfer gegenüber, und singt ihm sein Lied. Daher beginnt diese Literatur mit geistlichen Gesängen. Aber auch später, wo sie weltlich wird, herrscht darin das innigste Selbstbewußtsein, das Gefühl der Persönlichkeit. Die Poesie ist jetzt nicht mehr objektiv, episch und naiv, sondern subjektiv, lyrisch und reflektierend.

Zweites Buch

Im vorigen Buche haben wir von der großen religiösen Revolution gehandelt, die von Martin Luther in Deutschland repräsentiert ward. Jetzt haben wir von der philosophischen Revolution zu sprechen, die aus jener hervorging, ja, die eben nichts anderes ist, wie die letzte Konsequenz des Protestantismus.

Ehe wir aber erzählen wie diese Revolution durch Immanuel Kant zum Ausbruch kam, müssen die philosophischen Vorgänge im Auslande, die Bedeutung des Spinoza, die Schicksale der Leibnizischen Philosophie, die Wechselverhältnisse dieser Philosophie und der Religion, die Reibungen derselben, ihr Zerwürfnis u. dgl. m. erwähnt werden. Beständig aber halten wir im Auge diejenigen von den Fragen der Philosophie, denen wir eine soziale Bedeutung beimessen, und zu deren Lösung sie mit der Religion konkurriert.

Dieses ist nun die Frage von der Natur Gottes. »Gott ist Anfang und Ende aller Weisheit!« sagen die Gläubigen in ihrer Demut, und der Philosoph, in allem Stolze seines Wissens, muß diesem frommen Spruche beistimmen.

Nicht Baco, wie man zu lehren pflegt, sondern René Descartes ist der Vater der neuern Philosophie, und in welchem Grade die deutsche Philosophie von ihm abstammt, werden wir ganz deutlich zeigen.

René Descartes ist ein Franzose, und dem großen Frankreich gebührt auch hier der Ruhm der Initiative. Aber das große Frankreich, das geräuschvolle, bewegte, vielschwatzende Land der Franzosen, war nie ein geeigneter Boden für Philosophie, diese wird vielleicht niemals darauf gedeihen, und das fühlte René Descartes, und er ging nach Holland, dem stillen, schweigenden Lande der Trekschuiten und Holländer, und dort schrieb er seine philosophischen Werke. Nur dort konnte er seinen Geist von dem traditionellen Formalismus befreien und eine ganze Philosphie aus reinen Gedanken emporbauen, die weder dem Glauben noch der Empirie abgeborgt sind, wie es seitdem von jeder wahren Philosophie verlangt wird. Nur dort konnte er so tief in des Denkens Abgründe sich versenken, daß er es in den letzten Gründen des Selbstbewußtseins ertappt, und er eben durch den Gedanken das Selbstbewußtsein konstatieren konnte, in dem weltberühmten Satze: *cogito ergo sum.*

Aber auch vielleicht nirgends anders als in Holland konnte Descartes es wagen, eine Philosophie zu lehren, die mit allen Traditionen der Vergangenheit in den offenbarsten Kampf geriet. Ihm gebührt die Ehre, die Autonomie der Philosophie gestiftet zu haben; diese brauchte nicht mehr die Erlaubnis zum Denken von der Theologie zu erbetteln und durfte sich jetzt als selbständige Wissenschaft neben dieselbe hinstellen. Ich sage nicht: derselben entgegensetzen, denn es galt damals der Grundsatz: die Wahrheiten, wozu wir durch die Philosophie gelangen, sind am Ende dieselben, welche uns auch die Religion überliefert. Die Scholastiker, wie ich schon früher bemerkt, hatten hingegen der Religion nicht bloß die Suprematie über die Philosophie eingeräumt, sondern auch diese letztere für ein nichtiges Spiel, für eitel Wortfechterei erklärt, sobald sie mit den Dogmen der Religion in Widerspruch geriet. Den Scholastikern war es nur darum zu tun, ihre Gedanken auszusprechen, gleichviel unter welcher Bedingung. Sie sagten Einmal Eins ist Eins, und bewiesen es; aber sie setzten lächelnd hinzu, das ist wieder ein Irrtum der menschlichen Vernunft, die immer irrt, wenn sie mit den Beschlüssen der ökumenischen Konzilien in Widerspruch gerät; Einmal Eins ist Drei, und das ist die wahre Wahrheit, wie uns längst offenbart worden, im Namen des Vaters, des Sohnes und des Heiligen Geistes! Die Scholastiker bildeten, im geheim, eine philosophische Opposition gegen die Kirche. Aber öffentlich heuchelten sie die größte Unterwürfigkeit, kämpften sogar in manchen Fällen für die Kirche, und bei Aufzügen paradierten sie im Gefolge derselben, ungefähr wie die französischen Oppositionsdeputierten bei den Feierlichkeiten der Restauration. Die Komödie der Scholastiker dauerte mehr als sechs Jahrhunderte und sie wurde immer trivialer. Indem Descartes den Scholastizismus zerstörte, zerstörte er auch die verjährte Opposition des Mittelalters. Die alten Besen waren durch das lange Fegen stumpf geworden, es klebte daran allzuviel Kehricht, und die neue Zeit verlangte neue Besen. Nach jeder Revolution muß die bisherige Opposition abdanken; es geschehen sonst große Dummheiten. Wir haben's erlebt. Weniger war es nun die katholische Kirche, als vielmehr die alten Gegner derselben, der Nachtrab der Scholastiker, welche sich zuerst gegen die Cartesianische Philosophie erhoben. Erst 1663 verbot sie der Papst.

Ich darf bei Franzosen eine zulängliche, süffisante Bekanntschaft mit der Philosophie ihres großen Landsmannes voraussetzen, und ich brauche hier nicht erst zu zeigen, wie die entgegengesetztesten Doktrinen aus ihr das nötige Material entlehnen konnten. Ich spreche hier vom Idealismus und vom Materialismus.

Da man, besonders in Frankreich, diese zwei Doktrinen mit den Namen Spiritualismus und Sensualismus bezeichnet, und da ich mich dieser beiden Benennungen in anderer Weise bediene, so muß ich, um Begriffsverwirrung vorzubeugen, die obigen Ausdrücke näher besprechen.

Seit den ältesten Zeiten gibt es zwei entgegengesetzte Ansichten über die Natur des menschlichen Denkens, d. h. über die letzten Gründe der geistigen Erkenntnis, über die Entstehung der Ideen. Die einen behaupten, wir erlangeÓ unsere Ideen nur von außen, unser Geist sei nur ein leeres Behältnis, worin die von den Sinnen eingeschluckten Anschauungen sich verarbeiten, ungefähr wie die genossenen Speisen in unserem Magen. Um ein besseres Bild zu gebrauchen, diese Leute betrachten unseren Geist wie ein Tabula rasa, worauf später die Erfahrung täglich etwas Neues schreibt, nach bestimmten Schreibregeln.

Die anderen, die entgegengesetzter Ansicht, behaupten: die Ideen sind dem Menschen angeboren, der menschliche Geist ist der Ursitz der Ideen, und die Außenwelt, die Erfahrung, und die vermittelnden Sinne bringen uns nur zur Erkenntnis dessen, was schon vorher in unserem Geiste war, sie wecken dort nur die schlafenden Ideen.

Die erstere Ansicht hat man nun den Sensualismus, manchmal auch den Empirismus genannt; die andere nannte man den Spiritualismus, manchmal auch den Rationalismus. Dadurch können jedoch leicht Mißverständnisse entstehen, da wir mit diesen zwei Namen, wie ich schon im vorigen Buche erwähnt, seit einiger Zeit auch jene zwei soziale Systeme, die sich in allen Manifestationen des Lebens geltend machen, bezeichnen. Den Namen Spiritualismus überlassen wir daher jener frevelhaften Anmaßung des Geistes, der nach alleiniger Verherrlichung strebend, die Materie zu zertreten, wenigstens zu fletrieren sucht: und den Namen Sensualismus überlassen wir jener Opposition, die, dagegen eifernd, ein Rehabilitieren der Materie bezweckt und den Sinnen ihre Rechte vindiziert, ohne die Rechte des Geistes, ja nicht einmal ohne die Suprematie des Geistes zu leugnen. Hingegen den philosophischen Meinungen über die Natur unserer Erkenntnisse, gebe ich lieber die Namen Idealismus und Materialismus; und ich bezeichne mit dem ersteren die Lehre von den angeborenen Ideen, von den Ideen *a priori*, und mit dem anderen Namen bezeichne ich die Lehre von der Geisteserkenntnis durch die Erfahrung, durch die Sinne, die Lehre von den Ideen *a posteriori*.

Bedeutungsvoll ist der Umstand, daß die idealistische Seite der Cartesianischen Philosophie niemals in Frankreich Glück machen wollte. Mehrere berühmte Jansenisten verfolgten einige Zeit diese Richtung, aber sie verloren sich bald in den christlichen Spiritualismus. Vielleicht war es dieser Umstand, welcher den Idealismus in Frankreich diskreditierte. Die Völker ahnen instinktmäßig, wessen sie bedürfen, um ihre Mission zu erfüllen. Die Franzosen waren schon auf dem Wege zu jener politischen Revolution, die erst am Ende des achtzehnten Jahrhunderts ausbrach, und wozu sie eines Beils und einer ebenso kaltscharfen, materialistischen Philosophie bedurften. Der christliche Spiritualismus stand als Mitkämpfer in den Reihen ihrer Feinde und der Sensualismus wurde daher ihr natürlicher Bundesgenosse. Da die französischen Sensualisten gewöhnlich Materialisten waren, so entstand der Irrtum, daß der Sensualismus nur aus dem Materialismus hervorgehe. Nein, jener kann sich ebensogut als ein Resultat des Pantheismus geltend machen, und da ist seine Erscheinung schön und herrlich. Wir wollen jedoch dem französischen Materialismus keineswegs seine Verdienste absprechen. Der französische Materialismus war ein gutes Gegengift gegen das Übel der Vergangenheit, ein verzweifeltes Heilmittel in einer verzweifelten Krankheit, Merkur für ein infiziertes Volk. Die französischen Philosophen wählten John Locke zu ihrem Meister. Das war der Heiland, dessen sie bedurften. Sein *Essay on human understanding* ward ihr Evangelium; darauf schworen sie. John Locke war bei Descartes in die Schule gegangen, und hatte alles von ihm gelernt, was ein Engländer lernen kann, Mechanik, Scheidekunst, Kombinieren, Konstruieren, Rechnen. Nur eines hatte er nicht begreifen können, nämlich die angeborenen Ideen. Er vervollkommnete daher die Doktrin, daß wir unsere Erkenntnisse von außen, durch die Erfahrung, erlangen. Er machte den menschlichen Geist zu einer Art Rechenkasten, der ganze Mensch wurde eine englische Maschine. Dieses gilt auch von dem Menschen, wie ihn die Schüler Lockes konstruierten, obgleich sie sich durch verschiedene Benennungen voneinander unterscheiden wollen. Sie haben alle Angst vor den letzten Folgerungen ihres obersten Grundsatzes, und der Anhänger Condillacs erschrickt, wenn man ihn mit einem Helvetius, oder gar mit einem Holbach, oder vielleicht noch am Ende mit einem La Metrie in eine Klasse setzt. Und doch muß es geschehen, und ich darf daher die französischen Philosophen des achtzehnten Jahrhunderts und ihre heutigen Nachfolger samt und sonders als Materialisten bezeichnen. *»L'homme machine«* ist das konsequenteste Buch der französischen Philosophie und der Titel schon verrät das letzte Wort ihrer ganzen Weltansicht.

Diese Materialisten waren meistens auch Anhänger des Deismus, denn eine Maschine setzt einen Mechanikus voraus, und es gehört zur höchsten Vollkommenheit dieser ersteren, daß sie die technischen Kenntnisse eines solchen Künstlers, teils an ihrer eigenen Konstruktion, teils an seinen übrigen Werken, zu erkennen und zu schätzen weiß.

Der Materialismus hat in Frankreich seine Mission erfüllt. Er vollbringt jetzt vielleicht dasselbe Werk in England, und auf Locke fußen dort die revolutionären Parteien, namentlich die Benthamisten, die Prädikanten der Utilität. Diese sind gewaltige Geister, die den rechten Hebel ergriffen, womit man John Bull in Bewegung setzen kann. John Bull ist ein geborener Materialist und sein christlicher Spiritualismus ist meistens eine traditionelle Heuchelei oder doch nur materielle Borniertheit – sein Fleisch resigniert sich, weil ihm der Geist nicht zu Hülfe kommt. Anders ist es in Deutschland und die deutschen Revolutionäre irren sich, wenn sie wähnen, daß eine materialistische Philosophie ihren Zwecken günstig sei. Ja, es ist dort gar keine allgemeine Revolution möglich, solange ihre Prinzipien nicht aus einer volkstümlicheren, religiöseren und deutscheren Philosophie deduziert und durch die Gewalt derselben herrschend geworden. Welche Philosophie ist dieses? Wir werden sie späterhin unumwunden besprechen. Ich sage: unumwunden, denn ich rechne darauf, daß auch Deutsche diese Blätter lesen.

Deutschland hat von jeher eine Abneigung gegen den Materialismus bekundet und wurde deshalb, während anderthalb Jahrhunderte, der eigentliche Schauplatz des Idealismus. Auch die Deutschen begaben sich in die Schule des Descartes, und der große Schüler desselben hieß Gottfried Wilhelm Leibniz. Wie Locke die materialistische Richtung, so verfolgte Leibniz die idealistische Richtung des Meisters. Hier finden wir am determiniertesten die Lehre von den angeborenen Ideen. Er bekämpfte Locke in seinen *Nouveaux essays sur l'entendement humain.* Mit Leibniz erblühte ein großer Eifer für philosophisches Studium bei den Deutschen. Er weckte die Geister und lenkte sie in neue Bahnen. Ob der inwohnenden Milde, ob des religiösen Sinnes, der seine Schriften belebte, wurden auch die widerstrebenden Geister mit der Kühnheit derselben einigermaßen ausgesöhnt, und die Wirkung war ungeheuer. Die Kühnheit dieses Denkers zeigt sich namentlich in seiner Monadenlehre, eine der merkwürdigsten Hypothesen, die je aus dem Haupte eines Philosophen hervorgegangen. Diese ist auch zugleich das Beste, was er geliefert; denn es dämmert schon darin die Erkenntnis der wichtigsten Gesetze, die unsere heutige Philosophie erkannt hat. Die Lehre von den Monaden war vielleicht nur eine unbehülfliche Formulierung dieser Gesetze, die jetzt von den Naturphilosophen in bessern Formeln ausgesprochen worden. Ich sollte hier eigentlich statt des Wortes »Gesetz« eben nur »Formel« sagen; denn Newton hat ganz recht, wenn er bemerkt, daß dasjenige, was wir Gesetze in der Natur nennen, eigentlich nicht existiert, und daß es nur Formeln sind, die unserer Fassungskraft zu Hilfe kommen, um eine Reihe von Erscheinungen in der Natur zu erklären. Die »Theodizee« ist in Deutschland von allen Leibnizischen Schriften am meisten besprochen worden. Es ist jedoch sein schwächstes Werk. Dieses Buch, wie noch einige andere Schriften, worin sich der religiöse Geist des Leibniz ausspricht, hat ihm manchen bösen Leumund, manche bittere Verkennung zugezogen. Seine Feinde haben ihn der gemütlichsten Schwachköpfigkeit beschuldigt; seine Freunde, die ihn verteidigten, machten ihn dagegen zu einem pfiffigen Heuchler. Der Charakter des Leibniz blieb lange bei uns ein Gegenstand der Kontroverse. Die Billigsten haben ihn von dem Vorwurf der Zweideutigkeit nicht freisprechen können. Am meisten schmähten ihn die Freidenker und Aufklärer. Wie konnten sie einem Philosophen verzeihen, die Dreieinigkeit, die ewigen Höllenstrafen, und gar die Gottheit Christi verteidigt zu haben! Soweit erstreckt sich nicht ihre Toleranz. Aber Leibniz war weder ein Tor noch ein Schuft, und von seiner harmonischen Höhe konnte er sehr gut das ganze Christentum verteidigen. Ich sage, das ganze Christentum, denn er verteidigte es gegen das halbe Christentum. Er zeigte die Konsequenz der Othodoxen im Gegensatze zur Halbheit ihrer Gegner. Mehr hat er nie gewollt. Und dann stand er auf jenem Indifferenzpunkte, wo die verschiedensten Systeme nur verschiedene Seiten derselben Wahrheit sind. Diesen Indifferenzpunkt hat späterhin auch Herr Schelling erkannt, und Hegel hat ihn wissenschaftlich begründet, als ein System der Systeme. In gleicher Weise beschäftigte sich Leibniz mit einer Harmonie zwischen Plato und Aristoteles. Auch in der späteren Zeit ist diese Aufgabe oft genug bei uns vorgekommen. Ist sie gelöst worden?

Nein, wahrhaftig nein! Denn diese Aufgabe ist eben nichts anders als eine Schlichtung des Kampfes zwischen Idealismus und Materialismus. Plato ist durchaus Idealist und kennt nur angeborene oder vielmehr mitgeborene Ideen: der Mensch bringt die Ideen mit zur Welt, und wenn er derselben bewußt wird, so kommen sie ihm vor wie Erinnerungen aus einem früheren Dasein. Daher auch das Vage und Mystische des Plato, er erinnert sich mehr oder minder klar. Bei Aristoteles hingegen ist alles klar, alles deutlich, alles sicher; denn seine Erkenntnisse offenbaren sich nicht in ihm mit vorweltlichen Beziehungen, sondern er schöpft alles aus der Erfahrung, und weiß alles aufs bestimmteste zu klassifizieren. Er bleibt daher auch ein Muster für alle Empiriker, und diese wissen nicht genug Gott zu preisen, daß er ihn zum Lehrer des Alexander gemacht, daß er durch dessen Eroberungen so viele Gelegenheiten fand zur Beförderung der Wissenschaft, und daß sein siegender Schüler ihm so viele tausend Talente gegeben zu zoologischen Zwekken. Dieses Geld hat der alte Magister gewissenhaft verwendet, und er hat dafür eine ehrliche Anzahl von Säugetieren seziert und Vögel ausgestopft, und dabei die wichtigsten Beobachtungen angestellt: aber die große Bestie, die er am nächsten vor Augen hatte, die er selber auferzogen, und die weit merkwürdiger war, als die ganze damalige Weltmenagerie, hat er leider übersehen und unerforscht gelassen. In der Tat, er ließ uns ganz ohne Kunde über die Natur jenes Jünglingkönigs, dessen Leben und Taten wir noch immer als Wunder und Rätsel anstaunen. Wer war Alexander? Was wollte er? War er ein Wahnsinniger oder ein Gott? Noch jetzt wissen wir es nicht. Desto bessere Auskunft gibt uns Aristoteles über babylonische Meerkatzen, indische Papageien und griechische Tragödien, welche er ebenfalls seziert hat.

Plato und Aristoteles! Das sind nicht bloß die zwei Systeme, sondern auch die Typen zweier verschiedenen Menschennaturen, die sich, seit undenklicher Zeit, unter allen Kostümen, mehr oder minder feindselig entgegenstehen. Vorzüglich das ganze Mittelalter hindurch, bis auf den heutigen Tag, wurde solchermaßen gekämpft, und dieser Kampf ist der wesentlichste Inhalt der christlichen Kirchengeschichte. Von Plato und Aristoteles ist immer die Rede; wenn auch unter anderem Namen. Schwärmerische, mystische, platonische Naturen offenbaren aus den Abgründen ihres Gemütes die christlichen Ideen und die entsprechenden Symbole. Praktische, ordnende, aristotelische Naturen bauen aus diesen Ideen und Symbolen ein festes System, eine Dogmatik und einen Kultus. Die Kirche umschließt endlich beide Naturen, wovon die einen sich meistens im Klerus, und die anderen im Mönchstum verschanzen, aber sich unablässig befehden. In der protestantischen Kirche zeigt sich derselbe Kampf, und das ist der Zwiespalt zwischen

Pietisten und Orthodoxen, die den katholischen Mystikern und Dogmatikern in einer gewissen Weise entsprechen. Die protestantischen Pietisten sind Mystiker ohne Phantasie, und die protestantischen Orthodoxen sind Dogmatiker ohne Geist.

Diese beiden protestantischen Parteien finden wir in einem erbitterten Kampfe zur Zeit des Leibniz, und die Philosophie desselben intervenierte späterhin, als Christian Wolf sich derselben bemächtigte, sie den Zeitbedürfnissen anpaßte und sie, was die Hauptsache war, in deutscher Sprache vortrug. Ehe wir aber von diesem Schüler des Leibniz, von den Wirkungen seines Strebens und von den späteren Schicksalen des Luthertums ein Weiteres berichten, müssen wir des providentiellen Mannes erwähnen, der gleichzeitig mit Locke und Leibniz sich in der Schule des Descartes gebildet hatte, lange Zeit nur mit Hohn und Haß betrachtet worden, und dennoch in unseren heutigen Tagen zur alleinigen Geisterherrschaft emporsteigt.

Ich spreche von Benedikt Spinoza.

Ein großer Genius bildet sich durch einen anderen großen Genius, weniger durch Assimilierung als durch Reibung. Ein Diamant schleift den andern. So hat die Philosophie des Descartes keineswegs die des Spinoza hervorgebracht, sondern nur befördert. Daher zunächst finden wir bei dem Schüler die Methode des Meisters; dieses ist ein großer Gewinn. Dann finden wir bei Spinoza, wie bei Descartes, die der Mathematik abgeborgte Beweisführung. Dieses ist ein großes Gebrechen. Die mathematische Form gibt dem Spinoza ein herbes Äußere. Aber dieses ist wie die herbe Schale der Mandel; der Kern ist um so erfreulicher. Bei der Lektüre des Spinoza ergreift uns ein Gefühl wie beim Anblick der großen Natur in ihrer lebendigsten Ruhe. Ein Wald von himmelhohen Gedanken, deren blühende Wipfel in wogender Bewegung sind, während die unerschütterlichen Baumstämme in der ewigen Erde wurzeln. Es ist ein gewisser Hauch in den Schriften des Spinoza, der unerklärlich. Man wird angeweht wie von den Lüften der Zukunft. Der

Geist der hebräischen Propheten ruhte vielleicht noch auf ihrem späten Enkel. Dabei ist ein Ernst in ihm, ein selbstbewußter Stolz, eine Gedankengrandezza, die ebenfalls ein Erbteil zu sein scheint; denn Spinoza gehörte zu jenen Märtyrerfamilien, die damals von den allerkatholischsten Königen aus Spanien vertrieben worden. Dazu kommt noch die Geduld des Holländers, die sich ebenfalls, wie im Leben, so auch in den Schriften des Mannes niemals verleugnet hat.

Konstatiert ist es, daß der Lebenswandel des Spinoza frei von allem Tadel war, und rein und makellos wie das Leben seines göttlichen Vetters, Jesu Christi. Auch wie dieser litt er für seine Lehre, wie dieser trug er die Dornenkrone. Überall, wo ein großer Geist seinen Gedanken ausspricht, ist Golgatha.

Teurer Leser, wenn du mal nach Amsterdam kömmst, so laß dir dort von dem Lohnlakaien die spanische Synagoge zeigen. Diese ist ein schönes Gebäude, und das Dach ruht auf vier kolossalen Pfeilern, und in der Mitte steht die Kanzel, wo einst der Bannfluch ausgesprochen wurde über den Verächter des mosaischen Gesetzes, den Hidalgo Don Benedikt de Spinoza. Bei dieser Gelegenheit wurde auf einem Bockshorne geblasen, welches Schofar heißt. Es muß eine furchtbare Bewandtnis haben mit diesem Horne. Denn wie ich mal in dem Leben des Salomon Maimon gelesen, suchte einst der Rabbi von Altona ihn, den Schüler Kants, wieder zum alten Glauben zurückzuführen, und als derselbe bei seinen philosophischen Ketzereien halsstarrig beharrte, wurde er drohend und zeigte ihm den Schofar, mit den finstern Worten: »weiß du, was das ist?« Als aber der Schüler Kants sehr gelassen antwortete: »es ist das Horn eines Bockes!« da fiel der Rabbi rücklings zu Boden vor Entsetzen.

Mit diesem Horne wurde die Exkommunikation des Spinoza akkompagniert, er wurde feierlich ausgestoßen aus der Gemeinschaft Israels und unwürdig erklärt hinfüro den Namen Jude zu tragen. Seine christlichen Feinde waren großmütig genung, ihm diesen Namen zu lassen. Die Juden aber, die Schweizergarde des Deismus, waren unerbittlich, und man zeigt den Platz vor der spanischen Synagoge zu Amsterdam, wo sie einst mit ihren langen Dolchen nach dem Spinoza gestochen haben.

Ich konnte nicht umhin, auf solche persönliche Mißgeschicke des Mannes besonders aufmerksam zu machen. Ihn bildete nicht bloß die Schule, sondern auch das Leben. Das unterscheidet ihn von den meisten Philosophen, und in seinen Schriften erkennen wir die mittelbaren Einwirkungen des Lebens. Die Theologie war für ihn nicht bloß eine Wissenschaft. Ebenso die Politik. Auch diese lernte er in der Praxis kennen. Der Vater seiner Geliebten wurde wegen politischer Vergehen in den Niederlanden gehenkt. Und nirgends in der Welt wird man schlechter gehenkt wie in den Niederlanden. Ihr habt keinen Begriff davon, wie unendlich viele Vorbereitungen und Zeremonien dabei stattfinden. Der Delinquent stirbt zugleich vor langer Weile, und der Zuschauer hat dabei hinlängliche Muße zum Nachdenken. Ich bin daher überzeugt, daß Benedikt Spinoza über die Hinrichtung des alten Van Ende sehr viel nachgedacht hat, und so wie er früher die Religion mit ihren Dolchen begriffen, so begriff er auch jetzt die Politik mit ihren Stricken. Kunde davon gibt seine *Tractatus politicus.*

Ich habe nur die Art und Weise hervorzuheben, wie die Philosophen mehr oder minder miteinander verwandt sind, und ich zeige nur die Verwandtschaftsgrade und die Erbfolge. Diese Philosophie des Spinoza, des dritten Sohnes des René Descartes, wie er sie in seinem Hauptwerk, in der Ehtik, doziert, ist von dem Materialismus seines Bruders Locke ebensosehr entfernt, wie von dem Idealismus seines Bruders Leibniz. Spinoza quält sich nicht analytisch mit der Frage über die letzten Gründe unserer Erkenntnisse. Er gibt uns seine große Synthese, seine Erklärung von der Gottheit.

Benedikt Spinoza lehrt: Es gibt nur eine Substanz, das ist Gott. Diese eine Substanz ist unendlich, sie ist absolut. Alle endliche Substanzen derivieren von ihr, sind in ihr enthalten, tauchen in ihr auf, tauchen in ihr unter, sie haben nur relative, vorübergehende, akzidenzielle Existenz. Die absolute Substanz offenbart sich uns sowohl unter der Form des unendlichen Denkens, als auch unter der Form der unendlichen Ausdehnung. Beides, das unendliche Denken und die unendliche Ausdehnung sind die zwei Attribute der absoluten Substanz. Wir erkennen nur diese zwei Attribute; Gott, die absolute Substanz, hat aber vielleicht noch mehr Attribute, die wir nicht kennen. »*Non dico, me deum omnino cognoscere, sed me quaedam ejus attributa, non autem omnia, neque maximam intelligere partem.*«

Nur Unverstand und Böswilligkeit konnten dieser Lehre das Beiwort »atheistisch« beilegen. Keiner hat sich jemals erhabener über die Gottheit ausgesprochen wie Spinoza. Statt zu sagen, er leugne Gott, könnte man sagen, er leugne den Menschen. Alle endliche Dinge sind ihm nur *Modi* der unendlichen Substanz. Alle endliche Dinge sind in Gott enthalten, der menschliche Geist ist nur ein Lichtstrahl des unendlichen Denkens, der menschliche Leib ist nur ein Atom der unendlichen Ausdehnung; Gott ist die unendliche Ursache beider, der Geister und der Leiber, *natura naturans.*

In einem Briefe an Madame Du Devant zeigt Voltaire sich ganz entzückt über einen Einfall dieser Dame, die sich geäußert hatte, daß alle Dinge, die der Mensch durchaus nicht wissen könne, sicher von der Art sind, daß ein Wissen derselben ihm nichts nützen würde. Diese Bemerkung möchte ich auf jenen Satz des Spinoza anwenden, den ich oben mit seinen eignen Worten mitgeteilt, und wonach der Gottheit nicht bloß die zwei erkennbaren Attribute, Denken und Ausdehnung, sondern vielleicht auch andere für uns unerkennbare Attribute gebühren. Was wir nicht erkennen können, hat für uns keinen Wert, wenigstens keinen Wert auf dem sozialen Standpunkte, wo es gilt, das im Geiste Erkannte zur leiblichen Erscheinung zu bringen. In unserer Erklärung des Wesens Gottes nehmen wir daher Bezug nur auf jene zwei erkennbare Attribute. Und dann ist ja doch am Ende alles, was wir Attribute Gottes nennen, nur eine verschiedene Form unserer Anschauung, und diese verschiedenen Formen sind identisch in der absoluten Substanz. Der Gedanke ist am Ende nur die unsichtbare Ausdehnung und die Ausdehnung ist nur der sichtbare Gedanke. Hier geraten wir in den Hauptsatz der deutschen Identitätsphilosophie, die in ihrem Wesen durchaus nicht von der Lehre des Spinoza verschieden ist. Mag immerhin Herr Schelling dagegen eifern, daß seine Philosophie von dem Spinozismus verschieden sei, daß sie mehr »eine lebendige Durchdringung des Idealen und Realen« sei, daß sie sich von dem Spinozismus unterscheide »wie die ausgebildeten griechischen Statuen von den starrägyptischen Originalen«: dennoch muß ich aufs bestimmteste erklären, daß sich Herr Schelling, in seiner früheren Periode, wo er noch ein Philosoph war, nicht im geringsten von Spinoza unterschied. Nur auf einem andern Wege ist er zu derselben Philosophie gelangt, und das habe ich späterhin zu erläutern, wenn ich erzähle, wie Kant eine neue Bahn betritt, Fichte ihm nachfolgt, Herr Schelling wieder in Fichtes Fußstapfen weiterschreitet, und durch das Walddunkel der Naturphilosophie umherirrend, endlich dem großen Standbilde Spinozas, Angesicht zu Angesicht, gegenübersteht.

Die neuere Naturphilosophie hat bloß das Verdienst, daß sie den ewigen Parallelismus, der zwischen dem Geiste und der Materie herrscht, aufs scharfsinnigste nachgewiesen. Ich sage Geist und Materie, und diese Ausdrücke brauche ich als gleichbedeutend für das, was Spinoza Gedanken und Ausdehnung nennt. Gewissermaßen gleichbedeutend ist auch das, was unsere Naturphilosophen Geist und Natur, oder das Ideale und das Reale, nennen.

Ich werde in der Folge weniger das System als vielmehr die Anschauungsweise des Spinoza mit dem Namen Pantheismus bezeichnen. Bei letzterem wird, ebensogut wie bei dem Deismus, die Einheit Gottes angenommen. Aber der Gott des Pantheisten ist in der Welt selbst, nicht indem er sie mit seiner Göttlichkeit durchdringt, in der Weise, die einst der heilige Augustin zu veranschaulichen suchte, als er Gott mit einem großen See und die Welt mit einem großen Schwamm verglich, der in der Mitte läge und die Gottheit einsauge: nein, die Welt ist nicht bloß gottgetränkt, gottgeschwängert, sondern sie ist identisch mit Gott. »Gott«, welcher von Spinoza die eine Substanz und von den deutschen Philosophen das Absolute genannt wird, »ist alles was da ist«, er ist sowohl Materie wie Geist, beides ist gleich göttlich, und wer die heilige Materie beleidigt, ist ebenso sündhaft, wie der, welcher sündigt gegen den Heiligen Geist.

Der Gott des Pantheisten unterscheidet sich also von dem Gotte des Deisten dadurch, daß er in der Welt selbst ist, während letzterer ganz außer, oder was dasselbe ist, über der Welt ist. Der Gott des Deisten regiert die Welt von oben herab, als ein von ihm abgesondertes Etablissement. Nur in betreff der Art dieses Regierens differenzieren untereinander die Deisten. Die Hebräer denken sich Gott als einen donnernden Tyrannen; die Christen als einen liebenden Vater; die Schüler Rousseaus, die ganze Genfer Schule, denken sich ihn als einen weisen Künstler, der die Welt verfertigt hat, ungefähr wie ihr Papa seine Uhren verfertigt, und als Kunstverständige bewundern sie das Werk und preisen den Meister dort oben.

Dem Deisten, welcher also einen außerweltlichen oder überweltlichen Gott annimmt, ist nur der Geist heilig, indem er letzteren gleichsam als den göttlichen Atem betrachtete, den der Weltschöpfer dem menschlichen Leibe, dem aus Lehm gekneteten Werk seiner Hände, eingeblasen hat. Die Juden achteten daher den Leib als etwas Geringes, als eine armselige Hülle des Ruach hakodasch, des heiligen Hauchs, des Geistes, und nur diesem widmeten sie ihre Sorgfalt, ihre Ehrfurcht, ihren

Kultus. Sie wurden daher ganz eigentlich das Volk des Geistes, keusch, genügsam, ernst, abstrakt, halsstarrig, geeignet zum Martyrtum, und ihre sublimste Blüte ist Jesus Christus. Dieser ist im wahren Sinne des Wortes der inkarnierte Geist, und tiefsinnig bedeutungsvoll ist die schöne Legende, daß ihn eine leiblich unberührte, immakulierte Jungfrau, nur durch geistige Empfängnis, zur Welt gebracht habe.

Hatten aber die Juden den Leib nur mit Geringschätzung betrachtet, so sind die Christen auf dieser Bahn noch weiter gegangen, und betrachteten ihn als etwas Verwerfliches, als etwas Schlechtes, als das Übel selbst. Da sehen wir nun, einige Jahrhunderte nach Christi Geburt, eine Religion emporsteigen, welche ewig die Menschheit in Erstaunen setzen, und den spätesten Geschlechtern die schauerlichste Bewundrung abtrotzen wird. Ja, es ist eine große, heilige, mit unendlicher Seeligkeit erfüllte Religion, die dem Geiste auf dieser Erde die unbedingteste Herrschaft erobern wollte. – Aber diese Religion war eben allzuerhaben, allzurein, allzugut für diese Erde, wo ihre Idee nur in der Theorie proklamiert, aber niemals in der Praxis ausgeführt werden konnte. Der Versuch einer Ausführung dieser Idee hat in der Geschichte unendlich viel herrliche Erscheinungen hervorgebracht, und die Poeten aller Zeiten werden noch lange davon singen und sagen. Der Versuch, die Idee des Christentums zur Ausführung zu bringen, ist jedoch, wie wir endlich sehen, aufs kläglichste verunglückt, und dieser unglückliche Versuch hat der Menschheit Opfer gekostet, die unberechenbar sind, und trübselige Folge derselben ist unser jetziges soziales Unwohlsein in ganz Europa. Wenn wir noch, wie viele glauben, im Jugendalter der Menschheit leben, so gehörte das Christentum gleichsam zu ihren überspanntesten Studentenideen, die weit mehr ihrem Herzen als ihrem Verstande Ehre machen. Die Materie, das Weltliche, überließ das Christentum den Händen Cäsars und seiner jüdischen Kammerknechte, und begnügte sich damit, ersterem die Suprematie abzusprechen und letztere in der öffentlichen Meinung zu fletrieren – aber siehe! das gehaßte Schwert und das verachtete Geld erringen dennoch am Ende die Obergewalt und die Repräsentanten des Geistes müssen sich mit ihnen verständigen. Ja, aus diesem Verständnis ist sogar eine solidarische Allianz geworden. Nicht bloß die römischen, sondern auch die englischen, die preußischen, kurz alle privilegierten Priester, haben sich verbündet mit Cäsar und Konsorten zur Unterdrückung der Völker. Aber durch diese Verbündung geht die Religion des Spiritualismus desto schneller zugrunde. Zu dieser Einsicht gelangen schon einige Priester, und um die Religion zu retten, geben sie sich das Ansehen, als entsagten sie jener verderblichen Allianz, und sie laufen über in unsere Reihen, sie setzen die rote Mütze auf, sie schwören Tod und Haß allen Königen, den sieben Blutsäufern, sie verlangen die irdische Gütergleichheit, sie fluchen, trotz Marat und Robespierre. – Unter uns gesagt, wenn ihr sie genau betrachtet, so findet ihr: sie lesen Messe in der Sprache des Jakobinismus, und wie sie einst dem Cäsar das Gift beigebracht, versteckt in der Hostie, so suchen sie jetzt dem Volke ihre Hostien beizubringen, indem sie solche in revolutionärem Gifte verstecken; denn sie wissen, wir lieben dieses Gift.

Vergebens jedoch ist all euer Bemühen! Die Menschheit ist aller Hostien überdrüssig, und lechzt nach nahrhafterer Speise, nach echtem Brot und schönem Fleisch. Die Menschheit lächelt mitleidig über jene Jugendideale, die sie trotz aller Anstrengung nicht verwirklichen konnte, und sie wird männlich praktisch. Die Menschheit huldigt jetzt dem irdischen Nützlichkeitssystem, sie denkt ernsthaft an eine bürgerlich wohlhabende Einrichtung, an vernünftigen Haushalt, und an Bequemlichkeit für ihr späteres Alter. Da ist wahrlich nicht mehr die Rede davon, das Schwert in den Händen des Cäsars und gar den Säckel in den Händen seiner Knechte lassen. Dem Fürstendienst wird die privilegierte Ehre entrissen, und die Industrie wird der alten Schmach entlastet. Die nächste Aufgabe ist:

gesund zu werden; denn wir fühlen uns noch sehr schwach in den Gliedern. Die heiligen Vampire des Mittelalters haben uns soviel Lebensblut ausgesaugt. Und dann müssen der Materie noch große Sühnopfer geschlachtet werden, damit sie die alten Beleidigungen verzeihe. Es wäre sogar ratsam, wenn wir Festspiele anordneten, und der Materie noch mehr außerordentliche Entschädigungs-Ehren erwiesen. Denn das Christentum, unfähig die Materie zu vernichten, hat sie überall fletriert, es hat die edelsten Genüsse herabgewürdigt, und die Sinne mußten heucheln und es entstand Lüge und Sünde. Wir müssen unseren Weibern neue Hemden und neue Gedanken anziehen, und alle unsere Gefühle müssen wir durchräuchern, wie nach einer überstandenen Pest.

Der nächste Zweck aller unserer neuen Institutionen ist solchermaßen die Rehabilitation der Materie, die Wiedereinsetzung derselben in ihre Würde, ihre moralische Anerkennung, ihre religiöse Heiligung, ihre Versöhnung mit dem Geiste. Purusa wird wieder vermählt mit Prakriti. Durch ihre gewaltsame Trennung, wie in der indischen Mythe so sinnreich dargestellt wird, entstand die große Weltzerrissenheit, das Übel.

Wißt ihr nun, was in der Welt das Übel ist? Die Spiritualisten haben uns immer vorgeworfen, daß bei der pantheistischen Ansicht der Unterschied zwischen dem Guten und dem Bösen aufhöre. Das Böse ist aber einesteils nur ein Wahnbegriff ihrer eignen Weltanschauung, anderenteils ist es ein reelles Ergebnis ihrer eigenen Welteinrichtung. Nach ihrer Weltanschauung ist die Materie an und für sich böse, was doch wahrlich eine Verleumdung ist, eine entsetzliche Gotteslästerung. Die Materie wird nur alsdann böse, wenn sie heimlich konspirieren muß gegen die Usurpationen des Geistes, wenn der Geist sie fletriert hat und sie sich aus Selbstverachtung prostituiert, oder wenn sie gar mit Verzweiflungshaß sich an dem Geiste rächt; und somit wird das Übel nur ein Resultat der spiritualistischen Welteinrichtung.

Gott ist identisch mit der Welt. Er manifestiert sich in den Pflanzen, die ohne Bewußtsein ein kosmisch-magnetisches Leben führen. Er manifestiert sich in den Tieren, die in ihrem sinnlichen Traumleben eine mehr oder minder dumpfe Existenz empfinden. Aber am herrlichsten manifestiert er sich in dem Menschen, der zugleich fühlt und denkt, der sich selbst individuell zu unterscheiden weiß von der objektiven Natur, und schon in seiner Vernunft die Ideen trägt, die sich ihm in der Erscheinungswelt kundgeben. Im Menschen kommt die Gottheit zum Selbstbewußtsein, und solches Selbstbewußtsein offenbart sie wieder durch den Menschen. Aber dieses geschieht nicht in dem einzelnen und durch den einzelnen Menschen, sondern in und durch die Gesamtheit der Menschen: so daß jeder Mensch nur einen Teil des Gott-Welt-Alls auffaßt und darstellt, alle Menschen zusammen aber das ganze Gott-Welt-All, in der Idee und in der Realität auffassen und darstellen werden. Jedes Volk vielleicht hat die Sendung, einen bestimmten Teil jenes Gott-Welt-Alls zu erkennen und kundzugeben, eine Reihe von Erscheinungen zu begreifen und eine Reihe von Ideen zur Erscheinung zu bringen, und das Resultat den nachfolgenden Völkern, denen eine ähnliche Sendung obliegt, zu überliefern. Gott ist daher der eigentliche Held der Weltgeschichte, diese ist sein beständiges Denken, sein beständiges Handeln, sein Wort, seine Tat; und von der ganzen Menschheit kann man mit Recht sagen, sie ist eine Inkarnation Gottes!

Es ist eine irrige Meinung, daß diese Religion, der Pantheismus, die Menschen zum Indifferentismus führe. Im Gegenteil, das Bewußtsein seiner Göttlichkeit wird den Menschen auch zur Kundgebung derselben begeistern, und jetzt erst werden die wahren Großtaten des wahren Heroentums diese Erde verherrlichen.

Die politische Revolution, die sich auf die Prinzipien des französischen Materialismus stützt, wird in den Pantheisten keine Gegner finden, sondern Gehilfen, aber Gehilfen, die ihre

Überzeugungen aus einer tieferen Quelle, aus einer religiösen Synthese, geschöpft haben. Wir befördern das Wohlsein der Materie, das materielle Glück der Völker, nicht weil wir gleich den Materialisten den Geist mißachten, sondern weil wir wissen, daß die Göttlichkeit des Menschen sich auch in seiner leiblichen Erscheinung kundgibt, und das Elend den Leib, das Bild Gottes, zerstört oder aviliert, und der Geist dadurch ebenfalls zugrunde geht. Das große Wort der Revolution, das Saint-Just ausgesprochen: *le pain est le droit peuple* lautet bei uns: *le pain est le droit divin de l'homme*. Wir kämpfen nicht für die Menschenrechte des Volks, sondern für die Gottesrechte des Menschen. Hierin, und in noch manchen andern Dingen, unterscheiden wir uns von den Männern der Revolution. Wir wollen keine Sanskülotten sein, keine frugale Bürger, keine wohlfeile Präsidenten: wir stiften eine Demokratie gleichherrlicher, gleichheiliger, gleichbeseligter Götter. Ihr verlangt einfache Trachten, enthaltsame Sitten und ungewürzte Genüsse; wir hingegen verlangen Nektar und Ambrosia, Purpurmäntel, kostbare Wohlgerüche, Wollust und Pracht, lachenden Nymphentanz, Musik und Komödien. – Seid deshalb nicht ungehalten, ihr tugendhaften Republikaner! Auf eure zensorische Vorwürfe entgegnen wir euch, was schon ein Narr des Shakespeare sagte: »meinst du, weil du tugendhaft bist, solle es auf dieser Erde keine angenehmen Torten und keinen süßen Sekt mehr geben?«

Die Saint-Simonisten haben etwas der Art begriffen und gewollt. Aber sie standen auf ungünstigem Boden, und der umgebende Materialismus hat sie niedergedrückt, wenigstens für einige Zeit. In Deutschland hat man sie besser gewürdigt. Denn Deutschland ist der gedeihlichste Boden des Pantheismus; dieser ist die Religion unserer größten Denker, unserer besten Künstler, und der Deismus, wie ich späterhin erzählen werde, ist dort längst in der Theorie gestürzt. Er erhält sich dort nur noch in der gedankenlosen Masse, ohne vernünftige Berechtigung, wie so manches andere. Man sagt es nicht, aber jeder weiß es; der Pantheismus ist das öffentliche Geheimnis in Deutschland. In der Tat, wir sind dem Deismus entwachsen. Wir sind frei und wollen keinen donnernden Tyrannen. Wir sind mündig und bedürfen keiner väterlichen Vorsorge. Auch sind wir keine Machwerke eines großen Mechanikus. Der Deismus ist eine Religion für Knechte, für Kinder, für Genfer, für Uhrmacher.

Der Pantheismus ist die verborgene Religion Deutschlands, und daß es dahin kommen würde, haben diejenigen deutschen Schriftsteller vorausgesehen, die schon vor funfzig Jahren so sehr gegen Spinoza eiferten. Der wütendste dieser Gegner Spinozas war Fr. Heinr. Jacobi, dem man zuweilen die Ehre erzeigt, ihn unter den deutschen Philosophen zu nennen. Er war nichts als ein zänkischer Schleicher, der sich in dem Mantel der Philosophie vermummt, und sich bei den Philosophen einschlich, ihnen erst viel von seiner Liebe und weichem Gemüte vorwimmerte und dann auf die Vernunft losschmähte. Sein Refrain war immer: die Philosophie, die Erkenntnis durch Vernunft, sei eitel Wahn, die Vernunft wisse selbst nicht, wohin sie führe, sie bringe den Menschen in ein dunkles Labyrinth von Irrtum und Widerspruch, und nur der Glaube könne ihn sicher leiten. Der Maulwurf! er sah nicht, daß die Vernunft der ewigen Sonne gleicht, die, während sie droben sicher einherwandelt, sich selber mit ihrem eignen Lichte ihren Pfad beleuchtet. Nichts gleicht dem frommen, gemütlichen Hasse des kleinen Jacobi gegen den großen Spinoza.

Merkwürdig ist es, wie die verschiedensten Parteien gegen Spinoza gekämpft. Sie bilden eine Armee, deren bunte Zusammensetzung den spaßhaftesten Anblick gewährt. Neben einem Schwarm schwarzer und weißer Kapuzen, mit Kreuzen und dampfenden Weihrauchfässern, marschiert die Phalanx der Enzyklopädisten, die ebenfalls gegen diesen *penseur téméraire* eifern. Neben dem Rabbiner der Amsterdamer Synagoge, der mit dem Bockshorn des Glaubens zum Angriff bläst, wandelt Arouet de Voltaire, der mit der Pickelflöte der Persiflage zum Besten des Deismus musiziert. Dazwischen greint das alte Weib Jacobi, die Marketenderin dieser Glaubensarmee.

Wir entrinnen so schnell als möglich solchem Charivari. Zurückkehrend von unserem pantheistischen Ausflug, gelangen wir wieder zur Leibnizischen Philosophie, und haben ihre weitern Schicksale zu erzählen.

Leibniz hatte seine Werke, die ihr kennt, teils in lateinischer, teils in französischer Sprache geschrieben. Christian Wolf heißt der vortreffliche Mann, der die Ideen des Leibniz nicht bloß systematisierte, sondern auch in deutscher Sprache vortrug. Sein eigentliches Verdienst besteht nicht darin, daß er die Ideen des Leibniz in ein festes System einschloß, noch weniger darin, daß er sie durch die deutsche Sprache dem größeren Publikum zugänglich machte: sein Verdienst besteht darin, daß er uns anregte, auch in unserer Muttersprache zu philosophieren. Wie wir bis Luther die Theologie, so haben wir bis Wolf die Philosophie nur in lateinischer Sprache zu behandeln gewußt. Das Beispiel einiger wenigen, die schon vorher dergleichen auf deutsch vortrugen, blieb ohne Erfolg; aber der Literarhistoriker muß ihrer mit besonderem Lobe gedenken. Hier erwähnen wir daher namentlich des Johannes Tauler, eines Dominikanermönchs, der zu Anfang des vierzehnten Jahrhunderts am Rheine geboren, und 1361 ebendaselbst, ich glaube zu Straßburg, gestorben ist. Er war ein frommer Mann und gehörte zu jenen Mystikern, die ich als die Plantonische Partei des Mittelalters bezeichnet habe. In den letzten Jahren seines Lebens entsagte dieser Mann allem gelehrten Dünkel, schämte sich nicht in der demütigen Volkssprache zu predigen, und diese Predigten, die er aufgezeichnet, sowie auch die deutschen Übersetzungen, die er von einigen seiner früheren lateinischen Predigten mitgeteilt, gehören zu den merkwürdigsten Denkmälern der deutschen Sprache. Denn hier zeigt sie schon, daß sie zu metaphysischen Untersuchungen nicht bloß tauglich, sondern weit geeigneter ist als die lateinische. Diese letztere, die Sprache der Römer, kann nie ihren Ursprung verleugnen. Sie ist eine Kommandosprache für Feldherren, eine Dekretalsprache für Administratoren, eine Justizsprache für Wucherer, eine Lapidarsprache für das steinharte Römervolk. Sie wurde die geeignete Sprache für den Materialismus. Obgleich das Christentum, mit wahrhaft christlicher Geduld, länger als ein Jahrtausend sich damit abgequält diese Sprache zu spiritualisieren, so ist es ihm doch nicht gelungen; und als Johannes Tauler sich ganz versenken wollte in die schauerlichsten Abgründe des Gedankens, und als sein Herz am heiligsten schwoll, da mußte er deutsch sprechen. Seine Sprache ist wie ein Bergquell, der aus harten Felsen hervorbricht, wunderbar geschwängert von unbekanntem Kräuterduft und geheimnisvollen Steinkräften. Aber erst in neuerer Zeit ward die Benutzbarkeit der deutschen Sprache für die Philosophie recht bemerklich. In keiner anderen Sprache hätte die Natur ihr geheimstes Werk offenbaren können, wie in unserer lieben deutschen Muttersprache. Nur auf der starken Eiche konnte die heilige Mistel gedeihen.

Hier wäre wohl der Ort zur Besprechung des Paracelsus, oder wie er sich nannte, des Theophrastus Paracelsus Bombastus von Hohenheim. Denn auch er schrieb meistens deutsch. Aber ich habe später in einer noch bedeutungsvolleren Beziehung von ihm zu reden. Seine Philosophie war nämlich das, was wir heutzutage Naturphilosophie nennen, und eine solche Lehre von der ideenbelebten Natur, wie sie dem deutschen Geiste so geheimnisvoll zusagt, hätte sich schon damals bei uns ausgebildet, wenn nicht, durch zufälligen Einfluß, die leblose, mechanistische Physik der Cartesianer allgemein herrschend geworden wäre. Paracelsus war ein großer Charlatan, und trug immer einen Scharlachrock, eine Scharlachhose, rote Strümpfe und einen roten Hut, und behauptete *homunculi*, kleine Menschen, machen zu können, wenigstens stand er in vertrauter Bekanntschaft mit verborgenen Wesen, die in den verschiedenen Elementen hausen – aber er war zugleich einer der tiefsinnigsten Naturkundigen, die mit deutschem Forscherherzen den vorchristlichen Volksglauben, den germanischen Pantheismus begriffen, und was sie nicht wußten, ganz richtig geahnt haben.

Von Jakob Böhme sollte eigentlich auch hier die Rede sein. Denn er hat ebenfalls die deutsche Sprache zu philosophischen Darstellungen benutzt und wird in diesem Betracht sehr gelobt. Aber ich habe mich noch nie entschließen können ihn zu lesen. Ich laß mich nicht gern zum Narren halten. Ich habe nämlich die Lobredner dieses Mystikers in Verdacht, daß sie das Publikum mystifizieren wollen. Was den Inhalt seiner Werke betrifft, so hat Euch ja Saint-Martin einiges davon in französischer Sprache mitgeteilt. Auch die Engländer haben ihn übersetzt. Karl I. hatte von diesem theosophischen Schuster eine so große Idee, daß er eigens einen Gelehrten zu ihm nach Görlitz schickte, um ihn zu studieren. Dieser Gelehrte war glücklicher als sein königlicher Herr. Denn während dieser zu Whitehall den Kopf verlor durch Cromwells Beil, hat jener zu Görlitz, durch Jakob Böhmes Thesophie, nur den Verstand verloren.

Wie ich bereits gesagt, erst Christian Wolf hat mit Erfolg die deutsche Sprache in die Philosophie eingeführt. Sein geringeres Verdienst war sein Systematisieren und sein Popularisieren der Leibnizischen Ideen. Beides unterliegt sogar dem größten Tadel und wir müssen beiläufig dessen erwähnen. Sein Systematisieren war nur eitel Schein und das wichtigste der Leibnizischen Philosophie war diesem Scheine geopfert, z. B. der beste Teil der Monadenlehre. Leibniz hatte freilich kein systematisches Lehrgebäude hinterlassen, sondern nur die dazu nötigen Ideen. Eines Riesen bedurfte es um die kolossalen Quadern und Säulen zusammenzusetzen, die ein Riese aus den tiefsten Marmorbrüchen hervorgeholt und zierlich ausgemeißelt hatte. Das wär' ein schöner Tempel geworden. Christian Wolf jedoch war von sehr untersetzter Statur und konnte nur einen Teil solcher Baumaterialien bemeistern, und er verarbeitete sie zu einer kümmerlichen Stiftshütte des Deismus. Wolf war mehr ein enzyklopädischer Kopf als ein systematischer, und die Einheit einer Lehre begriff er nur unter der Form der Vollständigkeit. Er war zufrieden mit einem gewissen Fachwerk, wo die Fächer schönstens geordnet, bestens gefüllt und mit deutlichen Etiketten versehen sind. So gab er uns eine »Enzyklopädie der philosophischen Wissenschaften«. Daß er, der Enkel des Descartes, die großväterliche Form der mathematischen Beweisführung geerbt hat, versteht sich von selbst. Diese mathematische Form habe ich bereits bei Spinoza gerügt. Durch Wolf stiftete sie großes Unheil. Sie degenerierte bei seinen Schülern zum unleidlichsten Schematismus und zur lächerlichen Manie alles in mathematischer Weise zu demonstrieren. Es entstand der sogenannte Wolfsche Dogmatismus. Alles tiefere Forschen hörte auf, und ein langweiliger Eifer nach Deutlichkeit trat an dessen Stelle. Die Wolfsche Philosophie wurde immer wäßrigter und überschwemmte endlich ganz Deutschland. Die Spuren dieser Sündflut sind noch heutzutage bemerkbar, und hie und da, auf unseren höchsten Musensitzen, findet man noch alte Fossilien aus der Wolfschen Schule.

Christian Wolf wurde geboren 1679 zu Breslau und starb 1754 zu Halle. Über ein halbes Jahrhundert dauerte seine Geistesherrschaft in Deutschland. Sein Verhältnis zu den Theologen jener Tage müssen wir besonders erwähnen, und wir ergänzen damit unsere Mitteilungen über die Schicksale des Luthertums.

In der ganzen Kirchengeschichte gibt es keine verwickeltere Partie, als die Streitigkeiten der protestantischen Theologen, seit dem Dreißigjährigen Krieg. Nur das spitzfündige Gezänke der Byzantiner ist damit zu vergleichen; jedoch war dieses nicht so langweilig, da große, staatsinteressante Hofintrigen sich dahinter versteckten, statt daß die protestantische Klopffechterei meistens in dem Pedantismus enger Magisterköpfe und Schulfüchse seinen Grund hatte. Die Universitäten, besonders Tübingen, Wittenberg, Leipzig und Halle, sind die Schauplätze jener theologischen Kämpfe. Die zwei Parteien, die wir, im katholischen Gewande, während dem ganzen Mittelalter kämpfen sahen, die Platonische und die Aristotelische, haben nur Kostüme gewechselt, und befehden sich nach wie vor. Das sind die Pietisten und die Orthodoxen, deren ich schon oben erwähnt, und die ich als Mystiker ohne Phantasie und Dogmatiker ohne Geist bezeichnet habe. Johannes Spener war der Scotus Erigena des Protestantismus, und wie dieser durch seine Übersetzung des fabelhaften Dionysius Areopagita den katholischen Mystizismus begründet, so begründete jener den protestantischen Pietismus, durch seine Erbauungsversammlungen, *colloquia pietatis*, woher vielleicht der Namen Pietisten seinen Anhängern geblieben ist. Er war ein frommer Mann, Ehre seinem Andenken. Ein Berliner Pietist, Herr Franz Horn, hat eine gute Biographie von ihm geliefert. Das Leben Speners ist ein beständiges Martyrtum für die christliche Idee. Er war in diesem Betracht seinen Zeitgenossen überlegen. Er drang auf gute Werke und Frömmigkeit, er war vielmehr ein Prediger des Geistes als des Wortes. Sein homiletisches Wesen war damals löblich. Denn die ganze Theologie, wie sie auf den erwähnten Universitäten gelehrt wurde, bestand nur in engbrüstiger Dogmatik und wortklaubender Polemik. Exegese und Kirchengeschichte wurden ganz beiseite gesetzt.

Ein Schüler jenes Speners, Hermann Francke, begann in Leipzig Vorlesungen zu halten nach dem Beispiele und im Sinne seines Lehrers. Er hielt sie auf deutsch, ein Verdienst, welches wir immer gern mit Anerkennung erwähnen. Der Beifall, den er dabei erwarb, erregte den Neid seiner Kollegen, die deshalb unserem armen Pietisten das Leben sehr sauer machten. Er mußte das Feld räumen, und er begab sich nach Halle, wo er mit Wort und Tat das Christentum lehrte. Sein Andenken ist dort unverwelklich, denn er ist der Stifter des Halleschen Waisenhauses. Die Universität Halle ward nun bevölkert von Pietisten und man nannte sie »die Waisenhauspartei«. Nebenbei gesagt, diese hat sich dort bis auf heutigen Tag erhalten; Halle ist noch bis jetzt die Taupinière der Pietisten, und ihre Streitigkeiten mit den protestantischen Rationalisten haben noch vor einigen Jahren einen Skandal erregt, der durch ganz Deutschland seinen Mißduft verbreitete. Glückliche Franzosen, die ihr nichts davon gehört habt! Sogar die Existenz jener evangelischen Klatschblätter, worin die frommen Fischweiber der protestantischen Kirche sich weidlich ausgeschimpft, ist euch unbekannt geblieben. Glückliche Franzosen, die ihr keinen Begriff davon habt, wie hämisch, wie kleinlich, wie widerwärtig unsre evangelischen Priester einander begeistern können. Ihr wißt, ich bin kein Anhänger des Katholizismus. In meinen jetzigen religiösen Überzeugungen lebt zwar nicht mehr die Dogmatik, aber doch immer der Geist des Protestantismus. Ich bin also für die protestantische Kirche noch immer parteiisch. Und doch muß ich, der Wahrheit wegen, eingestehen, daß ich nie in den Annalen des Papismus solche Miserabilitäten gefunden habe, wie in der Berliner »Evangelischen Kirchenzeitung« bei dem erwähnten Skandal zum Vorschein kamen. Die feigsten Mönchstücken, die kleinlichsten Klosterränke sind noch immer noble Gutmütigkeiten in Vergleichung mit den christlichen Heldentaten die unsere protestantischen Orthodoxen und Pietisten gegen die verhaßten Rationalisten ausübten. Von dem Haß, der bei solchen Gelegenheiten zum Vorschein kommt, habt ihr Franzosen keinen Begriff. Die Deutschen sind aber überhaupt vindikativer als die romanischen Völker.

Das kommt daher, sie sind Idealisten auch im Haß. Wir hassen uns nicht um Außendinge wie Ihr, etwa wegen beleidigter Eitelkeit, wegen eines Epigramms, wegen einer nicht erwiderten Visitenkarte, nein, wir hassen bei unsern Feinden das Tiefste, das Wesentlichste, das in ihnen ist, den Gedanken. Ihr

Franzosen seid leichtfertig und oberflächlich, wie in der Liebe, so auch im Haß. Wir Deutschen hassen gründlich, dauernd; da wir zu ehrlich, auch zu unbeholfen sind, um uns mit schneller Perfidie zu rächen, so hassen wir bis zu unserem letzten Atemzug.

»Ich kenne, mein Herr, diese deutsche Ruhe,« sagte jüngst eine Dame, indem sie mich mit großgeöffneten Augen ungläubig und beängstigt ansah; »ich weiß, Ihr Deutschen gebraucht dasselbe Wort für Verzeihen und Vergiften.« Und in der Tat, sie hat recht, das Wort Vergeben bedeutet beides.

Es waren nun, wenn ich nicht irre, die Halleschen Orthodoxen, welche, in ihrem Kampfe mit den eingesiedelten Pietisten, die Wolfsche Philosophie zu Hülfe riefen. Denn die Religion, wenn sie uns nicht mehr verbrennen kann, kommt sie bei uns betteln. Aber alle unsere Gaben bringen ihr schlechten Gewinn. Das mathematische, demonstrative Gewand, womit Wolf die arme Religion recht liebevoll eingekleidet hatte, paßte ihr so schlecht, daß sie sich noch beengter fühlte und in dieser Beengnis sehr lächerlich machte. Überall platzten die schwachen Nähte. Besonders der verschämte Teil, die Erbsünde, trat hervor in seiner grellsten Blöße. Hier half kein logisches Feigenblatt. Christlich-lutherische Erbsünde und Leibniz-Wolfscher Optimismus sind unverträglich. Die französische Persiflage des Optimismus mißfiel daher am wenigsten unseren Theologen. Voltaires Witz kam der nackten Erbsünde zugute. Der deutsche Pangloß hat aber, durch die Vernichtung des Optimismus, sehr viel verloren und suchte lange nach einer ähnlichen Trostlehre, bis das Hegelsche Wort »alles was ist, ist vernünftig!« ihm einigen Ersatz bot.

Von dem Augenblick an, wo eine Religion bei der Philosophie Hülfe begehrt, ist ihr Untergang unabwendlich. Sie sucht sich zu verteidigen und schwatzt sich immer tiefer ins Verderben hinein. Die Religion, wie jeder Absolutismus, darf sich nicht justifizieren. Prometheus wird an den Felsen gefesselt von der schweigenden Gewalt. Ja, Äschylus läßt die personifizierte Gewalt kein einziges Wort reden. Sie muß stumm sein. Sobald die Religion einen räsonierenden Katechismus drucken läßt, sobald der politische Absolutismus eine offizielle Staatszeitung herausgibt, haben beide ein Ende. Aber das ist eben unser Triumph, wir haben unsere Gegner zum Sprechen gebracht, und sie müssen uns Rede stehn.

Es ist freilich nicht zu leugnen, daß der religiöse Absolutismus, ebenso wie der politische, sehr gewaltige Organe seines Wortes gefunden hat. Doch laßt uns darob nicht bange sein. Lebt das Wort, so wird es von Zwergen getragen; ist das Wort tot, so können es keine Riesen aufrecht erhalten.

Seitdem nun, wie ich oben erzählt, die Religion Hülfe suchte bei der Philosophie, wurden von den deutschen Gelehrten, außer der neuen Einkleidung, noch unzählige Experimente mit ihr angestellt. Man wollte ihr eine neue Jugend bereiten, und man benahm sich dabei ungefähr wie Medea bei der Verjüngung des Königs Äson. Zuerst wurde ihr zur Ader gelassen, alles abergläubische Blut wurde ihr langsam abgezapft; um mich bildlos auszudrücken: es wurde der Versuch gemacht, allen historischen Inhalt aus dem Christentume herauszunehmen und nur den moralischen Teil zu bewahren. Hierdurch ward nun das Christentum zu einem reinen Deismus. Christus hörte auf Mitregent Gottes zu sein, er wurde gleichsam mediatisiert, und nur noch als Privatperson fand er anerkennende Verehrung. Seinen moralischen Charakter lobte man über alle Maßen. Man konnte nicht genug rühmen, welch ein braver Mensch er gewesen sei. Was die Wunder betrifft, die er verrichtet, so erklärte man sie physikalisch, oder man suchte so wenig Aufhebens als möglich davon zu machen. Wunder, sagten einige, waren nötig in jenen Zeiten des Aberglaubens, und ein vernünftiger Mann, der irgendeine Wahrheit zu verkündigen hatte, bediente sich ihrer gleichsam als Annonce. Diese Theologen, die alles Historische aus dem Christentume schieden, heißen Rationalisten, und gegen diese wendete sich sowohl die Wut der Pietisten als auch der Orthodoxen, die sich seitdem minder heftig befehdeten und nicht selten verbündeten. Was die Liebe nicht vermochte, das vermochte der gemeinschaftliche Haß, der Haß gegen die Rationalisten.

Diese Richtung in der protestantischen Theologie beginnt mit dem ruhigen Semler, den ihr nicht kennt, erstieg schon eine besorgliche Höhe mit dem klaren Teller, den ihr auch nicht kennt, und erreichte ihren Gipfel mit dem seichten Bahrdt, an dessen Bekanntschaft ihr nichts verliert. Die stärksten Anregungen kamen von Berlin, wo Friedrich der Große und der Buchhändler Nicolai regierten.

Über ersteren, den gekrönten Materialismus, seid ihr hinlänglich unterrichtet. Ihr wißt, daß er französische Verse machte, sehr gut die Flöte blies, die Schlacht bei Roßbach gewann, viel Tabak schnupfte und nur an Kanonen glaubte. Einige von euch haben gewiß auch Sanssouci besucht, und der alte Invalide, der dort Schloßwart, hat euch in der Bibliothek die französischen Romane gezeigt, die Friedrich als Kronprinz in der Kirche las, und die er in schwarzen Maroquin einbinden lassen, damit sein gestrenger Vater glaubte, er läse in einem lutherischen Gesangbuche. Ihr kennt ihn, den königlichen Weltweisen, den ihr den Salomo des Nordens genannt habt. Frankreich war das Ophir dieses nordischen Salomons, und von dorther erhielt er seine Poeten und Philosophen, für die er eine große Vorliebe hegte, gleich dem Salomo des Südens, welcher, wie ihr, im Buche der Könige Kapitel X, lesen könnt, durch seinen Freund Hiram ganze Schiffsladungen von Gold, Elfenbein, Poeten und Philosophen aus Ophir kommen ließ. Wegen solcher Vorliebe für ausländische Talente, konnte nun freilich Friedrich der Große keinen allzugroßen Einfluß auf den deutschen Geist gewinnen. Er beleidigte vielmehr, er kränkte das deutsche Nationalgefühl. Die Verachtung, die Friedrich der Große unserer Literatur angedeihen ließ, muß sogar uns Enkel noch verdrießen. Außer dem alten Gellert hatte keiner derselben sich seiner allergnädigsten Huld zu erfreuen. Die Unterredung, die er mit demselben führte, ist merkwürdig.

Hat aber Friedrich der Große uns verhöhnt ohne uns zu unterstützen, so unterstützte uns desto mehr der Buchhändler Nicolai, ohne daß wir deshalb Bedenken trugen, ihn zu verhöhnen. Dieser Mann war sein ganzes Leben lang unablässig tätig für das Wohl des Vaterlandes, er scheute weder Mühe noch Geld, wo er etwas Gutes zu befördern hoffte, und doch ist noch nie in Deutschland ein Mann so grausam, so unerbittlich, so zernichtend verspottet worden, wie eben dieser Mann. Obgleich wir, die Spätergeborenen, recht wohl wissen, daß der alte Nicolai, der Freund der Aufklärung, sich in der Hauptsache durchaus nicht irrte; obgleich wir wissen, daß es meistens unsere eignen Feinde, die Obskuranten, gewesen, die ihn zugrunde persifliert: so können wir doch nicht mit ganz ernsthaftem Gesichte an ihn denken. Der alte Nicolai suchte in Deutschland dasselbe zu tun, was die französischen Philosophen in Frankreich getan: er suchte die Vergangenheit im Geiste des Volks zu vernichten; eine löbliche Vorarbeit, ohne welche keine radikale Revolution stattfinden kann. Aber vergebens, er war solcher Arbeit nicht gewachsen. Die alten Ruinen standen noch zu fest, und die Gespenster stiegen daraus hervor und verhöhnten ihn; dann aber wurde er sehr unwirsch, und schlug blind drein, und die Zuschauer lachten, wenn ihm die Fledermäuse um die Ohren zischten und sich in seiner wohlgepuderten Perücke verfingen. Auch geschah es wohl zuweilen, daß er Windmühlen für Riesen ansah und dagegen focht. Noch schlimmer aber bekam es ihm, wenn er manchmal wirkliche Riesen für bloße Windmühlen ansah, z. B. einen Wolfgang Goethe. Er schrieb eine Satire gegen dessen »Werther«, worin er alle Intentionen des Autors aufs plumpste verkannte. Indessen, in der Hauptsache hatte er immer recht; wenn er auch nicht begriffen, was Goethe mit seinem »Werther« eigentlich sagen wollte, so begriff er doch ganz gut dessen Wirkung, die weichliche Schwärmerei, die unfruchtbare Sentimentalität, die durch diesen Roman aufkam und mit jeder vernünftigen Gesinnung, die uns not tat, in feindlichem Widerspruch war. Hier stimmte Nicolai ganz überein mit Lessing, der an einen Freund folgendes Urteil über den »Werther« schrieb:

»Wenn ein so warmes Produkt nicht mehr Unheil als Gutes stiften soll: meinen Sie nicht, daß es noch eine kleine kalte Schlußrede haben müßte? Ein paar Winke hinterher, wie Werther zu einem so abenteuerlichen Charakter gekommen; wie ein anderer Jüngling, dem die Natur eine ähnliche Anlage gegeben, sich davor zu bewahren habe. Glauben Sie wohl, daß je ein römischer oder griechischer Jüngling sich so, und darum, das Leben genommen? Gewiß nicht. Die wußten sich vor der Schwärmerei der Liebe ganz anders zu sichern; und zu Sokrates' Zeiten würde man eine solche ἐξ ἐρωτος κατοχη, welche τι τολμαν παρα φυσιν antreibt, nur kaum einem Mädelchen verziehen haben. Solche kleingroße, verächtlich schätzbare Originale hervorzubringen, war nur der christlichen Erziehung vorbehalten, die ein körperliches Bedürfnis so schön in eine geistige Vollkommenheit zu verwandeln weiß. Also, lieber Goethe, noch ein Kapitelchen zum Schlusse; und je zynischer, je besser!«

Freund Nicolai hat nun wirklich, nach solcher Angabe, einen veränderten »Werther« herausgegeben. Nach dieser Version hat sich der Held nicht totgeschossen, sondern nur mit Hühnerblut besudelt; denn statt mit Blei war die Pistole nur mit letzterem geladen. Werther wird lächerlich, bleibt leben, heiratet Charlotte, kurz endet noch tragischer als im Goetheschen Original.

»Die allgemeine deutsche Bibliothek« hieß die Zeitschrift, die Nicolai gegründet, und worin er und seine Freunde gegen Aberglauben, Jesuiten, Hoflakaien u. dgl. kämpften. Es ist nicht zu leugnen, daß mancher Hieb, der dem Aberglauben galt, unglücklicherweise die Poesie selbst traf. So stritt Nicolai z. B. gegen die aufkommende Vorliebe für altdeutsche Volkslieder. Aber im Grunde hatte er wieder recht; bei aller möglichen Vorzüglichkeit, enthielten doch jene Lieder mancherlei Erinnerungen, die eben nicht zeitgemäß waren, die alten Klänge, der Kuhreigen des Mittelalters, konnten die Gemüter des Volks wieder in den Glaubensstall der Vergangenheit zurücklocken. Er suchte, wie Odysseus, die Ohren seiner Gefährten zu verstopfen, damit sie den Gesang der Sirenen nicht hörten, unbekümmert, daß sie alsdann auch taub wurden für die unschuldigen Töne der Nachtigall. Damit das Feld der Gegenwart nur radikal von allem Unkraut gesäubert werde, trug der praktische Mann wenig Bedenken, auch die Blumen mit auszureuten. Dagegen erhob sich nun feindlichst die Partei der Blumen und Nachtigallen, und alles was zu dieser Partei gehört, Schönheit, Grazie, Witz und Scherz, und der arme Nicolai unterlag.

In dem heutigen Deutschland haben sich die Umstände geändert, und die Partei der Blumen und der Nachtigallen ist eng verbunden mit der Revolution. Uns gehört die Zukunft, und es dämmert schon herauf die Morgenröte des Sieges. Wenn einst sein schöner Tag sein Licht über unser ganzes Vaterland ergießt, dann gedenken wir auch der Toten; dann gedenken wir gewiß auch deiner, alter Nicolai, armer Märtyrer der Vernunft! Wir werden deine Asche nach dem deutschen Pantheon tragen, der Sarkophag umgeben vom jubelnden Triumphzug und begleitet vom Chor der Musikanten, unter deren Blasinstrumenten beileibe keine Querpfeife sein wird; wir werden auf deinem Sarg die anständigste Lorbeerkrone legen, und wir werden uns alle mögliche Mühe geben, nicht dabei zu lachen.

Da ich von den philosophischen und religiösen Zuständen jener Zeit einen Begriff geben möchte, muß ich hier auch derjenigen Denker erwähnen, die mehr oder minder in Gemeinschaft mit Nicolai zu Berlin tätig waren und gleichsam ein Justemilieu zwischen Philosophen und Belletristik bildeten. Sie hatten kein bestimmtes System sondern nur eine bestimmte Tendenz. Sie gleichen den englischen Moralisten in ihrem Stil, und in ihren letzten Gründen. Sie schreiben ohne wissenschaftlich strenge Form und das sittliche Bewußtsein ist die einzige Quelle ihrer Erkenntnis. Ihre Tendenz ist ganz dieselbe, die wir bei den französischen Philanthropen finden. In der Religion sind sie Rationalisten. In der Politik sind sie Weltbürger. In der Moral sind sie Menschen, edle, tugendhafte Menschen, streng gegen sich selbst, mild gegen andere. Was Talent betrifft so mögen wohl Mendelssohn, Sulzer, Abbt, Moritz, Garve, Engel und Biester als die ausgezeichnetsten genannt werden. Moritz ist mir der liebste. Er leistete viel in der Erfahrungsseelenkunde. Er war von einer köstlichen Naivität, wenig verstanden von seinen Freunden. Seine Lebensgeschichte ist eins der wichtigsten Denkmäler jener Zeit. Mendelssohn hat jedoch vor allen übrigen eine große soziale Bedeutung. Er war der Reformator der deutschen Israeliten, seiner Glaubensgenossen, er stürzte das Ansehen des Talmudismus, er begründete den reinen Mosaismus. Dieser Mann, den seine Zeitgenossen den deutschen Sokrates nannten und wegen seines Seelenadels und seiner Geisteskraft so ehrfurchtsvoll bewunderten, war der Sohn eines armen Küsters der Synagoge von Dessau. Außer diesem Geburtsübel hatte ihn die Vorsehung auch noch mit einem Buckel belastet, gleichsam um dem Pöbel in recht greller Weise die Lehre zu geben, daß man den Menschen nicht nach seiner äußern Erscheinung, sondern nach seinem innern Werte schätzen solle. Oder hat ihm die Vorsehung, eben aus gütiger Vorsicht, einen Buckel zugeteilt, damit er manche Unbill des Pöbels einem Übel zuschreibe, worüber ein Weiser sich leicht trösten kann?

Wie Luther das Papsttum, so stürzte Mendelssohn den Talmud, und zwar in derselben Weise, indem er nämlich die Tradition verwarf, die Bibel für die Quelle der Religion erklärte, und den wichtigsten Teil derselben übersetzte. Er zerstörte hierdurch den jüdischen, wie Luther den christlichen Katholizismus. In der Tat, der Talmud ist der Katholizismus der Juden. Er ist ein gotischer Dom, der zwar mit kindischen Schnörkeleien überladen, aber doch durch seine himmelkühne Riesenhaftigkeit uns in Erstaunen setzt. Er ist eine Hierarchie von Religionsgesetzen, die oft die putzigsten, lächerlichsten Subtilitäten betreffen, aber so sinnreich einander über- und untergeordnet sind, einander stützen und tragen, und so furchtbar konsequent zusammenwirken, daß sie ein grauenhaft trotziges, kolossales Ganze bilden.

Nach dem Untergang des christlichen Katholizismus mußte auch der jüdische, der Talmud, untergehen. Denn der Talmud hatte alsdann seine Bedeutung verloren; er diente nämlich nur als Schutzwerk gegen Rom, und ihm verdanken es die Juden, daß sie dem christlichen Rom ebenso heldenmütig wie einst dem heidnischen Rom widerstehen konnten. Und sie haben nicht bloß widerstanden, sondern auch gesiegt. Der arme Rabbi von Nazareth, über dessen sterbendes Haupt der heidnische Römer die hämischen Wort schrieb: »König der Juden« – eben dieser dornengekrönte, mit dem ironischen Purpur behängte Spottkönig der Juden wurde am Ende der Gott der Römer, und sie mußten vor ihm niederknien! Wie das heidnische Rom wurde auch das christliche Rom besiegt, und dieses wurde sogar tributär. Wenn du, teurer Leser, dich in den ersten Tagen des Trimesters nach der Straße Lafitte verfügen willst, und zwar nach dem Hotel Numero funfzehn, so siehst du dort vor einem hohen Portal eine schwerfällige Kutsche, aus welcher ein dicker Mann hervorsteigt. Dieser begibt sich die Treppe hinauf nach einem kleinen Zimmer, wo ein blonder junger Mensch sitzt, der dennoch älter ist als er wohl aussieht, und in dessen vornehmer grandseigneurlicher Nonchalance dennoch etwas so Solides liegt, etwas so Positives, etwas so Absolutes, als habe er alles Geld dieser Welt in seiner Tasche. Und wirklich er hat alles Geld dieser Welt in seiner Tasche, und er heißt Monsieur

James de Rothschild, und der dicke Mann ist Monsignor Grimbaldi, Abgesandter Seiner Heiligkeit des Papstes, und er bringt in dessen Namen die Zinsen der römischen Anleihe, den Tribut vom Rom.

Wozu jetzt noch der Talmud?

Moses Mendelssohn verdient daher großes Lob, daß er diesen jüdischen Katholizismus, wenigstens in Deutschland, gestürzt hat. Denn was überflüssig ist, ist schädlich. Die Tradition verwerfend, suchte er jedoch das mosaische Zeremonialgesetz als religiöse Verpflichtung aufrecht zu erhalten. War es Feigheit oder Klugheit? War es eine wehmütige Nachliebe, die ihn abhielt, die zerstörende Hand an Gegenstände zu legen, die seinen Vorvätern am heiligsten waren, und wofür so viel Märtyrerblut und Märtyrertränen geflossen? Ich glaube nicht. Wie die Könige der Materie, so müssen auch die Könige des Geistes unerbittlich sein gegen Familiengefühle; auch auf dem Throne des Gedankens darf man keinen sanften Gemütlichkeiten nachgeben. Ich bin deshalb vielmehr der Meinung, daß Moses Mendelssohn in dem reinen Mosaismus eine Institution sah, die dem Deismus gleichsam als eine letzte Verschanzung dienen konnte. Denn der Deismus war sein innerster Glaube und seine tiefste Überzeugung. Als sein Freund Lessing starb, und man denselben des Spinozismus anklagte, verteidigte er ihn mit dem ängstlichsten Eifer, und er ärgerte sich bei dieser Gelegenheit zu Tode.

Ich habe hier schon zum zweiten Male den Namen genannt, den kein Deutscher aussprechen kann, ohne daß in seiner Brust ein mehr oder minder starkes Echo laut wird. Aber seit Luther hat Deutschland keinen größeren und besseren Mann hervorgebracht, als Gotthold Ephraim Lessing. Diese beiden sind unser Stolz und unsere Wonne. In der Trübnis der Gegenwart schauen wir hinauf nach ihren tröstenden Standbildern, und sie nicken eine glänzende Verheißung. Ja, kommen wird auch der dritte Mann, der da vollbringt, was Luther begonnen, was Lessing fortgesetzt, und dessen das deutsche Vaterland so sehr bedarf, – der dritte Befreier! – Ich sehe schon seine goldne Rüstung, die aus dem purpurnen Kaisermantel hervorstrahlt, »wie die Sonne aus dem Morgenrot!«

Gleich dem Luther wirkte Lessing nicht nur indem er etwas Bestimmtes tat, sondern indem er das deutsche Volk bis in seine Tiefen aufregte, und indem er eine heilsame Geisterbewegung hervorbrachte, durch seine Kritik, durch seine Polemik. Er war die lebendige Kritik seiner Zeit und sein ganzes Leben war Polemik. Diese Kritik machte sich geltend im weitesten Bereiche des Gedankens und des Gefühls, in der Religion, in der Wissenschaft, in der Kunst. Diese Polemik überwand jeden Gegner und erstarkte nach jedem Siege. Lessing, wie er selbst eingestand, bedurfte eben des Kampfes zu der eignen Geistesentwicklung. Er glich ganz jenem fabelhaften Normann, der die Talente, Kenntnisse und Kräfte derjenigen Männer erbte, die er im Zwiekampf erschlug, und in dieser Weise endlich mit allen möglichen Vorzügen und Vortrefflichkeiten begabt war. Begreiflich ist es, daß solch ein streitlustiger Kämpe nicht geringen Lärm in Deutschland verursachte, in dem stillen Deutschland, das damals noch sabbatlich stiller war als heute. Verblüfft wurden die meisten ob seiner literarischen Kühnheit. Aber eben diese kam ihm hülfreich zu statten; denn *Oser*! ist das Geheimnis des Gelingens in der Literatur, ebenso wie in der Revolution – und in der Liebe. Vor dem Lessingschen Schwerte zitterten alle. Kein Kopf war vor ihm sicher. Ja, manchen Schädel hat er sogar aus Übermut heruntergeschlagen, und dann war er dabei noch so boshaft ihn vom Boden aufzuheben, und dem Publikum zu zeigen, daß er inwendig hohl war. Wen sein Schwert nicht erreichen konnte, den tötete er mit den Pfeilen seines Witzes. Die Freunde bewunderten die bunten Schwungfedern dieser Pfeile; die Feinde fühlten die Spitze in ihren Herzen. Der Lessingsche Witz gleicht nicht jenem *Enjouement*, jener *Gaité*, jenen springenden *Saillies*, wie man hierzuland dergleichen kennt. Sein Witz war kein kleines französisches Windhündchen, das seinem eigenen Schatten nachläuft; sein Witz war vielmehr ein großer deutscher Kater, der mit der Maus spielt, ehe er sie würgt.

Ja, Polemik war die Lust unseres Lessings, und daher überlegte er nie lange, ob auch der Gegner seiner würdig war. So hat er eben durch seine Polemik manchen Namen der wohlverdientesten Vergessenheit entrissen. Mehre winzige Schriftstellerlein hat er mit dem geistreichsten Spott, mit dem köstlichsten Humor gleichsam umsponnen, und in den Lessingschen Werken erhalten sie sich nun für ewige Zeiten, wie Insekten, die sich in einem Stück Bernstein verfangen. Indem er seine Gegner tötete, machte er sie zugleich unsterblich. Wer von uns hätte jemals etwas von jenem Klotz erfahren, an welchen Lessing so viel Hohn und Scharfsinn verschwendet! Die Felsenblöcke, die er auf diesen armen Antiquar geschleudert und womit er ihn zerschmettert, sind jetzt dessen unverwüstliches Denkmal.

Merkwürdig ist es, daß jener witzigste Mensch in Deutschland auch zugleich der ehrlichste war. Nichts gleicht seiner Wahrheitsliebe. Lessing machte der Lüge nicht die mindeste Konzession, selbst wenn er dadurch, in der gewöhnlichen Weise der Weltklugen, den Sieg der Wahrheit befördern konnte. Er konnte alles für die Wahrheit tun, nur nicht lügen. Wer darauf denkt, sagte er einst, die Wahrheit unter allerlei Larven und Schminken an den Mann zu bringen, der möchte wohl gern ihr Kuppler sein, aber ihr Liebhaber ist er nie gewesen.

Das schöne Wort Buffons »der Stil ist der Mensch selber!« ist auf niemand anwendbarer als auf Lessing. Seine Schreibart ist ganz wie sein Charakter, wahr, fest, schmucklos, schön und imposant durch die inwohnende Stärke. Sein Stil ist ganz der Stil der römischen Bauwerke: höchste Solidität bei der höchsten Einfachheit; gleich Quadersteinen, ruhen die Sätze aufeinander, und wie bei jenen das Gesetz der Schwere, so ist bei diesen die logische Schlußfolge das unsichtbare Bindemittel. Daher in der Lessingschen Prosa so wenig von jenen Füllwörtern und Wendungskünsten, die wir bei unserem Periodenbau gleichsam als Mörtel gebrauchen. Noch viel weniger finden wir da jene Gedankenkaryatiden, welche ihr *la belle phrase* nennt.

Daß ein Mann wie Lessing niemals glücklich sein konnte, werdet ihr leicht begreifen. Und wenn er auch nicht die Wahrheit geliebt hätte, und wenn er sie auch nicht selbstwillig überall verfochten hätte, so mußte er doch unglücklich sein; denn er war ein Genie. »Alles wird man dir verzeihen,« sagte jüngst ein seufzender Dichter, »man verzeiht dir deinen Reichtum, man verzeiht dir die hohe Geburt, man verzeiht dir deine Wohlgestalt, man läßt dir sogar Talent hingehen, aber man ist unerbittlich gegen das Genie.« Ach! und begegnet ihm auch nicht der böse Wille von außen, so fände das Genie doch schon in sich selber den Feind, der ihm Elend bereitet. Deshalb ist die Geschichte der großen Männer immer eine Märtyrerlegende; wenn sie auch nicht litten für die große Menschheit, so litten sie doch für ihre eigene Größe, für die große Art ihres Seins, das Unphilisterliche, für ihr Mißbehagen an der prunkenden Gemeinheit, der lächelnden Schlechtigkeit ihrer Umgebung, ein Mißbehagen, welches sie natürlich zu Extravaganzen bringt, z. B. zum Schauspielhaus oder gar zum Spielhaus – wie es dem armen Lessing begegnete.

Mehr als dieses hat ihm aber der böse Leumund nicht nachsagen können, und aus seiner Biographie erfahren wir nur, daß ihm schöne Komödiantinnen amüsanter dünkten als Hamburgische Pastöre, und daß stumme Karten ihm bessere Unterhaltung gewährten als schwatzende Wolfianer.

Es ist herzzerreißend, wenn wir in dieser Biographie lesen, wie das Schicksal auch jede Freude diesem Manne versagt hat, und wie es ihm nicht einmal vergönnte in der Umfriedung der Familie sich von seinen täglichen Kämpfen zu erholen. Einmal nur schien Fortuna ihn begünstigen zu wollen, sie gab ihm ein geliebtes Weib, ein Kind – aber dieses Glück war wie der Sonnenstrahl, der den Fittich eines vorüberfliegenden Vogels vergoldet, es schwand ebenso schnell, das Weib starb infolge des Wochenbetts, das Kind schon bald nach der Geburt, und über letzteres schrieb er einem Freunde die gräßlich witzigen Worte:

»Mein Freude war nur kurz. Und ich verlor ihn ungern diesen Sohn! Denn er hatte so viel Verstand! so viel Verstand! – Glauben Sie nicht, daß die wenigen Stunden meiner Vaterschaft mich schon zu so einem Affen von Vater gemacht haben! Ich weiß, was ich sage. – War es nicht Verstand, daß man ihn mit eisernen Zangen auf die Welt ziehen mußte? daß er so bald Unrat merkte? – War es nicht Verstand, daß er die erste Gelegenheit ergriff, sich wieder davon zu machen? – Ich wollte es auch einmal so gut haben wie andere Menschen. Aber es ist mir schlecht bekommen.«

Ein Unglück gab es, worüber sich Lessing nie gegen seine Freunde ausgesprochen: dieses war seine schaurige Einsamkeit, sein geistiges Alleinstehn. Einige seiner Zeitgenossen liebten ihn, keiner verstand ihn. Mendelssohn, sein bester Freund, verteidigte ihn mit Eifer, als man ihn des Spinozismus beschuldigte. Verteidigung und Eifer waren ebenso lächerlich wie überflüssig. Beruhige dich im Grabe, alter Moses; dein Lessing war zwar auf dem Wege zu diesem entsetzlichen Irrtum, zu diesem jammervollen Unglück, nämlich zum Spinozismus – aber der Allerhöchste, der Vater im Himmel, hat ihn noch zur rechten Zeit durch den Tod gerettet. Beruhige dich, dein Lessing war kein Spinozist, wie die Verleumdung behauptete; er starb als guter Deist, wie du und Nicolai und Teller und die »Allgemeine deutsche Bibliothek!«

Lessing war nur der Prophet, der aus dem zweiten Testamente ins dritte hinüberdeutete. Ich habe ihn den Fortsetzer des Luther genannt, und eigentlich in dieser Eigenschaft habe ich ihn hier zu besprechen. Von seiner Bedeutung für die deutsche Kunst kann ich erst später reden. In dieser hat er nicht bloß durch seine Kritik, sondern auch durch sein Beispiel eine heilsame Reform bewirkt, und diese Seite seiner Tätigkeit wird gewöhnlich zumeist hervorgehoben und beleuchtet. Wir jedoch betrachten ihn von einem anderen Standpunkte aus, und seine philosophischen und theologischen Kämpfe sind uns wichtiger als seine Dramaturgie und seine Dramata. Letztere jedoch, wie alle seine Schriften, haben eine soziale Bedeutung, und »Nathan der Weise« ist im Grunde nicht bloß eine gute Komödie, sondern auch eine philosophisch-theologische Abhandlung zugunsten des reinen Deismus. Die Kunst war für Lessing ebenfalls eine Tribüne, und wenn man ihn von der Kanzel oder vom Katheder herabstieß, dann sprang er aufs Theater, und sprach dort noch viel deutlicher, und gewann ein noch zahlreicheres Publikum.

Ich sage Lessing hat den Luther fortgesetzt. Nachdem Luther uns von der Tradition befreit, und die Bibel zur alleinigen Quelle des Christentums erhoben hatte, da entstand, wie ich schon oben erzählt, ein starrer Wortdienst, und der Buchstabe der Bibel herrschte ebenso tyrannisch wie einst die Tradition. Zur Befreiung von diesem tyrannischen Buchstaben hat nun Lessing am meisten beigetragen. Wie Luther ebenfalls nicht der einzige war, der die Tradition bekämpft, so kämpfte Lessing zwar nicht allein, aber doch am gewaltigsten gegen den Buchstaben. Hier erschallt am lautesten seine Schlachtstimme. Hier schwingt er sein Schwert am freudigsten, und es leuchtet und tötet. Hier aber auch wird Lessing am stärksten bedrängt von der schwarzen Schar, und in solcher Bedrängnis rief er einst aus:

»*O sancta simplicitas!* – Aber noch bin ich nicht da, wo der gute Mann, der dieses ausrief, nur noch dieses ausrufen konnte. (Huß rief dieses auf dem Scheiterhaufen.) Erst soll uns hören, erst soll über uns urteilen, wer hören und urteilen kann und will!

»O, daß Er es könnte, Er, den ich am liebsten zu meinem

Richter haben möchte! – Luther, du! – Großer, verkannter Mann! Und von niemanden mehr verkannt als von den Starrköpfen, die, deine Pantoffeln in der Hand, den von dir gebahnten Weg, schreiend aber gleichgültig, daherschlendern! – Du hast uns von dem Joche der Tradition erlöst: wer erlöset uns von dem unerträglicheren Joche des Buchstabens! Wer bringt uns endlich ein Christentum, wie du es itzt lehren würdest; wie es Christus selbst lehren würde!«

Ja, der Buchstabe, sagte Lessing, sei die letzte Hülle des Christentums und erst nach Vernichtung dieser Hülle trete hervor der Geist. Dieser Geist ist aber nichts anders, als das, was die Wolfschen Philosophen zu demonstrieren gedacht, was die Philanthropen in ihrem Gemüte gefühlt, was Mendelssohn im Mosaismus gefunden, was die Freimaurer gesungen, was die Poeten gepfiffen, was sich damals in Deutschland unter allen Formen geltend machte: der reine Deismus.

Lessing starb zu Braunschweig, im Jahre 1781, verkannt, gehaßt und verschrien. In demselben Jahre erschien zu Königsberg die »Kritik der reinen Vernunft« von Immanuel Kant. Mit diesem Buche, welches durch sonderbare Verzögerung erst am Ende der achtziger Jahre allgemein bekannt wurde, beginnt eine geistige Revolution in Deutschland, die mit der materiellen Revolution in Frankreich die sonderbarsten Analogien bietet, und dem tieferen Denker ebenso wichtig dünken muß wie jene. Sie entwickelt sich mit denselben Phasen, und zwischen beiden herrscht der merkwürdigste Parallelismus. Auf beiden Seiten des Rheines sehen wir denselben Bruch mit der Vergangenheit, der Tradition wird alle Ehrfurcht aufgekündigt, wie hier in Frankreich jedes Recht, so muß dort in Deutschland jeder Gedanke sich justifizieren, und wie hier das Königtum, der Schlußstein der alten sozialen Ordnung, so stürzt dort der Deismus, der Schlußstein des geistigen alten Regimes.

Von dieser Katastrophe, von dem 21. Januar des Deismus, sprechen wir im folgenden Stücke. Ein eigentümliches Grauen, eine geheimnisvolle Pietät erlaubt uns heute nicht, weiter zu schreiben. Unsere Brust ist voll von entsetzlichem Mitleid – es ist der alte Jehova selber, der sich zum Tode bereitet. Wir haben ihn so gut gekannt, von seiner Wiege an, in Ägypten, als er unter göttlichen Kälbern, Krokodilen, heiligen Zwiebeln, Ibissen und Katzen erzogen wurde. – Wir haben ihn gesehen, wie er diesen Gespielen seiner Kindheit und den Obelisken und Sphinxen seines heimatlichen Niltals Ade sagte, und in Palästina, bei einem armen Hirtenvölkchen, ein kleiner Gottkönig wurde, und in einem eigenen Tempelpalast wohnte. – Wir sahen ihn späterhin, wie er mit der assyrisch-babylonischen Zivilisation in Berührung kam, und seine allzumenschlichen Leidenschaften ablegte, nicht mehr lauter Zorn und Rache spie, wenigstens nicht mehr wegen jeder Lumperei gleich donnerte. – Wir sahen ihn auswandern nach Rom, der Hauptstadt, wo er aller Nationalvorurteile entsagte, und die himmlische Gleichheit aller Völker proklamierte, und mit solchen schönen Phrasen gegen den alten Jupiter Opposition bildete, und so lange intrigierte bis er zur Herrschaft gelangte, und vom Kapitole herab die Stadt und die Welt, *urbem et orbem*, regierte. – Wir sahen, wie er sich noch mehr vergeistigte, wie er sanftselig wimmerte, wie er ein liebevoller Vater wurde, ein allgemeiner Menschenfreund, ein Weltbeglücker, ein Philanthrop – es konnte ihm alles nichts helfen. –

Hört ihr das Glöckchen klingeln? Kniet nieder – Man bringt die Sakramente einem sterbenden Gotte.

Drittes Buch

Es geht die Sage, daß ein englischer Mechanikus, der schon die künstlichsten Maschinen erdacht, endlich auch auf den Einfall geraten, einen Menschen zu fabrizieren; dieses sei ihm auch endlich gelungen, das Werk seiner Hände konnte sich ganz wie ein Mensch gebärden und betragen, es trug in der ledernen Brust sogar eine Art menschlichen Gefühls, das von den gewöhnlichen Gefühlen der Engländer nicht gar zu sehr verschieden war, es konnte in artikulierten Tönen seine Empfindungen mitteilen, und eben das Geräusch der innern Räder, Raspeln und Schrauben, das man dann vernahm, gab diesen Tönen eine echtenglische Aussprache; kurz, dieses Automat war ein vollendeter Gentleman, und zu einem echten Menschen fehlte ihm gar nichts als eine Seele. Diese aber hat ihm der englische Mechanikus nicht geben können, und das arme Geschöpf, das sich solchen Mangels bewußt worden, quälte nun Tag und Nacht seinen Schöpfer mit der Bitte, ihm eine Seele zu geben. Solche Bitte, die sich immer dringender wiederholte, wurde jenem Künstler endlich so unerträglich, daß er vor seinem eigenen Kunstwerk die Flucht ergriff. Das Automat aber nahm gleich Extrapost, verfolgte ihn nach dem Kontinente, reist beständig hinter ihm her, erwischt ihn manchmal, und schnarrt und grunzt ihm dann entgegen: *Give me a soul*! Diesen beiden Gestalten begegnen wir nun in allen Ländern, und nur wer ihr besonderes Verhältnis kennt, begreift ihre sonderbare Hast und ihren ängstlichen Mißmut. Wenn man aber dieses besondere Verhältnis kennt, so sieht man darin wieder etwas Allgemeines, man sieht wie ein Teil des englischen Volks seines mechanischen Daseins überdrüssig ist und eine Seele verlangt, der andere Teil aber aus Angst vor solcherlei Begehrnis in die Kreuz und die Quer getrieben wird, beide aber es daheim nicht mehr aushalten können.

Dieses ist eine grauenhafte Geschichte. Es ist entsetzlich,

wenn die Körper, die wir geschaffen haben, von uns eine Seele verlangen. Weit grauenhafter, entsetzlicher, unheimlicher ist es jedoch, wenn wir eine Seele geschaffen und diese von uns ihren Leib verlangt und uns mit diesem Verlangen verfolgt. Der Gedanke, den wir gedacht, ist eine solche Seele, und er läßt uns keine Ruhe bis wir ihm seinen Leib gegeben, bis wir ihn zur sinnlichen Erscheinung gefördert. Der Gedanke will Tat, das Wort will Fleisch werden. Und wunderbar! der Mensch, wie der Gott der Bibel, braucht nur seinen Gedanken auszusprechen, und es gestaltet sich die Welt, es wird Licht oder es wird Finsternis, die Wasser sondern sich von dem Festland, oder gar wilde Bestien kommen zum Vorschein. Die Welt ist die Signatur des Wortes.

Dieses merkt euch, ihr stolzen Männer der Tat. Ihr seid nichts als unbewußte Handlanger der Gedankenmänner, die oft in demütigster Stille euch all eur Tun aufs bestimmteste vorgezeichnet haben. Maximilian Robespierre war nichts als die Hand von Jean Jacques Rousseau, die blutige Hand, die aus dem Schoße der Zeit den Leib hervorzog, dessen Seele Rousseau geschaffen. Die unstete Angst, die dem Jean Jacques das Leben verkümmerte, rührte sie vielleicht daher, daß er schon im Geiste ahnte, welch eines Geburtshelfers seine Gedanken bedurften, um leiblich zur Welt zu kommen?

Der alte Fontenelle hatte vielleicht recht als er sagte: wenn ich alle Gedanken dieser Welt in meiner Hand trüge, so würde ich mich hüten sie zu öffnen. Ich meinesteils, ich denke anders. Wenn ich alle Gedanken dieser Welt in meiner Hand hätte – ich würde euch vielleicht bitten, mir die Hand gleich abzuhauen; auf keinen Fall hielte ich sie so lange verschlossen. Ich bin nicht dazu geeignet ein Kerkermeister der Gedanken zu sein. Bei Gott! ich laß sie los. Mögen sie sich immerhin zu den bedenklichsten Erscheinungen verkörpern, mögen sie immerhin, wie ein toller Bacchantenzug, alle Lande durchstürmen, mögen sie mit ihren Thyrsusstäben unsere unschuldigsten Blumen zerschlagen, mögen sie immerhin in unsere Hospitäler hereinbrechen, und die kranke alte Welt aus ihren Betten jagen – es wird freilich mein Herz sehr bekümmern und ich selber werde dabei zu Schaden kommen! Denn ach! ich gehöre ja selber zu dieser kranken alten Welt, und mit Recht sagt der Dichter: wenn man auch seiner Krücken spottet, so kann man darum doch nicht besser gehen. Ich bin der Krankste von euch allen und um so bedauernswürdiger, da ich weiß was Gesundheit ist. Ihr aber, ihr wißt es nicht, ihr Beneidenswerten! Ihr seid kapabel zu sterben, ohne es selbst zu merken. Ja, viele von euch sind längst tot und behaupten, jetzt erst beginne ihr wahres Leben. Wenn ich solchem Wahnsinn widerspreche, dann wird man mir gram und schmäht mich – und entsetzlich! die Leichen springen an mich heran, und schimpfen, und mehr noch als ihre Schmähworte belästigt mich ihr Moderduft ... Fort, ihr Gespenster, ich spreche jetzt von einem Manne, dessen Name schon eine exorzierende Macht ausübt, ich spreche von Immanuel Kant!

Man sagt, die Nachtgeister erschrecken, wenn sie das Schwert eines Scharfrichters erblicken. – Wie müssen sie erst erschrecken, wenn man ihnen Kants »Kritik der reinen Vernunft« entgegenhält! Dieses Buch ist das Schwert, womit der Deismus hingerichtet worden in Deutschland.

Ehrlich gestanden, ihr Franzosen, in Vergleichung mit uns Deutschen seid ihr zahm und moderant. Ihr habt höchstens einen König töten können, und dieser hatte schon den Kopf verloren, ehe ihr köpftet. Und dabei mußtet ihr so viel trommeln und schreien und mit den Füßen trampeln, daß es den ganzen Erdkreis erschütterte. Man erzeigt wirklich dem Maximilian Robespierre zuviel Ehre, wenn man ihn mit dem Immanuel Kant vergleicht. Maximilian Robespierre, der große Spießbürger von der Rue Saint-Honoré, bekam freilich seine Anfälle von Zerstörungswut, wenn es das Königstum galt, und er zuckte dann furchtbar genug in seiner regiziden Epilepsie; aber sobald vom höchsten Wesen die Rede war, wusch er sich den weißen Schaum wieder vom Munde und das Blut von den Händen, und zog seinen blauen Sonntagsrock an, mit den Spiegelknöpfen, und steckte noch obendrein einen Blumenstrauß vor seinem breiten Brustlatz.

Die Lebensgeschichte des Immanuel Kant ist schwer zu beschreiben. Denn er hatte weder Leben noch Geschichte. Er lebte ein mechanisch geordnetes, fast abstraktes Hagestolzenleben, in einem stillen abgelegenen Gäßchen zu Königsberg, einer alten Stadt an der nordöstlichen Grenze Deutschlands. Ich glaube nicht, daß die große Uhr der dortigen Kathedrale leidenschaftsloser und regelmäßiger ihr äußeres Tagewerk vollbrachte, wie ihr Landsmann Immanuel Kant. Aufstehn, Kaffeetrinken, Schreiben, Kollegienlesen, Essen, Spazierengehn, alles hatte seine bestimmte Zeit, und die Nachbarn wußten ganz genau, daß die Glocke halb vier sei, wenn Immanuel Kant, in seinem grauen Leibrock, das spanische Röhrchen in der Hand, aus seiner Haustüre trat, und nach der kleinen Lindenallee wandelte, die man seinetwegen noch jetzt den Philosophengang nennt. Achtmal spazierte er dort auf und ab, in jeder Jahreszeit, und wenn das Wetter trübe war oder die grauen Wolken einen Regen verkündigten, sah man seinen Diener, den alten Lampe, ängstlich besorgt hinter ihm drein wandeln, mit einem langen Regenschirm unter dem Arm, wie ein Bild der Vorsehung.

Sonderbarer Kontrast zwischen dem äußeren Leben des Mannes und seinen zerstörenden, weltzermalmenden Gedanken! Wahrlich, hätten die Bürger von Königsberg die ganze Bedeutung dieses Gedankens geahnt, sie würden vor jenem Mann eine weit grauenhaftere Scheu empfunden haben als vor einem Scharfrichter, vor einem Scharfrichter, der nur Menschen hinrichtet – aber die guten Leute sahen in ihm nichts anderes als einen Professor der Philosophie, und wenn er zur bestimmten Stunde vorbeiwandelte, grüßten sie freundlich, und richteten etwa nach ihm ihre Taschenuhr.

Wenn aber Immanuel Kant, dieser große Zerstörer im Reiche der Gedanken, an Terrorismus den Maximilian Robespierre weit übertraf, so hat er doch mit diesem manche Ähnlichkeiten, die zu einer Vergleichung beider Männer auffordern. Zunächst finden wir in beiden dieselbe unerbittliche, schneidende, poesielose, nüchterne Ehrlichkeit. Dann finden wir in beiden dasselbe Talent des Mißtrauens, nur daß es der eine gegen Gedanken ausübt und Kritik nennt, während der andere es gegen Menschen anwendet und republikanische Tugend betitelt. Im höchsten Grade jedoch zeigt sich in beiden der Typus des Spießbürgertums – die Natur hatte sie bestimmt, Kaffee und Zucker zu wiegen, aber das Schicksal wollte, daß sie andere Dinge abwögen, und legte dem einen einen König und dem anderen einen Gott auf die Wagschale …

Und sie gaben das richtige Gewicht!

Die »Kritik der reinen Vernunft« ist das Hauptwerk von Kant, und wir müssen uns vorzugsweise damit beschäftigen. Keine von allen Schriften Kants hat größere Wichtigkeit. Dieses Buch, wie schon erwähnt, erschien 1781, und wurde erst 1789 allgemein bekannt. Es wurde anfangs ganz übersehen, nur zwei unbedeutende Anzeigen sind damals darüber erschienen, und erst spät wurde durch Artikel von Schütz, Schulz und Reinhold die Aufmerksamkeit des Publikums auf dieses große Buch geleitet. Die Ursache dieser verzögerten Anerkenntnis liegt wohl in der ungewöhnlichen Form und schlechten Schreibart. In betreff der letztern verdient Kant größeren Tadel, als irgendein anderer Philosoph; um so mehr, wenn wir seinen vorhergehenden besseren Stil erwägen. Die kürzlich erschienene Sammlung seiner kleinen Schriften enthält die ersten Versuche, und wir wundern uns da über die gute, manchmal sehr witzige Schreibart. Während Kant im Kopfe schon sein großes Werk ausarbeitete, hat er diese kleinen Aufsätze vor sich hingeträllert. Er lächelt da wie ein Soldat, der sich ruhig waffnet, um in eine Schlacht zu gehn, wo er gewiß zu siegen denkt.

Unter jenen kleinen Schriften sind besonders merkwürdig: »Allgemeine Naturgeschichte und Theorie des Himmels«, geschrieben schon 1755; »Beobachtungen über das Gefühl des Schönen und Erhabenen«, geschrieben zehn Jahre später, sowie auch »Träume eines Geistersehers«, voll guter Laune in der Art der französischen Essais. Der Witz eines Kant, wie er sich in diesen Schriftchen äußert, hat etwas höchst Eigentümliches. Der Witz rankt da an dem Gedanken, und trotz seiner Schwäche erreicht er dadurch eine erquickliche Höhe. Ohne solche Stütze freilich kann der reichste Witz nicht gedeihen; gleich der Weinrebe, die eines Stabes entbehrt, muß er alsdann kümmerlich am Boden hinkriechen und mit seinen kostbarsten Früchten vermodern.

Warum aber hat Kant seine »Kritik der reinen Vernunft« in einem so grauen, trocknen Packpapierstil geschrieben? Ich glaube, weil er die mathematische Form der Descartes-Leibniz-Wolfianer verwarf, fürchtete er, die Wissenschaft möchte etwas von ihrer Würde einbüßen, wenn sie sich in einem leichten, zuvorkommend heiteren Tone ausspräche. Er verlieh ihr daher eine steife, abstrakte Form, die alle Vertraulichkeit der niederen Geistesklassen kalt ablehnte. Er wollte sich von den damaligen Popularphilosophen, die nach bürgerlichster Deutlichkeit strebten, vornehm absondern und er kleidete seine Gedanken in eine hofmännisch abgekältete Kanzleisprache. Hier zeigt sich ganz der Philister. Aber vielleicht bedurfte Kant zu seinem sorgfältig gemessenen Ideengang auch einer Sprache, die sorgfältig gemessener, und er war nicht imstande, eine bessere zu schaffen. Nur das Genie hat für den neuen Gedanken auch das neue Wort. Immanuel Kant war aber kein Genie. Im Gefühl dieses Mangels, ebenso wie der gute Maximilian, war Kant um so mißtrauischer gegen das Genie, und in seiner »Kritik der Urteilskraft« behauptete er sogar, das Genie habe nichts in der Wissenschaft zu schaffen, seine Wirksamkeit gehöre ins Gebiet der Kunst.

Kant hat durch den schwerfälligen, steifleinenen Stil seines Hauptwerks sehr vielen Schaden gestiftet. Denn die geistlosen Nachahmer äfften ihn nach in dieser Äußerlichkeit, und es entstand bei uns der Aberglaube, daß man kein Philosoph sei, wenn man gut schriebe. Die mathematische Form jedoch konnte, seit Kant, in der Philosophie nicht mehr aufkommen. Dieser Form hat er in der »Kritik der reinen Vernunft« ganz unbarmherzig den Stab gebrochen. Die mathematische Form in der Philosophie, sagt er, bringe nichts als Kartengebäude hervor, so wie die philosophische Form in der Mathematik nur eitel Geschwätz hervorbringt. Denn in der Philosophie könne es keine Definitionen geben, wie in der Mathematik, wo die Definitionen nicht diskursiv, sondern intuitiv sind, d. h. in der Anschauung nachgewiesen werden können; was man Definitionen in der Philosophie nenne, werde nur versuchsweise, hypothetisch, vorangestellt; die eigentlich richtige Definition erscheine nur am Ende als Resultat.

Wie kommt es, daß die Philosophen so viel Vorliebe für die mathematische Form zeigen? Diese Vorliebe beginnt schon mit Pythagoras, der die Prinzipien der Dinge durch Zahlen bezeichnete. Dieses war ein genialer Gedanke. In einer Zahl ist alles Sinnliche und Endliche abgestreift, und dennoch bezeichnet sie etwas Bestimmtes und dessen Verhältnis zu etwas Bestimmtem, welches letztere, wenn es ebenfalls durch eine Zahl bezeichnet wird, denselben Charakter des Entsinnlichten und Unendlichen angenommen. Hierin gleicht die Zahl den Ideen, die denselben Charakter und dasselbe Verhältnis zueinander haben. Man kann die Ideen, wie sie in unserem Geiste und in der Natur sich kundgeben, sehr treffend durch Zahlen bezeichnen; aber die Zahl bleibt doch immer das Zeichen der Idee, nicht die Idee selber. Der Meister bleibt dieses Unterschieds noch bewußt, der Schüler aber vergißt dessen, und überliefert seinen Nachschülern nur eine Zahlenhieroglyphik, bloße Chiffern, deren lebendige Bedeutung niemand mehr kennt, und die man mit Schulstolz nachplappert. Dasselbe gilt von den übrigen Elementen der mathematischen Form. Das Geistige in seiner ewigen Bewegung erlaubt kein Fixieren; ebensowenig wie durch die Zahl läßt es sich fixieren durch Linie, Dreieck, Viereck und Kreis. Der Gedanke kann weder gezählt werden, noch gemessen.

Da es mir hauptsächlich darum zu tun ist, das Studium der deutschen Philosophie in Frankreich zu erleichtern, so bespreche ich immer zumeist diejenigen Äußerlichkeiten, die den Fremden leicht abschrecken, wenn man ihn nicht vorher darüber in Kenntnis gesetzt hat. Literatoren, die den Kant für das französische Publikum bearbeiten wollen, mache ich besonders darauf aufmerksam, daß sie denjenigen Teil seiner Philosophie ausscheiden können, der bloß dazu dient, die Absurditäten der Wolfschen Philosophie zu bekämpfen. Diese Polemik, die sich überall durchdrängt, kann bei den Franzosen nur Verwirrung und gar keinen Nutzen hervorbringen. – Wie ich höre, beschäftigt sich der Herr Doktor Schön, ein deutscher Gelehrter in Paris, mit einer französischen Herausgabe des Kant. Ich hege eine zu günstige Meinung von den philosophischen Einsichten des Obgenannten, als daß ich es für nötig erachtete, obigen Wink auch an ihn zu richten, und ich erwarte vielmehr von ihm ein ebenso nützliches wie wichtiges Buch.

Die »Kritik der reinen Vernunft« ist, wie ich bereits gesagt, das Hauptbuch von Kant, und seine übrigen Schriften sind einigermaßen als entbehrlich, oder allenfalls als Kommentare zu betrachten. Welche soziale Bedeutung jenem Hauptbuche innewohnt, wird sich aus folgendem ergeben.

Die Philosophen vor Kant haben zwar über den Ursprung unserer Erkenntnisse nachgedacht, und sind, wie wir bereits gezeigt, in zwei verschiedene Wege geraten, je nachdem sie Ideen *a priori* oder Iden *a posteriori* annahmen; über das Erkenntnisvermögen selber, über den Umfang unseres Erkenntnisvermögens, oder über die Grenzen unseres Erkenntnisvermögens ist weniger nachgedacht worden. Dieses ward nun die Aufgabe von Kant, er unterwarf unser Erkenntnisvermögen einer schonungslosen Untersuchung, er sondierte die ganze Tiefe dieses Vermögens und konstatierte alle seine Grenzen. Da fand er nun freilich, daß wir gar nichts wissen können von sehr vielen Dingen, mit denen wir früher in vertrautester Bekanntschaft zu stehen vermeinten. Das war sehr verdrießlich. Aber es war doch immer nützlich zu wissen, von welchen Dingen wir nichts wissen können. Wer uns vor nutzlosen Wegen warnt, leistet uns einen ebenso guten Dienst, wie derjenige, der uns den rechten Weg anzeigt. Kant bewies uns, daß wir von den Dingen, wie sie an und für sich selber sind, nichts wissen, sondern daß wir nur insofern etwas von ihnen wissen, als sie sich in unserem Geiste reflektieren. Da sind wir nun ganz wie die Gefangenen, wovon Plato, im siebenten Buch vom »Staate«, so Betrübsames erzählt. Diese Unglücklichen, gefesselt an Hals und Schenkeln, so daß sie sich mit dem Kopfe nicht herumdrehen können, sitzen in einem Kerker, der oben offen ist und von obenher erhalten sie einiges Licht. Dieses Licht aber kömmt von einem Feuer, welches hinter ihnen oben brennt, und zwar noch getrennt von ihnen durch eine kleine Mauer. Längs dieser Mauer wandeln Menschen, welche allerlei Statuen, Holz- und Steinbilder vorübertragen und miteinander sprechen. Die armen Gefangenen können nun von diesen Menschen, welche nicht so hoch wie die Mauer, gar nichts sehen und von den vorbeigetragenen Statuen, die über die Mauer hervorragen, sehen sie nur die Schatten, welche sich an der ihnen gegenüberstehenden Wand dahin bewegen; und sie halten nun diese Schatten für die wirklichen Dinge und getäuscht durch das Echo ihres Kerkers, glauben sie, es seien diese Schatten, welche miteinander sprechen.

Die bisherige Philosophie, die schnüffelnd an den Dingen herumlief, und sich Merkmale derselben einsammelte und sie klassifizierte, hörte auf, als Kant erschien, und dieser lenkte die

Forschung zurück in den menschlichen Geist und untersuchte, was sich da kundgab. Nicht mit Unrecht vergleicht er daher seine Philosophie mit dem Verfahren des Kopernikus. Früher, als man die Welt stillstehen und die Sonne um dieselbe herumwandeln ließ, wollten die Himmelsberechnungen nicht sonderlich übereinstimmen; da ließ Kopernikus die Sonne stillstehen und die Erde um sie herumwandeln, und siehe! alles ging nun vortrefflich. Früher lief die Vernunft, gleich der Sonne, um die Erscheinungswelt herum und suchte sie zu beleuchten; Kant aber läßt die Vernunft, die Sonne, stillstehen, und die Erscheinungswelt dreht sich um sie herum und wird beleuchtet, je nachdem sie in den Bereich dieser Sonne kömmt.

Nach diesen wenigen Worten, womit ich die Aufgabe Kants angedeutet, ist jedem begreiflich, daß ich denjenigen Abschnitt seines Buches, worin er die sogenannten Phänomena und Noumena abgehandelt, für den wichtigsten Teil, für den Mittelpunkt seiner Philosophie, halte. Kant macht nämlich einen Unterschied zwischen den Erscheinungen der Dinge und den Dingen an sich. Da wir von den Dingen nur insoweit etwas wissen können, als sie sich uns durch Erscheinung kundgeben, und da also die Dinge nicht, wie sie an und für sich selbst sind, sich uns zeigen: so hat Kant die Dinge, insofern sie erscheinen, Phänomena, und die Dinge an und für sich: Noumena genannt. Nur von den Dingen als Phänomena können wir etwas wissen, nichts aber können wir von den Dingen wissen als Noumena. Letztere sind nur problematisch, wir können weder sagen, sie existieren, noch: sie existieren nicht. Ja, das Wort Noumena ist nur dem Wort Phänomen nebengesetzt, um von Dingen, insoweit sie uns erkennbar, sprechen zu können, ohne in unserem Urteil die Dinge, die uns nicht erkennbar, zu berühren.

Kant hat also nicht, wie manche Lehrer, die ich nicht nennen will, die Dinge unterschieden in Phänomena und Noumena, in Dinge, welche für uns existieren, und in Dinge, welche für uns nicht existieren. Dieses wäre ein irländischer Bull in der Philosophie. Er hat nur einen Grenzbegriff geben wollen.

Gott ist, nach Kant, ein Noumen. Infolge seiner Argumentation ist jenes transzendentale Idealwesen, welches wir bisher Gott genannt, nichts anders als eine Erdichtung. Es ist durch eine natürliche Illusion entstanden. Ja, Kant zeigt, wie wir von jenem Noumen, von Gott, gar nichts wissen können, und wie sogar jede künftige Beweisführung seiner Existenz unmöglich sei. Die Danteschen Worte: »Laßt die Hoffnung zurück!« schreiben wir über die Abteilung der »Kritik der reinen Vernunft«.

Ich glaube, man erläßt mir gern die populäre Erörterung dieser Partie, wo »von den Beweisgründen der spekulativen Vernunft, auf das Dasein eines höchsten Wesens zu schließen«, gehandelt wird. Obwohl die eigentliche Widerlegung dieser Beweisgründe nicht viel Raum einnimmt und erst in der zweiten Hälfte des Buches zum Vorschein kommt, so ist sie doch schon von vornherein aufs absichtlichste eingeleitet, und sie gehört zu dessen Pointen. Es knüpft sich daran die »Kritik aller spekulativen Theologie«, und vernichtet werden die übrigen Luftgebilde der Deisten. Bemerken muß ich, daß Kant, indem er die drei Hauptbeweisarten für das Dasein Gottes, nämlich den ontologischen, den kosmologischen und den physikotheologischen Beweis angreift, nach meiner Meinung die zwei letzteren, aber nicht den ersteren zugrunde richten kann. Ich weiß nicht, ob die obigen Ausdrücke hier bekannt sind, ich gebe daher die Stelle aus der »Kritik der reinen Vernunft«, wo Kant ihre Unterscheidungen formuliert:

»Es sind nur drei Beweisarten vom Dasein Gottes aus spekulativer Vernunft möglich. Alle Wege, die man in dieser Absicht einschlagen mag, fangen entweder von der bestimmten Erfahrung und der dadurch erkannten besonderen Beschaffenheit unserer Sinnenwelt an, und steigen von ihr nach Gesetzen der Kausalität bis zur höchsten Ursache außer der Welt hinauf;

oder sie legen nur unbestimmte Erfahrung, das ist irgendein Dasein zum Grunde, oder sie abstrahieren endlich von aller Erfahrung und schließen gänzlich *a priori* aus bloßen Begriffen auf das Dasein einer höchsten Ursache. Der erste Beweis ist der physikotheologische, der zweite der kosmologische, der dritte ist der ontologische Beweis. Mehr gibt es ihrer nicht, und mehr kann es ihrer auch nicht geben.«

Nach mehrmaligem Durchstudieren des Kantschen Hauptbuchs glaube ich zu erkennen, daß die Polemik gegen jene bestehenden Beweise für das Dasein Gottes überall hervorlauscht, und ich würde sie weitläufiger besprechen, wenn mich nicht ein religiöses Gefühl davon abhielte. Schon daß ich jemanden das Dasein Gottes diskutieren sehe, erregt in mir eine so sonderbare Angst, eine so unheimliche Beklemmung, wie ich sie einst in London zu New-Bedlam empfand, als ich, umgeben von lauter Wahnsinnigen, meinen Führer aus den Augen verlor. »Gott ist alles, was da ist«, und Zweifel an ihm ist Zweifel an das Leben selbst, es ist der Tod.

So verwerflich auch jede Diskussion über das Dasein Gottes ist, desto preislicher ist das Nachdenken über die Natur Gottes. Dieses Nachdenken ist ein wahrhafter Gottesdienst, unser Gemüt wird dadurch abgezogen vom Vergänglichen und Endlichen, und gelangt zum Bewußtsein der Urgüte und der ewigen Harmonie. Dieses Bewußtsein durchschauert den Gefühlsmenschen im Gebet oder bei der Betrachtung kirchlicher Symbole; der Denker findet diese heilige Stimmung in der Ausübung jener erhabenen Geisteskraft, welche wir Vernunft nennen, und deren höchste Aufgabe es ist, die Natur Gottes zu erforschen. Ganz besonders religiöse Menschen beschäftigen sich mit dieser Aufgabe von Kind auf, geheimnisvoll sind sie davon schon bedrängt, durch die erste Regung der Vernunft. Der Verfasser dieser Blätter ist sich einer solchen frühen, ursprünglichen Religiosität, aufs freudigste bewußt, und sie hat ihn nie verlassen. Gott war immer der Anfang, und das Ende aller meiner Gedanken. Wenn ich jetzt frage: was ist Gott? was ist seine Natur? so frug ich schon als kleines Kind: wie ist Gott? wie sieht er aus? Und damals konnte ich ganze Tage in den Himmel hinaufsehen, und war des Abends sehr betrübt, daß ich niemals das allerheiligste Angesicht Gottes, sondern immer nur graue, blöde Wolkenfratzen erblickt hatte. Ganz konfus machten mich die Mitteilungen aus der Astronomie, womit man damals, in der Aufklärungsperiode, sogar die kleinsten Kinder nicht verschonte, und ich konnte mich nicht genug wundern, daß alle diese tausend Millionen Sterne, ebenso große, schöne Erdkugeln seien, wie die unsrige, und über all dieses leuchtende Weltengewimmel ein einziger Gott waltet. Einst im Traume, erinnere ich mich, sah ich Gott, ganz oben in der weitesten Ferne. Er schaute vergnüglich zu einem kleinen Himmelsfenster hinaus, ein frommes Greisengesicht mit einem kleinen Judenbärtchen, und er streute eine Menge Saatkörner herab, die, während sie vom Himmel niederfielen, im unendlichen Raum gleichsam aufgingen, eine ungeheure Ausdehnung gewannen, bis sie lauter strahlende, blühende, bevölkerte Welten wurden, jede so groß, wie unsere eigene Erdkugel. Ich habe dieses Gesicht nie vergessen können, noch oft im Traume sah ich den heiteren Alten aus seinem kleinen Himmelfenster die Weltensaat herabschütten; ich sah ihn einst sogar mit den Lippen schnalzen, wie unsere Magd, wenn sie den Hühnern ihr Gerstenfutter zuwarf. Ich konnte nur sehen wie die fallenden Saatkörner sich immer zu großen, leuchtenden Weltkugeln ausdehnten: aber die etwanigen großen Hühner, die vielleicht irgendwo mit aufgesperrten Schnäbeln lauerten, um mit den hingestreuten Weltkugeln gefüttert zu werden, konnte ich nicht sehen.

Du lächelst, lieber Leser, über die großen Hühner. Diese kindische Ansicht ist aber nicht allzusehr entfernt von der Ansicht der reifsten Deisten. Um von dem außerweltlichen Gott einen Begriff zu geben, haben sich der Orient und der Okzident in kindischen Hyperbeln erschöpft. Mit der Unendlichkeit des Raumes und der Zeit hat sich aber die Phantasie der Deisten vergeblich abgequält. Hier zeigt sich ganz ihre Ohnmacht, die Haltlosigkeit ihrer Weltansicht, ihrer Idee von der Natur Gottes. Es betrübt uns daher wenig, wenn diese Idee zugrunde gerichtet wird. Dieses Leid aber hat ihnen Kant wirklich angetan, indem er ihre Beweisführungen von der Existenz Gottes zerstörte.

Die Rettung des ontologischen Beweises käme dem Deismus gar nicht besonders heilsam zustatten, denn dieser Beweis ist ebenfalls für den Pantheismus zu gebrauchen. Zu näherem Verständnis bemerke ich, daß der ontologische Beweis derjenige ist, den Descartes aufstellt und der schon lange vorher im Mittelalter, durch Anselm von Canterbury, in einer ruhenden Gebetsform ausgesprochen worden. Ja, man kann sagen, daß der heilige Augustin schon im zweiten Buche *De libero arbitrio* den ontologischen Beweis aufgestellt hat.

Ich enthalte mich, wie gesagt, aller popularisierenden Erörterung der Kantschen Polemik gegen jene Beweise. Ich begnüge mich zu versichern, daß der Deismus seitdem im Reiche der spekulativen Vernunft erblichen ist. Diese betrübende Todesnachricht bedarf vielleicht einiger Jahrhunderte, ehe sie sich allgemein verbreitet hat – wir aber haben längst Trauer angelegt. *De profundis*!

Ihr meint, wir könnten jetzt nach Hause gehn? Beileibe! es wird noch ein Stück aufgeführt. Nach der Tragödie kommt die Farce. Immanuel Kant hat bis hier den unerbittlichen Philosophen traciert, er hat den Himmel gestürmt, er hat die ganze Besatzung über die Klinge springen lassen, der Oberherr der Welt schwimmt unbewiesen in seinem Blute, es gibt jetzt keine Allbarmherzigkeit mehr, keine Vatergüte, keine jenseitige Belohnung für diesseitige Enthaltsamkeit, die Untersterblichkeit der Seele liegt in den letzten Zügen – das röchelt, das stöhnt – und der alte Lampe steht dabei mit seinem Regenschirm unterm

Arm, als betrübter Zuschauer und Angstschweiß und Tränen rinnen ihm vom Gesichte. Da erbarmt sich Immanuel Kant und zeigt, daß er nicht bloß ein großer Philosoph, sondern auch ein guter Mensch ist, und er überlegt, und halb gutmütig und halb ironisch spricht er: »Der alte Lampe muß einen Gott haben, sonst kann der arme Mensch nicht glücklich sein – der Mensch soll aber auf der Welt glücklich sein – das sagt die praktische Vernunft – meinetwegen – so mag auch die praktische Vernunft die Existenz Gottes verbürgen.« Infolge dieses Arguments, unterscheidet Kant zwischen der theoretischen Vernunft und der praktischen Vernunft, und mit dieser, wie mit einem Zauberstäbchen, belebte er wieder den Leichnam des Deismus, den die theoretische Vernunft getötet.

Hat vielleicht Kant die Resurrektion nicht bloß des alten Lampe wegen, sondern auch der Polizei wegen unternommen? Oder hat er wirklich aus Überzeugung gehandelt? Hat er eben dadurch, daß er alle Beweise für das Dasein Gottes zerstörte, uns recht zeigen wollen, wie mißlich es ist, wenn wir nichts von der Existenz Gottes wissen können? Er handelte da fast ebenso weise, wie mein westfälischer Freund, welcher alle Laternen auf der Grohnderstraße zu Göttingen zerschlagen hatte, und uns nun dort, im Dunkeln stehend, eine lange Rede hielt über die praktische Notwendigkeit der Laternen, welche er nur deshalb theoretisch zerschlagen habe, um uns zu zeigen, wie wir ohne dieselben nichts sehen können.

Ich habe schon früher erwähnt, daß die »Kritik der reinen Vernunft«, bei ihrem Erscheinen, nicht die geringste Sensation gemacht. Erst mehrere Jahre später, als einige scharfsinnige Philosophen Erläuterungen über dieses Buch geschrieben, erregte es die Aufmerksamkeit des Publikums, und im Jahre 1789 war in Deutschland von nichts mehr die Rede als von Kantscher Philosophie, und sie hatte schon in Hülle und Fülle ihre Kommentare, Chrestomathien, Erklärungen, Beurteilungen, Apologien usw. Man braucht nur einen Blick auf den ersten besten philosophischen Katalog zu werfen und die Unzahl von Schriften, die damals über Kant erschienen, zeugt hinreichend von der geistigen Bewegung, die von diesem einzigen Manne ausging. Bei dem einen zeigte sich ein schäumender Enthusiasmus, bei dem andern eine bittere Verdrießlichkeit, bei vielen eine glotzende Erwartung über den Ausgang dieser geistigen Revolution. Wir hatten Emeuten in der geistigen Welt ebensogut wie ihr in der materiellen Welt, und bei dem Niederreißen des alten Dogmatismus, echauffierten wir uns ebensosehr wie Ihr beim Sturm der Bastille. Es waren freilich ebenfalls nur ein paar alte Invaliden, welche den Dogmatismus, das ist die Wolfsche Philosophie, verteidigten. Es war eine Revolution, und es fehlte nicht an Greuel. Unter der Partei der Vergangenheit waren die eigentlichen guten Christen über jene Greuel am wenigsten ungehalten. Ja, sie wünschten noch schlimmere Greuel, damit sich das Maß fülle, und die Konterrevolution desto schneller als notwendige Reaktion stattfinde. Es gab bei uns Pessimisten in der Philosophie wie bei Euch in der Politik. Manche unserer Pessimisten gingen in der Selbstverblendung so weit, daß sie sich einbildeten, Kant sei mit ihnen in einem geheimen Einverständnis und habe die bisherigen Beweise für das Dasein Gottes nur deshalb zerstört, damit die Welt einsehe, daß man durch die Vernunft nimmermehr zu Erkenntnis Gottes gelange, und daß man sich also hier an der geoffenbarten Religion halten müsse.

Diese große Geisterbewegung hat Kant nicht sowohl durch den Inhalt seiner Schriften hervorgebracht, als vielmehr durch den kritischen Geist, der darin waltete, und der sich jetzt in alle Wissenschaften eindrängte. Alle Disziplinen wurden davon ergriffen. Ja, sogar die Poesie blieb nicht verschont von ihrem Einfluß. Schiller z. B. war ein gewaltsamer Kantianer und seine Kunstansichten sind geschwängert von dem Geist der Kantschen Philosophie. Der schönen Literatur und den schönen Künsten wurde diese Kantsche Philosophie, wegen ihrer abstrakten Trockenheit, sehr schädlich. Zum Glück mischte sie sich nicht in die Kochkunst.

Das deutsche Volk läßt sich nicht leicht bewegen, ist es aber einmal in irgendeine Bahn hineinbewegt, so wird es dieselbe mit beharrlichster Ausdauer bis ans Ende verfolgen. So zeigten wir uns in den Angelegenheiten der Religion. So zeigten wir uns nun auch in der Philosophie. Werden wir uns ebenso konsequent weiterbewegen in der Politik?

Deutschland war durch Kant in die philosophische Bahn hineingezogen, und die Philosophie ward eine Nationalsache. Eine schöne Schar großer Denker sproßte plötzlich aus dem deutschen Boden, wie hervorgezaubert. Wenn einst, gleich der französischen Revolution, auch die deutsche Philosophie ihren Thiers und ihren Mignet findet, so wird die Geschichte derselben eine ebenso merkwürdige Lektüre bieten, und der Deutsche wird sie mit Stolz und der Franzose wird sie mit Bewunderung lesen.

Unter den Schülern Kants ragte schon früher hervor Johann Gottlieb Fichte.

Ich verzweifle fast von der Bedeutung dieses Mannes einen richtigen Begriff geben zu können. Bei Kant hatten wir nur ein Buch zu betrachten. Hier aber kommt außer dem Buche auch ein Mann in Betrachtung; in diesem Manne sind Gedanke und Gesinnung eins, und in solcher großartigen Einheit, wirken sie auf die Mitwelt. Wir haben daher nicht bloß eine Philosophie zu erörtern, sondern auch einen Charakter, durch den sie gleichsam bedingt wird, und um beider Einfluß zu begreifen, bedürfte es auch wohl einer Darstellung der damaligen Zeitverhältnisse. Welche weitreichende Aufgabe! Vollauf sind wir gewiß entschuldigt, wenn wir hier nur dürftige Mitteilungen bieten.

Schon über den Fichteschen Gedanken ist sehr schwer zu berichten. Auch hier stoßen wir auf eigentümliche Schwierigkeiten. Sie betreffen nicht bloß den Inhalt, sondern auch die

Form und die Methode; beides Dinge womit wir den Ausländer gern zunächst bekannt machen. Zuerst also über die Fichtesche Methode. Diese ist anfänglich ganz dem Kant entlehnt. Bald aber ändert sich diese Methode durch die Natur des Gegenstandes. Kant hatte nämlich nur eine Kritik, also etwas Negatives, Fichte aber hatte späterhin ein System, folglich etwas Positives aufzustellen. Wegen jenes Mangels an einem festen System, hat man der Kantschen Philosophie manchmal den Titel »Philosophie« absprechen wollen. In Beziehung auf Immanuel Kant selber hatte man recht, keineswegs aber in Beziehung auf die Kantianer, die aus Kants Sätzen eine hinlängliche Anzahl von festen Systemen zusammengebaut. In seinen früheren Schriften bleibt Fichte, wie gesagt, der Kantschen Methode ganz treu, so daß man seine erste Abhandlung als sie anonym erschien, für ein Werk von Kant halten konnte. Da Fichte aber später ein System aufstellt, so gerät er in ein eifriges, gar eigensinniges Konstruieren, und wenn er die ganze Welt konstruiert hat, so beginnt er ebenso eifrig und eigensinnig von oben bis unten herab seine Konstruktionen zu demonstrieren. In diesem Konstruieren und Demonstrieren bekundet Fichte eine sozusagen abstrakte Leidenschaft. Wie in seinem System selbst, so herrscht bald die Subjektivität auch in seinem Vortrag. Kant hingegen legt den Gedanken vor sich hin, und seziert ihn, und zerlegt ihn in seine feinsten Fasern, und seine Kritik der Vernunft ist gleichsam das anatomische Theater des Geistes. Er selber bleibt dabei kalt, gefühllos, wie ein echter Wundarzt.

Wie die Methode so auch die Form der Fichteschen Schriften. Sie ist lebendig, aber sie hat auch alle Fehler des Lebens: sie ist unruhig und verwirrsam. Um recht lebendig zu bleiben, verschmäht Fichte die gewöhnliche Terminologie der Philosophen, die ihm etwas Totes dünkt; aber wir geraten dadurch noch viel weniger zum Verständnis. Er hat überhaupt über Verständnis ganz eigene Grillen. Als Reinhold mit ihm gleicher

Meinung war, erklärte Fichte, daß ihn niemand besser verstehe wie Reinhold. Als dieser aber später von ihm abwich, erklärte Fichte: er habe ihn nie verstanden. Als er mit Kant differenzierte, ließ er drucken: Kant verstehe sich selber nicht. Ich berühre hier überhaupt die komische Seite unserer Philosophen. Sie klagen beständig über Nichtverstandenwerden. Als Hegel auf dem Todbette lag, sagte er: »nur einer hat mich verstanden,« aber gleich darauf fügte er verdrießlich hinzu: »und der hat mich auch nicht verstanden«.

In betreff ihres Inhalts an und für sich hat die Fichtesche Philosophie keine große Bedeutung. Sie hat der Gesellschaft keine Resultate geliefert. Nur insofern sie eine der merkwürdigsten Phasen der deutschen Philosophie überhaupt ist, nur insofern sie die Unfruchtbarkeit des Idealismus in seiner letzten Konsequenz beurkundet, und nur insofern sie den notwendigen Übergang zur heutigen Naturphilosophie bildet: ist der Inhalt der Fichteschen Lehre von einigem Interesse. Da dieser Inhalt also mehr historisch und wissenschaftlich als sozial wichtig ist, will ich ihn nur mit den kürzesten Worten andeuten.

Die Aufgabe, welche sich Fichte stellt, ist: welche Gründe haben wir, anzunehmen, daß unseren Vorstellungen von Dingen auch Dinge außer uns entsprechen? Und dieser Frage gibt er die Lösung: alle Dinge haben Realität nur in unserem Geiste.

Wie die »Kritik der reinen Vernunft« das Hauptbuch von Kant, so ist die »Wissenschaftslehre« das Hauptbuch von Fichte. Dieses Buch ist gleichsam eine Fortsetzung des ersteren. Die Wissenschaftslehre verweist den Geist ebenfalls in sich selbst. Aber wo Kant analysiert, da konstruiert Fichte. Die Wissenschaftslehre beginnt mit einer abstrakten Formel (Ich = Ich), sie erschafft die Welt hervor aus der Tiefe des Geistes, sie fügt die zersetzten Teile wieder zusammen, sie macht den Weg der Abstraktion zurück, bis sie zur Erscheinungswelt gelangt. Diese Erscheinungswelt kann alsdann der Geist für notwendige Handlungen der Intelligenz erklären.

Bei Fichte ist noch die besondere Schwierigkeit, daß er dem Geiste zumutet, sich selber zu beobachten, während er tätig ist. Das Ich soll über seine intellektuellen Handlungen Betrachtungen anstellen während es sie ausführt. Der Gedanke soll sich selber belauschen, während er denkt, während er allmählich warm und wärmer und endlich gar wird. Diese Operation mahnt uns an den Affen, der am Feuerherde vor einem kupfernen Kessel sitzt und seinen eigenen Schwanz kocht. Denn er meinte: die wahre Kochkunst besteht nicht darin, daß man bloß objektiv kocht, sondern auch subjektiv des Kochens bewußt wird.

Es ist ein eigener Umstand, daß die Fichtesche Philosophie immer viel von der Satire auszustehen hatte. Ich sah mal eine Karikatur, die eine Fichtesche Gans vorstellt. Sie hat eine so große Leber, daß sie nicht mehr weiß ob sie die Gans oder ob sie die Leber ist. Auf ihrem Bauch steht: Ich = Ich. Jean Paul hat die Fichtesche Philosophie aufs heilloseste persifliert, in einem Buche betitelt *Clavis Fichtiana*. Daß der Idealismus in seiner konsequenten Durchführung am Ende gar die Realität der Materie leugnete, das erschien dem großen Publikum als ein Spaß, der zu weit getrieben. Wir mokierten uns nicht übel über das Fichtesche Ich, welches die ganze Erscheinungswelt durch sein bloßes Denken produzierte. Unseren Spöttern kam dabei ein Mißverständnis zu statten, das zu populär geworden, als daß ich es unerwähnt lassen dürfte. Der große Haufe meinte nämlich, das Fichtesche Ich, das sei das Ich von Johann Gottlieb Fichte, und dieses individuelle Ich leugne alle anderen Existenzen. Welche Unverschämtheit! riefen die guten Leute, dieser Mensch glaubt nicht, daß wir existieren, wir, die wir weit korpulenter als er und als Bürgermeister und Amtsaktuare sogar seine Vorgesetzten sind! Die Damen fragten: glaubt er nicht wenigstens an die Existenz seiner Frau? Nein? Und das läßt Madame Fichte so hingehn?

Das Fichtesche Ich ist aber kein individuelles Ich, sondern

das zum Bewußtsein gekommene allgemeine Welt-Ich. Das Fichtesche Denken ist nicht das Denken eines Individuums, eines bestimmten Menschen, der Johann Gottlieb Fichte heißt; es ist vielmehr ein allgemeines Denken, das sich in einem Individuum manifestiert. So wie man sagt: es regnet, es blitzt usw., so sollte auch Fichte nicht sagen: »ich denke,« sondern: »es denkt,« »das allgemeine Weltdenken denkt in mir«.

Bei einer Vergleichung der französischen Revolution mit der deutschen Philosophie, habe ich einst, mehr aus Scherz als im Ernste, den Fichte mit Napoleon verglichen. Aber, in der Tat, es bieten sich hier bedeutsame Ähnlichkeiten. Nachdem die Kantianer ihr terroristisches Zerstörungswerk vollbracht, erscheint Fichte, wie Napoleon erschienen, nachdem die Konvention ebenfalls mit einer reinen Vernunftkritik die ganz Vergangenheit niedergerissen hatte. Napoleon und Fichte repräsentieren das große unerbittliche Ich, bei welchem Gedanke und Tat eins sind, und die kolossalen Gebäude, welche beide zu konstruieren wissen, zeugen von einem kolossalen Willen. Aber durch die Schrankenlosigkeit dieses Willens gehen jene Gebäude gleich wieder zugrunde, und die Wissenschaftslehre, wie das Kaiserreich, zerfallen und verschwinden ebenso schnell, wie sie entstanden.

Das Kaiserreich gehört nur noch der Geschichte, aber die Bewegung, welche der Kaiser in der Welt hervorgebracht, ist noch immer nicht gestillt und von dieser Bewegung lebt noch unsere Gegenwart. So ist es auch mit der Fichteschen Philosophie. Sie ist ganz untergegangen, aber die Geister sind noch aufgeregt von den Gedanken, die durch Fichte laut geworden, und unberechenbar ist die Nachwirkung seines Wortes. Wenn auch der ganze Transzendentalidealismus ein Irrtum war, so lebte doch in den Fichteschen Schriften eine stolze Unabhängigkeit, eine Freiheitsliebe, eine Manneswürde, die besonders auf die Jugend einen heilsamen Einfluß übte. Fichtes Ich war ganz übereinstimmend mit seinem unbeugsamen, hartnäckigen, eisernen Charakter. Die Lehre von einem solchen allmächtigen Ich konnte vielleicht nur einem solchen Charakter entsprießen, und ein solcher Charakter mußte, zurückwurzelnd in eine solche Lehre, noch unbeugsamer werden, noch hartnäckiger, noch eiserner.

Wie mußte dieser Mann den gesinnungslosen Skeptikern, den frivolen Eklektikern und den Moderanten von allen Farben ein Greuel sein! Sein ganzes Leben war ein beständiger Kampf. Seine Jugendgeschichte ist eine Reihe von Kümmernissen, wie bei fast allen unseren ausgezeichneten Männern. Armut sitzt an ihrer Wiege und schaukelt sie groß, und diese magere Amme bleibt ihre treue Lebensgefährtin.

Nichts ist rührender als den willenstolzen Fichte zu sehen, wie er sich durch Hofmeisterei in der Welt durchzuquälen sucht. Solches klägliche Dienstbrot kann er nicht einmal in der Heimat finden, und er muß nach Warschau wandern. Dort die alte Geschichte. Der Hofmeister mißfällt der gnädigen Frau, oder vielleicht gar der ungnädigen Kammerjungfer. Seine Kratzfüße sind nicht fein genug, nicht französisch genug, und er wird nicht mehr würdig befunden, die Erziehung eines kleinen polnischen Junkers zu leiten. Johann Gottlieb Fichte wird abgeschafft wie ein Lakai, erhält von der mißvergnügten Herrschaft kaum einen dürftigen Zehrpfennig, verläßt Warschau und wandert nach Königsberg, in jugendlichem Enthusiasmus, um Kant kennen zu lernen. Das Zusammentreffen dieser beiden Männer ist in jeder Hinsicht interessant, und ich glaube beider Weise und Zustände nicht besser veranschaulichen zu können, als indem ich ein Fragment aus Fichtes Tagebuch mitteile, das in einer Biographie desselben, die sein Sohn unlängst herausgegeben, enthalten ist:

»Um fünfundzwanzigsten Juni ging ich nach Königsberg ab mit einem Fuhrmann von dorther; und traf ohne besondere Fährlichkeiten am ersten Juli daselbst ein. – Den vierten Kant besucht, der mich indes nicht sonderlich aufnahm: ich hospitierte bei ihm, und fand auch da meine Erwartungen nicht befriedigt. Sein Vortrag ist schläfrig. Unterdes schrieb ich dies Tagebuch. –«

»– Schon lange wollte ich Kant ernsthafter besuchen, fand aber kein Mittel. Endlich fiel ich darauf, eine ›Kritik aller Offenbarungen‹ zu schreiben, und sie ihm statt einer Empfehlung zu überreichen. Ich fing ungefähr den dreizehnten damit an, und arbeitete seitdem ununterbrochen fort. – Am achtzehnten August überschickte ich endlich die nun fertig gewordene Arbeit an Kant, und ging den fünfundzwanzigsten hin, um sein Urteil darüber zu hören. Er empfing mich mit ausgezeichneter Güte, und schien sehr wohl mit der Abhandlung zufrieden. Zu einem näheren wissenschaftlichen Gespräche kam es nicht; wegen meiner philosophischen Zweifel verwies er mich an seine Kritik der reinen Vernunft, und an den Hofprediger Schulz, den ich sofort aufsuchen werde. Am sechsundzwanzigsten speiste ich bei Kant, in Gesellschaft des Professor Sommer; und fand einen sehr angenehmen, geistreichen Mann an Kant; erst jetzt erkannte ich Züge in ihm, die des großen in seinen Schriften niedergelegten Geistes würdig sind.«

»Den siebenundzwanzigsten endigte ich dies Tagebuch, nachdem ich vorher schon die Exzerpte aus den Kantschen Vorlesungen über Anthropologie, welche mir Herr v. S. geliehen, beendigt hatte. Zugleich beschließe ich, jenes hinfüro ordentlich alle Abende vor Schlafengehen fortzusetzen, und alles Interessante, was mir begegnet, besonders aber Charakterzüge und Bemerkungen einzutragen.«

»Den achtundzwanzigsten abends. Noch gestern fing ich an, meine ›Kritik‹ zu revidieren, und kam auf recht gute tiefe Gedanken, die mich aber leider überzeugten, daß die erste Bearbeitung von Grund aus oberflächlich ist. Heute wollte ich die neuen Untersuchungen fortsetzen, fand mich aber von meiner Phantasie so fortgerissen, daß ich den ganzen Tag nichts habe tun können. In meiner jetzigen Lage ist dies nun leider kein

Wunder! Ich habe berechnet, daß ich von heute an nur noch vierzehn Tage hier subsistieren kann. – Freilich bin ich schon in solchen Verlegenheiten gewesen, aber es war in meinem Vaterlande, und dann wird es bei zunehmenden Jahren und dringenderem Ehrgefühl immer härter. – Ich habe keinen Entschluß, kann keinen fassen. – Dem Pastor Borowski, zu welchem Kant mich gehen ließ, werde ich mich nicht entdecken; soll ich mich ja entdecken, so geschieht es an niemand, als Kant selbst.«

»Am neunundzwanzigsten ging ich zu Borowski, und fand an ihm einen recht guten, ehrlichen Mann. Er schlug mir eine Kondition vor, die aber noch nicht völlig gewiß ist, und die mich auch gar nicht sehr freut; zugleich nötigte er mir durch seine Offenheit das Geständnis ab, daß ich pressiert sei, eine Versorgung zu wünschen. Er riet mir, zu Professor W. zu gehn. Arbeiten habe ich nicht gekonnt. – Am folgenden Tage ging ich in der Tat zu W., und nachher zum Hofprediger Schulz. Die Aussichten bei ersterem sind sehr mißlich; doch sprach er von Hauslehrerstellen im Kurländischen, die mich ebenfalls nur die höchste Not anzunehmen bewegen wird! Nachher zum Hofprediger, wo anfangs mich seine Gattin empfing. Auch er erschien, aber in mathematische Zirkel vertieft; nachher, als er meinen Namen genauer hörte, wurde er durch die Empfehlung Kants desto freundlicher. Es ist ein eckiges preußisches Gesicht, doch leuchtet die Ehrlichkeit und Gutherzigkeit selbst aus seinen Zügen hervor. Ferner lernte ich da noch kennen Herrn Bräunlich und dessen Pflegbefohlnen, den Grafen Dänhof, Herrn Büttner, Neveu des Hofpredigers, und einen jungen Gelehrten aus Nürnberg, Herrn Ehrhard, einen guten, trefflichen Kopf, doch ohne Lebensart und Weltkenntnis.«

»Am ersten September stand ein Entschluß in mir fest, den ich Kant entdecken wollte: eine Hauslehrerstelle, so ungern ich dieselbe auch angenommen hätte, findet sich nicht, und die Ungewißheit meiner Lage hindert mich hier, mit freiem Geiste zu arbeiten, und des bildenden Umgangs meiner Freunde zu genießen: also fort, in mein Vaterland zurück! Das kleine Darlehn, welches ich dazu bedarf, wird mir vielleicht durch Kants Vermittelung verschafft werden. Aber indem ich zu ihm gehn, und meinen Vorschlag ihm machen wollte, entfiel mir der Mut. Ich beschloß, zu schreiben. Abends wurde ich zu Hofpredigers gebeten, wo ich einen sehr angenehmen Abend verlebte. Am zweiten vollendete ich den Brief an Kant und schickte ihn ab.«

Trotz seiner Merkwürdigkeit, kann ich mich doch nicht entschließen, diesen Brief hier in französischer Sprache mitzuteilen. Ich glaube, es steigt mir eine Röte in die Wangen, und mir ist, als sollte ich die verschämtesten Kümmernisse der eignen Familie vor fremden Leuten erzählen. Trotz meinem Streben nach französischem Weltsinn, trotz meinem philosophischen Kosmopolitismus, sitzt doch immer das alte Deutschland mit allen seinen Spießbürgergefühlen in meiner Brust. – Genug, ich kann jenen Brief nicht mitteilen, und ich berichte hier nur: Immanuel Kant war so arm, daß er trotz der herzzerreißend rührenden Sprache jenes Briefes, dem Johann Gottlieb Fichte kein Geld borgen konnte. Letzterer ward aber darob nicht im mindesten unmutig, wie wir aus den Worten des Tagesbuchs, die ich noch hierhersetzen will, schließen können:

»Am dritten September wurde ich zu Kant eingeladen. Er empfing mich mit seiner gewöhnlichen Offenheit; sagte aber, er habe sich über meinen Vorschlag noch nicht resolviert; jetzt bis in vierzehn Tagen sei er außer stande. Welche liebenswürdige Offenheit! Übrigens machte er Schwierigkeiten über meine Desseins, welche verrieten, daß er unsere Lage in Sachsen nicht genug kennt. – – Alle diese Tage habe ich nichts gemacht: ich will aber wieder arbeiten, und das übrige schlechthin Gott überlassen. – Am sechsten. – Ich war zu Kant gebeten, der mir vorschlug, mein Manuskript über die Kritik aller Offenbarungen durch Vermittlung des Herrn Pfarrers Borowski an Buchhändler Hartung zu verkaufen. Es sei gut geschrieben, meinte er, da ich von Umarbeitung sprach. – Ist dies wahr? Und doch sagt es Kant! – Übrigens schlug er mir meine erste Bitte ab. – Am zehnten war ich zu Mittag bei Kant. Nichts von unserer Affäre; Magister Gensichen war zugegen, und nur allgemeine, zum Teil sehr interessante Gespräche: auch ist Kant ganz unverändert gegen mich derselbe. – – Am dreizehnten, heute, wollte ich arbeiten, und tue nichts. Mein Mißmut überfällt mich. Wie wird dies ablaufen? Wie wird es heut über acht Tage um mich stehen? Da ist mein Geld rein aufgezehrt!«

Nach vielem Umherirren, nach einem langen Aufenthalt in der Schweiz findet Fichte endlich eine feste Stelle in Jena, und von hier aus datiert sich seine Glanzperiode. Jena und Weimar, zwei sächsische Städtchen, die nur wenige Stunden voneinander entfernt liegen, waren damals der Mittelpunkt des deutschen Geisterlebens. In Weimar war der Hof und die Poesie, in Jena war die Universität und die Philosophie. Dort sahen wir die größten Dichter, hier die größten Gelehrten Deutschlands. Anno 1794 begann Fichte seine Vorlesungen in Jena. Die Jahrzahl ist bedeutsam und erklärt sowohl den Geist seiner damaligen Schriften, als auch die Tribulationen, denen er seitdem ausgesetzt stand, und denen er vier Jahre später endlich unterlag. Anno 1798 nämlich erheben sich gegen ihn die Anklagen wegen Atheismus, die ihm unleidliche Verfolgungen zuziehen und auch seinen Abgang von Jena bewirken. Diese Begebenheit, die merkwürdigste in Fichtes Leben, hat zugleich eine allgemeine Bedeutung, und wir dürfen nicht davon schweigen. Hier kommt auch Fichtes Ansicht von der Natur Gottes ganz eigentlich zur Sprache.

In der Zeitschrift »Philosophisches Journal«, welche Fichte damals herausgab, druckte er einen Aufsatz betitelt »Entwicklung des Begriffs Religion«, der ihm von einem gewissen Forberg, welcher Schullehrer zu Saalfeld, eingesendet worden. Diesem Aufsatz fügte er noch eine kleine erläuternde Abhandlung hinzu, unter dem Titel: »Über den Grund unseres Glaubens an eine göttliche Weltregierung.«

Die beiden Stücke nun wurden von der kursächsischen Regierung konfisziert, unter dem Vorgeben, sie enthielten Atheismus, und zugleich ging von Dresden aus ein Requisitionsschreiben an den Weimarschen Hof, worin derselbe aufgefordert wurde, den Professor Fichte ernstlich zu bestrafen. Der Weimarsche Hof hatte nun freilich von dergleichen Ansinnen sich keineswegs irre leiten lassen; aber da Fichte bei diesem Vorfalle die größten Fehlgriffe beging, da er nämlich eine Appellation ans Publikum schrieb ohne seine offizielle Behörde zu berücksichtigen: so hat diese, die Weimarsche Regierung, verstimmt und von außen gedrängt, dennoch nicht vermeiden können, den in seinen Ausdrücken unvorsichtigen Professor mit einer gelinden Rüge zu erquicken. Fichte aber, der sich in seinem Rechte glaubte, wollte solche Rüge nicht geduldig hinnehmen und verließ Jena. Nach seinen damaligen Briefen zu schließen, wurmte ihn ganz besonders das Verhalten zweier Männer, die, durch ihre amtliche Stellung, in seiner Sache besonders wichtige Stimmen hatten, und dieses waren S. Ehrwürden der Oberkonsistorialrat v. Herder und S. Exzellenz der Geheime Rat v. Goethe. Aber beide sind hinreichend zu entschuldigen. Es ist rührend, wenn man in Herders hinterlassenen Briefen liest, wie der arme Herder seine liebe Not hatte mit den Kandidaten der Theologie, die, nachdem sie in Jena studiert, zu ihm nach Weimar kamen, um als protestantische Prediger examiniert zu werden. Über Christus, den Sohn, wagte er im Examen sie gar nicht mehr zu befragen; er war froh genug, wenn man ihm nur die Existenz des Vaters zugestand. Was Goethe betrifft, so hat er sich in seinen Memoiren über obiges Ereignis folgendermaßen geäußert:

»Nach Reinholds Abgang von Jena, der mit Recht als ein großer Verlust für die Akademie erschien, war mit Kühnheit, ja Verwegenheit, an seine Stelle Fichte berufen worden, der in seinen Schriften sich mit Großheit, aber vielleicht nicht ganz gehörig über die wichtigsten Sitten- und Staatsgegenstände erklärt hatte. Es war eine der tüchtigsten Persönlichkeiten, die man je gesehen, und an seinen Gesinnungen im höheren Betracht nichts auszusetzen; aber wie hätte er mit der Welt, die er als seinen erschaffenen Besitz betrachtete, gleichen Schritt halten sollen?

Da man ihm die Stunden, die er zu öffentlichen Vorlesungen benutzen wollte, an Werktagen verkümmert hatte, so unternahm er Sonntags Vorlesungen, deren Einleitung Hindernisse fand. Kleine und größere daraus entspringende Widerwärtigkeiten waren kaum, nicht ohne Unbequemlichkeit der oberen Behörden, getuscht und geschlichtet, als uns dessen Äußerungen über Gott und göttliche Dinge, über die man freilich besser ein tiefes Stillschweigen beobachtet, von außen beschwerende Anregungen zuzogen.

Fichte hatte in seinem philosophischen Journal über Gott und göttliche Dinge auf eine Weise sich zu äußern gewagt, welche den hergebrachten Ausdrücken über solche Geheimnisse zu widersprechen schien. Er ward in Anspruch genommen; seine Verteidigung besserte die Sache nicht, weil er leidenschaftlich zu Werke ging, ohne Ahnung, wie gut man diesseits für ihn gesinnt sei, wie wohl man seine Gedanken, seine Worte auszulegen wisse, welches man freilich ihm nicht gerade mit dürren Worten zu erkennen geben konnte, und ebensowenig wie man ihm auf das gelindeste herauszuhelfen gedachte. Das Hin- und Widerreden, das Vermuten und Behaupten, das Bestärken und Entschließen wogte in vielfachen unsicheren Reden auf der Akademie ineinander; man sprach von einem ministeriellen Vorhalt, von nichts Geringerem als einer Art Verweis, dessen Fichte sich zu gewärtigen hätte. Hierüber ganz außer Fassung, hielt er sich für berechtigt, ein heftiges Schreiben beim Ministerium einzureichen, worin er jene Maßregel als gewiß voraussetzend, mit Ungestüm und Trotz erklärte, er werde dergleichen niemals dulden, er werde lieber ohne weiteres von der Akademie abziehen, und in solchem Falle nicht allein, indem mehrere bedeutende Lehrer, mit ihm einstimmig, den Ort zu verlassen gedächten.

Hierdurch war nun auf einmal aller gegen ihn gehegte gute Wille gehemmt, ja paralysiert: hier blieb kein Ausweg, keine Vermittlung übrig, und das Gelindeste war, ihm ohne weiteres seine Entlassung zu erteilen. Nun erst, nachdem die Sache sich nicht mehr ändern ließ, vernahm er die Wendung, die man ihr zu geben im Sinne gehabt, und er mußte seinen übereilten Schritt bereuen, wie wir ihn bedauern.«

Ist das nicht wie er leibt und lebt, der ministerielle, schlichtende, vertuschende Goethe? Er rügt im Grunde nur, daß Fichte das gesprochen, was er dachte, und daß er es nicht in den hergebrachten verhüllenden Ausdrücken gesprochen. Er tadelt nicht den Gedanken, sondern das Wort. Daß der Deismus in der deutschen Denkerwelt seit Kant vernichtet sei, war, wie ich schon einmal gesagt, ein Geheimnis, das jeder wußte, das man aber nicht laut auf dem Markte ausschreien sollte. Goethe war so wenig Deist wie Fichte; denn er war Pantheist. Aber eben von der Höhe des Pantheismus konnte Goethe, mit seinem scharfen Auge, die Haltlosigkeit der Fichteschen Philosophie am besten durchschauen und seine milden Lippen mußten derob lächeln. Den Juden, was doch die Deisten am Ende alle sind, mußte Fichte ein Greuel sein; dem großen Heiden war er bloß eine Torheit. »Der große Heide« ist nämlich der Name, den man in Deutschland dem Goethe beilegt. Doch ist dieser Name nicht ganz passend. Das Heidentum des Goethe ist wunderbar modernisiert. Seine starke Heidennatur bekundet sich in dem klaren, scharfen Auffassen aller äußeren Erscheinungen, aller Farben und Gestalten; aber das Christentum hat ihn zu gleicher Zeit mit einer tieferen Verständnis begabt, trotz seines sträubenden Widerwillens hat das Christentum ihn eingeweiht in die Geheimnisse der Geisterwelt, er hat vom Blute Christi genossen, und dadurch verstand er die verborgensten Stimmen der Natur, gleich Siegfried, dem Nibelungenheld, der plötzlich die Sprache der Vögel verstand, als ein Tropfen Blut des erschlagenen Drachen seine Lippen benetzte. Es ist merkwürdig, wie bei Goethe jene Heidennatur von unserer heutigsten Sentimentalität durchdrungen war, wie der antike Marmor so modern pulsierte, und wie er die Leiden eines jungen Werthers ebenso stark mitempfand wie die Freuden eines alten Griechengottes. Der Pantheismus des Goethe ist also von dem heidnischen sehr unterschieden. Um mich kurz auszudrücken: Goethe war der Spinoza der Poesie. Alle Gedichte Goethes sind durchdrungen von demselben Geiste, der uns auch in den Schriften des Spinoza anweht. Daß Goethe gänzlich der Lehre des Spinoza huldigte, ist keinem Zweifel unterworfen. Wenigstens beschäftigte er sich damit während seiner ganzen Lebenszeit; in dem Anfang seiner Memoiren, sowie auch in dem kürzlich erschienenen letzten Bande derselben, hat er solches freimütig bekannt. Ich weiß nicht mehr wo ich es gelesen, daß Herder über diese beständige Beschäftigung mit Spinoza, einst übellaunig ausrief: wenn doch der Goethe einmal ein anderes lateinisches Buch als den Spinoza in die Hand nähme! Aber dieses gilt nicht bloß von Goethe; noch eine Menge seiner Freunde, die später mehr oder minder als Dichter bekannt wurden, huldigten frühzeit dem Pantheismus, und dieser blühte praktisch in der deutschen Kunst, ehe er noch als philosophische Theorie bei uns zur Herrschaft gelangte. Eben zur Zeit Fichtes, als der Idealismus im Reiche der Philosophie seine erhabenste Blütezeit feierte, ward er im Reiche der Kunst gewaltsam zerstört, und es entstand hier jene berühmte Kunstrevolution, die noch heute nicht beendigt ist, und die mit dem Kampfe der Romantiker gegen das altklassische Regime, mit den Schlegelschen Emeuten, anfängt.

In der Tat, unsere ersten Romantiker handelten aus einem pantheistischen Instinkt, den sie selbst nicht begriffen. Das Gefühl, das sie für Heimweh nach der katholischen Mutterkirche hielten, war tieferen Ursprungs als sie selbst ahnten, und ihre

Verehrung und Vorliebe für die Überlieferungen des Mittelalters, für dessen Volksglauben, Teufeltum, Zauberwesen, Hexerei ... alles das war eine bei ihnen plötzlich erwachte aber unbegriffene Zurückneigung nach dem Pantheismus der alten Germanen, und in der schnöde beschmutzten und boshaft verstümmelten Gestalt liebten sie eigentlich nur die vorchristliche Religion ihrer Väter. Hier muß ich erinnern an das erste Buch, wo ich gezeigt wie das Christentum die Elemente der altgermanischen Religion in sich aufgenommen, wie diese nach schmählichster Umwandlung sich im Volksglauben des Mittelalters erhalten haben, so daß der alte Naturdienst als lauter böse Zauberei, die alten Götter als lauter häßliche Teufel und ihre keuschen Priesterinnen als lauter ruchlose Hexen betrachtet wurden. Die Verirrungen unserer ersten Romantiker lassen sich von diesem Gesichtspunkte aus etwas milder beurteilen als es sonst geschieht. Sie wollten das katholische Wesen des Mittelalters restaurieren, weil sie fühlten, daß von den Heiligtümern ihrer ältesten Väter, von den Herrlichkeiten ihrer frühesten Nationalität, sich noch manches darin erhalten hat; es waren diese verstümmelten und geschändeten Reliquien, die ihr Gemüt so sympathisch anzogen, und sie haßten den Protestantismus und den Liberalismus, die dergleichen mitsamt der ganzen katholischen Vergangenheit zu vertilgen streben.

Doch darüber werde ich später sprechen. Hier gilt es nur zu erwähnen, daß der Pantheismus schon zur Zeit Fichtes in die deutsche Kunst eindrang, daß sogar die katholischen Romantiker unbewußt dieser Richtung folgten, und daß Goethe sie am bestimmtesten aussprach. Dieses geschieht schon im »Werther«, wo er nach einer liebseligen Identifizierung mit der Natur schmachtet. Im »Faust« sucht er ein Verhältnis mit der Natur anzuknüpfen auf einem trotzig mystischen, unmittelbaren Wege: er beschwört die geheimen Erdkräfte, durch die Zauberformeln des Höllenzwangs. Aber am reinsten und lieblichsten beurkundet sich dieser Goethesche Pantheismus in seinen kleinen Liedern. Die Lehre des Spinoza hat sich aus der mathematischen Hülle entpuppt und umflattert uns als Goethesches Lied. Daher die Wut unserer Orthodoxen und Pietisten gegen das Goethesche Lied. Mit ihren frommen Bärentatzen tappen sie nach diesem Schmetterling, der ihnen beständig entflattert. Das ist so zart ätherisch, so duftig beflügelt. Ihr Franzosen könnt euch keinen Begriff davon machen, wenn ihr die Sprache nicht kennt. Diese Goetheschen Lieder haben einen neckischen Zauber, der unbeschreibbar. Die harmonischen Verse umschlingen dein Herz wie eine zärtliche Geliebte; das Wort umarmt dich, während der Gedanke dich küßt.

In Goethes Betragen gegen Fichte, sehen wir also keineswegs die häßlichen Motive, die von manchen Zeitgenossen mit noch häßlicheren Worten bezeichnet worden. Sie hatten die verschiedene Natur beider Männer nicht begriffen. Die Mildesten mißdeuteten die Passivität Goethes, als später Fichte stark bedrängt und verfolgt wurde. Sie berücksichtigten nicht Goethes Lage. Dieser Riese war Minister in einem deutschen Zwergstaate. Er konnte sich nie natürlich bewegen. Man sagte von dem sitzenden Jupiter des Phidias zu Olympia, daß er das Dachgewölbe des Tempels zersprengen würde, wenn er einmal plötzlich aufstünde. Dies war ganz die Lage Goethes zu Weimar; wenn er aus seiner stillsitzenden Ruhe einmal plötzlich in die Höhe gefahren wäre, er hätte den Staatsgiebel durchbrochen, oder, was noch wahrscheinlicher, er hätte sich daran den Kopf zerstoßen. Und dieses sollte er riskieren für eine Lehre, die nicht bloß irrig, sondern auch lächerlich? Der deutsche Jupiter blieb ruhig sitzen, und ließ sich ruhig anbeten und beräuchern.

Es würde mich von meinem Thema zu sehr entfernen, wollte ich vom Standpunkte damaliger Kunstinteressen aus, das Betragen Goethes bei Gelegenheit der Anklage Fichtes noch gründlicher rechtfertigen. Für Fichte spricht nur, daß die Anklage eigentlich ein Vorwand war und daß sich politische Verhetzungen dahinter verbargen. Denn wegen Atheismus kann wohl ein Theolog angeklagt werden, weil er sich verpflichtet hat bestimmte Doktrinen zu lehren. Ein Philosoph hat aber keine solche Verpflichtung eingegangen, kann sie nicht eingehn, und sein Gedanke ist frei wie der Vogel in der Luft. – Es ist vielleicht unrecht, daß ich, teils um meine eigenen, teils um anderer Gefühle zu schonen, nicht alles was jene Anklage selbst begründete und rechtfertigte, hier mitteile. Nur eine von den mißlichen Stellen will ich aus dem inkulpierten Aufsatze hier hersetzen: »– – Die lebendige und wirkende moralische Ordnung ist selbst Gott; wir bedürfen keines anderen Gottes und können keinen anderen fassen. Es liegt kein Grund in der Vernunft aus jener moralischen Weltordnung herauszugehen und vermittelst eines Schlusses vom Begründeten auf den Grund noch ein besonderes Wesen, als die Ursache desselben, anzunehmen; der ursprüngliche Verstand macht sonach diesen Schluß sicher nicht, und kennt solches besonderes Wesen; nur eine sich selbst mißverstehende Philosophie macht ihn – –«

Wie es halsstarrigen Menschen eigentümlich, so hat sich Fichte in seiner »Appellation an das Publikum« und seiner gerichtlichen Verantwortung noch derber und greller ausgesprochen, und zwar mit Ausdrücken, die unser tiefstes Gemüt verletzen. Wir, die wir an einen wirklichen Gott glauben, der unseren Sinnen in der unendlichen Ausdehnung, und unserem Geiste in dem unendlichen Gedanken sich offenbart, wir, die wir einen sichtbaren Gott verehren in der Natur und seine unsichtbare Stimme in unserer eigenen Seele vernehmen: wir werden widerwärtig berührt von den grellen Worten, womit Fichte unseren Gott für ein bloßes Hirngespinst erklärt und sogar ironisiert. Es ist zweifelhaft, in der Tat, ob es Ironie oder bloßer Wahnsinn ist, wenn Fichte den lieben Gott von allem sinnlichen Zusatze so rein befreit, daß er ihm sogar die Existenz abspricht, weil Existieren ein sinnlicher Begriff und nur als sinnlicher möglich ist! Die Wissenschaftslehre, sagt er, kennt kein anderes Sein als das sinnliche, und da nur den Gegenständen der Erfahrung ein Sein zugeschrieben werden kann, so ist dieses Prädikat bei Gott nicht zu gebrauchen. Demnach hat der Fichtesche Gott keine Existenz, er *ist* nicht, er manifestiert sich nur als reines Handeln, als eine Ordnung von Begebenheiten, als *ordo ordinans*, als das Weltgesetz.

Solchermaßen hat der Idealismus die Gottheit durch alle möglichen Abstraktionen so lange durchfiltriert, bis am Ende gar nichts mehr übrigblieb. Jetzt, wie bei Euch an der Stelle eines Königs, so bei uns an der Stelle eines Gottes, herrschte das Gesetz.

Was ist aber unsinniger, eine *loix athée*, ein Gesetz, welches keinen Gott hat, oder ein *Dieu-loix*, ein Gott, der nur ein Gesetz ist?

Der Fichtesche Idealismus gehört zu den kolossalsten Irrtümern, die jemals der menschliche Geist ausgeheckt. Er ist gottloser und verdammlicher als der plumpste Materialismus. Was man Atheismus der Materialisten hier in Frankreich nennt, wäre, wie ich leicht zeigen könnte, noch immer etwas Erbauliches, etwas Frommgläubiges, in Vergleichung mit den Resultaten des Fichteschen Transzendentalidealismus. So viel weiß ich, beide sind mir zuwider. Beide Ansichten sind auch antipoetisch. Die französischen Materialisten haben ebenso schlechte Verse gemacht, wie die deutschen Transzendentalidealisten. Aber staatsgefährlich ist die Lehre Fichtes keineswegs gewesen, und noch weniger verdiente sie als staatsgefährlich verfolgt zu werden. Um von dieser Irrlehre mißleitet werden zu können, dazu bedurfte man eines spekulativen Scharfsinns, wie er nur bei wenigen Menschen gefunden wird. Dem großen Haufen mit seinen tausend dicken Köpfen war diese Irrlehre ganz unzugänglich. Die Fichtesche Ansicht von Gott hätte also auf rationellem, aber nicht auf polizeilichem Wege widerlegt werden müssen. Wegen Atheismus in der Philosophie angeklagt zu werden, war auch in Deutschland so etwas

Befremdliches, daß Fichte wirklich im Anfang gar nicht wußte, was man begehre. Ganz richtig sagte er, die Frage, ob eine Philosophie atheistisch sei oder nicht? klinge einem Philosophen ebenso wunderlich, wie etwa einem Mathematiker die Frage: ob ein Dreieck grün oder rot sei?

Jene Anklage hatte also ihre verborgenen Gründe, und diese hat Fichte bald begriffen. Da er der ehrlichste Mensch von der Welt war, so dürfen wir einem Briefe, worin er sich gegen Reinhold über jene verborgenen Gründe ausspricht, völligen Glauben schenken, und da dieser Brief, datiert vom zweiundzwanzigsten Mai 1799, die ganz Zeit schildert und die ganze Bedrängnis des Mannes veranschaulichen kann, so wollen wir einen Teil desselben hierhersetzen:

»Ermattung und Ekel bestimmen mich zu dem Dir schon mitgeteilten Entschlusse, für einige Jahre ganz zu verschwinden. Ich war, meiner damaligen Ansicht der Sache nach, sogar überzeugt, daß diesen Entschluß die Pflicht fordere, indem bei der gegenwärtigen Gärung ich ohnedies nicht gehört werden, und die Gärung nur ärger machen würde, nach ein paar Jahren aber, wenn die erste Befremdung sich gelegt, ich mit desto größerem Nachdruck sprechen würde. – Ich denke jetzt anders. Ich darf jetzt nicht verstummen: schweige ich jetzt, so dürfte ich wohl nie wieder ans Reden kommen. – Es war mir, seit der Verbindung Rußlands mit Österreich, schon längst wahrscheinlich, was mir nunmehr durch die neuesten Begebenheiten, und besonders seit dem gräßlichen Gesandtenmord (über den man hier jubelt, und über welchen S. und G. ausrufen: so ist's recht, diese Hunde muß man totschlagen) völlig gewiß ist, daß der Despotismus sich von nun an mit Verzweiflung verteidigen wird, daß er durch Paul und Pitt konsequent wird, daß die Basis seines Planes die ist, die Geistesfreiheit auszurotten, und daß die Deutschen ihm die Erreichung dieses Zwecks nicht erschweren werden.

Glaube z. B. nicht, daß der Weimarsche Hof geglaubt hat,

der Frequenz der Universität werde durch meine Gegenwart geschadet werden; er weiß zu wohl das Gegenteil. Er hat zufolge des allgemeinen, besonders von Kursachsen kräftigst ergriffenen Plans mich entfernen *müssen.* Burscher in Leipzig, ein Eingeweihter dieser Geheimnisse, ist schon gegen Ende des vorigen Jahrs eine ansehnliche Wette eingegangen, daß ich zu Ende dieses Jahrs Exulant sein würde. Voigt ist durch Burgsdorf schon längst gegen mich gewonnen worden. Vom Departement der Wissenschaften zu Dresden ist bekannt gemacht worden, daß keiner, der sich auf die neuere Philosophie lege, befördert werden, oder, wenn er es schon ist, weiter rücken solle. In der Freischule zu Leipzig ist sogar die Rosenmüllersche Aufklärung bedenklich gefunden; Luthers Katechismus ist neuerlich dort wieder eingeführt, und die Lehrer sind von neuem auf die symbolischen Bücher konfirmiert worden. Das wird weiter gehn und sich verbreiten. – – – In Summa: es ist nichts gewisser, als das Gewisseste, daß, wenn nicht die Franzosen die ungeheuerste Übermacht erringen und in Deutschland, wenigstens einem beträchtlichen Teile desselben, eine Veränderung durchsetzen, in einigen Jahren in Deutschland kein Mensch mehr, der dafür bekannt ist, in seinem Leben einen freien Gedanken gedacht zu haben, eine Ruhestätte finden wird. – Es ist mir also gewisser als das Gewisseste, daß finde ich auch jetzt irgendwo ein Winkelchen, ich doch in einem, höchstens in zwei Jahren wieder fortgejagt werden würde; und es ist gefährlich sich an mehreren Orten fortjagen zu lassen; dies lehrt historisch Rousseaus Beispiel.

Gesetzt, ich schweige ganz, schreibe nicht das Geringste mehr: wird man mich unter dieser Bedingung ruhig lassen? Ich glaube dies nicht, und gesetzt, ich könnte es von den Höfen hoffen, wird nicht die *Geistlichkeit,* wohin ich mich auch wende, den *Pöbel* gegen mich aufhetzen, mich von ihm steinigen lassen, und nun – die Regierungen bitten, mich als einen Menschen, der Unruhen erregt zu entfernen? Aber darf ich dann schweigen? Nein, das darf ich wahrlich nicht; denn ich habe Grund zu glauben, daß, wenn noch etwas gerettet werden kann des deutschen Geistes, es durch mein Reden gerettet werden kann, und durch mein Stillschweigen die Philosophie ganz und zu frühe zugrunde gehen würde. Denen ich nicht zutraue, daß sie mich schweigend würden existieren lassen, traue ich noch weniger zu, daß sie mich werden reden lassen.

Aber ich werde sie von der Unschädlichkeit meiner Lehre überzeugen. – Lieber Reinhold, wie Du mir so gut von diesen Menschen denken kannst! Je klarer ich werde, je unschuldiger ich erscheine, desto schwärzer werden sie und desto größer wird überhaupt mein wahres Vergehen. Ich habe nie geglaubt, daß sie meinen vergeblichen *Atheismus* verfolgen; sie verfolgen in mir einen Freidenker, der anfängt sich *verständlich* zu machen (Kants Glück war seine Obskurität) und einen verschrienen Demokraten; es erschreckt sie, wie ein Gespenst, die *Selbständigkeit*, die, wie sie dunkel ahnen, meine Philosophie weckt.«

Ich bemerke nochmals, daß dieser Brief nicht von gestern ist, sondern das Datum des 22. Mai 1799 trägt. Die politischen Verhältnisse jener Zeit haben eine gar betrübende Ähnlichkeit mit den neuesten Zuständen in Deutschland, nur daß damals der Freiheitssinn mehr unter Gelehrten, Dichtern und sonstigen Literaten blühete, heutigentags aber unter diesen viel minder, sondern weit mehr in der großen aktiven Masse, unter Handwerkern und Gewerbsleuten, sich ausspricht. Während zur Zeit der ersten Revolution die bleiern deutscheste Schlafsucht auf dem Volke lastete, und gleichsam eine brutale Ruhe in ganz Germanien herrschte, offenbarte sich in unserer Schriftwelt das wildeste Gären und Wallen. Der einsamste Autor, der in irgendeinem abgelegenen Winkelchen Deutschlands lebte, nahm teil an dieser Bewegung; fast sympathetisch, ohne von den politischen Vorgängen genau unterrichtet zu sein, fühlte er ihre soziale Bedeutung und sprach sie aus in seinen

Schriften. Dieses Phänomen mahnt mich an die großen Seemuscheln, welche wir zuweilen als Zierat auf unsere Kamine stellen, und die, wenn sie auch noch so weit vom Meere entfernt sind, dennoch plötzlich zu rauschen beginnen, sobald dort die Flutzeit eintritt und die Wellen gegen die Küste heranbrechen. Als hier in Paris, in dem großen Menschen-Ozean, die Revolution losflutete, als es hier brandete und stürmte, da rauschten und brausten jenseits des Rheins die deutschen Herzen ... Aber sie waren so isoliert, sie standen unter lauter fühllosem Porzellan, Teetassen und Kaffeekannen und chinesischen Pagoden, die mechanisch mit dem Kopfe nickten, als wüßten sie, wovon die Rede sei. Ach! unsere armen Vorgänger in Deutschland mußten für jene Revolutionssympathie sehr arg büßen. Junker und Pfäffchen übten an ihnen ihre plumpsten und gemeinsten Tücken. Einige von ihnen flüchteten nach Paris und sind hier in Armut und Elend verkommen und verschollen. Ich habe jüngst einen blinden Landsmann gesehen, der noch seit jener Zeit in Paris ist; ich sah ihn im Palais-Royal wo er sich ein bißchen an der Sonne gewärmt hatte. Es war schmerzlich anzusehen, wie er blaß und mager war und sich seinen Weg an den Häusern weiterfühlte. Man sagte mir, es sei der alte dänische Dichter Heiberg. Auch die Dachstube habe ich jüngst gesehen, wo der Bürger Georg Forster gestorben. Den Freiheitsfreunden, die in Deutschland blieben, wäre es aber noch weit schlimmer ergangen, wenn nicht bald Napoleon und seine Franzosen uns besiegt hätten. Napoleon hat gewiß nie geahnt, daß er selber der Retter der Ideologie gewesen. Ohne ihn wären unsere Philosophen mitsamt ihren Ideen durch Galgen und Rad ausgerottet worden. Die deutschen Freiheitsfreunde jedoch, zu republikanisch gesinnt, um dem Napoleon zu huldigen, auch zu großmütig, um sich der Fremdherrschaft anzuschließen, hüllten sich seitdem in ein tiefes Schweigen. Sie gingen traurig herum mit gebrochenen Herzen, mit geschlossenen Lippen. Als Napoleon fiel, da lächelten sie, aber wehmütig, und schwiegen; sie nahmen fast gar keinen Teil an dem patriotischen Enthusiasmus, der damals mit allerhöchster Bewilligung in Deutschland emporjubelte. Sie wußten, was sie wußten, und schwiegen. Da diese Republikaner eine sehr keusche, einfache Lebensart führen, so werden sie gewöhnlich sehr alt, und als die Juliusrevolution ausbrach, waren noch viele von ihnen am Leben, und nicht wenig wunderten wir uns, als die alten Käuze, die wir sonst immer so gebeugt und fast blödsinnig schweigend umherwandeln gesehen, jetzt plötzlich das Haupt erhoben, und uns Jungen freundlich entgegenlachten, und die Hände drückten, und lustige Geschichten erzählten. Einen von ihnen hörte ich sogar singen; denn im Kaffeehaus sang er uns die Marseiller Hymne vor, und wir lernten da die Melodie und die schönen Worte, und es dauerte nicht lange, so sangen wir sie besser als der Alte selbst; denn er hat manchmal in der besten Strophe wie ein Narr gelacht, oder geweint wie ein Kind. Es ist immer gut, wenn so alte Leute leben bleiben, um den Jungen die Lieder zu lehren. Wir Jungen werden sie nicht vergessen, und einige von uns werden sie einst jenen Enkeln einstudieren, die jetzt noch nicht geboren sind. Viele von uns werden aber unterdessen verfault sein, daheim im Gefängnisse, oder auf einer Dachstube in der Fremde.

Laßt uns wieder von Philosophie reden! Ich habe oben gezeigt, wie die Fichtesche Philosophie aus den dünnsten Abstraktionen aufgebaut, dennoch eine eiserne Unbeugsamkeit in ihren Folgerungen, die bis zur verwegensten Spitze emporstiegen, kundgab. Aber eines frühen Morgens erblicken wir in ihr eine große Veränderung. Das fängt an zu blümeln und zu flennen und wird weich und bescheiden. Aus dem idealistischen Titanen, der auf der Gedankenleiter den Himmel erklettert und mit kecker Hand in dessen leere Gemächer herumgetastet: der wird jetzt etwas gebückt Christliches, das viel von Liebe seufzt. Solches ist nun die zweite Periode von Fichte, die uns hier wenig angeht. Sein ganzes System erleidet die befremdlichsten

Modifikationen. In jener Zeit schrieb er ein Buch, welches ihr jüngst übersetzt: »Die Bestimmung des Menschen«. Ein ähnliches Buch »Anweisung zum seligen Leben« gehört ebenfalls in jene Periode.

Fichte, der starrsinnige Mann, wie sich von selbst versteht, wollte dieser eignen großen Umwandlung niemals eingeständig sein. Er behauptete, seine Philosophie sei noch immer dieselbe, nur die Ausdrücke seien verändert, verbessert; man habe ihn nie verstanden. Er behauptete auch, die Naturphilosophie, die damals in Deutschland aufkam und den Idealismus verdrängte, sei im Grunde ganz und gar sein eignes System, und sein Schüler, Herr Joseph Schelling, welcher sich von ihm losgesagt und jene neue Philosophie eingeleitet, habe bloß die Ausdrücke umgeschaffen und seine alte Lehre nur durch unerquickliche Zutat erweitert.

Wir gelangen hier zu einer neuen Phase des deutschen Gedankens. Wir erwähnten die Namen Joseph Schelling und Naturphilosophie; da nun ersterer hier fast ganz unbekannt ist, und da auch der Ausdruck Naturphilosophie nicht allgemein verstanden wird, so habe ich beider Bedeutung zu erklären. Erschöpfend können wir solches nun freilich nicht in diesen Blättern; ein späteres Buch werden wir einer solchen Aufgabe widmen. Nur einige eindringende Irrtümer wollen wir hier abweisen, und nur der sozialen Wichtigkeit der erwähnten Philosophie einige Aufmerksamkeit leihen.

Zuerst ist zu erwähnen, daß Fichte nicht so ganz unrecht hat, wenn er eiferte, des Herrn Joseph Schellings Lehre sei eigentlich die seinige, nur anders formuliert und erweitert. Ebenso wie Herr Joseph Schelling lehrte auch Fichte: es gibt nur ein Wesen, das Ich, das Absolute; er lehrte Identität des Idealen und des Realen. In der »Wissenschaftslehre«, wie ich gezeigt, hat Fichte durch intellektuelle Konstruktion aus dem Idealen das Reale konstruieren wollen. Herr Joseph Schelling hat aber die Sache umgekehrt: er suchte aus dem Realen das Ideale herauszudeuten. Um mich noch klarer auszudrücken: von dem Grundsatze ausgehend, daß der Gedanke und die Natur eins und dasselbe seien, gelangt Fichte durch Geistesoperation zur Erscheinungswelt, aus Gedanken schafft er die Natur, aus dem Idealen das Rale; dem Herrn Schilling hingegen, während er von demselben Grundsatz ausgeht, wird die Erscheinungswelt zu lauter Ideen, die Natur wird ihm zum Gedanken, das Reale zum Idealen. Beide Richtungen, die von Fichte und die von Herrn Schelling, ergänzen sich daher gewissermaßen. Denn nach jenem erwähnten obersten Grundsatze konnte die Philosophie in zwei Teile zerfallen, und in dem einen Teile würde man zeigen: wie aus der Idee die Natur zur Erscheinung kommt; in dem andern Teil würde man zeigen: wie die Natur sich in lauter Ideen auflöst. Die Philosophie konnte daher zerfallen in transzendentalen Idealismus und in Naturphilosophie. Diese beiden Richtungen hat nun auch Herr Schelling wirklich anerkannt, und die letztere verfolgte er in seinen »Ideen zu einer Philosophie der Natur« und erstere in seinem »System des transzendentalen Idealismus«.

Diese Werke, wovon das eine 1797 und das andere 1800 erschien, erwähne ich nur deshalb, weil jene ergänzende Richtungen schon in ihrem Titel ausgesprochen sind, nicht weil etwa ein vollständiges System in ihnen enthalten sei. Nein, dieses findet sich in keinem von Herrn Schellings Büchern. Bei ihm gibt es nicht, wie bei Kant und bei Fichte, ein Hauptbuch, welches als Mittelpunkt seiner Philosophie betrachtet werden kann. Es wäre eine Ungerechtigkeit, wenn man Herrn Schelling nach dem Umfange eines Buches und nach der Strenge des Buchstabens beurteilen wollte. Man muß vielmehr seine Bücher chronologisch lesen, die allmähliche Ausbildung seines Gedankens darin verfolgen, und sich dann an seiner Grundidee festhalten. Ja, es scheint mir auch nötig, daß man bei ihm nicht selten unterscheide, wo der Gedanke aufhört und die Poesie anfängt. Denn Herr Schelling ist eines von jenen Geschöpfen, denen die Natur mehr Neigung zur Poesie als poetische Potenz verliehen hat, und die, unfähig den Töchtern des Parnassus zu genügen, sich in die Wälder der Philosophie geflüchtet und dort mit abstrakten Hamadryaden die unfruchtbarste Ehe führen. Ihr Gefühl ist poetisch, aber das Werkzeug, das Wort, ist schwach; sie ringen vergebens nach einer Kunstform, worin sie ihre Gedanken und Erkenntnisse mitteilen können. Diese Poesie ist Schellings Force und Schwäche. Sie ist es, wodurch er sich von Fichte unterscheidet, sowohl zu seinem Vorteil als auch zu seinem Nachteil. Fichte ist nur Philosoph und seine Macht besteht in Dialektik und seine Stärke besteht im Demonstrieren. Dieses aber ist die schwache Seite des Herrn Schelling, er lebt mehr in Anschauungen, er fühlt sich nicht heimisch in den kalten Höhen der Logik, er schnappt gern über in die Blumentäler der Symbolik, und seine philosophische Stärke besteht im Konstruieren. Letzteres aber ist eine Geistesfähigkeit, die bei den mittelmäßigen Poeten ebenso oft gefunden, wie bei den besten Philosophen.

Nach dieser letzteren Andeutung wird begreiflich, daß Herr Schelling in demjenigen Teile der Philosophie, der bloß transzendentaler Idealismus ist, nur ein Nachbeter von Fichte geblieben und bleiben mußte; daß er aber in der Philosophie der Natur, wo er unter Blumen und Sternen zu wirtschaften hatte, gar gewaltig blühen und strahlen mußte. Diese Richtung ist daher nicht bloß von ihm, sondern auch von den gleichgestimmten Freunden vorzugsweise verfolgt worden, und der Ungestüm, der dabei zum Vorschein kam, war gleichsam nur eine dichterlingsche Reaktion gegen die frühere abstrakte Geistesphilosophie. Wie freigelassene Schulknaben, die den ganzen Tag in engen Sälen unter der Last der Vokabeln und Chiffern geseufzt, so stürmten die Schüler des Herrn Schelling hinaus in die Natur, in das duftende, sonnige Reale, und jauchzten, und schlugen Burzelbäume, und machten einen großen Spektakel.

Der Ausdruck »die Schüler des Herrn Schelling« darf hier

ebenfalls nicht in seinem gewöhnlichen Sinne genommen werden. Herr Schelling selber sagt, nur in der Art der alten Dichter habe er eine Schule bilden wollen, eine Dichterschule, wo keiner an eine bestimmte Doktrin und durch eine bestimmte Disziplin gebunden ist, sondern wo jeder dem Geiste gehorcht und jeder ihn in seiner Weise offenbart. Er hätte auch sagen können, er stifte eine Prophetenschule, wo die Begeisterten zu prophezeien anfangen, nach Lust und Laune, und in beliebiger Sprechart. Dies taten auch wirklich die Jünger, die des Meisters Geist angeregt, die beschränktesten Köpfe fingen an zu prophezeien, jeder in einer andern Zunge, und es entstand ein großes Pfingstfest in der Philosophie.

Wie das Bedeutendste und Herrlichste zu lauter Mummenschanz und Narretei verwendet werden kann, wie eine Rotte von feigen Schälken und melancholischen Hanswürsten imstande ist, eine große Idee zu kompromittieren, das sehen wir hier bei Gelegenheit der Naturphilosophie. Aber das Ridikül, das ihr die Prophetenschule oder die Dichterschule des Herrn Schelling bereitet, kommt wahrlich nicht auf ihre eigne Rechnung. Denn die Idee der Naturphilosophie ist ja im Grunde nichts anders als die Idee des Spinoza, der Pantheismus.

Die Lehre des Spinoza und die Naturphilosophie, wie sie Schelling in seiner besseren Periode aufstellte, sind wesentlich eins und dasselbe. Die Deutschen, nachdem sie den Lockeschen Materialismus verschmäht und den Leibnizschen Idealismus bis auf die Spitze getrieben und diesen ebenfalls unfruchtbar gefunden, gelangten endlich zu dem dritten Sohne des Descartes, zu Spinoza. Die Philosophie hat wieder einen großen Kreislauf vollendet, und man kann sagen, es sei derselbe, den sie schon vor zweitausend Jahren in Griechenland durchlaufen. Aber bei näherer Vergleichung dieser beiden Kreisläufe zeigt sich eine wesentliche Verschiedenheit. Die Griechen hatten ebenso kühne Skeptiker, wie wir, die Eleaten haben die Realität der Außenwelt ebenso bestimmt geleugnet wie unsere neueren

Transzendentalidealisten. Plato hat ebensogut wie Herr Schelling in der Erscheingunswelt die Geisteswelt wiedergefunden. Aber wir haben etwas voraus vor den Griechen, sowie auch vor den Cartesianischen Schulen, wir haben etwas vor ihnen voraus, nämlich:

Wir begannen unsern philosophischen Kreislauf mit einer Prüfung der menschlichen Erkenntnisquellen, mit der Kritik der reinen Vernunft unseres Immanuel Kant.

Bei Erwähnung Kants kann ich obigen Betrachtungen hinzufügen, daß der Beweis für das Dasein Gottes, den derselbe noch bestehen lassen, nämlich der sogenannte moralische Beweis, von Herrn Schelling mit großem Eklat umgestoßen worden. Ich habe aber oben schon bemerkt, daß dieser Beweis nicht von sonderlicher Stärke war und daß Kant ihn vielleicht nur aus Gutmütigkeit bestehen lassen. Der Gott des Herrn Schelling ist das Gottweltall des Spinoza. Wenigstens war er es im Jahr 1801, im zweiten Bande der »Zeitschrift für spekulative Physik«. Hier ist Gott die absolute Identität der Natur und des Denkens, der Materie und des Geistes, und die absolute Identität ist nicht Ursache des Weltalls, sondern sie ist das Weltall selbst, sie ist also das Gottweltall. In diesem gibt es auch keine Gegensätze und Teilungen. Die absolute Identität ist auch die absolute Totalität. Ein Jahr später hat Herr Schelling seinen Gott noch mehr entwickelt, nämlich in einer Schrift, betitelt: »Bruno, oder über das göttliche oder natürliche Prinzip der Dinge«. Dieser Titel erinnert an den edelsten Märtyrer unserer Doktrin, Giordano Bruno von Nola, glorreichen Andenkens. Die Italiener behaupten, Herr Schelling habe dem alten Bruno seine besten Gedanken entlehnt, und sie beschuldigen ihn des Plagiats. Sie haben unrecht, denn es gibt kein Plagiat in der Philosophie. Anno 1804 erschien der Gott des Herrn Schelling endlich ganz fertig in einer Schrift, betitelt: »Philosophie und Religion«. Hier finden wir in ihrer Vollständigkeit die Lehre vom Absoluten. Hier wird das Absolute in drei Formeln ausgedrückt. Die erste ist die kategorische: das Absolute ist weder das Ideale noch das Reale (weder Geist noch Materie), sondern es ist die Identität beider. Die zweite Formel ist die hypothetische: wenn ein Subjekt und ein Objekt vorhanden ist, so ist das Absolute die wesentliche Gleichheit dieser beiden. Die dritte Formel ist die disjunktive: es ist nur Ein Sein, aber dies Eine kann zu gleicher Zeit, oder abwechselnd, als ganz ideal oder als ganz real betrachtet werden. Die erste Formel ist ganz negativ, die zweite setzt eine Bedingung voraus, die noch schwerer zu begreifen ist, als das Bedingte selbst, und die dritte Formel ist ganz die des Spinoza: die absolute Substanz ist erkennbar entweder als Denken oder als Ausdehnung. Auf philosophischem Wege konnte also Herr Schelling nicht weiter kommen als Spinoza, da nur unter der Form dieser beiden Attribute, Denken und Ausdehnung, das Absolute zu begreifen ist. Aber Herr Schelling verläßt jetzt den philosophischen Weg, und sucht durch eine Art mystischer Intuition zur Anschauung des Absoluten selbst zu gelangen, er sucht es anzuschauen in seinem Mittelpunkt, in seiner Wesenheit, wo es weder etwas Ideales ist noch etwas Reales, weder Gedanken noch Ausdehnung, weder Subjekt noch Objekt, weder Geist noch Materie, sonder … was weiß ich!

Hier hört die Philosophie auf bei Herrn Schelling, und die Poesie, ich will sagen, die Narrheit, beginnt. Hier aber auch findet er den meisten Anklang bei einer Menge von Faselhänsen, denen es eben recht ist, das ruhige Denken aufzugeben, und gleichsam jene Derwisch-Tourneurs nachzuahmen, die, wie unser Freund Jules David erzählt, sich so lange im Kreise herumdrehen, bis sowohl objektive, wie subjektive Welt ihnen entschwindet, bis beides zusammenfließt in ein weißes Nichts, das weder real noch ideal ist, bis sie etwas sehen, was nicht sichtbar, hören, was nicht hörbar, bis sie Farben hören und Töne sehen, bis sich das Absolute ihnen veranschaulicht.

Ich glaube mit dem Versuch, das Absolute intellektuell anzuschauen, ist die philosophische Laufbahn des Herrn Schelling beschlossen. Ein größerer Denker tritt jetzt auf, der die Naturphilosophie zu einem vollendeten System ausbildet, aus ihrer Synthese die ganze Welt der Erscheinungen erklärt, die großen Ideen seiner Vorgänger durch größere Ideen ergänzt, sie durch alle Disziplinen durchführt und also wissenschaftlich begründet. Er ist ein Schüler des Herrn Schelling, aber ein Schüler, der allmählich, im Reiche der Philosophie, aller Macht seines Meisters sich bemeisterte, diesem herrschsüchtig über den Kopf wuchs und ihn endlich in die Dunkelheit verstieß. Es ist der große Hegel, der größte Philosoph, den Deutschland seit Leibniz erzeugt hat. Es ist keine Frage, daß er Kant und Fichte weit überragt. Er ist scharf wie jener und kräftig wie dieser und hat dabei noch einen konstituierenden Seelenfrieden, eine Gedankenharmonie, die wir bei Kant und Fichte nicht finden, da in diesen mehr der revolutionäre Geist waltet. Diesen Mann mit Herrn Joseph Schelling zu vergleichen, ist gar nicht möglich; denn Hegel war ein Mann von Charakter. Und wenn er auch, gleich Herrn Schelling, dem Bestehenden in Staat und Kirche einige allzubedenkliche Rechtfertigungen verlieh, so geschah dieses doch für einen Staat, der dem Prinzip des Fortschrittes wenigstens in der Theorie huldigt, und für eine Kirche, die das Prinzip der freien Forschung als ihr Lebenselement betrachtet; und er machte daraus kein Hehl, er war aller seiner Absichten eingeständig. Herr Schelling hingegen windet sich wurmhaft in den Vorzimmern eines sowohl praktischen wie theoretischen Absolutismus, und er handlangert in der Jesuitenhöhle, wo Geistesfesseln geschmiedet werden; und dabei will er uns weißmachen, er sei noch immer unverändert derselbe Lichtmensch, der er einst war, er verleugnet seine Verleugnung, und zu der Schmach des Abfalls, fügt er noch die Feigheit der Lüge!

Wir dürfen es nicht verhehlen, weder aus Pietät, noch aus Klugheit, wir wollen es nicht verschweigen: der Mann, welcher einst am kühnsten in Deutschland die Religion des Pantheismus ausgesprochen, welcher die Heiligung der Natur und die Wiedereinsetzung des Menschen in seine Gottesrechte am lautesten verkündet, dieser Mann ist abtrünning geworden von seiner eigenen Lehre, er hat den Altar verlassen, den er selber eingeweiht, er ist zurückgeschlichen in den Glaubensstall der Vergangenheit, er ist jetzt gut katholisch und predigt einen außerweltlichen persönlichen Gott, »der die Torheit begangen habe, die Welt zu erschaffen«. Mögen immerhin die Altgläubigen ihre Glocken läuten und Kyrie eleison singen, ob solcher Bekehrung – es beweist aber nichts für ihre Meinung, es beweist nur, daß der Mensch sich dem Katholizismus zuneigt, wenn er müde und alt wird, wenn er seine physischen und geistigen Kräfte verloren, wenn er nicht mehr genießen und denken kann. Auf dem Totenbette sind so viele Freidenker bekehrt worden – aber macht nur kein Rühmens davon! Diese Bekehrungsgeschichten gehören höchstens zur Pathologie und würden nur schlechtes Zeugnis geben für Eure Sache. Sie bewiesen am Ende nur, daß es Euch nicht möglich war, jene Freidenker zu bekehren, solange sie mit gesunden Sinnen unter Gottes freiem Himmel umherwandelten und ihrer Vernunft völlig mächtig waren.

Ich glaube, Ballanche sagt: es sei ein Naturgesetz, daß die Initiatoren gleich sterben müssen, sobald sie das Werk der Initiation vollbracht haben. Ach! guter Ballanche, das ist nur zum Teil wahr, und ich möchte eher behaupten: wenn das Werk der Initiation vollbracht ist, stirbt der Initiator – oder er wird abtrünnig. Und so können wir vielleicht das strenge Urteil, welches das denkende Deutschland über Herrn Schelling fällt, einigermaßen mildern; wir können vielleicht die schwere, dicke Verachtung, die auf ihm lastet, in stilles Mitleid verwandeln, und seinen Abfall von der eigenen Lehre erklären wir nur als eine Folge jenes Naturgesetzes, daß derjenige, der an das Aussprechen oder an die Ausführung eines Gedankens alle seine Kräfte hingegeben, nachher, wenn er diesen Gedanken ausgesprochen oder ausgeführt hat, erschöpft dahinsinkt, dahinsinkt entweder in die Arme des Todes oder in die Arme seiner ehemaligen Gegner.

Nach solcher Erklärung begreifen wir vielleicht noch grellere Phänomene des Tages, die uns so tief betrüben. Wir begreifen dadurch vielleicht warum Männer, die für ihre Meinung alles geopfert, die dafür gekämpft und gelitten, endlich wenn sie gesiegt hat, die Meinung verlassen und ins feindliche Lager hinübertreten! Nach solcher Erklärung darf ich auch darauf aufmerksam machen, daß nicht bloß Herr Joseph Schelling, sondern gewissermaßen auch Fichte und Kant des Abfalls zu beschuldigen sind. Fichte ist noch zeitig genug gestorben, ehe sein Abfall von der eigenen Philosphie allzu eklatant werden konnte. Und Kant ist der »Kritik der reinen Vernunft« schon gleich untreu geworden, indem er die »Kritik der praktischen Vernunft« schrieb. Der Initiator stirbt – oder wird abtrünnig.

Ich weiß nicht wie es kommt, dieser letzte Satz wirkt so melancholisch zähmend auf mein Gemüt, daß ich in diesem Augenblick nicht imstande bin die übrigen herben Wahrheiten, die den heutigen Herrn Schelling betreffen, hier mitzuteilen. Laßt uns lieber jenen ehemaligen Schelling preisen, dessen Andenken unvergeßlich blüht in den Annalen des deutschen Gedankens; denn der ehemalige Schelling repräsentiert, ebenso wie Kant und Fichte, eine der großen Phasen unserer philosophischen Revolution, die ich in diesen Blättern mit den Phasen der politischen Revolution Frankreichs verglichen habe. In der Tat, wenn man in Kant die terroristische Konvention und in Fichte das Napoleonische Kaiserreich sieht, so sieht man in Herrn Schelling die restaurierende Reaktion, welche hierauf folgte. Aber es war zunächst ein Restaurieren im besseren Sinne. Herr Schelling setzte die Natur wieder ein in ihre legitimen Rechte, er strebte nach einer Versöhnung von Geist und Natur, er wollte beide wieder vereinigen in der ewigen Weltseele. Er restaurierte jene große Naturphilosophie, die wir bei den altgriechischen Philosophen finden, die erst durch Sokrates mehr ins menschliche Gemüt selbst hineingeleitet wird und die nachher ins Ideelle verfließt. Er restaurierte jene große Naturphilosophie, die, aus der alten, pantheistischen Religion der Deutschen heimlich emporkeimend, zur Zeit des Paracelsus die schönsten Blüten verkündete, aber durch den eingeführten Cartesianismus erdrückt wurde. Ach! und am Ende restaurierte er Dinge, wodurch er auch im schlechten Sinne mit der französischen Restauration verglichen werden kann. Doch da hat ihn die öffentliche Vernunft nicht länger geduldet, er wurde schmählich hinabgestoßen vom Throne des Gedankens, Hegel, sein Majordomus, nahm ihm die Krone vom Haupt, und schor ihn, und der entsetzte Schelling lebte seitdem wie ein armseliges Mönchlein zu München, einer Stadt, welche ihren pfäffischen Charakter schon im Namen trägt und auf Latein *monacho monachorum* heißt. Dort sah ich ihn gespenstisch herumschwanken mit seinen großen blassen Augen und seinem niedergedrückten, abgestumpften Gesichte, ein jammervolles Bild heruntergekommener Herrlichkeit. Hegel aber ließ sich krönen zu Berlin, leider auch ein bißchen salben, und beherrschte seitdem die deutsche Philosophie.

Unsere philosophische Revolution ist beendigt. Hegel hat ihren großen Kreis geschlossen. Wir sehen seitdem nur Entwicklung und Ausbildung der naturphilosophischen Lehre. Diese ist, wie ich schon gesagt, in alle Wissenschaften eingedrungen und hat da das Außerordentlichste und Großartigste hervorgebracht. Viel Unerfreuliches, wie ich ebenfalls angedeutet, mußte zugleich ans Licht treten. Diese Erscheinungen sind so vielfältig, daß schon zu ihrer Aufzählung ein ganzes Buch nötig wäre. Hier ist die eigentlich interessante und farbenreiche Partie unserer Philosophiegeschichte. Ich bin jedoch überzeugt, daß es den Franzosen nützlicher ist von dieser Partie gar nichts zu erfahren. Denn dergleichen Mitteilungen könnten dazu beitragen, die Köpfe in Frankreich noch mehr zu verwirren; manche Sätze der Naturphilosophie aus ihrem Zusammenhang gerissen, könnten bei euch großes Unheil anrichten. So viel weiß ich, wäret ihr vor vier Jahren mit der deutschen Naturphilosophie bekannt gewesen, so hättet ihr nimmermehr die Juliusrevolution machen können. Zu dieser Tat gehörte ein Konzentrieren von Gedanken und Kräften, eine edle Einseitigkeit, ein süffisanter Leichtsinn, wie dessen nur eure alte Schule gestattet. Philosophische Verkehrtheiten, womit man die Legitimität und die katholische Inkarnationslehre allenfalls vertreten konnte, hätten eure Begeisterung gedämpft, euren Mut gelähmt. Ich halte es daher für welthistorisch wichtig, daß euer großer Eklektiker, der euch damals die deutsche Philosophie lehren wollte, auch nicht das mindeste davon verstanden hat. Seine providentielle Unwissenheit war heilsam für Frankreich und für die ganze Menschheit.

Ach, die Naturphilosophie, die in manchen Regionen des Wissens, namentlich in den eigentlichen Naturwissenschaften, die herrlichsten Früchte hervorgebracht, hat in anderen Regionen das verderblichste Unkraut erzeugt. Während Oken, der genialste Denker und einer der größten Bürger Deutschlands, seine neuen Ideenwelten entdeckte und die deutsche Jugend für die Urrechte der Menschheit, für Freiheit und Gleichheit, begeisterte: ach! zu derselben Zeit dozierte Adam Müller die Stallfütterung der Völker nach naturphilosophischen Prinzipien; zu derselben Zeit predigte Herr Görres den Obskurantismus des Mittelalters, nach der naturwissenschaftlichen Ansicht, daß der Staat nur ein Baum sei und in seiner organischen Gliederung auch einen Stamm, Zweige und Blätter haben müsse, welches alles so hübsch in der Korporations-Hierarchie des Mittelalters zu finden sei; zu derselben Zeit proklamierte Herr Steffens das philosophische Gesetz, wonach der Bauernstand sich von dem Adelstand dadurch unterscheidet, daß der Bauer von der Natur bestimmt sei zu arbeiten ohne zu genießen, der Adelige aber berechtigt sei zu genießen ohne zu arbeiten; – ja, vor einigen Monaten, wie man mir sagt, hat ein Krautjunker in Westfalen, ein Hans Narr, ich glaube mit dem Zunamen Haxthausen, eine Schrift herausgegeben, worin er die königlich preußische Regierung angeht, den konsequenten Parallelismus, den die Philosophie im ganzen Weltorganismus nachweist, zu berücksichtigen, und die politischen Stände strenger abzuscheiden, denn wie es in der Natur vier Elemente gebe, Feuer, Luft, Wasser und Erde, so gebe es auch vier analoge Elemente in der Gesellschaft, nämlich Adel, Geistlichkeit, Bürger und Bauern.

Wenn man solche betrübende Torheiten aus der Philosophie emporsprossen und zu schädlichster Blüte gedeihen sah; wenn man überhaupt bemerkte, daß die deutsche Jugend, versenkt in metaphysischen Abstraktionen, der nächsten Zeitinteressen vergaß und untauglich wurde für das praktische Leben: so mußten wohl die Patrioten und Freiheitsfreunde einen gerechten Unmut gegen die Philosophie empfinden, und einige gingen so weit, ihr, als einer müßigen, nutzlosen Luftfechterei, ganz den Stab zu brechen.

Wir werden nicht so töricht sein, diese Malkontenten ernsthaft zu widerlegen. Die deutsche Philosophie ist eine wichtige, das ganze Menschengeschlecht betreffende Angelegenheit, und erst die spätesten Enkel werden darüber entscheiden können, ob wir dafür zu tadeln oder zu loben sind, daß wir erst unsere Philosophie und hernach unsere Revolution ausarbeiteten. Mich dünkt, ein methodisches Volk wie wir, mußte mit der Reformation beginnen, konnte erst hierauf sich mit der Philosophie beschäftigen, und durfte nur nach deren Vollendung zur politischen Revolution übergehen. Diese Ordnung finde ich ganz vernünftig. Die Köpfe, welche die Philosophie zum Nachdenken benutzt hat, kann die Revolution nachher zu beliebigen Zwecken abschlagen. Die Philosophie aber hätte nimmermehr die Köpfe gebrauchen können, die von der Revolution, wenn diese ihr vorherging, abgeschlagen worden wären.

Laßt euch aber nicht bange sein, ihr deutschen Republikaner; die deutsche Revolution wird darum nicht milder und sanfter ausfallen, weil ihr die Kantsche Kritik, der Fichtesche Transzendentalidealismus und gar die Naturphilosophie vorausging. Durch diese Doktrinen haben sich revolutionäre Kräfte entwickelt, die nur des Tages harren, wo sie hervorbrechen und die Welt mit Entsetzen und Bewunderung erfüllen können. Es werden Kantianer zum Vorschein kommen, die auch in der Erscheinungswelt von keiner Pietät etwas wissen wollen und, erbarmungslos, mit Schwert und Beil, den Boden unseres europäischen Lebens durchwühlen, um auch die letzten Wurzeln der Vergangenheit auszurotten. Es werden bewaffnete Fichteaner auf den Schauplatz treten, die in ihrem Willensfanatismus, weder durch Furcht noch durch Eigennutz zu bändigen sind; denn sie leben im Geist, sie trotzen der Materie, gleich den ersten Christen, die man ebenfalls weder durch leibliche Qualen noch durch leibliche Genüsse bezwingen konnte; ja, solche Transzendentalidealisten wären bei einer gesellschaftlichen Umwälzung sogar noch unbeugsamer als die ersten Christen, da diese die irdische Marter ertrugen, um dadurch zur himmlischen Seligkeit zu gelangen, der Transzendentalidealist aber die Marter selbst für eitel Schein hält und unerreichbar ist in der Verschanzung des eigenen Gedankens. Doch noch schrecklicher als alles wären Naturphilosophen, die handelnd eingriffen in eine deutsche Revolution und sich mit dem Zerstörungwerk selbst identifizieren würden. Denn wenn die Hand des Kantianers stark und sicher zuschlägt, weil sein Herz von keiner traditionellen Ehrfurcht bewegt wird; wenn der Fichteaner mutvoll jeder Gefahr trotzt, weil sie für ihn in der Realität gar nicht existiert: so wird der Naturphilosoph dadurch furchtbar sein, daß er mit den ursprünglichen Gewalten der Natur in Verbindung tritt, daß er die dämonischen Kräfte des altgermanischen Pantheismus beschwören kann, und daß in ihm jene Kampflust erwacht, die wir bei den alten Deutschen finden, und die nicht kämpft, um zu zerstören, noch um zu siegen, sondern bloß um zu kämpfen. Das Christentum – und das ist sein schönstes Verdienst – hat jene brutale, germanische Kampflust einigermaßen besänftigt, konnte sie jedoch nicht zerstören, und wenn einst der zähmende Talisman, das Kreuz, zerbricht, dann rasselt wieder empor die Wildheit der alten Kämpfer, die unsinnige Berserkerwut, wovon die nordischen Dichter so viel singen und sagen. Jener Talisman ist morsch, und kommen wird der Tag, wo er kläglich zusammenbricht. Die alten steinernen Götter erheben sich dann wieder aus dem verschollenen Schutt, und reiben sich den tausendjährigen Staub aus den Augen, und Thor mit dem Riesenhammer springt endlich empor und zerschlägt die gotischen Dome. Wenn ihr dann das Gepolter und Geklirre hört, hütet euch, ihr Nachbarskinder, ihr Franzosen, und mischt euch nicht in die Geschäfte, die wir zu Hause in Deutschland vollbringen. Es könnte euch schlecht bekommen. Hütet euch, das Feuer anzufachen, hütet euch, es zu löschen. Ihr könntet euch leicht an den Flammen der Finger verbrennen. Lächelt nicht über meinen Rat, den Rat eines Träumers, der euch vor Kantianern, Fichteanern und Naturphilosophen warnt. Lächelt nicht über den Phantasten, der im Reiche der Erscheinungen dieselbe Revolution erwartet, die im Gebiete des Geistes stattgefunden. Der Gedanke geht der Tat voraus, wie der Blitz dem Donner. Der deutsche Donner ist freilich auch ein Deutscher und ist nicht sehr gelenkig, und kommt etwas langsam herangerollt; aber kommen wird er, und wenn ihr es einst krachen hört, wie es noch niemals in der Weltgeschichte gekracht hat, so wißt: der deutsche Donner hat endlich sein Ziel erreicht. Bei diesem Geräusche werden die Adler aus der Luft tot niederfallen, und die Löwen in der fernsten Wüste Afrikas werden die Schwänze einkneifen, und sich in ihren königlichen Höhlen verkriechen. Es wird ein Stück aufgeführt werden in Deutschland, wogegen die französische Revolution nur wie eine harmlose Idylle erscheinen möchte. Jetzt ist es freilich ziemlich still: und gebärdet sich auch dort der eine oder der andere etwas lebhaft, so glaubt nur nicht, diese würden einst als wirkliche Akteure auftreten. Es sind nur die kleinen Hunde, die in der leeren Arena herumlaufen und einander anbellen und beißen, ehe die Stunde erscheint, wo dort die Schar der Gladiatoren anlangt, die auf Tod und Leben kämpfen sollen.

Und die Stunde wird kommen. Wie auf den Stufen eines Amphitheaters werden die Völker sich um Deutschland herumgruppieren, um die großen Kampfspiele zu betrachten. Ich rate euch, ihr Franzosen, verhaltet euch alsdann sehr stille, und beileibe! hütet euch zu applaudieren. Wir können euch leicht mißverstehen und euch, in unserer unhöflichen Art, etwas barsch zur Ruhe verweisen; denn wenn wir früherhin, in unserem servil verdrossenen Zustande euch manchmal überwältigen konnten, so vermöchten wir es noch weit eher im Übermute des Freiheitsrausches. Ihr wißt ja selber, was man in einem solchen Zustande vermag, – und ihr seid nicht mehr in einem solchen Zustande. Nehmt euch in acht! Ich meine es gut mit euch, und deshalb sage ich euch die bittere Wahrheit. Ihr habt von dem befreiten Deutschland mehr zu befürchten, als von der ganzen heiligen Allianz mitsamt allen Kroaten und Kosaken. Denn erstens liebt man euch nicht in Deutschland; welches fast unbegreiflich ist, da ihr doch so liebenswürdig seid, und euch, bei eurer Anwesenheit in Deutschland so viel Mühe gegeben habt, wenigstens der bessern und schöneren Hälfte des deutschen Volkes zu gefallen. Und wenn diese Hälfte euch auch liebte, so ist es doch eben diejenige Hälfte, die keine Waffen trägt, und deren Freundschaft euch also wenig frommt. Was man eigentlich gegen euch vorbringt, habe ich nie begreifen können. Einst, im Bierkeller zu Göttingen, äußerte ein junger Altdeutscher, daß man Rache an den Franzosen nehmen müsse für Konradin von Staufen, den sie zu Neapel geköpft. Ihr habt das gewiß längst vergessen. Wir aber vergessen nichts. Ihr seht, wenn wir mal Luft bekommen, mit euch anzubinden, so wird es uns nicht an triftigen Gründen fehlen. Jedenfalls rate ich euch, daher auf eurer Hut zu sein. Es mag in Deutschland vorgehen, was da wolle, es mag der Kronprinz von Preußen oder der Doktor Wirth zur Herrschaft gelangen, haltet euch immer gerüstet, bleibt ruhig auf eurem Posten stehen, das Gewehr im Arm. Ich meine es gut mit euch, und es hat mich schier erschreckt, als ich jüngst vernahm, eure Minister beabsichtigten, Frankreich zu entwaffnen. –

Da ihr, trotz eurer jetzigen Romantik geborene Klassiker seid, kennt ihr den Olymp. Unter den nackten Göttern und Göttinnen, die sich dort, bei Nektar und Ambrosia, erlustigen, seht ihr eine Göttin, die, obgleich umgeben von solcher Freude und Kurzweil, dennoch immer einen Panzer trägt und den Helm auf dem Kopf und den Speer in der Hand behält.

Es ist die Göttin der Weisheit.

Ludwig Börne

Eine Denkschrift

Erstes Buch

Es war im Jahr 1815 nach Christi Geburt, daß mir der Name Börne zuerst ans Ohr klang. Ich befand mich mit meinem seligen Vater auf der Frankfurter Messe, wohin er mich mitgenommen, damit ich mich in der Welt einmal umsehe; das sei bildend. Da bot sich mir ein großes Schauspiel. In den sogenannten Hütten, oberhalb der Zeil, sah ich die Wachsfiguren, wilde Tiere, außerordentliche Kunst- und Naturwerke. Auch zeigte mir mein Vater die großen, sowohl christlichen als jüdischen Magazine, worin man die Waren 10 Prozent unter den Fabrikpreis einkauft, und man doch immer betrogen wird. Auch das Rathaus, den Römer, ließ er mich sehen, wo die deutschen Kaiser gekauft wurden, 10 Prozent unter den Fabrikpreis. Der Artikel ist am Ende ganz ausgegangen. Einst führte mich mein Vater ins Lesekabinett einer der △ oder □ Logen, wo er oft soupierte, Kaffee trank, Karten spielte und sonstige Freimaurerarbeiten verrichtete. Während ich im Zeitungslesen vertieft lag, flüsterte mir ein junger Mensch, der neben mir saß, leise ins Ohr:

»Das ist der Doktor Börne, welcher gegen die Komödianten schreibt!«

Als ich aufblickte, sah ich einen Mann, der, nach einem Journale suchend, mehrmals im Zimmer sich hin- und herbewegte und bald wieder zur Tür hinausging. So kurz auch sein Verweilen, so blieb mir doch das ganze Wesen des Mannes im Gedächtnisse, und noch heute könnte ich ihn mit diplomatischer Treue abkonterfeien. Er trug einen schwarzen Leibrock, der noch ganz neu glänzte, und blendend weiße Wäsche; aber er trug dergleichen nicht wie ein Stutzer, sondern mit einer wohlhabenden Nachlässigkeit, wo nicht gar mit einer verdrießlichen Indifferenz, die hinlänglich bekundete, daß er sich mit dem Knoten der weißen Krawatte nicht lange vor dem Spiegel beschäftigt, und daß er den Rock gleich angezogen, sobald ihn der Schneider gebracht, ohne lange zu prüfen, ob er zu eng oder zu weit.

Er schien weder groß noch klein von Gestalt, weder mager noch dick, sein Gesicht war weder rot noch blaß, sondern von einer angeröteten Blässe oder verblaßten Röte, und was sich darin zunächst aussprach, war eine gewisse ablehnende Vornehmheit, ein gewisses Dedain, wie man es bei Menschen findet, die sich besser als ihre Stellung fühlen, aber an der Leute Anerkenntnis zweifeln. Es war nicht jene geheime Majestät, die man auf dem Antlitz eines Königs oder eines Genies, die sich inkognito unter der Menge verborgen halten, entdecken kann; es war vielmehr jener revolutionäre, mehr oder minder titanenhafte Mißmut, den man auf den Gesichtern der Prätendenten jeder Art bemerkt. Sein Auftreten, seine Bewegung, sein Gang, hatten etwas Sicheres, Bestimmtes, Charaktervolles. Sind außerordentliche Menschen heimlich umflossen von dem Ausstrahlen ihres Geistes? Ahnet unser Gemüt dergleichen Glorie, die wir mit den Augen des Leibes nicht sehen können? Das moralische Gewitter in einem solchen außerordentlichen Menschen wirkt vielleicht elektrisch auf junge noch nicht abgestumpfte Gemüter, die ihm nahen, wie das materielle Gewitter auf Katzen wirkt? Ein Funken aus dem Auge des Mannes berührte mich, ich weiß nicht wie, aber ich vergaß nicht diese Berührung und vergaß nie den Doktor Börne, welcher gegen die Komödianten schrieb.

Ja, er war damals Theaterkritiker und übte sich an den Helden der Bretterwelt. Wie mein Universitätsfreund Dieffenbach, als wir in Bonn studierten, überall wo er einen Hund oder eine Katze erwischte, ihnen gleich die Schwänze abschnitt, aus purer Schneidelust, was wir ihm damals, als die armen Bestien gar entsetzlich heulten, so sehr verargten, später aber ihm gern verziehen, da ihn diese Schneidelust zu dem größten Operateur Deutschlands machte: so hat sich auch Börne zuerst an Komödianten versucht, und manchen jugendlichen Übermut, den er damals beging an den Heigeln, Weidnern, Ursprüngen und dergleichen unschuldigen Tieren, die seitdem ohne Schwänze herumlaufen, muß man ihm zugute halten für die besseren Dienste, die er später als großer politischer Operateur mit seiner gewetzten Kritik zu leisten verstand.

Es war Varnhagen von Ense, welcher etwa zehn Jahre nach dem erwähnten Begegnisse den Namen Börne wieder in meiner Erinnerung heraufrief und mir Aufsätze des Mannes, namentlich in der »Wage« und in den »Zeitschwingen« zu lesen gab. Der Ton, womit er mir diese Lektüre empfahl, war bedeutsam dringend, und das Lächeln, welches um die Lippen der anwesenden Rahel schwebte, jenes wohlbekannte, rätselhaft wehmütige, vernunftvoll mystische Lächeln, gab der Empfehlung ein noch größeres Gewicht. Rahel schien nicht bloß auf literarischem Wege über Börne unterrichtet zu sein, und wie ich mich erinnere, versicherte sie bei dieser Gelegenheit: es existierten Briefe, die Börne einst an eine geliebte Person gerichtet habe, und worin sein leidenschaftlicher hoher Geist sich noch glänzender als in seinen gedruckten Aufsätzen ausspräche. Auch über seinen Stil äußerte sich Rahel, und zwar mit Worten, die jeder, der mit ihrer Sprache nicht vertraut ist, sehr mißverstehen möchte; sie sagte: »Börne kann nicht schreiben, ebensowenig wie ich oder Jean Paul«. Unter Schreiben verstand sie nämlich die ruhige Anordnung, sozusagen die Redaktion der Gedanken, die logische Zusammensetzung der Redeteile, kurz jene Kunst des Periodenbaues, den sie sowohl bei Goethe, wie bei ihrem Gemahl so enthusiastisch bewunderte, und worüber wir damals fast täglich die fruchtbarsten Debatten führten. Die heutige Prosa, was ich hier beiläufig bemerken will, ist nicht ohne viel Versuch, Beratung, Widerspruch und Mühe geschaffen worden. Rahel liebte vielleicht Börne um so mehr, da sie ebenfalls zu jenen Autoren gehörte, die, wenn sie gut schreiben sollen, sich immer in einer leidenschaftlichen Anregung, in einem gewissen Geistesrausch befinden müssen:

Bacchanten des Gedankens, die dem Gotte mit heiliger Trunkenheit nachtaumeln. Aber bei ihrer Vorliebe für wahlverwandte Naturen, hegte sie dennoch die größte Bewunderung für jene besonnenen Bildner des Wortes, die all ihr Denken, Fühlen und Anschauen, abgelöst von der gebärenden Seele, wie einen gegebenen Stoff zu handhaben und gleichsam plastisch darzustellen wissen. Ungleich jener großen Frau, hegte Börne den engsten Widerwillen gegen dergleichen Darstellungsart; in seiner subjektiven Befangenheit begriff er nicht die objektive Freiheit, die goethische Weise und die künstlerische Form hielt er für Gemütlosigkeit: er glich dem Kinde, welches, ohne den glühenden Sinn einer griechischen Statue zu ahnen, nur die marmornen Formen betastet und über Kälte klagt.

Indem ich hier antizipierend von dem Widerwillen rede, welchen die goethische Darstellungsart in Börne aufregte, lasse ich zugleich erraten, daß die Schreibart des letztern schon damals kein unbedingtes Wohlgefallen bei mir hervorrief. Es ist nicht meines Amtes, die Mängel dieser Schreibweise aufzudecken, auch würde jede Andeutung über das, was mir an diesem Stile am meisten mißfiel, nur von den wenigsten verstanden werden. Nur so viel will ich bemerken, daß, um vollendete Prosa zu schreiben, unter andern auch eine große Meisterschaft in metrischen Formen erforderlich ist. Ohne solche Meisterschaft fehlt dem Prosaiker ein gewisser Takt, es entschlüpfen ihm Wortfügungen, Ausdrücke, Cäsuren und Wendungen, die nur in gebundener Rede statthaft sind, und es entsteht ein geheimer Mißlaut, der nur wenige, aber sehr feine Ohren verletzt.

Wie sehr ich aber geneigt war, an der Außenschale, an dem Stile Börnes zu mäkeln, und namentlich, wo er nicht beschreibt, sondern räsoniert, die kurzen Sätze seiner Prosa als eine kindische Unbeholfenheit zu betrachten: so ließ ich doch dem Inhalt, dem Kern seiner Schriften, die reichlichste Gerechtigkeit widerfahren, ich verehrte die Originalität, die Wahrheitsliebe, überhaupt den edlen Charakter, der sich durchgängig darin aussprach, und seitdem verlor ich den Verfasser nicht mehr aus dem Gedächtnis. Man hatte mir gesagt, daß er noch immer zu Frankfurt lebe, und als ich mehrere Jahre später, Anno 1827, durch diese Stadt reisen mußte, um mich nach München zu begeben, hatte ich mir bestimmt vorgenommen, dem Doktor Börne in seiner Behausung meinen Besuch abzustatten. Dieses gelang mir, aber nicht ohne vieles Umherfragen und Fehlsuchen; überall wo ich mich nach ihm erkundigte, sah man mich ganz befremdlich an, und man schien in seinem Wohnorte ihn entweder wenig zu kennen, oder sich noch weniger um ihn zu bekümmern. Sonderbar! Hören wir in der Ferne von einer Stadt, wo dieser oder jener große Mann lebt, unwillkürlich denken wir uns ihn als den Mittelpunkt der Stadt, deren Dächer sogar von seinem Ruhme bestrahlt würden. Wie wundern wir uns nun, wenn wir in der Stadt selbst anlangen und den großen Mann wirklich darin aufsuchen wollen und ihn erst lange erfragen müssen, bis wir ihn unter der großen Menge herausfinden! So sieht der Reisende schon in weitester Ferne den hohen Dom einer Stadt; gelangt er aber in ihr Weichbild selbst, so verschwindet derselbe wieder seinen Blicken, und erst hin- und herwandernd, durch viele krumme und enge Sträßchen, kommt der große Turmbau wieder zum Vorschein, in der Nähe von gewöhnlichen Häusern und Butiken, die ihn schier verborgen halten.

Als ich bei einem kleinen Brillenhändler nach Börne frug, antwortete er mir mit pfiffig wiegendem Köpfchen: »Wo der Doktor Börne wohnt, weiß ich nicht, aber Madame Wohl wohnt auf dem Wollgraben.« Eine alte rothaarige Magd, die ich ebenfalls ansprach, gab mir endlich die erwünschte Auskunft, indem sie vergnügt lachend hinzusetzte: »Ich diene ja bei der Mutter von Madame Wohl.«

Ich hatte Mühe, den Mann wiederzuerkennen, dessen früheres Aussehen mir noch lebhaft im Gedächtnisse schwebte.

Keine Spur mehr von vornehmer Unzufriedenheit und stolzer Verdüsterung. Ich sah jetzt ein zufriedenes Männchen, sehr schmächtig, aber nicht krank, eine kleines Köpfchen mit schwarzen, glatten Härchen, auf den Wangen sogar ein Stück Röte, die lichtbraunen Augen sehr munter, Gemütlichkeit in jedem Blick, in jeder Bewegung, auch im Tone. Dabei trug er ein gestricktes Kamisölchen von grauer Wolle, welches eng anliegend wie ein Ringenpanzer, ihm ein drollig märchenhaftes Ansehen gab. Er empfing mich mit Herzlichkeit und Liebe; es vergingen keine drei Minuten und wir gerieten ins vertraulichste Gespräch. Wovon wir zuerst redeten? Wenn Köchinnen zusammenkommen, sprechen sie von ihrer Herrschaft, und wenn deutsche Schriftsteller zusammenkommen, sprechen sie von ihren Verlegern. Unsere Konversation begann daher mit Cotta und Campe, und als ich, nach einigen gebräuchlichen Klagen, die guten Eigenschaften des letzteren eingestand, vertraute mir Börne, daß er mit einer Herausgabe seiner sämtlichen Schriften schwanger gehe, und für dieses Unternehmen sich den Campe merken wolle. Ich konnte nämlich von Julius Campe versichern, daß er kein gewöhnlicher Buchhändler sei, der mit dem Edlen, Schönen, Großen nur Geschäfte machen und eine gute Konjunktur benutzen will, sondern daß er manchmal das Große, Schöne, Edle unter sehr ungünstigen Konjunkturen druckt und wirklich sehr schlechte Geschäfte damit macht. Auf solche Worte horchte Börne mit beiden Ohren, und sie haben ihn späterhin veranlaßt, nach Hamburg zu reisen und sich mit dem Verleger der »Reisebilder« über eine Herausgabe seiner sämtlichen Schriften zu verständigen.

Sobald die Verleger abgetan sind, beginnen die wechselseitigen Komplimente, zwischen zwei Schriftstellern, die sich zum ersten Male sprechen. Ich übergehe, was Börne über meine Vorzüglichkeit äußerte, und erwähne nur den leisen Tadel, den er bisweilen in den schäumenden Kelch des Lobes einträpfeln ließ. Er hatte nämlich kurz vorher den zweiten Teil der »Reisebilder« gelesen, und vermeinte, daß ich von Gott, welcher doch Himmel und Erde erschaffen und so weise die Welt regiere, mit zu wenig Reverenz, hingegen von dem Napoleon, welcher doch nur ein sterblicher Despot gewesen, mit übertriebener Ehrfurcht gesprochen habe. Der Deïst und Liberale trat mir also schon merkbar entgegen. Er schien den Napoleon wenig zu lieben, obgleich er doch unbewußt den größten Respekt vor ihm in der Seele trug. Es verdroß ihn, daß die Fürsten sein Standbild von der Vendomesäule so ungroßmütig herabgerissen.

»Ach!« rief er mit einem bittern Seufzer: »ihr konntet dort seine Statue getrost stehen lassen; ihr brauchtet nur ein Plakat mit der Inschrift ›18er Brumaire‹ daran zu befestigen, und die Vendomesäule wäre seine verdiente Schandsäule geworden! Wie liebte ich diesen Mann bis zum 18ten Brumaire, noch bis zum Frieden von Campo Formio bin ich ihm zugetan, als er aber die Stufen des Thrones erstieg, sank er immer tiefer im Werte; man konnte von ihm sagen: er ist die rote Treppe hinaufgefallen!«

»Ich habe noch diesen Morgen,« setzte Börne hinzu, »ihn bewundert, als ich in diesem Buche, das hier auf meinem Tische liegt« – er zeigte auf Thiers' Revolutionsgeschichte, – »die vortreffliche Anekdote las, wie Napoleon zu Udine eine Entrevue mit Kobentzel hat und im Eifer des Gesprächs das Porzellan zerschlägt, das Kobentzel einst von der Kaiserin Katharina erhalten, und gewiß sehr liebte. Dieses zerschlagene Porzellan hat vielleicht den Frieden von Campo Formio herbeigeführt. Der Kobentzel dachte gewiß: mein Kaiser hat soviel Porzellan, und das gibt ein Unglück, wenn der Kerl nach Wien käme und gar zu feurig in Eifer geriete: das beste ist, wir machen mit ihm Friede. Wahrscheinlich in jener Stunde, als zu Udine das Porzellanservice von Kobentzel zu Boden purzelte und in lauter Scherben zerbrach, zitterte zu Wien alles Porzellan, und nicht bloß die Kaffeekannen und Tassen, sondern auch die chinesischen Pagoden, sie nickten mit den Köpfen vielleicht hastiger als je, und der Friede wurde ratifiziert. In Bilderläden sieht man den Napoleon gewöhnlich, wie er auf bäumendem Roß den Simplon besteigt, wie er mit hochgeschwungener Fahne über die Brücke von Lodi stürmt usw. Wenn ich aber ein Maler wäre, so würde ich ihn darstellen, wie er das Service von Kobentzel zerschlägt. Das war seine erfolgreichste Tat. Jeder König fürchtete seitdem für sein Porzellan, und gar besondere Angst überkam die Berliner wegen ihrer großen Porzellanfabrik. Sie haben keinen Begriff davon, liebster Heine, wie man durch den Besitz von schönem Porzellan im Zaum gehalten wird. Sehen Sie z. B. mich, der ich einst so wild war, als ich wenig Gepäck hatte und gar kein Porzellan. Mit dem Besitztum, und gar mit gebrechlichem Besitztum kommt die Furcht und die Knechtschaft. Ich habe mir leider vor kurzem ein schönes Teeservice angeschafft – die Kanne war so lockend prächtig vergoldet – auf der Zuckerdose war das eheliche Glück abgemalt, zwei Liebende, die sich schnäbeln – auf der einen Tasse der Katharinenturm, auf einer andern die Konstablerwache, lauter vaterländische Gegenden auf den übrigen Tassen. – Ich habe wahrhaftig jetzt meine liebe Sorge, daß ich in meiner Dummheit nicht zu frei schreibe und plötzlich flüchten müßte. – Wie könnte ich in der Geschwindigkeit all diese Tassen und gar die große Kanne einpacken? In der Eile könnten sie zerbrochen werden, und zurücklassen möchte ich sie in keinem Falle. Ja, wir Menschen sind sonderbare Käuze! Derselbe Mensch, der vielleicht Ruhe und Freude seines Lebens, ja das Leben selbst aufs Spiel setzen würde, um seine Meinungsfreiheit zu behaupten, der will doch nicht gern ein paar Tassen verlieren, und wird ein schweigender Sklave, um seine Teekanne zu konservieren. Wahrhaftig, ich fühle, wie das verdammte Porzellan mich im Schreiben hemmt, ich werde so milde, so vorsichtig, so ängstlich ... Am Ende glaub' ich gar, der Porzellanhändler war ein österreichischer Polizeiagent und Metternich hat mir das Porzellan auf den Hals geladen, um mich zu zähmen. Ja, ja, deshalb war es so wohlfeil und der Mann war so beredsam. Ach! die Zuckerdose mit dem ehelichen Glück war eine so süße Lockspeise! Ja, je mehr ich mein Porzellan betrachte, desto wahrscheinlicher wird mir der Gedanke, daß es von Metternich herrührt. Ich verdenke es ihm nicht im mindesten, daß man mir auf solche Weise beizukommen sucht. Wenn man kluge Mittel gegen mich anwendet, werde ich nie unwirsch; nur die Plumpheit und die Dummheit ist mir unausstehlich. Da ist aber unser Frankfurter Senat – –«

Ich habe meine Gründe, den Mann nicht weiter sprechen zu lassen, und bemerke nur, daß er am Ende seiner Rede mit gutmütigem Lachen ausrief:

»Aber noch bin ich stark genug, meine Porzellanfesseln zu brechen, und macht man mir den Kopf warm, wahrhaftig, die schöne vergoldete Teekanne fliegt zum Fenster hinaus, mitsamt der Zuckerdose und dem ehelichen Glück und dem Katharinenturm und der Konstablerwache und den vaterländischen Gegenden, und ich bin dann wieder ein freier Mann, nach wie vor!«

Börnes Humor, wovon ich eben ein sprechendes Beispiel gegeben, unterschied sich von dem Humor Jean Pauls dadurch, daß letzterer gern die entferntesten Dinge ineinanderrührte, während jener, wie ein lustiges Kind, nur nach dem Nahliegenden griff, und während die Phantasie des konfusen Polyhistors von Bayreuth in der Rumpelkammer aller Zeiten herumkramte und mit Siebenmeilenstiefeln alle Weltgegenden durchschweifte, hatte Börne nur den gegenwärtigen Tag im Auge und die Gegenstände, die ihn beschäftigten, lagen alle in seinem räumlichen Gesichtskreis. Er besprach das Buch, das er eben gelesen, das Ereignis, das eben vorfiel, den Stein, an den er sich gestoßen, Rothschild, an dessen Haus er täglich vorbeiging, den Bundestag, der auf der Zeil residiert, und den er ebenfalls an Ort und Stelle hassen konnte, endlich alle Gedankenwege führten ihn zu Metternich. Sein Groll gegen Goethe hatte vielleicht ebenfalls örtliche Anfänge; ich sage Anfänge, nicht Ursachen; denn wenn auch der Umstand, daß Frankfurt ihre gemeinschaftliche Vaterstadt war, Börnes Aufmerksamkeit zunächst auf Goethe lenkte, so war doch der Haß, der gegen diesen Mann in ihm brannte und immer leidenschaftlicher entloderte, nur die notwendige Folge einer tiefen in der Natur beider Männer begründeten Differenz. Hier wirkte keine kleinliche Scheelsucht, sondern ein uneigennütziger Widerwille, der angebornen Trieben gehorcht, ein Hader, welcher, alt wie die Welt, sich in allen Geschichten des Menschengeschlechts kundgibt, und am grellsten hervortrat in dem Zweikampfe, welchen der judäische Spiritualismus gegen hellenische Lebensherrlichkeit führte, ein Zweikampf, der noch immer nicht entschieden ist und vielleicht nie ausgekämpft wird: der kleine Nazarener haßte den großen Griechen, der noch dazu ein griechischer Gott war.

Das Werk von Wolfgang Menzel war eben erschienen, und Börne freute sich kindisch, daß jemand gekommen sei, der den Mut zeige so rücksichtslos gegen Goethe aufzutreten.

»Der Respekt« setzte er naiv hinzu, »hat mich immer davon abgehalten, dergleichen öffentlich auszusprechen. Der Menzel, der hat Mut, der ist ein ehrlicher Mann, und ein Gelehrter; den müssen Sie kennen lernen, an dem werden wir noch viele Freude erleben; der hat viel Courage, der ist ein grundehrlicher Mann, und ein großer Gelehrter! An dem Goethe ist gar nichts, er ist eine Memme, ein serviler Schmeichler und ein Dilettant.«

Auf dieses Thema kam er oft zurück; ich mußte ihm versprechen, in Stuttgart den Menzel zu besuchen, und er schrieb mir gleich zu diesem Behufe eine Empfehlungskarte, und ich höre ihn noch eifrig hinzusetzen: »Der hat Mut, außerordentlich viel Courage, der ist ein braver, grundehrlicher Mann, und ein großer Gelehrter!«

Wie in seinen Äußerungen über Goethe, so auch in seiner Beurteilung anderer Schriftsteller, verriet Börne seine nazarenische Beschränktheit. Ich sage nazarenisch, um mich weder des Ausdrucks »jüdisch« noch »christlich« zu bedienen, obgleich beide Ausdrücke für mich synonym sind und von mir nicht gebraucht werden, um einen Glauben, sondern um ein Naturell zu bezeichnen. »Juden« und »Christen« sind für mich ganz sinnverwandte Worte im Gegensatz zu »Hellenen«, mit welchem Namen ich ebenfalls kein bestimmtes Volk, sondern eine sowohl angeborne als angebildete Geistesrichtung und Anschauungsweise bezeichne. In dieser Beziehung möchte ich sagen: alle Menschen sind entweder Juden oder Hellenen, Menschen mit asketischen, bildfeindlichen, vergeistigungssüchtigen Trieben, oder Menschen von lebensheiterem, entfaltungsstolzem und realistischem Wesen. So gab es Hellenen in deutschen Predigerfamilien, und Juden, die in Athen geboren und vielleicht von Theseus abstammen. Der Bart macht nicht den Juden, oder der Zopf macht nicht den Christen, kann man hier mit Recht sagen. Börne war ganz Nazarener, seine Antipathie gegen Goethe ging unmittelbar hervor aus seinem nazarenischen Gemüte, seine spätere politische Exaltation war begründet in jenem schroffen Asketismus, jenem Durst nach Märtyrtum, der überhaupt bei den Republikanern gefunden wird, den sie republikanische Tugend nennen, und der von der Passionssucht der früheren Christen so wenig verschieden ist. In seiner späteren Zeit wendete sich Börne sogar zum historischen Christentum, er sank fast in den Katholizismus, er fraternisierte mit dem Pfaffen Lamennais und verfiel in den widerwärtigsten Kapuzinerton, als er sich einst über einen Nachfolger Goethes, einen Pantheisten von der heitern Observanz, öffentlich aussprach. – Psychologisch merkwürdig ist die Untersuchung, wie in Börnes Seele allmählich das eingeborene Christentum emporstieg, nachdem es lange niedergehalten worden von seinem scharfen Verstand und seiner Lustigkeit. Ich sage Lustigkeit, gaité, nicht Freude, joie; die Nazarener haben zuweilen eine gewisse springende gute Laune, eine witzige eichkätzchenhafte Munterkeit, gar lieblich kapriziös, gar süß, auch glänzend, worauf aber bald eine starre Gemütsvertrübung folgt: es fehlt ihnen die Majestät der Genußseligkeit, die nur bei bewußten Göttern gefunden wird.

Ist aber in unserem Sinne kein großer Unterschied zwischen Juden und Christen, so existiert dergleichen desto herber in der Weltbetrachtung Frankfurter Philister; über die Mißstände, die sich daraus ergeben, sprach Börne sehr viel und sehr oft während den drei Tagen, die ich ihm zuliebe in der freien Reichs- und Handelsstadt Frankfurt am Main verweilte.

Ja, mit drolliger Güte drang er mir das Versprechen ab, ihm drei Tage meines Lebens zu schenken, er ließ mich nicht mehr von sich, und ich mußte mit ihm in der Stadt herumlaufen, allerlei Freunde besuchen, auch Freundinnen, z. B. Madame Wohl auf dem Wollgraben. Diese Madame Wohl auf dem Wollgraben ist die bekannte Freiheitsgöttin, an welche späterhin die Briefe aus Paris adressiert wurden. Ich sah eine magere Person, deren gelblichweißes, pockennarbiges Gesicht einem alten Matzekuchen glich. Trotz ihrem Äußern und obgleich ihre Stimme kreischend war, wie eine Türe, die sich auf rostigen Angeln bewegt, so gefiel mir doch alles, was die Person sagte; sie sprach nämlich mit großem Enthusiasmus von meinen Werken. Ich erinnere mich, daß sie ihren Freund in große Verlegenheit setzte, als sie ausplaudern wollte, was er ihr bei unserm Eintritt ins Ohr geflüstert; Börne ward rot wie ein Mädchen, als sie, trotz seiner Bitten, mir verriet, er habe sich geäußert: mein Besuch sei für ihn eine größere Ehre, als wenn ihn Goethe besucht hätte. Wenn ich jetzt bedenke, wie schlecht er schon damals von Goethe dachte, so darf ich mir jene Äußerung nicht als ein allzugroßes Kompliment anrechnen.

Über das Verhältnis Börnes zu der erwähnten Dame erfuhr ich damals ebensowenig Bestimmtes, wie andere Leute. Auch war es mir gleichgültig, ob jenes Verhältnis warm oder kühl, feucht oder trocken war. Die böse Welt behauptete, Herr Börne säße bei Madame Wohl auf dem Wollgraben so recht in der Wolle; die ganz böse Welt zischelte: es herrsche zwischen beiden nur eine abstrakte Seelenverbindung, ihre Liebe sei platonisch.

Was mich betrifft, so interessiert mich bei ausgezeichneten Leuten der Gegenstand ihrer Liebesgefühle immer weniger als das Gefühl der Liebe selbst. Letzteres aber – das weiß ich – muß bei Börne sehr stark gewesen sein. Wie später bei der Lektüre seiner gesammelten Schriften, so schon in Frankfurt durch manche hingeworfene Äußerung, merkte ich, daß Börne zu verschiedenen Jahreszeiten seines Lebens von den Tücken des kleinen Gottes weidlich geplagt worden. Namentlich von den Qualen der Eifersucht weiß er viel zu sagen, wie denn überhaupt die Eifersucht in seinem Charakter lag, und ihn, im Leben wie in der Politik, alle Erscheinungen durch die gelbe Lupe des Mißtrauens betrachten ließ. Ich erwähnte, daß Börne zu verschiedenen Zeiten seines Lebens von Liebesleiden heimgesucht worden. –

»Ach,« seufzte er einmal, wie aus der Tiefe schmerzlicher Erinnerungen, »in spätern Jahren ist diese Leidenschaft noch weit gefährlicher als in der Jugend. Man sollte es kaum glauben, da sich doch mit dem Alter auch unsere Vernunft entwickelt hat, und diese uns unterstützen könnte im Kampfe mit der Leidenschaft. Saubere Unterstützung! Merken Sie sich das: die Vernunft hilft uns nur, jene kleinen Kapricen zu bekämpfen, die wir auch ohne ihre Intervention bald überwinden würden. Aber sobald sich eine große wahre Leidenschaft unseres Herzens bemächtigt hat, und unterdrückt werden soll, wegen des positiven Schadens, der uns dadurch bedroht, alsdann gewährt uns die Vernunft wenig Hülfe, ja, die Kanaille, sie wird alsdann sogar eine Bundesgenossin des Feindes, und anstatt unsere materiellen oder moralischen Interessen zu vertreten, leiht sie dem

Feinde, der Leidenschaft, alle ihre Logik, alle ihre Syllogismen, alle ihre Sophismen, und dem stummen Wahnsinn liefert sie die Waffe des Wortes. Vernünftig, wie sie ist, schlägt sich die Vernunft immer zur Partei des Stärkern, zur Partei der Leidenschaft, und verläßt sie wieder, sobald die Force derselben durch die Gewalt der Zeit oder durch das Gesetz der Reaktion gebrochen wird. Wie verhöhnt sie alsdann die Gefühle, die sie kurz vorher so eifrig rechtfertigte! Mißtrauen Sie, lieber Freund, in der Leidenschaft immer der Sprache der Vernunft, und ist die Leidenschaft erloschen, so mißtrauen Sie ihr ebenfalls, und seien Sie nicht ungerecht gegen Ihr Herz!«

Nachdem Börne mir Madame Wohl auf dem Wollgraben gezeigt, wollte er mich auch die übrigen Merkwürdigkeiten Frankfurts sehen lassen, und vergnügt, im gemütlichsten Hundetrapp, lief er mir zur Seite, als wir durch die Straßen wanderten. Ein wunderliches Ansehen gab ihm sein kurzes Mäntelchen, und sein weißes Hütchen, welches zur Hälfte mit einem schwarzen Flor umwickelt war. Der schwarze Flor bedeutete den Tod seines Vaters, welcher ihn bei Lebzeiten sehr knapp gehalten, ihm jetzt aber auf einmal viel Geld hinterließ. Börne schien damals die angenehmen Empfindungen solcher Glücksveränderungen noch in sich zu tragen, und überhaupt im Zenit des Wohlbehagens zu stehen. Er klagte sogar über seine Gesundheit, d. h. er klagte, er werde täglich gesünder und mit der zunehmenden Gesundheit schwänden seine geistigen Fähigkeiten. »Ich bin zu gesund und kann nichts mehr schreiben,« klagte er im Scherz, vielleicht auch im Ernst, denn bei solchen Naturen ist das Talent abhängig von gewissen krankhaften Zuständen, von einer gewissen Reizbarkeit, die ihre Empfindungs- und Ausdrucksweise steigert, und die mit der eintretenden Gesundheit wieder verschwindet. »Er hat mich bis zur Dummheit kuriert,« sagte Börne von seinem Arzte, zu welchem er mich führte, und in dessen Haus ich auch mit ihm speiste.

Die Gegenstände, womit Börne in zufällige Berührung kam, gaben seinem Geiste nicht bloß die nächste Beschäftigung, sondern wirkten auch unmittelbar auf die Stimmung seines Geistes, und mit ihrem Wechsel stand seine gute oder böse Laune in unmittelbarer Verbindung. Wie das Meer von den vorüberziehenden Wolken, so empfing Börnes Seele die jedesmalige Färbung von den Gegenständen, denen er auf seinem Weg begegnete. Der Anblick schöner Gartenanlagen oder eine Gruppe schäkernder Mägde, die uns entgegenlachte, warfen gleichsam Rosenlichter über Börnes Seele, und der Widerschein derselben gab sich kund in sprühenden Witzen. Als wir aber durch das Judenquartier gingen, schienen die schwarzen Häuser ihre finstern Schatten in sein Gemüt zu gießen.

»Betrachten Sie diese Gasse,« sprach er seufzend, »und rühmen Sie mir alsdann das Mittelalter! Die Menschen sind tot, die hier gelebt und geweint haben, und können nicht widersprechen, wenn unsere verrückten Poeten und noch verrückteren Historiker, wenn Narren und Schälke von der alten Herrlichkeit ihre Entzückungen drucken lassen; aber wo die toten Menschen schweigen, da sprechen desto lauter die lebendigen Steine.«

In der Tat, die Häuser jener Straße sahen mich an, als wollten sie mir betrübsame Geschichten erzählen, Geschichten, die man wohl weiß, aber nicht wissen will, oder lieber vergäße, als daß man sie ins Gedächtnis zurückriefe. So erinnere ich mich noch eines giebelhohen Hauses, dessen Kohlenschwärze um so greller hervorstach, da unter den Fenstern eine Reihe kreideweißer Talglichter hingen; der Eingang, zur Hälfte mit rostigen Eisenstangen vergittert, führte in eine dunkle Höhle, wo die Feuchtigkeit von den Wänden herabzurieseln schien, und aus dem Innern tönte ein höchst sonderbarer, näselnder Gesang. Die gebrochene Stimme schien die eines alten Mannes, und die Melodie wiegte sich in den sanftesten Klagelauten, die allmählich bis zum entsetzlichsten Zorne anschwollen. »Was ist das für ein Lied?« frug ich meinen Begleiter. »Es ist ein gutes Lied,« antwortete dieser mit einem mürrischen Lachen, »ein lyrisches Meisterstück, das im diesjährigen Musenalmanach schwerlich seinesgleichen findet ... Sie kennen es vielleicht in der deutschen Übersetzung: wir saßen an den Flüssen Babels, unsere Harfen hingen an den Trauerweiden usw. Ein Prachtgedicht! und der alte Rabbi Chayim singt es sehr gut mit seiner zittrigen, abgemergelten Stimme; die Sontag sänge es vielleicht mit größerem Wohllaut, aber nicht mit so viel Ausdruck, mit so viel Gefühl ... Denn der alte Mann haßt noch immer die Babylonier und weint noch täglich über den Untergang Jerusalems durch Nebukadnezar ... Dieses Unglück kann er gar nicht vergessen, obgleich so viel Neues seitdem passiert ist, und noch jüngst der zweite Tempel durch Titus, den Bösewicht, zerstört worden. Ich muß Ihnen nämlich bemerken, der alte Rabbi Chayim betrachtet den Titus keineswegs als ein *Delicium generis humani*, er hält ihn für einen Bösewicht, den auch die Rache Gottes erreicht hat ... Es ist ihm nämlich eine kleine Mücke in die Nase geflogen, die, allmählich wachsend, mit ihren Klauen in seinem Gehirn herumwühlte, und ihm so grenzenlose Schmerzen verursachte, daß er nur dann einige Erholung empfand, wenn in seiner Nähe einige hundert Schmiede auf ihre Ambosse loshämmerten. Das ist sehr merkwürdig, daß alle Feinde der Kinder Israels ein so schlechtes Ende nehmen. Wie es dem Nebukadnezar gegangen ist, wissen Sie, er ist in seinen alten Tagen ein Ochs geworden und hat Gras essen müssen. Sehen Sie den persischen Staatsminister Haman, ward er nicht am Ende gehenkt zu Susa, in der Hauptstadt? Und Antiochus, der König von Syrien, ist er nicht bei lebendigem Leibe verfault, durch die Läusesucht? Die spätern Bösewichter, die Judenfeinde, sollten sich in acht nehmen ... Aber was hilft's, es schreckt sie nicht ab, das furchtbare Beispiel, und dieser Tage habe ich wieder eine Broschüre gegen die Juden gelesen, von einem Professor der Philosophie, der sich *Magis amica* nennt.

Er wird einst Gras essen, ein Ochs ist er schon von Natur, vielleicht gar wird er mal gehenkt, wenn er die Sultanin Favorite des Königs von Flachsenfingen beleidigt, und Läuse hat er gewiß auch schon wie der Antiochus. Am liebsten wär' mir's, er ginge zur See und machte Schiffbruch an der nordafrikanischen Küste. Ich habe nämlich jüngst gelesen, daß die Mohammedaner, die dort wohnen, sich durch ihre Religion berechtigt glauben, alle Christen, die bei ihnen Schiffbruch leiden und in ihre Hände fallen, als Sklaven zu behandeln. Sie verteilen unter sich diese Unglücklichen und benutzen jeden derselben nach seinen Fähigkeiten. So hat nun jüngst ein Engländer, der jene Küsten bereiste, dort einen deutschen Gelehrten gefunden, der Schiffbruch gelitten und Sklave geworden, aber zu gar nichts anderem zu gebrauchen war, als daß man ihm Eier zum Ausbrüten unterlegte; er gehörte nämlich zur theologischen Fakultät. Ich wünsche nun, der Doktor *Magis amica* käme in eine solche Lage; wenn er auf seinen Eiern drei Wochen unaufstehlich sitzen müßte (sind es Enteneier sogar vier Wochen), so kämen ihm gewiß allerlei Gedanken in den Sinn, die ihm bisher nie eingefallen, und ich wette, er verwünscht den Glaubensfanatismus, der in Europa die Juden und in Afrika die Christen herabwürdigt, und sogar einen Doktor der Theologie bis zur Bruthenne entmenscht ... Die Hühner, die er ausgebrütet, werden sehr tolerant schmecken, besonders wenn man sie mit einer Sauce à la Marengo verzehrt.«

Aus leicht begreiflichen Gründen übergehe ich die Bemerkungen, die mein Begleiter in bitterster Fülle losließ, als wir auf unserer Wanderung im Weichbilde Frankfurts dem Hause vorübergingen, wo der Bundestag seine Sitzungen hält. Die Schildwache hielt ihr Mittagsschläfchen in aufrechter Stellung, und die Schwalben, die an den Fliesen der Fenster ihre friedlichen Nester gebaut, flogen seelenruhig auf und nieder. Schwalben bedeuten Glück, behauptete meine Großmutter; sie war sehr abergläubisch.

Von der Ecke der Schnurgasse bis zur Börse mußten wir uns durchdrängen; hier fließt die goldene Ader der Stadt, hier versammelt sich der edle Handelsstand und schachert und mauschelt ... Was wir nämlich in Norddeutschland Mauscheln nennen, ist nichts anders, als die eigentliche Frankfurter Landessprache, und sie wird von der unbeschnittenen Population ebenso vortrefflich gesprochen, wie von der beschnittenen. Börne sprach diesen Jargon sehr schlecht, obgleich er, ebenso wie Goethe, den heimatlichen Dialekt nie ganz verleugnen konnte. Ich habe bemerkt, daß Frankfurter, die sich von allen Handelsinteressen entfernt hielten, am Ende jene Frankfurter Aussprache, die wir, wie gesagt, in Norddeutschland Mauscheln nennen, ganz verlernten.

Eine Strecke weiter, am Ausgange der Saalgasse, erfreuten wir uns einer viel angenehmeren Begegnung. Wir sahen nämlich einen Rudel Knaben, welche aus der Schule kamen, hübsche Jungen mit rosigen Gesichtern, einen Pack Bücher unterm Arm.

»Weit mehr Respekt,« – rief Börne – »weit mehr Respekt habe ich für diese Buben, als für ihre erwachsenen Väter. Jener Kleine mit der hohen Stirn denkt vielleicht jetzt an den zweiten Punischen Krieg, und er ist begeistert für Hannibal, und als man ihm heute erzählte, wie der große Karthager schon als Knabe den Römern Rache schwur ... ich wette, da hat sein kleines Herz mitgeschworen ... Haß und Untergang dem bösen Rom! Halte deinen Eid, mein kleiner Waffenbruder. Ich möchte ihn küssen, den vortrefflichen Jungen! Der andere Kleine, der so pfiffig hübsch aussieht, denkt vielleicht an den Mithridates und möchte ihn einst nachahmen ... Das ist auch gut, ganz gut, und du bist mir willkommen. Aber, Bursche, wirst du auch Gift schlucken können, wie der alte König des Pontus? Übe dich frühzeitig. Wer mit Rom Krieg führen will, muß alle möglichen Gifte vertragen können, nicht bloß plumpen Arsenik, sondern auch einschläferndes phantastisches

Opium, und gar das schleichende Aquatofana der Verleumdung! Wie gefällt Ihnen der Knabe, der so lange Beine hat und ein so unzufrieden aufgestülptes Näschen? Den jückt es vielleicht, ein Catilina zu werden, er hat auch lange Finger und er wird einmal den Ciceros unserer Republik, den gepuderten Vätern des Vaterlandes, eine Gelegenheit geben, sich mit langen, schlechten Reden zu blamieren. Der dort, der arme kränkliche Bub möchte gewiß weit lieber die Rolle des Brutus spielen ... Armer Junge, du wirst keinen Cäsar finden, und mußt dich begnügen, einige alte Perücken mit Worten zu erstechen, und wirst dich endlich, nicht in dein Schwert, sondern in die Schellingsche Philosophie stürzen und verrückt werden! Ich habe Respekt für diese Kleinen, die sich den ganzen Tag für die hochherzigsten Geschichten der Menschheit interessieren, während ihre Väter nur für das Steigen oder Fallen der Staatspapiere Interesse fühlen, und an Kaffeebohnen und Cochenille und Manufakturwaren denken! Ich hätte nicht übel Lust, dem kleinen Brutus dort eine Tüte mit Zuckerkringeln zu kaufen ... Nein, ich will ihm lieber Branntewein zu trinken geben, damit er klein bleibe ... Nur solange wir klein sind, sind wir ganz uneigennützig, ganz heldenmütig, ganz heroisch ... Mit dem wachsenden Leib schrumpft die Seele immer mehr ein ... Ich fühle es an mir selber ... Ach, ich bin ein großer Mann gewesen, als ich noch ein kleiner Junge war!«

Als wir über den Römerberg kamen, wollte Börne mich in die alte Kaiserburg hinaufführen, um dort die Goldene Bulle zu betrachten.

»Ich habe sie noch nie gesehen,« seufzte er, »und seit meiner Kindheit hegte ich immer eine geheime Sehnsucht nach dieser Goldnen Bulle. Als Knabe machte ich mir die wunderlichste Vorstellung davon und ich hielt sie für eine Kuh mit goldnen Hörnern; später bildete ich mir ein, es sei ein Kalb, und erst als ich ein großer Junge ward, erfuhr ich die Wahrheit, daß sie nämlich nur eine alte Haut sei, ein nichtsnützig Stück Pergament, worauf geschrieben steht, wie Kaiser und Reich sich einander wechselseitig verkauften. Nein, laßt uns diesen miserablen Kontrakt, wodurch Deutschland zugrunde ging, nicht betrachten; ich will sterben, ohne die Goldne Bulle gesehen zu haben.«

Ich übergehe hier ebenfalls die bitteren Nachbemerkungen. Es gab ein Thema, das man nur zu berühren brauchte, um die wildesten und schmerzlichsten Gedanken, die in Börnes Seele lauerten, hervorzurufen; dieses Thema war Deutschland und der politische Zustand des deutschen Volkes. Börne war Patriot vom Wirbel bis zur Zehe, und das Vaterland war seine ganze Liebe.

Als wir denselben Abend wieder durch die Judengasse gingen und das Gespräch über die Insassen derselben wieder anknüpften, sprudelte die Quelle des Börneschen Geistes um so heiterer, da auch jene Straße, die am Tage einen düstern Anblick gewährte, jetzt aufs fröhlichste illuminiert war, und die Kinder Israel an jenem Abend, wie mir mein Cicerone erklärte, ihr lustiges Lampenfest feierten. Dieses ist einst gestiftet worden zum ewigen Andenken an den Sieg, den die Makkabäer über den König von Syrien so heldenmütig erfochten haben.

»Sehen Sie,« sagte Börne, »das ist der 18te Oktober der Juden, nur daß dieser makkabäische 18te Oktober mehr als zwei Jahrtausende alt ist, und noch immer gefeiert wird, statt daß der Leipziger 18te Oktober noch nicht das fünfzehnte Jahr erreicht hat, und bereits in Vergessenheit geraten. Die Deutschen sollten bei der alten Madame Rothschild in die Schule gehen, um Patriotismus zu lernen. Sehen Sie hier, in diesem kleinen Hause wohnt die alte Frau, die Lätitia, die so viele Finanzbonaparten geboren hat, die große Mutter aller Anleihen, die aber trotz der Weltherrschaft ihrer königlichen Söhne noch immer ihr kleines Stammschlößchen in der Judengasse nicht verlassen will, und heute wegen des großen Freudenfestes ihre Fenster mit weißen Vorhängen geziert hat. Wie vergnügt funkeln die

Lämpchen, die sie mit eigenen Händen anzündete, um jenen Siegestag zu feiern, wo Judas Makkabäus und seine Brüder ebenso tapfer und heldenmütig das Vaterland befreiten, wie in unsern Tagen Friedrich Wilhelm, Alexander und Franz II. Wenn die gute Frau diese Lämpchen betrachtet, treten ihr die Tränen in die alten Augen, und sie erinnert sich mit wehmütiger Wonne jener jüngeren Zeit, wo der selige Meyer Amschel Rothschild, ihr teurer Gatte, das Lampenfest mit ihr feierte, und ihre Söhne noch kleine Bübchen waren und kleine Lichtchen auf den Boden pflanzten, und in kindischer Lust darüber hin- und hersprangen, wie es Brauch und Sitte ist in Israel!«

»Der alte Rothschild«, fuhr Börne fort, »der Stammvater der regierenden Dynastie, war ein braver Mann, die Frömmigkeit und Gutherzigkeit selbst. Es war ein mildtätiges Gesicht mit einem spitzigen Bärtchen, auf dem Kopf ein dreieckig gehörnter Hut, und die Kleidung mehr als bescheiden, fast ärmlich. So ging er in Frankfurt herum, und beständig umgab ihn, wie ein Hofstaat, ein Haufen armer Leute, denen er Almosen erteilte oder mit gutem Rat zusprach; wenn man auf der Straße eine Reihe von Bettlern antraf mit getrösteten und vergnügten Mienen, so wußte man, daß hier eben der alte Rothschild seinen Durchzug gehalten. Als ich noch ein kleines Bübchen war, und eines Freitags Abends mit meinem Vater durch die Judengasse ging, begegneten wir dem alten Rothschild, welcher eben aus der Synagoge kam; ich erinnere mich, daß er, nachdem er mit meinem Vater gesprochen, auch mir einige liebreiche Worte sagte, und daß er endlich die Hand auf meinen Kopf legte, um mich zu segnen. Ich bin fest überzeugt, diesem Rothschildschen Segen verdanke ich es, daß späterhin, obgleich ich ein deutscher Schriftsteller wurde, doch niemals das bare Geld in meiner Tasche ganz ausging.«

Ich kann nicht umhin, hier die Zwischenbemerkung einzuschalten, daß Börne immer im behaglichen Wohlstande lebte, und sein späterer Ultraliberalismus keineswegs, wie bei vielen

Patrioten, dem verbissenen Ingrimm der eigenen Armut beizumessen war. Obgleich er selber reich war, ich sage reich, nach dem Maßstabe seiner Bedürfnisse, so hegte er doch einen unergründlichen Groll gegen die Reichen. Obgleich der Segen des Vaters auf seinem Haupte ruhte, so haßte er doch die Söhne, Meyer Amsel Rothschilds Söhne.

Wie weit die persönlichen Eigenschaften dieser Männer zu jenem Hasse berechtigen, will ich hier nicht untersuchen; es wird an einem anderen Orte ausführlich geschehen. Hier möchte ich nur der Bemerkung Raum geben, daß unsere deutschen Freiheitsprediger ebenso ungerecht wie töricht handeln, wenn sie das Haus Rothschild wegen seiner politischen Bedeutung, wegen seiner Einwirkung auf die Interessen der Revolution, kurz wegen seines öffentlichen Charakters mit so viel Grimm und Blutgier anfeinden. Es gibt keine stärkere Beförderer der Revolution als eben die Rothschilde ... und was noch befremdlicher klingen mag: diese Rothschilde, die Bankiers der Könige, diese fürstlichen Säckelmeister, deren Existenz durch einen Umsturz des europäischen Staatensystems in die ernsthaftesten Gefahren geraten dürfte, sie tragen dennoch im Gemüte das Bewußtsein ihrer revolutionären Sendung. Namentlich ist dieses der Fall bei dem Manne, der unter dem scheinlosen Namen Baron James bekannt ist, und in welchem sich jetzt, nach dem Tode seines erlauchten Bruders von England, die ganze politische Bedeutung des Hauses Rothschild resümiert. Dieser Nero der Finanz, der sich in der Rue Laffitte seinen goldenen Palast erbauet hat, und von dort aus als unumschränkter Imperator die Börsen beherrscht, er ist, wie weiland sein Vorgänger, der römische Nero, am Ende ein gewaltsamer Zerstörer des bevorrechteten Patriziertums und Begründer der neuen Demokratie. Einst, vor mehreren Jahren, als er in guter Laune war und wir Arm in Arm, ganz famillionär wie Hirsch Hyazynth sagen würde, in den Straßen von Paris umherflanierten, setzte mir Baron James ziemlich klar auseinander: wie eben er selber, durch sein Staatspapierensystem, für den gesellschaftlichen Fortschritt in Europa überall die ersten Bedingnisse erfüllt, gleichsam Bahn gebrochen habe.

»Zu jeder Begründung einer neuen Ordnung von Dingen« – sagte er mir – »gehört ein Zusammenfluß von bedeutenden Menschen, die sich mit diesen Dingen gemeinsam zu beschäftigen haben. Dergleichen Menschen lebten ehemals vom Ertrag ihrer Güter oder ihres Amtes, und waren deshalb nie ganz frei, sondern immer an einen entfernten Grundbesitz oder an irgend eine örtliche Amtsverwaltung gefesselt; jetzt aber gewährt das Staatspapierensystem diesen Menschen die Freiheit, jeden beliebigen Aufenthalt zu wählen, überall können sie von den Zinsen ihrer Staatspapiere, ihres portativen Vermögens geschäftlos leben, und sie ziehen sich zusammen und bilden die eigentliche Macht der Hauptstädte. Von welcher Wichtigkeit aber eine solche Residenz der verschiedenartigsten Kräfte, eine solche Zentralisation der Intelligenzen und sozialen Autoritäten, das ist hinlänglich bekannt. Ohne Paris hätte Frankreich nie seine Revolution gemacht; hier hatten so viele ausgezeichnete Geister Weg und Mittel gefunden, eine mehr oder minder sorglose Existenz zu führen, miteinander zu verkehren und so weiter. Jahrhunderte haben in Paris einen solchen günstigen Zustand allmählich herbeigeführt. Durch das Rentensystem wäre Paris weit schneller Paris geworden, und die Deutschen, die gern eine ähnliche Hauptstadt hätten, sollten nicht über das Rentensystem klagen: es zentralisiert, es macht vielen Leuten möglich, an einem selbstgewählten Orte zu leben, und von dort aus der Menschheit jeden nützlichen Impuls zu geben ...«

Von diesem Standpunkte aus betrachtet Rothschild die Resultate seines Schaffens und Treibens. Ich bin mit dieser Ansicht ganz einverstanden, ja ich gehe noch weiter, und ich sehe in Rothschild einen der größten Revolutionäre, welche die moderne Demokratie begründeten. Richelieu, Robespierre und

Rothschild sind für mich drei terroristische Namen, und sie bedeuten die graduelle Vernichtung der alten Aristokratie. Richelieu, Robespierre und Rothschild sind die drei furchtbarsten Nivelleurs Europas. Richelieu zerstörte die Souveränität des Feudaladels und beugte ihn unter jene königliche Willkür, die ihn entweder durch Hofdienst herabwürdigte, oder durch krautjunkerliche Untätigkeit in der Provinz vermodern ließ. Robespierre schlug diesem unterwürfigen und faulen Adel endlich das Haupt ab. Aber der Boben blieb, und der neue Herr desselben, der neue Gutsbesitzer, ward ganz wieder ein Aristokrat, wie seine Vorgänger, deren Prätensionen er unter anderem Namen fortsetzte. Da kam Rothschild und zerstörte die Oberherrschaft des Bodens, indem er das Staatspapierensystem zur höchsten Macht emporhob, dadurch die großen Besitztümer und Einkünfte mobilisierte, und gleichsam das Geld mit den ehemaligen Vorrechten des Bodens belehnte. Er stiftete freilich dadurch eine neue Aristokratie, aber diese, beruhend auf dem unzuverlässigsten Elemente, auf dem Gelde, kann nimmermehr so nachhaltig mißwirken, wie die ehemalige Aristokratie, die im Boden, in der Erde selber, wurzelte. Geld ist flüssiger als Wasser, windiger als Luft, und dem jetzigen Geldadel verzeiht man gern seine Impertinenzen, wenn man seine Vergänglichkeit bedenkt ... er zerrinnt und verdunstet, ehe man sich dessen versieht.

Indem ich oben die Namen Richelieu, Robespierre und Rothschild zusammenstellte, drängte sich mir die Bemerkung auf, daß diese drei größten Terroristen noch mancherlei andere Ähnlichkeiten bieten. Sie haben z. B. miteinander gemein eine gewisse unnatürliche Liebe zur Poesie: Richelieu schrieb schlechte Tragödien, Robespierre machte erbärmliche Madrigale, und James Rothschild, wenn er lustig wird, fängt er an zu reimen ...

Doch das gehört nicht hierher, diese Blätter haben sich zunächst mit einem kleineren Revolutionär, mit Ludwig Börne zu beschäftigen. Dieser hegte, wie wir mit Bedauern bemerken, den höchsten Haß gegen die Rothschilde, und in seinem Gespräche, als wir zu Frankfurt dem Stammhause derselben vorübergingen, äußerte sich jener Haß bereits ebenso grell und giftig, wie in seinen späteren Pariser Briefen. Nichtsdestoweniger ließ er doch den persönlichen Eigenschaften dieser Leute manche Gerechtigkeit widerfahren, und er gestand mir ganz naiv: daß er sie nur hassen könne, daß es ihm aber trotz aller Mühe nicht möglich sei, sie verächtlich oder gar lächerlich zu finden.

»Denn sehen Sie«, – sprach er – »die Rothschilde haben so viel Geld, eine solche Unmasse von Geld, daß sie uns einen fast grauenhaften Respekt einflößen; sie identifizieren sich sozusagen mit dem Begriff des Geldes überhaupt, und Geld kann man nicht verachten. Auch haben diese Leute das sicherste Mittel angewendet, um jenem Ridikül zu entgehen, dem so manche andere baronisierte Millionären-Familien des Alten Testaments verfallen sind: sie enthalten sich des christlichen Weihwassers. Die Taufe ist jetzt bei den reichen Juden an der Tagesordnung, und das Evangelium, das den Armen Judäas vergebens gepredigt worden, ist jetzt in Floribus bei den Reichen. Aber da die Annahme desselben nur Selbstbetrug, wo nicht gar Lüge ist und das angeheuchelte Christentum mit dem alten Adam bisweilen recht grell kontrastiert, so geben die Leute dem Witze und dem Spotte die bedenklichsten Blößen. Oder glauben Sie, daß durch die Taufe die innere Natur ganz verändert worden? Glauben Sie, daß man Läuse in Flöhe verwandeln kann, wenn man sie mit Wasser begießt?«

»Ich glaube nicht.«

»Ich glaub's auch nicht, und ein ebenso melancholischer wie lächerlicher Anblick ist es für mich, wenn die alten Läuse, die noch aus Ägypten stammen, aus der Zeit der pharaonischen Plage, sich plötzlich einbilden, sie wären Flöhe, und christlich zu hüpfen beginnen. In Berlin habe ich auf der Straße alte Töchter Israels gesehen, die am Halse lange Kreuze trugen,

Kreuze, die noch länger als ihre Nasen bis an den Nabel reichten; in den Händen hielten sie ein evangelisches Gesangbuch, und sie sprachen von der prächtigen Predigt, die sie eben in der Dreifaltigkeitskirche gehört. Die eine frug die andere: bei wem sie das heilige Abendmahl genommen? und beide rochen dabei aus dem Halse. Widerwärtiger war mir noch der Anblick von schmutzigen Bartjuden, die aus ihren polnischen Kloaken kamen, von der Bekehrungsgesellschaft in Berlin für den Himmel angeworben wurden, und in ihrem mundfaulen Dialekte das Christentum predigten und so entsetzlich dabei stanken. Es wäre jedenfalls wünschenswert, wenn man dergleichen polnisches Läusevolk nicht mit gewöhnlichem Wasser, sondern mit Eau de Cologne taufen ließe.«

»Im Hause des Gehängten«, unterbrach ich diese Rede, »muß man nicht von Stricken sprechen, lieber Doktor, sagen Sie mir vielmehr: wo sind jetzt die großen Ochsen, die, wie mein Vater mir einst erzählte, auf dem jüdischen Kirchhofe hier zu Frankfurt herumliefen und in der Nacht so entsetzlich brüllten, daß die Ruhe der Nachbaren dadurch gestört wurde?«

»Ihr Herr Vater« rief Börne lachend, »hat Ihnen in der Tat keine Unwahrheit gesagt. Es existierte früherhin der Gebrauch, daß die jüdischen Viehhändler die männliche Erstgeburt ihrer Kühe nach biblischer Vorschrift dem lieben Gotte widmeten und in dieser Absicht, aus allen Gegenden Deutschlands, hierher nach Frankfurt brachten, wo man jenen Ochsen Gottes den jüdischen Kirchhof zum Grasen anwies, und wo sie bis an ihr seliges Ende sich herumtrieben und wirklich oft entsetzlich brüllten. Aber die alten Ochsen sind jetzt tot, und das heutige Rindvieh hat nicht mehr den rechten Glauben, und ihre Erstgeburten bleiben ruhig daheim, wenn sie nicht gar zum Christentume übergehen. Die alten Ochsen sind tot.«

Ich kann nicht umhin, bei dieser Gelegenheit zu erwähnen, daß mich Börne während meines Aufenthalts in Frankfurt einlud, bei einem seiner Freunde zu Mittag zu speisen, und zwar weil derselbe, in getreuer Beharrnis an jüdischen Gebräuchen, mir die berühmte Schaletspeise vorsetzen werde; und in der Tat, ich erfreute mich dort jenes Gerichtes, das vielleicht noch ägyptischen Ursprungs und alt wie die Pyramiden ist. Ich wundre mich, daß Börne späterhin, als er scheinbar in humoristischer Laune, in der Tat aber aus plebejischer Absicht, durch mancherlei Erfindungen und Insinuationen, wie gegen Kronenträger überhaupt, so auch gegen ein gekröntes Dichterhaupt den Pöbel verhetzte ... ich wundre mich, daß er in seinen Schriften nie erzählt hat, mit welchem Appetit, mit welchem Enthusiasmus, mit welcher Andacht, mit welcher Überzeugung ich einst beim Doktor St ... das altjüdische Schaletessen verzehrt habe! Dieses Gericht ist aber auch ganz vortrefflich, und es ist schmerzlichst zu bedauern, daß die christliche Kirche, die dem alten Judentume so viel Gutes entlehnte, nicht auch den Schalet adoptiert hat. Vielleicht hat sie sich dieses für die Zukunft noch vorbehalten, und wenn es ihr mal ganz schlecht geht, wenn ihre heiligsten Symbole, sogar das Kreuz, seine Kraft verloren, greift die christliche Kirche zum Schaletessen, und die entwischten Völker werden sich wieder mit neuem Appetit in ihren Schoß hineindrängen. Die Juden wenigstens werden sich alsdann auch mit Überzeugung dem Christentume anschließen ... denn, wie ich klar einsehe, es ist nur der Schalet, der sie zusammenhält in ihrem alten Bunde. Börne versicherte mir sogar, daß die Abtrünnigen, welche zum neuen Bunde übergegangen, nur den Schalet zu riechen brauchen, um ein gewisses Heimweh nach der Synagoge zu empfinden, daß der Schalet sozusagen der Kuhreigen der Juden sei.

Auch nach Bornheim sind wir miteinander hinausgefahren, am Sabbat, um dort Kaffee zu trinken und die Töchter Israels zu betrachten ... Es waren schöne Mädchen und rochen nach Schalet, allerliebst. Börne zwinkerte mit den Augen. In diesem geheimnisvollen Zwinkern, in diesem unsicher lüsternen Zwinkern, das sich vor der innern Stimme fürchtet, lag die ganze Verschiedenheit unserer Gefühlsweise. Börne nämlich war, wenn auch nicht in seinen Gedanken, doch desto mehr in seinen Gefühlen, ein Sklave der nazarenischen Abstinenz; und wie es allen Leuten seinesgleichen geht, die zwar die sinnliche Enthaltsamkeit als höchste Tugend anerkennen, aber nicht vollständig ausüben können, so wagte er es nur im Verborgenen, zitternd und errötend, wie ein genäschiger Knabe, von Evas verbotenen Äpfeln zu kosten. Ich weiß nicht, ob bei diesen Leuten der Genuß intensiver ist, als bei uns, die wir dabei den Reiz des geheimen Unterschleifs, der moralischen Konterbande, entbehren; behauptet man doch, daß Mohammed seinen Türken den Wein verboten habe, damit er ihnen desto süßer schmecke.

In großer Gesellschaft war Börne wortkarg und einsilbig, und dem Fluß der Rede überließ er sich nur im Zwiegespräch, wenn er glaubte, sich neben einem gleichgesinnten Menschen zu befinden. Daß Börne mich für einen solchen ansah, war ein Irrtum, der späterhin für mich sehr viele Verdrießlichkeiten zur Folge hatte. Schon damals in Frankfurt harmonierten wir nur im Gebiete der Politik, keineswegs in den Gebieten der Philosophie, oder der Kunst, oder der Natur – die ihm sämtlich verschlossen waren. Vielleicht entfallen mir späterhin in dieser Beziehung einige charakteristische Züge. Wir waren überhaupt von entgegengesetztem Wesen, und diese Verschiedenheit wurzelte am Ende vielleicht nicht bloß in unserer moralischen, sondern auch physischen Natur.

Es gibt im Grunde nur zwei Menschensorten, die mageren und die fetten, oder vielmehr Menschen, die immer dünner werden, und solche, die aus schmächtigen Anfängen allmählich zur ründlichsten Korpulenz übergehen. Die ersteren sind eben die gefährliche Sorte, die Cäsar so sehr fürchtete – ich wollte, er wäre fetter, sagt er von Cassius. Brutus war von einer ganz anderen Sorte, und ich bin überzeugt, wenn er nicht die Schlacht bei Philippi verloren, und sich bei dieser Gelegenheit erstochen hätte, wäre er ebenso dick geworden, wie der Schreiber dieser Blätter – »Und Brutus war ein braver Mann«.

Da ich hier an Shakespeare erinnert werde, so ergreife ich die Gelegenheit, mich für eine alte Lesart zu erklären, die den Hamlet »fett« nennt. – Bedauernswürdiger Prinz von Dänemark! die Natur hatte dich dazu bestimmt, in glücklichster Wohlbeleibtheit deine Tage zu verschlendern, und da fällt auf einmal die Welt aus ihren Angeln, und du sollst sie wieder einrahmen! Armer dicker Dänenprinz! – – –

Die drei Tage, welche ich in Frankfurt in Börnes Gesellschaft zubrachte, verflossen in fast idyllischer Friedsamkeit. Er bestrebte sich angelegentlichst, mir zu gefallen. Er ließ die Raketen seines Witzes so heiter als möglich aufleuchten, und wie bei chinesischen Feuerwerken am Ende der Feuerwerker selbst unter sprühendem Flammengeprassel in die Luft steigt: so schlossen die humoristischen Reden des Mannes immer mit einem tollen Brillantfeuer, worin er sich selbst aufs keckste preisgab. Er war harmlos wie ein Kind. Bis zum letzten Augenblick meines Aufenthalts in Frankfurt, lief er gemütlich neben mir einher, mir an den Augen ablauschend, ob er mir vielleicht noch irgend eine Liebe erweisen könne. Er wußte, daß ich auf Veranlassung des alten Baron Cotta nach München reiste, um dort die Redaktion der »Politischen Annalen« zu übernehmen und auch einigen projektierten literarischen Instituten meine Tätigkeit zu widmen. Es galt damals, für die liberale Presse jene Organe zu schaffen, die späterhin so heilsamen Einfluß üben könnten; es galt, die Zukunft zu säen, eine Aussaat, für welche in der Gegenwart nur die Feinde Augen hatten, so daß der arme Sämann schon gleich nur Ärger und Schmähung einerntete. Männiglich bekannt sind die giftigen Jämmerlichkeiten, welche die ultramontane aristokratische Propaganda in München gegen mich und meine Freunde ausübte.

»Hüten Sie sich, in München mit den Pfaffen zu kollidieren«, waren die letzten Worte, welche mir Börne beim Abschied ins Ohr flüsterte. Als ich schon im Coupé des Postwagens saß, blickte er mir noch lange nach, wehmütig, wie ein alter Seemann, der sich aufs feste Land zurückgezogen hat, und sich von Mitleid bewegt fühlt, wenn er einen jungen Fant sieht, der sich zum ersten Male aufs Meer begibt ... Der Alte glaubte damals, dem tückischen Elemente auf ewig Valet gesagt zu haben und den Rest seiner Tage im sichern Hafen beschließen zu können! Armer Mann! Die Götter wollten ihm diese Ruhe nicht gönnen! Er mußte bald wieder hinaus auf die hohe See, und dort begegneten sich unsere Schiffe, während jener furchtbare Sturm wütete, worin er zugrunde ging. Wie das heulte! wie das krachte! Beim Licht der gelben Blitze, die aus dem schwarzen Gewölk herabschossen, konnte ich genau sehen, wie Mut und Sorge auf dem Gesichte des Mannes schmerzlich wechselten! Er stand am Steuer seines Schiffes, und trotzte dem Ungestüm der Wellen, die ihn manchmal zu verschlingen drohten, manchmal ihn nur kleinlich bespritzten und durchnäßten, was einen so kummervollen und zugleich komischen Anblick gewährte, daß man darüber weinen und lachen konnte. Armer Mann! Sein Schiff war ohne Anker und sein Herz ohne Hoffnung ... Ich sah, wie der Mast brach, wie die Winde das Tauwerk zerrissen ... Ich sah, wie er die Hand nach mir ausstreckte ...

Ich durfte sie nicht erfassen, ich durfte die kostbare Ladung, die heiligen Schätze, die mir vertraut, nicht dem sicheren Verderben preisgeben ... Ich trug an Bord meines Schiffes die Götter der Zukunft.

Zweites Buch

Helgoland, den 1. Julius 1830.

– – Ich selber bin dieses Guerillakrieges müde und sehne mich nach Ruhe, wenigstens nach einem Zustand, wo ich mich meinen natürlichen Neigungen, meiner träumerischen Art und Weise, meinem phantastischen Sinnen und Grübeln, ganz fessellos hingeben kann. Welche Ironie des Geschickes, daß ich, der ich mich so gerne auf die Pfühle des stillen beschaulichen Gemütlebens bette, daß eben ich dazu bestimmt war, meine armen Mitdeutschen aus ihrer Behaglichkeit hervorzugeißeln und in die Bewegung hineinzuhetzen! Ich, der ich mich am liebsten damit beschäftige, Wolkenzüge zu beobachten, metrische Wortzauber zu erklügeln, die Geheimnisse der Elementargeister zu erlauschen, und mich in die Wunderwelt alter Märchen zu versenken ... ich mußte politische Annalen herausgeben, Zeitinteressen vortragen, revolutionäre Wünsche anzetteln, die Leidenschaften aufstacheln, den armen deutschen Michel beständig an der Nase zupfen, daß er aus seinem gesunden Riesenschlaf erwache ... Freilich, ich konnte dadurch bei dem schnarchenden Giganten nur ein sanftes Niesen, keineswegs aber ein Erwachen bewirken ... Und riß ich auch heftig an seinem Kopfkissen, so rückte er es sich doch wieder zurecht mit schlaftrunkener Hand ... Einst wollte ich aus Verzweiflung seine Nachtmütze in Brand stecken, aber sie war so feucht von Gedankenschweiß, daß sie nur gelinde rauchte ... und Michel lächelte im Schlummer ...

Ich bin müde und lechze nach Ruhe. Ich werde mir ebenfalls eine deutsche Nachtmütze anschaffen und über die Ohren ziehen. Wenn ich nur wüßte, wo ich jetzt mein Haupt niederlegen kann. In Deutschland ist es unmöglich. Jeden Augenblick würde ein Polizeidiener herankommen und mich rütteln, um zu erproben, ob ich wirklich schlafe; schon diese Idee verdirbt mir alles Behagen. Aber in der Tat, wo soll ich hin? Wieder nach Süden? Nach dem Lande, wo die Zitronen blühen und die Goldorangen? Ach! vor jedem Zitronenbaum steht dort eine österreichische Schildwache, und donnert dir ein schreckliches Werda! entgegen. Wie die Zitronen, so sind auch die Goldorangen jetzt sehr sauer. Oder soll ich nach Norden? Etwa nach Nordosten? Ach, die Eisbären sind jetzt gefährlicher als je, seitdem sie sich zivilisieren und Glacéhandschuh tragen. Oder soll ich wieder nach dem verteufelten England, wo ich nicht *in effigie* hängen, wie viel weniger in Person leben möchte! Man sollte einem noch Geld dazugeben, um dort zu wohnen, und statt dessen kostet einem der Aufenthalt in England doppelt soviel, wie an anderen Orten. Nimmermehr nach diesem schnöden Lande, wo die Maschinen sich wie Menschen, und die Menschen wie Maschinen gebärden. Das schnurrt und schweigt so beängstigend. Als ich dem hiesigen Gouverneur präsentiert wurde, und dieser Stockengländer mehre Minuten ohne ein Wort zu sprechen unbeweglich vor mir stand, kam es mir unwillkürlich in den Sinn, ihn einmal von hinten zu betrachten, um nachzusehen, ob man etwa dort vergessen habe, die Maschine aufzuziehen. Daß die Insel Helgoland unter britischer Herrschaft steht, ist mir schon hinlänglich fatal. Ich bilde mir manchmal ein, ich röche jene Langeweile, welche Albions Söhne überall ausdünsten. In der Tat, aus jedem Engländer entwickelt sich ein gewisses Gas, die tödliche Stickluft der Langeweile, und dieses habe ich mit eigenen Augen beobachtet, nicht in England, wo die Atmosphäre ganz davon geschwängert ist, aber in südlichen Ländern, wo der reisende Brite isoliert umherwandert, und die graue Aureole der Langeweile, die sein Haupt umgibt, in der sonnig blauen Luft recht schneidend sichtbar wird. Die Engländer freilich glauben, ihre dicke Langeweile sei ein Produkt des Ortes, und um derselben zu entfliehen, reisen sie durch alle Lande, langweilen sich überall und kehren heim mit einem *Diary of an ennuyé*. Es geht ihnen, wie dem Soldaten, dem seine Kameraden, als er schlafend auf der Pritsche lag, Unrat unter die Nase rieben; als er erwachte, bemerkte er, es röche schlecht in der Wachtstube, und er ging hinaus, kam aber bald zurück und behauptete, auch draußen röche es übel, die ganz Welt stänke.

Einer meiner Freunde, welcher jüngst aus Frankreich kam, behauptete, die Engländer bereisten den Kontinent aus Verzweiflung über die plumpe Küche ihrer Heimat; an den französischen Table d'hoten sähe man dicke Engländer, die nichts als Vol-au-Vents, Crèmes, Süprèmes, Ragouts, Gelees und dergleichen luftige Speisen verschluckten, und zwar mit jenem kolossalen Appetite, der sich daheim an Rostbeefmassen und Yorkshirer Plumpudding geübt hatte, und wodurch am Ende alle französischen Gastwirte zugrunde gehen müssen. Ist etwa wirklich die Exploitation der Table d'hoten der geheime Grund, weshalb die Engländer herumreisen? Während wir über die Flüchtigkeit lächeln, womit sie überall die Merkwürdigkeiten und Gemäldegalerien ansehen, sind sie es vielleicht, die uns mystifizieren, und ihre belächelte Neugier ist nichts als ein pfiffiger Deckmantel für ihre gastronomischen Absichten?

Aber wie vortrefflich auch die französische Küche, in Frankreich selbst soll es jetzt schlecht aussehen, und die große Retirade hat noch kein Ende. Die Jesuiten florieren dort und singen Triumphlieder. Die dortigen Machthaber sind dieselben Toren, denen man bereits vor fünfzig Jahren die Köpfe abgeschlagen ... Was half's! sie sind dem Grabe wieder entstiegen, und jetzt ist ihr Regiment törichter als früher; denn, als man sie aus dem Totenreich ans Tageslicht heraufließ, haben manche von ihnen, in der Hast, den ersten besten Kopf aufgesetzt, der ihnen zur Hand lag, und da ereigneten sich gar heillose Mißgriffe: die Köpfe passen manchmal nicht zu dem Rumpf und zu dem Herzen, das darin spukt. Da ist mancher, welcher wie die Vernunft selbst auf der Tribüne sich ausspricht, so daß wir den klugen Kopf bewundern, und doch läßt er sich gleich darauf von dem unverbesserlich verrückten Herzen zu den dümmsten Handlungen verleiten ... Es ist ein grauenhafter Widerspruch zwischen den Gedanken und Gefühlen, den Grundsätzen und Leidenschaften, den Reden und den Taten dieser Revenants!

Oder soll ich nach Amerika, nach diesem ungeheuren Freiheitsgefängnis, wo die unsichtbaren Ketten mich noch schmerzlicher drücken würden, als zu Hause die sichtbaren, und wo der widerwärtigste aller Tyrannen, der Pöbel, seine rohe Herrschaft ausübt! Du weißt, wie ich über dieses gottverfluchte Land denke, das ich einst liebte, als ich es nicht kannte ... Und doch muß ich es öffentlich loben und preisen, aus Metierpflicht ... Ihr lieben deutschen Bauern! geht nach Amerika! dort gibt es weder Fürsten noch Adel, alle Menschen sind dort gleich, gleiche Flegel ... mit Ausnahme freilich einiger Millionen, die eine schwarze oder braune Haut haben und wie die Hunde behandelt werden! Die eigentliche Sklaverei, die in den meisten nordamerikanischen Provinzen abgeschafft, empört mich nicht so sehr, wie die Brutalität, womit dort die freien Schwarzen und die Mulatten behandelt werden. Wer auch nur im entferntesten Grade von einem Neger stammt, und wenn auch nicht mehr in der Farbe, sondern nur in der Gesichtsbildung eine solche Abstammung verrät, muß die größten Kränkungen erdulden, Kränkungen, die uns in Europa fabelhaft dünken. Dabei machen diese Amerikaner großes Wesen von ihrem Christentum und sind die eifrigsten Kirchengänger. Solche Heuchelei haben sie von den Engländern gelernt, die ihnen übrigens ihre schlechtesten Eigenschaften zurückließen. Der weltliche Nutzen ist ihre eigentliche Religion, und das Geld ist ihr Gott, ihr einziger, allmächtiger Gott. Freilich, manches edle Herz mag dort im stillen die allgemeine Selbstsucht und Ungerechtigkeit bejammern. Will es aber gar dagegen ankämpfen, so harret seiner ein Märtyrtum, das alle europäische Begriffe übersteigt. Ich glaube, es war in Neuyork, wo ein protestantischer Prediger über die Mißhandlung der farbigen Menschen so empört war, daß er, dem grausamen Vorurteil trotzend, seine eigene Tochter mit einem Neger verheuratete. Sobald diese wahrhaft christliche Tat bekannt wurde, stürmte das Volk nach dem Hause des Predigers, der nur durch die Flucht dem Tode entrann; aber das Haus ward demoliert, und die Tochter des Predigers, das arme Opfer, ward vom Pöbel ergriffen und mußte seine Wut entgelten. *She was lynched,* d. h. sie ward splitternackt ausgekleidet, mit Teer bestrichen, in den aufgeschnittenen Federbetten herumgewälzt, in solcher anklebenden Federhülle durch die ganze Stadt geschleift und verhöhnt ...

O Freiheit! du bist ein böser Traum!

Helgoland, den 8. Julius.

– – Da gestern Sonntag war, und eine bleierne Langeweile über der ganzen Insel lag, und mir fast das Haupt eindrückte, griff ich aus Verzweiflung zur Bibel ... und ich gestehe es Dir, trotzdem, daß ich ein heimlicher Hellene bin, hat mich das Buch nicht bloß gut unterhalten, sondern auch weidlich erbaut. Welch ein Buch! groß und weit wie die Welt, wurzelnd in die Abgründe der Schöpfung und hinaufragend in die blauen Geheimnisse des Himmels ... Sonnenaufgang und Sonnenuntergang, Verheißung und Erfüllung, Geburt und Tod, das ganze Drama der Menschheit, alles ist in diesem Buche ... Es ist das Buch der Bücher, Biblia. Die Juden sollten sich leicht trösten, daß sie Jerusalem und den Tempel und die Bundeslade und die goldenen Geräte und Kleinodien Salomonis eingebüßt haben ... solcher Verlust ist doch nur geringfügig in Vergleichung mit der Bibel, dem unzerstörbaren Schatze, den sie gerettet. Wenn ich nicht irre, war es Mohammed, welcher die Juden »das Volk des Buches« nannte, ein Name, der ihnen bis heutigen Tag im Oriente verblieben und tiefsinnig bezeichnend ist. Ein Buch ist ihr Vaterland, ihr Besitz, ihr Herrscher, ihr Glück und ihr Unglück. Sie leben in den umfriedeten Marken dieses Buches, hier üben sie ihr unveräußerliches Bürgerrecht, hier kann man sie nicht verjagen, nicht verachten, hier sind sie stark und bewunderungswürdig. Versenkt in der Lektüre dieses Buches, merkten sie wenig von den Veränderungen, die um sie her in der wirklichen Welt vorfielen; Völker erhuben sich und schwanden, Staaten blühten empor und erloschen, Revolutionen stürmten über den Erdboden ... sie aber, die Juden, lagen gebeugt über ihrem Buche und merkten nichts von der wilden Jagd der Zeit, die über ihre Häupter dahinzog!

Wie der Prophet des Morgenlandes sie »das Volk des Buches« nannte, so hat sie der Prophet des Abendlandes in seiner Philosophie der Geschichte als »das Volk des Geistes« bezeichnet. Schon in ihren frühesten Anfängen, wie wir im Pentateuch bemerken, bekunden die Juden ihre Vorneigung für das Abstrakte, und ihre ganze Religion ist nichts als ein Akt der Dialektik, wodurch Materie und Geist getrennt, und das Absolute nur in der alleinigen Form des Geistes anerkannt wird. Welche schauerlich isolierte Stellung mußten sie einnehmen unter den Völkern des Altertums, die dem freudigsten Naturdienste ergeben, den Geist vielmehr in den Erscheinungen der Materie, in Bild und Symbol, begriffen! Welche entsetzliche Opposition bildeten sie deshalb gegen das buntgefärbte, hieroglyphenwimmelnde Ägypten, gegen Phönizien, den großen Freudetempel der Astarte, oder gar gegen die schöne Sünderin, das holde, süßduftige Babylon, und endlich gar gegen Griechenland, die blühende Heimat der Kunst!

Es ist ein merkwürdiges Schauspiel, wie das Volk des Geistes sich allmählich ganz von der Materie befreit, sich ganz spiritualisiert. Moses gab dem Geiste gleichsam materielle Bollwerke, gegen den realen Andrang der Nachbarvölker: rings um das

Feld, wo er Geist gesäet, pflanzte er das schroffe Zeremonialgesetz und eine egoistische Nationalität als schützende Dornhecke. Als aber die heilige Geistpflanze so tiefe Wurzel geschlagen und so himmelhoch emporgeschossen, daß sie nicht mehr ausgereutet werden konnte: da kam Jesus Christus und riß das Zeremonialgesetz nieder, das fürder keine nützliche Bedeutung mehr hatte, und er sprach sogar das Vernichtungsurteil über die jüdische Nationalität ... Er berief alle Völker der Erde zur Teilnahme an dem Reiche Gottes, das früher nur einem einzigen auserlesenen Gottesvolke gehörte, er gab der ganzen Menschheit das jüdische Bürgerrecht ... Das war eine große Emanzipationsfrage, die jedoch weit großmütiger gelöst wurde, wie die heutigen Emanzipationsfragen in Sachsen und Hannover ... Freilich, der Erlöser, der seine Brüder vom Zeremonialgesetz und der Nationalität befreite, und den Kosmopolitismus stiftete, ward ein Opfer seiner Humanität, und der Stadtmagistrat von Jerusalem ließ ihn kreuzigen, und der Pöbel verspottete ihn ...

Aber nur der Leib ward verspottet und gekreuzigt, der Geist ward verherrlicht, und das Märtyrtum des Triumphators, der dem Geiste die Weltherrschaft erwarb, ward Sinnbild dieses Sieges, und die ganze Menschheit strebte seitdem, *in imitationem Christi,* nach leiblicher Abtötung und übersinnlichem Aufgehen im absoluten Geiste ...

Wann wird die Harmonie wieder eintreten, wann wird die Welt wieder gesunden von dem einseitigen Streben nach Vergeistigung, dem tollen Irrtume, wodurch sowohl Seele wie Körper erkrankten! Ein großes Heilmittel liegt in der politischen Bewegung und in der Kunst. Napoleon und Goethe haben trefflich gewirkt. Jener, indem er die Völker zwang, sich allerlei gesunde Körperbewegung zu gestatten; dieser, indem er uns wieder für griechische Kunst empfänglich machte und solide Werke schuf, woran wir uns, wie an marmornen Götterbildern, festklammern können, um nicht unterzugehen im Nebelmeer des absoluten Geistes ...

Helgoland, den 18. Julius.

Im Alten Testamente habe ich das erste Buch Mosis ganz durchgelesen. Wie lange Karawanenzüge zog die heilige Vorwelt durch meinen Geist. Die Kamele ragen hervor. Auf ihrem hohen Rücken sitzen die verschleierten Rosen von Kanaan. Fromme Viehhirten, Ochsen und Kühe vor sich hintreibend. Das zieht über kahle Berge, heiße Sandflächen, wo nur hie und da eine Palmengruppe zum Vorschein kommt und Kühlung fächelt. Die Knechte graben Brunnen. Süßes, stilles, hellsonniges Morgenland! Wie lieblich ruht es sich unter deinen Zelten! O Laban, könnte ich deine Herden weiden! Ich würde dir gerne sieben Jahre dienen um Rahel, und noch andere sieben Jahre für die Lea, die du mir in den Kauf gibst! Ich höre, wie sie blöken, die Schafe Jakobs, und ich sehe, wie er ihnen die geschälten Stäbe vorhält, wenn sie in der Brunstzeit zur Tränke gehn. Die gesprenkelten gehören jetzt uns. Unterdessen kommt Ruben nach Hause und bringt seiner Mutter einen Strauß Dudaim, die er auf dem Felde gepflückt. Rahel verlangt die Dudaim, und Lea gibt sie ihr mit der Bedingung, daß Jakob dafür die nächste Nacht bei ihr schlafe. Was sind Dudaim? Die Kommentatoren haben sich vergebens darüber den Kopf zerbrochen. Luther weiß sich nicht besser zu helfen, als daß er diese Blumen ebenfalls Dudaim nennt. Es sind vielleicht schwäbische Gelbveiglein. Die Liebesgeschichte von der Dina und dem jungen Sichem hat mich sehr gerührt. Ihre Brüder Simeon und Levy haben jedoch die Sache nicht so sentimentalisch aufgefaßt. Abscheulich ist es, daß sie den unglücklichen Sichem und alle seine Angehörigen mit grimmiger Hinterlist erwürgten, obgleich der arme Liebhaber sich anheischig machte, ihre Schwester zu heuraten, ihnen Länder und Güter zu geben, sich mit ihnen zu einer einzigen Familie zu verbünden, obgleich er bereits in dieser Absicht sich und sein ganzes Volk beschneiden ließ. Die beiden Burschen hätten froh sein sollen, daß ihre Schwester eine so glänzende Partie machte, die angelobte Verschwägerung war für ihren Stamm von höchstem Nutzen, und dabei gewannen sie, außer der kostbarsten Morgengabe, auch eine gute Strecke Land, dessen sie eben sehr bedurften ... Man kann sich nicht anständiger aufführen, wie dieser verliebte Sichemprinz, der am Ende doch nur aus Liebe die Rechte der Ehe antizipiert hatte ... Aber das ist es, er hatte ihre Schwester geschwächt, und für dieses Vergehen gibt es bei jenen ehrstolzen Brüdern keine andere Buße, als den Tod ... und wenn der Vater sie ob ihrer blutigen Tat zur Rede stellt, und die Vorteile erwähnt, die ihnen die Verschwägerung mit Sichem verschafft hätte, antworteten sie: »Sollten wir etwa Handel treiben mit der Jungferschaft unserer Schwester?«

Störrige, grausame Herzen, die Brüder. Aber unter dem harten Stein duftet das zarteste Sittlichkeitsgefühl. Sonderbar, dieses Sittlichkeitsgefühl, wie es sich noch bei anderen Gelegenheiten im Leben der Erzväter äußert, ist nicht Resultat einer positiven Religion oder einer politischen Gesetzgebung – nein, damals gab es bei den Vorfahren der Juden weder positive Religion, noch politisches Gesetz, beides entstand erst in späterer Zeit. Ich glaube daher behaupten zu können, die Sittlichkeit ist unabhängig von Dogma und Legislation, sie ist ein reines Produkt des gesunden Menschengefühls, und die wahre Sittlichkeit, die Vernunft des Herzens, wird ewig fortleben, wenn auch Kirche und Staat zugrunde gehen.

Ich wünschte, wir besäßen ein anderes Wort zur Bezeichnung dessen, was wir jetzt Sittlichkeit nennen. Wir könnten sonst verleitet werden, die Sittlichkeit als ein Produkt der Sitte zu betrachten. Die romanischen Völker sind in demselben Falle, indem ihr *morale* von *mores* abgeleitet worden. Aber wahre Sittlichkeit ist, wie von Dogma und Legislation, so auch von den Sitten eines Volks unabhängig. Letztere sind Erzeugnisse des Klimas, der Geschichte, und aus solchen Faktoren entstandenen Legislation und Dogmatik. Es gibt daher eine indische, eine chinesische, eine christliche Sitte, aber es gibt nur eine einzige, nämlich eine menschliche Sittlichkeit. Diese läßt sich vielleicht nicht im Begriff erfassen, und das Gesetz der Sittlichkeit, das wir Moral nennen, ist nur eine dialektische Spielerei. Die Sittlichkeit offenbart sich in Handlungen, und nur in den Motiven derselben, nicht in ihrer Form und Farbe, liegt die sittliche Bedeutung. Auf dem Titelblatt von Golowins »Reise nach Japan« stehen als Motto die schönen Worte, welche der russische Reisende von einem vornehmen Japanesen vernommen: »Die Sitten der Völker sind verschieden, aber gute Handlungen werden überall als solche anerkannt werden.«

Solange ich denke, habe ich über diesen Gegenstand, die Sittlichkeit, nachgedacht. Das Problem über die Natur des Guten und Bösen, das seit anderthalb Jahrtausend alle große Gemüter in quälende Bewegung gesetzt, hat sich bei mir nur in der Frage von der Sittlichkeit geltend gemacht – –

Aus dem Alten Testament springe ich manchmal ins Neue, und auch hier überschauert mich die Allmacht des großen Buches. Welchen heiligen Boden betritt hier dein Fuß! Bei dieser Lektüre sollte man die Schuhe ausziehen, wie in der Nähe von Heiligtümern.

Die merkwürdigsten Worte des Neuen Testaments sind für mich die Stelle im Evangelium Johannis, Kap. 16, V. 12. 13. »Ich habe euch noch viel zu sagen, aber ihr könnet es jetzt nicht tragen. Wenn aber jener, der Geist der Wahrheit, kommen wird, der wird euch in alle Wahrheit leiten. Denn er wird nicht von sich selbst reden, sondern was er hören wird, das wird er reden, und was zukünftig ist, wird er euch verkündigen.« Das letzte Wort ist also nicht gesagt worden, und hier ist vielleicht der Ring, woran sich eine neue Offenbarung knüpfen läßt. Sie beginnt mit der Erlösung vom Worte, macht dem Märtyrtum ein Ende und stiftet das Reich der ewigen Freude: das Millennium. Alle Verheißungen finden zuletzt die reichste Erfüllung.

Eine gewisse mystische Doppelsinnigkeit ist vorherrschend im Neuen Testamente. Eine kluge Abschweifung, nicht ein System sind die Worte: gib Cäsar was des Cäsars, und Gott was Gottes ist. So auch, wenn man Christum frägt: bist du König der Juden? ist die Antwort ausweichend. Ebenfalls auf die Frage, ob er Gottes Sohn sei? Mohammed zeigt sich weit offener, bestimmter. Als man ihn mit einer ähnlichen Frage anging, nämlich, ob er Gottes Sohn sei, antwortete er: Gott hat keine Kinder.

Welch ein großes Drama ist die Passion! Und wie tief ist es motiviert durch die Prophezeiungen des Alten Testamentes! Sie konnte nicht umgangen werden, sie war das rote Siegel der Beglaubnis. Gleich den Wundern, so hat auch die Passion als Annonce gedient ... Wenn jetzt ein Heiland aufsteht, braucht er sich nicht mehr kreuzigen zu lassen, um seine Lehre eindrücklich zu veröffentlichen ... er läßt sie ruhig drucken, und annonciert das Büchlein in der »Allgemeinen Zeitung« mit sechs Kreuzern die Zeile Inserationsgebühr.

Welche süße Gestalt dieser Gottmensch! Wie borniert erscheint in Vergleichung mit ihm der Heros des Alten Testaments! Moses liebt sein Volk mit einer rührenden Innigkeit; wie eine Mutter sorgt er für die Zukunft dieses Volks. Christus liebt die Menschheit, jene Sonne umflammte die ganze Erde mit den wärmenden Strahlen seiner Liebe. Welch ein lindernder Balsam für alle Wunden dieser Welt sind seine Worte! Welch ein Heilquell für alle Leidende war das Blut, welches auf Golgatha floß! ... Die weißen marmornen Griechengötter wurden bespritzt von diesem Blute, und erkrankten vor innerem Grauen, und konnten nimmermehr genesen! Die meisten freilich trugen schon längst in sich das verzehrende Siechtum und nur der Schreck beschleunigte ihren Tod. Zuerst starb Pan. Kennst Du die Sage, wie Plutarch sie erzählt? Diese Schiffersage des Altertums ist höchst merkwürdig. – Sie lautet folgendermaßen:

Zur Zeit des Tiberius fuhr ein Schiff nahe an den Inseln Parä, welche an der Küste von Ätolien liegen, des Abends vorüber. Die Leute, die sich darauf befanden, waren noch nicht schlafen gegangen, und viele saßen nach dem Nachtessen beim Trinken, als man auf einmal von der Küste her eine Stimme vernahm, welche den Namen des Thamus, (so hieß nämlich der Steuermann) so laut rief, daß alle in die größte Verwunderung gerieten. Beim ersten und zweiten Rufe schwieg Thamus, beim dritten antwortete er; worauf dann die Stimme mit noch verstärktem Tone diese Worte zu ihm sagte: »Wenn du auf die Höhe von Palodes anlangst, so verkündige, daß der große Pan gestorben ist!« Als er nun diese Höhe erreichte, vollzog Thamus den Auftrag, und rief vom Hinterteil des Schiffes nach dem Lande hin: »Der große Pan ist tot!« Auf diesen Ruf erfolgten von dort her die sonderbarsten Klagetöne, ein Gemisch von Seufzen und Geschrei der Verwunderung, und wie von vielen zugleich erhoben. Die Augenzeugen erzählten dies Ereignis in Rom, wo man die wunderlichsten Meinungen darüber äußerte. Tiberius ließ die Sache näher untersuchen und zweifelte nicht an der Wahrheit.

Helgoland, den 29. Julius.

Ich habe wieder im Alten Testamente gelesen. Welch ein großes Buch! Merkwürdiger noch als der Inhalt ist für mich diese Darstellung, wo das Wort gleichsam ein Naturprodukt ist, wie der Baum, wie eine Blume, wie das Meer, wie die Sterne, wie der Mensch selbst. Das sproßt, das fließt, das funkelt, das lächelt, man weiß nicht wie, man weiß nicht warum, man findet alles ganz natürlich. Das ist wirklich das Wort Gottes, statt daß andere Bücher nur von Menschenwitz zeugen. Im Homer, dem anderen großen Buche, ist die Darstellung ein Produkt der Kunst, und wenn auch der Stoff immer, ebenso wie in der Bibel, aus der Realität aufgegriffen ist, so gestaltet er sich doch zu einem poetischen Gebilde, gleichsam umgeschmolzen im Tiegel des menschlichen Geistes; er wird geläutert durch einen geistigen Prozeß, welchen wir die Kunst nennen. In der Bibel erscheint auch keine Spur von Kunst; das ist der Stil eines Notizenbuchs, worin der absolute Geist, gleichsam ohne alle individuelle menschliche Beihülfe, die Tagesvorfälle eingezeichnet, ungefähr mit derselben tatsächlichen Treue, womit wir unsere Waschzettel schreiben. Über diesen Stil läßt sich gar kein Urteil aussprechen, man kann nur seine Wirkung auf unser Gemüt konstatieren, und nicht wenig mußten die griechischen Grammatiker in Verlegenheit geraten, als sie manche frappante Schönheiten in der Bibel nach hergebrachten Kunstbegriffen definieren sollten. Longinus spricht von Erhabenheit. Neuere Ästhetiker sprechen von Naivität. Ach! wie gesagt, hier fehlen alle Maßstäbe der Beurteilung ... die Bibel ist das Wort Gottes.

Nur bei einem einzigen Schriftsteller finde ich etwas, was an jenen unmittelbaren Stil der Bibel erinnert. Das ist Shakespeare. Auch bei ihm tritt das Wort manchmal in jener schauerlichen Nacktheit hervor, die uns erschreckt und erschüttert; in den Shakespeareschen Werken sehen wir manchmal die leibhaftige Wahrheit ohne Kunstgewand. Aber das geschieht nur in einzelnen Momenten; der Genius der Kunst, vielleicht seine Ohnmacht fühlend, überließ hier der Natur sein Amt auf einige Augenblicke, und behauptete hernach um so eifersüchtiger seine Herrschaft in der plastischen Gestaltung und in der witzigen Verknüpfung des Dramas. Shakespeare ist zu gleicher Zeit Jude und Grieche, oder vielmehr beide Elemente, der Spiritualismus und die Kunst, haben sich in ihm versöhnungsvoll durchdrungen, und zu einem höheren Ganzen entfaltet.

Ist vielleicht solche harmonische Vermischung der beiden Elemente die Aufgabe der ganzen europäischen Zivilisation? Wir sind noch sehr weit entfernt von einem solchen Resultate. Der Grieche Goethe und mit ihm die ganze poetische Partei hat in jüngster Zeit seine Antipathie gegen Jerusalem fast leidenschaftlich ausgesprochen. Die Gegenpartei, die keinen großen Namen an ihrer Spitze hat, sondern nur einige Schreihälse, wie z. B. der Jude Pustkuchen, der Jude Wolfgang Menzel, der Jude Hengstenberg, diese erheben ihr pharisäisches Zeter um so krächzender gegen Athen und den großen Heiden.

Mein Stubennachbar, ein Justizrat aus Königsberg, der hier badet, hält mich für einen Pietisten, da er immer, wenn er mir seinen Besuch abstattet, die Bibel in meinen Händen findet. Er möchte mich deshalb gern ein bißchen prickeln, und ein kaustisch ostpreußisches Lächeln beflimmert sein mageres hagestolzes Gesicht jedesmal, wenn er über Religion mit mir sprechen kann. Wir disputierten gestern über die Dreieinigkeit. Mit dem Vater ging es noch gut; das ist ja der Weltschöpfer und jedes Ding muß seine Ursache haben. Es haperte schon bedeutend mit dem Glauben an den Sohn, den sich der kluge Mann gern verbitten möchte, aber jedoch am Ende, mit fast ironischer Gutmütigkeit, annahm. Jedoch die dritte Person der Dreieinigkeit, der Heilige Geist, fand den unbedingtesten Widerspruch. Was der Heilige Geist ist, konnte er durchaus nicht begreifen, und plötzlich auflachend rief er: »Mit dem Heiligen Geist hat es wohl am Ende dieselbe Bewandtnis, wie mit dem dritten Pferde, wenn man Extrapost reist; man muß immer dafür bezahlen und bekömmt es doch nie zu sehen, dieses dritte Pferd.«

Mein Nachbar, der unter mir wohnt, ist weder Pietist noch Nationalist, sondern ein Holländer, indolent und ausgebuttert wie der Käse, womit er handelt. Nichts kann ihn in Bewegung setzen, er ist das Bild der nüchternsten Ruhe, und sogar wenn er sich mit meiner Wirtin über sein Lieblingsthema, das Einsalzen der Fische, unterhält, erhebt sich seine Stimme nicht aus der plattesten Monotonie. Leider, wegen des dünnen Bretterbodens, muß ich manchmal dergleichen Gespräche anhören, und während ich hier oben mit dem Preußen über die Dreieinigkeit sprach, erklärte unten der Holländer, wie man Kabeljau, Laberdan und Stockfisch voneinander unterscheidet; es sei im Grunde ein und dasselbe.

Mein Hauswirt ist ein prächtiger Seemann, berühmt auf der ganzen Insel wegen seiner Unerschrockenheit in Sturm und Not, dabei gutmütig und sanft wie ein Kind. Er ist eben von einer großen Fahrt zurückgekehrt, und mit lustigem Ernste erzählte er mir von einem Phänomen, welches er gestern, am 28. Juli, auf der hohen See wahrnahm. Es klingt drollig: mein Hauswirt behauptet nämlich, die ganze See roch nach frischgebackenem Kuchen, und zwar sei ihm der warme delikate Kuchenduft so verführerisch in die Nase gestiegen, daß ihm ordentlich weh ums Herz ward. Siehst Du, das ist ein Seitenstück zu dem neckenden Luftbild, das dem lechzenden Wandrer in der arabischen Sandwüste eine klare erquickende Wasserfläche vorspiegelt. Eine gebackene Fata Morgana.

Helgoland, den 1. August.

– – Du hast keinen Begriff davon, wie das *dolce far niente* mir hier behagt. Ich habe kein einziges Buch, das sich mit den Tagesinteressen beschäftigt, hierher mitgenommen. Meine ganze Bibliothek besteht aus Paul Warnefrieds »Geschichte der Longobarden«, der Bibel, dem Homer und einigen Scharteken über Hexenwesen. Über letzteres möchte ich gern ein interessantes Büchlein schreiben. Zu diesem Behufe beschäftigte ich mich jüngst mit Nachforschungen über die letzten Spuren des Heidentums in der getauften modernen Zeit. Es ist höchst merkwürdig, wie lange und unter welchen Vermummungen sich die schönen Wesen der griechischen Fabelwelt in Europa erhalten haben. – Und im Grunde erhielten sie sich ja bei uns bis auf heutigen Tag, bei uns, den Dichtern. Letztere haben, seit dem Sieg der christlichen Kirche, immer eine stille Gemeinde gebildet, wo die Freude des alten Bilderdienstes, der jauchzende Götterglaube sich fortpflanzte von Geschlecht auf Geschlecht, durch die Tradition der heiligen Gesänge ... Aber ach! die *Ecclesia pressa,* die den Homeros als ihren Propheten verehrt, wird täglich mehr und mehr bedrängt, der Eifer der schwarzen Familiaren wird immer bedenklicher angefacht. Sind wir bedroht mit einer neuen Götterverfolgung?

Furcht und Hoffnung wechseln ab in meinem Geiste, und mir wird sehr ungewiß zu Mute.

– – Ich habe mich mit dem Meere wieder ausgesöhnt (Du weißt, wir waren *en délicatesse*), und wir sitzen wieder des Abends beisammen und halten geheime Zwiegespräche. Ja, ich will die Politik und die Philosophie an den Nagel hängen und mich wieder der Naturbetrachtung und der Kunst hingeben. Ist doch all dieses Quälen und Abmühen nutzlos, und obgleich ich mich marterte für das allgemeine Heil, so wird doch dieses wenig dadurch gefördert. Die Welt bleibt, nicht im starren Stillstand, aber im erfolglosesten Kreislauf. Einst, als ich noch jung und unerfahren, glaubte ich, daß wenn auch im Befreiungskampfe der Menschheit der einzelne Kämpfer zugrunde geht, dennoch die große Sache am Ende siege ... Und ich erquickte mich an jenen schönen Versen Byrons:

»Die Wellen kommen eine nach der andern herangeschwommen, und eine nach der andern zerbrechen sie und zerstieben sie auf dem Strande, aber das Meer selber schreitet vorwärts – –«

Ach! wenn man dieser Naturerscheinung länger zuschaut,

so bemerkt man, daß das vorwärtsgeschrittene Meer, nach einem gewissen Zeitlauf, sich wieder in sein voriges Bett zurückzieht, später aufs neue daraus hervortritt, mit derselben Heftigkeit das verlassene Terrain wiederzugewinnen sucht, endlich kleinmütig wie vorher die Flucht ergreift, und dieses Spiel beständig wiederholend, dennoch niemals weiter kommt ... Auch die Menschheit bewegt sich nach den Gesetzen von Ebb' und Flut, und vielleicht auch auf die Geisterwelt übt der Mond seine siderischen Einflüsse. – –

Es ist heute junges Licht, und trotz aller wehmütigen Zweifelsucht, womit sich meine Seele hin- und herquält, beschleichen mich wunderliche Ahnungen ... Es geschieht jetzt etwas Außerordentliches in der Welt ... Die See riecht nach Kuchen, und die Wolkenmönche sahen vorige Nacht so traurig aus, so betrübt ...

Ich wandelte einsam am Strand in der Abenddämmerung. Ringsum herrschte feierliche Stille. Der hochgewölbte Himmel glich der Kuppel einer gotischen Kirche. Wie unzählige Lampen hingen darin die Sterne; aber sie brannten düster und zitternd. Wie eine Wasserorgel rauschten die Meereswellen; stürmische Choräle, schmerzlich verzweiflungsvoll, jedoch mitunter auch triumphierend. Über mir ein luftiger Zug von weißen Wolkenbildern, die wie Mönche aussahen, alle gebeugten Hauptes und kummervollen Blickes dahinziehend, eine traurige Prozession ... Es sah fast aus als ob sie einer Leiche folgten ... Wer wird begraben? Wer ist gestorben? sprach ich zu mir selber. Ist der große Pan tot?

Helgoland, den 6. August.

Während sein Heer mit den Longobarden kämpfte, saß der König der Heruler ruhig in seinem Zelte und spielte Schach. Er bedrohte mit dem Tode denjenigen, der ihm eine Niederlage melden würde. Der Späher, der, auf einem Baume sitzend, dem Kampf zuschaute, rief immer: »Wir siegen! wir siegen!« – bis er endlich laut aufseufzte: »Unglücklicher König! Unglückliches Volk der Heruler!« Da merkte der König, daß die Schlacht verloren, aber zu spät! Denn die Longobarden drangen zu gleicher Zeit in sein Zelt und erstachen ihn ...

Eben diese Geschichte las ich im Paul Warnefried, als das dicke Zeitungspaket mit den warmen, glühend heißen Neuigkeiten vom festen Lande ankam. Es waren Sonnenstrahlen, eingewickelt in Druckpapier, und sie entflammten meine Seele, bis zum wildesten Brand. Mir war als könnte ich den ganzen Ozean bis zum Nordpol anzünden mit den Gluten der Begeisterung und der tollen Freude, die in mir loderten. Jetzt weiß ich auch, warum die ganze See nach Kuchen roch. Der Seine-Fluß hatte die gute Nachricht unmittelbar ins Meer verbreitet, und in ihren Kristallpalästen haben die schönen Wasserfrauen, die von jeher allem Heldentum hold, gleich einen *Thé dansant* gegeben zur Feier der großen Begebenheiten, und deshalb roch das ganze Meer nach Kuchen. Ich lief wie wahnsinnig im Hause herum, und küßte zuerst die dicke Wirtin, und dann ihren freundlichen Seewolf, auch umarmte ich den preußischen Justizkommissarius, um dessen Lippen freilich das frostige Lächeln des Unglaubens nicht ganz verschwand. Sogar den Holländer drückte ich an mein Herz ... Aber dieses indifferente Fettgesicht blieb kühl und ruhig, und ich glaube, wär' ihm die Juliussonne in Person um den Hals gefallen, Mynheer würde nur in einen gelinden Schweiß, aber keineswegs in Flammen geraten sein. Diese Nüchternheit inmitten einer allgemeinen Begeisterung ist empörend. Wie die Spartaner ihre Kinder vor der Trunkenheit bewahrten, indem sie ihnen als warnendes Beispiel einen berauschten Heloten zeigten: so sollten wir in unseren Erziehungsanstalten einen Holländer füttern, dessen sympathielose, gehäbige Fischnatur den Kindern einen Abscheu vor der Nüchternheit einflößen möge. Wahrlich diese holländische Nüchternheit ist ein weit fataleres Laster als die Besoffenheit eines Heloten. Ich möchte Mynheer prügeln …

Aber nein, keine Exzesse! Die Pariser haben uns ein so brillantes Beispiel von Schonung gegeben. Wahrlich, Ihr verdient es frei zu sein, Ihr Franzosen, denn Ihr tragt die Freiheit im Herzen. Dadurch unterscheidet Ihr Euch von Euren armen Vätern, welche sich aus jahrtausendlicher Knechtschaft erhoben, und bei allen ihren Heldentaten auch jene wahnsinnige Greuel ausübten, worüber der Genius der Menschheit sein Antlitz verhüllte. Die Hände des Volks sind diesmal nur blutig geworden im Schlachtgewühle gerechter Gegenwehr, nicht nach dem Kampf. Das Volk verband selbst die Wunden seiner Feinde, und als die Tat abgetan war, ging es wieder ruhig an seine Tagesbeschäftigung, ohne für die große Arbeit auch nur ein Trinkgeld verlangt zu haben!

»Den Sklaven, wenn er die Kette bricht,
Den freien Mann, den fürchte nicht!«

Du siehst wie berauscht ich bin, wie außer mir, wie allgemein … ich zitiere Schillers »Glocke«.

Und den alten Knaben, dessen unverbesserliche Torheit so viel Bürgerblut gekostet, haben die Pariser mit rührender Schonung behandelt. Er saß wirklich beim Schachspiel, wie der König der Heruler, als die Sieger in sein Zelt stürzten. Mit zitternder Hand unterzeichnete er die Abdankung. Er hat die Wahrheit nicht hören wollen. Er behielt ein offnes Ohr nur für die Lüge der Höflinge. Diese riefen immer: »Wir siegen! wir siegen!« Unbegreiflich war diese Zuversicht des königlichen Toren … Verwundert blickte er auf, als das *»Journal des Débats«*, wie einst der Wächter während der Longobardenschlacht plötzlich ausrief: *»Malheureux roi! malheureuse France!«*

Mit ihm, mit Karl X., hat endlich das Reich Karls des Großen ein Ende, wie das Reich des Romulus sich endigte mit Romulus Augustulus. Wie einst ein neues Rom, so beginnt jetzt ein neues Frankreich.

Es ist mir alles noch wie ein Traum; besonders der Name Lafayette klingt mir wie eine Sage aus der frühesten Kindheit. Sitzt er wirklich jetzt wieder zu Pferde, kommandierend die Nationalgarde? Ich fürchte fast, es sei nicht wahr, denn es ist gedruckt. Ich will selbst nach Paris gehen, um mich mit leiblichen Augen davon zu überzeugen ... Es muß prächtig aussehen, wenn er dort durch die Straßen reitet, der Bürger beider Welten, der göttergleiche Greis, die silbernen Locken herabwallend über die heilige Schulter ... Er grüßt mit den alten lieben Augen die Enkel jener Väter, die einst mit ihm kämpften für Freiheit und Gleichheit ... Es sind jetzt sechzig Jahr, daß er aus Amerika zurückgekehrt mit der Erklärung der Menschheitsrechte, den zehn Geboten des neuen Weltglaubens, die ihm dort offenbart wurden unter Kanonendonner und Blitz ... Dabei weht wieder auf den Türmen von Paris die dreifarbige Fahne und es klingt die Marseillaise!

Lafayette, die dreifarbige Fahne, die Marseillaise ... Ich bin wie berauscht. Kühne Hoffnungen steigen leidenschaftlich empor, wie Bäume mit goldenen Früchten und wilden, wachsenden Zweigen, die ihr Laubwerk weit ausstrecken bis in die Wolken ... Die Wolken aber im raschen Fluge entwurzeln diese Riesenbäume und jagen damit von dannen. Der Himmel hängt voller Violinen und auch ich rieche es jetzt, die See duftet nach frischgebackenen Kuchen. Das ist ein beständiges Geigen da droben in himmelblauer Freudigkeit, und das klingt aus den smaragdenen Wellen wie heiteres Mädchengekicher. Unter der Erde aber kracht es und klopft es, der Boden öffnet sich, die alten Götter strecken daraus ihre Köpfe hervor, und mit hastiger Verwunderung fragen sie: »Was bedeutet der Jubel, der bis ins Mark der Erde drang? Was gibt's Neues? dürfen wir wieder hinauf?« – »Nein, ihr bleibt unten in Nebelheim, wo bald ein neuer Todesgenosse zu euch hinabsteigt ... « – »Wie heißt er?« – »Ihr kennt ihn gut, ihn, der euch einst hinabstieß in das Reich der ewigen Nacht« …

Pan ist tot!

Helgoland, den 10. August.

Lafayette, die dreifarbige Fahne, die Marseillaise …

Fort ist meine Sehnsucht nach Ruhe. Ich weiß jetzt wieder was ich will, was ich soll, was ich muß … Ich bin der Sohn der Revolution und greife wieder zu den gefeiten Waffen, worüber meine Mutter ihren Zaubersegen ausgesprochen … Blumen! Blumen! Ich will mein Haupt bekränzen zum Todeskampf. Und auch die Leier, reicht mir die Leier, damit ich ein Schlachtlied singe … Worte gleich flammenden Sternen, die aus der Höhe herabschießen und die Paläste verbrennen und die Hütten erleuchten … Worte gleich blanken Wurfspeeren, die bis in den siebenten Himmel hinaufschwirren und die frommen Heuchler treffen, die sich dort eingeschlichen ins Allerheiligste … Ich bin ganz Freude und Gesang, ganz Schwert und Flamme!

Vielleicht auch ganz toll … Von jenen wilden, in Druckpapier gewickelten Sonnenstrahlen ist mir einer ins Hirn geflogen, und alle meine Gedanken brennen lichterloh. Vergebens tauche ich den Kopf in die See. Kein Wasser löscht dieses griechische Feuer. Aber es geht den anderen nicht viel besser. Auch die übrigen Badegäste traf der Pariser Sonnenstich, zumal die Berliner, die dieses Jahr in großer Anzahl hier befindlich und von einer Insel zur andern kreuzen, so daß man sagen konnte, die ganze Nordsee sei überschwemmt von Berlinern. Sogar die armen Helgoländer jubeln vor Freude, obgleich sie die Ereignisse nur instinktmäßig begreifen. Der Fischer, welcher mich gestern nach der kleinen Sandinsel, wo man badet, überfuhr, lachte mich an mit den Worten: »Die armen Leute haben gesiegt!« Ja, mit seinem Instinkt, begreift das Volk die Ereignisse, vielleicht besser als wir mit allen unseren Hülfskenntnissen. So erzählte mir einst Frau v. Varnhagen: als man den Ausgang der Schlacht bei Leipzig noch nicht wußte, sei plötzlich die Magd ins Zimmer gestürzt, mit dem Angstschrei: »Der Adel hat gewonnen.«

Diesmal haben die armen Leute den Sieg erfochten. »Aber es hilft ihnen nichts, wenn sie nicht auch das Erbrecht besiegen!« – diese Worte sprach der ostpreußische Justizrat in einem Tone, der mir sehr auffiel. Ich weiß nicht, warum diese Worte, die ich nicht begreife, mir so beängstigend im Gedächtnis bleiben. Was will er damit sagen, der trockene Kauz?

Diesen Morgen ist wieder ein Paket Zeitungen angekommen. Ich verschlinge sie wie Manna. Ein Kind wie ich bin, beschäftigen mich die rührenden Einzelheiten noch weit mehr als das bedeutungsvolle Ganze. O könnte ich nur den Hund Medor sehen! Dieser interessiert mich weit mehr als die anderen, die dem Philipp von Orléans mit schnellen Sprüngen die Krone apportiert haben. Der Hund Medor apportierte seinem Herrn Flinte und Patronentasche, und als sein Herr fiel und samt seinen Mithelden auf dem Hofe des Louvre begraben wurde, da blieb der arme Hund, wie ein Steinbild der Treue, regungslos auf dem Grabe sitzen, Tag und Nacht, von den Speisen die man ihm bot, nur wenig genießend, den größten Teil derselben in die Erde verscharrend, vielleicht als Atzung für seinen begrabenen Herrn!

Ich kann gar nicht mehr schlafen, und durch den überreizten Geist jagen die bizarrsten Nachtgesichte. Wachende Träume, die übereinander hinstolpern, so daß die Gestalten sich abenteuerlich vermischen, und wie im chinesischen Schattenspiel sich jetzt zwerghaft verkürzen, dann wieder gigantisch verlängern; zum Verrücktwerden. In diesem Zustande ist mir manchmal zu Sinne, als ob meine eignen Glieder ebenfalls sich kolossal ausdehnten und daß ich, wie mit ungeheuer langen Beinen, von Deutschland nach Frankreich und wieder zurückliefe. Ja, ich erinnere mich, vorige Nacht lief ich solchermaßen durch alle deutsche Länder und Ländchen, und klopfte an den Türen meiner Freunde, und störte die Leute aus dem Schlafe ... Sie glotzten mich manchmal an mit verwunderten Glasaugen, so daß ich selbst erschrak und nicht gleich wußte was ich eigentlich wollte und warum ich sie weckte! Manche dicke Philister, die allzu widerwärtig schnarchten, stieß ich bedeutungsvoll in die Rippen, und gähnend frugen sie: »Wieviel Uhr ist es denn?« In Paris, lieben Freunde, hat der Hahn gekräht; das ist alles was ich weiß. – Hinter Augsburg, auf dem Wege nach München, begegneten mir eine Menge gotischer Dome, die auf der Flucht zu sein schienen und ängstlich wackelten. Ich selber, des vielen Umherlaufens satt, ich gab mich endlich ans Fliegen, und so flog ich von einem Stern zum andern. Sind aber keine bevölkerte Welten, wie andere träumen, sondern nur glänzende Steinkugeln, öde und fruchtlos. Sie fallen nicht herunter, weil sie nicht wissen worauf sie fallen können. Schweben dort oben auf und ab, in der größten Verlegenheit. Kam auch in den Himmel. Tür und Tor stand offen. Lange, hohe, weithallende Säle, mit altmodischen Vergoldungen, ganz leer, nur daß hie und da, auf einem samtnen Armsessel, ein alter gepuderter Bedienter saß, in verblichen roter Livree und gelinde schlummernd. In manchen Zimmern waren die Türflügel aus ihren Angeln gehoben, an andern Orten waren die Türen fest verschlossen und obendrein mit großen runden Amtssiegeln dreifach versiegelt, wie in Häusern wo ein Bankrott oder ein Todesfall eingetreten. Kam endlich in ein Zimmer, wo an einem Schreibpult ein alter dünner Mann saß, der unter hohen Papierstößen kramte. War schwarz gekleidet, hatte ganz weiße Haare, ein faltiges Geschäftsgesicht und frug mich mit gedämpfter Stimme: was ich wolle? In meiner Naivität hielt ich ihn für den lieben Herrgott, und ich sprach zu ihm ganz zutrauungsvoll: »Ach, lieber Herrgott, ich möchte donnern lernen, blitzen kann ich … ach, lehren Sie mich auch donnern!« – »Sprechen Sie nicht so laut«, entgegnete mir heftig der alte dünne Mann, drehte mir den Rücken und kramte weiter unter seinen Papieren. »Das ist der Herr Registrator«, flüsterte mir einer von den roten Bedienten, der von seinem Schlafsessel sich erhob und sich gähnend die Augen rieb …

Pan ist tot!

Kuxhafen, den 19. August.

Unangenehme Überfahrt, in einem offenen Kahn, gegen Wind und Wetter; so daß ich, wie immer in solchen Fällen, von der Seekrankheit zu leiden hatte. Auch das Meer, wie andre Personen, lohnt meine Liebe mit Ungemach und Quälnissen. Anfangs geht es gut, da lass' ich mir das neckende Schaukeln gern gefallen. Aber allmählich schwindelt es mir im Kopfe, und allerlei fabelhafte Gesichte umschwirren mich. Aus den dunkeln Meerstrudeln steigen die alten Dämonen hervor, in scheußlicher Nacktheit bis an die Hüften, und sie heulen schlechte unverständliche Verse und spritzen mir den weißen Wellenschaum ins Antlitz. Zu noch weit fataleren Fratzenbildern gestalten sich droben die Wolken, die so tief herabhängen, daß sie fast mein Haupt berühren und mir mit ihren dummen Fistelstimmchen die unheimlichsten Narreteien ins Ohr pfeifen. Solche Seekrankheit, ohne gefährlich zu sein, gewährt sie dennoch die entsetzlichsten Mißempfindungen, unleidlich bis zum Wahnsinn. Am Ende, im fieberhaften Katzenjammer, bildete ich mir ein, ich sei ein Walfisch und ich trüge im Bauche den Propheten Jonas.

Der Prophet Jonas aber rumorte und wütete in meinem Bauche und schrie beständig: »O Ninive! O Ninive! Du wirst untergehen! In deinen Palästen werden Bettler sich lausen, und in deinen Tempeln werden die babylonischen Kürassiere ihre Stuten füttern. Aber euch, ihr Priester Baals, euch wird man bei den Ohren fassen, und eure Ohren festnageln an die Pforte der Tempel! Ja, an die Türen eurer Läden wird man euch mit den Ohren annageln, ihr Leibbäcker Gottes! Denn ihr habt falsches Gewicht gegeben, ihr habt leichte betrügerische Brote dem Volke verkauft! O, ihr geschorenen Schlauköpfe! wenn das Volk hungerte, reichtet ihr ihm eine dünne homöopathische Scheinspeise, und wenn es dürstete, tranket ihr statt seiner; höchstens den Königen reichtet ihr den vollen Kelch. Ihr aber, ihr assyrischen Spießbürger und Grobiane, ihr werdet Schläge bekommen mit Stöcken und Ruten, und auch Fußtritte werdet ihr bekommen, und Ohrfeigen und ich kann es euch voraussagen mit Bestimmtheit, denn erstens werde ich alles mögliche tun, damit ihr sie bekommt, und zweitens bin ich Prophet, der Prophet Jonas, Sohn Amithai ... O Ninive, o Ninive, du wirst untergehn!«

So ungefähr predigte mein Bauchredner, und er schien dabei so stark zu gestikulieren und sich in meinen Gedärmen zu verwickeln, daß sich mir alles kullernd im Leibe herumdrehte ... bis ich es endlich nicht länger ertragen konnte und den Propheten Jonas ausspuckte.

Solcherweise ward ich erleichtert und genas endlich ganz und gar, als ich landete und im Gasthofe eine gute Tasse Tee bekam.

Hier wimmelt's von Hamburgern und ihren Gemahlinnen, die das Seebad gebrauchen. Auch Schiffskapitäne aus allen Ländern, die auf guten Fahrwind warten, spazieren hier hin und her, auf den hohen Dämmen, oder sie liegen in den Kneipen und trinken sehr starken Grog und jubeln über die drei Julitage. In allen Sprachen bringt man den Franzosen ihr wohlverdientes Vivat, und der sonst so wortkarge Brite preist sie ebenso redselig, wie jener geschwätzige Portugiese, der es bedauerte, daß er seine Ladung Orangen nicht direkt nach Paris bringen könne, um das Volk zu erfrischen nach der Hitze des Kampfes. Sogar in Hamburg, wie man mir erzählt, in jenem Hamburg, wo der Franzosenhaß am tiefsten wurzelte, herrscht jetzt nichts als Enthusiasmus für Frankreich ... Alles ist vergessen, Davoust, die beraubte Bank, die füsilierten Bürger, die altdeutschen Röcke, die schlechten Befreiungsverse, Vater Blücher, Heil dir im Siegerkranze, alles ist vergessen ... In Hamburg flattert die Trikolore, überall erklingt dort die Marseillaise, sogar die Damen erscheinen im Theater mit dreifarbigen Bandschleifen auf der Brust, und sie lächeln mit ihren blauen Augen, roten Mündlein und weißen Näschen ... Sogar die reichen Bankiers, welche infolge der revolutionären Bewegung an ihren Staatspapieren sehr viel Geld verlieren, teilen großmütig die allgemeine Freude, und jedesmal, wenn ihnen der Makler meldet, daß die Kurse noch tiefer gefallen, schauen sie desto vergnügter und antworten:

»Es ist schon gut, es tut nichts, es tut nichts!« –

Ja, überall, in allen Landen, werden die Menschen die Bedeutung dieser drei Julitage sehr leicht begreifen und darin einen Triumph der eigenen Interessen erkennen und feiern. Die große Tat der Franzosen spricht so deutlich zu allen Völkern und allen Intelligenzen, den höchsten und den niedrigsten, und in den Steppen der Baschkiren werden die Gemüter ebenso tief erschüttert werden, wie auf den Höhen Andalusiens ... Ich sehe schon, wie dem Neapolitaner der Makkaroni und dem Irländer seine Kartoffel im Munde stecken bleibt, wenn die Nachricht bei ihnen anlangt ... Pulischinell ist kapabel, zum Schwert zu greifen, und Paddy wird vielleicht einen Bull machen, worüber den Engländern das Lachen vergeht.

Und Deutschland? Ich weiß nicht. Werden wir endlich von unseren Eichenwäldern den rechten Gebrauch machen, nämlich zu Barrikaden für die Befreiung der Welt? Werden wir, denen die Natur so viel Tiefsinn, so viel Kraft, so viel Mut erteilt hat, endlich unsere Gottesgaben benutzen und das Wort des großen Meisters, die Lehre von den Rechten der Menschheit, begreifen, proklamieren und in Erfüllung bringen?

Es sind jetzt sechs Jahre, daß ich, zu Fuß das Vaterland durchwandernd, auf die Wartburg ankam und die Zelle besuchte, wo Doktor Luther gehaust. Ein braver Mann, auf den ich keinen Tadel kommen lasse; er vollbrachte ein Riesenwerk, und wir wollen ihm immer dankbar die Hände küssen für das, was er tat. Wir wollen nicht mit ihm schmollen, daß er unsere Freunde allzu unhöflich anließ, als sie in der Exegese des göttlichen Wortes etwas weiter gehen wollten als er selber, als sie auch die irdische Gleichheit der Menschen in Vorschlag brachten ... Ein solcher Vorschlag war freilich damals noch unzeitgemäß, und Meister Hemling, der dir dein Haupt abschlug, armer Thomas Münzer, er war in gewisser Hinsicht wohl berechtigt zu solchem Verfahren: denn er hatte das Schwert in Händen, und sein Arm war stark!

Auf der Wartburg besuchte ich auch die Rüstkammer, wo die alten Harnische hängen, die alten Pickelhauben, Tartschen, Hellebarden, Flamberge, die eiserne Garderobe des Mittelalters. Ich wandelte nachsinnend im Saale herum mit einem Universitätsfreund, einem jungen Herrn vom Adel, dessen Vater damals einer der mächtigsten Viertelfürsten in unserer Heimat war, und das ganze zitternde Ländchen beherrschte. Auch seine Vorfahren sind mächtige Barone gewesen, und der junge Mann schwelgte in heraldischen Erinnerungen bei Anblick der Rüstungen und der Waffen, die, wie ein angehefteter Zettel meldete, irgend einem Ritter seiner Sippschaft angehört hatten. Als er das lange Schwert des Ahnherrn von dem Haken herablangte und aus Neugier versuchte, ob er es wohl handhaben könnte, gestand er, daß es ihm doch etwas zu schwer sei und er ließ entmutigt den Arm sinken. Als ich dieses sah, als ich sah, wie der Arm des Enkels zu schwach für das Schwert seiner Väter, da dachte ich heimlich in meinem Sinn: Deutschland könnte frei sein.

(Neun Jahre später.)

Zwischen meinem ersten und meinem zweiten Begegnis mit Ludwig Börne liegt jene Juliusrevolution, welche unsere Zeit gleichsam in zwei Hälften auseinander sprengte. Die vorstehenden Briefe mögen Kunde geben von der Stimmung, in welcher mich die große Begebenheit antraf, und in gegenwärtiger Denkschrift sollen sie als vermittelnde Brücke dienen, zwischen dem ersten und dem dritten Buche. Der Übergang wäre sonst zu schroff. Ich trug Bedenken, eine größere Anzahl dieser Briefe mitzuteilen, da in den nächstfolgenden der zeitliche Freiheitsrausch allzuungestüm über alle Polizeiverordnungen hinaustaumelte, während späterhin allzuernüchterte Betrachtungen eintreten und das enttäuschte Herz in mutlose, verzagende und verzweifelnde Gedanken sich verliert! Schon die ersten Tage meiner Ankunft in der Hauptstadt der Revolution merkte ich, daß die Dinge in der Wirklichkeit ganz andere Farben trugen, als ihnen die Lichteffekte meiner Begeisterung in der Ferne geliehen hatten. Das Silberhaar, das ich um die Schulter Lafayettes, des Helden beider Welten, so majestätisch flattern sah, verwandelte sich bei näherer Betrachtung in eine braune Perücke, die einen engen Schädel kläglich bedeckte. Und gar der Hund Medor, den ich auf dem Hofe des Louvre besuchte, und der, gelagert unter dreifarbigen Fahnen und Trophäen, sich ruhig füttern ließ: er war gar nicht der rechte Hund, sondern eine ganz gewöhnliche Bestie, die sich fremde Verdienste anmaßte, wie bei den Franzosen oft geschieht, und ebenso wie viele andre exploitierte er den Ruhm der Juliusrevolution ... Er ward gehätschelt, gefördert, vielleicht zu den höchsten Ehrenstellen erhoben, während der wahre Medor, einige Tage nach dem Siege, bescheiden davongeschlichen war, wie das wahre Volk, das die Revolution gemacht …

Armes Volk! Armer Hund! *sic.*

Es ist eine schon ältliche Geschichte. Nicht für sich, seit undenklicher Zeit, nicht für sich hat das Volk geblutet und gelitten, sondern für andre. Im Juli 1830 erfocht es den Sieg für jene Bourgeoisie, die ebensowenig taugt wie jene Noblesse, an deren Stelle sie trat, mit demselben Egoismus … Das Volk hat nichts gewonnen durch seinen Sieg, als Reue und größere Not. Aber seid überzeugt, wenn wieder die Sturmglocke geläutet wird und das Volk zur Flinte greift, diesmal kämpft es für sich selber und verlangt den wohlverdienten Lohn. Diesmal wird der wahre, echte Medor geehrt und gefüttert werden … Gott weiß, wo er jetzt herumläuft, verachtet, verhöhnt und hungernd …

Doch still, mein Herz, du verrätst dich zu sehr …

Drittes Buch

– – – Es war im Herbst 1831, ein Jahr nach der Juliusrevolution, als ich zu Paris den Doktor Ludwig Börne wiedersah. Ich besuchte ihn im Gasthof *Hôtel de Castille* und nicht wenig wunderte ich mich über die Veränderung, die sich in seinem ganzen Wesen aussprach. Das bißchen Fleisch, das ich früher an seinem Leibe bemerkt hatte, war jetzt ganz verschwunden, vielleicht geschmolzen von den Strahlen der Juliussonne, die ihm leider auch ins Hirn gedrungen. Aus seinen Augen leuchteten bedenkliche Funken. Er saß, oder vielmehr er wohnte in einem großen buntseidenen Schlafrock, wie eine Schildkröte in ihrer Schale, und wenn er manchmal argwöhnisch sein dünnes Köpfchen hervorbeugte, ward mir unheimlich zumute. Aber das Mitleid überwog, wenn er aus dem weiten Ärmel die arme abgemagerte Hand zum Gruße oder zum freundschaftlichen Händedruck ausstreckte. In seiner Stimme zitterte eine gewisse Kränklichkeit, und auf seinen Wangen grinsten schon die schwindsüchtig roten Streiflichter. Das schneidende Mißtrauen, das in allen seinen Zügen und Bewegungen lauerte, war vielleicht eine Folge der Schwerhörigkeit, woran er früher schon litt, die aber seitdem immer zunahm, und nicht wenig dazu beitrug, mir seine Konversation zu verleiden.

»Willkommen in Paris!« – rief er mir entgegen. – »Das ist brav! Ich bin überzeugt, die Guten, die es am besten meinen, werden alle bald hier sein. Hier ist der Konvent der Patrioten von ganz Europa, und zu dem großen Werke müssen sich alle Völker die Hände reichen. Sämtliche Fürsten müssen in ihren eigenen Ländern beschäftigt werden, damit sie nicht in Gemeinschaft die Freiheit in Deutschland unterdrücken. Ach Gott! ach Deutschland! Es wird bald sehr betrübt bei uns aussehen und sehr blutig. Revolutionen sind eine schreckliche Sache, aber sie sind notwendig, wie Amputationen, wenn irgend ein Glied in Fäulnis geraten. Da muß man schnell zuschneiden, und ohne ängstliches Innehalten. Jede Verzögerung bringt Gefahr, und wer aus Mitleid oder aus Schrecken, beim Anblick des vielen Blutes, die Operationen nur zur Hälfte verrichtet, der handelt grausamer als der schlimmste Wüterich. Hol' der Henker alle weichherzigen Chirurgen und ihre Halbheit! Marat hatte ganz recht, *il faut faire saigner le genre humain*, und hätte man ihm die 300 000 Köpfe bewilligt, die er verlangte, so wären Millionen der besseren Menschen nicht zugrunde gegangen, und die Welt wäre auf immer von dem alten Übel geheilt!«

»Die Republik« – ich lasse den Mann ausreden, mit Übergehung mancher schnörkelhaften Absprünge – »die Republik muß durchgesetzt werden. Nur die Republik kann uns retten. Der Henker hole die sogenannten konstitutionellen Verfassungen, wovon unsere deutschen Kammerschwätzer alles Heil erwarten. Konstitutionen verhalten sich zur Freiheit, wie positive Religionen zur Naturreligion; sie werden durch ihr stabiles Element ebensoviel Unheil anrichten, wie jene positiven Religionen, die, für einen gewissen Geisteszustand des Volkes berechnet, im Anfang sogar diesem Geisteszustand überlegen sind, aber späterhin sehr lästig werden, wenn der Geist des Volkes die Satzung überflügelt. Die Konstitutionen entsprechen einem politischen Zustand, wo die Bevorrechteten von ihren Rechten einige abgeben, und die armen Menschen, die früher ganz zurückgesetzt waren, plötzlich jauchzen, daß sie ebenfalls Rechte erlangt haben_ Aber diese Freude hört auf, sobald die Menschen durch ihren freieren Zustand für die Idee einer vollständigen, ganz ungeschmälerten, ganz gleichheitlichen Freiheit empfänglich geworden sind; was uns heute die herrlichste Akquisition dünkt, wird unseren Enkeln als ein kümmerliches Abfinden erscheinen, und das geringste Vorrecht, das die ehemalige Aristokrasie noch behielt, vielleicht das Recht, ihre Röcke mit Petersilie zu schmücken, wird alsdann ebensoviel Bitterkeit erregen, wie einst die härteste Leibeigenschaft, ja eine noch tiefere Bitterkeit, da die Aristokrasie mit ihrem letzten Petersilienvorrecht um so hochmütiger prunken wird! – Nur die Naturreligion, nur die Republik kann uns retten. Aber die letzten Reste des alten Regiments müssen vernichtet werden, ehe wir daran denken können, das neue bessere Regiment zu begründen. Da kommen die untätigen Schwächlinge und Quietisten und schnüffeln: wir Revolutionäre rissen alles nieder, ohne imstande zu sein, etwas an die Stelle zu setzen! Und sie rühmen die Institutionen des Mittelalters, worin die Menschheit so sicher und ruhig gesessen habe. Und jetzt, sagen sie, sei alles so kahl und nüchtern und öde, und das Leben sei voll Zweifel und Gleichgültigkeit.«

»Ehemals wurde ich immer wütend über diese Lobredner des Mittelalters. Ich habe mich aber an diesen Gesang gewöhnt, und jetzt ärgere ich mich nur, wenn die lieben Sänger in eine andere Tonart übergehen und beständig über unser Niederreißen jammern. Wir hätten gar nichts anderes im Sinne, als alles niederzureißen. Und wie dumm ist diese Anklage! Man kann ja nicht eher bauen, ehe das alte Gebäude niedergerissen ist, und der Niederreißer verdient ebensoviel Lob, als der Aufbauende, ja noch mehr, da sein Geschäft noch viel wichtiger ... Z. B. in meiner Vaterstadt, auf dem Dreifaltigkeitsplatze, stand eine alte Kirche, die so morsch und baufällig war, daß man fürchtete, durch ihren Einsturz würden einmal plötzlich viele Menschen getötet oder verstümmelt werden. Man riß sie nieder, und die Niederreißer verhüteten ein großes Unglück, statt daß die ehemaligen Erbauer der Kirche nur ein großes Glück beförderten – Und man kann eher ein großes Glück entbehren, als ein großes Unglück ertragen! Es ist wahr, viele gläubige Herrlichkeit blühte einst in den alten Mauern, und sie waren späterhin eine fromme Reliquie des Mittelalters, gar poetisch anzuschauen, des Nachts, im Mondschein ... Wem aber, wie meinem armen Vetter, als er mal vorbeiging, einige Steine dieses übriggebliebenen Mittelalters auf den Kopf fielen (er blutete lange und leidet noch heute an der Wunde), der verwünscht die Verehrer alter Gebäude, und segnet die tapferen Arbeitsleute, die solche gefährliche Ruinen niederreißen ... Ja, sie haben sie niedergerissen, sie haben sie dem Boden gleich gemacht, und jetzt wachsen dort grüne Bäumchen, und spielen kleine Kinder, des Mittags, im Sonnenlicht.«

In solchen Reden gab's keine Spur der früheren Harmlosigkeit, und der Humor des Mannes, worin alle gemütliche Freude erloschen, ward mitunter gallenbitter, blutdürstig und sehr trocken. Das Abspringen von einem Gegenstand zum anderen entstand nicht mehr durch tolle Laune, sondern durch launische Tollheit, und war wohl zunächst der buntscheckigen Zeitungslektüre beizumessen, womit sich Börne damals Tag und Nacht beschäftigte. Inmitten seiner terroristischen Expektorationen griff er plötzlich zu einem jener Tagesblätter, die in großen Haufen vor ihm ausgestreut lagen, und rief lachend:

»Hier können Sie's lesen, hier steht's gedruckt: ›Deutschland ist mit großen Dingen schwanger!‹ Ja, das ist wahr, Deutschland geht schwanger mit großen Dingen; aber das wird eine schwere Entbindung geben. Und hier bedarf's eines männlichen Geburtshelfers, und der muß mit eisernen Instrumenten agieren. Was glauben Sie?«

»Ich glaube, Deutschland ist gar nicht schwanger.«

»Nein, nein, Sie irren sich. Es wird vielleicht eine Mißgeburt zur Welt kommen, aber Deutschland wird gebären. Nur müssen wir uns der geschwätzigen alten Weiber entledigen, die sich herandrängen und ihren Hebammendienst anbieten. Da ist z. B. so eine Vettel von Rotteck. Dieses alte Weib ist nicht einmal ein ehrlicher Mann. Ein armseliger Schriftsteller, der ein bißchen liberalen Demagogismus treibt und den Tagesenthusiasmus ausbeutet, um die große Menge zu gewinnen, um seinen schlechten Büchern Absatz zu verschaffen, um sich überhaupt eine Wichtigkeit zu geben. Der ist halb Fuchs, halb Hund, und hüllt sich in ein Wolfsfell, um mit den Wölfen zu heulen. Da ist mir doch tausendmal lieber der dumme Kerl von Raumer – soeben lese ich seine Briefe aus Paris – der ist ganz Hund, und wenn er liberal knurrt, täuscht er niemand, und jeder weiß, er ist ein untertäniger Pudel, der niemand beißt. Das läuft beständig herum und schnopert an allen Küchen und möchte gern einmal in unsere Suppe seine Schnauze stecken, fürchtet aber die Fußtritte der hohen Gönner. Und sie geben ihm wirklich Fußtritte und halten das arme Vieh für einen Revolutionär. Lieber Himmel, es verlangt nur ein bißchen Wedelfreiheit, und wenn man ihm diese gewährt, so leckt es dankbar die goldenen Sporen der uckermärkischen Ritterschaft. Nichts ist ergötzlicher, als solche unermüdliche Beweglichkeit neben der unermüdlichen Geduld. Dieses tritt recht hervor in jenen Briefen, wo der arme Laufhund auf jeder Seite selbst erzählt, wie er vor den Pariser Theatern ruhig Queue machte ... Ich versichere Sie, er machte ruhig Queue mit dem großen Troß und ist so einfältig, es selbst zu erzählen. Was aber noch weit stärker, was die Gemeinheit seiner Seele ganz zur Anschauung bringt, ist das Geständnis, daß er, wenn er vor Ende der Vorstellung das Theater verließ, jedesmal seine Kontermarke verkaufte. Es ist wahr, als Fremder braucht er nicht zu wissen, daß solcher Verkauf einen ordentlichen Menschen herabwürdigt; aber er hätte nur die Leute zu betrachten brauchen, denen er seine Kontermarke verhandelte, um von selbst zu merken, daß sie nur der Abschaum der Gesellschaft sind, Diebesgesindel und Maquereaus, kurz Leute, mit denen ein ordentlicher Mensch nicht gern spricht, viel weniger ein Handelsgeschäft treibt. Der muß von Natur sehr schmutzig sein, wer aus diesen schmutzigen Händen Geld nimmt!«

Damit man nicht wähne, als stimme ich in dem Urteil über den Herrn Professor Friedrich von Raumer ganz mit Börne überein, so bemerke ich zu seinem Vorteil, daß ich ihn zwar für schmutzig halte, aber nicht für dumm. Das Wort schmutzig, wie ich ebenfalls ausdrücklich bemerken will, muß hier nicht im materiellen Sinn genommen werden – Die Frau Professorin würde sonst Zeter schreien und alle ihre Waschzettel drucken lassen, worin verzeichnet steht, wieviel reine Unterhemden und Chemisettchen ihr liebes Männlein im Laufe des Jahres angezogen – und ich bin überzeugt, die Zahl ist groß, da der Herr Professor Raumer im Laufe des Jahres so viel läuft, und folglich schwitzt und folglich viel Wäsche nötig hat. Es kommt ihm nämlich nicht der gebratene Ruhm ins Haus geflogen, er muß vielmehr beständig auf den Beinen sein, um ihn aufzusuchen, und wenn er ein Buch schreibt, so muß er erst von Pontio nach Pilato rennen, um die Gedanken zusammenzukriegen und endlich dafür zu sorgen, daß das mühsam zusammengestoppelte Opus auch von der literarischen Claque hinlänglich unterstützt wird. Das bewegliche süßhölzerne Männchen ist ganz einzig in dieser Betriebsamkeit, und nicht mit Unrecht bemerkte einst eine geistreiche Frau: »Sein Schreiben ist eigentlich ein Laufen.« Wo was zu machen ist, da ist es, das Raumerchen aus Anhalt-Dessau. Jüngst lief es nach London; vorher sah man es während drei Monaten überall hin- und herlaufen, um die dazu nötigen Empfehlungsschreiben zu betteln, und nachdem es in der englischen Gesellschaft ein bißchen herumgeschnopert und ein Buch zusammengelaufen, erläuft es auch einen Verleger für die englische Übersetzung, und Sara Austin, meine liebenswürdige Freundin, muß notgedrungen ihre Feder dazu hergeben, um das saure fließpapierne Deutsch in velinschönes Englisch zu übersetzen und ihre Freunde anzutreiben, das übersetzte Produkt in den verschiedenen englischen Revues zu rezensieren – und diese erlaufenen englischen Rezensionen läßt dann Brockhaus zu Leipzig wieder ins Deutsche übersetzen, unter dem Titel: »Englische Stimmen über Fr. v. Raumer!«

Ich wiederhole, daß ich mit dem Urteil Börnes über Herrn v. Raumer nicht übereinstimme, er ist ein schmutziger, aber kein dummer Kerl, wie Börne meinte, der, vielleicht weil er ebenfalls

»Briefe aus Paris« drucken ließ, den armen Nebenbuhler so scharf kritisierte, und bei jeder Gelegenheit eine Lauge des boshaftesten Spottes über ihn ausgoß.

Ja, lacht nicht, Herr von Raumer war damals ein Nebenbuhler von Börne, dessen »Briefe aus Paris« fast gleichzeitig mit den erwähnten Briefen erschienen, worin es, das Raumerchen, mit der Madame Crelinger und ihrem Gatten aus Paris korrespondierte.

Diese Briefe sind längst verschollen, und wir erinnern uns nur noch des spaßhaften Eindrucks, den sie hervorbrachten, als sie gleichzeitig mit den »Pariser Briefen« von Börne auf dem literarischen Markte erschienen. Was letztere betrifft, so gestehe ich, die zwei ersten Bände, die mir in jener Periode zu Gesicht kamen, haben mich nicht wenig erschreckt. Ich war überrascht von diesem ultraradikalen Tone, den ich am wenigsten von Börne erwartete. Der Mann, der sich, in seiner anständigen, geschniegelten Schreibart, immer selbst inspizierte und kontrollierte, und der jede Silbe, ehe er sie niederschrieb, vorher abwog und abmaß – der Mann, der in seinem Stile immer etwas beibehielt von der Gewöhnung seines reichsstädtischen Spießbürgertums, wo nicht gar von den Ängstlichkeiten seines früheren Amtes – der ehemalige Polizeiaktuar von Frankfurt am Main stürzte sich jetzt in einen Sansculottismus des Gedankens und des Ausdrucks, wie man dergleichen in Deutschland noch nie erlebt hat. Himmel! welche entsetzliche Wortfügungen; welche hochverräterische Zeitwörter! welche majestätsverbrecherische Akkusative! welche Imperative! welche polizeiwidrige Fragezeichen! welche Metaphern, deren bloßer Schatten schon zu zwanzig Jahr Festungsstrafe berechtigte! Aber trotz des Grauens, den mir jene Briefe einflößten, weckten sie in mir eine Erinnerung, die sehr komischer Art, die mich fast bis zum Lachen erheiterte, und die ich hier durchaus nicht verschweigen kann. Ich gestehe es, die ganze Erscheinung Börnes, wie sie sich in jenen Briefen offenbarte, erinnerte mich an den alten Polizeivogt, der, als ich ein kleiner Knabe war, in meiner Vaterstadt regierte. Ich sage regierte, da er mit unumschränktem Stock die öffentliche Ruhe verwaltend, uns kleinen Buben einen ganz majestätischen Respekt einflößte und uns schon durch seinen bloßen Anblick gleich auseinander jagte, wenn wir auf der Straße gar zu lärmige Spiele trieben. Dieser Polizeivogt wurde plötzlich wahnsinnig und bildete sich ein, er sei ein kleiner Gassenjunge, und zu unserer unheimlichsten Verwunderung sahen wir, wie er, der allmächtige Straßenbeherrscher, statt Ruhe zu stiften, uns zu dem lautesten Unfug aufforderte. »Ihr seid viel zu zahm,« rief er, »ich aber will euch zeigen, wie man Spektakel machen muß!« Und dabei fing er an wie ein Löwe zu brüllen oder wie ein Kater zu miauen, und er klingelte an den Häusern, daß die Türglocke abriß, und er warf Steine gegen die klirrenden Fensterscheiben, immer schreiend: »Ich will euch lehren, Jungens, wie man Spektakel macht!« Wir kleinen Buben amüsierten uns sehr über den Alten und liefen jubelnd hinter ihm drein, bis man ihn ins Irrenhaus abführte.

Während der Lektüre der Börneschen Briefe dachte ich wahrhaftig immer an den alten Polizeivogt, und mir war oft, als hörte ich wieder seine Stimme: ich will euch lehren, wie man Spektakel macht!

In den mündlichen Gesprächen Börnes war die Steigerung seines politischen Wahnsinns minder auffallend, da sie im Zusammenhang blieb mit den Leidenschaften, die in seiner nächsten Umgebung wüteten, sich beständig schlagfertig hielten und nicht selten auch tatsächlich zuschlugen. Als ich Börne zum zweiten Male besuchte, in der Rue de Provence, wo er sich definitiv einquartiert hatte, fand ich in seinem Salon eine Menagerie von Menschen wie man sie kaum im *Jardin des Plantes* finden möchte. Im Hintergrunde kauerten einige deutsche Eisbären, welche Tabak rauchten, fast immer schwiegen und nur dann und wann einige vaterländische Donnerworte im tiefsten Brummbaß hervorfluchten. Neben ihnen hockte auch ein polnischer Wolf, welcher eine rote Mütze trug und manchmal die süßlich fadesten Bemerkungen mit heiserer Kehle heulte. Dann fand ich dort einen französischen Affen, der zu den häßlichsten gehörte, die ich jemals gesehen; er schnitt beständig Gesichter, damit man sich das schönste darunter aussuchen möge. Das unbedeutendste Subjekt in jener Börneschen Menagerie war ein Herr *, der Sohn des alten *, eines Weinhändlers in Frankfurt am Main, der ihn gewiß in sehr nüchterner Stimmung gezeugt, ... eine lange hagere Gestalt, die wie der Schatten einer *Eau de Cologne*-Flasche aussah, aber keineswegs wie der Inhalt derselben roch. Trotz seines dünnen Aussehens, trug er, wie Börne behauptete, zwölf wollene Unterjacken; denn ohne dieselben würde er gar nicht existieren. Börne machte sich beständig über ihn lustig.

»Ich präsentiere Ihnen hier einen *, es ist freilich kein * erster Größe, aber er ist doch mit der Sonne verwandt, er empfängt von derselben sein Licht ... er ist ein untertäniger Verwandter der Herrn von Rothschild ... Denken Sie sich, Herr *, ich habe diese Nacht im Traum den Frankfurter Rothschild hängen sehen, und Sie waren es, welcher ihm den Strick um den Hals legte ...

Herr * erschrak bei diesen Worten, und wie in Todesangst rief er: »Herr Berne, ich bitte Ihnen, sagen Sie das nicht weiter ... ich hab Grind ...« – »Ich hab Grind« – wiederholte mehrmals der junge Mensch, und indem er sich gegen mich wandte, bat er mich mit leiser Stimme, ihm in eine Ecke des Zimmers zu folgen, um mir seine delikate »Positiaun« zu vertrauen. »Sehen Sie« flüsterte er heimlich, »ich habe eine delikate Positiaun. Von der einen Seite ist Madame Wohl auf dem Wollgraben meine Tante und auf der anderen Seite ist die Frau von Herrn von Rothschild auch sozusagen meine Tante. Ich bitte Ihnen, erzählen Sie nicht im Hause des Herrn Baron von

Rothschild, daß Sie mich hier bei Berne gesehen haben ... ich hab Grind.«

Börne machte sich über diesen Unglücklichen beständig lustig, und besonders hechelte er ihn wegen der mundfaulen und kauderwälschen Art wie er das Französisch aussprach. »Mein lieber Landsmann«, sagt er, »die Franzosen haben unrecht über Sie zu lachen; sie offenbaren dadurch ihre Unwissenheit. Verständen sie Deutsch, so würden sie einsehen, wie richtig Ihre Redensarten konstruiert sind, nämlich vom deutschen Standpunkte aus ... Und warum sollen Sie Ihre Nationalität verleugnen? Ich bewundere sogar, mit welcher Gewandtheit Sie ihre Muttersprache, das Frankfurter Mauscheln, ins Französische übertragen ... Die Franzosen sind ein unwissendes Volk und werden es nie dahin bringen, ordentlich Deutsch zu lernen. Sie haben keine Geduld ... Wir Deutschen sind das geduldigste und gelehrigste Volk ... Wieviel müssen wir schon als Knaben lernen! wieviel Latein! wieviel Griechisch, wieviel persische Könige und ihre ganze Sippschaft bis zum Großvater! ... ich wette, so ein unwissender Franzose weiß sogar in seinen alten Tagen noch nicht, daß die Mutter des Cyrus Frau Mandane geheißen und eine geborne Astyages war. Auch haben wir die besten Handbücher für alle Wissenschaften herausgegeben. Neanders ›Kirchengeschichte‹ und Meyer Hirschs ›Rechenbuch‹ sind klassisch. Wir sind ein denkendes Volk, und weil wir so viele Gedanken hatten, daß wir sie nicht alle aufschreiben konnten, haben wir die Buchdruckerei erfunden, und weil wir manchmal vor lauter Denken und Bücherschreiben oft das liebe Brot nicht hatten, erfanden wir die Kartoffel.«

»Das deutsche Volk«, brummte der deutsche Patriot aus seiner Ecke, »hat auch das Pulver erfunden.«

Börne wandte sich rasch nach dem Patrioten, der ihn mit dieser Bemerkung unterbrochen hatte, und sprach sarkastisch lächelnd: »Sie irren sich, mein Freund, man kann nicht so eigentlich behaupten, daß das deutsche Volk das Pulver erfunden habe. Das deutsche Volk besteht aus dreißig Millionen Menschen. Nur einer davon hat das Pulver erfunden ... die übrigen, 29,999,999 Deutsche, haben das Pulver nicht erfunden. – Übrigens ist das Pulver eine gute Erfindung, ebenso wie die Druckerei, wenn man nur den rechten Gebrauch davon macht. Wir Deutschen aber benutzen die Presse, um die Dummheit und das Pulver, um die Sklaverei zu verbreiten –«

Einlenkend, als man ihm diese irrige Behauptung verwies, fuhr Börne fort: »Je nun, ich will eingestehen, daß die deutsche Presse sehr viel Heil gestiftet, aber es wird überwogen von dem gedruckten Unheil. Jedenfalls muß man dieses einräumen, in Beziehung auf bürgerliche Freiheit ... Ach! wenn ich die ganze deutsche Geschichte durchgehe, bemerke ich, daß die Deutschen für bürgerliche Freiheit wenig Talent besitzen, hingegen die Knechtschaft, sowohl theoretisch als praktisch, immer leicht erlernten und diese Disziplin nicht bloß zu Hause sondern auch im Auslande mit Erfolg dozierten. Die Deutschen waren immer die *Ludi magistri* der Sklaverei, und wo der blinde Gehorsam in die Leiber oder in die Geister eingeprügelt werden sollte, nahm man einen deutschen Exerziermeister. Auch haben wir die Sklaverei über ganz Europa verbreitet, und als Denkmäler dieser Sündflut sitzen deutsche Fürstengeschlechter auf allen Thronen Europas, wie, nach uralten Überschwemmungen, auf den höchsten Bergen die Reste versteinerter Seeungeheuer gefunden werden ... Und noch jetzt, kaum wird ein Volk frei, so wird ihm ein deutscher Prügel auf den Rücken gebunden ... und sogar in der heiligen Heimat des Harmodios und Aristogeitons, im wiederbefreiten Griechenland, wird jetzt deutsche Knechtschaft eingesetzt, und auf der Akropolis von Athen fließt bayersches Bier und herrscht der bayersche Stock ... Ja, es ist schrecklich, daß der König von Bayern, dieser kleine Tyrannos und schlechte Poet, seinen Sohn auf den Thron jenes Landes setzen durfte, wo einst die Freiheit und die Dichtkunst geblüht, jenes Landes, wo es eine

Ebene gibt, welche Marathon und einen Berg, welcher Parnaß heißt! Ich kann nicht daran denken, ohne daß mir das Gehirn zittert – Wie ich in der heutigen Zeitung gelesen, haben wieder drei Studenten, in München, vor dem Bilde des König Ludwigs niederknien und Abbitte tun müssen. Niederknien vor dem Bilde eines Menschen, der noch dazu ein schlechter Poet ist! Wenn ich ihn in meiner Macht hätte, dieser schlechte Dichter sollte niederknien vor dem Bilde der Musen und Abbitte tun, wegen seiner schlechten Verse, wegen beleidigter Majestät der Poesie! Sprecht mir jetzt noch von römischen Kaisern, welche so viel Tausende von Christen hinrichten ließen, weil diese nicht vor ihrem Bilde knien wollten ... Jene Tyrannen waren wenigstens Herrn der ganzen Welt, von Aufgang bis zum Niedergang, und wie wir an ihren Statuen noch heute sehen, wenn auch keine Götter, so waren sie doch schöne Menschen. Man beugt sich am Ende leicht vor Macht und Schönheit. Aber niederknien vor Ohnmacht und Häßlichkeit. –«

– – Es bedarf wohl keines besonderen Winks für den scharfsinnigen Leser, aus welchen Gründen ich den Frevler nicht weitersprechen lasse. Ich glaube, die angeführten Phrasen sind hinreichend, um die damalige Stimmung des Mannes zu bekunden; sie war im Einklang mit dem hitzigen Treiben jener deutschen Tumultuanten, die, seit der Juliusrevolution, in wilden Schwärmen nach Paris kamen und sich schon gleich um Börne sammelten. Es ist kaum zu begreifen, wie dieser sonst so gescheute Kopf sich von der rohesten Tobsucht beschwatzen und zu den gewaltsamsten Hoffnungen verleiten lassen konnte! Zunächst geriet er in den Kreis jenes Wahnsinnes, als dessen Mittelpunkt der berühmte Buchhändler F. zu betrachten war. Dieser F., man sollte es kaum glauben, war ganz der Mann nach dem Herzen Börnes. Die rote Wut, die in der Brust des einen kochte, das dreitägige Juliusfieber, das die Glieder des einen rüttelte, der jakobinische Veitstanz worin der eine sich drehte fand den entsprechenden Ausdruck in der Pariser Briefen des anderen. Mit dieser Bemerkung will ich aber nur einen Geistesirrtum, keineswegs einen Herzensirrtum andeuten, bei dem einen wie bei dem andern. Denn auch F. meinte es gut mit dem deutschen Vaterlande, er war aufrichtig, heldenmütig, jeder Selbstopferung fähig, jedenfalls ein ehrlicher Mann, und zu solchem Zeugnis glaube ich mich um so mehr verpflichtet, da, seit er in strenger Haft schweigen muß, die servile Verleumdung an seinem Leumund nagt. Man kann ihn mancher unklugen, aber keiner zweideutigen Handlung beschuldigen; er zeigte namentlich im Unglück sehr viel Charakter, er war durchglüht von reinster Bürgertugend, und um die Schellenkappe, die sein Haupt umklingelt, müssen wir einen Kranz von Eichenlaub flechten. Der edle Narr, er war mir tausendmal lieber als jener andre Buchhändler, der ebenfalls nach Paris gekommen, um eine deutsche Übersetzung der französischen Revolution zu besorgen, jener leise Schleicher, welcher matt und menschenfreundlich wimmerte und wie eine Hyäne aussah, die zur Abführung eingenommen ... Übrigens rühmte man auch letztern als einen ehrlichen Mann, der sogar seine Schulden bezahlte, wenn er das große Los in der Lotterie gewinnt, und wegen solcher Ehrlichkeitsverdienste ward er zum Finanzminister des erneuten Deutschen Reichs vorgeschlagen ... Im Vertrauen gesagt, er mußte sich mit den Finanzen begnügen, denn die Stelle eines Ministers des Innern hatte F. schon vorweg vergeben, nämlich an Garnier, wie er auch die deutsche Kaiserkrone dem Hauptmanne S. bereits zugesagt ...

Garnier freilich behauptete, der Buchhändler F. wolle den Hauptmann S. zum deutschen Kaiser machen, weil dieser Lump ihm Geld schuldig sei und er sonst nicht zu seinem Gelde kommen könne ... Das ist aber unrichtig und zeugt nur von Garniers Medisance; F. hat vielleicht aus republikanischer Arglist eben das kläglichste Subjekt zum Kaiser gewählt, um dadurch das Monarchentum herabzuwürdigen und lächerlich zu machen ...

Der Einfluß des F. war indessen bald beendigt, als derselbe, ich glaube im November, Paris verließ, und an die Stelle des großen Agitators einige neue Oberhäupter emporstiegen; unter diesen waren die bedeutendsten der schon erwähnte Garnier und ein gewisser Wolfrum. Ich darf sie wohl mit Namen nennen, da der eine tot ist, und dem andern, welcher sich im sicheren England befindet, durch die Hindeutung auf seine ehemalige Wichtigkeit ein großer Gefallen erzeigt wird; beide aber, Garnier zum Teil, Wolfrum aber ganz, schöpften ihre Inspirationen aus dem Munde Börnes, der von nun an als die Seele der Pariser Propaganda zu betrachten war. Der Wahnsinn blieb derselbe, aber, um mit Polonius zu reden, es kam Methode hinein.

Ich habe mich eben des Wortes »Propaganda« bedient; aber ich gebrauche dasselbe in einem anderen Sinne als gewisse Delatoren, die unter jenem Ausdruck eine geheime Verbrüderung verstehen, eine Verschwörung der revolutionären Geister in ganz Europa, eine Art blutdürstiger, atheistischer und regicider Maçonnerie. Nein, jene Pariser Propaganda bestand vielmehr aus rohen Händen als aus feinen Köpfen; es waren Zusammenkünfte von Handwerkern deutscher Zunge, die in einem großen Saale des Passage Saumon oder in den Faubourgs sich versammelten, wohl fürnehmlich, um in der lieben Sprache der Heimat über vaterländische Gegenstände miteinander zu konversieren; hier wurden nun, durch leidenschaftliche Reden, im Sinne der rheinbayrischen Tribüne, viele Gemüter fanatisiert, und da der Republikanismus eine so grade Sache ist, und leichter begreifbar, als z. B. die konstitutionelle Regierungsform, wobei schon mancherlei Kenntnisse vorausgesetzt werden: so dauerte es nicht lange und Tausende von deutschen Handwerksgesellen wurden Republikaner und predigten die neue Überzeugung. Diese Propaganda war weit gefährlicher als alle jene erlogenen Popanze, womit die erwähnten Delatoren unsre deutschen Regierungen schreckten, und vielleicht weit mächtiger als Börnes geschriebene Reden war Börnes mündliches Wort, welches er an Leute richtete, die es mit deutschem Glauben einsogen und mit apostolischem Eifer in der Heimat verbreiteten. Ungeheuer groß ist die Anzahl deutscher Handwerker, welche ab und zu nach Frankreich auf die Wanderschaft gehen. Wenn ich daher las, wie norddeutsche Blätter sich darüber lustig machten, daß Börne mit 600 Schneidergesellen auf den Montmartre gestiegen, um ihnen eine Bergpredigt zu halten, mußte ich mitleidig die Achsel zucken, aber am wenigsten über Börne, der eine Saat ausstreute, die früh oder spät die furchtbarsten Früchte hervorbringt. Er sprach sehr gut, bündig, überzeugend, volksmäßig; nackte, kunstlose Rede, ganz im Bergpredigerton. Ich habe ihn freilich nur ein einziges Mal reden hören, nämlich in dem Passage Saumon, wo Garnier der »Volksversammlung« präsidierte ... Börne sprach über den Preßverein, welcher sich vor aristokratischer Form zu bewahren habe; Garnier donnerte gegen Nikolaus, den Zar von Rußland; ein verwachsener, krummbeinigter Schustergeselle trat auf und behauptete, alle Menschen seien gleich ... Ich ärgerte mich nicht wenig über die Impertinenz ... Es war das erste und letzte Mal, daß ich der Volksversammlung beiwohnte.

Dieses eine Mal war aber auch hinreichend ... Ich will dir gern, lieber Leser, bei dieser Gelegenheit ein Geständnis machen, das du eben nicht erwartest. Du meinst vielleicht, der höchste Ehrgeiz meines Lebens hätte immer darin bestanden, ein großer Dichter zu werden, etwa gar auf dem Kapitol gekrönt zu werden, wie weiland Messer Francesco Petrarcha ... Nein, es waren vielmehr die großen Volksredner, die ich immer beneidete, und ich hätte für mein Leben gern auf öffentlichem Markte, vor einer bunten Versammlung, das große Wort erhoben, welches die Leidenschaften aufwühlt oder besänftigt und immer eine augenblickliche Wirkung hervorbringt. Ja, unter vier Augen will ich es dir gern eingestehen, daß ich in jener unerfahrenen Jugendzeit, wo uns die komödiantenhaften Gelüste anwandeln, mich oft in eine solche Rolle hineindachte. Ich wollte durchaus ein großer Redner werden, und wie Demosthenes deklamierte ich zuweilen am einsamen Meeresstrand, wenn Wind und Wellen brausten und heulten; so übt man seine Lungen und gewöhnt sich dran, mitten im größten Lärm einer Volksversammlung zu sprechen. Nicht selten sprach ich auch auf freiem Felde vor einer großen Anzahl Ochsen und Kühe, und es gelang mir, das versammelte Rindviehvolk zu überbrüllen. Schwerer schon ist es, vor Schafen eine Rede zu halten. Bei allem, was du ihnen sagst, diesen Schafsköpfen, wenn du sie ermahnst, sich zu befreien, nicht wie ihre Vorfahren geduldig zur Schlachtbank zu wandern ... sie antworten dir, nach jedem Satze, mit einem so unerschütterlich gelassenen Mäh! Mäh!, daß man die Contenance verlieren kann. Kurz, ich tat alles, um, wenn bei uns einmal eine Revolution aufgeführt werden möchte, als deutscher Volksredner auftreten zu können. Aber ach! schon gleich bei der ersten Probe merkte ich, daß ich in einem solchen Stücke meine Lieblingsrolle nimmermehr tragieren kann. Und lebten sie noch, weder Demosthenes, noch Cicero, noch Mirabeau könnten in einer deutschen Revolution als Sprecher auftreten: denn bei einer deutschen Revolution wird geraucht. Denkt euch meinen Schreck, als ich in Paris der oben erwähnten Volksversammlung beiwohnte, fand ich sämtliche Vaterlandsretter mit Tabakspfeifen im Maule, und der ganze Saal war so erfüllt von schlechtem Knasterqualm, daß er mir gleich auf die Brust schlug und es mir platterdings unmöglich gewesen wäre, ein Wort zu reden ...

Ich kann den Tabaksqualm nicht vertragen, und ich merkte, daß in einer deutschen Revolution die Rolle eines Großsprechers in der Weise Börnes & Konsorten nicht für mich paßte. Ich merkte überhaupt, daß die deutsche Tribunalkarriere nicht eben mit Rosen, und am allerwenigsten mit reinlichen Rosen bedeckt. So z. B. mußt du allen diesen Zuhörern, »lieben Brüdern und Gevattern« recht derb die Hand drücken. Es ist vielleicht metaphorisch gemeint, wenn Börne behauptet: im Fall ihm ein König die Hand gedrückt, würde er sie nachher ins Feuer halten, um sie zu reinigen; es ist aber durchaus nicht bildlich, sondern ganz buchstäblich gemeint, daß ich, wenn mir das Volk die Hand gedrückt, sie nachher waschen werde.

Man muß in wirklichen Revolutionszeiten das Volk mit eignen Augen gesehen, mit eigner Nase gerochen haben, man muß mit eignen Ohren anhören, wie dieser souveräne Rattenkönig sich ausspricht, um zu begreifen, was Mirabeau andeuten will mit den Worten: »Man macht keine Revolution mit Lavendelöl.« Solange wir die Revolutionen in den Büchern lesen, sieht das alles sehr schön aus, und es ist damit, wie mit jenen Landschaften, die, kunstreich gestochen auf dem weißen Velinpapier, so rein, so freundlich aussehen, aber nachher, wenn man sie in Natura betrachtet, vielleicht an Grandiosität gewinnen, doch einen sehr schmutzigen und schäbigen Anblick in den Einzelheiten gewähren; die in Kupfer gestochenen Misthaufen riechen nicht, und der in Kupfer gestochene Morast ist leicht mit den Augen zu durchwaten!

War es Tugend oder Wahnsinn, was den Ludwig Börne dahin brachte, die schlimmsten Mistdüfte mit Wonne einzuschnaufen und sich vergnüglich im plebejischen Kot zu wälzen? Wer löst uns das Rätsel dieses Mannes, der in weichlichster Seide erzogen worden, späterhin in stolzen Anflügen seine innere Vornehmheit bekundete, und gegen das Ende seiner Tage plötzlich überschnappte in pöbelhafte Töne und in die banalen Manieren eines Demagogen der untersten Stufe? Stachelten ihn etwa die Nöten des Vaterlandes bis zum entsetzlichsten Grade des Zorns, oder ergriff ihn der schauerliche Schmerz eines verlorenen Lebens? ... Ja, das war es vielleicht; er sah, wie er dieses ganze Leben hindurch mit all seinem Geiste und all seiner Mäßigung nichts ausgerichtet hatte, weder für sich, noch für andere, und er verhüllte sein Haupt, oder, um bürgerlich zu reden, er zog die Mütze über die Ohren und wollte fürder weder sehen, noch hören, und stürzte sich in den heulenden Abgrund ... Das ist immer eine Ressource, die uns übrigbleibt, wenn wir angelangt bei jenen hoffnungslosen Marken, wo alle Blumen verwelkt sind, wo der Leib müde und die Seele verdrießlich ... Ich will nicht dafür stehen, daß ich einst unter denselben Umständen dasselbe tue ... Wer weiß, vielleicht am Ende meiner Tage überwinde ich meinen Widerwillen gegen den Tabaksqualm und lerne rauchen und halte die ungewaschensten Reden vor dem ungewaschensten Publikum ...

Blätternd in Börnes »Pariser Briefen«, stieß ich jüngst auf eine Stelle, welche mit den Äußerungen, die mir oben entschlüpft, einen sonderbaren Zusammenklang bildet. Sie lautet folgendermaßen:

– – »Vielleicht fragen Sie mich verwundert, wie ich Lump dazu komme, mich mit Byron zusammenzustellen? Darauf muß ich Ihnen erzählen, was Sie noch nicht wissen. Als Byrons Genius, auf seiner Reise durch das Firmament, auf die Erde ankam, eine Nacht dort zu verweilen, stieg er zuerst bei mir ab. Aber das Haus gefiel ihm gar nicht, er eilte schnell wieder fort und kehrte in das Hotel Byron ein. Viele Jahre hat mich das geschmerzt, lange hat es mich betrübt, daß ich so wenig geworden, gar nichts erreicht. Aber jetzt ist es vorüber, ich habe es vergessen und lebe zufrieden in meiner Armut. Mein Unglück ist, daß ich im Mittelstande geboren bin, für den ich gar nicht passe. Wäre mein Vater Besitzer von Millionen oder ein Bettler gewesen, wäre ich der Sohn eines vornehmen Mannes oder eines Landstreichers, hätte ich es gewiß zu etwas gebracht. Der halbe Weg, den andere durch ihre Geburt voraus hatten, entmutigte mich; hätten sie den ganzen Weg voraus gehabt, hätte ich sie gar nicht gesehen und sie eingeholt. So aber bin ich der Perpendikel einer bürgerlichen Stubenuhr geworden, schweifte rechts, schweifte links aus und mußte immer zur Mitte zurückkehren.«

Dieses schrieb Börne den 20. März 1831. Wie über andre, hat

er auch über sich selber schlecht prophezeit. Die bürgerliche Stubenuhr wurde eine Sturmglocke, deren Geläute Angst und Schrecken verbreitete. Ich habe bereits gezeigt, welche ungestüme Glöckner an den Strängen rissen, ich habe angedeutet, wie Börne den zeitgenossenschaftlichen Passionen als Organ diente und seine Schriften nicht als das Produkt eines einzelnen, sondern als Dokument unserer politischen Sturm- und Drangperiode betrachtet werden müssen. Was in jener Periode sich besonders geltend machte und die Gärung bis zur kochenden Sud steigerte, waren die polnischen und rheinbayrischen Vorgänge, und diese haben auf den Geist Börnes den mächtigsten Einfluß geübt. Ebenso glühend wie einseitig war sein Enthusiasmus für die Sache Polens, und als dieses mutige Land unterlag, trotz der wunderbarsten Tapferkeit seiner Helden, da brachen bei Börne alle Dämme der Geduld und Vernunft. Das ungeheure Schicksal so vieler edlen Märtyrer der Freiheit, die, in langen Trauerzügen Deutschland durchwandernd, sich in Paris versammelten, war in der Tat geeignet, ein edel gefühlvolles Herz bis in seine Tiefen zu bewegen. Aber was brauch' ich dich, teurer Leser, an diese Betrübnisse zu erinnern, du hast in Deutschland den Durchzug der Polen mit eignen tränenden Augen angesehen, und du weißt, wie das ruhige, stille deutsche Volk, das die eignen Landesnöten so geduldig erträgt, bei dem Anblick der unglücklichen Sarmaten von Mitleid und Zorn so gewaltig erschüttert wurde und so sehr außer Fassung kam, daß wir nahe daran waren, für jene Fremden das zu tun, was wir nimmermehr für uns selber täten, nämlich die heiligsten Untertanspflichten beiseite zu setzen und eine Revolution zu machen … zum Besten der Polen.

Ja, mehr als alle obrigkeitliche Plackereien und demagogische Schriften, hat der Durchzug der Polen den deutschen Michel revolutioniert, und es war ein großer Fehler der respektiven deutschen Regierungen, daß sie jenen Durchzug in der bekannten Weise gestatteten. Der größere Fehler freilich bestand darin, daß sie die Polen nicht längere Zeit in Deutschland verweilen ließen; denn diese Ritter der Freiheit hätten bei verlängertem Aufenthalt jene bedenkliche, höchst bedrohliche Sympathie, die sie den Deutschen einflößten, selber wieder zerstört. Aber sie zogen rasch durchs Land, hatten keine Zeit, durch Dichtung und Wahrheit einer den anderen zu diskreditieren, und sie hinterließen die staatsgefährlichste Aufregung.

Ja, wir Deutschen waren nahe daran, eine Revolution zu machen, und zwar nicht aus Zorn und Not, wie andere Völker, sondern aus Mitleid, aus Sentimentalität, aus Rührung für unsere armen Gastfreunde, die Polen. Tatsüchtig schlugen unsre Herzen, wenn diese uns am Kamin erzählten, wieviel Knutenschläge_ bei den Schlägen horchten wir noch sympathetischer, denn eine geheime Ahnung sagte uns, die russischen Schläge, welche jene Polen bereits empfangen, seien dieselben, die wir in der Zukunft noch zu bekommen haben. Die deutschen Mütter schlugen angstvoll die Hände über den Kopf, als sie hörten, daß der Kaiser Nikolas, der Menschenfresser, alle Morgen drei kleine Polenkinder verspeise, ganz roh, mit Essig und Öl. Aber am tiefsten erschüttert waren unsre Jungfrauen, wenn sie im Mondenschein an der Heldenbrust der polnischen Märtyrer lagen, und mit ihnen jammerten und weinten über den Fall von Warschau und den Sieg der russischen Barbaren ... Das waren keine frivole Franzosen, die bei solchen Gelegenheiten nur schäkerten und lachten ... nein, diese larmoyanten Schnurrbärte gaben auch etwas fürs Herz, sie hatten Gemüt, und nichts gleicht der holden Schwärmerei, womit deutsche Mädchen und Frauen ihre Bräutigame und Gatten beschworen, so schnell als möglich eine Revolution zu machen ... zum Besten der Polen.

Eine Revolution ist ein Unglück, aber ein noch größeres Unglück ist eine verunglückte Revolution; und mit einer solchen bedrohte uns die Einwanderung jener nordischen Freunde, die in unsre Angelegenheiten alle jene Verwirrung und Unzuverlässigkeit gebracht hätten, wodurch sie selber daheim zugrunde gegangen. Ihre Einmischung wäre uns um so verderblicher geworden, da die deutsche Unerfahrenheit sich von den Ratschlägen jener kleinen polnischen Schlauheit, die sich für politische Einsicht ausgibt, gern leiten ließ, und gar die deutsche Bescheidenheit, bestochen von jener flinken Ritterlichkeit, die den Polen eigen ist, diesen letztern die wichtigsten Führerstellen vertraut hätte. – Ich habe mich damals, in dieser Beziehung, über die Popularität der Polen nicht wenig geängstigt. Es hat sich vieles seitdem geändert, und gar für die Zukunft, für die deutschen Freiheitsinteressen einer späteren Zeit, braucht man die Popularität der Polen wenig zu fürchten. Ach nein, wenn einst Deutschland sich wieder rüttelt, und diese Zeit wird dennoch kommen, dann werden die Polen kaum noch dem Namen nach existieren, sie werden ganz mit den Russen verschmolzen sein, und als solche werden wir uns auf donnernden Schlachtfeldern wieder begegnen ... und sie werden für uns minder gefährlich sein als Feinde, denn als Freunde. Der einzige Vorteil, den wir ihnen verdanken, ist jener Russenhaß, den sie bei uns gesät und der, still fortwuchernd im deutschen Gemüte, uns mächtig vereinigen wird, wenn die große Stunde schlägt, wo wir uns zu verteidigen haben gegen jenen furchtbaren Riesen, der jetzt noch schläft und im Schlafe wächst, die Füße weitausstreckend in die duftigen Blumengärten des Morgenlands, mit dem Haupte anstoßend an den Nordpol, träumend ein neues Weltreich ... Deutschland wird einst mit diesem Riesen den Kampf bestehen müssen, und für diesen Fall ist es gut, daß wir die Russen schon früh hassen lernten, daß dieser Haß in uns gesteigert wurde, daß auch alle andren Völker daran teilnehmen ... das ist ein Dienst, den uns die Polen leisten, die jetzt als Propaganda des Russenhasses in der ganzen Welt umherwandern. Ach, diese unglücklichen Polen! sie selber werden einst die nächsten Opfer unseres blinden Zornes sein, sie werden einst, wenn der Kampf beginnt, die russische

Avantgarde bilden, und sie genießen alsdann die bittern Früchte jenes Hasses, den sie selber gesät. Ist es der Wille des Schicksals oder ist es glorreiche Beschränktheit, was die Polen immer wieder dazu verdammte, sich selber die schlimmste Falle und endlich die Todesgrube zu graben ... seit den Tagen Sobieskis, der die Türken schlug, Polens natürliche Alliierte, und die Östreicher rettete ... der ritterliche Dummkopf!

Ich habe oben von der »kleinen polnischen Schlauheit« gesprochen. Ich glaube, dieser Ausdruck wird keiner Mißdeutung anheimfallen; kommt er doch aus dem Munde eines Mannes, dessen Herz am frühesten für Polen schlug, und der lange schon vor der polnischen Revolution für dieses heldenmütige Volk sprach und litt. Jedenfalls will ich jenen Ausdruck noch dahin mildern, daß ich nachträglich bemerke, er bezieht sich hier auf die Jahre 1831 und 1832, wo die Polen von der großen Wissenschaft der Freiheit nicht einmal die ersten Elementarkenntnisse besaßen, und die Politik ihnen nichts anders dünkte, als eben ein Gewebe von Weiberkniffen und Hinterlist, kurz als eine Manifestation jener »kleinen polnischen Schlauheit«, für welche sie sich ein ganz besonderes Talent zutrauten.

Diese Polen waren gleichsam ihrem heimatlichen Mittelalter entsprungen, und, ganze Urwälder von Unwissenheit im Kopfe tragend, stürmten sie nach Paris, und hier warfen sie sich entweder in die Sektionen der Republikaner oder in die Sakristeien der katholischen Schule: denn um Republikaner zu sein, dazu braucht man wenig zu wissen, und um Katholik zu sein, braucht man gar nichts zu wissen, sondern braucht man nur zu glauben. Die Gescheutesten unter ihnen begriffen die Revolution nur in der Form der Emeute, und sie ahneten nimmermehr, daß namentlich in Deutschland durch Tumult und Straßenauflauf wenig gefördert wird. Ebenso unheilvoll, wie spaßhaft war das Manöver, womit einer ihrer größten Staatsmänner gegen die deutschen Regierungen verfuhr. Er hatte nämlich bei dem Durchzug der Polen bemerkt, wie ein einziger Pole hinreichend war, um eine stille deutsche Stadt in Bewegung zu setzen, und da er der gelehrteste Litauer war, und aus der Geographie ganz genau wußte, daß Deutschland aus einigen dreißig Staaten besteht, schickte er von Zeit zu Zeit einen Polen nach der Hauptstadt eines dieser Staaten – er setzte gleichsam einen Polen auf irgendeinen jener dreißig deutschen Staaten, wie auf die Nummern eines Rouletts, wahrscheinlich ohne große Hoffnung des Gelingens, aber ruhig berechnend: an einem einzigen Polen ist nicht viel verloren, verursacht er jedoch wirklich eine Emeute, gewinnt meine Nummer, so kommt vielleicht eine ganze Revolution dabei heraus!

Ich spreche von 1831 und 1832. Seitdem sind acht Jahre verflossen, und ebensogut, wie die Helden deutscher Zunge, haben auch die Polen manche bittere, aber nützliche Erfahrung gemacht, und viele von ihnen konnten die schreckliche Muße des Exils zum Studium der Zivilisation benutzen. Das Unglück hat sie ernsthaft geschult, und sie haben etwas Tüchtiges lernen können. Wenn sie einst in ihr Vaterland zurückkehren, werden sie dort die heilsamste Saat ausstreuen, und wo nicht ihre Heimat, doch gewiß die Welt wird die Früchte ihrer Aussaat ernten. Das Licht, das sie einst mit nach Hause bringen, wird sich vielleicht weit verbreiten nach dem fernsten Nordosten und die dunkeln Föhrenwälder in Flammen setzen, so daß bei der auflodernden Helle unsere Feinde sich einander beschauen und voreinander entsetzen werden ... sie würgen sich alsdann untereinander in wahnsinnigem Wechselschreck und erlösen uns von aller Gefahr ihres Besuches. Die Vorsehung vertraut das Licht zuweilen den ungeschicktesten Händen, damit ein heilsamer Brand entstehe in der Welt ...

Nein, Polen ist noch nicht verloren ... Mit seiner politischen Existenz ist sein wirkliches Leben noch nicht abgeschlossen. Wie einst Israel nach dem Falle Jerusalems, so vielleicht nach dem Falle Warschaus erhebt Polen sich zu den höchsten Bestimmungen. Es sind diesem Volke vielleicht noch Taten vorbehalten, die der Genius der Menschheit höher schätzt, als die gewonnenen Schlachten und das rittertümliche Schwertergeklirre nebst Pferdegetrampel seiner nationalen Vergangenheit! Und auch ohne solche nachblühende Bedeutung wird Polen nie ganz verloren sein ... Es wird ewig leben auf den rühmlichsten Blättern der Geschichte!!!

Nächst dem Durchzug der Polen habe ich die Vorgänge in Rheinbayern als den nächsten Hebel bezeichnet, welcher nach der Juliusrevolution die Aufregung in Deutschland bewirkte und auch auf unsere Landsleute in Paris den größten Einfluß ausübte. Die hiesige Volksversammlung war im Anfang nichts anderes, als eine Filialgesellschaft des Preßvereins von Zweibrücken! Einer der gewaltigsten Redner der Bipontiner kam hierher; ich habe ihn nie in der Volksversammlung sprechen gehört, sah ihn damals nur zufällig einmal im Kaffeehause, wo er mit hoher Stirn das neue Reich verkündete, und die gemäßigten Verräter, namentlich die Redaktoren der Augsburger »Allgemeinen Zeitung« mit dem Strang bedrohte ... (Ich wundre mich, daß ich damals noch den Mut hatte als Redakteur der »Allgemeinen Zeitung« tätig zu sein ... Jetzt sind die Zeiten minder gefährlich ... Es sind seitdem acht Jahre verflossen, und der damalige Schreckensmann, der Tribun aus Zweibrücken, ist in diesem Augenblick einer der schreibseligsten Mitarbeiter der »Allgemeinen Zeitung« ...)

Von Rheinbayern sollte die deutsche Revolution ausgehen. Zweibrücken war das Bethlehem, wo die junge Freiheit, der Heiland, in der Wiege lag und welterlösend greinte. Neben dieser Wiege brüllte manches Öchslein, das späterhin, als man auf seine Hörner zählte, sich als ein sehr gemütliches Rindvieh erwies. Man glaubte ganz sicher, daß die deutsche Revolution in Zweibrücken beginnen würde, und alles war dort reif zum Ausbruch. Aber, wie gesagt, die Gemütlichkeit einiger Personen vereitelte jenes polizeiwidrige Unterfangen. Da war z. B. unter den verschwornen Bipontinern ein gewaltiger Bramarbas, der immer am lautesten wütete, der von Tyrannenhaß am tollsten übersprudelte, und dieser sollte, mit der ersten Tat vorangehend, eine Schildwache, die einen Hauptposten bewachte, gleich niederstechen ... »Was!« – rief der Mann, als man ihm diese Ordre gab, – »was! mir, mir konntet ihr eine so schauderhafte, so abscheuliche, so blutdürstige Handlung zumuten? Ich, Ich soll eine unschuldige Schildwache umbringen? Ich, der ich ein Familienvater bin! Und diese Schildwache ist vielleicht ebenfalls ein Familienvater. Ein Familienvater soll einen Familienvater ermorden! ja töten! umbringen!«

Da der Dr. Pistor, einer der Zweibrücker Helden, welcher mir diese Geschichte erzählte, jetzt dem Bereiche jeder Verantwortlichkeit entsprungen ist, darf ich ihn wohl als Gewährsmann nennen. Er versicherte mir, daß die deutsche Revolution durch die erwähnte Sentimentalität des Familienvaters vorderhand ajourniert wurde. Und doch war der Moment ziemlich günstig. Nur damals und während den Tagen des Hambacher Festes hätte mit einiger Aussicht guten Erfolges die allgemeine Umwälzung in Deutschland versucht werden können. Jene Hambacher Tage waren der letzte Termin, den die Göttin der Freiheit uns gewährte; die Sterne waren günstig; seitdem erlosch jede Möglichkeit des Gelingens. Dort waren sehr viele Männer der Tat versammelt, die selber von ernstem Willen glühten und auf die sicherste Hülfe rechnen konnten. Jeder sah ein, es sei der rechte Moment zu dem großen Wagnis, und die meisten setzten gerne Glück und Leben aufs Spiel ... Wahrlich es war nicht die Furcht, welche damals nur das Wort entzügelte und die Tat zurückdämmte. – Was war es aber, was die Männer von Hambach abhielt die Revolution zu beginnen?

Ich wage es kaum zu sagen, denn es klingt unglaublich, aber ich habe die Geschichte aus authentischer Quelle, nämlich von einem Mann, der als wahrheitsliebender Republikaner bekannt und selber zu Hambach in dem Komitee saß, wo man über die anzufangende Revolution debattierte; er gestand mir nämlich im Vertrauen: als die Frage der Kompetenz zur Sprache gekommen, als man darüber stritt, ob die zu Hambach anwesenden Patrioten auch wirklich kompetent seien im Namen von ganz Deutschland eine Revolution anzufangen? da seien diejenigen, welche zur raschen Tat rieten, durch die Mehrheit überstimmt worden, und die Entscheidung lautete: man sei nicht kompetent.

O Schilda, mein Vaterland!

Venedey möge es mir verzeihen, wenn ich diese geheime Kompetenzgeschichte ausplaudre und ihn selber als Gewährsmann nenne; aber es ist die beste Geschichte, die ich auf dieser Erde erfahren habe. Wenn ich daran denke, vergesse ich alle Kümmernisse dieses irdischen Jammertals, und vielleicht einst, nach dem Tode, in der neblichten Langeweile des Schattenreichs, wird die Erinnerung an diese Kompetenzgeschichte mich aufheitern können ... Ja, ich bin überzeugt, wenn ich sie dort Proserpinen erzähle, der mürrischen Gemahlin des Höllengotts, so wird sie lächeln, vielleicht laut lachen ...

O Schilda, mein Vaterland!

Ist diese Geschichte nicht wert mit goldenen Buchstaben auf Samt gestickt zu werden, wie die Gedichte des Mollakat, welche in der Moschee von Mekka zu schauen sind? Ich möchte sie jedenfalls in Verse bringen und in Musik setzen lassen, damit sie großen Königskindern als Wiegenlied vorgesungen werde ... Ihr könnt ruhig schlafen, und zur Belohnung für das furchtheilende Lied, das ich euch gesungen, ihr großen Königskinder, ich bitte euch, öffnet die Kerkertüren der gefangenen Patrioten ... Ihr habt nichts zu riskieren, die deutsche Revolution ist noch weit von euch entfernt, gut Ding will Weile, und die Frage der Kompetenz ist noch nicht entschieden ...

O Schilda, mein Vaterland!

Wie dem aber auch sei, das Fest von Hambach gehört zu den merkwürdigsten Ereignissen der deutschen Geschichte, und wenn ich Börne glauben soll, der diesem Feste beiwohnte, so gewährte dasselbe ein gutes Vorzeichen für die Sache der Freiheit. Ich hatte Börne lange aus den Augen verloren, und es war bei seiner Rückkehr von Hambach, daß ich ihn wiedersah, aber auch zum letztenmal in diesem Leben. Wir gingen miteinander in den Tuilerien spazieren, er erzählte mir viel von Hambach und war noch ganz begeistert von dem Jubel jener großen Volksfeier. Er konnte nicht genug die Eintracht und den Anstand rühmen, die dort herrschten. Es ist wahr, ich habe es auch aus anderen Quellen erfahren, zu Hambach gab es durchaus keine äußere Exzesse, weder betrunkene Tobsucht, noch pöbelhafte Roheit, und die Orgie, der Kirmestaumel, war mehr in den Gedanken als in den Handlungen. Manches tolle Wort wurde laut ausgesprochen in jenen Reden, die zumteil späterhin gedruckt erschienen. Aber der eigentliche Wahnwitz ward bloß geflüstert. Börne erzählte mir: während er mit Siebenpfeifer redete, nahte sich demselben ein alter Bauer und raunte ihm einige Worte ins Ohr, worauf jener verneinend den Kopf schüttelte. »Aus Neugier« setzte Börne hinzu, »frug ich den Siebenpfeifer, was der Bauer gewollt, und jener gestand mir, daß der alte Bauer ihm mit bestimmten Worten gesagt habe: ›Herr Siebenpfeifer, wenn Sie König sein wollen, wir machen Sie dazu!«

»Ich habe mich sehr amüsiert« – fuhr Börne fort – »wir waren dort alle wie Blutsfreunde, drückten uns die Hände, tranken Brüderschaft, und ich erinnere mich besonders eines alten Mannes, mit welchem ich eine ganze Stunde geweint habe, ich weiß gar nicht mehr warum. Wir Deutschen sind ein ganz prächtiges Volk und gar nicht mehr so unpraktisch wie sonst. Wir hatten in Hambach auch das lieblichste Maiwetter, wie Milch und Rosen, und ein schönes Mädchen war dort, die mir die Hand küssen wollte, als wär' ich ein alter Kapuziner; ich habe das nicht gelitten, und Vater und Mutter befahlen ihr, mich auf den Mund zu küssen, und versicherten mir, daß sie mit dem größten Vergnügen meine sämtlichen Schriften gelesen! Ich habe mich sehr amüsiert. Auch meine Uhr ist mir gestohlen worden. Aber das freut mich ebenfalls, das ist gut, das gibt mir Hoffnung. Auch wir, und das ist gut, auch wir haben Spitzbuben unter uns, und werden daher desto leichter reüssieren. Da ist der verwünschte Kerl von Montesquieu, welcher uns eingeredet hatte, die Tugend sei das Prinzip der Republikaner! und ich ängstigte mich schon, daß unsre Partei aus lauter ehrlichen Leuten bestehen und deshalb nichts ausrichten würde. Es ist durchaus nötig, daß wir, ebensogut wie unsre Feinde, auch Spitzbuben unter uns haben. Ich hätte gerne den Patrioten entdeckt, der mir zu Hambach meine Uhr gemaust; ich würde ihm, wenn wir zur Regierung kommen, sogleich die Polizei übertragen und die Diplomatie. Ich kriege ihn aber heraus, den Dieb. Ich werde nämlich im »Hamburger Korrespondenten« annoncieren, daß ich dem ehrlichen Finder meiner Uhr die Summe von 100 Louisdor auszahle. Die Uhr ist es wert, schon als Kuriosität: es ist nämlich die erste Uhr, welche die deutsche Freiheit gestohlen hat. Ja, auch wir, Germaniens Söhne, wir erwachen aus unsrer schläfrigen Ehrlichkeit ... Tyrannen zittert, wir stehlen auch!«

Der arme Börne konnte nicht aufhören von Hambach zu reden und von dem Pläsier, das er dort genossen. Es war, als ob er ahnte, daß er zum letztenmal in Deutschland gewesen, zum letztenmal deutsche Luft geatmet, deutsche Dummheiten eingesogen, mit durstigen Ohren – »Ach!« seufzte er, »wie der Wanderer im Sommer nach einem Labetrunk schmachtet, so schmachte ich manchmal nach jenen frischen erquicklichen Dummheiten, wie sie nur auf dem Boden unseres Vaterlandes gedeihen. Diese sind so tiefsinnig, so melancholisch lustig, daß einem das Herz dabei jauchzt. Hier bei den Franzosen sind die Dummheiten so trocken, so oberflächlich, so vernünftig, daß sie für jemand, der an Besseres gewohnt, ganz ungenießbar sind. Ich werde deshalb in Frankreich täglich vergrämter und bitterer und sterbe am Ende. Das Exil ist eine schreckliche Sache. Komme ich einst in den Himmel, ich werde mich gewiß auch dort unglücklich fühlen, unter den Engeln, die so schön singen und so gut riechen ... sie sprechen ja kein Deutsch und rauchen keinen Kanaster ... Nur im Vaterland ist mir wohl! Vaterlandsliebe! Ich lache über dieses Wort im Munde von Leuten, die nie im Exil gelebt ... Sie könnten ebensogut von Milchbreiliebe sprechen. Milchbreiliebe! In einer afrikanischen Sandwüste hat das Wort schon seine Bedeutung. Wenn ich je so glücklich bin, wieder nach dem lieben Deutschland zurückzukehren, so nennen Sie mich einen Schurken, wenn ich dort gegen irgend einen Schriftsteller schreibe, der im Exile lebt. Wäre nicht die Furcht vor den Schändlichkeiten, die man einen im Gefängnis aussagen läßt, ich wäre nicht mehr fortgegangen, hätte mich ruhig festsetzen lassen, wie der brave Wirth und die anderen, denen ich ihr Schicksal voraussagte, ja denen ich alles voraussagte wie ich es im Traum gesehen ...«

»Ja, das war ein närrischer Traum«, – rief Börne plötzlich mit lautem Lachen, und aus der düsteren Stimmung in die heitere überspringend, wie es seine Gewohnheit war – »das war ein närrischer Traum! Die Erzählungen des Handwerksburschen, der in Amerika gewesen, hatten mich dazu vorbereitet. Dieser erzählte mir nämlich, in den nordamerikanischen Städten sähe man auf der Straße sehr große Schildkröten herumkriechen, auf deren Rücken mit Kreide geschrieben steht, in welchem Gasthaus und an welchem Tage sie als Tortulsuppe verspeist werden. Ich weiß nicht, warum mich diese Erzählung so sehr frappierte, warum ich den ganzen Tag an die armen Tiere dachte, die so ruhig durch die Straßen von Boston umherkriechen, und nicht wissen, daß auf ihrem Rücken ganz bestimmt der Tag und der Ort ihres Untergangs geschrieben steht ... Und nachts, denken Sie sich, im Traume, sehe ich meine Freunde, die deutschen Patrioten, in lauter solche Schildkröten verwandelt, ruhig herumkriechen, und auf dem Rücken eines jeden steht mit großen Buchstaben ebenfalls Ort und Datum, wo man ihn einstecken werde in den verdammten

Suppentopf ... Ich habe des andern Tags die Leute gewarnt, durfte ihnen aber nicht sagen, was mir geträumt: denn sie hätten's mir übelgenommen, daß sie, die Männer der Bewegung, mir als langsame Schildkröten erschienen ... Aber das Exil, das Exil, das ist eine schreckliche Sache ... Ach! wie beneide ich die französischen Republikaner! Sie leiden aber im Vaterlande. Bis zum Augenblick des Todes steht ihr Fuß auf dem geliebten Boden des Vaterlandes. Und gar die Franzosen, welche hier in Paris kämpfen, und alle jene teuren Denkmäler vor Augen haben, die ihnen von den Großtaten ihrer Väter erzählen und sie trösten und aufmuntern! Hier sprechen die Steine und singen die Bäume, und so ein Stein hat mehr Ehrgefühl und predigt Gottes Wort, nämlich die Märtyrgeschichte der Menschheit, weit eindringlicher als alle Professoren der historischen Schule zu Berlin und Göttingen. Und diese Kastanienbäume, hier in den Tuilerien, ist es nicht als sängen sie heimlich die Marseillaise mit ihren tausend grünen Zungen? ... Hier ist heiliger Boden, hier sollte man die Schuhe ausziehen, wenn man spazieren geht ... Hier links ist die Terrasse der Feuillands; dort rechts, wo sich jetzt die Rue Rivoli hinzieht, hielt der Klub der Jakobiner seine Sitzungen ... Hier vor uns, im Tuileriengebäude, donnerte der Konvent, die Titanenversammlung, wogegen Bonaparte mit seinem Blitzvogel nur wie ein kleiner Jupiter erscheint ... dort gegenüber grüßt uns die Place Louis XVI., wo das große Exempel statuiert wurde ... Und zwischen beiden, zwischen Schloß und Richtplatz, zwischen Feuillands- und Jakobinerklub, in der Mitte, der heilige Wald, wo jeder Baum ein blühender Freiheitsbaum ...«

An diesen alten Kastanienbäumen in den Tuileriengärten sind aber mitunter sehr morsche Äste, und eben in dem Augenblicke, wo Börne die obige Phrase schließen wollte, brach mit lautem Gekrach ein Ast jener Bäume, und mit voller Wucht aus bedeutender Höhe herunterstürzend, hätte er uns beide schier zerschmettert, wenn wir nicht hastig zur Seite sprangen. Börne, welcher nicht so schnell wie ich sich rettete, ward von einem Zweige des fallenden Astes an der Hand verletzt, und brummte verdrießlich: »Ein böses Zeichen!«

– Und dennoch beurkundete das Fest von Hambach einen großen Fortschritt, zumal wenn man es mit jenem anderen Feste vergleicht, das einst ebenfalls zur Verherrlichung gemeinsamer Volksinteressen auf der Wartburg stattfand. Nur in Außendingen, in Zufälligkeiten, sind beide Bergfeiern sehr ähnlich; keineswegs ihrem tieferen Wesen nach. Der Geist, der sich auf Hambach aussprach, ist grundverschieden von dem Geiste, oder vielmehr von dem Gespenste, das auf der Wartburg seinen Spuk trieb. Dort, auf Hambach, jubelte die moderne Zeit ihre Sonnenaufgangslieder, und mit der ganzen Menschheit ward Brüderschaft getrunken; hier aber auf der Wartburg krächzte die Vergangenheit ihren obskuren Rabengesang, und bei Fackellicht wurden Dummheiten gesagt und getan, die des blödsinnigsten Mittelalters würdig waren! Auf Hambach hielt der französische Liberalismus seine trunkensten Bergpredigten, und sprach man auch viel Unvernünftiges, so ward doch die Vernunft selber anerkannt als jene höchste Autorität, die da bindet und löset und den Gesetzen ihre Gesetze vorschreibt; auf der Wartburg hingegen herrschte jener beschränkte Teutomanismus, der viel von Liebe und Glaube greinte, dessen Liebe aber nichts anders war als Haß des Fremden und dessen Glaube nur in der Unvernunft bestand, und der in seiner Unwissenheit nichts Besseres zu erfinden wußte als Bücher zu verbrennen! Ich sage Unwissenheit, denn in dieser Beziehung war jene frühere Opposition, die wir unter dem Namen »die Altdeutschen« kennen, noch großartiger als die neuere Opposition, obgleich diese nicht gar besonders durch Gelehrsamkeit glänzt. Eben derjenige, welcher das Bücherverbrennen auf der Wartburg in Vorschlag brachte, war auch zugleich das unwissendste Geschöpf, das je auf Erden turnte und altdeutsche Lesarten herausgab: wahrhaftig, dieses Subjekt hätte auch Bröders lateinische Grammatik ins Feuer werfen sollen!

Sonderbar! trotz ihrer Unwissenheit hatten die sogenannten Altdeutschen von der deutschen Gelahrtheit einen gewissen Pedantismus geborgt, der ebenso widerwärtig wie lächerlich war. Mit welchem kleinseligen Silbenstechen und Auspünkteln diskutierten sie über die Kennzeichen deutscher Nationalität! Wo fängt der Germane an? Wo hört er auf? Darf ein Deutscher Tabak rauchen? Nein, behauptete die Mehrheit. Darf ein Deutscher Handschuhe tragen? Ja, jedoch von Büffelhaut. (Der schmutzige Maßmann wollte ganz sicher gehen und trug gar keine.) Aber Biertrinken darf ein Deutscher, und er soll es als echter Sohn Germanias; denn Tacitus spricht ganz bestimmt von deutscher *Cerevisia.* Im Bierkeller zu Göttingen mußte ich einst bewundern, mit welcher Gründlichkeit meine altdeutschen Freunde die Proskriptionslisten anfertigten, für den Tag wo sie zur Herrschaft gelangen würden. Wer nur im siebenten Glied von einem Franzosen, Juden oder Slawen abstammte, ward zum Exil verurteilt. Wer nur im mindesten etwas gegen Jahn oder überhaupt gegen altdeutsche Lächerlichkeiten geschrieben hatte, konnte sich auf den Tod gefaßt machen, und zwar auf den Tod durchs Beil, nicht durch die Guillotine, obgleich diese ursprünglich eine deutsche Erfindung und schon im Mittelalter bekannt war, unter dem Namen »die welsche Falle«. Ich erinnere mich bei dieser Gelegenheit, daß man ganz ernsthaft debattierte: ob man einen gewissen Berliner Schriftsteller, der sich im ersten Bande seines Werkes gegen die Turnkunst ausgesprochen hatte, bereits auf die erwähnte Proskriptionsliste setzen dürfe: denn der letzte Band seines Buches sei noch nicht erschienen, und in diesem letzten Band könne der Autor vielleicht Dinge sagen, die den inkriminierten Äußerungen des ersten Bandes eine ganz andere Bedeutung erteilen.

Sind diese dunklen Narren, die sogenannten Deutschtümler, ganz vom Schauplatz verschwunden? Nein. Sie haben bloß ihre schwarzen Röcke, die Livree ihres Wahnsinns, abgelegt. Die meisten entledigten sich sogar ihres weinerlich brutalen

Jargons, und, vermummt in den Farben und Redensarten des Liberalismus, waren sie der neuen Opposition desto gefährlicher während der politischen Sturm- und Drangperiode nach den Tagen des Julius. Ja, im Heere der deutschen Revolutionsmänner wimmelte es von ehemaligen Deutschtümlern, die mit sauren Lippen die moderne Parole nachlallten und sogar die Marseillaise sangen ... sie schnitten dabei die fatalsten Gesichter ... Jedoch es galt einen gemeinschaftlichen Kampf für ein gemeinschaftliches Interesse, für die Einheit Deutschlands, der einzigen Fortschrittsidee, die jene frühere Opposition zu Markte gebracht. Unsere Niederlage ist vielleicht ein Glück ... Man hätte als Waffenbrüder treulich nebeneinander gefochten, man wäre sehr einig gewesen während der Schlacht, sogar noch in der Stunde des Sieges ... aber den andern Morgen wäre eine Differenz zur Sprache gekommen, die unausgleichbar und nur durch die *ultima ratio populorum* zu schlichten war, nämlich durch die welsche Falle. Die Kurzsichtigen freilich unter den deutschen Revolutionären beurteilten alles nach französischen Maßstäben, und sie sonderten sich schon in Konstitutionelle und Republikaner und wiederum in Girondisten und Montagnards, und nach solchen Einteilungen haßten und verleumdeten sie sich schon um die Wette: aber die Wissenden wußten sehr gut, daß es im Heere der deutschen Revolution eigentlich nur zwei grundverschiedene Parteien gab, die keiner Transaktion fähig und heimlich dem blutigsten Hader entgegenzürnten. Welche von beiden schien die überwiegende? Die Wissenden unter den Liberalen verhehlten einander nicht, daß ihre Partei, welche den Grundsätzen der französischen Freiheitslehre huldigte, zwar an Zahl die stärkere, aber an Glaubenseifer und Hilfsmitteln die schwächere sei. In der Tat, jene regenerierten Deutschtümler bildeten zwar die Minorität, aber ihr Fanatismus, welcher mehr religiöser Art, überflügelte leicht einen Fanatismus, den nur die Vernunft ausgebrütet hat; ferner stehen ihnen jene mächtigen Formeln zu Gebot, womit man den rohen Pöbel beschwört, die Worte »Vaterland, Deutschland, Glauben der Väter usw.« elektrisieren die unklaren Volksmassen noch immer weit sicherer als die Worte: »Menschheit, Weltbürgertum, Vernunft der Söhne, Wahrheit ...!« Ich will hiermit andeuten, daß jene Repräsentanten der Nationalität im deutschen Boden weit tiefer wurzeln, als die Repräsentanten des Kosmopolitismus, und daß letztere im Kampfe mit jenen wahrscheinlich den kürzern ziehen, wenn sie ihnen nicht schleunigst zuvorkommen ... durch die welsche Falle.

In Revolutionszeiten bleibt uns nur die Wahl zwischen Töten und Sterben.

Man hat keinen Begriff von solchen Zeiten, wenn man nicht etwas gekostet hat von dem Fieber, das alsdann die Menschen schüttelt und ihnen eine ganz eigene Denk- und Gefühlsweise einhaucht. Es ist unmöglich, die Worte und Taten solcher Zeiten während der Windstille einer Friedensperiode, wie die jetzige, zu beurteilen.

Ich weiß nicht, inwieweit obige Andeutungen einem stillen Verständnis begegnen. Unsere Nachfolger erben vielleicht unsere geheimen Übel, und es ist Pflicht, daß wir sie darauf hinweisen, welches Heilmittel wir für probat hielten. Zugleich habe ich hier oben insinuiert, inwiefern zwischen mir und jenen Revolutionären, die den französischen Jakobinismus auf deutsche Verhältnisse übertrugen, eine gewisse Verbündung stattfinden mußte ... Trotzdem, daß mich meine politischen Meinungen von ihnen schieden im Reiche des Gedankens, würde ich mich doch jederzeit denselben angeschlossen haben auf den Schlachtfeldern der Tat ... Wir hatten ja gemeinschaftliche Feinde und gemeinschaftliche Gefahren!

Freilich, in ihrer trüben Befangenheit haben jene Revolutionäre nie die positiven Garantien dieser natürlichen Allianz begriffen. Auch war ich ihnen so weit vorausgeschritten, daß sie mich nicht mehr sahen, und in ihrer Kurzsichtigkeit glaubten sie, ich wäre zurückgeblieben.

Es ist weder hier der Ort, noch ist es jetzt an der Zeit, ausführlicher über die Differenzen zu reden, die sich bald nach der Juliusrevolution zwischen mir und den deutschen Revolutionären in Paris kundgeben mußten. Als der bedeutendste Repräsentant dieser letzteren muß unser Ludwig Börne betrachtet werden, zumal in den letzten Jahren seines Lebens, als, infolge der republikanischen Niederlagen, die zwei tätigsten Agitatoren, Garnier und Wolfrum, vom Schauplatze abtraten.

Von ersterem ist bereits Erwähnung geschehen. Er war einer der rüstigsten Umtriebler, und man muß ihm das Zeugnis geben, daß er alle demagogische Talente im höchsten Grade besaß. Ein Mensch von vielem Geiste, auch vielen Kenntnissen und großer Beredsamkeit. Aber ein Intrigant. In den Stürmen einer deutschen Revolution hätte Garnier gewiß eine Rolle gespielt; da aber das Stück nicht aufgeführt wurde, ging es ihm schlecht. Man sagt, er mußte von Paris flüchten, weil sein Gastwirt ihm nach dem Leben trachtete, nicht indem er ihm die Speisen zu vergiften drohte, sondern indem er ihm gar keine Speisen mehr ohne bare Bezahlung verabreichen wollte. Der andere der beiden Agitatoren, Wolfrum, war ein junger Mensch aus Altbayern, wenn ich nicht irre, aus Hof, der hier als Kommis in einem Handlungshause konditionierte, aber seine Stelle aufgab, um den ausbrechenden Freiheitsideen, die auch ihn ergriffen hatten, seine ganze Tätigkeit zu widmen. Es war ein braver, uneigennütziger, von reiner Begeisterung getriebener Mensch, und ich halte mich um so mehr verpflichtet, dieses auszusprechen, da sein Andenken noch nicht ganz gereinigt ist von einer schauderhaften Verleumdung. Als er nämlich aus Paris verwiesen wurde und der General Lafayette den Grafen d'Argout, damaligen Minister des Innern, ob dieser Willkür in der Kammer zur Rede stellte, schneuzte d'Argout seine lange Nase und behauptete: der Verwiesene sei ein Agent der bayerischen Jesuiten gewesen und unter seinen Papieren habe man die Beweisstücke gefunden. Als Wolfrum, welcher sich in

Belgien aufhielt, von dieser schnöden Beschuldigung durch die Tagesblätter Kunde empfing, wollte er auf der Stelle hierher zurückeilen, konnte aber wegen mangelnder Barschaft nur zu Fuße reisen, und, erkrankt durch Übermüdung und innere Aufregung, mußte er bei seiner Ankunft zu Paris im *Hôtel de Dieu* einkehren; hier starb er unter fremdem Namen.

Wolfrum und Garnier waren immer Börnes treue Anhänger, aber sie behaupteten ihm gegenüber eine gewisse Unabhängigkeit, und nicht selten schöpften sie ihre Inspirationen aus ganz andern Quellen. Seitdem aber diese beiden verschwanden, trat Börne unter den Revolutionären zu Paris unmittelbar persönlich hervor, er herrschte nicht mehr durch Agenten seines Willens, sondern in eigenem Namen, und es fehlte ihm nicht an einem Hofstaat von beschränkten und erhitzten Köpfen, die ihm mit blinder Verehrung huldigten. Unter diesen lieben Getreuen saß er in aller Majestät seines buntseidenen Schlafrocks und hielt Gericht über die Großen dieser Erde, und neben dem Zaren aller Reußen war es wohl der Schreiber dieser Blätter, den sein rhadamantischer Zorn am stärksten traf ... Was in seinen Schriften nur halbwegs angedeutet wurde, fand im mündlichen Vortrag die grellste Ergänzung, und der argwöhnische Kleingeist, der ihn bemeisterte, und eine gewisse infame Tugend, die für die heilige Sache sogar die Lüge nicht verschmäht, kurz Beschränktheit und Selbsttäuschung, trieben den Mann bis in die Moräste der Verleumdung.

Der Vorwurf in den Worten »argwöhnischer Kleingeist« soll hier weniger das Individuum als vielmehr die ganze Gattung treffen, die in Maximilian Robespierre, glorreichen Andenkens, ihren vollkommensten Repräsentanten gefunden. Mit diesem hatte Börne zuletzt die größte Ähnlichkeit: im Gesichte lauerndes Mißtrauen, im Herzen eine blutdürstige Sentimentalität, im Kopfe nüchterne Begriffe ... Nur stand ihm keine Guillotine zu Gebote, und er mußte zu Worten seine Zuflucht nehmen und bloß verleumden. Auch dieser Vorwurf trifft mehr die Gattungen; denn sonderbar! ebenso wie die Jesuiten, haben die Jakobiner das Lügen als ein erlaubtes Kriegsmittel adoptiert, vielleicht weil sich beide der höchsten Zwecke bewußt waren: jene stritten für die Sache Gottes, diese für die Sache der Menschheit ... Wir wollen ihnen daher ihre Verleumdungen verzeihen!

Ob aber bei Ludwig Börne nicht manchmal ein geheimer Neid im Spiele war? Er war ja ein Mensch, und während er glaubte, er ruiniere den guten Leumund eines Andersgesinnten nur im Interesse der Republik, während er sich vielleicht noch etwas darauf zugute tat, dieses Opfer gebracht zu haben, befriedigte er unbewußt die versteckten Gelüste der eignen bösen Natur, wie einst Maximilian Robespierre, glorreichen Andenkens!

Und namentlich in betreff meiner hat der Selige sich solchen Privatgefühlen hingegeben, und alle seine Anfeindungen waren am Ende nichts anders, als der kleine Neid, den der kleine Tambour-Maitre gegen den großen Tambour-Major empfindet: er beneidete mich ob des großen Federbusches, der so keck in die Lüfte hineinjauchzt, ob meiner reichgestickten Uniform, woran mehr Silber, als er, der kleine Tambour-Maitre, mit seinem ganzen Vermögen bezahlen konnte, ob der Geschicklichkeit, womit ich den großen Stock balanciere, ob der Liebesblicke, die mir die jungen Dirnen zuwerfen, und die ich vielleicht mit etwas Koketterie erwidre!

Der Umgebung Börnes mag ebenfalls vieles von den angedeuteten Verirrungen zur Last fallen; er ward von den lieben Getreuen zu mancher schlimmen Äußerung angestachelt, und das mündlich Geäußerte ward noch bösartiger aufgestutzt und zu wunderlichen Privatzwecken verarbeitet. Bei all seinem Mißtrauen war er leicht zu betrügen, er ahnte nie, daß er ganz fremden Leidenschaften diente und nicht selten sogar den Einflüsterungen seiner Gegner gehorchte. Man versicherte mir, einige von den Spionen, die für Rechnung gewisser Regierungen hier herumschnüffeln, wußten sich so patriotisch zu gebärden, daß Börne ihnen sein ganzes Vertrauen schenkte und Tag und Nacht mit ihnen zusammenhockte und konspirierte.

Und doch wußte er, daß er von Spionen umgeben war, und einst sagte er mir: »Da geht beständig ein Kerl hinter mir her, der mich auf allen Straßen verfolgt, vor allen Häusern stehen bleibt, wo ich hingehe und gewiß von irgendeiner Regierung teuer dafür bezahlt wird. Wüßte ich nur, welche Regierung, ich würde ihr schreiben, daß ich das Geld selbst verdienen möchte, daß ich selber ihr täglich einen gewissenhaften Rapport abstatten wolle, wie ich den ganzen Tag zugebracht, mit wem ich gesprochen, wohin ich gegangen: ja, ich bin erbötig, diesen Rapport zu weit wohlfeilerem Preise, ja für die Hälfte des Geldes zu liefern, das dieser Kerl, der beständig hinter mir einhergeht, sich zahlen läßt; denn ich muß ja alle diese Gänge ohnedies machen. Ich könnte vielleicht davon leben, daß ich mein eigner Spion werde.«

Einen großen, vielleicht den größten Einfluß übte damals auf Börne die sogenannte Madame Wohl, eine bereits in diesen Blättern erwähnte zweideutige Dame, wovon man nicht genau wußte, zu welchem Titel ihr Verhältnis zu Börne sie berechtige, ob sie seine Geliebte oder bloß seine Gattin. Die nächsten Freunde behaupteten lange Zeit steif und fest, daß Madame Wohl ihm heimlich angetraut sei und eines frühen Morgens, als Frau Doktorin Börne, ihre Aufmachung machen werde. Andere meinten, es herrsche zwischen beiden nur eine platonische Liebe, wie einst zwischen Messer Francesco und Madonna Laura, und sie fanden gewiß auch eine große Ähnlichkeit zwischen Petrarchas Sonetten und Börnes Pariser Briefen. Letztere waren nämlich nicht an eine erdichtete Lustgestalt, sondern an Madame Wohl gerichtet, was gewiß zu ihrem Werte beitrug, indem es ihnen jene bestimmte Physiognomie und jenes Individuelle erteilte, was keine Kunst nachahmen kann. Wenn sich in Briefen nicht bloß der Charakter des Schreibers, sondern auch des Empfängers abspiegelt, so ist Madame Wohl eine höchst respektable Person, die für Freiheit und Menschenrechte glüht, ein Wesen voll Gemüt, voll Begeisterung ... Und in der Tat, wir müssen dieser Ansicht Glauben schenken, wenn wir vernehmen, mit welcher Hingebung die Dame in bitterer Zeit an Börne festhielt, wie sie ihm ihr ganzes Leben weihte, und wie sie jetzt, nach seinem Tode, in trostlosem Kummer verharrt, sich in der Einsamkeit nur noch mit dem Verstorbenen beschäftigend. Unstreitbar herrschte zwischen beiden die innigste Zuneigung, aber während das Publikum zweifelhaft war, welche sinnliche Tatsachen daraus entsprungen sein möchten, überraschte uns einst die plötzliche Nachricht, daß Madame Wohl sich nicht mit Börne, sondern mit einem jungen Kaufmann aus Frankfurt vermählt habe ... Die Verwunderung hierüber ward noch dadurch gesteigert, daß die Neuvermählte nebst ihrem Gatten hierherkam, mit Börne ein und dieselbe Wohnung bezog, und alle drei einen einzigen Haushalt bildeten. Ja, es hieß, der junge Gatte habe die Frau nur deshalb geheuratet, um mit Börne in nähere Berührung zu kommen, er habe sich ausbedungen, daß zwischen beiden das frühere Verhältnis unverändert fortwalte. Wie man mir sagt, spielte er im Hause nur die dienende Person, verrichtete die roheren Geschäfte und ward ein sehr nützlicher Laufbursche für Börne, mit dessen Ruhm er hausieren ging und gegen dessen Gegner er unerbittlich Gift und Galle geiferte.

In der Tat, jener Gatte der Madame Wohl gehört nicht zu der guten Sorte, die mit der Toleranz in der Ehe eine gewisse Harmlosigkeit verbindet, und dadurch allen Spott entwaffnet. Nein, er erinnerte vielmehr an jene böse Gattung, wovon in den indischen Geschichten des Ktesias Erwähnung geschieht. Dieser Autor berichtet nämlich: in Indien gäbe es gehörnte Esel, und während alle andere Esel gar keine Galle haben, hätten jene gehörnten Esel einen solchen Überfluß an Galle, daß ihr Fleisch dadurch ganz bitter schmeckte.

Ich hoffe, es wird niemand mißdeuten, weshalb ich obige Partikularitäten aus Börnes Privatleben hervorhebe. Sie sollen nur zeigen, daß es noch ganz besondere Mißstände gab, die mir geboten mich von ihm entfernt zu halten. Das ganze Reinlichkeitsgefühl meiner Seele sträubte sich in mir bei dem Gedanken, mit seiner nächsten Umgebung in die mindeste Berührung zu geraten. Soll ich die Wahrheit gestehen, so sah ich in Börnes Haushalt eine Immoralität, die mich anwiderte. Dieses Geständnis mag befremdlich klingen im Munde eines Mannes, der nie im Zelotengeschrei sogenannter Sittenprediger einstimmte und selber hinlänglich von ihnen verketzert wurde. Verdiente ich wirklich diese Verketzerungen? Nach tiefster Selbstprüfung kann ich mir das Zeugnis geben, daß niemals meine Gedanken und Handlungen in Widerspruch geraten mit der Moral, mit jener Moral, die meiner Seele eingeboren, die vielleicht meine Seele selbst ist, die beseelende Seele meines Lebens. Ich gehorche fast passiv einer sittlichen Notwendigkeit, und mache deshalb keine Ansprüche auf Lorbeerkränze und sonstige Tugendpreise. Ich habe jüngst ein Buch gelesen, worin behauptet wird, ich hätte mich gerühmt, es liefe keine Phryne über die Pariser Boulevards, deren Reize mir unbekannt geblieben. Gott weiß, welchem ehrwürdigen Korrespondenzler solche saubre Anekdoten nachgesprochen wurden, ich kann aber dem Verfasser jenes Buches die Versicherung geben, daß ich, selbst in meiner tollsten Jugendzeit, nie ein Weib erkannt habe, wenn ich nicht dazu begeistert ward durch ihre Schönheit, die körperliche Offenbarung Gottes, oder durch die große Passion, jene große Passion, die ebenfalls göttlicher Art, weil sie uns von allen selbstsüchtigen Kleingefühlen befreit und die eiteln Güter des Lebens, ja das Leben selbst, hinopfern läßt! Was aber unseren Ludwig Börne betrifft, so dürfen wir kühn behaupten, daß es keineswegs die Begeisterung für Schönheit war, die ihn zu seiner Madame Wohl hinzog. Ebensowenig findet das Verhältnis dieser beiden Personen seine moralische Rechtfertigung in der großen Passion. Beherrscht von der großen Passion, würden beide keinen Anstand genommen haben, selbst ohne den Segen der Kirche und der Mairie, beieinander zu wohnen; das kleine Bedenken über das Kopfschütteln der Welt hätte sie nicht davon abgehalten ... Und die Welt ist am Ende gerecht und sie verzeiht die Flammen, wenn nur der Brand stark und echt ist, und schön lodert und lange ... Gegen eitel verpuffendes Strohfeuer ist sie hart und sie verspottet jede ängstliche Halbglut ... Die Welt achtet und ehrt jede Leidenschaft, sobald sie sich als eine wahre erprobt, und die Zeit erzeugt auch in diesem Falle eine gewisse Legitimität ... Aber Madame Wohl tat sich mit Börne zusammen unter dem Deckmantel der Ehe mit einem lächerlichen Dritten, dessen bitteres Fleisch ihr vielleicht manchmal mundete, während ihr Geist sich weidete am süßen Geiste Börnes ... Selbst in diesem anständigsten Falle, selbst im Fall dem idealischen Freunde nur das reine, schöne Gemüt und dem rohen Gatten die nicht sehr schöne und nicht sehr reinliche Hülle gewidmet ward, beruhte der ganze Haushalt auf der schmutzigsten Lüge, auf entweihter Ehe und Heuchelei, auf Immoralität.

Zu dem Ekel, der mich bei dem Zusammentreffen mit Börne von seiten seiner Umgebung bedrohte, gesellte sich auch das Mißbehagen, womit mich sein beständiges Kannengießern erfüllte. Immer politisches Räsonieren und wieder Räsonieren, und sogar beim Essen, wo er mich aufzusuchen wußte. Bei Tische, wo ich so gern alle Misere der Welt vergesse, verdarb er mir die besten Gerichte, durch seine patriotische Galle, die er gleichsam wie eine bittere Sauce darüber hinschwatzte. Kalbsfüße *à la Maître d'hôtel,* damals meine harmlose Lieblingsspeise, er verleidete sie mir durch Hiobsposten aus der Heimat, die er aus den unzuverlässigsten Zeitungen zusammengegabelt hatte. Und dann seine verfluchten Bemerkungen, die einem den Appetit verdarben. So z. B. kroch er mir mal nach in den Restaurant der Rue Lepelletier, wo damals nur politische

Flüchtlinge aus Italien, Spanien, Portugal und Polen zu Mittag speisten. Börne, welcher sie alle kannte bemerkte mit freudigem Händereiben: wir beide seien von der ganzen Gesellschaft die einzigen, die nicht von ihrer respektiven Regierung zum Tode verurteilt worden. »Aber ich habe«, setzte er hinzu, »noch nicht alle Hoffnung aufgegeben, es ebensoweit zu bringe. Wir werden am Ende alle gehenkt, und Sie ebensogut wie ich.« Ich äußerte bei dieser Gelegenheit, daß es in der Tat für die Sache der deutschen Revolution sehr fördersam wäre, wenn unsere Regierungen etwas rascher verführen und einige Revolutionäre wirklich aufhingen, damit die übrigen sähen, daß die Sache gar kein Spaß und alles an alles gesetzt werden müsse ... »Sie wollen gewiß«, fiel mir Börne in die Rede, »daß wir nach dem Alphabet gehenkt werden, und da wäre ich einer der ersten und käme schon im Buchstab' B, man mag mich nun als Börne oder als Baruch hängen; und es hätte dann noch gute Weile, bis man an Sie käme, tief ins H.«

Das waren nun Tischgespräche, die mich nicht sehr erquickten, und ich rächte mich dafür, indem ich für die Gegenstände des Börneschen Enthusiasmus eine übertriebene, fast leidenschaftliche Gleichgültigkeit affektierte. Z. B. Börne hatte sich geärgert, daß ich gleich bei meiner Ankunft in Paris nichts Besseres zu tun wußte, als für deutsche Blätter einen langen Bericht über die damalige Gemäldeausstellung zu schreiben. Ich lasse dahingestellt sein, ob das Kunstinteresse, das mich zu solcher Arbeit trieb, so ganz unvereinbar war mit den revolutionären Interessen des Tages; aber Börne sah hierin einen Beweis meines Indifferentismus für die heilige Sache der Menschheit, und ich konnte ihm ebenfalls die Freude seines patriotischen Sauerkrauts verleiden, wenn ich bei Tisch von nichts als von Bildern sprach, von Roberts Schnittern, von Horaz Vernets Judith, von Scheffers Faust. »Was taten Sie« – frug er mich einst – »am ersten Tag Ihrer Ankunft in Paris? Was war Ihr erster Gang?« Er erwartete gewiß, daß ich ihm die Place Louis XVI.

oder das Pantheon, die Grabmäler Rousseaus und Voltaires, als meine erste Ausflucht nennen würde, und er machte ein sonderbares Gesicht, als ich ihm ehrlich die Wahrheit gestand, daß ich nämlich gleich bei meiner Ankunft nach der Bibliothèque Royale gegangen und mir vom Aufseher der Manuskripte den Manessischen Kodex der Minnesänger hervorholen ließ. Und das ist wahr; seit Jahren gelüstete mich, mit eigenen Augen die teuern Blätter zu sehen, die uns unter anderen die Gedichte Walthers von der Vogelweide, des größten deutschen Lyrikers, aufbewahrt haben. Für Börne war dieses ebenfalls ein Beweis meines Indifferentismus und er zieh mich des Widerspruchs mit meinen politischen Grundsätzen. Daß ich es nie der Mühe wert hielt letztere mit ihm zu diskutieren, versteht sich von selbst; und als er einst auch in meinen Schriften einen Widerspruch entdeckt haben wollte, begnügte ich mich mit der ironischen Antwort: »Sie irren sich, Liebster, dergleichen findet sich nie in meinen Büchern, denn jedesmal ehe ich schreibe, pflege ich vorher meine politischen Grundsätze in meinen früheren Schriften wieder nachzulesen, damit ich mir nicht widerspreche und man mir keinen Abfall von meinen liberalen Prinzipien vorwerfen könne.« Aber nicht bloß beim Essen, sondern sogar in meiner Nachtruhe inkommodierte mich Börne mit seiner patriotischen Exaltation. Er kam einmal um Mitternacht zu mir heraufgestiegen in meine Wohnung, weckte mich aus dem süßesten Schlaf, setzte sich vor mein Bett, und jammerte eine ganze Stunde über die Leiden des deutschen Volks, und über die Schändlichkeiten der deutschen Regierungen, und wie die Russen für Deutschland so gefährlich seien, und wie er sich vorgenommen habe zur Rettung Deutschlands gegen den Kaiser Nikolaus zu schreiben und gegen die Fürsten, die das Volk so mißhandelten, und gegen den Bundestag ... Und ich glaube, er hätte bis zum Morgen in diesem Zuge fortgeredet, wenn ich nicht plötzlich, nach langem Schweigen, in die Worte ausbrach: »Sind Sie Gemeinde-Versorger?« –

Nur zweimal habe ich ihn seitdem wieder gesprochen. Das eine Mal bei der Heirat eines gemeinsamen Freundes, der uns beide als Zeugen gewählt, das andere Mal auf einem Spaziergang in den Tuilerien, dessen ich bereits erwähnte. Bald darauf erschien der dritte und vierte Teil seiner Pariser Briefe, und ich vermied nicht bloß jede Gelegenheit des Zusammentreffens, sondern ich ließ ihn auch merken, daß ich ihm geflissentlich auswich, und seit der Zeit habe ich ihm zwar zwei- oder dreimal begegnet, aber nie habe ich seitdem ein einziges Wort mit ihm gesprochen. Bei seiner sanguinischen Art wurmte ihn das bis zur Verzweiflung, und er setzte alle möglichen Erfindungen ins Spiel, um mir wieder freundschaftlich nahen zu dürfen, oder wenigstens eine Unterredung mit mir zu bewirken. Ich hatte also nie im Leben mit Börne einen mündlichen Disput, nie sagten wir uns irgendeine schwere Beleidigung; nur aus seinen gedruckten Reden merkte ich die lauernde Böswilligkeit, und nicht verletztes Selbstgefühl, sondern höhere Sorgen und die Treue die ich meinem Denken und Wollen schuldig bin, bewogen mich mit einem Mann zu brechen, der meine Gedanken und Bestrebungen kompromittieren wollte. Solches hartnäckige Ablehnen ist aber nicht ganz in meiner Art, und ich wäre vielleicht nachgiebig genug gewesen, mit Börne wieder zu sprechen und Umgang zu pflegen ... zumal da sehr liebe Personen mich mit vielen Bitten angingen und die gemeinschaftlichen Freunde oft in Verlegenheit gerieten bei Einladungen, deren ich keine annahm, wenn ich nicht vorher die Zusicherung erhielt, daß Herr Börne nicht geladen sei ... noch außerdem rieten mir meine Privatinteressen, den grimmblütigen Mann durch solches strenge Zurückweisen nicht allzusehr zu reizen, ... aber ein Blick auf seine Umgebung, auf seine lieben Getreuen, auf den vielköpfigen und mit den Schwänzen zusammengewachsenen Rattenkönig, dessen Seele er bildete, und der Ekel hielt mich zurück von jeder neuen Berührung mit Börne.

So vergingen mehrere Jahre, drei, vier Jahre, ich verlor den

Mann auch geistig aus dem Gesicht, selbst von jenen Artikeln, die er in französischen Zeitschriften gegen mich schrieb und die im ehrlichen Deutschland so verleumderisch ausgebeutet wurden, nahm ich wenig Notiz, als ich eines späten Herbstabends die Nachricht erhielt: Börne sei gestorben.

Wie man mir sagt, soll er seinen Tod selbst verschuldet haben, durch Eigensinn, indem er sich lange weigerte seinen Arzt, den vortrefflichen *Dr.* Sichel, rufen zu lassen. Dieser nicht bloß berühmte, sondern auch sehr gewissenhafte Arzt, der ihn wahrscheinlich gerettet hätte, kam zu spät, als der Kranke bereits eine terroristische Selbstkur an sich vorgenommen und seinen ganzen Körper ruiniert hatte.

Börne hatte früher etwas Medizin studiert und wußte von dieser Wissenschaft grade so viel, als man eben braucht, um zu töten. In der Politik, womit er sich später abgab, waren seine Kenntnisse wahrlich nicht viel bedeutender.

Ich habe seinem Begräbnisse nicht beigewohnt, was unsere hiesigen Korrespondenzler nicht ermangelten nach Deutschland zu berichten und was zu bösen Auslegungen Gelegenheit gab. Nichts ist aber törichter als in jenem Umstande, der rein zufällig sein konnte, eine feindselige Härte zu erblicken. Die Toren, sie wissen nicht, daß es kein angenehmeres Geschäft gibt als dem Leichenbegängnisse eines Feindes zu folgen!

Ich war nie Börnes Freund, und ich war auch nie sein Feind. Der Unmut, den er manchmal in mir erregen konnte, war nie bedeutend, und er büßte dafür hinlänglich durch das kalte Schweigen, das ich allen seinen Verketzerungen und Nücken entgegensetzte. Ich habe während er lebte auch keine Zeile gegen ihn geschrieben, ich gedachte seiner nie, ich ignorierte ihn komplett und das ärgerte ihn über alle Maßen.

Wenn ich jetzt von ihm rede, geschieht es wahrlich weder aus Enthusiasmus noch aus Mißtrauen; ich bin mir wenigstens der kältesten Unparteilichkeit bewußt. Ich schreibe hier weder eine Apologie noch eine Kritik, und indem ich nur von der eignen Anschauung ausgehe bei der Schilderung des Mannes, dürfte das Standbild, das ich von ihm liefere, vielleicht als ein ikonisches zu betrachten sein. Und es gebührt ihm ein solches Standbild, ihm dem großen Ringer, der in der Arena unserer politischen Spiele so mutig rang, und wo nicht den Lorbeer, doch gewiß den Kranz von Eichenlaub ersiegte.

Wir geben sein Standbild mit seinen wahren Zügen, ohne Idealisierung, je ähnlicher desto ehrender für sein Andenken. Er war ja weder ein Genie noch ein Heros; er war kein Gott des Olymps. Er war ein Mensch, ein Bürger der Erde, er war ein guter Schriftsteller und ein großer Patriot.

Indem ich Ludwig Börne einen guten Schriftsteller genannt, und ihm nur das schlichte Beiwort »gut« zuerkenne, möchte ich seinen ästhetischen Wert weder vergrößern noch verkleinern. Ich gebe überhaupt hier, wie ich bereits erwähnt, keine Kritik ebensowenig wie eine Apologie seiner Schriften; nur mein unmaßgebliches Dafürhalten darf in diesen Blättern seine Stelle finden. Ich suche dieses Privaturteil so kurz als möglich abzufassen; daher nur wenige Worte über Börne in rein literarischer Beziehung.

Soll ich in der Literatur einen verwandten Charakter aufsuchen, so böte sich zuerst Gotthold Ephraim Lessing, mit welchem Börne sehr oft verglichen worden. Aber diese Verwandtschaft beruht nur auf der inneren Tüchtigkeit, den edlen Willen, die patriotische Passion und den Enthusiasmus für Humanität. Auch die Verstandesrichtung war in beiden dieselbe. Hier aber hört der Vergleich auf. Lessing war groß durch jenen offenen Sinn für Kunst und philosophische Spekulation, welcher dem armen Börne gänzlich abging. Es gibt in der ausländischen Literatur zwei Männer, die mit ihm eine weit größere Ähnlichkeit haben: diese Männer sind William Hazlitt und Paul Courier. Beide sind vielleicht die nächsten literarischen Verwandte Börnes, nur daß Hazlitt ihn ebenfalls an Kunstsinn überflügelt und Courier sich keineswegs zum Börneschen Humor erheben kann. Ein gewisser Esprit ist allen dreien gemeinsam, obgleich er bei jedem eine verschiedene Färbung trägt: er ist trübsinnig bei Hazlitt, dem Briten, wo er wie Sonnenstrahlen aus dicken englischen Nebelwolken hervorblitzt; er ist fast mutwillig heiter bei dem Franzosen Courier, wo er wie der junge Wein der Touraine im Kelter braust und sprudelt und manchmal übermütig emporzischt; bei Börne, dem Deutschen, ist er beides, trübsinnig und heiter, wie der säuerlich ernste Rheinwein und das närrische Mondlicht der deutschen Heimat … Sein Esprit wird manchmal zum Humor.

Dieses ist nicht so sehr in den früheren Schriften Börnes, als vielmehr in seinen Pariser Briefen der Fall. Zeit, Ort und Stoff haben hier den Humor nicht bloß begünstigt, sondern ganz eigentlich hervorgebracht. Ich will damit sagen, den Humor in den Pariser Briefen verdanken wir weit mehr den Zeitumständen, als dem Talent ihres Verfassers. Die Juliusrevolution, dieses politische Erdbeben, hatte dergestalt in allen Sphären des Lebens die Verhältnisse auseinander gesprengt, und so buntscheckig die verschiedenartigsten Erscheinungen zusammengeschmissen, daß der Pariser Revolutionskorrespondent nur treu zu berichten brauchte, was er sah und hörte, und er erreichte von selbst die höchsten Effekte des Humors. Wie die Leidenschaft manchmal die Poesie ersetzt und z. B. die Liebe oder die Todesangst in begeisterte Worte ausbricht, die der wahre Dichter nicht besser und schöner zu erfinden weiß: so ersetzen die Zeitumstände manchmal den angeborenen Humor, und ein ganz prosaisch begabter, sinnreicher Autor liefert wahrhaft humoristische Werke, indem sein Geist die spaßhaften und kummervollen, schmutzigen und heiligen, grandiosen und winzigen Kombinationen einer umgestülpten Weltordnung treu abspiegelt. Ist der Geist eines solchen Autors noch obendrein selbst in bewegtem Zustand, ist dieser Spiegel verschoben oder grell gefärbt von eigner Leidenschaft, dann werden tolle Bilder zum Vorschein kommen, die selbst alle Geburten des humoristischen Genius überbieten ... Hier ist das Gitter, welches den Humor vom Irrenhause trennt ... Nicht selten, in den Börneschen Briefen, zeigen sich Spuren eines wirklichen Wahnsinns, und Gefühle und Gedanken grinsen uns entgegen, die man in die Zwangsjacke stecken müßte, denen man die Douche geben sollte ...

In stilistischer Hinsicht sind die Pariser Briefe weit schätzbarer als die früheren Schriften Börnes, worin die kurzen Sätze, der kleine Hundetrab, eine unerträgliche Monotonie hervorbringen und eine fast kindische Unbeholfenheit verraten. Diese kurzen Sätze verlieren sich immer mehr und mehr in den Pariser Briefen, wo die entzügelte Leidenschaft notgedrungen in weitere, vollere Rhythmen überströmt, und kolossale, gewitterschwangere Perioden dahinrollen, deren Bau schön und vollendet ist, wie durch die höchste Kunst.

Die Pariser Briefe können in Beziehung auf Börnes Stil dennoch nur als eine Übergangsstufe betrachtet werden, wenn man sie mit seiner letzten Schrift »Menzel der Franzosenfresser«, vergleicht. Hier erreicht sein Stil die höchste Ausbildung, und wie in den Worten so auch in den Gedanken herrscht hier eine Harmonie, die von schmerzlicher aber erhabener Beruhigung Kunde gibt. Diese Schrift ist ein klarer See, worin der Himmel mit allen Sternen sich spiegelt, und Börnes Geist taucht hier auf und unter, wie ein schöner Schwan, die Schmähungen, womit der Pöbel sein reines Gefieder besudelte, ruhig von sich abspülend. Auch hat man diese Schrift mit Recht Börnes Schwanengesang genannt. Sie ist in Deutschland wenig bekannt worden, und Betrachtungen über ihren Inhalt wären hier gewiß an ihrem Platze. Aber da sie direkt gegen Wolfgang Menzel gerichtet ist und ich bei dieser Gelegenheit denselben wieder ausführlich besprechen müßte, so will ich lieber schweigen. Nur eine Bemerkung kann ich hier nicht unterdrücken, und sie ist glücklicherweise von der Art, daß sie vielmehr von persönlichen Bitternissen ableitet und dem Hader, worin sowohl Börne als die sogenannten Mitglieder des sogenannten Jungen Deutschlands mit Menzeln gerieten, eine generelle Bedeutung zuschreibt, wo Wert oder Unwert der Individuen nicht mehr zur Sprache kommt. Vielleicht sogar liefere ich dadurch eine Justifikation des Menzelschen Betragens und seiner scheinbaren Abtrünnigkeit.

Ja, er wurde nur scheinbar abtrünnig ... nur scheinbar ... denn er hat der Partei der Revolution niemals mit dem Gemüte und dem Gedanken angehört. Wolfgang Menzel war einer jener Teutomanen, jener Teutschtümler, die, nach der Sonnenhitze der Juliusrevolution, gezwungen wurden, ihre altdeutschen Röcke und Redensarten auszuziehen, und sich geistig wie körperlich in das moderne Gewand zu kleiden, das nach französischem Maße zugeschnitten. Wie ich bereits zu Anfang dieses Buches gezeigt, viele von diesen Teutomanen, um an der allgemeinen Bewegung und den Triumphen des Zeitgeistes teilzunehmen, drängten sich in unsere Reihen, in die Reihen der Kämpfer für die Prinzipien der Revolution, und ich zweifle nicht, daß sie mutig mitgefochten hätten in der gemeinsamen Gefahr. Ich fürchtete keine Untreue von ihnen während der Schlacht, aber nach dem Siege; ihre alte Natur, die zurückgedrängte Teutschtümelei, wäre wieder hervorgebrochen, sie hätten bald die rohe Masse mit den dunkeln Beschwörungsliedern des Mittelalters gegen uns aufgewiegelt, und diese Beschwörungslieder, ein Gemisch von uraltem Aberglauben und dämonischer Erdkräfte, wären stärker gewesen als alle Argumente der Vernunft ...

Menzel war der erste, der, als die Luft kühler wurde, die altdeutschen Rockgedanken wieder vom Nagel herabnahm, und mit Lust wieder in die alten Ideenkreise zurückturnte. Wahrlich, bei dieser Umwendung fiel es mir wie ein Stein vom Herzen, denn in seiner wahren Gestalt war Wolfgang Menzel weit minder gefährlich als in seiner liberalen Vermummung; ich hätte ihm um den Hals fallen mögen und ihn küssen, als er wieder gegen die Franzosen eiferte und auf Juden schimpfte und wieder für Gott und Vaterland, für das Christentum und deutsche Eichen, in die Schranken trat und erschrecklich bramarbasierte! Ich gestehe es, wie wenig Furcht er mir in dieser Gestalt einflößte, so sehr ängstigte er mich einige Jahre früher, als er plötzlich für die Juliusrevolution und die Franzosen in schwärmerische Begeisterung geriet, als er für die Rechte der Juden seine pathetischen, großherzigen, lafayettischen Emanzipationsreden hielt, als er Ansichten über Welt- und Menschenschicksal losließ, worin eine Gottlosigkeit grinste, wie dergleichen kaum bei den entschlossensten Materialisten gefunden wird, Ansichten, die kaum jener Tiere würdig, die sich nähren mit der Frucht der deutschen Eiche. Damals war er gefährlich, damals, ich gestehe es, zitterte ich vor Wolfgang Menzeln!

Börne, in seiner Kurzsichtigkeit, hatte die wahre Natur des letztern nie erkannt, und da man gegen Renegaten, gegen umgewandelte Gesinnungsgenossen weit mehr Unwillen empfindet, als gegen alte Feinde, so loderte sein Zorn am grimmigsten gegen Menzeln. – Was mich anbelangt, der ich fast zu gleicher Zeit eine Schrift gegen Menzeln herausgab, so waren ganz andere Motive im Spiel. Der Mann hatte mich nie beleidigt, selbst seine roheste Verlästerung hat keine verletzbare Stelle in meinem Gemüte getroffen. Wer meine Schrift gelesen, wird übrigens daraus ersehen haben, daß hier das Wort weniger verwunden als reizen sollte, und alles dahinzielte, den Ritter des Deutschtums auf ein ganz anderes, als ein literärisches Schlachtfeld herauszufordern. Menzel hat meiner loyalen Absicht keine Genüge geleistet. Es ist nicht meine Schuld, wenn das Publikum daraus allerlei verdrießliche Folgerungen zog ... Ich hatte ihm aufs großmütigste die Gelegenheit geboten, sich durch einen einzigen Akt der Mannhaftigkeit in der öffentlichen Meinung zu rehabilitieren ... Ich setzte Blut und Leben aufs Spiel ... Er hat's nicht gewollt.

Armer Menzel! ich habe wahrlich keinen Groll gegen dich!

Du warst nicht der Schlimmste. Die anderen sind weit perfider, sie verharren länger in der liberalen Vermummung, oder lassen die Maske nicht ganz fallen ... Ich meine hier zunächst einige schwäbische Kammersänger der Freiheit, deren liberale Triller immer leiser und leiser verklingen, und die bald wieder mit der alten Bierstimme die Weisen von Anno 13 und 14 anstimmen werden ... Gott erhalte euch fürs Vaterland! Wenn ihr, um die Fetzen eurer Popularität zu retten, den Menzel, euren vertrautesten Gesinnungsgenossen, sakrifiziert habt, so war das eine sehr verächtliche Handlung.

Und dann muß man bei Menzeln anerkennen, daß er mit bestimmter Mannesunterschrift seine Schmähungen vertrat; er war kein anonymer Skribler und brachte immer die eigne Haut zu Markte. Nach jedem Schimpfwort, womit er uns bespritzte, hielt er fast gutmütig still, um die verdiente Züchtigung zu empfangen. Auch hat's ihm an geschriebenen Schlägen nicht gefehlt und sein literarischer Rücken ist schwarz gestreift, wie eines Zebras. Armer Menzel! Er zahlte für manchen anderen, dessen man nicht habhaft werden konnte, für die anonymen und pseudonymen Buschklepper, die aus den dunkelsten Schlupfwinkeln der Tagespresse ihre feigen Pfeile abschießen ... Wie willst du sie züchtigen? Sie haben keinen Namen, den du brandmarken könntest, und gelänge es dir sogar, von einem zitternden Zeitungsredakteur die paar leere Buchstaben zu erpressen, die ihnen als Namen dienen, so bist du dadurch noch nicht sonderlich gefördert ... Du findest alsdann, daß der Verfasser des insolentesten Schmähartikels kein anderer war als jener klägliche Drohbettler, der mit all seiner untertänigen Zudringlichkeit auch keinen Sou von dir erpressen konnte ... Oder, was noch bitterer ist, du erfährst, daß im Gegenteil ein Lumpazius, der dich um zweihundert Franks geprellt, dem du einen Rock geschenkt hast, um seine Blöße zu bedecken, dem du aber keine schriftliche Zeile geben wolltest, womit er sich in Deutschland als deinen Freund und großen Mitdichter herumpräsentieren konnte, daß ein solcher Lumpazius es war, der deinen guten Leumund in der Heimat begeiferte ... Ach, dieses Gesindel ist kapabel, mit vollem Namen gegen dich aufzutreten, und dann bist du erst recht in Verlegenheit! Antwortest du, so verleihst du ihnen eine lebenslängliche Wichtigkeit, die sie auszubeuten wissen, und sie finden eine Ehre darin, daß du sie mit demselben Stocke schlugest, womit ja schon die berühmtesten Männer geschlagen worden ... Freilich, das beste wäre, sie bekämen ihre Prügel ganz unfigürlich, mit keinem geistigen, sondern mit einem wirklich materiellen Stocke wie einst ihr Ahnherr Thersites ...

Ja, es war ein lehrreiches Beispiel, das du uns gabest, edler Sohn des Laertes, königlicher Dulder Odysseus! Du, der Meister des Wortes, der in der Kunst des Sprechens alle Sterblichen übertrafest! jedem wußtest du Rede zu stehen, und du sprachest ebenso gern wie siegreich: nur an einen klebrigten Thersites wolltest du kein Wort verlieren, einen solchen Wicht hieltest du keiner Gegenrede wert, und als er dich schmähte, hast du ihn schweigend geprügelt ...

Wenn mein Vetter in Lüneburg dies liest, erinnert er sich vielleicht unserer dortigen Spaziergänge, wo ich jedem Betteljungen, der uns ansprach, immer einen Groschen gab, mit der ernstlichen Vermahnung: »Lieber Bursche, wenn du dich etwa später auf Literatur legen und Kritiken für die Brockhausischen Literaturblätter schreiben solltest, so reiß mich nicht herunter!« Mein Vetter lachte damals, und ich selber wußte noch nicht, daß der Groschen, den meine Mutter einer Bettlerin verweigerte, auch in der Literatur so fatalistisch wirken konnte!

Ich habe oben der Brockhausischen »Literaturblätter« erwähnt. Diese sind die Höhlen, wo die unglücklichsten aller deutschen Skribler schmachten und ächzen; die hier hinabsteigen, verlieren ihren Namen und bekommen eine Nummer, wie die verurteilten Polen in den russischen Bergwerken, in den Bleiminen von Nowgorod: hier müssen sie, wie diese, die entsetzlichsten Arbeiten verrichten, z. B. Herrn von Raumer als großen Geschichtschreiber loben, oder Ludwig Tieck als Gelehrten anpreisen und als Mann von Charakter usw. ... Die meisten sterben davon und werden namenlos verscharrt als tote Nummer. Viele unter diesen Unglücklichen, vielleicht die meisten, sind ehemalige Teutomanen, und wenn sie auch keine altdeutschen Röcke mehr tragen, so tragen sie doch altdeutsche Unterhosen; – sie unterscheiden sich von den schwäbischen Gesinnungsgenossen durch einen gewissen märkischen Akzent und durch ein weit windigeres Wesen. Die Volkstümelei war von jeher in Norddeutschland mehr Affektation, wo nicht gar einstudierte Lüge, namentlich in Preußen, wo sogar die Championen der Nationalität ihren slawischen Ursprung vergebens zu verleugnen suchten. Da lob' ich mir meine Schwaben, die meinen es wenigstens ehrlicher und dürfen mit größerem Rechte auf germanische Rassenreinheit pochen. Ihr jetziges Hauptorgan, die Cottasche »Dreimonatsrevue«, ist beseelt von diesem Stolz, und ihr Redakteur, der Diplomat Kölle, (ein geistreicher Mann, aber der größte Schwätzer dieser Erde und der gewiß nie ein Staatsgeheimnis verschwiegen hat!), der Redakteur jener Revue ist der eingefleischteste Rassenmäkler, und sein drittes Wort ist immer germanische, romanische und semitische Rasse ... Sein größter Schmerz ist, daß der Champion des Germanentums, sein Liebling, Wolfgang Menzel, alle Kennzeichen der mongolischen Abstammung im Gesichte trägt.

Ich finde es für nötig, hier zu bemerken, daß ich den langweilig breiten Schmähartikel, den jüngst die erwähnte Dreimonatsschrift gegen mich auskramte, keineswegs der bloßen Teutomanie, nicht einmal einem persönlichen Grolle, beimesse. Ich war lange der Meinung, als ob der Verfasser, ein gewisser G. Pf., durch jenen Artikel seinen Freund Menzel rächen wolle. Aber ich muß der Wahrheit gemäß meinen Irrtum bekennen. Ich ward seitdem verschiedenseitig eines besseren unterrichtet.

»Die Freundschaft zwischen dem Menzel und dem erwähnten G. Pf.«, sagte mir unlängst ein ehrlicher Schwabe, »besteht nur darin, daß letzterer dem Menzel, der kein Französisch versteht, mit seiner Kenntnis dieser Sprache aushilft. Und was den Angriff gegen Sie betrifft, so ist das gar nicht so böse gemeint; der G. Pf. war früher der größte Enthusiast für Ihre Schriften, und wenn er jetzt so glühend gegen die Immoralität derselben eifert, so geschieht das, um sich das Ansehen von strenger Tugend zu geben, und sich gegen den Verdacht der sokratischen Liebe, der auf ihm lastete, etwas zu decken.«

Ich würde den Ausdruck »sokratische Liebe« gern umschrieben haben, aber es sind die eigenen Worte des *Dr.* D.....r, der mir diese harmlose Konfidenz machte. *Dr.* D.....r, der gewiß nichts dagegen hätte, wenn ich seinen ganzen Namen mitteilte, ist ein Mann von ausgezeichnetem Geist, und von einer Wahrheitsliebe, die sich in seinem ganzen Wesen ausspricht. Da er sich in diesem Augenblick zu London befindet, konnte ich ohne vorläufige Anfrage seinen Namen nicht ganz ausschreiben; er steht aber zu Dienst, sowie auch der ganze Name eines der achtungswertesten Pariser Gelehrten, des Pr. D......g, in dessen Gegenwart mir dieselbe Mitteilung wiederholt ward. – Für das Publikum aber ist es nützlich zu erfahren, welche Motive sich zuweilen unter dem bekannten »sittlich-religiös-patriotischen Bettlermantel« verbergen.

Ich habe mich nur scheinbar von meinem Gegenstande entfernt. Manche Angriffe gegen den seligen Börne finden durch obige Winke ihre teilweise Erklärung. Dasselbe ist der Fall in Beziehung auf sein Buch »Menzel, der Franzosenfresser«. Diese Schrift ist eine Verteidigung des Kosmopolitismus gegen den Nationalismus; aber in dieser Verteidigung sieht man, wie der Kosmopolitismus Börnes nur in seinem Kopfe saß, statt daß der Patriotismus tief in seinem Herzen wurzelte, während bei seinem Gegner der Patriotismus nur im Kopfe spukte und die kühlste Indifferenz im Herzen gähnte ... Die listigen Worte, womit Menzel sein Deutschtum, wie ein Hausierjude seinen Plunder anpreist, seine alten Tiraden von Hermann dem Cherusker, dem Corsen, dem gesunden Pflanzenschlaf, Martin Luther, Blücher, der Schlacht bei Leipzig, womit er den Stolz des deutschen Volkes kitzeln will, alle diese abgelebten Redensarten weiß Börne so zu beleuchten, daß ihre lächerliche Nichtigkeit aufs ergötzlichste veranschaulicht wird; und dabei brechen aus seinem eigenen Herzen die rührendsten Naturlaute der Vaterlandsliebe, wie verschämte Geständnisse, die man in der letzten Stunde des Lebens nicht mehr zurückhalten kann, die wir mehr hervorschluchzen als aussprechen ... Der Tod steht daneben und nickt, als unabweisbarer Zeuge der Wahrheit!

Ja, er war nicht bloß ein guter Schriftsteller, sondern auch ein großer Patriot.

In Beziehung auf Börnes schriftstellerischen Wert muß ich hier auch seine Übersetzung der *»Paroles d'un croyant«*, erwähnen, die er ebenfalls in seinem letzten Lebensjahre angefertigt, und die als ein Meisterstück des Stils zu betrachten ist. Daß er eben dieses Buch übersetzte, daß er sich überhaupt in die Ideenkreise Lamennais' verlocken ließ, will ich jedoch nicht rühmen. Der Einfluß, den dieser Priester auf ihn ausübte, zeigte sich nicht bloß in der erwähnten Übersetzung der *»Paroles d'un croyant«*, sondern auch in verschiedenen französischen Aufsätzen, die Börne damals für den *»Reformateur«* und die *»Balance«* schrieb, in jenen merkwürdigen Urkunden seines Geistes, wo sich ein Verzagen, ein Verzweifeln an protestantischer Vernunftsautorität gar bedenklich offenbart und das erkrankte Gemüt in katholische Anschauungen hinüber schmachtet ...

Es war vielleicht ein Glück für Börne, daß er starb ... Wenn nicht der Tod ihn rettete, vielleicht sähen wir ihn heute römisch-katholisch blamiert.

Wie ist das möglich? Börne wäre am Ende katholisch geworden? Er hätte in den Schoß der römischen Kirche sich geflüchtet, und das leidende Haupt durch Orgelton und Glockenklang zu betäuben gesucht? Nun ja, er war auf dem Wege dasselbe zu tun, was so manche ehrliche Leute schon getan, als der Ärger ihnen ins Hirn stieg und die Vernunft zu fliehen zwang, und die arme Vernunft ihnen beim Abschied nur noch den Rat gab: wenn ihr doch verrückt sein wollt, so werdet katholisch, und man wird euch wenigstens nicht einsperren, wie andere Monomanen.

»Aus Ärger katholisch werden« – so lautet ein deutsches Sprichwort, dessen verflucht tiefe Bedeutung mir jetzt erst klar wird. – Ist doch der Katholizismus die schauerlich reizendste Blüte jener Doktrin der Verzweiflung, deren schnelle Verbreitung über die Erde nicht mehr als ein großes Wunder erscheint, wenn man bedenkt, in welchem grauenhaft peinlichen Zustand die ganze römische Welt schmachtete ... Wie der Einzelne sich trostlos die Adern öffnete und im Tode ein Asyl suchte gegen die Tyrannei der Cäsaren: so stürzte sich die große Menge in die Asketik, in die Abtötungslehre, in die Martyrsucht, in den ganzen Selbstmord der nazarenischen Religion, um auf einmal die damalige Lebensqual von sich zu werfen und den Folterknechten des herrschenden Materialismus zu trotzen ...

Für Menschen, denen die Erde nichts mehr bietet, ward der Himmel erfunden ... Heil dieser Erfindung! Heil einer Religion, die dem leidenden Menschengeschlecht in den bittern Kelch einige süße, einschläfernde Tropfen goß, geistiges Opium, einige Tropfen Liebe, Hoffnung und Glauben!

Ludwig Börne war, wie ich bereits in der ersten Abteilung erwähnte, seiner Natur nach ein geborener Christ, und diese spiritualistische Richtung mußte in den Katholizismus überschnappen, als die verzweifelnden Republikaner, nach den schmerzlichsten Niederlagen, sich mit der katholischen Partei verbanden. – Wie weit ist es Ernst mit dieser Verbindung? Ich kann's nicht sagen. Manche Republikaner mögen wirklich aus Ärger katholisch geworden sein. Die meisten jedoch verabscheuen im Herzen ihre neuen Alliierten, und es wird Komödie gespielt von beiden Seiten. Es gilt nur den gemeinschaftlichen Feind zu bekämpfen, und in der Tat, die Verbindung der beiden Fanatismen, des religiösen und des politischen, ist bedrohlich im höchsten Grade. Zuweilen aber geschieht es, daß die Menschen sich in ihrer Rolle verlieren und aus dem listigen Spiel ein plumper Ernst wird; und so mag wohl mancher Republikaner so lange mit den katholischen Symbolen geliebäugelt haben, bis er zuletzt daran wirklich glaubte; und mancher schlaue Pfaffe mag so lange die Marseillaise gesungen haben, bis sie sein Lieblingslied ward, und er nicht mehr Messe lesen kann ohne in die Melodie dieses Schlachtgesanges zu verfallen.

Wir armen Deutschen, die wir leider keinen Spaß verstehen, wir haben das Fraternisieren des Republikanismus und des Katholizismus für baren Ernst genommen, und dieser Irrtum kann uns einst sehr teuer zu stehen kommen. Arme deutsche Republikaner, die ihr Satan bannen wollt durch Belzebub, ihr werdet, wenn euch solcher Exorzismus gelänge, erst recht aus dem Feuerregen in die Flammentraufe geraten! Wie gar manche deutsche Patrioten, um protestantische Regierungen zu befehden, mit der katholischen Partei gemeinschaftliche Sache treiben, kann ich nicht begreifen. Man wird mir, dem die Preußen bekanntlich so viel Herzleid bereiteten, man wird mir schwerlich eine blinde Sympathie für Borussia zuschreiben: ich darf daher freimütig gestehen, daß ich in dem Kampfe Preußens mit der katholischen Partei nur ersterem den Sieg wünsche ... Denn eine Niederlage würde hier notwendig zur Folge haben, daß einige deutsche Provinzen, die Rheinlande, für Deutschland verloren gingen. – Was kümmert es aber die frommen Leute in München, ob man am Rhein deutsch oder französisch spricht; für sie ist es hinreichend, daß man dort lateinisch die Messe singt. Pfaffen haben kein Vaterland, sie haben nur einen Vater, einen Papa, in Rom.

Daß aber der Abfall der Rheinlande, ihr Heimfall an das romanische Frankreich, eine ausgemachte Sache ist zwischen den Helden der katholischen Partei und ihren französischen Verbündeten, wird männiglich bekannt sein. Zu diesen Verbündeten gehört seit einiger Zeit auch ein gewisser ehemaliger Jakobianer, der jetzt eine Krone trägt und mit gewissen gekrönten Jesuiten in Deutschland unterhandelt ... Frommer Schacher! scheinheiliger Verrat am Vaterland!

Es versteht sich von selbst, daß unser armer Börne, der sich nicht bloß von den Schriften, sondern auch von der Persönlichkeit Lamennais' ködern ließ, und an den Umtrieben der römischen Freiwerber unbewußt teilnahm, es versteht sich von selbst, daß unser armer Börne nimmermehr die Gefahren ahnte, die durch die Verbindung der katholischen und republikanischen Partei, unser Deutschland bedrohen. Er hatte hiervon auch nicht die mindeste Ahnung, er, dem die Integrität Deutschlands, ebensosehr wie dem Schreiber dieser Blätter, immer am Herzen lag. Ich muß ihm in dieser Beziehung das glänzendste Zeugnis erteilen. »Auch keinen deutschen Nachttopf würde ich an Frankreich abtreten«, rief er einst im Eifer des Gesprächs, als jemand bemerkte, daß Frankreich, der natürliche Repräsentant der Revolution, durch den Wiederbesitz der Rheinlande gestärkt werden müsse, um dem aristokratisch absolutistischen Europa desto sicherer widerstehen zu können.

»Keinen Nachttopf tret' ich ab«, rief Börne, im Zimmer auf- und abstampfend, ganz zornig.

»Es versteht sich«, bemerkte ein Dritter, »wir treten den Franzosen keinen Fuß breit Land vom deutschen Boden ab; aber wir sollten ihnen einige deutsche Landsleute abtreten, deren wir allenfalls entbehren können. Was dächten Sie, wenn wir den Franzosen z. B. den Raumer und den Rotteck abträten?«

»Nein, nein«, rief Börne, aus dem höchsten Zorn in Lachen übergehend – »auch nicht einmal den Raumer oder den Rotteck trete ich ab, die Kollektion wäre nicht mehr komplett, ich will Deutschland ganz behalten wie es ist, mit seinen Blumen und seinen Disteln, mit seinen Riesen und seinen Zwergen … nein, auch die beiden Nachttöpfe trete ich nicht ab!«

Ja, dieser Börne war ein großer Patriot, vielleicht der größte, der aus Germanias stiefmütterlichen Brüsten das glühendste Leben und den bittersten Tod gesogen! In der Seele dieses Mannes jauchzte und blutete eine rührende Vaterlandsliebe, die ihrer Natur nach verschämt, wie jede Liebe, sich gern unter knurrenden Scheltworten und nergelndem Murrsinn versteckt, aber in unbewachter Stunde desto gewaltsamer hervorbrach. Wenn Deutschland allerlei Verkehrtheiten beging, die böse Folgen haben konnten, wenn es den Mut nicht hatte eine heilsame Medizin einzunehmen, sich den Star stechen zu lassen oder sonst eine kleine Operation auszuhalten, dann tobte und schimpfte Ludwig Börne, und stampfte und wetterte; – wenn aber das vorausgesehene Unglück wirklich eintrat, wenn man Deutschland mit Füßen trat oder so lange peitschte bis Blut floß: dann schmollte Börne nicht länger, und er fing an zu flennen, der arme Narr, der er war, und schluchzend behauptete er alsdann, Deutschland sei das beste Land der Welt, und das schönste Land, und die Deutschen seien das schönste und edelste Volk, eine wahre Perle von Volk, und nirgends sei man klüger als in Deutschland, und sogar die Narren seien dort gescheut, und die Flegelei sei eigentlich Gemüt, und er sehnte sich ordentlich nach den geliebten Rippenstößen der Heimat, und er hatte manchmal ein Gelüste nach einer recht saftigen deutschen Dummheit, wie eine schwangere Frau nach einer Birne. Auch wurde für ihn die Entfernung vom Vaterlande eine wahre Marter, und manches böse Wort in seinen Schriften hat diese Qual hervorgepreßt. Wer das Exil nicht kennt, begreift nicht, wie grell es unsere Schmerzen färbt, und wie es Nacht und Gift in unsere Gedanken gießt. Dante schrieb seine »Hölle« im Exil. Nur wer im Exil gelebt hat, weiß auch, was Vaterlandsliebe ist, Vaterlandsliebe mit all ihren süßen Schrecken und sehnsüchtigen Kümmernissen! Zum Glück für unsere Patrioten, die in Frankreich leben müssen, bietet dieses Land so viele Ähnlichkeit mit Deutschland; fast dasselbe Klima, dieselbe Vegetation, dieselbe Lebensweise. »Wie furchtbar muß das Exil sein, wo diese Ähnlichkeit fehlt« – bemerkte mir einst Börne, als wir im Jardin des Plantes spazieren gingen – »wie schrecklich, wenn man um sich her nur Palmen und tropische Gewächse sähe und ganz wildfremde Tierarten, wie Känguruhs und Zebras ... Zu unserem Glücke sind die Blumen in Frankreich ganz so wie bei uns zu Hause, die Veilchen und Rosen sehen ganz wie deutsche aus, und die Ochsen und Kühe, und die Esel sind geduldig und nicht gestreift, ganz wie bei uns, und die Vögel sind gefiedert und singen in Frankreich ganz so wie in Deutschland, und wenn ich gar hier in Paris die Hunde herumlaufen sehe, kann ich mich ganz wieder über den Rhein zurückdenken, und mein Herz ruft mir zu: das sind ja unsere deutschen Hunde!«

Ein gewisser Blödsinn hat lange Zeit in Börnes Schriften jene Vaterlandsliebe ganz verkannt. Über diesen Blödsinn konnte er sehr mitleidig die Achseln zucken, und über die keuchenden alten Weiber, welche Holz zu seinem Scheiterhaufen herbeischleppten, konnte er mit Seelenruhe ein *Sancta simplicitas!* ausrufen. Aber wenn jesuitische Böswilligkeit seinen Patriotismus zu verdächtigen suchte, geriet er in einen vernichtenden Grimm. Seine Entrüstung kennt alsdann keine Rücksicht mehr, und wie ein beleidigter Titane schleudert er die tödlichsten Quadersteine auf die züngelnden Schlangen, die zu seinen Füßen kriechen. Hier ist er in seinem vollen Rechte, hier lodert am edelsten sein Manneszorn. Wie merkwürdig ist folgende Stelle in den »Pariser Briefen«, die gegen Jarke gerichtet ist, der sich unter den Gegnern Börnes durch zwei Eigenschaften, nämlich Geist und Anstand, einigermaßen auszeichnet:

»Dieser Jarke ist ein merkwürdiger Mensch. Man hat ihn von Berlin nach Wien berufen, wo er die halbe Besoldung von Gentz bekömmt. Aber er verdiente nicht deren hundertsten Teil, oder er verdiente eine hundertmal größere – es kömmt nur darauf an, was man dem Gentz bezahlen wollte, das Gute oder Schlechte an ihm. Diesen katholisch und toll gewordenen Jarke liebe ich ungemein, denn er dient mir, wie gewiß auch vielen andern, zum nützlichen Spiele und zum angenehmen Zeitvertreibe. Er gibt seit einem Jahre ein politisches Wochenblatt heraus. Das ist eine unterhaltende Camera obscura; darin gehen alle Neigungen und Abneigungen, Wünsche und Verwünschungen, Hoffnungen und Befürchtungen, Freuden und Leiden, Ängste und Tollkühnheiten und alle Zwecke und Mittelchen der Monarchisten und Aristokraten mit ihren Schatten hintereinander vorüber. Der gefällige Jarke! Er verrät alles, er warnt alle. Die verborgensten Geheimnisse der großen Welt schreibt er auf die Wand meines kleinen Zimmers. Ich erfahre von ihm, und erzähle jetzt Ihnen, was sie mit uns vorhaben. Sie wollen nicht allein die Früchte und Blüten und Blätter und Zweige und Stämme der Revolution zerstören, sondern auch ihre Wurzeln, ihre tiefsten, ausgebreitetsten, festesten Wurzeln und bliebe die halbe Erde daran hängen. Der Hofgärtner Jarke geht mit Messer und Schaufel und Beil umher, von einem Felde, von einem Lande in das andere, von einem Volke zum andern. Nachdem er alle Revolutionswurzeln ausgerottet und verbrannt, nachdem er die Gegenwart zerstört hat, geht er zur Vergangenheit zurück. Nachdem er der Revolution den Kopf abgeschlagen und die unglückliche Delinquentin ausgelitten hat, verbietet er ihrer längstverstorbenen, längstverwesten Großmutter das Heiraten; er macht die Vergangenheit zur Tochter der Gegenwart. Ist das nicht toll? Diesen Sommer eiferte er gegen das Fest von Hambach. Das unschuldige Fest!

Der gute Hammel! Der Wolf von Bundestag, der oben am Flusse soff, warf dem Schafe von deutschem Volke, das weiter unten trank, vor: es trübe ihm das Wasser, und er müsse es auffressen. Herr Jarke ist Zunge des Wolfes. Dann rottet er die Revolution in Baden, Rheinbayern, Hessen, Sachsen aus; dann die englische Reformbill; dann die polnische, die belgische, die französische Juliusrevolution. Dann verteidigt er die göttlichen Rechte des Don Miguel. So geht er immer weiter zurück. Vor vier Wochen zerstörte er Lafayette, nicht den Lafayette der Juliusrevolution, sondern den Lafayette vor funfzig Jahren, der für die amerikanische und die erste französische Revolution gekämpft. Jarke auf den Stiefeln Lafayettes herumkriechen! Es war mir als sähe ich einen Hund an dem Fuße der größten Pyramide scharren, mit dem Gedanken sie umzuwerfen! Immer zurück! Vor vierzehn Tagen setzte er seine Schaufel an die hundertundfunfzigjährige englische Revolution, die von 1688. Bald kömmt die Reihe an den älteren Brutus, der die Tarquinier verjagt, und so wird Herr Jarke endlich zum lieben Gott selbst kommen, der die Unvorsichtigkeit begangen, Adam und Eva zu erschaffen, ehe er noch für einen König gesorgt hatte, wodurch sich die Menschheit in den Kopf gesetzt, sie könne auch ohne Fürsten bestehen. Herr Jarke sollte aber nicht vergessen, daß, sobald er mit Gott fertig geworden, man ihn in Wien nicht mehr braucht. Und dann adieu Hofrat, adieu Besoldung. Er wird wohl den Verstand haben, diese eine Wurzel des Hambacher Festes stehen zu lassen.

Das ist der nämliche Jarke, von dem ich in einem früheren Briefe Ihnen etwas mitzuteilen versprochen, was er über mich geäußert. Nicht über mich allein, es betraf auch wohl andere; aber an mich gedachte er gewiß am meisten dabei. Im letzten Sommer schrieb er im ›Politischen Wochenblatte‹ einen Aufsatz: ›Deutschland und die Revolution‹. Darin kommt folgende Stelle vor. Ob die artige Bosheit oder die großartige Dummheit mehr zu bewundern sei, ist schwer zu entscheiden.

Die Stelle aus Jarkes Artikel lautet folgendermaßen:

›Übrigens ist es vollkommen richtig, daß jene Grundsätze, wie wir sie oben geschildert, niemals schaffend ins wirkliche Leben treten, daß Deutschland niemals in eine Republik nach dem Zuschnitte der heutigen Volksverführer umgewandelt, daß jene Freiheit und Gleichheit selbst durch die Gewalt des Schreckens niemals durchgesetzt werden könne; ja es ist zweifelhaft, ob die frechsten Führer der schlechten Richtung nicht selbst bloß ein grausenhaftes Spiel mit Deutschlands höchsten Gütern spielen, ob sie nicht selbst am besten wissen, daß dieser Weg ohne Rettung zum Verderben führt, und bloß deshalb mit kluger Berechnung das Werk der Verführung treiben, um in einem großen welthistorischen Akte Rache zu nehmen für den Druck und die Schmach, den das Volk, dem sie ihrem Ursprung nach angehören, jahrhundertelang von dem unsrigen erduldet.‹ –

O, Herr Jarke, das ist zu arg! Und als Sie dieses schrieben, waren Sie noch nicht österreichischer Rat, sondern nichts weiter als das preußische Gegenteil, – wie werden Sie nicht erst rasen, wenn sie in der Wiener Staatskanzlei sitzen? Daß Sie uns die Ruchlosigkeit vorwerfen, wir wollten das deutsche Volk unglücklich machen, weil es uns selbst unglücklich gemacht – das verzeihen wir dem Kriminalisten und seiner schönen Imputationstheorie. Daß Sie uns die Klugheit zutrauen, unter dem Scheine der Liebe unsere Feinde zu verderben – dafür müssen wir uns bei dem Jesuiten bedanken, der uns dadurch zu loben glaubte. Aber daß Sie uns für so dumm halten, wir würden eine Taube in der Hand für eine Lerche auf dem Dache fliegen lassen – dafür müssen Sie uns Rede stehen, Herr Jarke. Wie! Wenn wir das deutsche Volk haßten, würden wir mit aller unserer Kraft dafür streiten, es von der schmachvollsten Erniedrigung, in der es versunken, es von der bleiernen Tyrannei, die auf ihm lastet, es von dem Übermute seiner Aristokraten, dem Hochmute seiner Fürsten, von dem Spotte aller Hofnarren, den Verleumdungen aller gedungenen Schriftsteller befreien zu helfen, um es den kleinen, bald vorübergehenden und so ehrenvollen Gefahren der Freiheit preiszugeben? Haßten wir die Deutschen, dann schrieben wir wie Sie, Herr Jarke. Aber bezahlen ließen wir uns nicht dafür; denn auch noch die sündevolle Rache hat etwas, das entheiligt werden kann.«

Die Verdächtigung seines Patriotismus erregte bei Börne, in der angeführten Stelle, eine Mißlaune, die der bloße Vorwurf jüdischer Abstammung niemals in ihm hervorzurufen vermochte. Es amüsierte ihn sogar, wenn die Feinde, bei der Fleckenlosigkeit seines Wandels, ihm nichts Schlimmeres nachzusagen wußten, als daß er der Sprößling eines Stammes, der einst die Welt mit seinem Ruhm erfüllte und trotz aller Herabwürdigung noch immer die uralt heilige Weihe nicht ganz eingebüßt hat. Er rühmte sich sogar oft dieses Ursprungs, freilich in seiner humoristischen Weise, und den Mirabeau parodierend, sagte er einst zu einem Franzosen: »Jésus-Christ – *qui en parenthèse était mon cousin – a prêché l'égalité* usw.« In der Tat, die Juden sind aus jenem Teige, woraus man Götter knetet; tritt man sie heute mit Füßen, fällt man morgen vor ihnen auf die Knie; während die einen sich im schäbigsten Kote des Schachers herumwühlen, ersteigen die anderen den höchsten Gipfel der Menschheit, und Golgatha ist nicht der einzige Berg, wo ein jüdischer Gott für das Heil der Welt geblutet. Die Juden sind das Volk des Geistes, und jedesmal, wenn sie zu ihrem Prinzipe zurückkehren, sind sie groß und herrlich, und beschämen und überwinden ihre plumpen Dränger. Der tiefsinnige Rosenkranz vergleicht sie mit dem Riesen Antäus, nur daß dieser jedesmal erstarkte, wenn er die Erde berührte, jene aber, die Juden, neue Kräfte gewinnen, sobald sie wieder mit dem Himmel in Berührung kommen. Merkwürdige Erscheinung der grellsten Extreme! während unter diesen Menschen alle möglichen Fratzenbilder der Gemeinheit gefunden werden, findet man unter ihnen auch die Ideale des reinsten Menschentums, und wie sie einst die Welt in neue Bahnen des Fortschrittes geleitet, so hat die Welt vielleicht noch weitere Initiationen von ihnen zu erwarten ...

»Die Natur,« sagte mir einst Hegel, »ist sehr wunderlich; dieselben Werkzeuge, die sie zu den erhabensten Zwecken gebraucht, benutzt sie auch zu den niedrigsten Verrichtungen, z. B. jenes Glied, welchem die höchste Mission, die Fortpflanzung der Menschheit, anvertraut ist, dient auch zum – – – «

Diejenigen, welche über die Dunkelheit Hegels klagen, werden ihn hier verstehen, und wenn er auch obige Worte nicht eben in Beziehung auf Israel aussprach, so lassen sie sich doch darauf anwenden.

Wie dem auch sei, es ist leicht möglich, daß die Sendung dieses Stammes noch nicht ganz erfüllt, und namentlich mag dieses in Beziehung auf Deutschland der Fall sein. Auch letzteres erwartet einen Befreier, einen irdischen Messias – mit einem himmlischen haben uns die Juden schon gesegnet – einen König der Erde, einen Retter mit Zepter und Schwert, und dieser deutsche Befreier ist vielleicht derselbe, dessen auch Israel harret ...

O teurer, sehnsüchtig erwarteter Messias!

Wo ist er jetzt, wo weilt er? Ist er noch ungeboren, oder liegt er schon seit einem Jahrtausend irgendwo versteckt, erwartend die große rechte Stunde der Erlösung? Ist es der alte Barbarossa, der im Kyffhäuser schlummernd sitzt auf dem steinernen Stuhle und schon so lange schläft, daß sein weißer Bart durch den steinernen Tisch durchgewachsen? ... Nur manchmal, schlaftrunken, schüttelt er das Haupt und blinzelt mit den halbgeschlossenen Augen, greift auch wohl träumend nach dem Schwert ... und nickt wieder ein, in den schweren Jahrtausendschlaf!

Nein, es ist nicht der Kaiser Rotbart, welcher Deutschland befreien wird, wie das Volk glaubt, das deutsche Volk, das schlummersüchtige, träumende Volk, welches sich auch seinen Messias nur in der Gestalt eines alten Schläfers denken kann!

Da machen doch die Juden sich eine weit bessere Vorstellung von ihrem Messias, und vor vielen Jahren, als ich in Polen war und mit dem großen Rabbi Manasse ben Naphtali zu Krakau verkehrte, horchte ich immer mit freudig offenem Herzen, wenn er von dem Messias sprach ... Ich weiß nicht mehr, in welchem Buche des Talmuds die Details zu lesen sind, die mir der große Rabbi ganz treu mitteilte, und überhaupt nur in den Grundzügen schwebt mir seine Beschreibung des Messias noch im Gedächtnisse. Der Messias, sagte er mir, sei an dem Tage geboren, wo Jerusalem durch den Bösewicht, Titus Vespasian, zerstört worden, und seitdem wohne er im schönsten Palaste des Himmels, umgeben von Glanz und Freude, auch eine Krone auf dem Haupte tragend, ganz wie ein König ... aber seine Hände seien gefesselt mit goldenen Ketten!

»Was,« frug ich verwundert, »was bedeuten diese goldenen Ketten?«

»Die sind notwendig,« – erwiderte der große Rabbi, mit einem schlauen Blick und einem tiefen Seufzer – »ohne diese Fessel würde der Messias, wenn er manchmal die Geduld verliert, plötzlich herabeilen und zu frühe, zur unrechten Stunde, das Erlösungswerk unternehmen. Er ist eben keine ruhige Schlafmütze. Er ist ein schöner, sehr schlanker, aber doch ungeheuer kräftiger Mann; blühend wie die Jugend. Das Leben, das er führt, ist übrigens sehr einförmig. Den größten Teil des Morgens verbringt er mit den üblichen Gebeten oder lacht und scherzt mit seinen Dienern, welche verkleidete Engel sind, und hübsch singen und die Flöte blasen. Dann läßt er sein langes Haupthaar kämmen und man salbt ihn mit Narden, und bekleidet ihn mit seinem fürstlichen Purpurgewande. Den ganzen Nachmittag studiert er die Cabala. Gegen Abend läßt er seinen alten Kanzler kommen, der ein verkleideter Engel ist, ebenso wie die vier starken Staatsräte, die ihn begleiten, verkleidete

Engel sind. Aus einem großen Buche muß alsdann der Kanzler seinem Herrn vorlesen, was jeden Tag passierte ... Da kommen allerlei Geschichten vor, worüber der Messias vergnügt lächelt, oder auch mißmütig den Kopf schüttelt ... Wenn er aber hört, wie man unten sein Volk mißhandelt, dann gerät er in den furchtbarsten Zorn und heult, daß die Himmel erzittern ... Die vier starken Staatsräte müssen dann den Ergrimmten zurückhalten, daß er nicht herabeile auf die Erde, und sie würden ihn wahrlich nicht bewältigen, wären seine Hände nicht gefesselt mit den goldenen Ketten ... Man beschwichtigt ihn auch mit sanften Reden, daß jetzt die Zeit noch nicht gekommen sei, die rechte Rettungsstunde, und er sinkt am Ende aufs Lager und verhüllt sein Antlitz und weint ... «

So ungefähr berichtete mir Manasse ben Naphtali zu Krakau, seine Glaubwürdigkeit mit Hinweisung auf den Talmud verbürgend. Ich habe oft an seine Erzählungen denken müssen, besonders in den jüngsten Zeiten, nach der Juliusrevolution. Ja, in schlimmen Tagen, glaub' ich manchmal mit eignen Ohren ein Gerassel zu hören, wie von goldnen Ketten, und dann ein verzweifelndes Schluchzen ...

O verzage nicht, schöner Messias, der du nicht bloß Israel erlösen willst, wie die abergläubischen Juden sich einbilden, sondern die ganze leidende Menschheit! O, zerreißt nicht, ihr goldenen Ketten! O, haltet ihn noch einige Zeit gefesselt, daß er nicht zu frühe komme, der rettende König der Welt!

Fünftes Buch

»– – – Die politischen Verhältnisse jener Zeit (1799) haben eine gar betrübende Ähnlichkeit mit den neusten Zuständen in Deutschland; nur daß damals der Freiheitssinn mehr unter Gelehrten, Dichtern und sonstigen Literaten blühte, heutigentags aber unter diesen viel minder, sondern weit mehr in der großen aktiven Masse, unter Handwerkern und Gewerbsleuten, sich ausspricht. Während zur Zeit der ersten Revolution die bleiern deutscheste Schlafsucht auf dem Volke lastete, und gleichsam eine brutale Ruhe in ganz Germanien herrschte, offenbarte sich in unserer Schriftwelt das wildeste Gären und Wallen. Der einsamste Autor, der in irgendeinem abgelegenen Winkelchen Deutschlands lebte, nahm teil an dieser Bewegung; fast sympathetisch, ohne von den politischen Vorgängen genau unterrichtet zu sein, fühlte er ihre soziale Bedeutung, und sprach sie aus in seinen Schriften. Dieses Phänomen mahnt mich an die großen Seemuscheln, welche wir zuweilen als Zierat auf unsere Kamine stellen, und die, wenn sie auch noch so weit vom Meere entfernt sind, dennoch plötzlich zu rauschen beginnen, sobald dort die Flutzeit eintritt und die Wellen gegen die Küste heranbrechen. Als hier in Paris, in dem großen Menschen-Ozean, die Revolution losflutete, als es hier brandete und stürmte, da rauschten und brausten jenseits des Rheins die deutschen Herzen ... Aber sie waren so isoliert, sie standen unter lauter fühllosem Porzellan, Teetassen und Kaffeekannen und chinesischen Pagoden, die mechanisch mit dem Kopfe nickten, als wüßten sie, wovon die Rede sei. Ach! unsere armen Vorgänger in Deutschland mußten für jene Revolutionssympathie sehr arg büßen. Junker und Pfäffchen übten an ihnen ihre plumpsten und gemeinsten Tücken. Einige von ihnen flüchteten nach Paris und sind hier in Armut und Elend verkommen und verschollen. Ich habe jüngst einen blinden Landsmann gesehen, der noch seit jener Zeit in Paris ist; ich sah ihn im Palais-Royal, wo er sich ein bißchen an der Sonne gewärmt hatte. Es war schmerzlich anzusehen, wie er blaß und mager war und sich seinen Weg an den Häusern weiterfühlte. Man sagte mir, es sei der alte dänische Dichter Heyberg. Auch die Dachstube habe ich jüngst gesehen, wo der Bürger Georg Forster gestorben. Den Freiheitsfreunden, die in Deutschland blieben, wäre es aber noch weit schlimmer ergangen, wenn nicht bald Napoleon und seine Franzosen uns besiegt hätten. Napoleon hat gewiß nie geahnt, daß er selber der Retter der Ideologie gewesen. Ohne ihn wären unsere Philosophen mitsamt ihren Ideen durch Galgen und Rad ausgerottet worden. Die deutschen Freiheitsfreunde jedoch, zu republikanisch gesinnt, um dem Napoleon zu huldigen, auch zu großmütig, um sich der Fremdherrschaft anzuschließen, hüllten sich seitdem in ein tiefes Schweigen. Sie gingen traurig herum mit gebrochenem Herzen, mit geschlossenen Lippen. Als Napoleon fiel, da lächelten sie, aber wehmütig, und schwiegen; sie nahmen fast gar keinen Teil an dem patriotischen Enthusiasmus, der damals, mit allerhöchster Bewilligung, in Deutschland emporjubelte. Sie wußten, was sie wußten, und schwiegen. Da diese Republikaner eine sehr keusche, einfache Lebensart führen, so werden sie gewöhnlich sehr alt, und als die Juliusrevolution ausbrach, waren noch viele von ihnen am Leben, und nicht wenig wunderten wir uns, als die alten Käuze, die wir sonst immer so gebeugt und fast blödsinnig schweigend umherwandeln gesehen, jetzt plötzlich das Haupt erhoben, und uns Jungen freundlich entgegenlachten, und die Hände drückten, und lustige Geschichten erzählten. Einen von ihnen hörte ich sogar singen; denn im Kaffeehause sang er uns die Marseiller Hymne vor, und wir lernten da die Melodie und die schönen Worte, und es dauerte nicht lange, so sangen wir sie besser als der Alte selbst; denn er hat manchmal in der besten Strophe wie ein

Narr gelacht, oder geweint wie ein Kind. Es ist immer gut, wenn so alte Leute leben bleiben, um den Jungen die Lieder zu lehren. Wir Jungen werden sie nicht vergessen, und einige von uns werden sie einst jenen Enkeln einstudieren, die jetzt noch nicht geboren sind. Viele von uns aber werden unterdessen verfault sein, daheim im Gefängnisse, oder auf einer Dachstube in der Fremde. – – –«

Obige Stelle, aus meinem Buche *»De l'Allemagne«* (sie fehlt in der deutschen Ausgabe) schrieb ich vor etwa sechs Jahren, und indem ich sie heute wieder überlese, lagern sich über meine Seele, wie feuchte Schatten, alle jene trostlosen Betrübnisse, wovon mich damals nur die ersten Ahnungen anwehten. Es rieselt mir wie Eiswasser durch die glühendsten Empfindungen, und mein Leben ist nur ein schmerzliches Erstarren. O kalte Winterhölle, worin wir zähneklappernd leben! … O Tod, weißer Schneemann im unendlichen Nebel, was nickst du so verhöhnend! …

Glücklich sind die, welche in den Kerkern der Heimat ruhig hinmodern … denn diese Kerker sind eine Heimat mit eisernen Stangen, und deutsche Luft weht hindurch und der Schlüsselmeister, wenn er nicht ganz stumm ist, spricht er die deutsche Sprache! … Es sind heute über sechs Monde, daß kein deutscher Laut an mein Ohr klang, und alles was ich dichte und trachte, kleidet sich mühsam in ausländische Redensarten … Ihr habt vielleicht einen Begriff vom leiblichen Exil, jedoch vom geistigen Exil kann nur ein deutscher Dichter sich eine Vorstellung machen, der sich gezwungen sähe, den ganzen Tag französisch zu sprechen, zu schreiben, und sogar des Nachts, am Herzen der Geliebten französisch zu seufzen! Auch meine Gedanken sind exiliert, exiliert in eine fremde Sprache.

Glücklich sind die, welche in der Fremde nur mit der Armut zu kämpfen haben, mit Hunger und Kälte, lauter natürlichen Übeln … Durch die Luken ihrer Dachstuben lacht ihnen der

Himmel und alle seine Sterne ... O, goldenes Elend mit weißen Glacéhandschuhen, wie bist du unendlich qualsamer! ... Das verzweifelnde Haupt muß sich frisieren lassen, wo nicht gar parfümieren, und die zürnenden Lippen, welche Himmel und Erde verfluchen möchten, müssen lächeln, und immer lächeln ...

Glücklich sind die, welche, über das große Leid, am Ende ihr letztes bißchen Verstand verloren, und ein sicheres Unterkommen gefunden in Charenton oder in Bizêtre, wie der arme F. –, wie der arme B. –, wie der arme L. – und so manche andere, die ich weniger kannte ... Die Zelle ihres Wahnsinns dünkt ihnen eine geliebte Heimat, und in der Zwangsjacke dünken sie sich Sieger über allen Despotismus, dünken sie sich stolze Bürger eines freien Staates ... Aber das alles hätten sie zu Hause ebensogut haben können!

Nur der Übergang von der Vernunft zur Tollheit ist ein verdrießlicher Moment und gräßlich ... Mich schaudert, wenn ich daran denke, wie der F. zum letzten Male zu mir kam, um ernsthaft mit mir zu verhandeln, daß man auch die Mondmenschen und die entferntesten Sternenbewohner in den großen Völkerbund aufnehmen müsse. Aber wie soll man ihnen unsere Vorschläge ankündigen? Das war die große Frage. Ein anderer Patriot hatte in ähnlicher Absicht eine Art kolossaler Spiegel erdacht, womit man Proklamationen mit Riesenbuchstaben in der Luft abspiegelte, so daß die ganze Menschheit sie auf einmal lesen könnte, ohne daß Zensor und Polizei es zu verhindern vermöchten ... Welches staatsgefährliche Projekt! Und doch geschieht dessen keine Erwähnung in dem Bundestagsberichte über die revolutionäre Propaganda!

Am glücklichsten sind wohl die Toten, die im Grabe liegen auf dem Père Lachaise, wie du, armer Börne!

Ja, glücklich sind diejenigen, welche in den Kerkern der Heimat, glücklich die, welche in den Dachstuben des körperlichen Elends, glücklich die Verrückten im Tollhaus, am glücklichsten die Toten! Was mich betrifft, den Schreiber dieser Blätter, ich glaube mich am Ende gar nicht so sehr beklagen zu dürfen, da ich des Glückes aller dieser Leute gewissermaßen teilhaft werde, durch jene wunderliche Empfänglichkeit, jene unwillkürliche Mitempfindung, jene Gemütskrankheit, die wir bei den Poeten finden und mit keinem rechten Namen zu bezeichnen wissen. Wenn ich auch am Tage wohlbeleibt und lachend dahinwandle durch die funkelnden Gassen Babylons, glaubt mir's! sobald der Abend herabsinkt, erklingen die melancholischen Harfen in meinem Herzen, und gar des Nachts erschmettern darin alle Pauken und Zimbeln des Schmerzes, die ganze Janitscharenmusik der Weltqual, und es steigt empor der entsetzlich gellende Mummenschanz …

O, welche Träume! Träume des Kerkers, des Elends, des Wahnsinns, des Todes! Ein schrillendes Gemisch von Unsinn und Weisheit, eine bunte vergiftete Suppe, die nach Sauerkraut schmeckt und nach Orangenblüten riecht! Welch ein grauenhaftes Gefühl, wenn die nächtlichen Träume das Treiben des Tages verhöhnen, und aus den flammenden Mohnblumen die ironischen Larven hervorgucken und Rübchen schaben, und die stolzen Lorbeerbäume sich in graue Disteln verwandeln, und die Nachtigallen ein Spottgelächter erheben …

Gewöhnlich, in meinen Träumen, sitze ich auf einem Eckstein der Rue Laffitte an einem feuchten Herbstabend, wenn der Mond auf das schmutzige Boulevardpflaster herabstrahlt mit langen Streiflichtern, so daß der Kot vergoldet scheint, wo nicht gar mit blitzenden Diamanten übersät … Die vorübergehenden Menschen sind ebenfalls nur glänzender Kot: Stockjobbers, Spieler, wohlfeile Skribenten, Falschmünzer des Gedankens, noch wohlfeilere Dirnen, die freilich nur mit dem Leibe zu lügen brauchen, satte Faulbäuche, die im Café de Paris gefüttert worden und jetzt nach der *Académie de musique* hinstürzen, nach der Kathedrale des Lasters, wo Fanny Elsler tanzt und lächelt … Dazwischen rasseln auch die Karossen und springen die Lakaien, die bunt wie Tulpen und gemein wie ihre gnädige Herrschaft … Und wenn ich nicht irre, in einer jener frechen goldnen Kutschen sitzt der ehemalige Zigarrenhändler Aguado, und seine stampfenden Rosse bespritzen von oben bis unten meine rosaroten Trikotkleider … Ja, zu meiner eigenen Verwunderung, bin ich ganz in rosaroten Trikot gekleidet, in ein sogenanntes fleischfarbiges Gewand, da die vorgerückte Jahrzeit und auch das Klima keine völlige Nacktheit erlaubt wie in Griechenland, bei den Thermopylen, wo der König Leonidas, mit seinen dreihundert Spartanern, am Vorabend der Schlacht, ganz nackt tanzte, ganz nackt das Haupt mit Blumen bekränzt … Eben wie Leonidas auf dem Gemälde von David bin ich kostümiert, wenn ich in meinen Träumen auf dem Eckstein sitze, an der Rue Laffitte, wo der verdammte Kutscher von Aguado mir meine Trikothosen bespritzt … Der Lump, er bespritzt mir sogar den Blumenkranz, den schönen Blumenkranz den ich auf meinem Haupte trage, der aber unter uns gesagt, schon ziemlich trocken und nicht mehr duftet … Ach! es waren frische freudige Blumen, als ich mich einst damit schmückte, in der Meinung den anderen Morgen ginge es zur Schlacht, zum heiligen Todessieg für das Vaterland – – – Das ist nun lange her, mürrisch und müßig sitze ich an der Rue Laffitte und harre des Kampfes, und unterdessen welken die Blumen auf meinem Haupte, und auch meine Haare färben sich weiß, und mein Herz erkrankt mir in der Brust … Heiliger Gott! was wird einem die Zeit so lange bei solchem tatlosen Harren, und am Ende stirbt mir noch der Mut … Ich sehe wie die Leute vorbeigehen, mich mitleidig anschauen und einander zuflüstern: der arme Narr!

Wie die Nachtträume meine Tagesgedanken verhöhnen, so geschieht es auch zuweilen, daß die Gedanken des Tages über die unsinnigen Nachtträume sich lustig machen und mit Recht, denn ich handle im Traume oft wie ein wahrer Dummkopf. Jüngst träumte mir, ich machte eine große Reise durch ganz

Europa, nur daß ich mich dabei keines Wagens mit Pferden, sondern eines gar prächtigen Schiffes bediente. Das ging gut, wenn ein Fluß oder ein See sich auf meinem Wege befand. Solches war aber der seltenere Fall, und gewöhnlich mußte ich über festes Land, was für mich sehr unbequem, da ich alsdann mein Schiff über weite Ebenen, Waldstege, Moorgründe, und sogar über sehr hohe Berge fortschleppen mußte, bis ich wieder an einen Fluß oder See kam, wo ich gemächlich segeln konnte. Gewöhnlich aber, wie gesagt, mußte ich mein Fahrzeug selber fortschleppen, was mir sehr viel Zeitverlust und nicht geringe Anstrengung kostete, so daß ich am Ende vor Überdruß und Müdigkeit erwachte. Nun aber, des Morgens beim ruhigen Kaffee, machte ich die richtige Bemerkung: daß ich weit schneller und bequemer gereist wäre, wenn ich gar kein Schiff besessen hätte, und wie ein gewöhnlicher armer Teufel immer zu Fuß gegangen wäre.

Am Ende kommt es auf eins heraus, wie wir die große Reise gemacht haben, ob zu Fuß, oder zu Pferd, oder zu Schiff ... Wir gelangen am Ende alle in dieselbe Herberge in dieselbe schlechte Schenke, wo man die Türe mit einer Schaufel aufmacht, wo die Stube so eng, so kalt, so dunkel, wo man aber gut schläft, fast gar zu gut ...

Ob wir einst auferstehen? Sonderbar! meine Tagesgedanken verneinen diese Frage, und aus reinem Widerspruchsgeiste wird sie von meinen Nachtträumen bejaht. So z. B. träumte mir unlängst: ich sei in der ersten Morgenfrühe nach dem Kirchhof gegangen, und dort, zu meiner höchsten Verwunderung, sah ich, wie bei jedem Grabe ein Paar blankgewichster Stiefel stand, ungefähr wie in den Wirtshäusern vor den Stuben der Reisenden ... Das war ein wunderlicher Anblick, es herrschte eine sanfte Stille auf dem ganzen Kirchhof, die müden Erdenpilger schliefen, Grab neben Grab, und die blankgewichsten Stiefel, die dort in langen Reihen standen, glänzten im frischen Morgenlicht, so hoffnungsreich, so verheißungsvoll, wie ein sonnenklarer Beweis der Auferstehung.

Ich vermag den Ort nicht genau zu bezeichnen, wo auf dem Père Lachaise sich Börnes Grab befindet. Ich bemerke dieses ausdrücklich. Denn während er lebte, ward ich nicht selten von reisenden Deutschen besucht, die mich frugen, wo Börne wohne, und jetzt werde ich sehr oft mit der Anfrage behelligt: wo Börne begraben läge? Soviel man mir sagt, liegt er unten auf der rechten Seite des Kirchhofs, unter lauter Generälen aus der Kaiserzeit und Schauspielerinnen des Théâtre Français ... unter toten Adlern und toten Papageien.

In der »Zeitung für die elegante Welt« las ich jüngst, daß das Kreuz auf dem Grabe Börnes vom Sturme niedergebrochen worden. Ein jüngerer Poet besang diesen Umstand in einem schönen Gedichte, wie denn überhaupt Börne, der im Leben so oft mit den faulsten Äpfeln der Prosa beschmissen worden, jetzt nach seinem Tode mit den wohlduftigsten Versen beräuchert wird. Das Volk steinigt gern seine Propheten, um ihre Reliquien desto inbrünstiger zu verehren; die Hunde, die uns heute anbellen, morgen küssen sie gläubig unsere Knochen! – – –

Wie ich bereits gesagt habe, ich liefere hier weder eine Apologie noch eine Kritik des Mannes, womit sich diese Blätter beschäftigen. Ich zeichne nur sein Bild, mit genauer Angabe des Ortes und der Zeit, wo er mir saß. Zugleich verhehle ich nicht, welche günstige oder ungünstige Stimmung mich während der Sitzung beherrschte. Ich liefere dadurch den besten Maßstab für den Glauben, den meine Angaben verdienen.

Ist aber einerseits dieses beständige Konstatieren meiner Persönlichkeit das geeignetste Mittel, ein Selbsturteil des Lesers zu fördern, so glaube ich andererseits zu einem Hervorstellen meiner eigenen Person in diesem Buche besonders verpflichtet zu sein, da, durch einen Zusammenfluß der heterogensten Umstände, sowohl die Feinde wie die Freunde Börnes nie aufhörten, bei jeder Besprechung desselben, über mein eigenes Tichten und Trachten mehr oder minder wohlwollend oder böswillig zu räsonieren. Die aristokratische Partei in Deutschland, wohl wissend, daß ihr die Mäßigung meiner Rede weit gefährlicher sei, als die Berserkerwut Börnes, suchte mich gern als einen gleichgesinnten Kumpan desselben zu verschreien, um mir eine gewisse Solidarität seiner politischen Tollheiten aufzubürden. Die radikale Partei, weit entfernt, diese Kriegslist zu enthüllen, unterstützte sie vielmehr, um mich in den Augen der Menge als ihren Genossen erscheinen zu lassen und dadurch die Autorität meines Namens auszubeuten. Gegen solche Machinationen öffentlich aufzutreten war unmöglich; ich hätte nur den Verdacht auf mich geladen, als desavouierte ich Börne, um die Gunst seiner Feinde zu gewinnen. Unter diesen Umständen tat mir Börne wirklich einen Gefallen, als er nicht bloß in kurz hingeworfenen Worten, sondern auch in erweiterten Auseinandersetzungen mich öffentlich angriff und über die Meinungsdifferenz, die zwischen uns herrschte, das Publikum selber aufklärte. Das tat er namentlich im 6. Bande seiner »Pariser Briefe« und in zwei Artikeln, die er in der französischen Zeitschrift *»Le Réformateur«* abdrucken ließ. Diese Artikel, worauf ich, wie bereits erwähnt worden, nie antwortete, gaben wieder Gelegenheit, bei jeder Besprechung Börnes auch von mir zu reden, jetzt freilich in einem ganz anderen Tone wie früher. Die Aristokraten überhäuften mich mit den perfidesten Lobsprüchen, sie priesen mich fast zugrunde: ich wurde plötzlich wieder ein großer Dichter, nachdem ich ja eingesehen hätte, daß ich meine politische Rolle, den lächerlichen Radikalismus, nicht weiterspielen könne. Die Radikalen hingegen fingen nun an öffentlich gegen mich loszuziehen – (privatim taten sie es zu jeder Zeit) – sie ließen kein gutes Haar an mir, sie sprachen mir allen Charakter ab, und ließen nur noch den Dichter gelten. – Ja, ich bekam sozusagen meinen politischen Abschied und wurde gleichsam in Ruhestand nach dem Parnassus versetzt. Wer die erwähnten zwei Parteien kennt, wird den Großmut, womit sie mir den Titel eines Poeten ließen, leicht würdigen. Die einen sehen in einem Dichter nichts anderes als einen träumerischen Höfling müßiger Ideale. Die anderen sehen in dem Dichter gar nichts; in ihrer nüchternen Hohlheit findet Poesie auch nicht den dürftigsten Widerklang.

Was ein Dichter eigentlich ist, wollen wir dahingestellt sein lassen. Doch können wir nicht umhin, über die Begriffe, die man mit dem Worte »Charakter« verbindet, unsere unmaßgebliche Meinung auszusprechen.

Was versteht man unter dem Wort »Charakter«?

Charakter hat derjenige, der in den bestimmten Kreisen einer bestimmten Lebensanschauung lebt und waltet, sich gleichsam mit derselben identifiziert, und nie in Widerspruch gerät mit seinem Denken und Fühlen. Bei ganz ausgezeichneten, über ihr Zeitalter hinausragenden Geistern kann daher die Menge nie wissen, ob sie Charakter haben oder nicht, denn die große Menge hat nicht Weitblick genug, um die Kreise zu überschauen, innerhalb derselben sich jene hohen Geister bewegen. Ja, indem die Menge nicht die Grenzen des Wollens und Dürfens jener hohen Geister kennt, kann es ihr leicht begegnen in den Handlungen derselben weder Befugnis noch Notwendigkeit zu sehen, und die geistig Blöd- und Kurzsichtigen klagen dann über Willkür, Inkonsequenz, Charakterlosigkeit. Minder begabte Menschen, deren oberflächlichere und engere Lebensanschauung leichter ergründet und überschaut wird, und die gleichsam ihr Lebensprogramm in populärer Sprache ein für allemal auf öffentlichem Markte proklamiert haben, diese kann das verehrungswürdige Publikum immer im Zusammenhang begreifen, es besitzt einen Maßstab für jede ihrer Handlungen, es freut sich dabei über seine eigene Intelligenz, wie bei einer aufgelösten Scharade, und jubelt: seht, das ist ein Charakter!

Es ist immer ein Zeichen von Borniertheit, wenn man von der bornierten Menge leicht begriffen und ausdrücklich als

Charakter gefeiert wird. Bei Schriftstellern ist dies noch bedenklicher, da ihre Taten eigentlich in Worten bestehen, und was das Publikum als Charakter in ihren Schriften verehrt, ist am Ende nichts anders als knechtische Hingebung an den Moment, als Mangel an Bildnerruhe, an Kunst.

Der Grundsatz, daß man den Charakter eines Schriftstellers aus seiner Schreibweise erkenne, ist nicht unbedingt richtig; er ist bloß anwendbar bei jener Masse von Autoren, denen beim Schreiben nur die augenblickliche Inspiration die Feder führt, und die mehr dem Worte gehorchen als befehlen. Bei Artisten ist jener Grundsatz unzuläßlich, denn diese sind Meister des Wortes, handhaben es zu jedem beliebigen Zwecke, prägen es nach Willkür, schreiben objektiv, und ihr Charakter verrät sich nicht in ihrem Stil.

Ob Börne ein Charakter ist, während andere nur Dichter sind, diese unfruchtbare Frage können wir nur mit dem mitleidigsten Achselzucken beantworten.

»Nur Dichter« – wir werden unsere Gegner nie so bitter tadeln, daß wir sie in eine und dieselbe Kategorie setzen mit Dante, Milton, Cervantes, Camoens, Philipp Sidney, Friedrich Schiller, Wolfgang Goethe, welche nur Dichter waren ... Unter uns gesagt, diese Dichter, sogar der letztere, zeigten manchmal Charakter!

»Sie haben Augen und sehen nicht, sie haben Ohren und hören nicht, sie haben sogar Nasen und riechen nichts –«. Diese Worte lassen sich sehr gut anwenden auf die plumpe Menge, die nie begreifen wird, daß ohne innere Einheit keine geistige Größe möglich ist, und daß, was eigentlich Charakter genannt werden muß, zu den unerläßlichsten Attributen des Dichters gehört.

Die Distinktion zwischen Charakter und Dichter ist übrigens zunächst von Börne selbst ausgegangen, und er hatte selber schon allen jenen schnöden Folgerungen vorgearbeitet, die seine Anhänger später gegen den Schreiber dieser Blätter abhaspelten. In den »Pariser Briefen« und den erwähnten Artikeln des »Reformateurs« wird bereits von meinem charakterlosen Poetentum und meiner poetischen Charakterlosigkeit hinlänglich gezüngelt, und es winden und krümmen sich dort die giftigsten Insinuationen. Nicht mit bestimmten Worten, aber mit allerlei Winken, werde ich hier der zweideutigsten Gesinnungen, wo nicht gar der gänzlichen Gesinnungslosigkeit, verdächtigt! Ich werde in derselben Weise nicht bloß des Indifferentismus, sondern auch des Widerspruchs mit mir selber bezüchtigt. Es lassen sich hier sogar einige Zischlaute vernehmen, die – (können die Toten im Grabe erröten?) – ja, ich kann dem Verstorbenen diese Beschämung nicht ersparen: er hat sogar auf Bestechlichkeit hingedeutet …

Schöne, süße Ruhe, die ich in diesem Augenblick in tiefster Seele empfinde! Du belohnst mich hinreichend für alles was ich getan, und für alles was ich verschmäht … Ich werde mich weder gegen den Vorwurf der Indifferenz, noch gegen den Verdacht der Feilheit verteidigen. Ich habe es vor Jahren, bei Lebzeiten der Insinuanten, meiner unwürdig gehalten; jetzt fordert Schweigen sogar der Anstand. Das gäbe ein grauenhaftes Schauspiel … Polemik zwischen dem Tod und dem Exil! – Du reichst mir aus dem Grabe die bittende Hand? … Ohne Groll reiche ich dir die meinige … Sieh, wie schön ist sie und rein! Sie ward nie besudelt von dem Händedruck des Pöbels, ebensowenig wie vom schmutzigen Golde der Volksfeinde … Im Grunde hast du mich ja nie beleidigt … In allen deinen Insinuationen ist auch für keinen Louisdor Wahrheit!

Die Stelle in Börnes »Pariser Briefen«, wo er am unumwundesten mich angriff, ist zugleich so charakteristisch zur Beurteilung des Mannes selbst, seines Stiles, seiner Leidenschaft und seiner Blindheit, daß ich nicht umhin kann, sie hier mitzuteilen. Trotz des bittersten Wollens war er nie imstande mich zu verletzten, und alles was er hier, sowie auch in den erwähnten Artikeln des »Reformateurs«, zu meinem Nachteil vorbrachte, konnte ich mit einem Gleichmute lesen, als wäre es nicht gegen mich gerichtet, sondern etwa gegen Nebukodonosor, König von Babylon, oder gegen den Kalifen Harun-al-Radschid, oder gegen Friedrich den Großen, welcher die Pasquille auf seine Person, die an den Berliner Straßenecken etwas zu hoch hingen, viel niedriger anzuheften befahl, damit das Publikum sie besser lesen könne. Die erwähnte Stelle ist datiert von Paris den 25. Februar 1833 und lautet folgendermaßen:

»Soll ich über Heines ›Französische Zustände‹ ein vernünftiges Wort versuchen? Ich wage es nicht. Das fliegenartige Mißbehagen, das mir beim Lesen des Buches um den Kopf summte, und sich bald auf diese, bald auf jene Empfindung setzte, hat mich so ärgerlich gestimmt, daß ich mich nicht verbürge – ich sage nicht für die Richtigkeit meines Urteils, denn solche anmaßliche Bürgschaft übernehme ich nie – sondern nicht einmal für die Aufrichtigkeit meines Urteils. Dabei bin ich aber besonnen genug geblieben, um zu vermuten, daß diese Verstimmung meine, nicht Heines Schuld ist. Wer so große Geheimnisse wie er besitzt, als wie: in der dreihundertjährigen Unmenschlichkeit der österreichischen Politik eine erhabene Ausdauer zu finden und in dem Könige von Bayern einen der edelsten und geistreichen Fürsten, die je einen Thron geziert; den König der Franzosen, als hätte er das kalte Fieber, an dem einen Tag für gut, an dem andern für schlecht, am dritten Tage wieder für gut, am vierten wieder für schlecht zu erklären; wer es kühn und großartig findet, daß die Herren von Rothschild während der Cholera ruhig in Paris geblieben, aber die unbezahlten Mühen der deutschen Patrioten lächerlich findet; und wer bei aller dieser Weichmütigkeit sich selbst noch für einen gefesteten Mann hält – wer so große Geheimnisse besitzt, der mag noch größere haben, die das Rätselhafte seines Buches erklären; ich aber kenne sie nicht. Ich kann mich, nicht bloß in das Denken und Fühlen jedes andern, sondern auch in sein Blut und seine Nerven versetzen, mich an die Quellen aller seiner Gesinnungen und Gefühle stellen, und ihrem Laufe nachgehen mit unermüdlicher Geduld. Doch muß ich dabei mein eigenes Wesen nicht aufzuopfern haben, sondern nur zu beseitigen auf eine Weile. Ich kann Nachsicht haben mit Kinderspielen, Nachsicht mit den Leidenschaften eines Jünglings. Wenn aber an einem Tage des blutigsten Kampfes ein Knabe, der auf dem Schlachtfelde nach Schmetterlingen jagt, mir zwischen die Beine kömmt, wenn an einem Tage der höchsten Not, wo wir heiß zu Gott beten, ein junger Geck, uns zur Seite, in der Kirche nichts sieht als die schönen Mädchen, und mit ihnen liebäugelt und flüstert – so darf uns das, unbeschadet unserer Philosophie und Menschlichkeit, wohl ärgerlich machen.

Heine ist ein Künstler, ein Dichter, und zur allgemeinsten Anerkennung fehlt ihm nur noch seine eigne. Weil er oft noch etwas anders sein will als ein Dichter, verliert er sich oft. Wem wie ihm, die Form das Höchste ist, dem muß sie auch das Einzige bleiben; denn sobald er den Rand übersteigt fließt er ins Schrankenlose hinab, und es trinkt ihn der Sand. Wer die Kunst als seine Gottheit verehrt und je nach Laune auch manches Gebet an die Natur richtet, der frevelt gegen Kunst und Natur zugleich. Heine bettelt der Natur ihren Nektar und Blütenstaub ab, und bauet mit bildendem Wachse der Kunst ihre Zellen, aber er bildet die Zelle nicht, daß sie den König bewahre, sondern sammelt den Honig, damit die Zelle auszufüllen. Darum rührt er auch nicht wenn er weint; denn man weiß, daß er mit den Tränen nur seine Nelkenbeete begießt. Darum überzeugt er nicht, wenn er auch die Wahrheit spricht; denn man weiß, daß er an der Wahrheit nur das Schöne liebt. Aber die Wahrheit ist nicht immer schön, sie bleibt es nicht immer. Es dauert lange bis sie in Blüte kömmt, und sie muß verblühen, ehe sie Früchte trägt. Heine würde die deutsche Freiheit anbeten, wenn sie in voller Blüte stände; da sie aber, wegen des rauhen Winters, mit Mist bedeckt ist, erkennt er sie nicht und verachtet sie. Mit welcher schönen Begeisterung hat er nicht von dem Kampfe der Republikaner in der St. Merykirche und von ihrem Heldentode gesprochen! es war ein glücklicher Kampf, es war ihnen vergönnt, den schönen Trotz gegen die Tyrannei zu zeigen und den schönen Tod für die Freiheit zu sterben. Wäre der Kampf nicht schön gewesen, und dazu hätte es nur einer andern Örtlichkeit bedurft, wo man die Republikaner hätte zerstreuen und fangen können – hätte sich Heine über sie lustig gemacht. Was Brutus getan würde Heine verherrlichen so schön er nur vermag; würde aber ein Schneider den blutigen Dolch aus dem Herzen einer entehrten jungen Näherin ziehen, die gar Bärbelchen hieße, und damit die dummträgen Bürger zu ihrer Selbstbefreiung stacheln – er lachte darüber. Man versetze Heine in das Ballhaus, zu jener denkwürdigen Stunde, wo Frankreich aus seinem tausendjährigen Schlafe erwachte und schwur, es wollte nicht mehr träumen – er wäre der tollheißeste Jakobiner, der wütendste Feind der Aristokraten und ließe alle Edelleute und Fürsten mit Wonne an einem Tage niedermetzeln. Aber sähe er aus der Rocktasche des feuerspeienden Mirabeau auf deutsche Studentenart eine Tabakspfeife mit rot-schwarz-goldener Quaste hervorragen – dann pfui Freiheit! Und er ginge hin und machte schöne Verse auf Marie Antoinettens schöne Augen. Wenn er in seinem Buche die heilige Würde des Absolutismus preist, so geschah es, außer daß es eine Redeübung war, die sich an dem Tollsten versuchte, nicht darum, weil er politisch reinen Herzens ist, wie er sagt; sondern er tat es, weil er atemreinen Mundes bleiben möchte, und er wohl an jenem Tage als er das schrieb einen deutschen Liberalen Sauerkraut mit Bratwurst essen gesehen.

Wie kann man je dem glauben, der selbst nichts glaubt? Heine schämt sich so sehr etwas zu glauben, daß er Gott den ›Herrn‹ mit lauter Initialbuchstaben drucken läßt, um anzuzeigen, daß es ein Kunstausdruck sei, den er nicht zu verantworten habe. Den verzärtelten Heine, bei seiner sybaritischen Natur, kann das Fallen eines Rosenblattes im Schlafe stören; wie sollte er behaglich auf der Freiheit ruhen, die so knorrig ist? Er bleibe fern von ihr. Wen jede Unebenheit ermüdet, wen jeder Widerspruch verwirrt macht, der gehe nicht, denke nicht, lege sich in sein Bett und schließe die Augen. Wo gibt es denn eine Wahrheit, in der nicht etwas Lüge wäre? Wo eine Schönheit, die nicht ihre Flecken hätte? Wo ein Erhabenes, dem nicht eine Lächerlichkeit zur Seite stünde? die Natur dichtet selten, und reimet niemals; wem ihre Prosa und ihre Ungereimtheiten nicht behagen, der wende sich zur Poesie. Die Natur regiert republikanisch, sie läßt jedem Dinge seinen Willen, bis zur Reife der Missetat, und straft dann erst. Wer schwache Nerven hat, und Gefahren scheut, der diene der Kunst, der absoluten, die jeden rauhen Gedanken ausstreicht, ehe er zur Tat wird, und an jeder Tat feilt, bis sie zu schmächtig wird zur Missetat.

Heine hat in meinen Augen so großen Wert, daß es ihm nicht immer gelingen wird sich zu überschätzen. Also nicht diese Selbstüberschätzung mache ich ihm zum Vorwurfe, sondern daß er überhaupt die Wirksamkeit einzelner Menschen überschätzt, ob er es zwar in seinem eigenen Buche so klar und schön dargetan, daß heute die Individuen nichts mehr gelten, daß selbst Voltaire und Rousseau von keiner Bedeutung wären, weil jetzt die Chöre handelten und die Personen sprächen. Was sind wir denn, wenn wir viel sind? Nichts als die Herolde des Volks. Wenn wir verkündigen und mit lauter vernehmlicher Stimme, was uns, jedem von seiner Partei, aufgetragen, werden wir gelobt und belohnt; wenn wir unvernehmlich sprechen, oder gar verräterisch eine falsche Botschaft bringen, werden wir getadelt und gezüchtigt. Das vergißt eben Heine, und weil er glaubt, er, wie mancher andere auch, könnte eine Partei zugrunde richten oder ihr aufhelfen, hält er sich für wichtig; sieht umher, wem er gefalle, wem nicht; träumt von Freunden und Feinden, und weil er nicht weiß, wo er geht und wohin er will, weiß er weder, wo seine Freunde noch wo seine Feinde stehen, sucht sie bald hier, bald dort, und weiß sie weder hier noch dort zu finden. Uns andern miserablen Menschen hat die Natur zum Glück nur *einen* Rücken gegeben, so daß wir die Schläge des Schicksals nur von *einer* Seite fürchten; der arme Heine aber hat zwei Rücken, er fürchtet die Schläge der Aristokraten und die Schläge der Demokraten, und um beiden auszuweichen muß er zugleich vorwärts und rückwärts gehen.

Um den Demokraten zu gefallen, sagt Heine: die jesuitisch-aristokratische Partei in Deutschland verleumde und verfolge ihn, weil er dem Absolutismus kühn die Stirne biete. Dann um den Aristokraten zu gefallen, sagt er: er habe dem Jakobinismus kühn die Stirne geboten; er sei ein guter Royalist und werde ewig monarchisch gesinnt bleiben; in einem Pariser Putzladen, wo er vorigen Sommer bekannt war, sei er unter den acht Putzmachermädchen mit ihren acht Liebhabern, – alle sechzehn von höchst gefährlicher republikanischer Gesinnung – der einzige Royalist gewesen, und darum stünden ihm die Demokraten nach dem Leben. Ganz wörtlich sagt er: ›Ich bin, bei Gott! kein Republikaner, ich weiß, wenn die Republikaner siegen, so schneiden sie mir die Kehle ab.‹ Ferner: ›Wenn die Insurrektion vom 5. Juni nicht scheiterte, wäre es ihnen leicht gelungen, mir den Tod zu bereiten, den sie mir zugedacht: Ich verzeihe ihnen gerne diese Narrheit.‹ Ich nicht. Republikaner, die solche Narren wären, daß sie Heine glaubten aus dem Wege räumen zu müssen um ihr Ziel zu erreichen, die gehörten in das Tollhaus.

Auf diese Weise glaubt Heine bald dem Absolutismus, bald dem Jakobinismus kühn die Stirne zu bieten. Wie man aber einem Feinde die Stirne bieten kann, indem man sich von ihm abwendet, das begreife ich nicht. Jetzt wird zur Wiedervergeltung der Jakobinismus durch eine gleiche Wendung auch Heine kühn die Stirne bieten. Dann sind sie quitt und so hart sie auch aufeinander stoßen mögen, können sie sich nie sehr wehe tun. Diese weiche Art Krieg zu führen, ist sehr löblich, und an einem blasenden Herolde, die Heldentaten zu verkündigen, kann es keiner der Kämpfenden Stirne in diesem Falle fehlen.

Gab es je einen Menschen, den die Natur bestimmt hat, ein ehrlicher Mann zu sein, so ist es Heine, und auf diesem Wege könnte er sein Glück machen. Er kann keine fünf Minuten, keine zwanzig Zeilen heucheln, keinen Tag, keinen halben Bogen lügen. Wenn es eine Krone gälte, er kann kein Lächeln, keinen Spott, keinen Witz unterdrücken; und wenn er, sein eigenes Wesen verkennend, doch lügt, doch heuchelt, ernsthaft scheint, wo er lachen, demütig, wo er spotten möchte; so merkt es jeder gleich, und er hat von solcher Verstellung nur den Vorwurf, nicht den Gewinn. Er gefällt sich, den Jesuiten des Liberalismus zu spielen. Ich habe es schon einmal gesagt, daß dieses Spiel der guten Sache nützen kann; aber weil es eine einträgliche Rolle ist, darf sie kein ehrlicher Mann selbst übernehmen, sondern muß sie andern überlassen. So, seiner besseren Natur zum Spott, findet Heine seine Freude daran, zu diplomatisieren, und seine Zähne zum Gefängnisgitter seiner Gedanken zu machen, hinter welchem sie jeder ganz deutlich sieht und dabei lacht. Denn zu verbergen, daß er etwas zu verbergen habe, so weit bringt er es in der Verstellung nie. Wenn ihn der Graf Moltke in einen Federkrieg über den Adel zu verwickeln sucht, bittet er ihn, es zu unterlassen; ›denn es schien mir gerade damals bedenklich, in meiner gewöhnlichen Weise, ein Thema öffentlich zu erörtern, das die Tagesleidenschaften so furchtbar ansprechen müßte‹. Diese Tagesleidenschaft gegen den Adel, die schon fünfzigmal dreihundertfünfundsechzig Tage dauert, könnte weder Herr von Moltke, noch Heine noch sonst einer noch furchtbarer machen, als sie schon ist. Um von etwas warm zu sprechen, soll man also warten, bis die Leidenschaft, der er Nahrung geben kann, gedämpft ist, um sie dann von neuem zu entzünden? Das ist freilich die Weisheit der Diplomaten. Heine glaubt etwas zu wissen, das Lafayette gegen die Beschuldigung der Teilnahme an der Juni-Insurrektion verteidigen kann; aber ›eine leicht begreifliche Diskretion‹ hält ihn ab, sich deutlich auszusprechen. Wenn Heine auf diesem Wege Minister wird, dann will ich verdammt sein, sein geheimer Sekretär zu werden, und ihn von Morgen bis Abend anzusehen, ohne zu lachen.«

Ich möchte herzlich gern auch die erwähnten zwei Artikel des *»Réformateur«* hier mitteilen, aber drei Schwierigkeiten halten mich davon ab; erstens würden diese Artikel zu viel Raum einnehmen, zweitens, da sie auf Französisch geschrieben, müßte ich sie selber übersetzen, und drittens, obgleich ich schon in zehn *Cabinets de lecture* nachgefragt, habe ich nirgends mehr ein Exemplar des bereits eingegangenen *»Réformateur«* auftreiben können. Doch der Inhalt dieser Artikel ist mir noch hinlänglich bekannt: sie enthielten die maliziösesten Insinuationen über Abtrünnigkeit und Inkonsequenz, allerlei Anschuldigung von Sinnlichkeit, auch wird darin der Katholizismus gegen mich in Schutz genommen usw. – Von Verteidigung dagegen kann hier nicht die Rede sein; diese Schrift, welche weder eine Apologie, noch eine Kritik des Verstorbenen sein soll, bezweckt auch keine Justifikation des Überlebenden. Genug, ich bin mir der Redlichkeit meines Willens und meiner Absichten bewußt, und werfe ich einen Blick auf meine Vergangenheit, so regt sich in mir ein fast freudiger Stolz über die gute Strecke Weges, die ich bereits zurückgelegt. Wird meine Zukunft von ähnlichen Fortschritten zeugen?

Aufrichtig gesagt, ich zweifle daran. Ich fühle eine sonderbare Müdigkeit des Geistes; wenn er auch in der letzten Zeit nicht viel geschaffen, so war er doch immer auf den Beinen. Ob das, was ich überhaupt schuf in diesem Leben, gut oder schlecht war, darüber wollen wir nicht streiten. Genug, es war groß; ich merkte es an der schmerzlichen Erweiterung der Seele, woraus diese Schöpfungen hervorgingen ... und ich merke es auch an der Kleinheit der Zwerge, die davor stehen und schwindlicht hinaufblinzeln ... Ihr Blick reicht nicht bis zur Spitze, und sie stoßen sich nur die Nasen an dem Piedestal jener Monumente, die ich in der Literatur Europas aufgepflanzt habe, zum ewigen Ruhme des deutschen Geistes. Sind diese Monumente ganz makellos, sind sie ganz ohne Fehl und Sünde? Wahrlich, ich will auch hierüber nichts Bestimmtes behaupten. Aber was die kleinen Leute daran auszusetzen wissen, zeugt nur von ihrer eigenen putzigen Beschränktheit. Sie erinnern mich an die kleinen Pariser Badauds, die bei der Aufrichtung des Obelisk auf der Place Louis XVI. über den Wert oder die Nützlichkeit dieses großen Sonnenzeigers ihre respektiven Ansichten austauschten. Bei dieser Gelegenheit kamen die ergötzlichsten Philistermeinungen zum Vorschein. Da war ein schwindsüchtig dünner Schneider, welcher behauptete, der rote Stein sei nicht hart genug, um dem nordischen Klima lange zu widerstehen, und das Schneewasser werde ihn bald zerbröckeln und der Wind ihn niederstürzen. Der Kerl hieß Petit Jean und machte sehr schlechte Röcke, wovon kein Fetzen auf die Nachwelt kommen wird, und er selbst liegt schon verscharrt auf dem Père Lachaise. Der rote Stein aber steht noch immer fest auf der Place Louis XVI., und wird noch Jahrhunderte dort stehen bleiben, trotzend allem Schneewasser, Wind und Schneidergeschwätz!

Das Spaßhafteste bei der Aufrichtung des Obelisken war folgendes Ereignis:

Auf der Stelle, wo der große Stein gelegen, ehe man ihn aufrichtete, fand man einige kleine Skorpionen, wahrscheinlich entsprungen aus etwelchen Skorpioneneiern, die in der Emballage des Obelisken aus Ägypten mitgebracht und hier zu Paris von der Sonnenhitze ausgebrütet wurden. Über diese Skorpionen erhuben nun die Badauds ein wahres Zetergeschrei, und sie verfluchten den großen Stein, dem Frankreich jetzt die giftigen Skorpionen verdanke, eine neue Landplage, woran noch Kinder und Kindeskinder leiden würden ... Und sie legten die kleinen Ungetüme in eine Schachtel und brachten sie zum

Commissaire de Police des Madeleineviertels, wo gleich *Procès verbal* darüber aufgenommen wurde ... und Eile tat not, da die armen Tierchen einige Stunden nachher starben ...

Auch bei der Aufrichtung großer Geistesobelisken können allerlei Skorpionen zum Vorschein kommen, kleinliche Gifttierchen, die vielleicht ebenfalls aus Ägypten stammen und bald sterben und vergessen werden, während das große Monument erhaben und unzerstörbar stehen bleibt, bewundert von den spätesten Enkeln. – – Es ist doch eine sonderbare Sache mit dem Obelisken des Luxor, welchen die Franzosen aus dem alten Mizraim herübergeholt und als Zierat aufgestellt haben, inmitten jenes grauenhaften Platzes, wo sie mit der Vergangenheit den entsetzlichen Bruch gefeiert, am 21. Januar 1793. Leichtsinnig wie sie sind, die Franzosen, haben sie hier vielleicht einen Denkstein aufgepflanzt, der den Fluch ausspricht über jeden, welcher Hand legt an das heilige Haupt Pharaos!

Wer enträtselt diese Stimme der Vorzeit, diese uralten Hieroglyphen? Sie enthalten vielleicht keinen Fluch, sondern ein Rezept für die Wunde unserer Zeit! O wer lesen könnte! Wer sie ausspräche, die heilenden Worte, die hier eingegraben ... Es steht hier vielleicht geschrieben, wo die verborgene Quelle rieselt, woraus die Menschheit trinken muß, um geheilt zu werden, wo das geheime Wasser des Lebens, wovon uns die Amme in den alten Kindermärchen so viel erzählt hat, und wonach wir jetzt schmachten als kranke Greise. – Wo fließt das Wasser des Lebens? Wir suchen und suchen ...

Ach, es wird noch eine gute Weile dauern, ehe wir das große Heilmittel ausfindig machen; bis dahin muß noch eine lange schmerzliche Zeit dahingesiecht werden, und allerlei Quacksalber werden auftreten mit Hausmittelchen, welche das Übel nur verschlimmern. Da kommen zunächst die Radikalen und verschreiben eine Radikalkur, die am Ende doch nur äußerlich wirkt, höchstens den gesellschaftlichen Grind vertreibt, aber nicht die innere Fäulnis. Gelänge es ihnen auch, die leidende

Menschheit auf eine kurze Zeit von ihren wildesten Qualen zu befreien, so geschähe es doch nur auf Kosten der letzten Spuren von Schönheit, die dem Patienten bis jetzt geblieben sind; häßlich wie ein geheilter Philister, wird er aufstehen von seinem Krankenlager, und in der häßlichen Spitaltracht, in dem aschgrauen Gleichheitskostüm wird er sich all sein Lebtag herumschleppen müssen. Alle überlieferte Heiterkeit, alle Süße, aller Blumenduft, alle Poesie wird aus dem Leben herausgepumpt werden, und es wird davon nichts übrig bleiben, als die Rumfordsche Suppe der Nützlichkeit. – Für die Schönheit und das Genie wird sich kein Platz finden in dem Gemeinwesen unserer neuen Puritaner, und beide werden fletriert und unterdrückt werden, noch weit betrübsamer als unter dem älteren Regimente. Denn Schönheit und Genie sind ja auch eine Art Königtum, und sie passen nicht in eine Gesellschaft, wo jeder, im Mißgefühl der eigenen Mittelmäßigkeit, alle höhere Begabnis herabzuwürdigen sucht, bis aufs banale Niveau.

Die Könige gehen fort, und mit ihnen gehen die letzten Dichter. »Der Dichter soll mit dem Könige gehen,« diese Worte dürften jetzt einer ganz anderen Deutung anheimfallen. Ohne Autoritätsglauben kann auch kein großer Dichter emporkommen. Sobald sein Privatleben von dem unbarmherzigsten Lichte der Presse beleuchtet wird, und die Tageskritik an seinen Worten würmelt und nagt, kann auch das Lied des Dichters nicht mehr den nötigen Respekt finden. Wenn Dante durch die Straßen von Verona ging, zeigte das Volk auf ihn mit Fingern und flüsterte: »Der war in der Hölle!« Hätte er sie sonst mit allen ihren Qualen so treu schildern können? Wie weit tiefer, bei solchem ehrfurchtsvollen Glauben, wirkte die Erzählung der Francesca von Rimini, des Ugolino und aller jener Qualgestalten, die dem Geiste des großen Dichters entquollen ...

Nein, sie sind nicht bloß seinem Geiste entquollen, er hat sie nicht gedichtet, er hat sie gelebt, er hat sie gefühlt, er hat sie gesehen, betastet, er war wirklich in der Hölle, er war in der Stadt der Verdammten ... er war im Exil! – – –

Die öde Werkeltagsgesinnung der modernen Puritaner verbreitet sich schon über ganz Europa, wie eine graue Dämmerung, die einer starren Winterzeit vorausgeht ... Was bedeuten die armen Nachtigallen, die plötzlich schmerzlicher, aber auch süßer als je ihr melodisches Schluchzen erheben im deutschen Dichterwald? Sie singen ein wehmütiges Ade! Die letzten Nymphen, die das Christentum verschont hat, sie flüchten ins wildeste Dickicht. In welchem traurigen Zustand habe ich sie dort erblickt, jüngste Nacht! ...

Als ob die Bitternisse der Wirklichkeit nicht hinreichend kummervoll wären, quälen mich noch die bösen Nachtgesichte ... In greller Bilderschrift zeigt mir der Traum das große Leid, das ich mir gern verhehlen möchte, und das ich kaum auszusprechen wage in den nüchternen Begriffslauten des hellen Tages. – – –

Jüngste Nacht träumte mir von einem großen wüsten Walde und einer verdrießlichen Herbstnacht. In dem großen wüsten Walde, zwischen den himmelhohen Bäumen kamen zuweilen lichte Plätze zum Vorschein, die aber von einem gespenstisch weißen Nebel gefüllt waren. Hie und da, aus dem dicken Nebel, grüßte ein stilles Waldfeuer. Auf eines derselben hinzuschreitend, bemerkte ich allerlei dunkle Schatten, die sich rings um die Flammen bewegten; doch erst in der unmittelbarsten Nähe konnte ich die schlanken Gestalten und ihre melancholisch holden Gesichter genau erkennen. Es waren schöne, nackte Frauenbilder, gleich den Nymphen, die wir auf den lüsternen Gemälden des Julio Romano sehen und die, in üppiger Jugendblüte, unter sommergrünem Laubdach, sich anmutig lagern und erlustigen ... Ach! kein so heiteres Schauspiel bot sich hier meinem Anblick! Die Weiber meines Traumes, obgleich noch immer geschmückt mit dem Liebreiz ewiger Jungend, trugen dennoch eine geheime Zerstörnis an Leib und

Wesen; die Glieder waren noch immer bezaubernd durch süßes Ebenmaß, aber etwas abgemagert und wie überfröstelt von kaltem Elend, und gar in den Gesichtern, trotz des lächelnden Leichtsinns, zuckten die Spuren eines abgrundtiefen Grams. Auch, statt auf schwellenden Rosenbänken, wie die Nymphen des Julio, kauerten sie auf dem harten Boden, unter halbentlaubten Eichenbäumen, wo, statt der verliebten Sonnenlichter, die quirlenden Dünste der feuchten Herbstnacht auf sie herabsinterten … Manchmal erhob sich eine dieser Schönen, ergriff aus dem Reisig einen lodernden Brand, schwang ihn über ihr Haupt, gleich einem Thyrsus, und versuchte eine jener unmöglichen Tanzposituren, die wir auf etruskischen Vasen gesehen … aber traurig lächelnd, wie bezwungen von Müdigkeit und Nachtkälte, sank sie wieder zurück ans knisternde Feuer. Besonders eine unter diesen Frauen bewegte mein ganzes Herz mit einem fast wollüstigen Mitleid. Es war eine hohe Gestalt, aber noch weit mehr als die anderen abgemagert an Armen, Beinen, Busen und Wangen, was jedoch statt abstoßend vielmehr zauberhaft anziehend wirkte. Ich weiß nicht wie es kam, aber ehe ich mich dessen versah, saß ich neben ihr am Feuer, beschäftigt ihre frostzitternden Hände und Füße an meinen brennenden Lippen zu wärmen; auch spielte ich mit ihren schwarzen feuchten Haarflechten, die über das griechisch gradnäsige Gesicht und den rührend kalten, griechisch kargen Busen herabhingen … Ja, ihr Haupthaar war von einer fast strahlenden Schwärze, so wie auch ihre Augenbraunen, die üppig schwarz zusammenflossen, was ihrem Blick einen sonderbaren Ausdruck von schmachtender Wildheit erteilte. »Wie alt bist du, unglückliches Kind,« sprach ich zu ihr. »Frag' mich nicht nach meinem Alter« – antwortete sie mit einem halb wehmütig, halb frevelhaften Lachen – »wenn ich mich auch um ein Jahrtausend jünger machte, so blieb' ich doch noch ziemlich bejahrt! Aber es wird jetzt immer kälter und mich schläfert, und wenn du mir dein Knie zum Kopfkissen borgen willst, so wirst du deine gehorsame Dienerin sehr verpflichten … «

Während sie nun auf meinen Knien lag und schlummerte, und machmal, wie eine Sterbende, im Schlafe röchelte, flüsterten ihre Gefährtinnen allerlei Gespräche, wovon ich nur sehr wenig verstand, da sie das Griechische ganz anders aussprachen, als ich es in der Schule und später auch beim alten Wolf gelernt hatte … Nur so viel begriff ich, daß sie über die schlechte Zeit klagten und noch eine Verschlimmerung derselben befürchteten, und sich vornahmen noch tiefer waldeinwärts zu flüchten … Da plötzlich, in der Ferne, erhob sich ein Geschrei von rohen Pöbelstimmen … Sie schrien, ich weiß nicht mehr was? … Dazwischen kicherte ein katholisches Mettenglöckchen … Und meine schönen Waldfrauen wurden sichtbar noch blasser und magerer, bis sie endlich ganz in Nebel zerflossen, und ich selber gähnend erwachte.

Editorisches Nachwort

Editorische Hinweise zur vorliegenden Heine-Auswahlausgabe in fünf Bänden findet der interessierte Leser am Ende des 1. Bandes.

Über diesen Band

Am 1. Mai 1831 reiste Heine nach Paris, wo er dauernden Wohnsitz nahm und als Korrespondent der »Allgemeinen Zeitung« und französischer Journale seinen Unterhalt verdiente. Heine fühlte sich wohl in Paris, hier fand er ein Volk, das (nach Friedrich Engels) »die Leidenschaft des Genusses mit der Leidenschaft der geschichtlichen Aktion wie nie ein anderes Volk vereinigt«.

Heines publizistische Mission bestand im wesentlichen in seiner deutsch-französischen Vermittlertätigkeit. Das französische Publikum versuchte er durch seine Abhandlungen »Die romantische Schule« (1833 zunächst teilweise und unter dem Titel »Zur Geschichte der neueren schönen Literatur in Deutschland« erschienen) und »Zur Geschichte der Religion und Philosophie in Deutschland« (1835) mit dem geistigen Leben der Deutschen bekannt zu machen. Die französischen Ausgaben dieser Schriften erschienen 1835 in dem Sammelband »De l'Allemagne«. Einige Selbstaussagen Heines deuten darauf hin, daß er ursprünglich die Idee zu einem umfassenderen Deutschland-Buch hatte. Daß er sich dann jedoch hauptsächlich auf die deutsche Geistesgeschichte konzentrierte, lag in der Perspektive begründet, aus der er Deutschland und Frankreich in Beziehung setzte: Heine ging von dem bekannten und von ihm erneut bestätigten Grundverhältnis des denkenden und dichtenden Deutschland zum revolutionär handelnden Frankreich aus.

Die »Romantische Schule« ist eine etwas grob gewirkte,

d. h. wenig differenzierende Kritik der Romantiker und ihrer jenseitsorientierten Literatur. Wie das spiritualistische Christentum selbst war sie Heines Meinung nach zur »erprobteste(n) Stütze des Despotismus geworden«. Heine operiert mit den Begriffen Spiritualismus und Sensualismus zur Bezeichnung unterschiedlicher Seins- und Anschauungsweisen: Unter Spiritualismus versteht er die Herrschaft des asketischen, leib- und materiefeindlichen Geistes, die jüdisch-christliche »Lehre von der Abnegation, von der Enthaltsamkeit, von der Entsagung, von der Verschmähung aller weltlichen Herrlichkeit«, den vergeistigungssüchtigen Jenseitsglauben. Der Sensualismus hingegen, beispielhaft repräsentiert in der Sinnen-, Genuß- und Kunstfreude der Hellenen – und verkörpert in dem großen »Griechen« Goethe –, bezeichnet jene Denkrichtung, die »die natürlichen Rechte der Materie« gegen die Anmaßungen des Geistes zu verteidigen sucht.

Auch in der »Denkschrift« über den politischen Schriftsteller Ludwig Börne, eine Schrift über Deutschland besonderer Art, kommen die genannten Ordnungsbegriffe »Spiritualismus« und »Sensualismus« wieder zum Tragen. In Börne, den Heine persönlich gekannt hat – »Ich war nie Börnes Freund, und ich war auch nie sein Feind« –, sah Heine einen Repräsentanten des Spiritualismus, dessen Asketentum mit einem pöbelhaften Demagogismus und einer entschiedenen Kunstfeindlichkeit gepaart war. Heine schrieb das Börne-Buch nach dessen Tod, Anfang 1837. Vorher hatte er gegenüber den Provokationen der Republikaner, deren deutsche Fraktion in Paris von Börne angeführt wurde, Stillschweigen bewahrt.

Über die Beweggründe seiner veränderten Haltung gibt er in einem Schreiben an Johann Hermann Detmold Auskunft: »Börne scheint wirklich jetzt von den Deutschen kanonisiert zu werden. Dieser ehrliche Mann ist dennoch mit Verläumdungen, die er in der Welt über mich insinuiert hat, ins Grab gegangen. Es ist wahrscheinlich, daß ich mein Stillschweigen über ihn breche« (29. 7. 1837). Das Werk erschien 1840. Es ist Heine – trotz denkbarer Versuchung – nicht zu einer Abrechnung mit Börne mißraten. Es ist in der Tat eine »Denkschrift«: über Börne, über Heine selbst, die politischen Umstände ihrer beider Zeit und ihre unterschiedliche Art, auf diese zu reagieren. Für Thomas Mann enthielt das Werk die »genialste deutsche Prosa bis Nietzsche«.

Inhalt dieser Ausgabe

Band 1:
- Buch der Lieder
- Neue Gedichte (Auswahl)
- Atta Troll
- Deutschland. Ein Wintermärchen

Band 2:
- Der Rabbi von Bacherach
- Die Harzreise
- Ideen. Das Buch Le Grand
- Reise von München nach Genua
- Die Bäder von Lucca
- Die Stadt Lucca

Band 3:
- Die Romantische Schule
- Zur Geschichte der Religion und Philosophie in Deutschland
- Ludwig Börne

Band 4:
- Französische Zustände
- Lutezia (Auswahl)

Band 5:
- Romanzero
- Geständnisse
- Memoiren